리플리를 따라온 소년

리플리를 따라온 소년

퍼트리샤 하이스미스 지음
김미정 옮김

을유문화사

리플리를 따라온 소년

발행일 · 2023년 10월 25일 초판 1쇄
지은이 · 퍼트리샤 하이스미스
옮긴이 · 김미정
펴낸이 · 정무영, 정상준
펴낸곳 · (주)을유문화사
창립일 · 1945년 12월 1일
주소 · 서울시 마포구 서교동 469-48
전화 · 02-733-8153
FAX · 02-732-9154
홈페이지 · www.eulyoo.co.kr

ISBN 978-89-324-7496-0 04840
978-89-324-7492-2 (세트)

책값은 뒤표지에 있습니다.
잘못된 책은 구입하신 곳에서 바꾸어 드립니다.

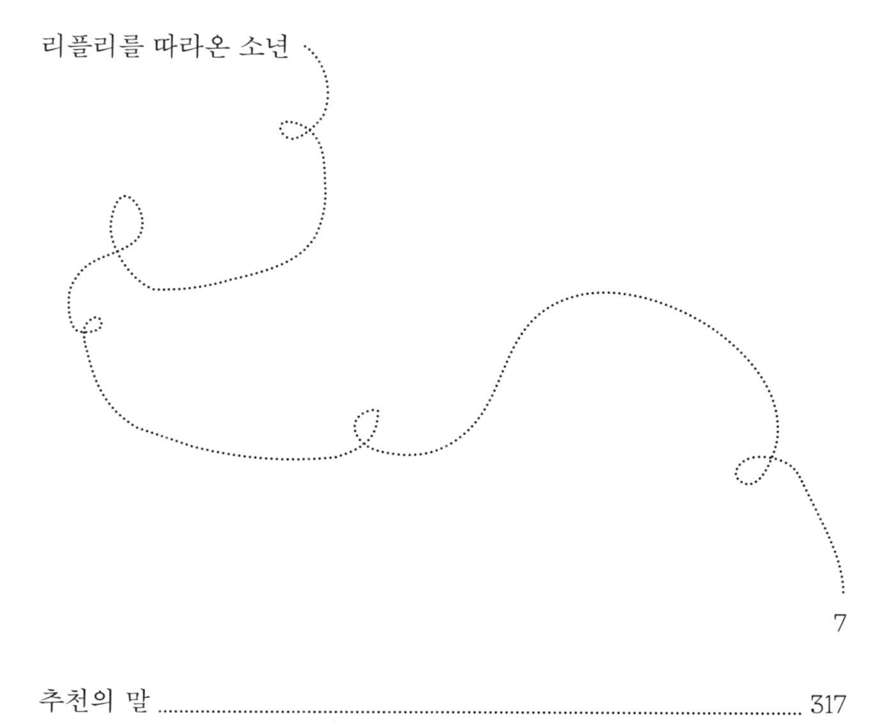

모니크 뷔페*에게 이 책을 바칩니다.

* 하이스미스의 마지막 연인으로 알려진 프랑스인 영어 교사. 1978년, 당시 57세였던 하이스미스와 27세였던 뷔페가 처음 만났다. 뷔페는 하이스미스에게 원동력과 영감을 주는 문학적 뮤즈로서 그녀가 이 작품을 완성하는 데 기여했다. 이에 감사를 표하며 하이스미스는 이 책을 뷔페에게 헌정했다.

일러두기

— 본문의 주석은 모두 한국어판 번역자와 편집자가 작성했다.
— 인명이나 지명은 국립국어원의 외래어 표기법에 따랐으나
　일부 굳어진 명칭은 일반적으로 통용되는 것을 사용했다.

1

톰은 마룻바닥 위에서 최대한 발소리를 죽인 채 욕실 문지방을 넘은 다음 동작을 멈추고 귀를 쫑긋 세웠다.

지지직…… 지지직…… 지지직…….

부지런한 벌레들이 다시 돌아왔다. 그날 오후, 벌레가 드나들 만한 구멍이란 구멍에 살충제를 꼼꼼히 뿌려 놓았더니 약 냄새가 여태 가시지 않았다. 그런데도 헛수고였다는 듯이 뭔가 갈리는 소리가 계속해서 들렸다. 나무 선반 아래 개켜 둔 분홍색 손 타월을 쳐다보니, 이미 그 위에 곱게 갈린 누런 나무 가루가 잔뜩 떨어져 있었다.

"닥쳐!" 톰이 고함치며 주먹으로 욕실장 옆면을 쾅쾅 두드렸다.

소리가 멈추었다. 정적. 작은 벌레들이 톰을 듣고 동작을 멈춘 채 서로 걱정하는 눈빛을 교환하다가 고개를 끄덕이며 대화하는 모습이 떠올랐다. '전에도 이랬어. '주인'이 다시 나타났지만 금방 갈 거야.' 전에도 이랬었다. 톰이 목수개미는 까맣게 잊고 평소 걸음걸이로 욕실로 들어가 한 발자국을 떼거나 수도꼭지를 틀기만 하면, 녀석들이 부지런히 지지직거리다가도 잠시 숨죽이고 있었다.

엘로이즈는 남편이 너무 과민하게 반응한다고 했다. "설마 벌레가 갉아 먹어서 욕실장이 떨어지겠어? 그러려면 몇 년은 걸린다니까!"

하지만 톰은 목수개미한테 졌다는 게, 선반 위에 깨끗이 접어 놓은 파자마를 꺼낼 때마다 목수개미가 갈아 놓은 나무 가루를 털어야 한다는 게, 크실로펜(등유를 대신하는 근사한 상표명이다)이라는 프랑스제 목재 방부제를 사서 발라야 한다는 게 싫었다. 집에 있는 백과사전을 두 권이나 읽어 봤지만 소용이 없었다. "캄포노투스: 나무를 갉아 기다란 통로를 내고 그 안에 보금자리를 짓는 벌레. 캄포데아 참조. 날개는 없고 눈이 먼 뱀 같이 생긴 곤충이 빛을 피해 바위 밑에 산다." 톰은 뱀같이 생긴 벌레들이 바위 밑에 살지 않는다는 게 상상이 가지 않았다. 어제는 살충제의 대명사 렌토킬을 사러 퐁텐블로까지 부러 다녀왔다. 그는 어제 기습 공격에 이어 오늘 두 번째 공격을 단행했지만, 이번에도 무릎을 꿇을 수밖에 없었다. 당연한 얘기지만, 선반 밑면에 뚫린 구멍을 공략하려면 아래에서 위로 분사해야 했는데, 렌토킬을 위로 분사하기란 쉽지 않았기 때문이다.

아래층 전축에서 〈백조의 호수〉의 선율이 우아하게 흘러나오자, 지지직거리는 소리가 또다시 시작됐다. 우아한 왈츠가 그를 조롱하는 듯싶더니만, 지금은 목수개미마저 그를 놀리고 있었다.

됐어, 포기. 오늘은 이쯤에서 그만, 톰은 혼잣말했다. 그래도 어제 오늘은 건설적으로 보내고 싶었다. 책상을 닦고 서류를 정리하고 온실을 치우고 업무용 서신을 작성했다. 런던에 있는 제프 콘스턴트의 집으로 보내는 중요한 편지도 썼다. 미루고 미루다가 오늘에야 쓴 것이다. 제프에게는 톰이 보낸 편지를 받자마자 당장 없애라고 당부한 다음, 더와트의 유화나 스케치를 추가로 발굴했다는 연극은 이제 절대로 해서는 안 된다고 경고했다. 더와트 미술용품 회사는 물론 페루자 미술 아카데미에서 나오는 수익금으로는 성에 차지 않는 거냐며 제프에게 은근히 돌려서 말했다. 벅마스터 갤러리에서는 버나드 터프츠가 더와트를 따라 그리려다 망한 작품, 다시 말해 어설픈 모작까지 팔아 치울 궁리를 하고 있었다. 벅마스터 갤러리는 전문 사진작가인 제프 콘스턴트와 기자인 에드먼드 밴버리가 공동 소유하고 있었다. 지금까지는 성공했지만 안전상의 이유로 톰은 중단하길 바랐다.

톰은 산책하는 길에 조르주가 운영하는 바에 가서 커피를 마시며 생각을 정리하기로 했다. 아직 밤 9시 반밖에 되지 않았다. 엘로이즈는 거실에서 친구 노엘과 불어로 수다를 떨고 있었다. 노엘은 결혼해서 파리에 사는데, 오늘은 남편 없이 혼자 톰의 집에서 자고 갈 것이다.

“성공했어, 여보?” 엘로이즈가 해맑게 물으며 노란 소파 위에서 허리를 세웠다.

톰은 약간 찡그리면서도 웃을 수밖에 없었다. “아니!” 그가 계속 불어로 말했다. “졌어. 목수개미한테 내가 졌어!”

“아아아아아아.” 애처로워하는 듯한 노엘의 한탄이 곧장 웃음으로 이어졌다.

노엘은 딴생각을 하다가 엘로이즈와 하던 대화로 돌아가려고 애쓰는 게 분명했다. 톰은 두 여자가 9월 말이나 10월 초에 어드벤처 크루즈를 가려고 계획을 짜는 중이라는 걸 알고 있었다. 톰에게도 같이 가자고 했었다. 노엘의 남편은 일 때문에 안 된다고 일찌감치 거절했다.

“산책 갔다 올게. 30분쯤 걸릴 거야. 담배 필요한 사람?” 톰이 두 여자에게 물었다.

“부탁해.” 엘로이즈가 말했다. 말보로를 사다 달라는 얘기였다.

“나는 끊었어요!” 노엘이 대답했다.

노엘의 금연 선언은 이번이 최소 세 번째일 것이다. 톰은 고개를 끄덕이며 현관을 나섰다.

아네트 여사가 여태 대문을 걸지 않았다. 톰은 돌아오는 길에 걸기로 하고, 좌측으로 꺾어 빌페르스 시내로 향했다. 8월 중순이라 날씨가 선선했다. 철제 담장 뒤로 보이는 이웃집 정원에 장미가 만발했다. 서머 타임 때문인지 지금은 날이 훤했지만, 집에 들어갈 때 켤 손전등을 들고나올 걸 그랬다는 후회가 순간 밀려왔다. 길에는 딱히 인도랄 게 없었다. 톰은 숨을 깊이 들이마셨다. 내일은 목수개미 대신 스카를라티*를, 하프시코드를 생각해야지. 10월 말에 엘로이즈를 데리고 미국에 갈 생각이나 해야지. 이번에 가면 두 번째 미국 여행이 된다. 엘로이즈는 뉴욕을 좋아했고, 샌프란시스코가 아름답다고 했었다. 푸르른 태평양도 마음에 들어 했었다.

마을에 있는 몇몇 집에 누런 조명이 켜져 있었다. 조르주라고 붉은색으로 기울여 쓴 간판이 출입구 위에 걸려 있었고 그 밑에는 조명이 달려 있었다.

"마리." 톰은 안으로 들어가면서 고개를 숙여 여사장에게 인사했다. 마리가 카운터에 앉은 손님들 앞에 맥주를 막 내려놓고 있었다. 이곳은 노동자들이 찾는 술집으로, 마을에 있는 다른 술집보다 집에서 더 가깝기도 했고 더 재미있기도 했다.

"리플리 씨! 어서 와요!" 마리가 구불구불한 검은 머리를 뒤로 젖히며 애교를 살짝 떨었다. 환한 립스틱을 바른 큼직한 입술로 화사하게 미소를 지었다. 적어도 쉰은 되어 보였다. "세상에!" 마리가 호통을 치더니 카운터에 웅크리고 앉아 술을 마시는 두 명의 남자 손님이 나누는 대화에 다시 끼어들었다. "저런 개자식! 망할 놈!" 마리는 자기 얘기를 들어 달라는 듯이 이런 욕을 하루에도 몇 번이고 입에 올리며 고함을 내질렀다. 대화에 푹 빠진 두 남자가 눈길을 주지 않는데도 마리는 계속 떠들었다. "저 개자식이 드러눕긴 왜 드러누워! 자기가 무슨 과로한 매춘부야? 저런 놈은 당해도 싸!"

마리가 지금 지스카르 데스탱** 대통령을 말하는 건가? 아니면 동네 석공을 말하는 건가? "커피 주시고요." 톰은 마리가 그에게 일말의 관심을 보내는 순간을 놓치지 않고 끼어들었다. "말보로도 한 갑 주세요." 그는 조르주와 마리 부부가 시라크***를 지지하는 소위 파시스트라는 걸 알고 있었다.

"마리, 제발!" 톰의 왼쪽에 있던 조르주가 굵직한 음성으로 말을

* 이탈리아 작곡가

** 프랑스 제20대 대통령

*** 데스탱에 맞선 정치인. 후일 프랑스 제22대 대통령이 된다.

자르더니 아내를 조용히 시켰다. 덩치 좋은 조르주가 두툼한 손으로 와인 잔을 닦아서 현금 출납기 옆에 있는 선반에 우아하게 올려놓았다. 톰의 등 뒤에서는 테이블 축구 경기가 시끌벅적 열리고 있었다. 네 명의 청년이 막대기를 잡고 움직이자, 반바지를 입은 미니어처 선수들이 앞뒤로 움직이며 구슬만 한 공을 이리저리 차 댔다. 바로 그때, 좌측 맨 끝 바 테이블의 둥근 모서리에 앉아 있는 10대 소년이 톰의 시야에 들어왔다. 며칠 전 집 근처에서 봤던 소년이었다. 갈색 머리에 군청색 작업용 점퍼를 걸치고 청바지를 입고 있던 모습이 떠올랐다. 어느 날 오후, 집에 손님이 오기로 해서 톰이 대문을 열어 두려고 밖으로 나갔을 때 처음으로 저 소년을 봤었다. 소년은 길 건너 큼직한 밤나무 아래서 있다가 빌페르스 반대 방향으로 걸어갔었다. 벨옹브르를 미리 염탐해 톰 가족의 동태를 살피고 있었던 걸까? 톰은 목수개미 같은 사소한 걱정거리 정도로 치부했다. 생각을 다른 데로 돌려야겠군. 톰은 커피를 저어서 맛을 음미한 후에 소년을 다시 쳐다보았다. 소년은 톰을 보고 있다가 눈을 내리깔더니 맥주잔을 들었다.

“톰!” 마리가 카운터 위로 몸을 쭉 내밀고 엄지로 소년을 가리켰다. “미국에서 왔대요.” 음악이 이제 막 흘러나오기 시작한 시끄러운 주크박스보다 마리의 목소리가 더 컸다. “올여름에 일하려고 프랑스에 왔다나, 하하하!” 그녀가 호탕하게 웃었다. 미국인이 일하려고 프랑스까지 왔다는 게 웃기다는 의미로 한 말 같았다. 마리는 저 소년이 프랑스에서는 할 일이 없어서 지금 백수일 거라고 지레짐작하는 것 같았다. “한번 인사나 해 볼래요?”

“고맙지만 사양하겠습니다. 일을 하기는 한대요?” 톰이 물었다.

마리가 어깨를 으쓱하는데 맥주를 달라고 외치는 손님의 말소리가 들렸다. “알았어요. 갖다드릴게요!” 마리가 꼭지를 틀어 맥주를 받으면서 그 손님에게 유쾌하게 외쳤다.

톰은 엘로이즈와 미국으로 여행 가려고 계획을 짜고 있었다. 이번에는 뉴잉글랜드 지방으로 갈 작정이었다. 보스턴, 피시 마켓, 인디펜던스 홀, 밀크 스트리트, 브레드 스트리트. 이제는 알아보지도 못할 만큼 변했겠지만, 원래는 그가 살던 고향이었다. 그 옛날 쩨쩨하게 11.79달러라고 적어서 수표를 보내 주던 도티 이모가 세상을 떠나면서 그에게 1만 달러를 남겨 주었다. 대신 코딱지만 한 집은 남겨 주지 않았다. 톰은 그 집을 좋아했었다. 그가 살던 그 집을 밖에서나마 엘로이즈에게 보여 줄 수 있을 것이다. 도티 이모의 외조카들이 그 집을 물려받았을

터. 도티 이모는 슬하에 자식이 없었기 때문이다. 톰은 커피와 담뱃값으로 바 테이블 위에 7프랑을 올려놓고 군청색 점퍼를 입은 소년을 한 번 더 쳐다보았다. 소년도 계산하고 있었다. 톰은 담배를 끄고 작별 인사를 건넸다. 딱히 누구에게 한 인사는 아니었다. 밖으로 나왔다.

이제 밖이 캄캄해졌다. 톰은 침침한 가로등 불빛을 받으며 큰길을 건넌 다음 어둑어둑한 길로 들어섰다. 그 길을 따라 백 미터는 더 들어가야 집이 나왔다. 곧게 쭉 뻗은 2차선 포장도로였다. 톰이 익히 아는 길이었지만, 차가 지나갈 때마다 반가웠다. 자동차 라이트 덕분에 왼쪽으로 붙어서 걷는 길이 잘 보였기 때문이다. 차가 지나간 직후에, 뒤에서 빠른 걸음으로 조용히 따라오는 인기척이 느껴졌다. 톰이 뒤를 돌았다.

누군가 손전등을 들고 있었다. 파란 점퍼와 테니스화가 보였다. 술집에서 봤던 그 소년이었다.

"리플리 씨 맞으시죠?"

톰은 긴장했다. "그런데요?"

"안녕하세요." 소년이 걸음을 멈추더니 손전등을 만지작거렸다. "빌리 롤린스라고 합니다. 제게 손전등이 있으니 댁까지 바래다드릴게요."

네모난 얼굴에 짙은 눈매가 어렴풋이 보였다. 키는 톰보다 작았고 말투는 정중했다. 소년이 강도로 돌변하려나? 아니면 오늘 밤 내가 예민하게 반응하는 걸까? 주머니에는 10프랑짜리 지폐 두 장밖에 없는 데다가, 오늘 밤에는 몸싸움을 피하고 싶었다. "괜찮아요. 다 왔는데요, 뭐."

"알아요. 저도 그쪽 방향이라서요."

톰은 앞에 펼쳐진 컴컴한 어둠을 걱정스레 쳐다보다가 계속 걸음을 옮겼다. "미국에서 왔다면서요?" 톰이 물었다.

"네, 그렇습니다." 소년은 둘 다 앞을 잘 볼 수 있도록 각도를 신경 써서 전등을 비추면서도 길이 아니라 톰에게 집중하고 있었다.

톰은 소년과의 거리를 계속 유지했다. 언제 무슨 일이 생겨도 대처할 수 있도록 양손은 빼 놓았다. "방학이라 왔나 봐요?"

"그런 셈이죠. 정원사로 일하고 있어요."

"그래요? 어디서요?

"모레에 있는 가정집에서요."

톰은 위험할지도 모른다는 생각이 들자, 소년의 표정을 제대로 살필 수 있게 차가 한 번만 더 지나가 주기를 바랐다. "모레 어디에서 일해요?"

"파리가 78번지에 있는 잔 부탱 부인 댁에서 일합니다." 소년이 재깍 대답했다. "정원이 꽤 널찍해요. 과일나무도 있는데, 전 주로 잡초를 뽑고 잔디 깎는 일을 해요."

톰은 긴장이 됐는지 주먹을 꽉 쥐었다. "잠도 모레에서 자요?"

"네. 부탱 부인 댁 정원에 작은 집이 있는데, 그 안에 침대하고 세면대가 있거든요. 찬물만 나오지만 여름이라 괜찮아요."

이제야 톰은 진짜로 놀랐다. "미국 사람이 파리도 아닌 그런 시골 마을을 골랐다니 특이하네요. 고향이 어디예요?"

"뉴욕입니다."

"나이는요?"

"이제 열아홉 살이 됩니다."

톰은 더 어릴 줄 알았다. "취업 허가증은 받았어요?" 톰은 처음으로 소년이 웃는 모습을 보았다.

"아뇨. 정식으로 일하는 게 아니라서 일당으로 50프랑만 받아요. 적다는 거 저도 알아요. 그래서 부탱 부인이 잠도 재워 주시는 거예요. 한번은 점심에도 초대해 주셨어요. 빵하고 치즈를 사서 작은 집에서 먹는데, 카페에서 먹을 때도 있어요."

톰이 소년의 말투로 미루어 짐작하건대, 소년은 빈민가 출신 같지는 않았고, 부탱 부인의 이름을 발음하는 걸 보니 불어도 좀 할 줄 아는 모양이었다. "일한 지는 얼마나 됐어요?" 톰이 불어로 물었다.

"엿새 됐어요." 소년은 여전히 톰에게 눈을 맞춘 채 대답했다.

톰은 도로 쪽으로 기울어진 큼직한 느릅나무가 보이자 반가웠다. 이제 50걸음만 더 가면 집이 나온다는 뜻이었기 때문이다. "어쩌다 이곳까지 온 거죠?"

"퐁텐블로에 숲이 있어서요. 제가 숲속을 거니는 걸 좋아하거든요. 게다가 파리 근교잖아요. 파리에 일주일간 지내면서 둘러보았어요."

톰은 걸음을 늦추었다. 소년이 나에게 관심을 보이고 우리 집까지 알고 있는 이유가 뭘까? "길 건넙시다."

몇 미터 더 걸어가니, 대문에 달린 조명이 누런 자갈이 깔린 벨옹브르의 앞마당을 비추는 모습이 보였다. "대체 우리 집은 어떻게 안 거죠?" 톰의 물음에, 소년은 시선은 외면한 채 손전등을 만지작거리며 민망해했다. "길에 서 있는 걸 봤어요. 사흘 전이었나?"

"네, 맞아요." 빌리가 조용히 시인했다. "미국에 있을 때 신문에서 성함을 봤습니다. 빌페르스 근처까지 온 김에, 사시는 곳을 보고 싶었어요."

신문에서 봤다면, 언제 본 걸까? 그리고 이유가 뭘까? 아무튼 톰은 자신의 사건 기록이 있다는 걸 깨달았다. "시내에 자전거를 세워 두고 온 건가요?"

"아뇨."

"그럼 이 야밤에 모레까지는 어떻게 돌아가려고요?"

"히치하이크하거나 걸어서 가죠, 뭐."

7킬로미터. 모레에서 먹고 자는 사람이 밤 9시가 넘은 시각에 교통편도 없이 7킬로미터나 떨어진 빌페르스까지 대체 왜 온 걸까? 아네트 여사가 아직은 깨어 있겠지만 자기 방에 들어가 있을 것이다. 톰은 여태 대문을 제대로 닫지도 않고 한쪽 철문을 손으로 붙잡고 있었다. "잠깐 들어가서 맥주 한잔해요."

소년이 고동색 눈썹을 살짝 일그러뜨리고 아랫입술을 깨물더니 음울한 눈으로 정면에 있는 벨옹브르의 작은 탑 두 개를 올려다보았다. 그러더니 대단한 결단을 내리듯 말했다. "그게 말이죠……."

소년이 망설이자 톰은 더 난감해졌다. "저쪽에 내 차가 있으니, 모레까지 태워다 줄게요." 그래도 망설이는 소년. 정말 모레에서 먹고 자면서 일하는 게 맞나?

"그럴게요. 고맙습니다. 잠시 실례하겠습니다."

둘이 철제 대문으로 들어섰다. 톰은 대문을 닫기만 하고 잠그지는 않았다. 큼직한 열쇠를 안쪽 자물쇠에 꽂아 두었다가, 밤이면 철제 대문 근처에 있는 철쭉 아래에 숨겨 두었다.

"오늘 밤에는 아내가 친구를 초대했으니 우리는 주방에서 맥주나 마시죠."

현관문은 걸지도 않은 채, 거실에는 조명 하나가 덩그러니 켜져 있었다. 엘로이즈와 노엘이 2층으로 올라간 게 확실했다. 노엘은 손님방이나 엘로이즈의 방에서 종종 밤늦게까지 엘로이즈와 수다를 떨곤 했다.

"맥주? 커피?"

"와, 집이 으리으리해요!" 소년이 선 자리에서 주위를 돌아보며 감탄했다. "하프시코드도 치세요?"

톰이 씩 웃었다. "일주일에 두 번 레슨도 받아요. 주방으로 갑시다."

두 사람은 왼쪽 복도로 들어섰다. 톰은 주방에 불을 켜고 냉장고를 열고 하이네켄 여섯 병짜리 묶음을 꺼냈다.

"출출해요?" 톰이 남은 로스트비프를 알루미늄 포일로 덮어 둔 접시를 쳐다보며 물었다.

"아닙니다. 괜찮습니다."

거실로 다시 나오자 소년이 그림을 쳐다보았다. 소년은 벽난로 위에 걸린 〈의자에 앉은 남자〉에 이어 프렌치 도어 근처 벽에 걸린 그보다 작은 더와트의 진품 〈붉은 의자〉로 시선을 옮겼다. 소년의 시선이 잠시 머물렀을 뿐인데도, 톰은 그 모습을 놓치지 않았다. 왜 더와트만 쳐다보고, 하프시코드 위에 있는 수틴은 쳐다보지도 않는 걸까? 수틴이 크기도 더 크고 색상도 울긋불긋 더 강렬한데 말이다.

톰이 소파를 가리켰다.

"그냥 서 있을게요. 청바지가 너무 더러워서요."

노란 새틴 천으로 감싸진 소파였다. 천 의자가 아닌 의자가 두 개나 있는데도, 톰이 제안했다. "그럼 내 방으로 올라갑시다."

두 사람은 휘어진 계단을 올라갔다. 톰이 맥주병과 병따개를 들고 올라가 보니, 노엘이 자고 갈 손님방에 문이 열린 채 불이 켜져 있었다. 엘로이즈의 방문도 살짝 열려 있었는데, 문틈으로 웃고 떠드는 소리가 새어 나왔다. 톰은 왼편에 있는 자기 방으로 들어가서 전등을 켰다.

"내 의자에 앉아요. 나무 의자라 괜찮아요." 톰이 책상 의자를 돌려 주자, 팔걸이가 달린 의자가 방 중앙을 바라보게 되었다. 톰이 맥주 두 병을 땄다.

소년이 네모난 웰링턴 서랍장을 살펴보았다. 표면과 모서리에 달린 청동 장신구와 아래로 움푹 팬 반달형 서랍 손잡이가 반짝거렸다. 아네트 여사가 늘 티끌 한 점 없이 광을 낸 덕분이었다. 소년은 좋은 가구라는 듯이 고개를 끄덕였다. 소년은 잘생긴 얼굴로 진지한 표정을 짓고 있었고, 다부진 턱은 수염 없이 매끈했다. "정말 근사하게 사시네요."

조롱하는 말투인가, 부러워하는 말투인가? 소년이 톰의 사건 기록을 찾아보고 톰을 사기꾼이라고 결론 내린 걸까? "안 될 거 뭐 있나요?" 톰이 소년에게 병맥주를 내밀었다. "깜빡하고 잔은 안 챙겨 왔네요."

"손부터 씻으면 안 될까요?" 소년이 아주 정중하게 물었다.

"안 되긴, 저쪽에 가서 씻어요." 톰이 욕실 불을 켜 주었다.

소년이 욕실 문을 닫지도 않고 세면대에 몸을 숙인 채 1분 가까이 두 손을 비비며 씻었다. 소년이 웃으며 돌아왔다. 매끈한 입매, 건치,

짙은 갈색 직모. "뜨거운 물로 씻으니까 좋긴 좋네요!" 소년이 두 손을 보며 씩 웃더니 맥주병을 집어 들었다. "이게 무슨 냄새죠? 테레빈유 같은데, 혹시 그림 그리세요?"

톰이 살짝 웃었다. "가끔 그려요. 그런데 오늘은 저기 선반에 사는 목수개미 약을 쳐서 나는 냄새예요." 톰은 목수개미 얘기는 정말 하고 싶지 않았다. 소년이 자리에 앉자, 톰은 다른 나무 의자에 앉아서 물었다. "프랑스에는 얼마나 더 있을 건가요?"

소년이 생각에 잠겼다. "한 달 정도요."

"그다음에 복학하려고요? 대학생?"

"아직은 아닙니다. 대학을 가야 하나 확신이 서지 않아서요. 결정을 내리긴 해야 해요." 소년이 손으로 머리카락을 쓸어내리면서 고개를 왼쪽으로 기울이자, 정수리에 있는 머리카락 몇 가닥이 하늘로 솟아오르려 했다. 톰이 유심히 살펴보는 눈길에 당황했는지, 소년이 맥주를 벌컥 마셨다.

이제야 톰은 소년의 뺨에 있는 작은 점을 발견하고 말을 툭 던졌다. "뜨거운 물에 샤워해도 돼요. 부담 갖지 말고."

"아닙니다. 정말 고맙습니다. 제 몰골이 말이 아닌가 보네요. 찬물로 하면 돼요. 저도 찬물로 샤워할 수 있어요. 다들 그렇게 하잖아요." 소년이 도톰한 입술로 미소를 지으려다가 맥주병을 바닥에 내려놓았다. 그러더니 의자 옆에 놓인 쓰레기통에서 뭔가를 발견했는지 유심히 그 안을 들여다보았다. "'네 발 달린 동물을 위한 쉼터.'" 빌리가 버려진 봉투를 읽었다. "참 재미있네요! 혹시 저기 다녀오셨어요?"

"그건 아니고, 그쪽에서 우리 집으로 우편물을 가끔 보내 줘요. 기부해 달라고. 그런데 그건 왜요?"

"이번 주에 제가 숲에 가서 산책을 했거든요. 모레 동부에 있는 어느 숲이었는데, 흙길을 걷다가 어떤 커플을 만났어요. 그 커플이 저더러 '네 발 달린 동물을 위한 쉼터'가 어디 있는지 아느냐고 묻더군요. 브뇌레사블롱 인근에 있다고 들었는데 두 시간이나 찾아 헤맸다고 하더라고요. 두 번이나 기부를 한 곳이니 직접 가서 보고 싶었대요."

"우편에 방문은 삼가 달라고 적혀 있던데요. 방문객이 찾아오면 동물들이 예민해진다면서. 그래서 보금자리도 우편으로 찾아 주려 한다고 하더라고요. 개나 고양이가 새 가정을 찾아서 얼마나 행복해졌는지 입양기를 알려 주더군요." 톰이 웃으면서 가슴 뭉클했던 몇몇 미담을 떠올렸다.

"혹시 기부하신 적은 있어요?"

"두어 번 30프랑씩 했었죠."

"어디로 보내셨어요?"

"파리 주소로요. 사서함이었는데."

빌리가 그제야 웃었다. "만약 그런 곳이 아예 존재하지 않는다면, 재미있지 않을까요?"

그럴 가능성을 생각하자 톰도 흥미가 일었다. "그렇다면 기부를 받아서 흥청망청 쓴다는 얘긴데, 왜 그 생각을 못 했을까요?" 톰이 병맥주를 두 병 더 땄다.

"이거 제가 봐도 돼요?" 빌리가 부탁했다. 쓰레기통에 든 봉투를 봐도 되느냐는 말이었다.

"얼마든지."

소년이 봉투 안에 든 등사 용지를 꺼내 훑어보다가 크게 소리 내어 읽었다. "'마땅히 천국 같은 가정에서 살아야 할 사랑스러운 녀석이 운명처럼 새 가정을 찾았습니다.' 고양이 얘기군요. '흰색과 갈색 털 코트를 입고 뼈만 남은 테리어가 길을 잃고 헤매다가 이제 저희 보호소 문지방에까지 오게 되었습니다. 페니실린과 기타 예방 접종이 시급합니다.'" 소년이 고개를 들고 톰을 쳐다보았다. "대체 그 문지방이 어디에 있을까요? 이게 다 사기라면 어쩌죠?" 소년은 사기라는 단어를 좋아하는 사람처럼 '사기'를 힘주어 발음했다. "그런 동물 보호소가 진짜로 있는지 정말 찾아보고 싶어요. 궁금하니까요."

톰은 소년을 흥미로운 눈으로 바라보았다. 빌리 롤린스라고 했던가? 소년에게 갑자기 생기가 돌았다.

"파리 18구 사서함 287호라. 18구면 어느 우체국일지 궁금하네요. 이거 버리실 거면 제가 가져가도 될까요?" 소년이 물었다.

열정적인 소년의 모습이 톰은 인상적이었다. 어린 나이에 대체 무슨 연유로 사기의 실체를 밝히겠다고 의욕을 보이는 걸까? "물론. 가져가도 돼요." 톰은 자세를 고쳐 앉았다. "혹시 사기당한 적이라도 있어요?"

빌리가 재빨리 웃더니 그런 적이 있는지 기억을 훑는 듯한 눈치였다. "아뇨, 없는데요. 대놓고 사기당한 적은 없습니다."

그럼 자기도 모르게 사기를 당한 적은 있다는 얘긴가. 톰은 더는 캐묻지 않기로 했다. "가명으로 그쪽에 편지를 보내면 재미있겠네요. '우리는 너희가 사기를 치는 걸 알았다, 있지도 않은 동물로 기부를 받았으니 너희가 쓰는 사서함으로 경찰이 찾아갈 것이다, 각오해라.' 뭐, 이렇게요."

"미리 알려 주면 안 되죠. 본진이 어딘지 확인한 다음 급습해야 해요. 불량배 녀석 둘이 근사한 파리 아파트에 살 수도 있잖아요. 일단, 사서함부터 알아내야 해요."

말이 떨어지기가 무섭게 노크 소리가 났다. 톰이 자리에서 일어났다.

엘로이즈가 복도에 서 있었다. 파자마를 입고 그 위에 지지미로 된 가운을 걸치고 있었다. "손님이 계셨네, 여보! 라디오 틀어 놓은 줄 알았어!"

"동네에서 미국 사람을 만났지 뭐야. 빌리한테 인사해." 톰이 엘로이즈의 손을 잡아끌면서 돌아섰다. "아내, 엘로이즈예요."

"빌리 롤린스라고 합니다. 만나서 반갑습니다." 빌리가 자리에서 일어나더니 허리를 살짝 숙였다.

톰이 계속 불어로 소개했다. "모레에서 정원사로 일하는데, 뉴욕에서 왔대. 실력 좋은 정원사 맞죠, 빌리?" 톰이 미소를 지었다.

"잘하려고 노력하고 있습니다." 빌리가 대답하더니 고개를 숙인 채 톰의 책상 옆 바닥에 맥주병을 조용히 내려놓았다.

"프랑스에서 즐겁게 지내다 가셨으면 좋겠네요." 엘로이즈가 가볍게 인사를 건네며 재빨리 소년을 훑었다. "잘 자라고 인사하러 왔어. 내일 아침에 노엘하고 르파베뒤루아에 있는 골동품점에 갔다가 퐁텐블로 레글 누아르 호텔에서 점심 먹을 거야. 같이 먹을래?"

"아니, 됐어. 둘이 재밌게 놀아. 내일 아침 출발하기 전에 얼굴 볼 수 있지? 잘 자, 푹 자고." 톰이 엘로이즈의 뺨에 입을 맞추었다. "빌리는 내가 집에 데려다줄 거야. 혹시 늦게 들어오는 소리가 나도 신경 쓰지 마. 나가면서 문은 내가 잠글게."

빌리는 금방 차를 잡을 수 있다고 했지만, 톰이 데려다주겠다고 우겼다. 모레의 파리가에 가서 진짜로 그런 집이 있는지 확인하고 싶었다.

빌리가 옆자리에 타자, 톰이 물었다. "가족은 뉴욕에 살아요? 아버지는 무슨 일을 하시죠? 실례되는 질문이라면 대답 안 해도 돼요."

"전자 기기 회사에서 측정 장비를 만드는 일을 하세요. 온갖 전자 측정 장비를 만드는 회사에서 관리자로 계시거든요."

톰은 소년이 거짓말하고 있다는 느낌이 왔다. "가족하고 사이는 좋아요?"

"아, 그럼요. 저희 가족은……."

"편지도 보내요?"

"그럼요. 제가 어디에서 어떻게 지내는지도 다 아세요."

"프랑스에 있다가 다음엔 어디로 갈 건가요? 미국으로 돌아갈 거예요?"

잠시 말이 끊겼다. "이탈리아로 가려고요. 아직은 잘 모르겠어요."

"이 길 맞아요? 여기서 꺾어야 해요?"

"아니, 여기 지나서요." 소년이 제때 알려 주었다. "저쪽으로 가도 되긴 돼요."

이제 소년이 어디쯤 차를 세워야 하는지 알려 주면서, 보통 크기의 평범한 집을 가리켰다. 불은 모두 꺼져 있었고, 정원 앞으로 높지 않은 흰 벽이 포장도로를 따라 둘러져 있었고, 한쪽 끝에 보이는 대문은 닫혀 있었다.

"열쇠가 있어요." 빌리가 말하며 재킷 안주머니에서 기다란 열쇠를 꺼냈다. "조용히 들어가야 해요. 정말 고맙습니다, 리플리 씨." 소년이 차 문을 열었다.

"동물 보호소에 대해 뭐라도 알게 되면 연락해요."

소년이 미소를 지었다. "그럴게요."

톰은 소년이 컴컴한 문으로 걸어가 손전등으로 자물쇠를 비춘 채 열쇠를 넣고 돌리는 모습을 바라보았다. 빌리가 안으로 들어가면서 손을 흔들고 문을 닫았다. 톰이 차를 돌리자 정문 옆 파란 철제 번호판 위에 78번지라고 적힌 게 보였다. 이상한데. 저 소년이 대체 왜 여기서 따분한 일을 하는 걸까? 그것도 아주 잠깐 일한다니. 뭔가 숨기는 게 있다면 모를까. 그렇다고 범죄자 같아 보이진 않는데. 톰이 생각해 보니, 빌리가 부모하고 싸웠거나 실연당한 아픔을 잊으려고 비행기에 훌쩍 몸을 실었을 가능성이 가장 커 보였다. 빌리는 집이 부유해서 일당 50프랑짜리 정원 일은 할 필요가 없어 보였다.

2

사흘 후인 금요일, 톰과 엘로이즈는 거실 벽감에 놓인 식탁에 앉아서 아침을 먹으며 그날 9시 반에 온 우편과 신문을 살펴보고 있었다. 톰이 눈을 뜬 건 태풍이 불어 긴장감이 감돌던 8시경이었다. 8시가 조금 넘자, 아네트 여사가 엘로이즈가 마실 차와 함께 톰이 마실 커피를 올려다 주었는데, 그걸 마시고도 톰은 한 잔 더 마시고 있었다. 지금은 스산하고 어둑어둑하기만 할 뿐, 바람은 불지 않고 멀리서 우르르 천둥소리만 났다.

"클레그 부부가 엽서를 보냈네!" 엘로이즈가 우편물과 잡지 밑에 있던 엽서를 보더니 소리쳤다. "노르웨이에서 보냈어! 유람선 여행을 하나 봐. 기억나지, 여보? 이거 봐! 진짜 근사하지 않아?"

톰은 『인터내셔널 헤럴드 트리뷴』을 보다가 고개를 들고 엘로이즈가 건네는 엽서를 받아 들었다. 하얀 유람선이 몹시 푸르른 산들 사이로 보이는 피오르 해안을 따라 떠 있는 사진이었다. 전면에 있는 들쑥날쑥한 해안가에 작은 집이 몇 채 보였다. "수심이 꽤 깊어 보이는군." 톰은 괜히 익사하는 장면이 떠올랐다. 그는 수심이 깊은 물이 무서워서 수영하기를 싫어했다. 가끔 자신의 최후를 물에서 맞이할 것 같은 예감이 종종 밀려올 때도 있었다.

"엽서 읽어 줘." 엘로이즈가 말했다.

하워드와 로즈메리 클레그 부부는 영어로 엽서를 작성한 후 그 밑에 둘 다 서명했다. 부부는 벨옹브르에서 5킬로미터 떨어진 곳에 사는 영국 출신의 이웃사촌이었다. "저희 부부는 대단히 평화롭게 유람선 여행을 하고 있습니다. 시벨리우스를 틀어 놓고 분위기를 잡죠. 로즈메리가 애정을 전합니다. 두 분도 저희 부부와 함께 이곳에서 정오 햇살을 받았더라면 얼마나 좋았을까요." 천둥이 치자 톰은 읽기를 멈추고 벼르는 개처럼 으르릉거렸다. "오늘 야단나겠군. 달리아가 쓰러지면 안 되는데." 달리아 줄기마다 지지대를 대 놓긴 했다.

톰이 엽서를 도로 내밀자 엘로이즈가 다시 받아 들었다. "왜 이렇게 예민하게 굴어. 폭풍이 처음 치는 것도 아니잖아. 이따가 6시쯤 치느니 차라리 지금 치는 게 나는 더 좋은데. 아빠 집에 가야 하는 거, 당신도 알지?"

톰도 알고 있었다. 샹티이. 엘로이즈는 매주 금요일 저녁이면 친정에 가서 저녁을 먹는 일정을 고정으로 잡아 놓고 거의 꼬박꼬박 지켰다. 톰은 같이 갈 때도 있었고, 안 갈 때도 있었다. 안 가는 게 더 좋았다. 장인 장모가 고루하고 지루했기 때문이다. 게다가 지금껏 그를 예뻐해 준 적이 한 번도 없었다. 톰은 엘로이즈가 번번이 '부모님 댁'이 아니라 '아빠 집'에 가야 한다고 말하는 게 우스웠다. 아빠, 그러니까 그의 장인이 돈줄을 쥐고 있었다. 장모는 천성이 무척 자애롭긴 했다. 그런데 진짜 위기 상황이 닥칠 경우—더와트 소동이 버나드의 자살과 미국인 머치슨 실종 사건으로 번졌던 것처럼, 톰이 선 넘는 짓을 할 경우—장인이 엘로이즈의 용돈을 끊겠다고 나오면 장모의 말이 별로 먹힐 것 같지 않았다. 벨옹브르에서 보란 듯이 살려면 엘로이즈가 친정에서 받아 오는 돈이 꼭 있어야 했다. 톰은 담배에 불을 붙이고 기쁨과 근심이 교차하는 마음으로 다음 번개가 치기 전까지 마음을 다잡았다. 장인 자크 플리송을 떠올렸다. 뚱뚱한 체격에 잘난 척하며 돈줄을 쥐고 두 사람의 운명을 좌지우지하는 인간. 20세기판 마부 같았다. 야속하게도 돈에는 그런 힘이 있었다. 당연한 소리지만.

"한 잔 더 드릴까요?" 아네트 여사가 은제 커피포트를 들고 톰의 팔꿈치께에서 갑자기 나타났다. 포트가 살짝 떨리고 있었다.

"됐습니다. 포트는 놔 두고 가세요. 내가 따라 마실게요."

"창문 좀 확인하겠습니다." 아네트 여사가 말하며 테이블 중앙에 깔린 매트 위에 포트를 내려놓았다. "밖이 정말 캄캄하네요! 폭풍이 치겠는데요!" 노르만계 핏줄을 물려받은 듯한 눈두덩이 아래로 보이는 파란 눈동자가 톰의 눈동자와 잠시 마주치자, 여사가 시선을 다급히 계단으로 돌렸다. 여사는 아까 창문을 확인하고 덧문까지 내려놓았으면서도, 한 번 더 확인해야 직성이 풀리는 사람이었다. 그런 모습이 톰은 마음에 들었다. 톰은 가만히 앉아 있지 못하고 자리에서 일어나 창가로 갔다. 조금은 더 훤한 창가에 서서 『인터내셔널 헤럴드 트리뷴』 뒷면에 실린 '인물'란을 확인했다. "프랭크 시나트라: 개봉을 앞둔 영화에 드디어 모습을 드러낼 예정이다.", "식품업계 거물 고(故) 존 피어슨이 생전에 가장 아끼던 차남 프랭크 피어슨(16세)이 메인주 자택에서 가출했다. 피어슨 가족은 3주째 연락이 두절된 프랭크를 애타게 찾고 있다. 7월에 부친이 사망한 후로 프랭크가 매우 힘들어했다."

톰은 존 피어슨의 부고를 봤던 기억이 떠올랐다. 런던판 『선데이 타임스』에 피어슨의 부고가 짤막하게 실렸었다. 앨라배마 주지사 조지 월리스처럼 존 피어슨도 휠체어를 타고 다녔다. 둘 다 암살 위협을 받은 후 휠체어 신세를 지게 되었다. 피어슨은 매우 건강한 사람이었다. 하워드 휴스*만큼은 아니더라도, 피어슨은 자신이 만든 고급 식료품, 건강식품, 다이어트 식품 등으로 수억 달러에 달하는 부를 일구었다. 톰이 유독 그의 부고를 기억하는 까닭은 피어슨이 자택에 있는 낭떠러지에서 투신자살한 건지, 사고사였는지가 불분명했다는 데에 있었다.

* 미국 투자가

존 피어슨은 낭떠러지에서 석양을 바라보는 걸 즐겼고, 경관을 망친다는 이유로 난간을 달기를 거부했었다.

쩍!

톰은 프렌치 도어에서 물러서며 몸을 움츠렸다가, 온실 유리창이 멀쩡한지 눈을 부릅뜨고 바깥을 살폈다. 바람이 불자, 지붕 타일 위에서 뭔가 달그락거렸다. 나뭇가지가 부딪혀서 나는 소리였으면.

엘로이즈는 이런 날씨에도 아랑곳하지 않고 잡지를 보고 있었다.

"옷을 입어야겠어. 당신, 점심에 약속 없지?" 톰이 물었다.

"없어. 이따가 5시에 나갈 거야. 당신은 일이 잘못될까 봐 늘 전전긍긍하는데, 우리 집은 아주 튼튼하다고!"

톰은 억지로 고개를 끄덕였다. 사방에서 천둥 번개가 치니 걱정하는 게 당연했다. 톰은 탁자에 있는 『인터내셔널 헤럴드 트리뷴』을 집어 들고 2층으로 올라간 다음, 샤워하고 면도했다. 그리고 몽상에 빠졌다. 노친네가 죽을 때 자연사로 죽으려나? 사실 톰과 엘로이즈에게 돈이 더 필요한 건 아니었다. 전혀 그렇지는 않았다. 다만 예전부터 장인이 눈엣가시였기 때문이다. 꼴 보기 싫은 시어머니하고 비슷하달까. 자크 플리송이 시라크 지지파의 일원이라는 건 자명한 사실이었다. 이제 톰은 옷을 입고 침실 측면 창문을 연 다음, 들이치는 비바람을 얼굴로 맞았다. 신선하고 짜릿했다. 숨을 들이마셨다가 곧바로 창문을 닫았다. 메마른 땅에 내리는 비 내음이 향기로웠다. 그런 다음, 엘로이즈의 욕실로 가서 창문이 닫혔는지 확인했다. 이제 창밖에 내리는 비가 쉬이익 소리를 내며 불어오는 바람과 뒤섞였다. 아네트 여사가 두 사람이 자고 일어난 침대에서 베개를 정리한 다음, 이불을 판판히 펴고 있었다.

"제가 다 확인했어요." 여사가 베개를 토닥이고 이불 정리를 끝내더니 허리를 폈다. 아네트 여사는 키는 다소 작았지만, 다부진 체구에 넘쳐흐르는 기운은 젊은이 못지않았다. 60대 후반이었지만 얼마나 정정한지 톰은 생각만 해도 든든했다.

"정원을 잠시 둘러봐야겠어요." 톰은 몸을 돌려 침실에서 나갔다.

톰은 계단으로 해서 현관으로 나간 다음 돌아서 뒤뜰로 갔다. 달리아에 지지대를 대고 줄로 묶어 놓았더니 아직까지는 잘 버텨 주고 있었다. 진분홍 국화가 미친 듯이 고개를 휘젓긴 해도, 강풍에 뽑힐 것 같진 않았다. 톰이 가장 좋아하는 곱슬곱슬한 주황색 달리아도 잘 버텨 줄 것 같았다.

번쩍거리는 번개가 남서쪽 쥐색 하늘을 갈랐다. 톰은 빗물에 얼굴을 적시며 천둥이 치기를 기다렸다. 뭐라도 쪼개려는 기세로 오만하게 굉음을 내며 천둥이 우르릉거렸다.

요전 날 밤에 만났던 소년이 설마 열여섯 살 프랭크 피어슨? 그 소년은 자기가 열아홉 살이라고 했지만, 열여섯 살일 가능성이 더 컸다. 뉴욕이 아니라 메인주에서 왔을 테고. 존 피어슨이 언제 죽었더라? 『인터내셔널 헤럴드 트리뷴』에 가족사진이 실렸던 것 같은데? 아버지 피어슨의 사진이 실렸지만, 톰이 누가 누군지 전부 다 기억할 수 있는 건 아니었다. 『선데이 타임스』였나? 톰은 다른 누구보다 사흘 전에 만난 소년을 더욱 또렷이 기억하고 있었다. 소년은 얼굴이 그늘지고 우울해 보였고, 잘 웃지도 않았다. 단호한 입매. 짙은 일자 눈썹. 오른쪽 뺨에 찍힌 점은 사진을 찍었을 때 보일 만큼 크진 않았지만, 눈에 띄긴 띄었다. 소년은 예의 바르고 조심스레 행동했다.

"여보! 뭐 해? 들어와!" 엘로이즈가 프렌치 도어에서 고함쳤다.

톰은 아내에게 뛰어갔다.

"벼락 맞고 싶어서 그래?"

톰은 도어 매트 위에서 앵클부츠를 닦았다. "얼마 안 젖었어. 딴생각을 좀 하느라."

"무슨 생각? 머리나 말려." 엘로이즈가 아래층 화장실에서 들고나온 수건을 내밀었다.

"로제 선생이 오후 3시에 올 테니, 스카를라티를 연습해야겠다는 생각. 오전에도 하고, 점심 먹고도 하고."

엘로이즈가 미소를 지었다. 비 내리는 날이라 그런지 그녀의 청회색 눈동자의 동공에 보라색 광채가 감돌았다. 톰은 그런 눈이 참 마음에 들었다. 엘로이즈가 오늘따라 특별히 보라색 원피스를 골라 입은 걸까? 그건 아닐 것이다. 그저 심미적으로 운이 좋았을 뿐.

"연습하려고 앉아 있는데." 엘로이즈가 영어로 말했다. "당신이 바보처럼 잔디밭에 서 있는 게 보이지 뭐야." 그녀는 하프시코드로 가서 앉은 다음 허리를 펴고 손을 털었다. 톰은 아내가 진짜 피아니스트 같다고 생각했다.

톰이 주방에 가니, 아네트 여사가 싱크대 오른쪽에 있는 사이드보드 위 찬장을 치우고 있었다. 손에 행주를 들고 세 발 달린 나무 스툴 앞에 서서 양념 병을 일일이 닦고 있었다. 비바람이 치니, 시내로 장 보러 나가는 일을 오후로 미룬 듯했다.

"날짜 지난 신문을 좀 보려고요." 톰이 옆에 있는 복도로 나가는 문지방 근처에서 몸을 숙였다. 복도를 따라가면 오른편으로 아네트 여사의 방이 나왔다. 날짜가 지난 신문은 손잡이가 달린 바구니에 담아서 보관했다. 땔감을 담아 놓는 통하고 비슷하게 생긴 바구니였다.

"특별히 찾으시는 날짜가 있으세요? 도와드릴까요?"

"고맙지만, 금방 찾을 수 있어요. 미국 신문이라서 혼자서 찾아볼게요." 톰은 7월분 『인터내셔널 헤럴드 트리뷴』 신문을 뒤적거리며 멍하니 말했다. 부고였나, 기사였나. 그것이 문제였다. 피어슨 기사가 오른쪽 지면 좌측 상단에 사진과 함께 실렸던 게 기억났다. 고작 열 부만 훑어보면 된다. 그보다 앞선 날짜의 신문은 이미 버렸기 때문이다. 톰은 방으로 올라가 신문을 몇 부 더 찾아냈지만, 존 피어슨 관련 기사는 보이지 않았다.

엘로이즈가 바흐 인벤션을 치는 소리가 톰의 침실에서도 꽤 잘 들렸다. 내가 지금 샘을 내나? 톰은 웃고 싶었다. 엘로이즈가 지금 치는 바흐만큼, 내가 오후에 스카를라티를 더 잘 칠 수는 없겠지(로제 르프티 선생에게도 당연히 그렇게 들리겠지)? 톰은 그제야 웃음이 나와 손으로 입을 가렸다. 바닥에 쌓인 신문지 더미를 실망한 채 내려다보았다. 『명사 인명록』을 살펴볼까? 복도를 지나 맞은편으로 보이는 주택 정면으로 걸어갔다. 포탑 자리를 서재로 꾸며 놓았다. 톰이 『명사 인명록』을 꺼내서 들춰 보았지만, 존 피어슨 관련 항목은 없었다. 영국판보다 오래된 버전인 미국판 『명사 인명록』도 뒤져 보았다. 역시나, 존 피어슨 관련 항목은 없었다. 톰이 가진 두 가지 버전의 『명사 인명록』은 발행한 지 5년도 더 된 것들이었다. 존 피어슨이 등재를 허락하지 않았을지도 모른다.

엘로이즈가 세 번째로 바흐 인벤션을 치더니 정교한 화음으로 연습을 마쳤다.

빌리라는 그 소년이 다시 찾아올까? 톰은 그럴 것 같은 예감이 들었다.

톰은 점심을 먹고 스카를라티를 연습했다. 이제 30분 정도는 정원을 들락거리지 않고 집중해서 연습할 수 있었다. 몇 달 전만 하더라도 건반 앞에 15분밖에 못 앉아 있었는데, 진득이 앉아 있을 수 있게 되었다. 로제 르프티('프티'는 불어로 '작다'라는 뜻이지만 로제 선생에게 작은 건 하나도 없었다. 그는 키도 크고 덩치도 큰 청년이었다. 프랑스의 슈베르트처럼 안경을 쓰고 머리카락은 곱슬곱슬했다)가 말하길, 정원 일을 했다간 피아니스트나 하프시코디스트의 손이 망가질 거라고 했다. 그래도 톰은 타협하는 쪽을 택했다. 정원 일을 포기하고 싶지는 않았다. 대신 등대풀을 정리하는 일은 시간제로 와서 일하는 정원사 앙리에게 맡기기로 했다. 사실 톰의 목표는 하프시코드 연주회를 여는 게 아니었다. 누구나 인생은 타협하며 사는 거 아닐까.

오후 5시 15분이 되자, 로제 르프티가 주문했다. "이 부분은 레가토로 부드럽게 연결해서 쳐야 해요. 하프시코드로 레가토를 연주하려면 연습해야 합니다."

전화벨이 울렸다.

톰은 쉬운 곡이라도 제대로 치려고 힘을 줄 곳에서는 제대로 주고, 뺄 곳에서는 제대로 빼려고 노력했다. 전화벨이 울리자, 톰은 숨을 깊이 쉬고 양해를 구한 다음 자리에서 일어났다. 엘로이즈는 먼저 레슨을 받고 2층에서 친정에 갈 채비를 하고 있었다. 톰이 아래층 수화기를 들었다.

2층에 있던 엘로이즈가 이미 전화를 받아서 불어로 통화하고 있었다. 빌리의 목소리가 들리자, 톰이 중간에 끼어들었다.

"리플리 씨. '쉼터' 건으로 파리에 다녀왔는데요, 재미있었어요." 빌리가 수줍은 목소리로 말했다.

"뭐라도 알아냈어요?"

"조금요. 놀라실 거예요. 혹시 오늘 저녁 7시경에 시간 괜찮으세요?"

"오늘 저녁 좋죠."

톰이 소년에게 몇 시쯤 올 거냐고 묻기도 전에 전화가 뚝 끊겼다. 흠, 전에도 왔었지. 톰은 어깨를 풀고 다시 하프시코드로 가서 허리를 펴고 앉았다. 다음에 칠 스카를라티 피콜라 소나타는 더 잘 칠 수 있을 것 같았다.

로제 르프티가 매끄럽게 잘 쳤다고 극찬했다.

아까 정오쯤에 비바람이 저절로 잦아들었다. 늦은 오후에 해가 나자, 정원이 먼지 하나 없이 깨끗하게 반짝반짝 빛이 났다. 이런 경우는 드물었다. 엘로이즈가 친정에 가면서 자정께 돌아오겠다고 했다. 샹티이까지는 차로 한 시간 반 거리였다. 엘로이즈는 친정어머니와 저녁을 먹고 수다 떠는 걸 좋아했다. 친정아버지는 아무리 늦어도 10시 반이면 잠자리에 들었다.

"당신이 봤던 미국에서 온 소년이 오늘 밤 7시에 온대. 빌리 롤린스."

"그래? 요전 날 봤던 그 소년? 알았어."

"같이 식사나 하려고. 당신이 돌아와도 빌리가 집에 있을지도 몰라."

그건 전혀 중요한 일이 아니라서 그런지, 엘로이즈는 대답도 하지 않았다. "갔다 올게, 여보!" 엘로이즈는 인사를 건넨 후, 기다란 붉은 작약 한 송이를 가운데 놓고 이제는 거의 끝물인 목이 긴 샤스타데이지로 주위를 감싸서 만든 꽃다발을 집어 들었다. 혹시 모르니 치마와 블라우스 위에 우비도 걸쳤다.

톰이 7시 정각 뉴스를 듣고 있는데 초인종이 울렸다. 톰은 아네트 여사에게 7시에 손님이 온다고 말해 두었다. 거실에 있던 톰은 여사를 막아서더니 자기가 문을 열어 주겠다고 했다.

빌리 롤린스가 열린 대문 사이로 들어와 자갈길을 지나 현관 앞까지 왔다. 오늘은 회색 플란넬 바지에 셔츠를 받쳐 입고 재킷을 걸치고 있었다. 겨드랑이에 비닐봉지를 끼고 있었는데 그 안에 납작한 게 들어 있었다.

"안녕하셨어요? 리플리 씨." 빌리가 웃으며 인사했다.

"안녕, 어서 들어와요. 어떻게 이렇게 시간을 딱 맞춰서 왔죠?"

"택시 타고 왔어요. 오늘은 돈을 좀 썼어요." 소년이 매트에 구두 밑바닥을 문지르며 대답했다. "이거 받으세요."

톰은 비닐봉지를 열어서 성악가 피셔디스카우가 부른 슈베르트의 가곡 레코드판을 꺼냈다. 톰이 알기론 얼마 전에 새로 나온 앨범이었다. "정말 고마워요. 다들 선물을 받으면 진짜로 갖고 싶었던 거라고 말하지만, 난 진심이에요, 빌리."

소년의 옷차림은 흠잡을 데가 없었다. 며칠 전 저녁하고는 완전히 딴판이었다. 아네트 여사가 나와서 뭘 드시겠냐고 물었다. 톰이 두 사람을 소개했다.

"앉아요, 빌리. 맥주, 아니면 다른 거?"

빌리가 소파에 앉았다. 아네트 여사가 맥주를 가지고 나와 바 카트 위에 올려놓았다.

"아내는 친정에 갔어요. 원래 매주 금요일 밤이면 친정에 가거든요."

오늘 밤 아네트 여사는 톰에게 진토닉에 레몬을 띄워서 갖다주었다. 아네트 여사는 할 일이 많으면 많을수록 더 행복해하는 사람이었다. 톰은 그녀가 만들어 준 칵테일에 조금도 불만이 없었다.

"오늘 하프시코드 레슨 받으셨어요?" 하프시코드의 뚜껑이 열려 있고 그 위에 악보가 펼쳐져 있는 걸 보더니 빌리가 물었다.

톰은 그렇다고 했다. 자기는 스카를라티를, 아내는 바흐 인벤션을 쳤다고 했다. "오후에 카드 게임 하는 것보다 재미있어요." 톰은 빌리가 한 곡 쳐 달라고 부탁하지 않아서 고마웠다. "이제 파리에 갔다 온 얘기를 해 봐요. '네 발 달린 동물을 위한 쉼터' 얘기요."

"그래야죠." 빌리가 고개를 뒤로 젖혔다. 말하기 전에 생각을 가다듬는 것 같았다. "수요일 오전에 그 쉼터가 가짜로 내세운 곳이 맞는지, 제가 확인하러 돌아다녔어요. 카페에 가서도 묻고, 자동차 정비소에 가서도 물었더니, 저처럼 그 쉼터를 물어본 사람이 두어 명 있었다고 하더라고요. 브뇌에 있는 경찰한테도 물어봤어요. 경찰은 그런 동물 보호소는 처음 들어 본다면서 상세 지도에서도 찾지 못하더라고요. 그래서 그 근처 대형 호텔에 가서도 물어봤죠. 호텔에서도 처음 듣는대요."

아마 그랑 브뇌 호텔이었을 것이다. 톰은 '브뇌(Veneux)'라는 프랑스의 지명을 들을 때마다 성교를 뜻하는 영어 단어 '베너리(venery)'가 떠올랐다. 피어오르는 음탕한 생각에 온몸이 움찔거렸다. "수요일 오전 내내 무척 바빴겠어요."

"네, 게다가 수요일 오후에는 일도 했거든요. 원래 부탱 부인 댁에서 하루에 대여섯 시간은 일해요." 빌리가 잔을 들고 맥주를 벌컥 마셨다. "그다음 날인 어제 목요일에는 파리에 갔어요. 18구에 있는 레아베스역에서부터 해서 피갈 광장까지 훑었죠. 그곳 우체국에 들러서 사서함 287호에 대해 물었더니, 일반에 공개하는 정보가 아니래요. 그래서 제가 우편물을 수거하는 담당자 이름이라도 알려 달라고 했어요." 빌리가 살짝 웃었다. "제가 작업복 차림이었거든요. 동물 기금으로 10프랑을 기부하고 싶다면서요. 그랬더니 우체국 직원이 그 사서함은 동물 기금이랑 관계가 없다고 하더라고요. 처음에 절 보셨을 때 사기꾼 쳐다보듯 하셨잖아요? 우체국 사람들도 그런 눈으로 절 쳐다보던데요!"

"들른 데가 관할 우체국이 맞긴 맞아요?"

"그건 모르겠어요. 18구에 있는 우체국 네 곳 모두 자기네가 사서함 287호 담당인지는 밝히지 않더라고요. 그래서 제가 논리적으로 따져 본 다음, 아주 장한 일을 하고 왔죠." 빌리는 자기가 뭘 했는지 맞춰 보라는 듯이 톰을 쳐다보았다.

톰은 당장은 그게 뭔지 알 수 없었다. "뭘 했는데요?"

"종이하고 우표를 사서 근처 카페로 가 쉼터에 보낼 편지를 썼어요. '동물 쉼터 담당자 귀하. 당신이 발행하는 회보에 적힌 쉼터는 실제로 존재하지 않는 곳이더군요. 나는 당신에게 속은 수많은 사람 중 하나입니다.'"

톰이 감탄하며 고개를 끄덕였다.

"'선의로 기부했던 내 친구들과 나는 당신이 운영한다는 동물 보호소가 사기라고 결론을 내렸습니다. 이제 곧 경찰이 들이닥칠 테니 각오하십시오.'" 빌리가 몸을 앞으로 숙였다. 그의 표정을 보니, 이런 일이 재미있기도 하지만 가슴 속에 정의로운 분노가 차오르는 것 같았다. 소년은 벌게진 뺨으로 미소를 짓다가 인상을 찌푸렸다. "제가 그들이 쓰는 '사서함'을 주시하겠다고 했어요."

"훌륭해요. 그쪽에서 당황해야 할 텐데요."

"다른 우체국에도 가서 창구에 앉은 여직원한테 물어봤어요. 사서함으로 온 우편물을 며칠에 한 번 가지러 오는지요. 그랬더니 직원이 말을 안 해 주더라고요. 그게 바로 전형적인 프랑스 스타일이죠. 누군가를 꼭 보호하려고 그러는 건 아니지만요."

톰은 알고 있었다. "프랑스 사람들에 대해 어떻게 그리 잘 알죠? 불어도 수준급이고."

"그게…… 학교에서 배웠어요. 2년 전에는 프랑스에서 여름을 보낸 적도 있고요. 프랑스 남부에서요."

소년은 프랑스에 여러 번 왔던 것 같았다. 다섯 살, 그러니까 아주 어린 나이부터 드나들었을 것이다. 미국 일반 고등학교에서는 불어를 제대로 가르치는 데가 한 군데도 없었다. 톰은 술 카트에 있는 하이네켄 맥주를 한 병 더 따서 커피 테이블로 들고 왔다. 그는 궁금한 점을 대놓고 물어보기로 일찌감치 마음먹었다. "혹시 존 피어슨이라는 미국의 재벌이 죽었다는 기사 봤어요? 한 달 정도 됐나?"

순간, 소년의 눈에 놀라움이 스쳐 지나갔다. 소년이 기억을 더듬는 척했다. "들어 보긴 했어요."

톰은 기다렸다가 말했다. "그 집에 아들만 둘인데 차남이 사라졌대요. 프랭크가 사라져서 가족이 걱정한대요."

"그래요? 그건 몰랐어요."

소년의 얼굴이 더 새파래진 걸까? "문득 이런 생각이 들더군요. 그 아들이 당신일지도 모른다는 생각."

"제가요?" 소년이 몸을 앞으로 기울이더니 맥주병을 들고 톰에게 시선을 거둔 채 벽난로를 뚫어져라 쳐다보았다. "그게 저라면, 제가 왜 정원사로 일하겠어요?"

톰은 15초를 그저 흘려보냈다. 소년이 더는 입을 열지 않았다. "선물 받은 앨범이나 들을까요? 내가 피셔디스카우를 좋아하는 건 어떻게 알았죠? 하프시코드를 친다고 해서 안 건가요?" 톰이 웃으며 벽난로 왼쪽 선반 위에 있는 전축 스위치를 켰다.

피아노 선율이 시작되면서 피셔디스카우가 독일어로 부르는 감미로운 바리톤이 울려 퍼졌다. 가곡을 듣는 순간, 톰은 온몸이 깨어나는 듯한 행복감이 번지면서 미소가 절로 나왔다. 간밤에 우연히 라디오에서 들었던 바리톤 가수가 떠올랐다. 영국 남자가 멱따는 음성으로 영어로 된 가곡을 부르는데, 다 죽어 가는 물소가 진흙에 빠져서 허우적거리다가 네 발을 허공으로 쳐든 채 울부짖는 듯한 음색이었다. 가사는 사랑했으나 몇 년 전에 헤어진 콘월의 조신한 처녀를 그리워하는 내용이었다. 그런데 노쇠한 음색으로 불러서 그런지 헤어진 지 아주 오래 된 것 같았다. 별안간 크게 웃음이 터졌다. 그제야 톰은 평소와 달리 긴장하고 있었다는 걸 깨달았다.

"뭐 재미있는 일이라도 있으세요?" 소년이 물었다.

"내가 가곡을 하나 작곡해서 독일어로 가사를 써 둔 게 있는데, 제목을 뭐로 할까 고심하고 있어요. '목요일 오후 이후론 내 영혼이 달라졌다네. 괴테의 시집을 펼치자 오래전 세탁소에 맡겨 둔 세탁 명세표가 나왔는데.' 뭐, 이런 가산데 독어로 부르면 그나마 괜찮게 들리거든요." 톰이 독어로 가사를 읊었다. "자이트 도너스타그 나흐미타그……."

소년도 웃었다. 소년도 긴장했던 걸까? 소년이 고개를 저었다. "전 독일어를 잘 모르지만, 그래도 재밌네요. 영혼이 느껴져요! 하!"

아기자기한 음악이 이어졌다. 톰은 골루아즈 담배에 불을 붙이더니 거실을 느릿느릿 거닐며 어떻게 물어봐야 할지 고민에 빠졌다. 빌리에게 여권을 보여 달라고 해서 그 질문에 대한 대답을 얻어야 할까? 아니면, 빌리 롤린스 이름으로 배달 온 우편물이라도 보여 달라고 해야 하나?

노래가 끝나 갈 무렵 소년이 말했다. "앨범 한쪽 면을 다 듣고 싶진 않은데요. 그래도 될까요?"

"물론." 톰이 전축을 끄고 판을 도로 앨범 재킷 속에 집어넣었다.

"아까 물으셨잖아요. 피어슨이라는 남자 말이에요."

"그랬죠."

"혹시 제가……." 거실에 다른 사람이 있다는 듯이, 주방에 있는 아네트 여사에게 들릴지도 모른다는 듯이 소년이 목소리를 낮추었다. "만약 그 남자의 사라진 아들이 저라면 어떻게 되는 거죠?"

"음." 톰이 차분히 말했다. "그거야 내가 상관할 바 아니죠. 당신이 유럽에 오고 싶었다면, 그것도 신분을 숨기고 오고 싶었다면, 이미 왔으면 된 거죠."

소년이 후련한 표정을 지으며 한쪽 입꼬리를 씩 올렸다. 그러더니 말없이 손바닥 사이에 반쯤 남은 맥주병을 끼고 돌리기만 했다.

"단, 집에서 걱정하고 있다는 건 상관해야겠죠." 톰이 말했다.

아네트 여사가 나왔다. "실례지만, 혹시……."

"네, 그러려고요." 톰이 대답했다. 아네트 여사가 둘 다 저녁을 먹을 거냐고 물어보려고 했기 때문이다. "저녁 먹고 가요. 괜찮죠, 빌리?"

"저야 좋죠. 고맙습니다."

아네트 여사가 소년을 보더니 미소를 지었다. 말보다 눈으로 더 많은 말을 하고 있었다. 여사는 집에 오는 손님을 기분 좋게 해 주는 걸 즐기는 가정부였다. "상을 다 차리려면 15분쯤 걸릴 텐데, 괜찮으시죠?"

아네트 여사가 주방으로 들어가자, 소년이 소파 끝에서 꼼지락대다가 물었다. "어두워지기 전에 정원 구경해도 돼요?"

톰이 자리에서 일어났다. 둘이 프렌치 도어를 통해 밖으로 나가 몇 계단을 지나 잔디밭에 내려섰다. 좌측 수평선 너머로 석양이 지고 있었다. 소나무 사이로 주황색과 분홍색이 번져 가고 있었다. 소년은 아네트 여사에게 들리지 않는 자리로 멀리 가고 싶어 하면서도, 잠시 풍광에 마음을 빼앗겼다.

"이 집 정원은 조경 배치가 참 잘 돼 있어요. 너무 딱딱하지 않고 참 근사해요."

"배치가 잘 돼 있어서 근사한 게 아니죠. 배치는 원래부터 이랬는데, 내가 이 정원을 정성껏 가꾸었더니 근사해진 겁니다."

소년이 바위취를 보려고 몸을 숙였다(아직 꽃은 피지 않았다). 바위취를 알다니, 톰은 놀랐다. 이제 소년이 온실에 관심을 보였다.

온실은 알록달록한 이파리와 만발한 꽃들로 가득했다. 친구들에게 나눠 줄 식물들도 있었다. 죄다 적당히 촉촉하고 비옥한 흙에 심겨 있었다. 소년은 마음에 든다는 듯이 숨을 들이마셨다. 이 소년이 정말 존 피어슨의 아들일까? 장남이 가업을 물려받지 않는다고 하면, 대신 물려받도록 길러진 차남일까? 아무도 없는 온실에서 지금 왜 털어놓지 않는 거지? 소년은 화분만 들여다보면서 손끝으로 살살 화초를 매만지고만 있었다.

"이제 들어가죠." 톰이 참지 못하고 말했다.

"예, 알겠습니다." 소년은 군인처럼 대답하더니, 무슨 잘못이라도 저지른 사람처럼 뻣뻣한 몸으로 톰을 따라 나섰다.

대체 어느 학교에서 '예, 알겠습니다' 같은 위압적인 대답을 하라고 강요한단 말인가? 무슨 사관 학교라도 다니나?

둘이 거실에 있는 벽감에서 저녁을 먹었다. 메뉴는 만두를 곁들인 닭 요리였다. 오늘 오후에 소년의 전화를 받고서 톰은 여사에게 만두를 만들어 달라고 부탁했다. 톰이 예전에 아네트 여사에게 미국식 만두 만드는 법을 알려 준 적이 있었다. 소년은 아주 잘 먹었고 화이트 와인도 즐겼다. 소년이 엘로이즈에 관해 정중히 물었다. 친정은 어디인지, 친정 부모는 어떤 사람들인지 말이다. 톰은 플리송 부부에 대해, 특히 장인에 대해서는 진심을 털어놓지 않기로 했다.

"혹시 아네트 여사님이 영어를 할 줄 아세요?"

톰이 미소를 지었다. "'굿 모닝'도 못 해요. 영어를 싫어해서요. 그런데 그건 왜 묻죠?"

소년이 입술을 축이더니 몸을 앞으로 내밀었다. 폭이 1미터가 넘는 식탁이 여전히 두 사람 사이를 가르고 있었다. "아까 말씀하셨던 그 아이가 저라고 털어놓으면 어떻게 되는 거죠? 제가 프랭크예요."

"맞구나. 아까도 묻더니만." 톰이 말했다. 프랭크는 자기가 취했다는 걸 알고 있었는데, 무조건 환영할 일이었다. "잠시 집에서 벗어나고 싶어서 프랑스로 온 거니?"

"네." 프랭크가 진지하게 대답했다. "설마 절 저희 집에 넘기시는 건 아니겠죠? 안 그러셨으면 좋겠어요." 프랭크가 속삭이듯 말했다. 소년은 톰에게서 눈을 떼지 않았지만 눈동자가 살짝 흔들렸다.

"그럴 리가. 난 믿어도 돼. 너도 나름의 이유가 있었을……."

"맞아요. 다른 사람이 되고 싶었어요." 소년이 말을 잘랐다. "어쩌면……." 소년이 말을 멈추었다. "그렇게 도망친 걸 후회하는지도 모르겠어요. 하지만, 하지만……."

톰은 듣고만 있었다. 프랭크가 진실을 모두 털어놓지는 않는다는 걸, 그리고 오늘 밤에는 많은 걸 털어놓지 않으리라는 걸 감지했다. 사람을 취하게 해서 본성을 드러내게 하는 힘이 와인에 있다는 게 고마웠다. 와인을 마시면 거짓말로 둘러대는 데에도 한계가 있었다. 적어도 프랭크 피어슨처럼 나이 어린 사람이라면 그 한계를 실감할 것이다. "가족 얘기를 해 보렴. 존 주니어라고 있지 않니?"

"네, 저희 형이에요. 조니 형이요." 프랭크가 기둥을 잡고 와인 잔을 돌리며 식탁 정중앙을 쳐다보고 있었다. "제가 형의 여권을 들고 왔어요. 형 방에서 훔쳤죠. 형은 열여덟 살이고 이제 곧 열아홉 살이 돼요. 저는 형의 서명도 따라 그릴 수 있어요. 최소한 남들에게 들키지 않을 정도는 해요. 이런 적은 없었어요. 이번이 처음이에요." 프랭크가 말을 멈추고 고개를 저었다. 동시에 많은 생각이 쏟아지자 혼란스러워하는 것 같았다.

"집에서 나와서 뭘 했지?"

"일단 비행기를 타고 런던으로 가서 잠시 있었어요. 닷새 정도 있다가 프랑스로 건너왔어요. 파리로요."

"그랬구나. 돈은 충분했니? 여행자 수표를 위조한 건 아닐 테고."

"그런 짓은 안 했어요. 현찰을 들고나왔거든요. 2~3천 달러 정도요. 집에서 들고 나오는 건 어렵지 않았어요. 전 금고를 열 줄 알거든요."

바로 그때, 아네트 여사가 거실로 나와서 접시를 치우고 휘핑크림이 올라간 딸기 쇼트케이크를 갖다주었다.

"조니 얘기를 해 볼까." 아네트 여사가 주방으로 들어가자, 톰이 다시 얘기를 꺼냈다.

"조니 형은 하버드대에 다녀요. 지금 방학이에요."

"그럼 집은 어디지?"

프랭크의 눈이 또다시 흔들리더니 고민하는 눈치였다. 어느 집을 집이라고 말해야 하나? "메인주 케네벙크포트에 있는 집 말씀하시는 거예요?"

"장례식을 메인주에서 치렀지? 난 그렇게 기억하고 있는데. 그럼 메인주에 있는 집에서 나온 거니?" 톰이 묻는 질문에 소년이 꽤 놀란 눈치였다. 그걸 보면서 톰도 놀랐다.

"케네벙크포트, 거기 맞아요. 연중 이맘때면 저희 가족은 주로 그 집에서 지내거든요. 그래서 장례식도 그곳에서 한 거예요. 화장도요."

아버지가 자살하셨다고 생각하니? 톰은 이렇게 묻고 싶었지만, 너무 천박한 질문 같았다. 호기심만 채우는 질문이라 묻지 않았다. "그럼 어머니는 어떠시니?" 톰은 천박한 질문 대신, 자기가 소년의 어머니와 친분이라도 있는 사이처럼 안부를 물었다.

"아, 저희 엄마요. 마흔이 넘으셨어도 대단한 미모를 간직하신 분이죠. 금발이세요."

"어머니하고 사이는 좋니?"

"그럼요. 엄마는 아버지보다는 훨씬 활동적이세요. 사교 활동을 좋아하시고, 정치 활동도 열심이시죠."

"정치? 어느 쪽이신데?"

"공화당원이세요." 프랭크가 미소를 지으며 톰을 바라보았다.

"아버지하고 재혼하셨지." 톰은 부고에서 봤던 기억이 났다.

"네."

"어머니께 어디로 간다고 말씀드리고 나왔니?"

"말씀드린 건 아니고, 뉴올리언스로 간다고 메모를 남겨 놓고 나왔어요. 제가 뉴올리언스를 좋아하는 걸 집에서도 아시거든요. 전에 몬텔레온 호텔에 혼자 묵은 적도 있으니까요. 집에서 나와 버스 정류장까지는 걸어가야 했어요. 운전 기사한테 기차역까지 태워다 달라고 하지 않았으니까요. 집에서는 제가 뉴올리언스로 가지 않았다는 걸 아셨을 거예요. 전 제 발로 멀리 도망치고 싶었어요. 그래서 가출한 거예요. 뱅고어를 거쳐 뉴욕으로 간 다음 비행기를 타고 미국을 떠났죠. 저도 한 대만 피워도 될까요?" 프랭크가 은제 컵에 담아 둔 담배로 손을 뻗었다.* "집에서는 몬텔레온 호텔로 전화해 보고 제가 없다는 걸 아셨겠죠. 그래야 이 상황이 설명이 돼요. 제가 가끔 사서 보는 신문에서 저희 집 기사를 봤어요."

"아버지 장례식을 치르고 며칠 있다가 가출한 거지?"

프랭크가 정확히 대답하려고 심사숙고했다. "일주일인가, 8일 후였을 거예요."

"그럼 어머니께 전보를 치렴. 프랑스에서 잘 지내고 있으니 조금 있다가 돌아가겠다고. 어때? 숨어 지내는 것도 지겹잖니." 톰은 프랭크가 이 게임을 즐기는 것 같다는 생각이 들었다.

"지금은 아무 연락도 드리고 싶지 않아요. 혼자 있는 게 좋아요. 자유롭게." 소년이 단호히 말했다.

톰이 고개를 끄덕였다. "이제야 네 머리카락이 삐죽 서는 이유를 알겠다. 원래 가르마를 왼쪽으로 탔구나."

"맞아요."

아네트 여사가 쟁반에 커피를 담아 거실로 내오고 있었다. 프랭크와 톰이 자리에서 일어났다. 톰은 손목시계를 확인했다. 아직 10시도 되지 않았다. 프랭크 피어슨은 왜 톰 리플리가 공감해 주리라 생각한 걸까? 소년이 봤을지도 모를 신문 기사에 따르면, 톰 리플리가 위태로운 평판을 지닌 인물이라서 그런 걸까? 프랭크도 무슨 잘못을 저지른

* 프랑스는 기존 16세였던 음주 및 흡연 허용 연령을 2009년에서야 18세로 상향했다.

걸까? 아버지를 죽였나? 혹시 낭떠러지에서 떠밀었나?

"허흠." 톰은 괜히 목을 가다듬었고, 커피 테이블로 걸어가면서 한 쪽 팔을 털었다. 혼란스러운 생각이 밀려왔다. 이런 생각이 든 게 이번이 처음인가? 톰은 확답할 수 없었지만, 소년이 털어놓고 싶을 때 털어놓도록 내버려 두기로 했다. "커피 마셔라." 톰이 강하게 권했다.

"저, 이제 갈까요?" 톰이 시계를 들여다보자, 프랭크가 물었다.

"아니, 아니다. 엘로이즈 생각을 하고 있었어. 아내가 자정 전까진 온다고 했거든. 12시까진 아직 멀었어. 앉으렴." 톰이 바 카트에서 브랜디 병을 집어 들었다. 오늘 밤, 프랭크가 말을 많이 하면 할수록 좋았다. 톰은 소년을 집에까지 데려다줄 생각이었다. "코냑도 마시렴." 톰은 소년에게 줄 코냑을 따르고 자기가 마실 코냑도 똑같이 따랐지만, 실은 코냑을 좋아하지 않았다.

프랭크가 손목시계를 들여다보았다. "부인께서 돌아오시기 전에 일어서야겠어요."

엘로이즈라면 톰에 이어 프랭크의 정체를 눈치챌 것이다. "안타깝게도, 너희 집에서 수색 범위를 넓힐 거야, 프랭크. 네가 프랑스에 있다는 걸 집에서는 이미 알고 계시지 않을까?"

"글쎄요."

"앉아. 분명 아실 거야. 일단 파리부터 뒤진 다음, 모레 같은 작은 마을까지 뒤지겠지."

"제가 낡은 옷을 입고 일하면 못 찾으실걸요. 게다가 가명까지 쓰는데요."

납치, 이러다가 프랭크가 납치될 수도 있었다. 톰은 프랭크에게 존 폴 게티 3세 납치 사건을 상기시키고 싶진 않았다. 사건 당시, 이 잡듯 뒤졌지만 수색 작전은 소용없었다. 납치범들이 한쪽 귀를 잘라서 손자를 납치했음을 증명해 보이고 몸값으로 3백만 달러를 받아낸 사건이었다. 프랭크 피어슨도 어마어마한 부자였다. 만일 사기꾼들이 프랭크의 소재를 파악한다면(그리고 남들보다 훨씬 더 노력한다면), 경찰의 관심을 프랭크에게 돌려놓고 사기 치는 것보다 자기들이 프랭크를 납치해서 몸값을 요구하는 편이 돈을 훨씬 많이 벌 것이다. "형의 여권을 들고 온 이유는 뭐지? 넌 여권이 없니?"

"있어요. 새로 만들었어요." 프랭크가 자리에 앉았다. 전에 앉았던 구석 자리에 다시 앉았다. "그냥, 형이 저보다 나이가 많으니까 더 안전할 것 같았어요. 우린 많이 닮았거든요. 형의 금발이 더 짙긴 하지만요.” 프랭크가 민망한지 약간 얼굴을 찡그렸다.

“형하고는 사이가 좋니? 형을 좋아하니?”

“그럼요. 저흰 사이가 아주 좋아요.” 프랭크가 톰을 쳐다보았다.

진심인 것 같았다. “아버지하고도 사이가 좋았니?”

프랭크가 벽난로를 쳐다보았다. “그건 말씀드리기가 좀. 그 일 이후론…….”

톰은 힘들어하는 소년을 바라만 보았다.

“처음에 아버지는 형이 피어슨 기업에 관심을 갖기를 바라셨어요. 그러다가 제게 강요하시게 된 거예요. 조니 형은 하버드 경영 대학원에 진학할 리 없어요. 정확히 말하면, 그럴 마음이 없는 거죠. 형은 사진에 관심이 있거든요.” 프랭크가 말하면서도 어색한 눈으로 톰을 쳐다보았다. “그래서 아버지가 저를 닦달하시게 된 거예요. 1년도 넘었어요. 저는 잘 모르겠다고 시도 때도 없이 말씀드렸어요. 아버지 회사가 너무 크잖아요. 게다가 제가 왜 제 인생을 아버지 회사에 바쳐야 하나요.” 프랭크의 갈색 눈동자에 분노가 번뜩였다.

톰은 기다려 주었다.

“사실 아버지와 사이가 좋지는 않았어요. 솔직히 말씀드릴게요.” 프랭크가 커피 잔을 집어 들었다. 브랜디는 입에 대지도 않았다. 사실 술은 필요 없었다. 이미 입에서 말이 술술 나오고 있었기 때문이다.

몇 초가 흘렀다. 프랭크 입에서 더는 얘기가 나오지 않자, 톰이 자상하게 말을 건넸다. 앞으로 더 많은 고통이 프랭크에게 닥칠 거라는 걸 알고 있었기 때문이다. “네가 더와트 그림을 쳐다보는 걸 봤단다.” 톰이 벽난로 위에 걸린 〈의자에 앉은 남자〉를 턱으로 가리켰다. “마음에 드니? 내가 제일 좋아하는 그림인데.”

“저건 제가 잘 모르는 작품이에요. 저쪽에 있는 건 알아요. 더와트 도록에서 봤거든요.” 프랭크가 왼쪽 어깨 너머로 시선을 보내며 말했다.

프랭크가 더와트의 진품 〈붉은 의자〉를 가리켰다. 소년이 봤을 도록이 뭔지 톰은 단박에 알아차렸다. 최근에 벅마스터 갤러리에서 발행한 도록이었을 것이다. 갤러리는 지금 도록에서 위작을 빼 버리려고 안간힘을 쓰고 있었다.

“진짜로 위작이 있었나요?” 프랭크가 물었다.

“나야 모르지.” 톰이 최선을 다해 진지하게 설명했다. “밝혀진 건 하나도 없어. 전에 더와트가 런던에 나타나서 몇 가지 그림을 진품이라고 확인해 주긴 했었지.”

"그랬었죠. 그럼 그때 아저씨도 그 자리에 계셨겠네요. 갤러리 사람들하고 친분이 있으시니까요. 아닌가요?" 이제야 프랭크가 약간 생기를 되찾았다. "아버지도 더와트 작품을 한 점 갖고 계세요."

대화 주제가 약간 다른 쪽으로 방향을 틀자, 톰은 기뻤다. "어떤 작품이지?"

"〈무지개〉인데, 혹시 아세요? 아래는 베이지 톤으로 그렸고, 그 위는 거의 자주색으로만 무지개를 그린 그림이에요. 죄다 정신없고 들쑥날쑥해서 어느 도시인지는 분간이 가지 않아요. 멕시코인지 뉴욕인지."

톰은 무슨 그림인지 알았다. 버나드 터프츠가 그린 위작이었다. "어떤 작품인지 알겠다." 톰은 자기가 좋아하는 진품을 떠올리는 척하며 말했다. "아버지도 더와트를 좋아하셨구나?"

"더와트를 안 좋아하는 사람이 있을까요? 작품이 포근하잖아요, 인간적이고. 현대 미술을 통틀어 그런 작품은 찾아볼 수가 없죠. 그림에 온기를 기대한다면 말이죠. 프랜시스 베이컨*은 날것을 있는 그대로 거칠게 표현했죠. 반면에 여기엔 온기가 있어요. 단 두 명의 소녀만 그렸는데도 말이죠." 소년이 왼쪽 어깨 너머로 붉은 의자에 앉은 두 명의 소녀를 바라보았다. 소녀들 뒤로 붉은 화염이 일렁이고 있으니, 온기라는 주제로 한정한다면 〈붉은 의자〉에서도 온기가 느껴진다고 할 수는 있을 것이다. 그런데 톰은 프랭크가 말하는 온기란 더와트가 대상을 바라보는 태도에서 우러나는 온기를 의미한다는 걸 깨달았다. 더와트는 대상의 몸과 얼굴을 묘사할 때 테두리를 여러 번 덧그리는 화법을 사용했다.

소년이 〈붉은 의자〉보다 〈의자에 앉은 남자〉를 더 좋아하지 않는다는 걸 알고, 톰은 이상하게도 개인적으로 상처를 받았다. 〈의자에 앉은 남자〉에도 화가의 온기가 드러나긴 했다. 비록 남자도, 의자도 화염에 휩쓸리진 않았지만 말이다. 비록 위작이지만 말이다. 그래서 톰은 〈의자에 앉은 남자〉가 더 좋았다. 적어도 아직까지는 프랭크가 〈의자에 앉은 남자〉가 위작이냐고 묻지 않았다. 만약 프랭크가 묻는다면, 어디서 봤거나 들은 이야기를 토대로 물어보는 것이리라. "그림을 참 좋아하는구나."

프랭크가 살짝 꼼지락거렸다. "렘브란트가 참 좋아요. 이런 말 하는 제가 우습죠? 아버지는 렘브란트도 한 점 갖고 계세요. 금고에 보관

* 아일랜드 태생의 영국 화가

해 두셨지만, 몇 번 보긴 봤어요. 아주 큰 그림은 아니에요.” 프랭크가 목을 가다듬더니 허리를 세웠다. “그런데 보는 재미는…….”

그것이 그림이 존재하는 이유라고 톰은 생각했다. 피카소는 그림은 전쟁을 위한 것이라고 했지만 말이다.

“전 뷔야르*와 보나르**가 좋아요. 둘 다 포근해요. 현대적인 추상화잖아요. 언젠가 저도 이해할 날이 오겠죠.”

“그래도 아버지하고 공통점이 있긴 있었네. 부자가 그림을 좋아한다는 점. 아버지 따라 전시회에도 갔었니?”

“전시회는 제가 제 발로 찾아다녔어요. 전 전시회에 가는 게 좋았거든요. 열두 살 때부터 다녔어요. 아버지는 제가 다섯 살 때부터 휠체어를 타셨어요. 누군가 쏜 총에 맞는 바람에 그렇게 되신 거예요. 아시죠?”

톰이 고개를 끄덕였다. 존 피어슨의 건강 상태로 인해, 프랭크의 어머니가 지난 11년간 굴곡진 삶을 살았을 거라는 생각이 별안간 들었다.

“이게 다 아버지 사업 때문이에요. 그 잘난 사업이요.” 프랭크가 냉소적으로 말했다. “아버지는 누가 배후에 있는지 아셨어요. 다른 식품 회사에서 청부 살인을 사주한 거였죠. 그런데도 아버지는 그들을 귀찮게 할 생각도, 소송할 생각도 하지 않으셨어요. 계속 가만히 있으면 돈이 더 많이 벌린다는 걸 아셨으니까요. 미국이 이런 식으로 돌아간다니까요.”

톰은 이해할 수 있었다. “코냑도 마시렴.” 소년이 잔을 들고 입을 축이더니 얼굴을 찡그렸다. “어머니는 지금 어디에 계시지?”

“메인주 아니면 뉴욕 아파트에 계실 텐데, 정확히는 모르겠어요.”

톰은 그 문제로 또다시 압박하면 프랭크가 새로운 얘기를 털어놓을지 보고 싶었다. “어머니께 전화드려, 프랭크. 메인주든 뉴욕 아파트든 전화번호는 양쪽 다 알고 있잖니? 저쪽에 전화기가 있단다.” 현관 근처 탁자 위에 전화기가 있었다. “내가 위층으로 올라가면 네가 통화하는 소리는 하나도 안 들릴 거야.” 톰이 자리에서 일어났다.

“제가 어디에 있는지 알려 드리고 싶지 않아요.” 프랭크가 더 깊어진 눈으로 톰을 쳐다보았다. “만약 전화를 한다면, 여자 친구한테는 하고 싶어요. 하지만 그 애한테도 제가 있는 곳을 알려 줄 수는 없어요.”

“그게 누구지?”

* 프랑스 화가
** 프랑스 화가

"테리사요."

"뉴욕에 사니?"

"네."

"그럼 전화해. 테리사가 걱정하지 않을까? 네가 있는 곳은 말하지 않아도 돼. 아무튼 난 2층에 올라가 있으마."

그런데 프랭크가 고개를 천천히 저었다. "제가 프랑스에서 전화했다는 걸 테리사가 알지도 몰라요. 전 위험을 감수할 수는 없어요."

프랭크가 여자 친구 때문에 가출한 걸까? "테리사에게 도망칠 거라고 말했어?"

"잠깐 여행 다녀오겠다고만 했어요."

"혹시 둘이 싸웠니?"

"아니에요." 조용하고 행복한 즐거움이 프랭크의 얼굴에 번졌다. 꿈꾸는 듯한 프랭크의 얼굴은 톰이 처음 보는 모습이었다. 그러더니 프랭크가 손목시계를 확인하고 자리에서 일어났다. "죄송해요."

고작 11시였지만, 프랭크는 엘로이즈와 다시 마주치기 싫은 눈치였다. "테리사 사진은 있니?"

"그럼요!" 또다시 소년의 얼굴이 행복으로 빛이 났다. 소년은 재킷 안주머니에서 지갑을 찾았다. "이거에요. 제가 제일 좋아하는 사진이에요. 폴라로이드 사진이지만요." 소년이 딱 맞는 투명한 비닐 커버에 넣은 정사각형 스냅 사진을 톰에게 건넸다.

갈색 머리 소녀가 보였다. 생기 넘치는 눈, 입술을 다물고 활짝 웃는 얼굴, 살짝 가는 눈, 윤기 나는 짧은 생머리. 얼굴에는 장난기보다 즐거움이 가득했다. 춤을 추다가 찍힌 사진 같았다. "매력 있네."

프랭크가 말없이 행복하게 고개만 끄덕였다. "혹시 집에까지 데려다주실래요? 발 편한 구두를 신고 오긴 했는데……."

톰이 웃었다. "그게 뭐 대수라고." 프랭크가 신고 있는 건 구찌 구두였다. 주름이 많이 가는 가죽 모카신처럼 생긴 검정 구두에서 반짝반짝 광이 났다. 입고 있는 옷은 밤갈색과 황갈색이 섞인 트위드 재킷으로, 해리스 트위드 같았다. 재킷에는 재미난 다이아몬드 패턴이 직조되어 있었다. 톰이 자기 옷으로 골랐을 법한 재킷이었다. "여사님이 여태 안 주무시는지 확인 좀 해 보고. 잠깐 나갔다 오겠다고 말해야겠다. 가끔 차 소리 때문에 신경 쓰시거든. 엘로이즈를 기다리고 계실 테니. 혹시 쓸 거면 1층 화장실을 써라." 톰이 현관 복도에 있는 좁은 문을 가리켰다.

소년이 화장실로 들어가자, 톰은 주방을 통해 아네트 여사의 방 문 앞까지 갔다. 문틈으로 보니 불이 꺼져 있었다. 톰은 전화기가 놓인 책상에서 메모를 적었다. "친구 데려다주러 나갔다 올게. 한밤중에 돌아올 거야. 톰." 톰은 엘로이즈가 확실히 볼 수 있게 세 번째 계단 위에 메모지를 올려놓았다.

3

톰은 프랭크가 산다던 '작은 집'을 오늘 밤에는 보고 싶었다. 그래서 데려다주는 길에 말을 툭 던졌다. "오늘은 네가 어디서 지내는지 구경해도 될까? 내가 구경하면 부탱 부인이 싫어하시려나?"

"부인은 10시경이면 주무세요. 당연히 보셔도 돼요."

톰과 프랭크가 탄 차가 이제 막 모레로 진입했다. 톰이 아는 길이었다. 왼쪽으로 꺾어서 파리가로 접어든 다음 속도를 늦추고 좌측에서 78번지를 찾았다. 부탱 부인 집 근처에 차 한 대가 정면을 바라보고 서 있었다. 길에 다른 차는 없었다. 톰이 좌측으로 차를 붙이자 헤드라이트가 앞에 주차된 차를 정면으로 비추었다. 자동차 번호판이 75로 끝났는데, 파리에 등록된 차량임을 의미했다.

바로 그때, 서 있던 차가 헤드라이트를 켜고 톰의 차에 대고 정면으로 빛을 쏘더니 재빨리 후진했다. 차 안에 두 남자가 타고 있는 모습이 언뜻 보였다.

"웬 차죠?" 프랭크가 약간 놀란 상태로 물었다.

"그러게, 궁금하네." 톰은 주차되어 있던 차가 후진으로 왼쪽 길모퉁이를 끼고 골목으로 들어갔다가 앞으로 전진하며 내빼는 모습을 지켜보았다. "파리 차네." 톰은 차를 세워 놓고도 라이트는 계속 켜 두었다. "모퉁이에 대야겠다."

톰은 파리 번호판을 단 차가 후진으로 들어갔던 골목에 차를 대고 라이트를 껐다. 그쪽 골목이 더 어둡고 좁았다. 프랭크가 차에서 내리자마자 톰은 버튼을 눌러 운전석을 제외한 문 세 개를 잠갔다. "걱정할 거 없어." 톰은 혼잣말하면서도 살짝 걱정이 되긴 했다. 설마 부탱 부인의 정원에 한두 명이 숨어 있는 건 아니겠지. "손전등을 챙겨야지." 톰이 글러브 박스에서 손전등을 꺼낸 후 차에서 내린 다음 운전석도 마저 잠갔다. 그러고는 둘이 부탱 부인의 집으로 걸어갔다.

프랭크가 재킷 안주머니에서 기다란 열쇠를 꺼내더니, 진입로 문인지 차고 문인지 모를 문을 열고 정원으로 들어갔다.

톰은 문 안쪽에서 주먹다짐이 벌어지는 건 아닌지 긴장했다. 문 높이는 채 2미터가 되지 않았다. 맨 위에 창살이 달려 있었지만, 뛰어넘기가 그리 어렵지 않았다. 대문으로 뛰어넘는다면 훨씬 수월할 것이다.

"문 다시 걸어야지." 둘이 안으로 들어오자 톰이 속삭였다.

프랭크가 문을 걸었다. 이제부터는 손전등을 들고 걸어가는 프랭크를 톰이 뒤따랐다. 프랭크가 포도나무와 사과나무 사이를 걸어서 오른쪽에 있는 작은 집으로 향했다. 부탱 부인의 집은 좌측에 있었다. 꽤 어두웠다. 아무 소리도 나지 않았는데, 이웃에서 틀어 놓은 텔레비전 소리조차 들리지 않았다. 프랑스 마을은 자정이면 쥐 죽은 듯이 고요했다.

"조심하세요." 프랭크가 전등을 비추며 속삭였다. 톰은 양동이 세 개가 모여 있는 자리를 피했다. 프랭크가 아까보다 더 작은 열쇠를 꺼내더니 작은 집의 문을 열고 불을 켰다. 그러고는 손전등을 톰에게 돌려주었다. "소박하지만 아늑하죠!" 프랭크가 유쾌하게 말하며 문을 닫았다.

그리 큰 방은 아니었다. 싱글베드와 흰 페인트가 발린 나무 탁자가 보였다. 탁자 위에는 책 두 권, 프랑스 신문, 볼펜, 마시다 만 커피가 담긴 머그잔이 놓여 있었다. 작업용 푸른 셔츠가 의자 등받이에 걸려 있었다. 방 반대편 끝에는 싱크대와 작은 화목 난로가 보였다. 쓰레기통, 타월 걸이도 있었다. 새것은 아닌 듯한 갈색 가죽 여행 가방이 높이 달린 선반 위에 올라가 있었다. 선반 아래에는 1미터가 채 안 되는 빨랫줄을 걸고, 바지며 청바지며 우비 등을 널어놓았다.

"의자보다 침대에 앉는 게 더 편해요." 프랭크가 말했다. "네스카페 타 드릴 수 있어요. 찬물에요."

톰이 미소를 지었다. "아무것도 안 줘도 돼. 지내는 곳이 썩 괜찮아 보이네." 벽에는 흰 페인트를 새로 칠한 것 같았다. 프랭크가 손수 칠한 솜씨였다. "꽤 근사해." 톰은 말하면서 하얀 판지 위에 그려진 수채화를 쳐다보았다. 판지는 침대 옆 좁은 탁자 위 벽에 기대어져 있었다(리갈 패드 맨 뒷장에 붙어 있는 판지를 활용한 것 같았다). 나무 상자를 침대 옆 좁은 탁자로 쓰는데, 그 위에 유리잔을 올려놓고 야생화와 빨간 장미 한 송이를 꽂아 놓았다. 수채화에는 두 사람이 방금 들어온 문이 살짝 열린 채 그려져 있었다. 직선적이고 과감하긴 하나, 공들여 그린 그림과는 거리가 멀었다.

"아, 그거요. 여기 테이블 서랍에 아동용 수채화 물감이 들어 있더라고요." 지금 소년은 취한 게 아니라 졸려 보였다.

"그만 가야겠다." 톰이 말하더니 손잡이를 붙들었다. "마음 내킬 때 전화하렴." 톰은 문을 반쯤 열었다. 바로 그때, 직선거리로 20미터도 안 되는 거리에 있는 부탱 부인의 집에 불이 켜졌다.

프랭크도 그 장면을 보았다. "이게 무슨 일이죠?" 프랭크가 초조하게 말했다. "소리 내면 안 되는데요."

톰은 도망치고 싶었다. 그런데 쥐 죽은 듯 고요한 정적을 가르며 자갈을 밟고 오는 소리가 순식간에 가까워졌다. "풀숲에 숨어 있으마." 톰이 속삭이더니 밖으로 나가 왼쪽으로 몸을 틀었다. 정원 담벼락인지 나무 아래인지는 모르겠지만, 그쪽이 컴컴하다는 것만 알고 있었다.

나이가 지긋한 부인이 연필처럼 생긴 흐릿한 손전등을 들고 걸음을 옮겼다. "빌리 들어왔니?"

"네, 부인!" 프랭크가 대답했다.

톰은 한 손은 바닥에 댄 채 몸을 웅크리고 있었다. 프랭크의 작은 집에서 5미터 정도 떨어진 위치였다. 부탱 부인은 10시경에 웬 남자 둘이 와서 프랭크를 찾았다는 말을 전했다.

"저를요? 누구였는데요?" 프랭크가 물었다.

"이름은 말 안 하더구나. 우리 집 정원사를 만나고 싶댔어. 처음 보는 사람들이었어! 밤 10시에 정원사를 만나자고 하는 게 이상하잖아." 부탱 부인이 짜증과 의심이 섞인 말투로 말했다.

"그게 제 잘못은 아니잖아요. 어떻게 생긴 사람들이었는데요?"

"한 명만 봤는데, 서른 정도 되어 보였어. 네가 언제 오는지 묻는데 그걸 내가 아나!"

"불편하게 해 드려서 죄송해요, 부인. 분명히 말씀드리지만 제가 다른 일자리를 찾고 있진 않아요."

"당연히 아니겠지! 야밤에 초인종을 누르는 사람들은 영 마음에 들지 않는다니까."

이제야 부인의 왜소하고 구부정한 몸이 자리를 뜨려고 했다. "대문이 걸려 있어서 내가 대문까지 나가서 그 남자들하고 얘기해야 했거든."

"그건…… 아닙니다, 부탱 부인. 죄송해요."

"잘 자라, 빌리. 푹 자."

"안녕히 주무세요."

톰은 부인이 집으로 걸어 들어가는 걸 지켜보며 기다렸다. 프랭크가 자기 집 문을 닫는 소리가 들렸다. 마침내 부탱 부인이 안에서 자물쇠를 돌리는 소리가 났다. 두 번째 자물쇠까지 삐거덕 돌아가더니 안에서 빗장을 단단히 거는 소리가 났다. 이제 다 잠근 걸까? 더는 문단속하는 소리가 나지 않는데도, 톰은 계속 기다렸다. 1층에 놓인 플로어 램프의 불빛이 뿌연 유리창으로 흐릿하게 새어 나오다가 꺼졌다. 톰은 똑똑한 프랭크라면 톰이 먼저 움직여 주기를 기다릴 거로 생각했다. 톰은 풀숲에서 기어 나와 작은 집 문으로 다가가 손가락으로 톡톡 쳤다.

프랭크가 문을 살짝 열어 주자, 톰이 문틈으로 들어갔다.

"나도 다 들었어. 오늘 밤 네가 이곳을 뜨는 게 좋을 것 같아. 당장."

"그게 좋을까요?" 프랭크가 놀란 눈치였다. "아저씨 말씀이 맞는 것 같아요. 저도 알아요. 알긴 아는데."

"지금 가게 짐 싸라. 일단 오늘 밤에는 우리 집에서 자고, 내일 걱정은 내일 하자. 여행 가방은 이거 하나니?" 톰이 높은 선반 위에 있던 여행 가방을 끄집어 내려 침대 위에서 펼쳤다.

둘이 능숙하게 짐을 쌌다. 톰이 프랭크의 물건을 챙겼다. 바지, 셔츠, 운동화, 책, 치약, 칫솔. 프랭크는 고개를 푹 숙인 채 짐을 싸고 있었지만, 울음을 터뜨리기 직전이었다.

"오늘 밤 이렇게 도망친다고 해도 걱정할 거 없어." 톰이 자상하게 말했다. "내일 우리가 부인한테 메모를 남기면 돼. 오늘 밤 집에 전화했더니, 미국으로 당장 돌아오라고 하셨다고. 그렇게 메모를 남기자. 지금은 허비할 시간이 없어."

프랭크가 우비까지 꾹꾹 눌러 담더니 여행 가방을 닫았다.

톰은 탁자에 올려놓았던 손전등을 집어 들었다. "잠깐만. 녀석들이 돌아왔는지 확인부터 해야겠어."

톰은 최대한 소리 내지 않고 잔디밭을 지나 문까지 걸어갔다. 손전등 없이도 3미터 근방까지는 보였다. 톰은 손전등을 켜고 싶지 않았다. 부탱 부인의 집 앞에는 차가 한 대도 보이지 않았다. 톰이 주차해 놓은 모퉁이 근처에서 녀석들이 기다리려나? 찝찝한 생각이 밀려왔다. 지금은 문이 잠겨 있으니 모퉁이까지 가서 확인할 수 없었다. 톰이 작은 집으로 돌아가자, 프랭크가 여행 가방을 들고 떠날 채비를 끝냈다. 프랭크가 작은 집 자물쇠에 열쇠를 꽂아 둔 채 작은 집 문을 닫았다. 그러고는 둘이 문으로 걸어갔다.

"여기서 잠시 기다려." 프랭크가 열쇠로 문을 열자 톰이 말했다.

“내가 모퉁이부터 살펴보고 오마.”

프랭크가 여행 가방을 내려놓더니 긴장한 채 톰과 같이 바깥으로 나가려고 했다. 그런데 톰이 프랭크를 문 뒤로 밀더니, 문이 제대로 닫혔는지 확인한 다음 모퉁이로 혼자 걸어갔다. 아까 그 두 남자가 미행하지 않는 게 확실하자, 톰은 마음이 놓였다.

눈에 보이는 건 톰의 차뿐이었다. 확실했다. 동네에는 집집마다 차고가 있어서 길가에 차를 세워 두지 않았다. 아까 두 남자가 톰의 번호판을 눈여겨보지 않았기를. 만약 봤다면 그들은 경찰에 가짜로 신고해 경범죄니 모욕죄니 들먹이며 톰의 이름과 주소까지 얻어 낼지도 모른다. 톰이 다시 집으로 걸어가자, 프랭크가 여태 문 안쪽에서 기다리고 있었다. 톰이 손짓하자 프랭크가 밖으로 나왔다.

“이 열쇠를 어쩌죠?” 프랭크가 말했다.

“문 뒤에 대충 던져 둬.” 톰이 속삭였다. 프랭크가 다시 문을 닫았다. “내일 메모에 적어서 부인한테 말씀드리면 돼.”

둘이 걸음을 옮겼다. 프랭크는 여행 가방을, 톰은 작은 가방을 들고 모퉁이를 돌아서 차에 탔다. 차 문을 닫는 순간, 톰은 안식처로 온 것 같았다. 톰은 다른 길로 해서 마을을 빠져나가는 데에만 집중했다. 톰이 아는 한, 두 사람의 뒤를 밟는 차는 없었다. 마을 중심부를 지나 네 개의 타워가 우뚝 솟은 낡은 다리를 건널 때까지 불 켜진 가로등은 몇 개 되지 않았다. 보이는 거라곤, 이제 막 문을 닫으려는 술집과 지나가는 자동차 두세 대가 전부였다. 아무도 그들에게 관심을 보이지 않았다. 톰은 북쪽으로 가는 5번 간선 도로를 타다가 우회전해서 오벨리크라는 작은 마을로 빠졌다. 그 길을 따라가다 보면 빌페르스가 나올 것이다.

“걱정하지 마. 내가 아는 길이야. 아무도 따라오지 않아.”

프랭크가 생각에 잠긴 것 같았다.

부탱 부인이 내주었던 작은 세상이 산산이 부서지자, 소년은 지금 어디가 어딘지 모르는 것 같았다. “오늘 밤 네가 자고 간다고 엘로이즈에게 말하마. 대신 넌 계속 빌리 롤린스인 척해야 해. 네가 우리 집 정원 일을 봐 주기로 했다고 할게.” 톰은 백미러를 다시 살펴보았지만 미행하는 차는 없었다. “네가 시간제 일자리를 찾고 있다고 말할 테니, 걱정하지 마라.” 톰은 프랭크를 쳐다보았다. 소년은 아랫입술을 깨문 채 정면만 바라보고 있었다.

집에 도착했다. 벨옹브르의 현관 앞에 부드러운 조명이 켜져 있었다. 톰을 위해 엘로이즈가 켜 둔 것 같았다. 그는 대문을 열고 집 오른편에 있는 차고에 차를 댔다. 엘로이즈가 벤츠를 차고 오른쪽에 대 놓은 게 보였다. 톰은 차에서 내려서 프랭크에게 잠시 기다리라고 한 다음, 로도덴드론 밑에 숨겨 둔 큼직한 열쇠를 꺼내 대문을 잠갔다.

그때까지도 프랭크는 여행 가방과 작은 가방을 들고 차 옆에 서 있었다. 거실에는 불이 하나만 켜져 있었다. 톰은 계단 불을 켜고 거실 불을 껐다. 그리고 밖으로 나와 프랭크에게 들어오라고 손짓했다. 둘이 계단을 오른 다음 좌측으로 꺾었다. 톰이 손님방에 불을 켰다. 엘로이즈의 방문은 닫혀 있었다.

"편히 있으렴." 프랭크에게 말했다. "옷장은 이걸 쓰면 돼." 톰이 크림색 옷장 문을 열어 주었다. "서랍은 이쪽에 있어. 오늘 밤에는 내 욕실을 써. 이쪽은 엘로이즈가 쓰는 욕실이거든. 난 한 시간 후에나 잘 거야."

"고맙습니다." 프랭크가 트윈 베드 발치에 있는 짧은 참나무 벤치 위에 여행 가방을 올려놓았다.

톰은 자기 방으로 가서 불을 켜고 욕실 불도 켰다. 그런 다음 정면으로 난 유리창으로 이끌리듯 다가갔다. 아네트 여사가 쳐 놓은 커튼 사이로 차가 지나가는지, 서 있는 차는 있는지 내다보았다. 왼편으로 가로등 불빛이 닿는 곳만 빼면 죄다 어두웠다. 라이트를 켜지 않고 서 있는 차가 있을 수도 있겠지만, 톰은 한 대도 없다고 믿고 싶었다.

프랭크가 살짝 열린 방문을 노크하더니 파자마 차림으로 손에 칫솔을 들고 맨발로 들어왔다. 톰이 손으로 욕실을 가리켰다.

"편하게 쓰렴, 마음껏." 톰은 미소를 지으며 지친 소년을 바라보았다. 소년은 눈 밑이 시커멨다. 톰도 파자마로 갈아입었다. 앞으로 며칠간 『인터내셔널 헤럴드 트리뷴』에서 프랭크 피어슨의 실종 사건을 어떻게 다룰지 궁금해졌다. 다들 수색에 열을 올릴 게 분명했다. 톰은 복도를 따라 엘로이즈의 침실 앞에 서서 열쇠 구멍으로 안을 들여다보았다. 불이 켜져 있으면 안에 열쇠가 꽂혀 있어도 그 틈새로 불빛이 보였다. 불빛은 보이지 않았다.

톰은 다시 자기 침실로 돌아와 침대에 앉아 불어 문법을 공부했다. 그때 프랭크가 젖은 머리를 하고 웃는 얼굴로 욕실에서 나왔다.

"뜨거운 물로 샤워하니까 정말 좋아요!"

"가서 자렴. 늦잠 자도 좋아."

이제야 톰이 씻으러 갔다. 그는 부탱 부인 집 앞에 서 있던 차를 생각했다. 안에 탄 두 남자는, 그들의 정체가 뭐든, 요란하게 싸울 마음이 없어 보였다. 프랭크든 누구든 만날 마음이 없어 보였다. 그런데도 기분이 여태 찜찜했다. 어쩌면 반대로, 소소한 호기심에서 비롯된 일일지도 모른다. 모레에 사는 사람이 미국에서 온 소년을 봤는데, 그 소년이 프랭크 피어슨일지도 모른다고 말했을 것이다. 그렇게 말한 사람에겐 파리에 사는 친구가 있을 것이다. 아까 그 두 남자는 프랭크를 찾아 나선 게 아니라, 그저 부탱 부인의 집에서 일하는 '정원사'를 찾아다녔을 것이다. 톰은 내일 프랭크 없이 혼자 부탱 부인의 집에 가서 프랭크의 메모를 전달해야겠다고 결심했다. 최대한 빨리.

4

외로운 새 한 마리가—종달새는 아니었다—6음 음계의 노래를 부르며 톰을 깨웠다. 무슨 새지? 노랫소리는 소심하게 뭔가를 묻는 듯하면서도 묘하게 생기가 넘쳐흘렀다. 이 새인지, 비슷한 다른 새인지 모를 새가 여름이면 그를 깨웠다. 톰은 간신히 눈을 뜨고는 회색 벽과 그보다 더 짙게 드리운 회색 그림자를 쳐다보았다. 담채화 같은 모습이 마음에 들었다. 모서리에 청동 장신구가 달린 서랍장도, 짙은 색 책상도 보기 좋았다. 톰은 숨을 크게 내쉰 다음 마지막으로 한 번만 더 눈을 붙이려고 베개에 머리를 푹 파묻었다.

맞다, 프랭크!

프랭크가 우리 집에 있지, 하는 생각이 퍼뜩 드는 순간 잠이 달아났다. 시계를 보니 7시 반이었다. 엘로이즈에게 프랭크가 집에 있다고, 아니, 빌리 롤린스가 있다고 얘기해야 한다. 톰은 슬리퍼를 신고 가운을 걸친 채 아래층으로 내려갔다. 일단 아네트 여사한테 얘기해야 마음이 편할 것 같았다. 톰은 8시면 커피를 들고 올라올 여사보다 먼저 움직였다. 아네트 여사에게 손님은 문제가 되지 않았다. 여사는 손님이 며칠이나 묵을지 절대로 묻는 법이 없었다. 그저 자기가 차려야 할 식사에만 신경 쓸 뿐이었다.

톰이 주방에 가자 벌써 주전자에서 김이 모락모락 피어오르고 있었다. "봉주르, 마담!" 톰이 기운차게 인사했다.

"봉주르, 안녕히 주무셨어요?"

"덕분에요. 오늘 아침에 손님이 있어요. 전에 우리 집에 왔던 미국 소년 빌리 롤린스가 지금 손님방에서 자고 있어요. 며칠 우리 집에 묵다가 갈 겁니다. 정원 일을 하고 싶어 해서요."

"어머나, 그러세요? 참 괜찮은 소년이네요!" 아네트 여사가 감탄하며 말했다. "그럼 그분 아침은 몇 시에 준비하면 될까요? 커피는 여기에 있어요."

톰의 커피가 이미 준비되어 있었다. 아네트 여사는 엘로이즈가 마실 차를 준비하려고 주전자에 물을 끓이는 중이었다. 톰은 아네트 여사가 흰 잔에 블랙커피를 따르는 모습을 지켜보았다. "신경 쓰지 마세요. 실컷 자라고 했으니, 내려오면 내가 챙겨 주죠, 뭐." 엘로이즈에게 갖다 줄 쟁반이 준비되자 아네트 여사가 쟁반을 집어 들었다. "같이 올라갑시다." 톰은 이렇게 말하고는 손에 커피 잔을 들고 뒤따라 올라갔다.

톰은 아네트 여사가 엘로이즈의 침실에 노크한 다음 차와 자몽과 토스트가 담긴 쟁반을 들고 들어가는 모습을 지켜본 후에야 열린 문으로 뒤따라 들어갔다.

엘로이즈가 방금 일어났다. "어머, 여보. 어서 들어와! 어젯밤에 내가 너무 고단해서……."

"그래도 늦지는 않았네. 난 12시 넘어 들어왔어. 있잖아, 여보. 그 미국 소년 말이야, 내가 우리 집에서 재웠어. 정원 일을 해 주겠대. 지금 손님방에 있어. 빌리 롤린스라고, 당신도 봤지?"

"어." 엘로이즈가 대답하더니 숟가락으로 자몽을 떠먹었다. 엘로이즈는 별로 놀라진 않았지만 되물었다. "지낼 곳이 없는 거야, 돈이 없는 거야?"

톰은 신중히 대답했다. 부부는 영어로 대화하고 있었다. "돈이야 있겠지. 지낼 곳을 구할 돈은 있는데, 지금 사는 데가 별로 마음에 들지 않는다고 어젯밤에 그러더라. 그래서 내가 우리 집에서 하룻밤 재우려고 짐 싸서 데려왔어. 곱게 자란 애야. 열여덟 살이고, 정원 일을 좋아해서 그런지 이것저것 꽤 많이 알더라. 그 애가 우리 집에서 잠시 일하겠다고 하면 자코브 부부가 하는 저렴한 호텔에서 지내게 할 생각이야." 자코브 부부는 빌페르스에 있는 술집 겸 레스토랑을 운영했는데, 술집 위에 있는 방 세 개짜리 '호텔'도 함께 운영하고 있었다.

엘로이즈는 토스트를 아작아작 씹어 먹다가 조금 더 앙칼진 목소리로 말을 꺼냈다. "당신은 너무 충동적이야. 그 미국 소년을 집에서 재우면 어떡해! 도둑질이라도 하면 어쩌려고? 당신이 하룻밤 자고 가라고 했다고 해도, 걔가 지금 방에 있을지 어떻게 알아?"

톰은 잠시 고개를 숙였다. "당신 말이 맞아. 그런데 히치하이크하고 돌아다니는 애들과는 달라. 당신은……." 바로 그때, 톰이 여행 다닐

때 갖고 다니는 알람 시계 소리와 흡사한 알람 소리가 은은하게 들렸다. 톰은 들었지만, 복도와 멀찍이 떨어져 있는 엘로이즈는 못 들은 것 같았다. "빌리가 알람 맞춰 놓았나 봐. 좀 이따 봐."

톰은 커피 잔을 들고 엘로이즈의 침실에서 나가 방문을 닫고 프랭크가 있는 손님방에 노크했다.

"네, 들어오세요."

프랭크가 한쪽 팔꿈치를 짚고 상체를 세우고 있었다. 좁은 탁자 위에는 여행용 시계가 놓여 있었다. 톰의 알람 시계하고 상당히 비슷했다. "잘 잤니?"

"안녕히 주무셨어요?" 프랭크가 머리를 뒤로 넘기더니 두 다리를 침대 옆으로 휙 넘겼다.

톰은 놀랐다. "더 자지 그래?"

"아니에요. 8시면 일어나야죠."

"커피 마실래?"

"네, 부탁드려요. 아니, 제가 내려가서 마실게요."

톰은 커피를 갖다주겠다고 말하고 주방으로 내려갔다. 아네트 여사가 평소처럼 쟁반 위에 오렌지 주스며 토스트까지 이미 차려 놓았다. 톰이 쟁반을 들고 가려는데, 아네트 여사가 커피를 따라 주겠다고 했다.

여사가 미리 데워서 쟁반 위에 올려 둔 은제 포트에 커피를 따라 주었다. "정말로 직접 들고 올라가시게요? 혹시 그 소년이 달걀을 먹고 싶다고 하면……."

"이거면 충분할 겁니다." 톰이 2층으로 올라갔다.

프랭크는 커피를 마시더니 감탄했다. "와!"

톰은 새 포트에 담아 온 커피를 잔에 따라 의자에 앉았다. 쟁반은 필기대 위에 올려놓았다. "오늘 아침에는 부탱 부인한테 메모를 써야 해. 빠를수록 좋아. 내가 갖다주마."

"알겠습니다." 프랭크가 커피를 음미하며 잠을 쫓았다. 정수리에 있는 머리카락이 바람을 맞은 듯이 하늘을 향해 삐죽 솟아 있었다.

"문 열쇠를 어디 두었는지도 적어. 바로 문 뒤에 두었다고 말이야."

소년이 고개를 끄덕였다.

톰은 프랭크가 마멀레이드가 발린 토스트를 먹게 두었다. "집에서 며칠에 나왔는지 기억하니?"

"7월 27일이요."

오늘은 8월 19일 토요일이었다. "런던에 며칠 있다가 파리로 넘어온 후에는 어디서 묵었지?"

"자코브가에 있는 앙글레테르 호텔이요."

톰이 아는 호텔이었다. 한 번도 묵은 적은 없지만 생제르맹데프레에 있는 호텔이라는 건 알았다. "지금 갖고 있는 여권 좀 보자. 형 여권 말이다."

프랭크는 곧장 여행 가방으로 가더니 맨 위 주머니에서 여권을 꺼내 톰에게 건넸다.

톰은 여권을 펴서 옆으로 돌려 사진을 들여다보았다. 조금 더 짙은 금발 청년의 사진이었다. 오른쪽으로 가르마를 타고, 얼굴에는 살이 더 없었다. 눈매와 눈썹과 입매는 프랭크와 닮긴 했지만, 도대체 어떻게 입국 심사를 통과한 걸까. 지금까지는 운이 좋았다. 형은 조만간 열아홉 살이 될 것이고 키도 180센티미터에 육박했으니, 프랭크보다 훨씬 컸다. 프랑스 호텔에서는 이제 더는 여권이나 신분증을 제시하지 않아도 되었다. 하지만 영국이나 프랑스 출입국 관리소에서는 프랭크 피어슨이 실종됐다는 사실을 이미 통보받고 사진까지 받았을 것이다. 지금쯤이면 형도 자기 여권이 없어진 걸 알고 있지 않을까?

"포기하는 게 나을 것 같은데." 톰이 다른 방향으로 설득해 보려고 말을 꺼냈다. "네가 이 여권을 들고 무슨 수로 유럽을 돌아다니려고? 어느 국경으로 가든 널 붙잡아 세울 거야. 프랑스 국경이라면 더더욱."

소년은 놀라면서도 약간 상처받은 눈치였다.

"네가 왜 숨으려 하는지 모르겠구나."

소년의 눈동자가 흔들렸다. 거짓이 담기진 않았다. 프랭크는 자기가 뭘 하고 싶은지 스스로 묻는 것 같았다. "조용히 혼자 있고 싶어요. 단 며칠만이라도요."

톰은 소년의 손이 떨리고 있음을 알아챘다. 소년은 쟁반 위에 냅킨을 도로 내려놓으려고 무심코 반으로 접다가 떨어뜨리고 말았다. "지금쯤이면 너희 어머니도 네가 형의 여권을 들고 가출했다는 걸 아실 거야. 네 여권은 집에 있을 테니. 네가 프랑스에 있다는 사실이 쉽게 들통날 거야. 네가 지금 집에 연락하는 것보다 경찰에 붙들리는 게 기분이 더 나쁠걸." 톰은 커피 잔을 쟁반 위에 내려놓았다. "난 나갈 테니 부탱 부인에게 남길 메모나 적으렴. 엘로이즈한테는 네가 집에 있다고 말했어. 메모 적을 종이는 있지?"

"네, 있습니다."

손님방 서랍에 있는 메모지에는 벨옹브르의 주소가 찍혀 있기 때문에, 톰은 소년에게 타자 용지 몇 장과 싸구려 봉투를 갖다줄 생각이었다. 톰은 자기 방으로 가서 전기면도기로 면도한 다음, 낡은 녹색 코듀로이 바지를 입었다. 정원에서 일할 때 자주 입는 바지였다. 날씨가 좋았다. 선선하면서도 해가 났다. 톰은 온실에 물을 주면서 오전에 프랭크하고 할 일을 생각하며 전지가위와 갈퀴를 꺼냈다. 몇 분 후면 도착할 오전 우편물이 궁금했다. 귀에 익은 우체국 차에서 핸드 브레이크를 잡는 소리가 들리자, 톰은 대문으로 걸어갔다.

그는 『인터내셔널 헤럴드 트리뷴』에 프랭크 피어슨 관련 기사가 뭐라도 실렸는지 보고 싶었다. 일단 기사부터 훑어보았다. 런던에서 제프 콘스턴트가 보낸 편지도 있었다. 이상하게도, 벅마스터 갤러리를 관리하며 대부분 시간을 그곳에서 보내는 에드먼드 밴버리보다, 프리랜서 사진작가로 일하는 제프의 연락이 더 잦았다. 뉴스란에도, '인물'란에도, 프랭크 피어슨 관련 기사는 아예 보이지 않았다. 느닷없이 『프랑스디망슈』가 떠올랐다. 닳고 닳은 추잡한 가십이나 다루는 주말판 신문이었다. 오늘은 토요일이니 새로운 호가 나올 것이다. 『프랑스디망슈』는 유독 유명인의 성생활에 관심이 많았고, 그다음이 돈이었다. 톰은 거실에서 제프가 보낸 편지를 뜯었다.

타자기로 친 편지를 훑어보니 제프는 더와트의 이름을 언급하지 않았다. 제프는 그만두라는 톰의 조언에 동의한다면서, 에드와 상의한 후 주요 인물에게 통보했다고 전했다. 톰은 제프가 말하는 주요 인물이란 런던에 있는 젊은 화가 스튜어먼이라는 걸 짐작할 수 있었다. 스튜어먼은 더와트의 위작을 그리는 화가로, 지금껏 다섯 점을 그렸다. 그런데 스튜어먼의 그림은 헌신했던 버나드 터프츠의 작품과는 비교도 되지 않았다. 세상 사람들은 이제 더와트는 사망했고 그가 살던 멕시코의 작은 마을의 이름은 고인이 일절 밝히지 않은 관계로, 제프와 에드가 몇 년에 걸쳐 마을을 알아내 더와트의 작품을 발굴하느라 고생하는 것으로 알고 있었다. 제프가 말했다. "멈출 경우, 우리가 가져갈 수입이 상당히 줄어들 것입니다. 그래도 우리는 매번 당신의 조언에 귀를 기울여 왔잖아요, 톰……." 제프는 자기가 보낸 편지를 찢어 버리라고 당부하는 것으로 끝을 맺었다. 톰은 살짝 마음이 놓이자, 제프의 편지를 천천히 갈기갈기 찢었다.

프랭크가 청바지 차림으로 봉투를 들고 내려왔다. "다 썼는데 한 번 봐 주실래요? 잘 쓴 것 같긴 한데요."

마치 학생이 선생에게 과제를 제출하는 장면을 보는 듯했다. 불어로 두 군데 실수한 데가 보였지만, 그 정도면 괜찮았다. 프랭크는 집에 전화했더니 가족의 병환이 있어 당장 돌아가야 한다고 적었다. 친절을 베풀어 준 부탱 부인에게 감사를 표하고, 문 열쇠는 문 바로 안쪽에 두었다는 내용이었다.

"좋은데. 지금 당장 갔다 오마. 신문을 봐도 좋고, 정원에 나가도 좋아. 30분 정도 걸릴 거야."

"신문 좀 보겠습니다." 프랭크가 이를 살짝 드러내더니 움찔거리며 말했다.

"아무것도 안 실렸어. 내가 다 훑어봤거든." 톰이 소파에 놓인 『인터내셔널 헤럴드 트리뷴』을 가리켰다.

"그럼 정원에 나가 있을게요."

"대신, 집 앞으론 나가면 안 돼, 알지?"

프랭크가 무슨 말인지 알아들었다.

톰은 복도 탁자에 놓아 둔 열쇠를 들고 나가 벤츠에 올랐다. 차에 기름이 별로 없어서 돌아오는 길에는 주유소에 들러야 했다. 톰은 제한 속도를 최대한 지키며 빠르게 차를 몰았다. 프랭크가 손 편지를 쓴 게 아쉬웠지만, 그렇다고 타자기로 쳤다면 이상해 보였을 것이다. 만약 경찰이 부탱 부인을 찾아가 프랭크의 필체에 관심을 보이지만 않는다면야 아쉬울 일도 없을 것이다. 톰은 그런 일은 없기를 바랐다.

모레에 도착한 톰은 부탱 부인의 집에서 거의 백 미터 떨어진 곳에 차를 대고 걸어갔다. 하필이면 어떤 여자가 대문 앞에 서서 부탱 부인과 얘기하고 있었다. 여자의 얼굴이 잘 보이지 않았다. 둘이 빌리가 사라졌다고 얘기하는 걸지도 모른다. 톰은 돌아서 다른 길로 천천히 몇 분간 걸어갔다. 그가 다시 뒤돌아보자 인도에 서서 얘기하던 여자가 이제는 그가 있는 쪽으로 걸어오고 있었다. 톰은 부탱 부인의 집으로 걸어가면서 그 여자와 스쳐 지나가는 순간, 여자에게 눈길을 주지 않았다. 톰은 닫힌 대문에 '우편물'이라고 적힌 틈 사이로 봉투를 밀어 넣고 블록을 끼고 크게 돌아서 차로 돌아왔다. 그런 다음 루앙강을 지나가는 다리를 건너려고 시내로 향했다. 그 근처에 신문 가판대가 있다는 걸 톰은 알고 있었다.

차를 세우고 『프랑스디망슈』를 샀다. 늘 그렇듯이 붉은색으로 헤드라인이 찍혀 있었다. 찰스 왕세자의 내연녀에 관한 기사가 보였다. 두 번째 헤드라인은 그리스 여자 상속인의 비참한 결혼 생활을 다룬 기사였다. 톰은 다리 건너에 있는 주유소에 가서 기름을 넣는 동안 신문을 펼쳤다. 프랭크의 정면 사진이 실린 걸 보고—왼쪽으로 가르마를 타고 오른쪽 뺨에 점이 찍힌 모습이었다—톰은 화들짝 놀랐다. 두 단짜리 기사가 실려 있었다. 「미국 백만장자의 차남, 프랑스에 은신 중」이라는 제목으로 사진 밑에 소제목이 적혀 있었다. '프랭크 피어슨, 누가 그를 보았는가?'

기사는 다음과 같았다.

> 수백만 달러에 달하는 재산을 일군 미국 식품업계 거물 존 J. 피어슨이 사망한 지 일주일 후, 차남 프랭크가 고작 16세의 나이로 미국 메인주에 있는 집에서 형 존의 여권을 들고 가출했다. 어른스러운 프랭크는 독립심이 강하다고 알려졌지만, 부친이 세상을 뜨자 몹시 힘들어했다고 빼어난 미모의 소유자 어머니 릴리가 말했다. 차남 프랭크는 루이지애나주 뉴올리언스에 며칠 가 있겠다고 메모를 남기고 집을 떠났지만, 가족과 경찰은 그가 그곳에 갔다는 증거를 찾지 못했다. 당국에 따르면 수색은 런던을 거쳐 이제 프랑스로 확대되었다고 한다.
> 어마어마한 재산을 소유한 그의 가족이 애를 태우고 있다. 형 존은 동생 프랭크를 찾으려고 사설탐정을 대동하고 유럽으로 건너올 것으로 보인다. "제가 프랭크는 잘 아니까 누구보다 잘 찾을 수 있을 겁니다"라고 존 피어슨 주니어가 말했다.
> 고 존 피어슨은 11년 전 있었던 암살 기도 사건의 여파로 휠체어 생활을 하다가 지난 7월 22일, 메인주의 자택에 있는 낭떠러지에서 추락사했다. 자살이었을까, 사고였을까? 미국 당국은 그의 사인을 '사고'로 추정했다.
> 하지만, 차남의 가출 뒤에 과연 무슨 비밀이 숨어 있는 건 아닐까?

톰은 주유소 종업원에게 돈을 내고 팁을 주었다. 프랭크에게 당장 얘기하면서 신문을 보여 줘야 프랭크가 무슨 행동이든 할 게 분명했다. 그런 다음, 아네트 여사나 엘로이즈가 볼지도 모르니, 신문을 반드시 없애야 했다.

10시 반, 톰은 벨옹브르의 대문을 통과해 차고에 차를 세웠다. 신문을 접어서 겨드랑이에 끼우고 왼쪽으로 집을 끼고 돌아 아네트 여사가 드나드는 쪽문 앞을 지나갔다. 붉은 꽃이 만개한 제라늄 화분이 쪽문 양쪽에 하나씩 단정하게 놓여 있었다. 부인이 직접 사다 놓은 걸 보니 약간의 자부심이 엿보이는 것 같았다. 프랭크가 정원 반대편 끝에서 허리를 숙이고 잡초를 뽑고 있었다. 살짝 열린 프렌치 도어 사이로 집 안에서 엘로이즈가 우쭐대며 바흐 인벤션을 연습하는 소리가 흘러나왔다. 30분만 지나면, 엘로이즈가 모 연주자의 바흐 인벤션 앨범이나, 분위기가 완전히 다른 록 음악을 틀 거라는 걸 톰은 알고 있었다.

"빌리." 톰은 프랭크가 아니라 빌리라고 불러야 한다는 걸 상기하며 불렀다.

소년이 잔디에서 허리를 펴더니 살짝 웃었다. "메모는 갖다주고 오셨어요? 부인은 만나셨어요?" 프랭크가 목소리를 낮추고 물었다. 누가 뒤에 있는 숲속에 숨어서 들을지도 모른다는 듯이 말이다.

톰도 정원 뒤편에 있는 숲이 신경 쓰였다. 키가 작은 덤불이 8미터 정도 펼쳐지다가 그 뒤로 나무들이 점점 굵어졌다. 톰은 저 멀리 숲속에 있는 구덩이에 15분가량 묻힌 적도 있었다. 허리 높이까지 자란 쐐기풀 사이를 지나, 열매는 맺지도 않는 가시 돋친 야생 블랙베리 덩굴을 3~4미터나 헤치고 와서 염탐할 사람은 아무도 없었다. 그 너머에 있는 키가 큰 라임나무에서 엿듣는다는 것도 말이 되지 않았다. 사실 누가 작정하고 몸을 숨긴다면 숨을 수 있을 만큼 기둥이 굵긴 했지만 말이다. 소년이 톰에게 다가오자 두 사람은 포근한 온실로 자리를 옮겼다. "네 얘기가 쓰레기 같은 신문에 났어." 톰이 신문을 펼쳤다. 집을 등지고 서 있어서 엘로이즈가 치는 피아노 소리가 여전히 잘 들렸다. "네가 봐야 할 것 같아."

프랭크가 신문을 집어 들었다. 충격을 받았는지 갑자기 손에 경련이 일었다. "젠장." 프랭크가 조용히 욕을 내뱉더니 이를 악물고 기사를 읽었다.

"형이 프랑스로 건너올까?"

"올 것 같아요. 그런데 우리 가족이 '애를 태우고 있다'라니 말도 안 돼요."

톰이 가볍게 물었다. "형이 오늘이라도 와서 '너 여기에 있었네' 이러면 어떻게 될까?"

"형이 왜 여기를 오겠어요?" 프랭크가 되물었다.

"혹시 내 얘기를 부모님이나 형에게 한 적은 있니?"

"없어요."

톰이 이제 속삭였다. “그럼 더와트 그림은? 더와트 관련해서 얘기한 적은? 기억나니? 1년 전쯤에?”

“기억나요. 아버지가 말씀하셨어요. 신문에 기사가 나서요. 딱히 아저씨 얘기를 한 건 아니었어요. 아저씨 얘기를 한 적은 한 번도 없어요.”

“내 기사를 봤다면서? 신문에서.”

“그건 제가 뉴욕에 있는 공공 도서관에서 찾아본 거예요. 몇 주 전에요.”

신문 아카이브를 봤다는 얘기였다. “그럼 내 얘기는 가족한테든 누구한테든 한 적이 없다는 거지?”

“네, 없어요.” 프랭크는 톰을 쳐다보다가 톰의 뒤에 있는 뭔가에 시선을 맞추더니 불안한 표정으로 인상을 썼다.

톰이 뒤돌아보았다. 덩치가 산만 한 앙리가 느린 걸음으로 두 사람이 있는 쪽으로 걸어오고 있었다. 앙리는 키도 큰 데다가 덩치까지 커서 동화 속 괴물 같았다. “우리 집에 가끔 와서 일해 주는 정원사야. 도망갈 필요도, 걱정할 필요도 없단다. 머리만 살짝 헝클어트리렴. 그리고 앞으로 머리는 기르자. 나중을 위해. 다른 말은 하지 말고 ‘봉주르’라고 인사만 건네. 정오면 일이 끝날 거다.”

바로 그때, 프랑스 거인이 두 사람의 대화가 들리는 자리까지 걸어왔다. 앙리가 웅웅거리는 깊은 음성으로 우렁차게 인사를 건넸다. “봉주르! 므시외 리플리!”

“봉주르.” 톰이 대답해 주었다. “이쪽은 프랑수아.” 톰이 말하며 프랭크를 가리켰다. “이 친구가 잡초를 뽑고 있었네.”

“봉주르.” 프랭크가 인사를 건넸다. 프랭크는 정수리에 손을 넣어 머리를 헝클어트린 다음 구부정한 자세로 좀 전에 쇠뜨기와 메꽃 덩굴을 뽑았던 잔디밭 맨 뒤편으로 자리를 옮겼다.

톰은 프랭크의 연기가 마음에 들었다. 꾀죄죄한 푸른 재킷을 입고 있는 프랭크가 리플리의 집에서 두 시간만 일하게 해 달라고 애원한 동네 소년처럼 보일 것 같았다. 앙리가 믿을 만한 사람이 아니라는 건 하늘도 아는 사실이라, 설사 경쟁자가 등장했다고 해도 그는 불평할 처지가 못 되었다. 앙리는 화요일과 수요일을 분간하지 못하는 사람 같았다. 무슨 요일이 됐든 와야 하는 날짜에 제멋대로 오지 않았다. 앙리는 지금 소년을 보고도 놀라지 않았다. 그 대신, 누런 콧수염과 다듬지 않은 턱수염이 둥글게 에워싼 입술로 멍하니 미소만 짓고 있었다. 앙리는 통이 넓은 파란색 작업용 바지에 체크 무늬 벌목꾼 셔츠를 걸치고 있었다. 거기에 하늘색과 흰색 줄이 섞인 챙이 달린 모자를 쓰고 있었다. 미국 철도원이 쓰는 모자 같았다. 앙리는 파란 눈동자를 가졌지만, 늘 술에 절어 정신이 약간 흐릿한 인상을 풍겼다. 톰이 아는 한, 앙리는 술을 입에 대지도 않았다. 그런데도 인상이 그 지경이었다. 앙리는 과거 한때 술로 건강을 해친 적이 있었던 것 같았고, 나이는 마흔 정도 되어 보였다. 톰은 앙리가 무슨 일을 하든 시급으로 15프랑을 주었다. 앙리는 화분에 어떤 흙을 쓸지, 달리아 구근을 어떻게 월동시킬지 톰과 가만히 서서 의논하기만 해도 시급을 받아 갔다.

오늘은 톰이 백 미터에 달하는 정원 맨 뒤 경계선을 다른 방식으로 정리하자고 했다. 프랭크는 좌측 맨 끝 숲으로 들어가는 오솔길 쪽의 정원 경계선에 난 잡초를 뽑고 있었다. 톰은 앙리에게 전지가위를 건넨 다음, 갈퀴와 단단한 철재로 만든 쇠스랑을 집어 들었다.

"이쪽에 낮게 돌담을 쌓으면 이런 수고를 안 해도 될 텐데요." 앙리가 삽을 들고 신나게 떠들었다. 앙리는 전에도 이 얘기를 여러 번 했었다. 톰은 그와 아내가 정원이 숲과 자연스레 섞여 들어가는 모습이 보기에 더 좋다는 말을 반복하게 하는 앙리가 지긋지긋해서 입을 다물었다. 톰이 같은 말을 또 해 봤자, 앙리는 돌담을 쌓아도 숲이 정원으로 녹아드는 것처럼 보일 거라고 떠들어 댔을 것이다.

둘이 같이 작업했다. 15분쯤 지나서 톰이 어깨 너머로 살피자, 프랭크가 보이지 않았다. 잘됐군. 소년이 어디 갔냐고 앙리가 묻는다면 톰은 소년이 일하기 싫어서 슬쩍 빠져나갔다고 둘러댈 작정이었다. 그런데 앙리는 아무 말이 없었다. 그게 더 나았다. 톰은 쪽문으로 해서 주방으로 들어갔다. 아네트 여사가 싱크대에서 뭔가를 씻고 있었다.

"아네트 여사님, 부탁이 있습니다."

"네, 말씀하세요."

"우리 집에 와 있는 소년 말입니다. 그 녀석이 미국에서 여자 친구하고 안 좋게 헤어졌나 봐요. 프랑스에 와서는 다른 미국 소년들하고 같이 지내다가, 조용히 혼자 있고 싶어서 우리 집에 며칠 와 있는 겁니다. 그러니 시내에 나가서는 빌리가 우리 집에 있다는 말은 하지 않는 게 제일 좋아요. 친구들이 우리 집까지 찾아오면 안 되잖아요. 아시겠죠?"

"아, 그렇군요." 아네트 여사가 알아들었다. 실연은 개인이 겪는 소설 같은 상처인데, 그걸 겪기엔 소년이 너무 어린 나이라고 여사가 표정으로 말하고 있었다.

"빌리 얘기는 아무한테도 안 하셨겠죠?" 아네트 여사는 종종 조르주가 하는 바 카페에 가서 작은 테이블에 앉아 차를 마시곤 했다. 다른 집 가정부들처럼 말이다.

"한 마디도 안 했어요."

"잘하셨어요." 톰은 다시 정원으로 나갔다.

12시가 다 되었다. 안 그래도 굼뜬 앙리의 움직임이 눈에 띄게 느려졌다. 앙리가 덥다고 투덜댔지만, 더운 날씨는 아니었다. 톰은 앙리가 갈퀴질을 멈춰도 상관하지 않았다. 둘이 온실로 들어갔다. 톰은 시멘트를 발라 네모나게 만들어 놓은 배수로 바닥에 하이네켄 라거 맥주를 여섯 병 갖다 두었는데, 그중 두 병을 꺼내 녹이 슨 병따개로 땄다.

그 후 몇 분은 멍하니 흘렀다. 톰은 프랭크가 어디 있을지 생각하고 있었다. 앙리는 올여름에 라즈베리 열매가 거의 열리지 않았다며 계속 중얼거리더니, 작은 병맥주를 들고 거들먹거리며 돌아다니다가 허리를 숙여 톰이 선반에 올려 둔 화분을 이리저리 살폈다. 발목까지 오는 끈이 달린 낡은 부츠를 신고 있었는데, 두꺼운 바닥이 흐물거렸다. 세련되진 않아도 편안해 보였다. 톰이 지금껏 본 사람 중에 앙리의 발이 가장 컸다. 저 부츠 속에 발이 꽉 찼을까? 앙리의 손을 보면 발도 클 것이다.

"아뇨, 30프랑을 주셔야 맞아요. 기억 안 나세요? 저번에 15프랑을 덜 주셨거든요." 앙리가 말했다.

톰은 줄 돈은 제대로 다 주었지만, 입씨름을 하느니 15프랑을 더 얹어 주고 말았다.

앙리가 가면서 다음 주 화요일이나 목요일에 오겠다고 했다. 톰은 무슨 요일이든 상관없었다. 앙리는 몇 년 전 일하다가 다치는 바람에 '영구 은퇴' 혹은 '휴식'을 취하는 중이었다. 마음 편히, 걱정 없이 사는 앙리가 톰은 여러모로 부러웠다. 덩치가 산만 한 앙리가 성큼성큼 걸어서 벨옹브르의 둥근 포탑을 돌아가는 모습을 바라보았다. 톰은 온실 세면대에서 손을 씻었다.

몇 분 후 톰은 현관문을 통해 집으로 들어갔다. 브람스의 사중주가 거실 전축에서 흘러나오고 있었다. 엘로이즈가 거실에 있는 것 같았다. 톰은 2층으로 올라가 프랭크를 찾았다. 프랭크의 방문이 닫혀 있었다. 노크했다.

"들어오세요?" 되묻는 듯한 프랭크의 말투는 전에도 들어봤었다.

톰은 방으로 들어갔다. 프랭크가 벌써 짐을 다 싸 놓고 침대 시트와 이불보까지 싹 벗겨서 곱게 접어 놓았다. 게다가 작업복을 벗고 다른 옷으로 갈아 입었다. 당장이라도 울음을 터뜨릴 듯한 표정을 지으면서도 고개를 빳빳이 들고 있었다. "있잖아." 톰이 자상한 말투로 말을 꺼내며 문을 닫았다. "무슨 일이야? 앙리 때문에 걱정돼서 그러니?" 톰은 앙리 때문이 아니라는 걸 알면서도 소년의 입을 열어야 했다. 신문은 톰의 바지 뒷주머니에 여태 꽂혀 있었다.

"앙리가 아니라 다른 사람 때문이에요." 프랭크가 떨리는 목소리를 깔고 말했다.

"그럼 지금 뭐 때문에 이러는 건데?" 조니가 사설탐정을 데리고 프랑스로 오고 있으니 조만간 게임이 끝나기 때문일까. 그런데 무슨 게임일까? "집으로 돌아가는 게 어떨까?"

"제가 아버지를 죽였어요." 프랭크가 속삭였다. "제가 아버지를 밀어 버렸어요." 소년은 자포자기하며 노인네처럼 입술을 일그러뜨리더니 고개를 푹 숙였다.

이 소년이 살인자라니, 그런데 이유가 뭐였을까? 톰은 이렇게 점잖은 살인자는 한 번도 본 적이 없었다. "조니 형도 알아?"

프랭크가 고개를 저었다. "아무도 못 봤어요." 소년의 갈색 눈에 눈물이 고이기만 했을 뿐, 뺨을 타고 흐르진 않았다.

톰은 이해했다. 아니, 슬슬 이해가 되기 시작했다. 소년은 양심에 찔려서 가출한 것이다. 혹은 누군가의 말에 뜨끔했거나. "누가 무슨 소리를 했어? 어머니가 뭐라고 하셨어?"

"엄마는 아니고 수지가요. 가정부인데, 날 못 봤어요. 볼 수가 없었다고요. 집에 있었으니까요. 아무튼, 수지는 근시인 데다가 집에서는 벼랑이 보이지도 않는다고요."

"그렇다면 수지가 너나 다른 사람한테 무슨 말이라도 했어?"

"저한테도 하고, 다른 사람들한테도 했어요. 경찰한테도 했지만, 경찰은 수지의 말을 믿어 주지 않았어요. 나이가 많거든요. 정신도 좀 오락가락하고." 프랭크는 고문당하는 사람처럼 고개를 저으며 바닥에 놓인 가방을 쳐다보았다. "제가 말씀드렸잖아요. 이 얘기를 털어놓을 사람은 이 세상에 아저씨밖에 없다고요. 무슨 말씀을 하셔도 상관없어요. 아저씨가 경찰한테든 다른 사람한테든 무슨 말씀을 하셔도 상관없다는 말이에요. 제가 떠나는 게 나을 테니까요."

"왜 이래? 이 집에서 나가서 어디로 가려고?"

"모르겠어요."

프랭크는 형의 여권을 들고서는 프랑스를 빠져나갈 수 없었다. 들판 말고는 숨을 데가 전무했다. “넌 프랑스 국경을 넘을 수가 없어. 프랑스 안에서도 멀리 가지 못해. 있잖니, 프랭크. 일단 점심부터 먹고 얘기하자. 우리가 말이지…….”

“점심이라뇨?” 프랭크는 점심이란 말에 모욕당했다는 듯이 발끈했다.

톰이 프랭크에게 다가갔다. “이제는 내가 시키는 대로 하렴. 점심 먹을 시간이니, 지금은 그냥 가면 안 돼. 이상해 보이잖니. 지금은 마음을 추스르고 점심부터 먹자. 그다음에 얘기하자.” 톰이 손을 뻗어 소년의 손을 잡았지만, 프랭크가 뒤로 물러났다.

“떠날 수 있을 때 떠날래요.”

톰은 왼손으로 소년의 어깨를 붙들고 오른손으로는 목덜미를 움켜쥐었다. “못 가. 가면 안 돼!” 톰은 프랭크의 목덜미를 쥐고 흔들다가 손을 풀었다.

소년은 눈이 휘둥그레지더니 완벽한 충격에 휩싸였다. 그게 바로 톰이 의도한 바였다. “같이 내려가자. 아래층으로.” 톰이 손짓하자, 소년은 앞장서서 문으로 향했다. 톰은 『프랑스디망슈』를 두고 오려고 그의 침실로 잠깐 들어갔다. 구두를 넣어 둔 옷장 뒤쪽 구석으로 신문을 쑥 집어넣었다. 혹시라도 아네트 여사가 쓰레기통에서라도 이 신문을 보면 안 된다.

5

톰이 아래층으로 내려가자 엘로이즈가 주황색과 흰색 글라디올러스를 꽃병에 꽂고 있었다. 엘로이즈는 꽃꽂이를 싫어하는데도 아네트 여사가 정원에서 잘라 온 꽃이니 커피 탁자 위에 놓인 목이 긴 화병에 꽂고 있었다. 엘로이즈가 고개를 들더니 톰과 프랭크를 보며 미소를 지었다. 톰은 긴장을 풀려고 일부러 어깨를 들썩거리면서 재킷을 제대로 걸치는 척했다. 침착하고 차분하게.

“날씨가 참 좋지?” 톰이 엘로이즈에게 영어로 물었다.

“응. 앙리가 오기는 왔네.”

“이번에도 어떻게든 일은 안 하고 요령만 피우다가 갔어. 일은 빌리가 더 잘해.” 톰은 프랭크에게 주방으로 따라오라고 손짓했다. 주방에서 양고기 촙스테이크를 굽는 냄새가 났다. “여사님, 실례합니다. 점심 먹기 전에 술 한잔하려고요.”

여사는 스토브 위에 그릴을 올려놓고 촙스테이크를 굽고 있었다.

"미리 말씀을 해 주시지 그러셨어요! 봉주르 므시외!" 여사가 프랭크에게 인사했다.

프랭크도 정중히 인사했다.

톰이 지금은 주방으로 옮긴 술 카트에 가서 스카치를 적당히 따른 다음 프랭크에게 잔을 내밀었다. "물은 얼마나 타 줄까?"

"조금만요."

톰은 수도꼭지에서 물을 조금 받은 다음 프랭크에게 술잔을 다시 건넸다. "한 잔 마시면 혀만 풀리는 게 아니라 온몸에 긴장이 풀릴 거야." 톰이 중얼거렸다. 아네트 여사가 당장이라도 냉장고에서 얼음을 꺼내 주겠다고 했다. 그런데도 톰은 자기가 마실 진토닉에는 얼음을 넣지 않았다. "다시 거실로 나가자." 톰이 프랭크를 보며 거실 쪽으로 고갯짓했다.

둘이 거실로 나가 술잔을 들고 식탁에 앉았다. 아네트 여사가 곧바로 뒤따라 나오더니 손수 만든 젤리 콩소메부터 내왔다. 엘로이즈가 9월 말에 떠날 어드벤처 크루즈 일정을 재잘거렸는데, 오늘 오전에 노엘과 전화로 세부 사항을 상의했다고 했다.

"북극으로 가려고." 엘로이즈가 들뜬 목소리로 말했다. "뭘 가져가야 하나……. 무슨 옷을 가져가면 좋을지 생각해 봐. 일단 장갑은 챙길 거고!"

톰은 내복이 떠올랐다. "그 돈을 내고도 중앙난방식 유람선을 타는 거야?"

"어머나, 여보!" 엘로이즈가 웃으며 말했다.

그녀는 비용이 얼마가 들든 톰은 상관하지 않는다는 걸 알았다. 사위는 안 간다고 하니 자크 플리송이 딸에게 선물로 유람선 여행을 보내 주는 것이었다.

프랭크가 불어로 며칠짜리 유람선 여행인지, 배에는 몇 명이나 타는지 물어보았다. 톰은 잘 자란 소년을 보며 자신이 감탄하고 있음을 깨달았다. 프랭크도 선물을 받으면 사흘 후에 감사 편지를 보내야 한다는 오래된 예의범절을 지키라고 배웠을 것이다. 선물이 마음에 들든 아니든, 선물을 준 고모가 좋든 싫든 말이다. 평범한 열여섯 살짜리 미국 소년이라면 이런 상황에서 침착하게 행동하지 못했을 것이다. 아네트 여사가 양고기 촙스테이크를 한 접시 더 내왔다. 접시에는 3인분이 담겨 있었다. 엘로이즈가 고작 한 조각만 먹고도 배가 부르다고 하자, 톰은 세 번째 덩어리까지 프랭크의 접시에 덜어 주었다.

그때 전화벨이 울렸다.

“내가 받을게. 실례.” 톰이 말했다. 프랑스의 신성한 점심 식사 시간에 누가 전화를 하다니, 이상했다. 전화가 올 거라곤 예상도 못 했다. “여보세요?”

“톰! 납니다, 리브스.”

“끊지 말고 기다려요.” 톰은 수화기를 테이블 위에 내려놓고 엘로이즈에게 말했다. “장거리 전화라 2층에 올라가서 받을게. 고래고래 소리칠 수는 없잖아.” 톰은 계단을 뛰어 올라가서 그의 침실에 있는 수화기를 내려놓고 다시 리브스에게 끊지 말고 기다리라고 했다. 그런 다음 아래층에 내려가 수화기를 올려놓았다. 그러는 사이, 톰은 리브스가 전화한 게 행운이라는 생각이 들었다. 프랭크가 갖고 다닐 새 여권이 필요할지도 모르는데, 그런 일이라면 리브스가 적임자였기 때문이다. “이제 됐어요. 무슨 일 있어요, 친구?”

“별일은 아니고.” 리브스 마이넛이 거칠어도 천진난만한 미국인처럼 말했다. “내가 전화한 이유가 있긴 있어요. 혹시 내 친구를 하룻밤만 재워 줄 수 있습니까?”

톰은 처음에는 그 제안이 썩 내키지 않았다. “언제요?”

“내일 밤이요. 에릭 란츠라는 남자가 함부르크에서 출발해 모레역으로 갈 테니, 굳이 공항까지 안 나가도 돼요. 실은, 란츠가 파리 호텔에 묵지 않는 게 최선이거든요.”

톰은 긴장한 상태로 수화기를 움켜잡았다. 란츠가 뭔가를 달고 올 게 뻔했다. 리브스는 원래 장물아비였다. “물론이죠. 당연히 그래야죠.” 만약 톰이 이번에 거절해 놓고 나중에 다른 일을 부탁하면 리브스가 흔쾌히 들어주지 않을 것 같아서 재워 주겠다고 한 것이다. “하룻밤이면 됩니까?”

“네, 그거면 충분해요. 하룻밤만 자고 파리로 떠날 겁니다. 내가 더는 설명 안 해도 무슨 말인지 알죠?”

“그럼 모레역으로 데리러 가면 되죠? 어떻게 생겼나요?”

“란츠가 당신을 알아요. 30대 후반인데, 키는 별로 안 크고 머리는 검습니다. 나한테 열차 시간표가 있어요. 내일 밤 8시 19분 차예요. 그 시간에 도착할 겁니다.”

“아주…… 좋습니다.”

“반응이 시큰둥하네요. 이거 굉장히 중요한 일이에요, 톰. 나한테는…….”

"시큰둥할 리가요, 당연히 재워 드려야죠. 리브스! 기왕 통화한 김에 부탁이나 합시다. 미국 여권이 필요해요. 월요일에 특급 우편으로 사진을 보낼 테니, 늦어도 수요일까지는 만들어 줘요. 지금 함부르크에 있는 거죠?"

"당연하죠. 예전 그 집에 그대로 삽니다." 리브스가 카페 주인처럼 푸근한 목소리로 말하긴 했지만, 알스터 호숫가에 있는 리브스가 사는 저택에, 정확히 말하면 리브스가 사는 아파트에만 폭탄이 떨어졌었다. "당신이 쓸 건가요?"

"아뇨, 어린 친구가 쓸 겁니다. 아직 스물한 살도 안 돼서 발급받은 지 오래되고 사용감이 많은 여권으론 안 됩니다. 가능합니까? 내가 나중에 다 설명해 줄게요."

톰은 전화를 끊고 다시 아래층으로 내려갔다. 라즈베리 아이스크림이 식탁에 놓여 있었다. "미안, 별일 아니야." 톰은 프랭크의 표정이 밝아진 걸 눈치챘다. 혈색이 돌아온 것 같았다.

"누구?" 엘로이즈가 물었다.

엘로이즈는 누구 전화인지 묻는 법이 거의 없었다. 톰은 아내가 리브스 마이넛을 못 미더워한다는 것도, 별로 좋아하지 않는다는 것도 알면서도 말했다. "함부르크에서 리브스가 전화했어."

"이리로 온대?"

"아니, 그냥 안부 인사." 톰이 대답했다. "빌리, 커피 마실래?"

"괜찮습니다."

엘로이즈는 원래 점심에는 커피를 마시지 않는 사람이라 지금도 마시지 않았다. 톰은 빌리가 『제인 함정 연감』*을 보고 싶어 한다고 말했다. 그러자 셋이 식탁에서 일어났고, 톰과 소년만 침실로 올라갔다.

"짜증 나는 전화였어. 함부르크에 사는 친군데, 자기 친구를 내일 밤 우리 집에서 하룻밤만 재워 달라고 하는데 거절할 수가 있어야지. 리브스라고 하는데, 그래도 꽤 도움이 되는 친구이긴 해."

프랭크가 고개를 끄덕였다. "그럼 제가 호텔이나 근처 여관으로 옮길까요? 아니면 아예 이 집에서 나갈까요?"

톰은 침대에 누워서 한쪽 팔꿈치를 세운 채 고개를 저었다. "손님한테 지금 네가 쓰는 방을 내주고, 넌 내 방을 쓰면 돼. 난 엘로이즈 방에 가서 잘 테니. 여기 방문은 계속 닫아 둘게. 손님한테는 목수개미 때

* 세계 군함에 대한 정보가 국가별로 정렬된 연례 참고서

문에 훈증 소독하느라 문을 못 연다고 하면 돼.” 톰이 웃었다. “걱정하지 마. 월요일 아침이면 갈 사람이야. 리브스가 보낸 손님들이 전에도 우리 집에서 자고 갔어.”

프랭크는 톰이 책상에서 쓰는 나무 의자에 앉았다. “오신다는 손님이 재미있는 분이신가요?”

톰이 씩 웃었다. “모르는 사람이야.” 재미있는 건 리브스였다. 프랭크가 리브스 마이넛이란 이름도 신문에서 봤겠지만, 톰은 묻지 않기로 했다. “자.” 톰이 목소리를 낮추었다. “네가 말한 그 일 말이다.” 톰은 기다리다가 소년이 불편한지 인상을 쓰는 걸 눈치챘다. 톰도 마음이 불편해졌다. 그래서 괜히 신발을 벗은 다음 침대 위로 두 발을 휙 들어 올렸다가 베개를 벴다. “그건 그렇고, 오늘 점심때는 참 잘했다.”

프랭크가 표정의 변화 없이 톰을 쳐다보았다. “아저씨가 먼저 물으셔서 말씀드린 거예요. 그 일을 아는 사람은 아저씨뿐이에요.” 소년이 목소리를 낮추고 말했다.

“우리끼리 비밀로 하자. 다른 사람한테는 말하지 마, 절대로. 자, 그럼 말해 보렴. 그때가 몇 시였지?”

“저녁 7~8시경이였어요.” 소년의 목소리가 갈라졌다. “아버지는 늘 석양이 지는 모습을 바라보곤 하셨어요. 여름이면 거의 매일 저녁 보셨어요. 전 본 적이 없었지만요…….”

긴 침묵이 이어졌다.

“그럴 마음은 전혀 없었어요. 머리끝까지 화가 난 것도 아니었어요. 아예 화가 나지도 않았었다고요. 그날 밤늦게까지, 그다음 날까지도 제가 그런 짓을 했다는 게 믿기지 않았어요.”

“그랬겠지.” 톰이 거들었다.

“원래는 아버지와 같이 석양을 보러 나간 적이 한 번도 없었어요. 사실 전 아버지가 혼자 계시는 걸 좋아하신다고 생각했어요. 그런데 그날은 같이 나가자고 하시더라고요. 학교에서 공부를 아주 잘해야 한다느니, 그래야 머지않아 하버드 경영 대학원에 입학할 수 있다느니, 뭐 그런 잔소리를 늘어놓으셨죠. 그거야 뭐, 늘 하시던 얘기였어요. 게다가 제가 테리사를 좋아한다는 걸 아시고는 테리사를 좋게 말씀해 주시려고 애도 쓰셨어요. 사실 그전까진 아버지가 테리사를 별로 안 좋아하셔서, 그 애가 집에 오면 못마땅해하셨거든요. 두 번밖에 안 왔지만 말이에요. 사랑에 눈이 멀어 열여섯 살이란 어린 나이에 결혼하는 건 바보 같은 짓이라고도 하셨어요. 그런데 전 결혼하겠다는 말은 꺼낸 적도 없고, 테리사에게 청혼하지도 않았거든요! 테리사가 웃었을 거예요! 아무튼, 생각해 보니 그날 별안간 그런 마음이 일었던 것 같아요. 겉만 번지르르하네, 눈에 보이는 것 죄다 껍데기만 번지르르하네, 이런 마음이요."

톰이 말을 꺼내려는데 소년이 신경을 곤두세운 채 끼어들었다.

"테리사가 메인주에 있는 우리 집에 두 번 왔는데, 두 번 다 아버지가 무례하고 퉁명스레 대하셨어요. 테리사가 예뻐서 인기가 많다는 걸 아버지가 아세요. 아니, 아셨죠. 아마 아저씨도 제가 길에서 헌팅한 여자라고 생각하셨을걸요. 그런데 테리사는 굉장히 예의 바른 아이예요. 얼마나 얌전한데요! 그래서 테리사도 기분이 안 좋았는지, 우리 집에 다시는 오지 않겠다고 했어요."

"네가 굉장히 힘들었겠구나."

"정말 힘들었어요." 프랭크가 잠시 입을 다물고 바닥을 쳐다보았다. 말문이 막힌 것 같았다.

톰은 프랭크가 테리사의 집으로 가거나 뉴욕에서 종종 만나면 되지 않느냐고 물어보려다가, 본질에서 벗어난 질문은 하지 않기로 했다. "그날 집에는 누구누구 있었지? 수지라는 가정부하고 어머니가 계셨을 테고, 또?"

"형도 있었어요. 형하고 둘이서 크로케*를 하고 있었는데, 형이 그만하자고 했어요. 데이트하러 가야 한다고 해서요. 여자 친구가 있는데, 어디에 사냐면……. 흠, 아무튼 아버지가 베란다에 나와 계실 때 형이 차를 몰고 나갔어요. 아버지는 형에게 잘 다녀오라고 인사해 주셨어요. 형은 여자 친구에게 준다고 정원에 있는 장미를 잔뜩 꺾어 들고 갔어요. 아빠가 무례하게 대하지 않으셨더라면, 그날 저녁에 테리사도 우리 집에 왔다가 저하고 같이 외출할 수도 있었겠다는 생각이 그 순간 들더라고요. 아버지는 제가 운전하는 걸 아직은 허락하지 않으셨어요. 형이 모래 언덕에서 가르쳐 줘서 전 운전할 줄 알거든요. 아빠는 제가 사고로 죽기라도 할까 봐 늘 노심초사하셨어요. 그런데, 루이지애나주나 텍사스주에서는 열다섯 살만 돼도 마음껏 운전하잖아요."

톰은 알고 있었다. "그래서? 형이 나간 후에 아버지하고 얘기했니?"

"아버지가 말씀하시는 걸 듣고만 있었어요. 아래층 서재에서요. 저는 그 자리를 피하고 싶었지만 아버지가 말씀하셨어요. '같이 나가

* 나무 망치 모양의 도구로 공을 쳐 고리를 통과시키는 구기 종목

서 석양을 보자. 너에게도 좋을 거다.' 전 기분이 상했지만 내색하지 않았어요. 차라리 말씀드릴 걸 그랬어요. '싫어요. 방에 올라가 있을래요.' 그런데 입이 떨어지지 않더라고요. 그때 수지가 왔어요. 멀쩡하다가도 노망이 들어서 제가 걱정이 많아졌거든요. 수지가 옆에서 아버지가 휠체어를 타고 경사로를 제대로 내려가는지 확인했어요. 뒤쪽 테라스에서 정원으로 내려가는 경사로가 있어요. 휠체어로 다닐 수 있게 만들어 놓은 길이죠. 사실 수지가 신경 쓸 필요도 없었어요. 아버지는 혼자서도 잘 내려가시거든요. 그래서 수지는 집으로 도로 들어갔고, 아버지는 계속 길을 따라가셨어요. 널찍한 판석이 깔린 길을 따라가면 숲이 나오고 낭떠러지로 이어져요. 낭떠러지에 도착하자, 아버지가 또다시 잔소리를 시작하시더라고요." 프랭크는 고개를 숙인 채 오른쪽 주먹을 쥐었다 폈다. "아무튼 4~5분쯤 지나자 더는 참을 수가 없었어요."

톰이 눈을 깜빡였다. 지금 톰을 빤히 쳐다보는 소년을 더는 쳐다볼 수가 없었다. "낭떠러지가 가파르니? 절벽에서 곧장 바다로 떨어지나?"

"꽤 가파르긴 한데 수직 벽은 아니에요. 그래도 사람을 죽이기엔 충분해요. 바위가 많거든요."

"나무도 많아?" 톰은 누가 소년을 봤을지 여전히 궁금했다. "배는?"

"배는 없어요. 그쪽으론 항구가 없어요. 나무야 있죠. 소나무요. 숲의 일부가 저희 땅이긴 하지만, 제멋대로 자라게 두고, 낭떠러지까지 가는 길에 있는 나무만 가지치기했어요."

"집에서 망원경으로 봐도 네가 안 보였을까?"

"안 보였을 거예요. 제가 알아요. 겨울이라 이파리가 다 떨어져도 아버지가 낭떠러지까지 나가 계시면 집에서는 안 보여요." 소년은 깊은 한숨을 쉬었다. "얘기를 끝까지 들어 주셔서 고맙습니다. 글로 써서 정리를 해야 할까 봐요. 그래야 머릿속에서 아예 털어 버릴 수 있을 것 같아요. 섬뜩해요. 이걸 어찌 해석해야 할지 모르겠어요. 제가 그런 짓을 저질렀다는 게 가끔은 믿기지 않아요. 말도 안 되는 일이 벌어지다니." 프랭크는 엿듣는 사람이 있다는 듯이 별안간 문으로 시선을 돌렸다. 하지만 인기척은 없었다.

톰이 살짝 미소를 지었다. "그럼 글로 써 보지 그래? 나한테만 보여 주면 되지 뭐. 네가 쓰고 싶다면 그렇게 해. 그런 다음에 찢어 버리자."

"그럴게요." 프랭크가 조용히 말했다. "제가 기억하기론, 아버지의 어깨와 뒤통수를 단 1초라도 더는 쳐다보지 못하겠다는 역겨움이 울컥 솟구쳤던 것 같아요. 그래서 무슨 생각인지 모르겠지만, 앞으로 뛰어

나가 발로 휠체어 브레이크를 밟아서 풀어 버리고는 전진 단추를 누른 다음 휠체어를 확 밀어 버렸어요. 그랬더니 휠체어가 앞으로 굴러가다가 고꾸라지더라고요. 그다음부터는 쳐다보지 않았어요. 그냥 쾅쾅 부딪히며 떨어지는 소리만 듣고 있었어요."

그 순간을 상상하자 톰은 구역질이 치밀었다. 휠체어에 지문이 찍혔을까? 프랭크가 아버지를 낭떠러지까지 모시고 갔다면 지문이 남았을 것이다. "휠체어에 지문이 찍혔다는 얘기는 있었니?"

"아뇨."

만약 경찰이 살인이라고 조금이라도 의심했다면 곧장 지문부터 채취했을 것이다. "네가 버튼을 눌렀다고 했잖아?"

"주먹으로 내리친 것 같아요."

"구조대가 아버지한테 갔을 때 휠체어 바퀴가 계속 돌고 있었겠네?"

"네. 그랬다고 들었어요."

"그래서 그다음엔 어떻게 했지?"

"절벽 밑을 내려다보지 않고 집이 있는 방향으로 걷기 시작했어요. 이상하게도 별안간 피곤이 몰려오더라고요. 그래서 슬슬 걸음을 옮기다가 정신을 차렸어요. 정원에는 아무도 없었어요. 우리 집 기사 겸 집사로 있는 유진이 넓은 1층 식당에 혼자 있었어요. 그래서 제가 말했어요. '아버지가 조금 전에 낭떠러지에서 떨어지셨어요.' 그랬더니 유진이 어머니께 말씀드려서 병원에 전화하라고 한 다음, 낭떠러지 쪽으로 뛰쳐나갔어요. 엄마는 2층 거실에서 탈하고 텔레비전을 보고 계셨고요. 엄마한테 말씀드렸더니 탈이 병원으로 전화했어요."

"탈이 누구지?"

"뉴욕에 사시는 어머니 친구세요. 성함은 탈매지 스티븐스, 변호사인데 아버지 회사에서 일하진 않아요. 그분은 거물이라……." 소년이 다시 말을 끊었다.

혹시 탈이 소년의 어머니와 연인 사이인가? "탈이 너한테 뭐라고 하든? 뭐라고 물었지?"

"아무것도 안 물으셨어요. 제가 아버지가 혼자서 휠체어를 몰고 가셨다고 했더니 아무것도 묻지 않았어요."

"그럼, 구급차가 온 다음에 경찰이 왔니?"

"네, 둘 다 왔어요. 아버지를 수습하기까지 한 시간 정도 걸린 것 같았어요. 휠체어도 그때 같이 수습했어요. 대형 수색등을 켜고 찾더라고요. 당연히 기자들도 몰려왔는데, 엄마하고 탈이 신속히 돌려보내셨죠. 두 분 다 그런 일에는 도가 트신 분들이라서요. 엄마가 기자들한테 화를 내긴 하셨지만, 그날 밤에 달려온 사람들은 지역 신문 기자들뿐이었죠."

"그럼 나중에 기자를 만난 거니?"

"엄마가 기자 두어 명은 안 만날 수가 없으셨어요. 저도 한 번 인터뷰했어요. 안 할 수가 없었거든요."

"그래서 정확히 뭐라고 했지?"

"아버지가 절벽 끝에 서 계신 걸 봤다고 했어요. 진짜로 몸을 던지시려는 의도가 있어 보였다고 했어요." 마지막 말을 내뱉는 순간 프랭크에겐 내쉴 숨이 더는 남아 있는 것 같지 않았다. 프랭크가 의자에서 일어나 살짝 열린 창문으로 걸어가더니 뒤돌아섰다. "제가 거짓말을 한 거예요. 제가 아저씨께 털어놨듯이요."

"어머니가 널 의심하시니?"

프랭크가 고개를 저었다. "엄마가 의심하셨다면 제가 눈치챘을걸요. 엄마는 의심 안 하세요. 오히려 절 진중한 아이라 생각하시죠. 거짓말할 줄도 모르는 아이라고요." 프랭크가 신경질적으로 씩 웃었다. "조니 형은 제 나이 때 반항이 심해서 집에서 가정 교사를 붙여 줬어요. 종종 그로튼 스쿨*에서 빠져나와 뉴욕에 가곤 했거든요. 게다가 취해서 산 적도 있었어요. 형이 술을 마셨다는 게 아니라, 이따금 마리화나에 손을 댔거든요. 코카인도 좀 하고요. 그래도 지금은 많이 좋아졌어요. 반대로, 저는 보이 스카우트 같은 아이인 줄 아세요. 그래서 아버지가 저한테 부담을 주신 거예요. 아버지가 일구신 피어슨 제국에 관심을 좀 보이라고요!" 프랭크가 두 팔을 활짝 벌리더니 크게 웃었다.

소년은 지쳐 보였다.

프랭크가 다시 의자로 돌아와 앉더니 눈을 반쯤 감은 상태로 고개를 뒤로 젖혔다. "제가 가끔 무슨 생각 하는 줄 아세요? 아버지는 이러나저러나 죽은 목숨이다, 휠체어에 산송장처럼 앉아 있는 모습을 보니 조만간 죽을 사람 같다. 제가 조금이라도 저 자신을 옹호하려고 이런 생각을 한 건지 저도 궁금해요. 세상에, 아들이란 놈이 이따위 생각이나 하다니!" 프랭크가 숨을 몰아쉬며 말했다.

"우리 잠시만 수지 얘기를 다시 해 볼까. 그러니까 수지는 네가 휠체어를 밀어 버렸다고 생각한다는 거지? 너한테 그렇게 말했어?"

* 매사추세츠주 그로튼에 있는 미국 최고의 기숙 학교

"네." 프랭크가 톰을 쳐다보았다. "수지는 집에 있다가 절 봤다는 말까지 했어요. 그래서 다들 수지 얘기를 안 믿는 거예요. 집 안에서는 낭떠러지가 안 보이거든요. 그런데 수지는 그 말을 하면서 굉장히 화를 냈어요. 히스테리를 부렸다니까요."

"수지가 어머니한테도 말씀드렸니?"

"당연히 그랬지만, 엄마는 믿지 않으셨어요. 엄마는 수지를 썩 좋아하진 않으시거든요. 수지는 아버지가 좋아하셨어요. 믿을 만한 사람이라고요, 사람이었다고요. 저희 집에 꽤 오래 계셨거든요. 저희 형제가 아기였을 때부터요."

"그럼 가정 교사였던 거야?"

"그건 아니고, 가정부에 더 가까웠죠. 가정 교사는 늘 따로 있었는데, 죄다 영국 출신 여성들이었어요." 프랭크가 씩 웃었다. "어머니를 도와주시는 분들이 있었는데, 제가 열두 살 때를 끝으로 가정 교사는 더는 두지 않았어요."

"그럼 유진은 뭐라고 했니?"

"저에 대해서요? 한 마디도 안 했어요."

"네가 좋아하는 사람이야?"

이제야 프랭크가 살짝 웃었다. "괜찮은 분이에요. 런던에서 왔고 유머 감각도 있어요. 그런데 제가 유진과 농담을 주고받기라도 하면, 아버지는 집사나 기사하고는 농담하지 말라고 나중에 누누이 지적하셨어요. 유진은 집사 겸 기사거든요."

"누가 더 있니? 일하는 사람 말이다."

"지금은 없어요. 잠깐 와서 일해 주고 가는 사람들만 있어요. 정원사로 일하는 빅은 7월에 휴가를 갔는데 조금 더 이따가 돌아올 거예요. 그 바람에 다른 정원사를 가끔 부르죠. 아버지는 비서든 가정부든 늘 주변에 최소한의 사람만 쓰길 바라셨어요."

존 피어슨이 세상을 떠났는데도 릴리와 탈은 그다지 슬퍼하는 것 같지 않다는 생각이 톰의 머리를 스쳤다. 과연 무슨 일이 있었던 걸까? 톰은 자리에서 일어나 책상으로 갔다. "혹시 네가 글로 적겠다면 말이다." 톰이 소년에게 타자 용지 스무 장 정도를 내밀었다. "펜으로 쓰든 타자기로 치든 내키는 대로 하렴. 여기에 둘 다 있으니." 톰의 타자기가 책상 한가운데 놓여 있었다.

"고맙습니다." 프랭크가 손에 들린 용지를 쳐다보며 사색에 잠겼다.

"산책하러 가고 싶겠지만 가면 안 돼, 안타깝지만."

프랭크가 손에 종이를 들고 자리에서 일어났다. "사실 하고 싶은 게 산책이거든요."

"그렇다면 집 뒤에 있는 오솔길이나 갔다 오렴. 외길인데 아무도 다니지 않아. 가끔 농부들만 다니지. 오늘 오전에 우리가 일하던 뒤편에 있는 길이야." 소년은 아는지 문으로 향했다. "뛰지는 마라." 톰은 말했다. 프랭크의 온몸에 긴장감이 가득 차오른 것처럼 보였다. "30분만 갔다 와. 30분 넘으면 내가 걱정할 테니. 시계는 차고 있지?"

"그럼요. 지금 2시 32분이네요."

톰도 자기 시계를 확인했다. 1분이 빨랐다. "나중에라도 타자기가 필요하면 와서 가져가렴."

소년이 자기가 쓰는 옆방에 가서 종이를 두고 나오더니 계단으로 내려갔다. 톰이 측면 창으로 내다보니 프랭크가 정원 잔디밭을 지나 덤불을 헤치면서 가고 있었다. 그런데 뛰어가다가 넘어지자 두 손으로 바닥을 짚더니 아크로바틱 하는 사람처럼 유연하게 벌떡 일어났다. 그러더니 오른쪽으로 꺾어 오솔길을 따라 걸었고, 이후 나무에 가려져 보이지 않았다.

잠시 후, 톰은 무심코 라디오를 켰다. 오후 3시 정각 뉴스를 듣고 싶기도 했고, 프랭크의 사연을 듣고 나니 기분 전환을 하고 싶기도 했다. 프랭크가 그 일을 털어놓으면서도 무너지지 않았다는 게 놀라웠다. 프랭크가 과연 무너지는 순간이 오긴 올까? 안 오려나? 아니면 그날 밤에 이미 무너졌던 걸까? 얼마 전 런던에서 지내던 밤에, 부탱 부인의 집에 혼자 있던 밤에, 누군가의 심판을 받는다고 상상하자 마음이 온통 공포에 휩싸인 순간을 맞이했던 건 아닐까? 아니면 오늘 점심을 먹기 전에 아주 잠깐 눈물을 찔끔 흘린 거로 충분했던 걸까? 열 살 정도 되는 소년 소녀가 뉴욕에서 자기 또래나 낯선 이들이 떼죽음을 당하는 걸 목격하는 일도 있겠지만, 프랭크는 그런 경우가 아니었다. 프랭크가 느끼는 죄책감은 어느 순간, 어떤 식으로든 밀려오게 되어 있는 법. 사랑, 미움, 질투와 같은 강렬한 감정들은 종국엔 저마다 어떤 형태로든 발현된다고 톰은 믿고 있었다. 그렇다고 그런 감정이 명확히 설명 가능한 형태로 때마다 드러나는 건 아닐 테고, 본인이나 대중이 예상했던 대로 발현되는 것도 아닐 테다.

톰은 불안한 마음에 아네트 여사와 얘기하러 아래층으로 향했다. 여사가 살아 있는 가재를 펄펄 끓는 대형 솥에 집어넣으려는지, 가재를 들고 섬뜩한 모습으로 솥으로 다가가고 있었다. 가재가 다리를 꿈

틀거리자 톰은 주방 입구에서 움찔했다. 여사는 톰에게 거실에서 잠시만 기다리라며 손을 내저었다.

아네트 여사는 다 이해한다는 듯이 그를 보며 미소를 지어 보였다. 예전에도 톰이 반응하는 모습을 본 적이 있었기 때문이다.

가재가 악을 다 쓴 걸까? 나의 예민한 청각 신경을 계속 건드리며 아프다고, 억울하다고 울부짖던 가재가 최후의 비명을 끝으로 숨통이 끊긴 걸까? 저 불쌍한 생명체가 어디서 하룻밤을 보냈을까? 금요일마다 빌페르스에 생선 장수 트럭이 오니, 여사가 어제 가재를 사 두었을 것이다. 톰은 냉장고 선반에 달린 막대기에 거꾸로 묶여 아무리 버둥대도 소용없었던 자그마한 가재를 본 적이 있었다. 그때와는 달리 이번 가재는 굼직했다. 솥뚜껑이 닫히는 소리에 톰은 고개를 살짝 숙이고 다시 주방으로 들어갔다.

"여사님, 중요한 건 아니지만……."

"알아요, 원래 가재 걱정을 하시는 분이라는 거요. 홍합도 걱정하시잖아요?" 여사가 진심이 섞인 미소를 지으며 즐거워했다. "친구들한테도 얘기했는걸요. 저하고 친한 준비에브하고 마리루이한테요." 두 사람은 이 동네 부잣집에서 일하는 가정부들이었다. 아네트 여사가 장을 보러 나갔다가 알게 된 사이로, 가끔 저녁때 서로의 집으로 찾아가 같이 텔레비전을 보기도 했다. 다들 방에 텔레비전이 있어서 돌아가며 모임을 했다.

톰은 고개를 끄덕이며 정중하게 미소를 짓더니 자신의 약점을 시인했다. "간 때문에 그래요." 톰이 불어로 번역해서 말했지만, 소용없는 짓이었다. '간이 콩알만 하다' 혹은 '간이 작다' 같은 표현을 불어로 번역하자니 마땅치 않았기 때문이다. 아무렴 어때. "아네트 여사님, 내일은 손님이 한 분 더 올 겁니다. 일요일 밤에 와서 하룻밤 자고 월요일 아침이면 갈 거예요. 신사분인데, 8시 반 저녁 먹을 때쯤 내가 나가서 데려올 겁니다. 그 손님을 지금 소년이 묵는 방에 재우고, 난 아내 방에 가서 자려고요. 빌리는 내 방에서 재울 겁니다. 내일 다시 알려 드릴게요." 톰은 여사에게 한 번 더 말할 필요가 없다는 걸 알고 있었다.

"아주 잘됐네요. 이번에도 미국에서 오시는 분이세요?"

"아니에요, 이번에는…… 유럽 사람이에요." 톰이 어깨를 으쓱하며 말했다. 그는 가재 냄새가 솔솔 풍기자 주방에서 뒷걸음질 쳤다. "고마워요, 여사님!"

톰은 방으로 올라가 프랑스 팝 음악 라디오 방송국의 3시 정각 뉴스를 들었다. 프랭크 피어슨 기사는 나오지 않았다. 뉴스가 끝났다. 톰은 그제야 프랭크가 산책하러 나간 지 벌써 30분이나 지났다는 걸 깨달았다. 측면 창으로 다시 밖을 내다보았다. 정원 한쪽 구석으로 보이는 숲에는 사람이 보이지 않았다. 톰은 기다리다가 담배에 불을 붙인 다음 다시 창문에 바싹 몸을 기댔다. 3시 7분.

걱정할 이유가 뭐가 있어, 톰은 혼잣말했다. 가는 데 10분, 오는 데 10분 정도 걸릴 테고, 저 길로 다니는 사람이 누가 있을까? 졸음이 쏟아질 듯한 모습으로 농부가 말을 끌거나 수레를 밀면서 지나가기도 했다. 가끔은 노인네가 트랙터를 몰고 큰길 건너에 있는 들판으로 향하기도 했다. 그래도 톰은 걱정이 되었다. 혹시 누가 모레에서 벨옹브르까지 프랭크의 뒤를 밟은 건 아닐까? 언제였는지 모르겠지만, 어느 날 밤에 톰이 조르주와 마리가 운영하는 시끄러운 바 카페까지 혼자 걸어간 적이 있었다. 커피를 마시면서 프랭크에게 관심을 보이는 인물이 새로 등장했는지 살피러 간 거였다. 하지만 낯선 이는 구경도 못했다. 더 중요한 건, 수다쟁이 마리가 톰의 집에서 묵는 소년에 대해서는 일언반구도 없었다는 점이다. 그래서 톰은 긴장을 살짝 풀 수 있었다.

3시 20분, 톰은 다시 아래층으로 내려갔다. 엘로이즈는 어디 있지? 톰은 프렌치 도어를 통해 밖으로 나가서 천천히 잔디밭을 가로질러 오솔길로 향했다. 시선은 잔디에 두고 있었다. 당장이라도 프랭크가 '저 여기 있어요!' 하고 소리칠 것만 같았다. 아니, 소리를 쳤었나? 톰은 잔디밭에 있던 돌멩이를 왼손으로 집어 들고 어설프게 숲으로 내던졌다. 야생 블랙베리 덩굴을 발로 걷어차면서 걷다 보니 드디어 오솔길에 닿았다. 이제 30미터 전방이 보였다. 잡초가 무성하긴 했지만 길이 쭉 뻗어 있었다. 톰은 걸으면서 귀를 바싹 세웠지만, 아무 소리 없이 재잘거리는 참새 소리만 들렸다. 어디선가 멧비둘기 소리도 났다.

그는 프랭크라고 부르고 싶은 마음은 조금도 없었다. 그렇다고 빌리라고 부르고 싶은 것도 아니었다. 톰은 걸음을 멈추고 다시 귀를 기울였다. 아무 소리도 들리지 않았다. 자동차 소리도 나지 않았다. 뒤편에 있는 벨옹브르 집 앞을 지나가는 도로조차 고요했다. 톰은 계속 걸음을 옮기면서 끝까지 가면 더 잘 보일 거라 생각했다. 그런데 어디가 끝일까? 오솔길을 따라 1킬로미터가량 더 들어가자 조금 더 넓은 길이 나오고 주변에 온통 농사짓는 밭만 보였다. 사료용 옥수수나 양배추, 겨자 식물도 심어 놓은 밭이었다. 이제 톰은 길 양쪽에 부러진 나무가 보이는지 살피기 시작했다. 만일 있다면 몸싸움을 한 증거일 수도 있다. 하지만 수레만 지나가도 나뭇가지는 부러진다. 게다가 나뭇잎에 남겨진 특이한 정황도 보이지 않았다. 톰은 다시 걸음을 옮겼다. 이제 교차로에 도착했다. 아까보다 넓긴 해도 비포장도로인 건 여전했다. 계속 따라가자 숲이 끝나면서 길 건너로 탁 트인 들판이 펼쳐졌다. 톰의 눈에는 보이지 않아도, 어느 농부가 집을 짓고 살면서 일구는 곳일 것이다. 톰은 숨을 깊이 쉰 다음 뒤돌아섰다. 톰이 집을 나설 때 이미 소년이 집으로 돌아간 건 아닐까? 혹시 지금 방에 있나? 톰은 몸을 앞으로 숙이더니 다시 뛰다시피 했다.

"아저씨?" 톰의 오른편에서 음성이 들렸다.

톰은 앵클부츠를 신은 발로 미끄러지듯 걸음을 멈춘 다음, 숲속을 살폈다.

프랭크가 나무 뒤에서 나왔다. 톰의 눈에는 소년이 울창한 나뭇잎과 갈색 나무 기둥 뒤에서 불쑥 튀어나오는 것처럼 보였다. 회색 바지에 베이지색 스웨터 차림인데다 햇살이 군데군데 나뭇잎 사이로 쏟아지는 바람에, 나무하고 거의 분간이 가지 않았다. 소년은 혼자였다.

톰은 가슴은 아렸지만 마음이 놓였다. "무슨 일 있었니? 괜찮아?"

"그럼요." 소년이 고개를 숙이더니 톰과 같이 벨옹브르로 향했다.

톰은 무슨 일인지 눈치챘다. 톰이 자기를 찾느라 걱정하는지 확인하고 싶어서 소년이 일부러 숨어 있었던 것이다. 톰이 믿을 만한 사람인지 아닌지 테스트해 보고 싶었던 것이다. 톰은 바지 주머니에 손을 찌른 채 고개를 들었다. 그를 수줍게 쳐다보는 소년의 시선이 느껴졌다. "좀 늦었구나. 돌아오겠다고 약속한 시각보다 늦었어."

소년은 웃으며 입을 꾹 다문 채 톰과 매우 흡사한 자세로 바지 주머니에 손을 밀어 넣었다.

6

같은 날 토요일 오후 5시경, 톰이 엘로이즈에게 말했다. "오늘 밤에 그레 부부 집에 가는 거 내키지가 않아. 꼭 가야 하는 자리야? 당신 혼자 다녀와." 두 사람은 저녁 8시에 있을 식사 자리에 초대를 받았다.

"톰, 안 가려는 이유가 뭔데? 그럼 내가 빌리도 데려가도 되는지 물어볼게. 물어보나 마나 그러라고 하겠지만 말야." 엘로이즈가 그날 오후 경매에서 낙찰받아 가져온 세모난 탁자에 두었던 시선을 들어 올렸다. 그녀는 청바지를 입고 바닥에 꿇어앉아 탁자에 왁스를 먹여 광을 내고 있었다.

"빌리 때문만은 아니야." 엄밀히 말하면 빌리 때문이었지만, 톰은 아닌 척했다. "그레 부부가 다른 부부도 꼭 부르잖아." 톰은 그레 부부네에 가면 엘로이즈가 좋아할 다른 부부도 와 있을 거라는 의미였다. "그게 중요한 게 아니고, 당신이 원한다면 내가 그레 부부한테 전화해서 핑계를 댈게."

엘로이즈가 금발을 뒤로 쓸어 넘겼다. "저번에 앙투안이 당신을 무시해서 그래?"

톰이 웃었다. "앙투안이 날? 그랬다고 해도 기억도 안 나. 그 남자가 무슨 수로 날 무시해? 내가 웃어넘기면 그만인데." 앙투안 그레는 마흔 살 된 열정적인 건축가였다. 교외에 있는 집에 있을 때면 정원 가꾸기에 매진했다. 앙투안은 한량처럼 사는 톰을 무시하는 게 확실했다. 앙투안이 은근슬쩍 모욕적인 언사를 내뱉으면, 톰이 발끈하곤 했다. 톰은 앙투안이 그런 언행을 보일 때면, 자기보다 무딘 엘로이즈는 눈치채지 못하는 줄로 알았다. "앙투안은 3백 년 전 미국에 살던 꼰대 같은 금욕주의자라서 그래. 난 집에 있을래. 동네 사람들이 떠드는 자크 시라크 얘기만 들어도 지겨워 죽겠어." 우파인 앙투안 그레는 체면을 중시해서 『프랑스디망슈』 같은 저급 주간지를 보는 모습은 죽어도 남들에게 보이지 않으려 하지만, 술집에 가서 남몰래 훑어볼 사람이었다. 톰은 빌리가 프랭크 피어슨이라는 사실을 앙투안이 눈치채는 상황을 무엇보다 피하고 싶었다. 앙투안과 아네스가 꼬치꼬치 캐묻지는 않아도 끝까지 함구할 사람들은 아니었다. "내가 전화해서 말해?" 톰이 물었다.

"아니, 내가 가서 말할게." 엘로이즈가 왁스 칠을 계속하면서 대답했다.

"내가 아주 힘들어하는 친구가 집에 왔다고 둘러대. 사회성이라곤 조금도 없는 친구가 왔다고." 톰은 이렇게 말했지만, 앙투안이 톰의 지인들을 주르륵 떠올리며 대체 누구일지 추리해 볼 거라는 걸 알았다. 앙투안이 우연히 한 번이라도 마주친 톰의 지인들이 있었나? 천재적 화가였던 버나드 터프츠는 본 적이 있었다. 버나드는 꾀죄죄한 몰골로 몽상에 푹 빠져 있느라 인사도 제대로 하지 못했었다.

"빌리라면 문제없어 보이던데. 당신은 빌리를 걱정하는 게 아니라, 그레 부부가 싫은 거야."

톰은 이 얘기라면 지긋지긋했다. 집에 빌리가 있어서 신경이 곤두서 있었기에, 그레 부부에 관한 얘기라면 하고 싶은 말이 있어도 참아야 했다. 그레 부부야말로 지긋지긋했기 때문이다. "그레 부부도 이 동네에 살 권리가 있지……." 톰은 내일 저녁때 에릭 란츠라는 남자가 온다는 말은 하지 않기로 갑자기 마음을 바꾸었다. 원래는 지금 엘로이즈에게 말하려고 했었다.

"그건 그렇고, 이 탁자 어때? 내 방에 놓을 거야. 당신이 자는 쪽 구석에. 원래 쓰던 탁자는 손님방에 있는 트윈 베드 사이로 옮기려고." 엘로이즈는 이제야 광이 도는 탁자 상판을 보며 감탄했다.

"정말 마음에 들어. 얼마 줬다고?"

"떡갈나무인데 4백 프랑밖에 안 줬어. 루이 15세 때 쓰던 앤티크를 카피한 가구이긴 하지만, 이 탁자도 백 년도 더 된 거야. 싸게 샀어. 진짜로."

"잘했어." 톰은 진심이었다. 탁자는 근사했고 그 위에 걸터앉아도 될 만큼 튼튼해 보였다. 그렇다고 진짜로 그 위에 앉지는 않겠지만 말이다. 엘로이즈는 싸게 사지도 않았으면서 싸게 샀다고 여길 때가 종종 있었다. 톰은 정신이 다른 데에 팔려 있었다.

톰은 자기 방에 가서 정확히 한 시간 동안 지겨운 업무를 처리했다. 그의 회계사에게 보낼 월별 수입 지출 장부를 작성한 것이다. 엄밀히 말하면 그의 회계사가 아니라, 장인 회사의 일을 봐주는 회계사였다. 피에르 솔웨이라는 회계사는 자크 플리송 회사의 방대한 장부를 처리하면서도, 톰과 엘로이즈의 장부를 따로 관리해 주었다. 톰은 회계사 기장료를 아낄 수 있어서 좋긴 했지만(장인이 대신 내 주었다), 그 대신 노친네가 굳이 시간을 내서 톰의 장부를 확인한 후 승인해 줘야 했다. 엘로이즈가 벌어오는 수익은, 다시 말하자면 친정아버지한테 현찰로 받아 오는 용돈은 리플리가 내야 할 소득세 과세 대상이 아니었다. 더와트 법인에서는 매월 1만 프랑 정도—달러가 강세일 때는 2천 달러 가까이—되는 스위스 프랑 수표를 톰의 계좌로 조용히 입금해 주었다. 이 돈은 더와트 미술 아카데미가 있는 이탈리아 페루자를 거치면서 거의 세탁이 되는데, 벅마스터 갤러리에서 그림이 팔릴 때마다 받는 수수료가 일부 포함되어 있었다. 톰은 더와트의 이름을 달고 나오는 이젤이나 지우개 같은 더와트 미술용품이 팔릴 때마다 수익금의 1할을 받았다. 그런데 런던에서 빌페르스로 직접 송금할 때보다, 페루자에서 스위스 은행으로 입금할 때가 돈을 밀반입하기가 훨씬 쉬웠다. 그뿐 아니었다. 디키 그린리프가 톰 앞으로 남긴 유산에서 나오는 수익도 있었다. 수년 전만 하더라도 월 3백에서 4백 달러 정도였지만, 지금은 1만 8천 달러로 늘어났다. 그런데 신기한 일은, 톰이 이 수익에 대해서는 미국에 전액 소득 신고를 한다는 점이었다. 양도 소득세라 세율이 꽤 높았는데도, 톰은 아이러니하지만 적절하다고 여겼다. 디키가 사망한 후 그가 베네치아에서 디키의 책상에 앉아 디키의 에르메스 타자기로 디키의 유언장을 위조하고 디키의 서명까지 위조한 덕분에 받는 돈이기 때문이었다.

생각이 여기까지 미치자 톰은 매달 하는 생각에 사로잡혔다. 이 돈으로, 쥐꼬리만 한 돈으로 벨옹브르에서 계속 살 수 있을까? 지출 내역을 작성하며 15분간 자리에 앉아 있다 보니 점점 지겨워지기 시작했다. 톰은 자리에서 일어나 담배에 불을 붙였다.

그래, 맞아. 불평해야 할 이유가 뭐가 있어, 톰은 창밖을 내다보며 생각에 잠겼다. 톰은 더와트 회사에서 받는 수익 중 더와트 유한 회사의 주식으로 분류되는 프랑스 국내에서 발생한 일부 소득에 대해서만 프랑스에 신고했다. 현재 그는 그가 매수한 주식은 물론 미국 국채도 일부 보유하고 있었는데, 여기에서 발생한 수익금도 신고 대상이었다. 그가 프랑스에서 번 수익(그가 아니라 엘로이즈에게 발생한 약간의 수익)은 프랑스에 신고해야 했다. 동시에, 미국인이라서 해외에서 번 소득도 미국에 신고해야 했다. 톰이 프랑스에 거주하면서도 여전히 미국 여권을 사용하는 미국인이었기 때문이다. 솔웨이가 리플리 부부가 미국에 내야 할 세금까지 계산해 주기에, 톰은 피에르 솔웨이에게 갖다 줄 자료를 영어로 별도 작성해야 했다. 머리가 복잡했다. 프랑스 사람들은 서류라면 치를 떨었다. 극빈층이 국민 건강 보험 자격을 획득하려면 서류 수십 장은 작성해야 했다. 톰은 수학이나 간단한 연산을 좋아하는데도, 전월 지출 내역을 보면서 우편 비용까지 옮겨 적자니 지루하기 짝이 없었다. 그는 언뜻 보기엔 효율적으로 보이는 연녹색 그래프용지를 내려다보았다. 수익은 위에, 지출은 아래에 적어야 한다니 추잡한 악담이 있는 대로 쏟아졌다. 톰은 다시 의자에 앉았다. 한 시간을 꽉 채우면 드디어 끝낼 수 있을 것 같았다. 7월 말까지 작성을 끝냈어야 했는데 지금은 8월 말이었다.

톰은 지금쯤 자기 아버지의 마지막 모습을 자신의 입장에서 설명하는 글을 작성하고 있을 프랭크를 생각해 보았다. 이따금 타자기 치는 소리가 들렸다. 아까 프랭크가 톰의 타자기를 자기 방으로 가져갔다. 한 번은 프랭크가 “으악!” 하고 소리를 내지르기도 했었다. 고통스러워하는 걸까? 타자기 소리가 한참 들리지 않았다. 소년이 중간에 손으로 쓰고 있는 건지 톰은 궁금해졌다.

톰은 영수증 뭉치를—전화비, 전기세, 수도세, 차 수리비—손에 쥐고 끝장을 보겠다는 각오로 자리에 앉아서 마저 끝내기로 마음먹었다. 드디어 끝. 자료 작성과 영수증 증빙을 마침내 끝냈다. 그런데 지불 처리가 끝난 수표는 다 끝내지 못했다. 지급 완료된 수표는 프랑스 은행에서 보관하고 있기 때문이었다. 그는 자료와 영수증을 봉투에 넣은 다음, 피에르 솔웨이에게 보낼 다른 월간 보고서와 함께 더 큰 봉투에 담아 책상 왼쪽 아래 서랍에 집어넣고 뿌듯하고 후련한 마음으로 자리에서 일어났다.

기지개를 켰다. 바로 그때, 엘로이즈가 갖고 있는 록 음악 앨범이 아래층에서 울려 퍼졌다. 이게 바로 톰이 듣고 싶었던 음악이었다. 벨벳 언더그라운드의 리더 루 리드의 앨범. 톰은 욕실로 가서 찬물로 세수했다. 몇 시지? 벌써 6시 55분이었다. 톰은 엘로이즈에게 에릭 얘기를 지금 해야겠다고 결심했다.

프랭크도 막 방에서 나왔다. "노래가 들려서요." 프랭크가 복도에 서서 톰에게 말했다. "라디오가 아니라 앨범 틀어 놓으신 거 맞죠?"

"엘로이즈가 갖고 있는 앨범이야. 같이 내려가자."

소년은 좀 전까지 스웨터를 입고 있었는데 지금은 셔츠로 갈아입었다. 엉덩이 위로 삐져나온 셔츠 뒷자락을 펄럭이며 소년이 행복한 미소를 머금은 채 계단을 뛰어 내려갔다. 프랭크는 기분이 좋아 보였다. 록 음악이 소년의 마음을 진심으로 움직인 것 같았다.

엘로이즈가 볼륨을 높이고 어깨를 들썩이며 혼자 춤을 추다가 톰과 소년이 계단에서 내려오자 민망했는지 동작을 멈추고 볼륨을 줄였다.

"소리 줄이지 마세요. 노래가 참 좋아요." 프랭크가 말했다.

톰은 엘로이즈와 소년이 음악과 춤에 관해서라면 대화가 통할 것만 같았다. "지긋지긋한 장부 처리를 다 끝냈어!" 톰이 크게 외쳤다.

"준비는 다 한 거야? 당신 근사하네!" 엘로이즈가 하늘색 원피스에 반짝거리는 검은 벨트를 차고 하이힐을 신고 있었다.

"그레 부부한테 전화했더니 일찍 와서 얘기 좀 하재."

프랭크가 새삼스레 감탄하며 엘로이즈를 바라보았다. "이 앨범 좋아하세요?"

"물론!"

"저도 집에서 이 앨범 들어요."

"그럼 너도 춤을 좀 춰 봐." 톰이 들뜬 목소리로 말했다. 그런데 프랭크가 적어도 그 순간만큼은 자제하는 것 같았다. 몇 분 전까지만 해도 아버지를 죽였다고 자백하는 글을 썼는데 지금은 록 음악에 흠뻑 취하다니, 소년이 대체 무슨 인생을 사는 걸까. "오늘 오후에 진전은 있었니?" 톰이 조용히 물었다.

"일곱 장 반 썼어요. 중간에 손으로 쓴 데도 있어요."

전축 옆에 있는 엘로이즈에게는 소년이 하는 말이 들리지 않았다.

"여보, 있잖아, 내가 내일 밤에 리브스의 친구를 데려오기로 했어. 우리 집에서 딱 하룻밤만 자고 간다지 뭐야. 빌리가 내 방으로 옮기고, 나는 당신 방에 가서 자려고."

엘로이즈가 톰을 향해 곱게 화장한 얼굴을 돌렸다. "누가 오는데?"

"리브스가 그러는데, 에릭이라는 남자래. 내가 모레역으로 데리러 갈 거야. 당신, 내일 저녁에는 약속 없지?"

엘로이즈가 고개를 저었다. "나 지금 출발해야 해." 그녀가 전화기가 놓인 탁자로 다가갔다. 그 위에 핸드백이 놓여 있었다. 날씨가 오락가락하자 현관 옷장에서 투명한 우비도 챙겼다.

톰은 아내와 나란히 벤츠까지 걸어갔다. "그건 그렇고, 그레 부부한테 우리 집에 누가 와 있다는 말은 하지 마. 미국에서 온 소년이란 말은 입도 뻥끗하지 말고, 내가 오늘 밤에 받아야 할 전화가 있다고 둘러대. 그러는 게 편해."

번뜩 무슨 생각이 들었는지 엘로이즈의 얼굴이 환해졌다. "혹시 당신이 빌리를 숨겨 주는 거야? 리브스를 도와주려고?" 엘로이즈가 차창을 내린 채 묻고 있었다.

"그런 거 아니야. 리브스는 빌리 얘기는 듣지도 못했어. 빌리는 우리 집 정원 일을 해 주려고 미국에서 온 소년일 뿐이라고. 앙투안이 얼마나 콧대 높은 부르주아인지 당신도 알잖아. '정원사를 손님방에 재우다니!' 이럴 거라고. 잘 다녀와." 톰은 허리를 숙여 아내의 뺨에 입을 맞추었다. "약속하는 거지?"

그가 말하는 약속이란 빌리 얘기는 하지 말라는 거였다. 엘로이즈가 차분하면서도 재미있다는 듯이 미소를 짓더니 고개를 끄덕였다. 그걸 보니 톰은 그녀가 말하지 않을 거라는 걸 알았다. 톰이 리브스에게 호의를 베풀어 줄 때도 있다는 걸 엘로이즈도 알고 있었다. 엘로이즈가 눈치챌 때도 있고, 못 챌 때도 있지만 말이다. 아무튼 톰이 리브스에게 호의를 베풀면 돈이 생긴다는 뜻이었다. 다시 말해, 돈을 받으니 도움이 된다는 뜻이었다. 톰은 아내를 위해 대문을 활짝 열어 주었다. 아내의 차가 대문을 빠져나가 오른쪽으로 꺾자 톰이 손을 흔들었다.

그날 밤 9시 15분, 톰은 신발을 벗고 침대에 누워서 프랭크가 쓴 해명문을 읽었다. 내용은 아래와 같았다.

> 7월 22일 토요일, 그날도 시작은 평범했습니다. 조금도 별다를 게 없는 날이었죠. 해가 나자 다들 날씨가 끝내준다고 했어요. 지금 돌이켜 보니, 그날은 제게 곱절로 이상했습니다. 사실 하루가 어떻게 끝날지 그날 아침에는 몰랐으니까요. 그날 전 아무 계획도 없었어요. 기억나는 거라곤, 저희 집 기사로 일하는 유진이 오후 3시경 테니스를 치자고 한 것뿐이에요. 그날은 집에 오는 손님이 없어서 유진도 시간이 났거든요. 하지만 제가 싫다고 했어요. 왜 거절했는지는 저도 모르겠어요. 그날 테리사의 집으로 전화했더니 테리사의 어머니가 받으셨어요. 테리사가 (바하버로) 외출했는데 저녁 내내 밖에 있다가 자정은 넘어야 들어올 거라고 하셨어요. 저는 질투심이 타올랐어요. 테리사가 누구하고 나갔는지 궁금했어요. 여럿이 어울리든, 단둘이 만나든, 뭐가 됐든 기분 나쁘긴 마찬가지였을 거예요. 저는 그다음 날 무슨 일이 있어도 뉴욕으로 갈 참이었거든요. 여름이면 가구에 천을 모조리 뒤집어씌워 놓아서 쓸 수도 없는 우리 아파트에라도 가려고요. 테리사에게 전화해서 같이 가자고 할 작정이었어요. 며칠 호텔이든, 뉴욕 아파트든 가서 같이 있자고 말이에요. 저는 행동으로 옮기고 싶었어요. 뉴욕으로 떠나자는 게 테리사에게는 근사한 제안이 될 것 같아서 내심 기대했었거든요. 아버지가 범프스테드라는 남자를 만나 보라고 하시지 않았더라면 전 일찌감치 뉴욕으로 떠났을 거예요. 범프스테드라는 남자는 서른쯤 된 사업가인데, 매사추세츠 하이애니스포트에서 몇 주간 휴가를 보내고 있다고 아버지가 말씀하셨죠. 아버지는 제 생각을 뜯어 고치기엔 서른이면 충분히 어린 나이라고 생각하신 게 분명해요. 아버지는 평생 사업을 일구신 분이시니 그렇게 생각하셨겠죠. 범프스테드가 그다음 날 오기로 했는데, 그 일이 벌어지는 바람에 오지 않았어요.

(여기서부터는 프랭크가 볼펜으로 써 내려갔다.)

그런데 저는 더 큰 것을, 제 인생 전체를 보려고 했어요. 서머싯 몸의 『더 서밍 업』이라는 책처럼, 저도 제 인생을 정리해 보고 싶었어요. 그런데 제가 그럴 수 있을지, 그렇게 큰일을 할 수 있을지 확신이 서지 않아요. 서머싯 몸의 단편을 몇 편 읽어 봤는데요(아주 좋았어요), 몇 장만 들춰 봐도 거기에 등장하는 사람들은 모든 걸 꿰뚫어 보는 것 같았어요. 저는 제 인생의 목표에 대해 생각해 보려고 했어요. 제 인생에도 무슨 의미가 있긴 있을 테니까요. 그런데 사실 꼭 그런 건 아니더라고요. 저는 제가 살면서 이루고 싶은 게 뭔지 생각해 보려고 했어요. 그런데 온통 테리사 생각뿐이었어요. 우리 둘이 같이 있으면 정말 행복하거든요. 테리사도 행복해하는 것 같고요. 그래서 전 우리가 함께 있어야겠다고 결론을 내렸죠. 의미 있는 무언가에 다다라야겠다고, 행복해져야겠다고, 앞으로 나아가야겠다고 말이죠. 저는 제가 행복해지고 싶어 한다는 걸 알아요. 누구나 행복해야 하고, 타인에게든, 무언가에든 구속당해서는 안 되는 거잖아요. 신체적으로도 편안해야 하지만, 삶을 살아가는 태도 역시 편안해야 한다고요. 그런데,

(프랭크는 '그런데'에 줄을 그어 지워 버리고 다시 타자기로 복귀했다.)

점심을 먹고서 어머니 친구 탈이 저희 식구와 같이 있던 모습이 기억나요. 아버지는 평소처럼 아래층에 있는 할아버지 시계를 고쳐야 한다고 말씀하셨어요. 1년 넘게 고장 나 있던 시계였거든요. 아버지는 시계를 수리해야 한다는 말을 입에 달고 사셨죠. 그런데 가문 대대로 내려오는 시계다 보니, 동네 시계방에서 고치자니 못 미덥고, 그렇다고 시계를 뉴욕으로 보내자니 그것 역시 못마땅해하셨어요. 저는 점심때가 되자 지루해졌어요. 어머니와 탈은 많이 웃으셨는데, 두 분만 아는 뉴욕 지인들에 관한 농담을 하느라 그랬던 거예요.

점심을 먹고, 아버지가 서재에서 도쿄 지사와 통화하다가 고함치시는 소리가 들렸어요. 저는 못 들은 척하고 복도에서 기다렸어요. 아버지가 제게 하실 말씀이 있다고 하셨거든요. 마침내 오후 6시나 되어서야 제가 서재로 들어가 아버지를 뵐 수 있었어요. 하실 말씀이 있었더라면 점심때 하셨어도 됐잖아요.

그래서 전 화가 난 채로 제 방으로 돌아갔어요. 다른 사람들은 정원 잔디 한쪽에서 크로케를 막 치기 시작했고요.

저는 아버지가 끔찍이 싫었어요. 싫어했다는 건 인정할래요. 자기 아버지를 싫어하는 사람이 많다는 얘기는 들었어요. 그렇다고 아버지를 죽여도 된다는 뜻은 아니잖아요. 저는 제가 그 짓을 저질렀다는 게 아직도 실감 나지 않아요. 실감이 안 난다는 핑계로, 제가 평범한 사람처럼 돌아다니지만, 사실 그러면 안 되는 거잖아요. 제 속마음은 달라요. 초조하기도 하고, 절대로 그 일을 극복할 수 없을 것만 같아요. 그래서 그 짓을 저지른 후에 톰 리플리 관련 기사를 찾아보기로 했어요. 무슨 이유인지는 모르겠지만, 리플리라는 사람한테 무척 관심이 갔거든요. 더와트 그림에 얽힌 미스터리 때문이라는 이유가 있긴 했어요. 아버지도 더와트 그림을 한 점 갖고 계세요. 2년 전, 더와트 그림이 위작이네, 아니네 시끄러울 때 아버지가 관심을 보이셨거든요. 그때 전 열네 살이었어요. 몇몇 이름이 신문에 오르내렸는데, 주로 영국 런던에 사는 사람들 이름이었어요. 더와트는 멕시코에 살았죠. 그 당시 전 스파이 관련 글을 많이 읽고 있었는데, 흥미가 발동해 뉴욕에 있는 큰 도서관까지 가서 신문에 나온 이름이란 이름은 죄다 찾아보았어요. 탐정이 일하는 것처럼요. 톰 리플리 관련 항목이 무척 흥미진진해 보였어요. 유럽에 사는 미국인인데 이탈리아에 살던 친구가 죽으면서 그의 앞으로 유산을 남겼죠. 그걸 보면 죽은 친구가 톰 리플리를 무척 좋아했던 것 같아요. 실종된 미국인 머치슨과 관련된 내용도 있었는데, 더와트 미스터리하고 관계있어 보였어요. 머치슨이 톰 리플리 자택에 들른 후에 실종됐으니까요. 전 톰 리플리가 사람을 죽였을지도 모른다는 생각이 들었어요. 아무튼, 톰 리플리는 험악하게 생기지도 않았고 근육이 우락부락하지도 않았어요. 신문에 톰 리플리의 사진 두 장이 실린 걸 봤는데, 호남형에다 무자비하게 생기지도 않았더라고요. 그런 톰 리플리가 사람을 죽였는지 안 죽였는지는 입증이 안 된 것 같았어요.

(프랭크가 다시 펜으로 적기 시작했다.)

저는 그날 생각했어요. 사실 처음으로 한 생각은 아니었죠.

제가 왜 낡은 시스템에 합류해야 하나요? 그건 거기에 뛰어든 미물 같은 인간들을 예전부터 죽여 버리는 시스템 아닌가요? 다시 말해, 자살이나 신경 쇠약, 아니면 단순 정신병 등으로 많은 사람을 죽였고, 앞으로도 죽일 시스템이잖아요. 조니 형은 일찌감치 단호히 거절했어요. 저보다 나이가 많은 형은 자기가 무슨 일을 하고 있는지 분명히 알고 있어요. 그렇다면 저는 왜 아버지가 아니라 형처럼 하면 안 되는 거죠?
이 글은 고백문입니다. 저는 지금 단 한 사람, 톰 리플리 씨에게 제가 아버지를 죽였음을 고백합니다. 제가 아버지의 휠체어를 낭떠러지로 밀어 버렸어요. 제가 그 짓을 저질렀다는 게 가끔은 믿기지가 않아요. 제가 그 일을 했다는 걸 알면서도 말이죠. 스스로 저지른 죄 앞에 당당하지 못한 겁쟁이에 관한 글들은 많이 봤지만, 저는 그렇게 되고 싶지 않아요. 가끔 전 잔인한 생각을 합니다. 아버지는 살 만큼 사셨어요. 아버지는 형하고 제게 잔인하셨고 매몰차셨어요. 평생 저희를 그렇게 대하셨다고요. 아버지가 변하실 수도 있었어요. 변하셨더라면 좋았겠죠. 그런데 아버지는 우리를 부숴 버리고 바꿔 놓으려고 하셨어요. 아버지는 두 번 결혼하셨고, 과거에 여자도 많았어요. 돈은 넘칠 만큼 많아서 호사스럽게 사셨다고요. 아버지는 돌아가시기 전 11년 동안 휠체어에 앉아 계셔야만 했어요. '사업상의 숙적'이 아버지를 총으로 쏴 죽이려고 했기 때문이에요. 그렇다면 제가 저지른 짓이 얼마나 나쁜 짓일까요?
제가 쓴 이 글을 읽을 수 있는 사람은 톰 리플리 씨뿐입니다. 톰 리플리 씨는 제가 이 사실을 털어놓을 수 있는 세상에서 유일한 사람이기 때문이죠. 저는 톰 리플리 씨가 저를 혐오하지 않는다는 걸 알아요. 지금 전 그분의 집에 묵으면서 그분이 베푸는 호의를 누리고 있으니까요.
저는 몸도 마음도 자유로워지고 싶습니다. 자유롭게, 그게 어떤 모습이든 진짜 제가 되고 싶을 뿐이라고요. 저는 톰 리플리 씨가 몸도 마음도 자유로운 사람이라고 생각해요. 남들에게 친절하고 예의 바르시거든요. 이쯤에서 마무리해야 할 것 같아요. 충분히 적은 것 같아요.
클래식 음악이 됐든 무슨 음악이 됐든 음악은 참 좋아요. 어떤 감옥에서든 살지 않는다면 좋은 일이겠죠. 남들을 손에 쥐고 주무르지 않는 것 역시 좋은 일이고요.

프랭크 피어슨

소년은 한 자 한 자 또박또박 서명한 다음, 대시를 긋듯 밑줄을 쳐 놓았다. 프랭크가 밑줄까지 그은 건 흔치 않은 경우일 거라고 톰은 해석했다.

톰은 감동하긴 했지만, 프랭크가 아버지를 낭떠러지로 밀어 버리던 그 순간을 설명해 주기를 기대했었다. 내가 너무 많이 기대한 걸까? 소년이 그 순간의 기억을 애써 지운 걸까? 아니면 그 험악했던 순간을 글로는 표현할 수 없었던 걸까? 그 장면을 글로 옮겨 적으려면 물리적인 행동에 대한 분석과 묘사가 필요한데, 자기 보호라는 건강한 욕구가 그 순간을 회상하지 못하도록 프랭크를 가로막은 것 같았다. 톰은 그 역시 그간 저지른 일고여덟 번의 살인을 떠올리며 분석하거나 되뇌고 싶지 않다는 사실을 인정할 수밖에 없었다. 그중 가장 떠올리고 싶지 않은 기억을 꼽자면 의심할 것도 없이 처음 살인했을 때였다. 디키 그린리프처럼 젊고 펄펄한 남자를 노의 날로 때려죽였다. 누군가의 목숨을 빼앗을 때는 호기심 어린 미스터리와 공포가 늘 같이 서려 있기 마련. 그걸 받아들일 수 없기에 직시하고 싶지 않은 것이리라. 정적을 제거하기 위해 고용된 청부 살인업자나 조직원이라면 사람을 죽이는 건 쉬웠다. 모르는 사람이기 때문이다. 그런데 톰은 디키 그린리프를 너무나도 잘 알았다. 프랭크도 자기 아버지를 너무나도 잘 알았다. 그래서 그 부분만 필름이 끊긴 것 같았다. 아무튼, 톰은 프랭크를 더는 닦달하지 않기로 했다.

톰은 소년이 자기가 쓴 해명문을 톰이 어떻게 생각하는지 듣고 싶어 할 것 같았다. 적어도 솔직하게 썼다는 칭찬은 받고 싶어 할 것이다. 소년이 진심으로 솔직하게 쓰려고 노력한 게 느껴지긴 했다.

저녁을 먹은 후 톰이 텔레비전을 틀어 주었으니 프랭크는 지금 거실에 있겠지만 분명 지겨워할 것이다(토요일 밤이었으니 그럴 가능성이 컸다). 프랭크가 루 리드 앨범을 다시 걸었기 때문이다(엘로이즈만큼 크게 틀지는 않았다). 톰은 소년이 적은 글은 방에 두고 아래층으로 내려갔다.

소년은 노란 소파에 누운 자세로 노란 새틴이 더러워지지 않도록 발은 소파 팔걸이에 조심스레 걸쳐 놓았다. 눈을 감고 목뒤에 깍지를 끼고 있느라 톰이 계단으로 내려오는 소리도 듣지 못했다. 아니면 잠이 든 걸까?

"빌리?" 톰이 이름을 불렀다. 톰은 필요하다면 최대한 오래 '빌리'라 불러야겠다고 다시금 다짐했다. 그런데 언제까지 빌리라고 불러야 하나?

프랭크가 발딱 일어나 앉았다. "네, 부르셨어요?"

"참 잘 쓴 거 같구나. 꽤 흥미진진해. 글 자체는."

"그러셨어요? 그런데 '글 자체는'이라는 말씀이 무슨 뜻이에요?"

"사실 내가 바랐던 건 말이지……." 톰은 주방 쪽을 힐끔거렸다. 이미 주방 불은 꺼진 상태라는 게 반쯤 열린 문으로 보였다. 그런데 톰은 더는 닦달하지 않기로 했었다. 왜 자기 생각을 열여섯 살 먹은 소년한테 억지로 주입한단 말인가? "사실, 네가 그 일을 저지른 순간, 낭떠러지로 달려간 순간……."

소년이 재빨리 고개를 저었다. "놀랍게도, 제가 쓴 글을 제가 다시 읽어 보지도 않았네요. 읽어 보려고 생각은 했는데……."

톰은 짐작은 갔지만, 그런 뜻으로 한 말이 아니었다. 톰은 소년이 남의 목숨을 앗아 갔다는 사실을 깨달은 순간을 말한 것이었다. 만약 소년이 지금쯤 그 미스터리에서, 그 당혹스러움에서 벗어났더라면 훨씬 좋았을 것이다. 그걸 곱씹고 곱씹은 끝에 이해해 봤자 뭘 얻는다는 말인가? 그리고 뭘 얻기나 할까?

프랭크는 톰이 더 말해 주기를 기다렸지만, 톰은 입을 다물었다.

"혹시 아저씨는 사람을 죽인 적이 있으세요?" 소년이 물었다.

톰은 소파로 조금 더 다가갔다. 긴장을 푸는 동시에 아네트 여사의 방에서 더 멀어지기 위한 행동이었다. "응, 있어."

"한 명은 아니죠?"

"솔직히 말하자면, 아니야." 소년은 뉴욕 공공 도서관에 보관된 신문에 나온 그의 기사란 기사는 샅샅이 읽고 약간의 상상력을 발휘한 게 분명해 보였다. 의심과 소문만 무성할 뿐, 더는 증거가 없었다는 걸 톰은 알고 있었다. 그를 기소할 뚜렷한 혐의가 아예 없었다. 버나드 터프츠가 잘츠부르크 인근 야산에서 몸을 날려 기괴한 죽음을 맞이한 바람에 톰이 기소될 위기에 처하기도 했었지만, 버나드의—신이시여, 그의 고된 영혼에 안식을 내리소서—자살로 종결되었다.

"제가 그 짓을 저질렀다고 해도 아직 제가 망하지 않았다고 생각해요." 프랭크가 간신히 들릴까 말까 한 목소리로 속삭였다. 이제는 왼쪽 팔꿈치를 소파 팔걸이에 세우고 몇 분 전보다 훨씬 느긋해진 자세를 취했다. 그래도 긴장을 푼 건 전혀 아니었다. "그 일로 제가 망하게 될까요?"

톰이 어깨를 으쓱했다. "우리가 그 꼴을 두고 볼 순 없지." 톰이 '우리'라고 말한 특별한 의미가 있었다. 톰은 청부 살인업자에게 얘기하는 게 아니었다. 전에 몇 명 만나 보긴 했지만 말이다.

"제가 이 곡을 다시 틀어도 싫어하지 말아 주세요. 테리사하고 같이 듣던 음악이거든요. 테리사가 좋아하는 노래예요. 저희 둘 다 이 앨범을 갖고 있는데……."

소년이 거기에서 말을 멈추었지만 톰은 이해했다. 톰은 프랭크가 무너져 내려 울음을 터뜨리는 대신, 차라리 자신감이 넘치다 못해 미소를 짓는 표정을 보는 게 더 좋았다. '테리사에게 전화를 걸어 보렴' 하고 톰은 말하고 싶었다. 프랭크가 음악을 크게 틀어 놓고 잘 지내고 있으니 집으로 돌아갈 거라고 전화한다면? 사실 톰이 전에도 전화를 해 보라고 권했지만, 소용없었다. 톰이 천 의자에서 일어났다. "프랭크, 널 의심하는 사람이 아무도 없다면, 네가 숨어야 할 이유도 없어. 이제 글로 다 적었으니 집으로 돌아가면 어떨까. 되도록 빨리. 어때?"

프랭크가 톰과 눈을 맞추었다. "아저씨하고 며칠 더 같이 있고 싶어요. 제가 일할게요. 전 이 집에 걸리적거리는 존재가 되고 싶지 않아요. 혹시 저 때문에 아저씨가 위험해질까 봐 그러시는 거예요?"

"그건 아니다." 톰은 실은 그렇게 생각하면서도, 납치범들이 관심을 보일 테니 피어슨이라는 이름을 쓰는 건 위험하다는 사실만 빼고는 정확히 설명할 수가 없었다. "네가 새로 쓸 여권을 부탁해 놓았어. 다음 주면 완성될 거야. 가명으로."

프랭크는 톰에게 깜짝 선물을 받은 것처럼 미소를 지었다. "아저씨가요? 어떻게요?"

톰은 괜히 한 번 더 주방을 힐끔거렸다. "월요일에 파리에 가서 사진을 새로 찍어서 보내면 함부르크에서 새로 여권을 만들어서 보내 줄 거야." 톰은 함부르크에 있는 연줄, 리브스 마이넛을 배신하는 데에는 익숙하지 않았다. "오늘 부탁했어. 아까 점심때 전화 왔었잖아? 넌 다른 미국 이름을 쓰게 될 거야."

"근사해요!"

다른 곡으로 넘어갔다. 뭔가 더 단순한 리듬으로 이루어진 곡이었다. 톰은 소년의 얼굴에 희망이 번지는 모습을 지켜보았다. 앞으로 갖게 될 새 이름을 생각하는 걸까? 아니면 테리사라는 어여쁜 소녀를 생각하는 걸까? "테리사도 널 사랑하니?" 톰이 물었다.

프랭크가 한쪽 입꼬리를 쓱 올렸다. 미소는 아니었다. "저한테 사랑한다는 말은 안 해요. 딱 한 번, 몇 주 전에 사랑한다고 하긴 했어요. 다른 커플들하고 같이 다니거든요. 테리사가 좋아하는 사람들은 아니지만 늘 같이 다녀요. 그래서 전 알아요. 말씀드렸다시피, 테리사의 가족은 바하버 근처에도 집이 있지만 뉴욕에도 아파트가 있거든요. 그래서 전 알아요. 테리사가 됐든 누가 됐든 제 마음을 털어놓지 않는 편이 낫다는 걸요. 그래도 테리사는 분명 제 마음을 알고 있을 거예요."

"너에게 여자 친구는 테리사 한 명뿐이니?"

"당연하죠." 프랭크가 미소를 지었다. "동시에 두 여자를 좋아한다는 건 상상할 수도 없는 일이에요. 상상은 해도 진짜로 좋아할 수는 없죠."

톰은 소년이 음악을 듣게 내버려 두었다.

톰은 2층 자기 방으로 올라가서 파자마로 갈아입고 크리스토퍼 이셔우드*가 쓴 『크리스토퍼와 그와 비슷한 부류』라는 책을 읽고 있었다. 바로 그때 벨옹브르로 차가 들어오는 소리가 났다. 엘로이즈가 왔나 보군, 톰은 시계를 확인했다. 11시 55분. 프랭크가 여태 아래층에서 음악을 들으며 황홀경에 빠져 있었다. 톰은 소년이 행복한 꿈을 꾸기를 바랐다. 그런데 자동차 엔진을 끄기 직전에 부르릉 하는 소리가 나는 걸 보니, 엘로이즈의 차가 아니었다. 톰은 침대에서 벌떡 일어나 가운을 집어 들고 입으면서 계단을 뛰어 내려갔다. 현관문을 살짝 열어 보니 앙투안 그레의 크림색 시트로엥이 계단 앞 자갈밭 위에 서 있었고, 엘로이즈가 조수석에서 내리고 있었다. 톰은 현관문을 닫고 열쇠를 돌렸다.

프랭크가 거실에 서서 걱정스러운 표정을 지었다.

"2층으로 올라가라. 엘로이즈가 손님을 데려왔어. 어서 올라가서 방문 닫고 있어."

소년이 뛰어 올라갔다.

엘로이즈가 현관 손잡이를 돌리려는 찰나, 톰이 현관으로 달려가 문을 열었다. 엘로이즈가 들어오고, 앙투안이 다정하게 미소 짓는 얼굴로 뒤따라 들어왔다. 앙투안이 시선을 계단으로 보냈다. 무슨 소리를 들었나? "어서 와요, 앙투안." 톰이 인사를 건넸다.

* 영국의 소설가이자 시인

"여보, 진짜 이상한 일이 있었지 뭐야!" 엘로이즈가 불어로 말했다. "지금 차에 시동이 안 걸려! 도통 안 걸린다고! 그래서 앙투안이 친히 집까지 데려다줬어. 어서 들어와요, 앙투안! 앙투안이 보기엔 그게……."

앙투안의 굵직한 목소리가 말을 잘랐다. "배터리 접촉 불량인 거 같아요. 내가 들여다봤는데, 연결 부위를 큼직한 렌치로 조이고 줄로 갈아 주기만 하면 간단히 해결될 것 같긴 한데, 우리 집에 큼직한 렌치가 없어서 말이죠. 하하! 잘 지냈어요, 톰?"

"덕분에요." 이제 다들 거실로 들어왔다. 전축은 여전히 돌아가고 있었다. "뭐 마실 거 드릴까요, 앙투안? 좀 앉아요." 톰이 말했다.

"이제 하프시코드 음악은 더는 안 들으시나 봐요." 앙투안이 전축을 가리키며 말하더니, 향수 냄새라도 맡으려는지 코를 킁킁거리는 것 같았다. 검은색과 회색이 섞여서 희끗한 머리칼을 가진 앙투안이 까치발을 들고 다부진 몸을 홱 돌렸다.

"록 음악이 어디가 어때서요? 내 취향은 가톨릭 음악이긴 하지만요." 앙투안이 눈으로 거실을 훑고 있었다. 누가 계단으로 뛰어 올라갔을지 실마리를 찾는 듯했다. 톰은 퐁피두 센터인지, 보부르인지 하는 하늘색 고무 튜브로 만든 듯한 건축물을 두고 두 사람이 지루하게 벌인 말씨름이 떠올랐다. 톰은 그 건물이라면 꼴도 보기 싫었는데, 앙투안이 톰처럼 건축이 뭔지도 모르는 까막눈이 이해하기에는 '지나치게 최첨단' 건물이라는 듯이 옹호한 적이 있었다.

"친구가 와 계신가 봐요. 방해해서 죄송하네요. 혹시 여자 친구, 아니면 남자 친구?" 앙투안은 재미로 한 말이었지만, 추잡한 호기심이 엿보였다.

톰은 재미 삼아 앙투안을 한 대 칠 수도 있었지만, 그저 입술을 굳게 다물고 미소만 짓다가 대답했다. "맞춰 보세요."

주방에 있던 엘로이즈가 때마침 앙투안이 마실 작은 커피 잔을 들고나왔다. "이거 드세요, 앙투안. 이거 마시고 기운 내서 돌아가셔야죠."

자제력이 대단한 앙투안은 저녁을 먹으면서 와인은 딱 한 잔만 했다.

"앉아요, 앙투안." 엘로이즈가 말했다.

"아니, 괜찮아요." 앙투안이 커피를 음미하며 말했다. "침실에도, 거실에도 불이 켜져 있는데, 내가 허락도 없이 들어왔군요."

톰은 목을 까딱거리는 장난감 새처럼 고개를 끄덕였다. 앙투안은 톰의 침실로 누가 급히 뛰어 올라갔는데도 엘로이즈가 그걸 묵인해 준다고 생각하는 걸까? 톰은 팔짱을 꼈다. 그때 앨범이 막 끝났다.

"내일 톰이 저를 모레까지 데려다줄 거예요, 앙투안. 정비소에 가서 정비공 데리고 댁으로 찾아뵐게요. 마르셀이라고 혹시 아세요?"

"잘 알죠, 엘로이즈." 앙투안이 커피 잔을 내려놓았다. 그는 뜨거운 커피를 마실 때조차 평소처럼 동작이 빨랐다. "이만 가 봐야겠어요. 안녕히 주무세요, 톰."

앙투안과 엘로이즈는 현관 앞에서 프랑스식 인사를 나누었다. 서로 양쪽 뺨에 입을 맞추는 꼴이 톰은 영 볼썽사나웠다. 미국인의 관점에서 보면, 프랑스식 인사법은 확실히 소름 끼쳤다. 매력적이기는커녕 환장할 만큼 어이가 없는 인사법이었다. 계단을 뛰어 올라가는 프랭크의 발을 앙투안이 본 걸까? 그건 아닌 것 같았다. "앙투안은 내가 정부라도 두었다고 생각하는 건가!" 엘로이즈가 현관문을 닫자 톰이 껄껄거리며 말했다.

"그럴 리가! 그런데 도대체 왜 빌리는 숨기는 건데?"

"내가 숨기는 게 아니라, 빌리가 숨는 거라니까. 빌리는 앙리하고 있을 때도 낯을 가려. 누구한테든 다 가려. 그건 그렇고, 차는 내가 화요일에 알아서 해결할게." 내일은 일요일이었고, 월요일은 정비소가 문을 닫는 날이라 화요일은 되어야 차를 고칠 수 있었다. 프랑스의 정비소는 토요일에 영업하고 대체로 월요일에 쉬었다.

엘로이즈가 하이힐을 벗고 맨발로 있었다.

"저녁은 재미있었어? 다른 사람들도 왔었어?" 톰은 앨범을 재킷 안에 집어넣었다.

"퐁텐블로에 사는 어느 부부가 왔더라. 이번에도 건축가인데 앙투안보다 어려."

톰은 거의 듣지도 않았다. 책상 위 원래 타자기를 두던 자리에 놓아 두고 온 프랭크의 자백문을 생각하고 있었다. 막 엘로이즈가 계단을 올라가고 있었다. 소년이 손님방에 있으니 엘로이즈는 톰의 화장실을 주로 사용했다. 그런데도 톰은 앨범을 정리하고만 있었다. 딱 한 장만 더 집어넣으면 되었다. 톰은 거실 불을 끄고, 현관문을 걸고, 2층으로 올라갔다. 엘로이즈는 옷을 갈아입으려고 자기 침실로 갔을 것이다. 톰은 소년이 쓴 자백문을 집어 들고 클립을 끼운 다음 오른쪽 맨 위 서랍에 넣었다가, 한 번 더 생각해 보고 '개인 문서'라고 적힌 파일 속에 집어넣었다. 잘 쓴 글이긴 해도 소년은 이 자백문을 태워 버려야 한다.

내일은 반드시 태워서 없어야 한다. 당연한 말이지만, 소년의 동의하에 말이다.

7 다음 날인 일요일, 톰은 프랭크를 데리고 퐁텐블로 서쪽에 있는 숲으로 갔다. 프랭크에겐 이곳이 처음이었지만, 톰은 하이킹족이나 관광객이 거의 찾지 않는 곳이라는 걸 알고 있었다. 엘로이즈는 집에서 선탠하면서 아네스 그레가 빌려준 책이나 읽겠다고 했다. 엘로이즈는 금발치고 선탠이 잘 되는 피부를 지녔다. 지나치게 살을 태우진 않았지만 가끔은 머리카락 색보다 피부가 더 짙어 보일 때도 있었다. 그녀의 몸에는 금발인 어머니와 흑갈색인 아버지의 유전자가 적절히 섞인 게 분명했다. 아버지의 듬성듬성한 머리카락은 끝에만 밤색이었고, 들춰 보면 안에서 허옇게 센 뿌리가 자라나고 있었다. 겉모습만 보면 성인군자와 흡사하지만, 실상은 거리가 멀었다.

정오 무렵에 톰과 프랭크는 빌페르스에서 서쪽으로 몇 킬로미터 떨어진 조용한 마을인 라르샹을 향해 달리고 있었다. 라르샹에 있는 성당은 10세기 이후 발생한 두 번의 화재로 인해 절반은 소실되었다. 조약돌이 깔린 길가에 옹기종기 모여 있는 작은 집들은 동화책에서나 볼 법한 그림 같았다. 부부가 살기엔 너무 작아 보였다. 톰은 그런 집들을 바라보며 다시 혼자 살게 된다면 재미있을 것 같다고 생각했다. 그런데 그가 언제 혼자 산 적이나 있었나? 어려서는 지긋지긋한 도티 이모와 살다가—돈 버는 것만 빼고 뭐든 열심이었던 이모였다—10대가 되자 이모와 살던 보스턴을 떠났다. 그리고 돈 많은 친구들 집에 있는 빈방이나 거실 소파에 얹혀살다가 맨해튼 싸구려 아파트를 잠시 전전하기도 했다. 그러다가 스물여섯 살에 이탈리아 몽지벨로에서 디키 그린리프를 만난 것이다. 대체 왜 이런 온갖 상념이 라르샹 성당의 먼지 낀 듯한 크림색 실내를 구경하다가 떠오른 것일까?

성당에는 두 사람 말고 아무도 없었다. 관광객이 라르샹까지는 오지 않으니 톰은 남들이 프랭크를 알아볼까 봐 가슴을 졸이지 않아도 되었다. 이를테면, 전 세계 관광객이 밀려오는 퐁텐블로성이었다면 두려웠을 것이다. 톰은 묻지 않았지만, 프랭크도 이미 알고 있는 것 같았다.

프랭크는 출입구 옆 무인 카운터 위에 놓인 성당 엽서를 몇 장 집어 들더니 나무통 틈새로 정확한 액수를 밀어 넣었다. 그러고도 제법 많이 남은 지폐와 동전을 쳐다보다가 손바닥을 기울여 그 안으로 모조리 집어넣었다.

"부모님은 교회에 다니시니?" 차를 세워 둔 곳으로 가려고 자갈돌이 깔린 가파른 길을 따라 걷다가 톰이 물었다.

"아뇨. 아버지는 교회에 다니는 건 문화적으로 뒤떨어진 짓이라고 번번이 트집을 잡으셨어요. 어머니는 아버지의 그런 면에 학을 떼셨지만, 그렇다고 부담을 가지실 분이 아니세요."

"어머니하고 탈이 사랑하는 사이인가?"

프랭크가 톰을 힐끔 쳐다보더니 웃음을 터뜨렸다. "사랑하는 사이냐고요? 어머니는 냉정하게 행동하는 분이세요. 사랑하는 사이일지도 모르지만, 결코 어리석게 행동하지 않으시고, 조금도 티를 내지 않으세요. 어머니는 전에 배우 생활을 하신 분이라, 현실에서도 연기하시죠."

"너는 탈이 마음에 드니?"

프랭크가 어깨를 으쓱했다. "그분 정도면 괜찮죠. 예전에 훨씬 못한 사람도 봤는걸요. 탈은 성격이 외향적이고 변호사치곤 굉장히 몸이 좋아요. 전 두 분이 뭘 하든 신경 안 써요."

프랭크의 어머니가 탈매지 스티븐스와 결혼할까, 톰은 그게 여전히 궁금했다. 그런데 그걸 왜 그가 궁금해해야 하나? 그건 프랭크에게 더 중요한 일이었다. 프랭크의 어머니와 탈이 모종의 이유로 존속 살인이라고 의심해 프랭크와 연을 끊겠다고 해도, 프랭크는 집안 재산에는 별로 관심을 갖지 않을 것 같았다.

"네가 쓴 글 말이다, 반드시 없애야 해. 갖고 있기엔 위험하거든. 안 그래?"

소년은 발을 내려다보며 망설이는 눈치였다. "맞아요." 소년이 단호히 대답했다.

"혹시 누가 보기라도 하면 소설이라고 둘러댈 수도 없어. 그 안에 실명이 잔뜩 적혀 있어서." 둘러댄다고 해도 말이 되지 않을 것이다. "혹시 자백할 생각을 하는 건 아니지?" 톰이 자백 같은 건 완전히 정신 나간 짓이라고, 말도 안 되는 일이라고 다그치는 말투로 물었다.

"아뇨, 그럴 리가요. 아닙니다."

프랭크가 강력히 부정하자 톰은 마음이 놓였다. "그럼 됐다. 네가 동의했으니 오늘 오후에 그 종이를 없애마. 한 번 더 읽어 볼래?" 톰이 차 문을 열었다.

소년이 고개를 저었다. "아니요. 쓰면서 읽어 봤으니 됐습니다."

톰은 벨옹브르에서 점심을 먹은 다음, 소년이 쓴 글을 두 번 접어서 들고 정원으로 나갔다(엘로이즈가 거실 벽난로 옆에서 하프시코드를 연습하고 있었기 때문이다). 프랭크는 청바지 차림으로 온실 근처에서 삽질을 하고 있었다. 아네트 여사가 세탁기로 빨아서 다림질까지 해 준 청바지였다. 톰은 숲이 시작되는 언저리인 정원 뒤편 구석에서 자백문을 태워 버렸다.

톰은 그날 밤 8시가 가까워지자, 리브스의 친구 에릭 란츠를 데리러 모레역으로 출발했다. 프랭크는 자기도 같이 타고 갔다가 걸어서 돌아오겠다고 했다. 프랭크가 벨옹브르까지 걸어오겠다고 우기자 톰은 마지못해 허락했다. 톰은 출발하기 전에 엘로이즈에게 말했다. "빌리가 오늘 저녁은 방에서 먹겠대. 낯선 사람은 만나고 싶지 않대. 나도 리브스의 친구가 빌리를 보는 건 원치 않아." 엘로이즈가 물었다. "대체 이유가 뭔데?" 톰이 대답했다. "리브스가 빌리한테 잡다한 일을 시킬까 봐 그래. 빌리가 곤란해지는 건 나도 싫거든. 아무리 돈을 준다고 해도 말이지. 리브스와 그 일당이 어떤 녀석들인지 당신도 잘 알잖아." 톰에게 종종 들어서 엘로이즈도 잘 알고 있었다. "그래도 리브스가 필요할 때가 있어." 리브스가 가끔은 꽤 필요한 일을 해 주는 사람이라는 뜻이었다. 새로 여권을 만들어 준다거나, 양쪽을 오가며 조율해 준다거나, 함부르크에서 안전 가옥을 제공해 준다든지 하는 일 말이다. 엘로이즈는 무슨 일이 벌어지는지 알 때도 있었고 모를 때도 있었다. 어느 쪽이 됐든 장점은 있었다. 말 많은 그녀의 아버지가 아무리 딸을 닦달해 봤자 별로 얻어 낼 게 없었다.

톰은 길가 공터에 차를 댔다. "이쯤에서 내려라, 빌리. 벨옹브르까지 3~4킬로미터 정도 되는 거리니 걸어갈 만할 거야. 모레까지 가는 건 안 돼."

"알겠어요." 소년이 차 문을 막 열려고 했다.

"그리고 이거 받아. 잠시만." 톰은 바지 주머니에서 납작한 케이스를 꺼냈다. 엘로이즈 방에서 가져온 파운데이션 팩트였다. "이걸로 점을 가려서 안 보이게 해라." 톰은 소년의 뺨에 파운데이션을 살짝 찍어 바른 다음 살살 문질러 주었다.

프랭크가 씩 웃었다. "기분이 묘해요."

"갖고 다녀. 엘로이즈가 이걸 찾지는 않을 거야. 워낙 화장품이 많아서 말이지. 내가 집 근처 1킬로미터 이내로 데려다주마." 톰은 차를 돌렸다. 지나가는 차가 거의 없었다.

소년은 아무 말도 하지 않았다.

"네가 나보다 먼저 들어갔으면 좋겠어. 내가 널 현관에서 맞이하면 쓰나." 톰은 벨옹브르에서 1킬로미터도 채 떨어지지 않은 곳에 차를 세웠다. "산책 잘하고. 여사님이 저녁상을 방에 차려 두셨을 거야. 아니면 곧 갖다주실 거다. 네가 일찍 자고 싶어 한다고 내가 말해 두었거든. 내 방에서 나오지 마라. 알겠지, 빌리?"

"네, 알겠습니다." 이제야 소년이 미소를 지으며 손을 흔들더니 벨옹브르 쪽으로 걸어갔다.

톰은 다시 차를 돌렸고, 파리발 기차에서 승객들이 내리는 시간에 딱 맞춰서 모레에 도착했다. 톰은 기분이 좀 어색했다. 에릭 란츠가 톰의 얼굴을 알지만, 톰은 에릭을 본 적도 없었다. 톰이 출구로 슬슬 걸어갔다. 꾀죄죄하고 키가 작은 남자가 뾰족한 모자를 쓰고 엉거주춤한 자세로 승객들이 내미는 표를 받으며 오늘 자 표가 맞는지 확인하고 있었다. 보아하니, 열차 승객의 4분의 3은 학생입네, 경로 우대입네, 상이용사입네 하며 반값을 내고 타는 것 같았다. 프랑스 철도 회사에서 늘 적자라고 징징대는 게 당연했다. 톰은 담배에 불을 붙이고 하늘을 올려다보았다.

"혹시……."

톰이 파란 하늘에 두었던 시선을 돌리자 미소 짓는 얼굴이 보였다. 키가 작은 남자가 붉은 입술을 하고 검은색 콧수염을 기르고 있었다. 이상한 체크무늬 재킷을 걸치고 난해한 줄무늬 넥타이까지 맨 차림에 동그란 뿔테 안경을 쓰고 있었다. 톰은 잠자코 기다렸다. 남자의 생김새가 전혀 독일 사람 같지 않았기 때문이다. 하지만 누가 알까.

"톰?"

"톰, 맞습니다."

"에릭 란츠입니다." 에릭이 잠시 고개를 숙였다. "처음 뵙겠습니다. 마중 나와 주셔서 고맙습니다." 에릭은 갈색 나일론 가방을 양쪽 손에 하나씩 들고 있었다. 둘 다 별로 크지 않아서 기내에 들고 탈 만한 크기였다. "리브스가 안부 전해 달래요!" 차를 세워 둔 곳까지 둘이 걸어가다가 톰이 손으로 차를 가리키자 에릭의 얼굴이 더욱 환해졌다. 에릭 란츠는 독일 악센트가 살짝 섞인 발음을 구사했다.

"오시는 길은 편안하셨나요?"

"그럼요! 프랑스는 올 때마다 좋네요!" 에릭 란츠는 코트다쥐르 해변에 발이라도 들여놓은 사람처럼, 혹은 프랑스 문화의 정수를 맛볼 수 있는 화려한 박물관에 들어선 사람처럼 감탄했다.

톰은 알 수 없는 이유로 꽤 씁쓸한 기분이 밀려왔다. 하지만 그게 뭐 대수일까? 그는 정중하게 행동할 것이고 에릭에게 저녁 식사와 잠자리는 물론 아침까지 제공해 줄 것이다. 에릭이 뭘 더 바라겠는가? 에릭은 나일론 가방을 르노 스테이션왜건 뒷좌석 바닥에 두기를 거부하더니 자기 발밑에 두었다. 톰은 서둘러 집으로 출발했다.

"아." 에릭이 콧수염을 뜯어 버리더니 말했다. "이러니 좀 낫네요. 그루초 막스*가 기른 콧수염하고 비슷하게 붙였거든요."

에릭이 안경마저 벗어 버리자 톰은 오른쪽을 힐끔거렸다.

"리브스가 변장하라고 시킨 겁니다! 좀 과했죠. 이럴 때 쓰려고 여권을 두 개나 만들었다니까요!" 에릭 란츠는 재킷 안주머니에서 꺼낸 여권 사진 속 모습에서, 허접한 나일론 가방에 넣어 온 세면용품 가방 밑바닥에서 꺼낸 여권 사진 속 모습으로 변신했다.

이제 에릭은 본래 자신의 모습을 더 많이 닮은 여권을 주머니에 챙기는 듯했다. 톰은 궁금했다. 에릭의 본명이 뭘까? 원래 검은 머리인가? 리브스를 대신해 이상한 일들을 해 주는 거 말고 원래 무슨 일을 하는 사람일까? 금고 털이? 코트다쥐르에서 보석을 훔쳤나? 톰은 묻지 않기로 했다. "함부르크에 사세요?" 톰은 예의도 차리고 외국어도 연습할 겸, 독어로 물었다.

"아닙니다. 서베를린에 삽니다. 거기가 훨씬 재미있죠." 에릭이 영어로 대답했다.

에릭이 약을 밀반입하거나 불법 이민자들을 밀입국시키는 일을 한다면 돈을 더 많이 받을 것이다. 지금은 뭘 운반하는 걸까? 신고 있는 구두만큼은 제법 좋아 보였다. "내일 약속이 있으신 거죠?" 톰은 다시 독어로 물었다.

"네, 파리에서요. 괜찮으시다면 댁에서 아침 8시에 출발하면 됩니다. 죄송합니다. 이건 리브스도 조율해 줄 수 없는 일이라서요. 만나기로 한 남자가 저더러 공항으로 나오라네요. 그 남자가 아직 도착을 안 했거든요. 올 수가 없어서요."

차가 빌페르스에 도착했다. 에릭 란츠가 외향적인 성격으로 보이자 톰이 용기를 내 물었다.

"전달하실 물건이 뭔가요? 혹시 제가 무례한 질문을 한 건가요?"

"보석이에요!" 에릭 란츠가 낄낄대며 대답했다. "정말 예뻐요. 진

* 막스 브라더스로 활동한 미국의 희극 배우

주예요. 사실 요즘엔 다들 관심이 없지만, 이건 진짜로 귀한 물건이라니까요. 에메랄드 목걸이도 있습니다!"

그렇군, 톰은 더는 묻지 않았다.

"에메랄드 좋아하세요?"

"솔직히 별로 안 좋아합니다." 톰은 유독 에메랄드가 싫었다. 엘로이즈가 파란 눈동자의 소유자라 녹색을 싫어했기 때문이다. 톰은 에메랄드도, 녹색 옷을 즐겨 입는 여자도 좋아하지 않았고, 앞으로도 좋아할 리는 없었다.

"보석을 보여 드려야 하나 고민하고 있었습니다. 여기까지 보석을 가져왔다는 게 참 뿌듯하거든요." 톰의 차가 벨옹브르의 열린 대문을 통과하자 란츠가 안도하며 말했다. "이제야 근사한 댁을 구경하겠네요! 리브스한테 얘기 들었거든요."

"잠깐만 여기서 기다려 주시겠어요?

"안에 손님이 계신가요?" 에릭 란츠가 경계하며 물었다.

"그건 아닙니다." 톰이 핸드 브레이크를 잡았다. 그의 방 창문에 불이 켜진 걸 보니 프랭크가 안에 있는 것 같았다. "금방 돌아오겠습니다." 톰은 정문 앞 계단을 뛰어올라 거실로 들어갔다.

엘로이즈가 노란 소파에 엎드린 채 맨발은 소파 팔걸이에 걸치고 책을 읽고 있었다. "혼자 왔어?" 엘로이즈가 놀라서 물었다.

"아니, 밖에 에릭을 세워 뒀어. 빌리는 들어왔어?"

엘로이즈가 몸과 고개를 돌리더니 일어나 앉았다. "2층으로 올라갔는데."

톰은 밖으로 나가 에릭 란츠를 데리고 들어왔다. 그는 엘로이즈에게 인사부터 한 다음 손님방을 보여 주겠다고 에릭에게 말했다. 때마침 아네트 여사가 거실로 나왔다. "이쪽은 에릭 란츠 씨, 아네트 여사님입니다. 여사님, 괜히 신경 쓰지 마세요. 손님방은 내가 보여 드리죠."

프랭크가 쓰던 2층 손님방에는 이제 소년의 흔적이 보이지 않았다. "마음에 드십니까? 아내에게는 당신을 에릭 란츠라고 소개했는데 말이죠."

"하하하, 그거 제 본명 맞아요. 방이야 당연히 마음에 들죠." 에릭이 침대 옆 바닥에 나일론 가방을 내려놓았다.

"욕실은 저쪽에 있습니다. 금방 내려오셔서 저희하고 한잔하시죠."

집에서 하룻밤만 자고 갈 에릭 란츠를 위해 해 줄 일이 뭐가 있을까? 톰은 그날 밤 10시경에 생각을 해 보았다. 에릭 란츠는 내일 아침

9시 11분에 모레역에서 출발하는 파리행 열차를 탈 것이다. 란츠는 톰이 데려다주기 곤란하다면, 모레역까지 택시를 타고 가겠다고 했다. 톰은 내일 프랭크를 차에 태워 파리로 갈 예정이었지만, 그 얘기는 란츠에게 하지 않을 것이다.

에릭 란츠는 커피를 마시며 베를린 얘기를 늘어놓았지만, 톰은 듣는 둥 마는 둥 했다. "베를린이 얼마나 재미있는 곳인데요! 밤새 문 여는 상점이 참 많아요. 온갖 사람들이 다 있죠. 다들 자유분방하게 돌아다니니 별의별 일들이 벌어집니다. 관광객은 그리 많지 않아요. 대부분 콘퍼런스에 참석하러 온 고루한 외국인들이죠. 맥주가 끝내주게 맛있거든요." 란츠는 모레에 있는 마트에서 파는 무지크라는 맥주를 마시더니 하이네켄보다 낫다고 했다. "그래도 제 입엔 필스너 우르켈이 최곱니다. 생맥주로 마시면요!" 에릭 란츠는 엘로이즈를 감탄하는 눈길로 바라보며 잘 보이려고 갖은 애를 썼다. 톰은 오늘 밤 에릭이 그가 갖고 온 보석을 엘로이즈에게 보여 주지 않기를 바랐다. 미녀에게 보석을 구경시켜 주더니 자기 것이 아니라면서 주섬주섬 도로 챙기는 꼴이 얼마나 우스울까!

이제 에릭은 독일에서 벌어질 파업 사태에 대해 얘기하고 있었다. 만약 파업하게 되면, 히틀러 이후 처음 하는 파업이라고 했다. 에릭은 집이 깔끔하다며 호들갑을 떨었다. 그는 자리에서 일어나 베이지색과 검은색이 어우러진 하프시코드 건반을 보며 두 번이나 감탄했다. 엘로이즈는 지겹다 못해 하품이 나오자 커피를 마시기 전에 양해를 구하고 자리에서 일어났다.

"오늘 밤 기분 좋게 주무시길 바랄게요, 란츠 씨." 엘로이즈는 미소를 지으며 인사한 다음 2층으로 올라갔다.

에릭 란츠는 엘로이즈와 동침이라도 해서 기분 좋게 곯아떨어지고 싶은 사람처럼 그녀에게서 눈을 떼지 못했다. 에릭은 자리에서 일어나 몸이 앞으로 거의 쏠린 자세로 한 번 더 허리를 살짝 숙였다. "네, 부인!"

"리브스는 어떻게 지내나요?" 톰이 가볍게 물었다. "아직도 그 아파트에 산다면서요!" 톰이 껄껄거렸다. 리브스와 잠깐씩 와서 일해 주는 가정부 가비는 아파트에 폭탄이 떨어질 당시 집을 비웠었다.

"네. 그때 그 가정부가 아직도 그 집 일을 해 주고 있어요! 가비라고! 매력적이죠. 겁도 없고요! 가비가 리브스를 좋아해요. 리브스가 짜릿함을 선사해 주긴 하나 봐요, 무슨 말인지 알죠?"

톰은 주제를 바꾸었다. "말씀하신 보석을 구경할 수 있을까요?" 톰은 안목을 높이는 게 나을 것 같았다.

"물론이죠!" 에릭 란츠가 다시 자리에서 일어나더니 다 마신 커피잔과 드람부이*가 담긴 잔을 마지막으로 쳐다보았다. 톰은 이번이 그가 마지막으로 쳐다보는 것이길 바랐다.

두 사람은 2층으로 올라가 손님방으로 들어갔다. 톰의 침실 방문 밑으로 빛이 새어 나왔다. 톰은 프랭크에게 안에서 문을 잠그고 있으라고 했는데, 프랭크가 시키는 대로 했을 것 같았다. 그래야 극적일 테니 말이다. 이제 에릭이 통통한 나일론 가방을 열고 바닥을 더듬거리더니—바닥 밑에 숨은 공간이 있어 보였다—자주색 벨벳을 끄집어내 침대 위에 펼쳤다. 그 속에 보석이 들어 있었다.

톰은 다이아몬드와 에메랄드가 박힌 목걸이를 봐도 아무런 감흥이 일지 않았다. 돈이 아무리 많아도 이런 보석은 엘로이즈에게든 누구에게든 사 줄 생각조차 들지 않을 것이다. 반지도 서너 개 있었다. 꽤 큼직한 다이아몬드 반지는 하나뿐이었고, 나머지는 죄다 에메랄드 반지였다.

"이거 두 개는 사파이어랍니다." 에릭 란츠가 흐뭇하게 설명했다. "어디에서 어떻게 구했는지는 말씀드리지 않겠지만, 어마어마하게 비싼 것들이에요."

최근 엘리자베스 테일러** 집에 강도가 들었었나? 톰은 궁금했다. 사람들이 이런 다이아몬드와 에메랄드가 박힌 목걸이처럼 본질적으로 추잡하고 현란하기까지 한 사치품에 가치를 둔다는 게 놀라웠다. 톰이라면 뒤러***의 동판화나 렘브란트 작품을 소장하는 쪽을 선택했을 것이다. 그의 안목이 높아졌기 때문일까. 몽지벨로에서 디키 그린리프하고 같이 살던 스물여섯 살 무렵이었다면 이런 보석을 보고 감탄했을까? 아마 그랬을 것이다. 엄밀히 말하면 보석이 지닌 금전적 가치 때문이었겠지만, 그런 거라면 질릴 대로 질렸다. 톰은 이제 보석을 봐도 마음이 조금도 동하지 않았다. 그가 성장한 것이다. 톰은 한숨을 내쉬더니 말했다. "예쁘긴 하네요. 파리 샤를 드골 공항을 빠져나올 때 가방을 눈여겨본 세관 직원이 없었나요?"

* 스카치 위스키로 만든 달콤한 리큐어

** 영국 배우

*** 독일 화가

에릭이 씩 웃었다. “아무도 눈길조차 주지 않더군요. 내가 추잡한 콧수염을 붙이고 아무 옷이나 입고 있었으니까요. 싸구려에 세련되지도 않은 차림새라 그런지, 아무도 거들떠보지 않던데요. 세관을 통과하는 건 기술이자 태도라고 하잖아요. 내가 기술을 제대로 쓴 겁니다. 너무 무심하지도 않고, 그렇다고 너무 긴장하지도 않은. 그래서 리브스가 날 좋아하는 거예요. 물건을 대신 전달해 주는 일을 맡기기엔 내가 적역이거든요.”

“이걸 누구한테 갖다줄 겁니까?”

에릭이 보석을 자주색 벨벳에 다시 싸고 있었다. “나도 몰라요. 그건 내 알 바 아니라서요. 내일 파리에서 만나기로 했어요.”

“파리 어디서요?”

이제 에릭이 씩 웃었다. “탁 트인 공간이에요. 생제르맹 근처인데, 정확한 장소와 시간은 말씀드리지 않겠습니다.” 에릭이 장난치듯 말하며 웃었다.

톰도 개의치 않고 따라 웃었다. 이탈리아 백작 베르톨루치 경우만큼이나 어이가 없었다. 백작은 벨옹브르에 하룻밤 묵으러 온 손님이었는데, 자기가 뭘 달고 왔다는 것조차 인지하지 못했었다. 백작이 가져온 치약 안에 마이크로필름이 들어 있어서 톰은 리브스가 시키는 대로 지금 란츠가 사용하는 욕실에서 치약을 훔쳐야 했었다. “시계는 있습니까? 아니면 아네트 여사님께 부탁해서 깨워 달라고 할까요, 에릭?”

“알람이 되는 손목시계를 갖고 왔습니다. 고맙습니다. 8시 조금 넘어서 출발하면 될까요? 택시는 되도록 안 타고 싶어서요. 그런데 시간이 너무 일러서…….”

“괜찮습니다.” 톰은 유쾌하게 말을 잘랐다. “전 아무 때나 시간을 낼 수 있어요. 잘 자요, 에릭.” 톰은 방에서 나왔다. 에릭은 자기가 보여 준 보석을 보고도 톰이 한껏 감탄하지 않았음을 눈치챘다.

톰은 파자마를 꺼내 오지 않았다는 게 떠올랐다. 그렇다고 알몸으로 자기는 싫었다. 혹시라도 파자마가 필요하면 이따가 알몸으로 와서 가져가도 괜찮을 것 같았다. 톰은 망설이다가 그의 침실 방문을 손끝으로 살살 두드렸다. 문 밑으로 아직도 불빛이 새어 나오고 있었다. “나야, 톰.” 그가 문틈으로 속삭이자 소년이 맨발로 사뿐히 걸어오는 소리가 들렸다.

프랭크가 활짝 웃으며 방문을 열었다.

톰은 손가락을 입술에 대고 조용히 하라고 시킨 다음, 안으로 들어가 다시 방문을 걸어 잠그고 속삭였다. "파자마 가지러 왔어, 미안." 그는 욕실에 가서 파자마도 꺼내고 슬리퍼도 들고나왔다.

"손님은 오셨어요? 어떤 분이세요?" 프랭크가 옆방을 가리키며 물었다.

"신경 쓸 거 없어. 내일 아침 8시면 갈 사람이야. 내가 모레역에 갔다 올 때까지 방에서 나오지 마. 알겠지, 프랭크?" 프랭크가 세수나 샤워를 했는지 오른쪽 뺨에 있는 점이 다시 드러났다.

"네, 알겠습니다." 프랭크가 말했다.

"잘 자라." 톰이 망설이다가 소년의 팔뚝을 토닥였다. "네가 우리 집에서 무사히 지냈으면 좋겠어."

프랭크가 미소를 지었다. "안녕히 주무세요."

"문 걸어." 톰이 문을 닫기 전에 속삭이더니 밖으로 나갔다. 톰은 문고리를 밀어서 거는 소리가 들릴 때까지 한참 서서 기다렸다. 독일에서 온 에릭이 묵는 방문 밑에서도 불빛이 보였다. 욕실에서 물소리와 함께 흥얼거리는 노랫소리가 희미하게 들렸다. 〈내가 왜 우는지 묻지 마〉라는 제목의 달콤하고 감성적인 왈츠풍 노래였다. 톰은 허리를 접고 소리 없이 웃음을 터뜨렸다.

톰은 엘로이즈의 침실 앞에서 멈춰 섰다. 바로 그 순간, 조니 피어슨이 남동생을 찾겠다며 사설탐정을 대동하고 프랑스로 온다면 어떻게 될지 별안간 궁금해졌다. 그럼 골칫거리가 될 것이다. 내일 톰과 프랭크가 미국 대사관에 들르기로 했는데—여권 사진을 찍기엔 대사관 근처가 좋다—설마 조니가 대사관에 들러 프랭크에 대해 이것저것 묻지는 않겠지? 아직 일어나지도 않은 일을 뭐 하러 사서 걱정하지? 톰은 혼잣말했다. 진짜로 그런 일이 벌어지면 어쩌지? 톰은 왜 이렇게 프랭크를 지켜 주려고 애쓰는 걸까? 프랭크가 자꾸 숨으려고 해서일까? 아니면 톰이 리브스 마이넛처럼 비밀과 의문에 가득 찬 사람이라도 되어 가는 걸까? 톰은 엘로이즈의 방문에 노크했다.

"들어와." 엘로이즈가 대답했다.

다음 날 아침, 톰은 에릭 란츠가 9시 11분에 출발하는 열차에 탈 수 있도록 그를 모레역까지 데려다주었다. 에릭은 아침에도 콧수염을 붙이지 않았다. 기분이 좋았는지 차가 들판을 지나가는 내내 종알거렸다. 가축에게 먹일 사료용 옥수수가 자라는 밭을 쳐다보더니 조금만 더 품질이 좋았더라면 식용으로 쓰였을 거라면서, 프랑스 농부들이 보조금을 받으면서도 전반적으로 봤을 때 무능하다고 지적했다.

"그래도 프랑스에 오면 참 좋아요. 오늘은 갤러리를 두 군데 들르려고요. 오늘 만날 약속이 대략, 흠…… 아무튼 일찍 끝날 예정이거든요."

톰은 에릭이 몇 시에 만나는지 관심도 없었지만, 그 역시 프랭크를 데리고 보부르*에 갈 예정이긴 했다. 〈파리-베를린〉이라는 대형 전시회가 열리고 있었기 때문이다. 만약 톰과 프랭크가 그 전시회에 갔다가 에릭을 우연히 마주치기라도 한다면 끔찍할 것이다. 에릭이 프랭크 피어슨의 실종 사건에 대해 알고 있을 테니 말이다. 톰은 프랭크가 실종됐을 가능성을 보도한 기사가 여태 없다는 게 어이없었다. 납치범들이라면 일반적으로 이른 시일 내에 몸값을 요구하는 게 자연스러운 일이기 때문이다. 사기꾼들이 프랭크를 납치하지 않고도 자기들이 데리고 있다고 우기면서 몸값을 요구하기에 딱 좋은 타이밍인데 말이다. 그런 짓을 못할 이유가 없지 않은가. 생각이 거기까지 미치자 톰은 미소가 지어졌다.

"뭐가 재미있죠? 당신은 미국인이라서 별로 재미없어할 줄 알았거든요." 에릭이 밝은 척하며 물었지만 독일인치고는 최대한 노력한 듯했다. 에릭은 달러 가치가 하락한다면서 헬무트 슈미트 총리가 지휘하는 기민한 독일 정부에 비해 미국의 카터 대통령은 적절히 대응하지 못한다면서 비판했다.

"미안합니다. 정확히 기억은 안 나는데, 슈미트 총리가 한 말을 생각하고 있었어요. '아무것도 모르는 아마추어가 지금 미국의 금융 정책을 주무르고 있다.'"

"맞는 말이네요!"

이제 모레역에 도착했다. 에릭은 계속 떠들고 있을 시간이 없는데도 악수한 다음 연신 감사 인사를 건넸다.

"좋은 하루 보내세요!" 톰이 외쳤다.

"당신도요!" 에릭 란츠가 미소를 짓더니 양손에 나일론 가방을 단단히 쥔 채 가 버렸다.

톰은 다시 차를 몰아 빌페르스로 향했다. 빌페르스 한복판을 지나가는데 평소와 같이 우체국의 노란 밴이 돌아다니는 모습이 보였다. 오늘 오전 9시 반 정각이면 우편물이 도착할 것이다. 그걸 보는 순간, 톰은 번거로운 일을 복잡한 파리에 가서 하느니 차라리 이곳에서 해치

* 현지인들이 퐁피두 센터를 부르는 이름

우는 편이 나을 것 같았다. 그래서 우체국 앞에 차를 대고 안으로 들어갔다. 톰은 오전에 커피 첫 잔을 마시면서 아래층에서 리브스에게 보낼 편지를 썼었다. “소년의 나이는 열여섯, 열일곱 살 정도라서 여권에서는 그보다 더 어리면 안 됩니다. 키는 175센티미터 정도, 갈색 직모, 출생지는 미국 아무 데나 괜찮습니다. 빠른우편으로 최대한 빨리 물건을 보내 주세요. 얼마인지도 알려 주세요. 서둘러 주셔서 미리 감사드립니다. E.L은 집에 있어요. 별다른 일은 없어 보입니다. 톰.” 톰은 빌페르스 우체국에서 9프랑을 더 내고 빨간색 딱지가 붙는 빠른우편을 신청했다. 창구에 앉은 여직원이 대신 봉투에 딱지를 붙여 주었다. 여직원은 그의 편지를 접수하려다가 봉투를 밀봉해야 한다고 알려 주었다. 톰은 안에 더 집어넣을 게 있다고 말한 후 봉투만 받아 들고 집으로 돌아왔다.

프랭크가 거실에서 옷을 차려입은 채 아침 식사를 막 끝냈다.

엘로이즈는 여태 2층에 있는 게 확실했다.

“좋은 아침! 몸은 좀 어때? 잘 잤니?”

프랭크가 톰을 떠받들 듯이 자리에서 일어서는 모습을 보자 톰은 살짝 부담스러웠다. 소년의 얼굴에서 왠지 모를 광채가 감돌았다. 사랑하는 테리사를 쳐다보는 듯한 표정이었다. “네. 손님을 모레까지 데려다주러 가셨다고 아네트 여사님께 들었습니다.”

“응, 데려다주고 왔어. 우린 20분 후에 나가자, 괜찮지?” 톰은 소년의 황토색 터틀넥 스웨터를 쳐다보며 여권 사진 찍기에 좋은 옷차림이라고 생각했다. 『프랑스디망슈』 신문에 실린 건 프랭크의 여권 사진 같았는데, 그 사진 속에서 프랭크는 셔츠에 타이를 매고 있었다. 톰은 조금 더 캐주얼한 차림이 훨씬 나을 거라 생각했다. 톰이 소년에게 다가가서 말했다. “가르마는 계속 오른쪽으로 타렴. 대신 오늘 사진 찍을 때는 정수리하고 양쪽 옆머리를 최대한 헝클어트려라. 내가 다시 얘기하마. 빗은 챙겼지?”

프랭크가 고개를 끄덕였다. “네, 챙겼습니다.”

“저번에 그 파운데이션은?” 소년은 점을 가렸어도 온종일 화장품을 들고 다녀야 했다.

“그것도 챙겼습니다.” 소년이 오른쪽 뒷주머니를 토닥였다.

톰은 2층으로 올라갔다. 알뜰한 아네트 여사가 에릭 란츠가 자고 간 방에 있는 침대보를 벗겨 놓고, 프랭크가 요전 날 쓰던 침대보를 도로 씌우고 있었다. 그걸 보니 어제 소년이 아네트 여사한테 톰의 침대보를 갈지 말아 달라고 부탁하던 모습이 떠올랐다. 프랭크는 톰이 자던 이불에서 그대로 자고 싶어 하는 눈치였다. 아네트 여사도 그러는 편이 합리적이라고 생각한 것 같았다.

"두 분 저녁 식사는 다녀오셔서 드실 건가요?"

"네, 저녁은 집에서 먹을 겁니다." 우체국 밴이 도착해서 핸드 브레이크를 잡는 소리가 들렸다. 톰은 침실 옷장에서 오래된 파란 재킷을 꺼냈다. 입을 때마다 살짝 끼는 듯한 재킷이었다. 톰은 프랭크가 재미나게 생긴 다이아몬드 패턴이 있는 트위드 재킷을 입고 여권 사진을 찍게 하고 싶지 않았다. 오늘 프랭크가 그 트위드 재킷을 입고 찍겠다고 우길 경우를 대비하기로 했다.

옷장 맨 밑에 줄줄이 놓인 구두가 시야에 들어왔다. 티끌 하나 없이 번쩍번쩍한 광! 군인들처럼 구두가 줄 맞춰 놓여 있었다. 구찌 로퍼에서 이렇게 광이 나는 건 처음 보았다. 무두질한 가죽 속에서부터 광이 올라오고 있었다. 쓸데없이 그로그랭 리본이 달린 페이턴트 가죽 슬리퍼에서조차 보지 못한 광이 돌았다. 프랭크의 솜씨라는 걸 톰은 알아챘다. 아네트 여사가 종종 솔로 광을 내 주긴 해도 이 정도까지는 아니었다. 톰은 좋은 인상을 받았다. 프랭크 피어슨, 백만장자의 상속자가 내 구두에 광을 내 주다니! 톰은 옷장 문을 닫고 재킷을 들고 아래층으로 내려갔다.

우편물은 별것 없었다. 은행에서 보낸 우편물 두세 개가 고작이라서 톰은 뜯어볼 생각도 하지 않았다. 엘로이즈 앞으로 온 편지가 한 통 있었다. 친구 노엘이 손으로 쓴 주소가 봉투에 적혀 있었다. 톰은 누런 『인터내셔널 헤럴드 트리뷴』을 집어 들고 여태 거실에 있는 프랭크에게 말했다. "그 트위드 대신 이 재킷으로 갈아입어. 내가 입던 옷이야."

프랭크가 조심스럽게 재킷을 받아들었다. 좋아하는 게 분명했다. 소매가 좀 길어 소년이 양쪽 팔을 살살 접었다 폈다가 하더니 말했다. "정말 근사해요. 고맙습니다."

"그거 너 가져."

프랭크의 입이 쩍 벌어졌다. "정말 고맙습니다. 잠시 실례 좀 하겠습니다. 금방 내려올게요." 소년이 2층으로 뛰어 올라갔다.

톰은 『인터내셔널 헤럴드 트리뷴』을 훑어보다가 2페이지 아래에 실린 단신 기사를 발견했다. '피어슨가, 탐정 파견'이라는 소제목이 달려 있었다. 사진은 실리지 않았다. 톰은 기사를 보았다.

> 식품업계 거물이었던 고 존 J. 피어슨의 아내 릴리 피어슨 부인은 실종된 차남 프랭크(16세)를 찾으려고 유럽으로 사설탐정을 파견했다. 프랭크는 지난 7월 말 메인주 자택을 떠나 런던을 거쳐 파리로 이동한 것으로 보인다. 형인 존(19세)이 탐정을 대동하고 출발했는데, 프랭크는 가출 당시 형의 여권을 들고 나갔다. 파리부터 수색이 시작될 것으로 보인다. 납치되었을 가능성은 없어 보인다.

톰은 기사를 보자 난처함에 가까운 불안감이 밀려왔다. 오늘 톰과 프랭크가 형과 탐정을 맞닥뜨리기라도 하면 무슨 일이 벌어질까? 가족은 그저 프랭크를 찾고 싶을 것이다. 톰은 프랭크에게 신문에 그의 기사가 났다는 얘기는 하지 않을 작정이라서 신문은 두고 가려 했다. 엘로이즈는 평소처럼 신문을 대충 훑어보겠지만, 그렇다고 톰이 신문을 들고 가 버리면 아쉬워할 것이다. 프랑스 미디어에서 앞으로 사설탐정과 형에 대해 무슨 기사를 쓰려나? 프랭크의 사진을 여기저기 실어서 도와주려나?

프랭크가 준비를 끝냈다. 톰은 엘로이즈에게 작별 인사를 하려고 2층으로 올라갔다.

"나도 데려가지." 엘로이즈가 투덜거렸다.

그날 오전에 두 번째로 들은 씁쓸한 말이었다. 번번이 할 일이 있다던 엘로이즈였는데 오늘은 그녀답지 않았다. "어젯밤에 말해 주지 그랬어." 엘로이즈는 분홍색과 파란색이 섞인 줄무늬 청바지를 입고 분홍색 민소매 블라우스를 입고 있었다. 엘로이즈처럼 예쁜 사람이 8월의 파리에 무슨 옷을 입고 가든 중요하지 않았지만, 톰은 여권 사진을 찍으려고 프랭크를 데리고 파리에 가는 거라는 말을 엘로이즈에게 하고 싶지 않았다. "보부르에 갈 거야. 당신은 노엘하고 그 전시회에 벌써 다녀왔잖아."

"빌리라는 애 말이야, 왜 저래?" 그녀가 황당하다는 듯이 금발 눈썹을 찡그리며 물었다.

"뭐가?"

"무슨 걱정이 있어? 게다가 당신을 흠모하는 눈으로 바라보던데? 혹시 걔 남자 좋아해?"

동성애자냐는 뜻이었다. "모르겠는데. 그래 보여?"

"우리 집엔 언제까지 있겠대? 벌써 일주일은 되지 않았나?"

"오늘 파리에 가면 여행사에 들르겠대. 로마로 가려는 것 같아. 이번 주에는 떠나겠지." 톰이 미소를 지었다. "잘 지내고 있어, 여보. 7시쯤에 돌아올게."

톰은 집을 나서면서 『인터내셔널 헤럴드 트리뷴』을 접어서 뒷주머니에 쑤셔 넣었다.

8

톰은 타고 싶었던 벤츠 대신 르노를 몰고 나왔다. 아뿔싸, 엘로이즈에게 오늘 차를 쓸 건지 물어보지 않았다. 벤츠를 여태 그레 부부의 집에 세워 두었기 때문이다. 차를 쓸 일이 있었다면 엘로이즈가 미리 말했을 것이다. 프랭크는 행복한지 열린 차창으로 들어오는 바람을 맞으며 고개를 뒤로 젖혔다. 톰은 기분 전환을 위해 멘델스존 카세트테이프를 틀었다.

"차는 늘 여기에 세워. 시내에 주차하려면 보통 일이 아니거든." 톰은 포르트도를레앙 근처에 있는 주차장으로 들어갔다. "대략…… 6시까지 세워 두려고요." 톰은 안면이 있는 직원에게 불어로 말했다. 톰은 입구를 통과하며 기계에서 티켓을 빼 들었다. 티켓에 입차 시간이 찍혔다. 이제 둘이 택시를 탔다. "가브리엘애비뉴요." 톰이 기사에게 말했다. 톰은 미국 대사관 코앞에서 내리고 싶진 않았다. 사진관이 있는 가브리엘애비뉴 오른편에 있는 거리명이 떠오르지 않아서 근처에 가면 세워 달라고 할 작정이었다.

"아저씨하고 택시를 타고 파리를 돌아다니다니! 꿈만 같아요!" 프랭크가 아직도 꿈속을 헤매는 듯했다. 무슨 꿈을 꾸는 걸까? 자유를 향한 꿈? 소년은 자기가 택시비를 내겠다고 우겼다. 프랭크는 톰이 준 낡은 재킷 안주머니에서 지갑을 꺼냈다.

프랭크가 몸수색을 당한다면 지갑 안에 뭐가 더 들어 있을지 톰은 궁금했다. 톰은 택시 기사에게 가브리엘애비뉴를 지나자마자 곧장 세워 달라고 했다. "저쪽에 사진관이 있어." 톰은 20미터 남짓 떨어진 가게 입구에 걸린 작은 간판을 가리켰다. "이름이 마르그리트인가 그럴 거야. 난 같이 안 들어갈 거야. 지금은 점이 잘 가려져 있으니 손대지 마라. 머리카락을 흐트러뜨린 다음 살짝 미소를 지으렴. 심각한 표정은 짓지 말고." 소년이 내내 심각한 표정을 짓고 있어서 톰이 지적했다. "사진관에서 서명하라고 할 거야. 그럼 찰스 존슨이라고 적어. 신분증 보자는 말은 안 할 거야. 그건 내가 알아. 나도 얼마 전에 저기서 사진을 찍었거든. 알겠지?"

"네, 알겠습니다."

"나는 저쪽에서 기다리마." 톰이 길 건너 바 카페를 가리켰다. "사진 찍고 오렴. 한 시간 후에 완성된다고 하던데, 45분이면 될 거야."

이제 톰은 가브리엘애비뉴 쪽으로 걸어가다가 왼쪽으로 꺾어 콩코르드 광장으로 향했다. 그쪽에 신문 가판대가 있기 때문이었다. 그는 『르 몽드』와 『피가로』를 집어 들고, 스캔들만 다루는 요란한 신문인 『이시 파리』도 샀다. 전면이 파랑, 녹색, 빨강, 노랑 등 온갖 색상으로 알록달록했다. 톰은 바 카페가 있는 쪽으로 돌아가면서 다급히 훑어보았다. 『이시 파리』 전면은 크리스티나 오나시스가 소련 노동자와 결혼한다는 깜짝 뉴스가 차지하고 있었고, 다른 면에는 마거릿 공주*와 그녀의 새로운 연인으로 추정되는 연하의 이탈리아 은행원의 염문설이 실려 있었다. 이번에도 죄다 섹스 얘기뿐이었다. 누가 누구와 잤다는 둥, 누가 열애를 시작했다는 둥, 누가 누구와 헤어졌다는 둥. 톰은 자리를 잡고 앉아 커피를 시킨 다음 『이시 파리』를 처음부터 끝까지 살펴보았다. 프랭크 기사는 보이지 않았다. 섹스와는 동떨어진 사건이니 실리지 않은 게 당연했다. 끝에서 두 번째 면에는 광고가 빼곡이 실려 있었다. 진정한 파트너를 만나라면서 '짧은 인생, 당신의 꿈을 지금 당장 이루세요' 하는 광고는 물론이거니와, 고무로 만든 자위용 공기 인형 광고도 보였다. 가격은 59프랑에서 390프랑까지 다양하며 상품명이 노출되지 않도록 포장 후 배송 가능하니 마음껏 즐기라고 했다. 저걸 무슨 수로 입으로 분단 말인가, 톰은 의아했다. 저걸 다 불려면 허파를 쥐어짜야 할 것이다. 자전거도 없는 집에 자전거 펌프만 있는 걸 보면 친구나 가정부가 뭐라고 수군댈까? 만일 공기 인형을 차에 태우고 카센터에 가서 직원한테 바람을 넣어 달라고 하면 진짜 웃길 것이다. 파출부가 침대에 누운 공기 인형을 보고 시체로 착각한다면? 옷장을 열었는데 공기 인형이 파출부를 덮치기라도 한다면? 공기 인형을 여러 개 사서 하나는 아내로 삼고, 두세 개는 애인으로 두면 꿈꾸던 섹스 판타지를 아찔하게 누릴 수는 있을 것 같았다.

주문한 커피가 나왔다. 톰은 담배에 불을 붙였다. 『르 몽드』에도, 『피가로』에도 프랭크 기사는 실리지 않았다. 설마 프랑스 경찰청이 사진관으로 경관을 파견한 건 아니겠지? 경관이 다른 지명 수배자도 찾으면서 겸사겸사 프랭크 피어슨도 찾는 건 아니겠지? 지명 수배자들이

* 엘리자베스 2세의 여동생

신분증은 물론 여권까지 바꾸는 경우가 왕왕 있었다.

프랭크가 웃는 낯으로 바 카페로 들어왔다. "한 시간 있다가 오래요. 말씀해 주신 것하고 비슷하던데요."

"비슷한 게 아니라 똑같지?" 톰이 말했다. 프랭크의 뺨에 찍힌 점은 여전히 가려져 있었고, 정수리 부근 머리카락은 여태 바짝 서 있었다. "가명으로 서명했지?"

"네, 장부에 찰스 존슨이라고 적었어요."

"그럼 45분간 산책하면 되겠네. 네가 커피를 안 마실 거라면 말이지."

여태 작은 테이블에 앉지도 않고 서 있던 프랭크가 길 건너에서 뭐를 봤는지 갑자기 온몸이 뻣뻣해졌다. 톰도 그쪽을 쳐다보았다. 자동차만 여러 대 오가고 있었다. 소년이 자리에 앉더니 얼굴을 돌린 채 손으로 이마를 신경질적으로 문질렀다. "조금 전에……."

그제야 톰은 자리에서 일어나 길 건너 인도를 살폈다. 바로 그때, 두 남자가 뒤돌아보았다. 조니 피어슨이라는 걸 눈치챈 후 톰은 자리에 앉았다. "이런, 이런." 바에 있는 웨이터들을 살펴보았다. 아무도 그들에게 관심을 주지 않았다. 톰은 곧바로 자리에서 일어나 출입구까지 가서 다시 바깥을 살폈다. 탐정(톰은 그가 탐정일 거로 추측했다)은 땅딸한 체구에 여름용 회색 정장을 입고 있었다. 모자를 쓰지 않아서 구불구불한 붉은 머리카락이 드러났다. 조니는 프랭크보다 키도 더 크고 금발도 더 짙었고, 허리까지 오는 상아색 재킷을 입고 있었다. 톰은 두 남자가 사진관으로 들어가는지 확인하고 싶었다. 엄밀히 말하면 그곳은 사진관이 아니라 카메라를 팔면서 여권 사진도 찍어 주는 가게였다. 두 남자가 가게 앞을 그냥 지나치자 톰은 마음을 놓았다. 그들은 모퉁이에 있는 미국 대사관에 가서 이미 물어봤을 것이다. "이런." 톰은 중얼거리며 다시 자리에 앉았다. "대사관에서는 아무것도 얻어 내지 못한 게 분명해. 우리가 뭘 알겠느냐만."

소년은 아무 말도 하지 않았다. 안색이 눈에 띄게 창백해졌다.

톰은 주머니에서 5프랑을 꺼냈다. 커피 한 잔 값으론 충분했다. 그러고는 소년에게 손짓했다.

톰과 프랭크는 밖으로 나가 왼쪽으로 걸었다. 콩코르드 광장과 리볼리가가 있는 방향이었다. 톰이 손목시계를 확인했다. 사진은 12시 15분은 되어야 완성될 것이다. "긴장하지 마." 톰은 빨리 걷지 않았다. "내가 먼저 사진관에 가서 두 사람이 있는지 살피마. 형 일행이 좀 전에 그 앞을 지나쳤지만 말이다.”

“지나쳤어요?”

톰이 미소를 지었다. “아까는 그냥 지나갔어.” 형과 탐정이 대사관에 가서 사람들이 주로 여권 사진을 어디에서 찍는지 물어봤다면 갔던 길을 되돌아와 사진관에 가서 프랭크의 생김새와 맞아떨어지는 소년이 최근에 온 적이 있는지를 물어볼지도 모른다. 톰은 손쓸 수 없는 상황을 두고 안달복달하는 데에는 질려 버렸다. 톰과 프랭크는 리볼리가를 거닐며 쇼윈도를 들여다보았다. 실크 스카프, 미니 곤돌라, 프랑스식 커프스가 달린 화려한 셔츠, 전면에 내놓은 걸이대의 엽서들. 톰은 W. H. 스미스 서점을 들여다봤다면 즐거웠겠지만, 리볼리가는 늘 미국인과 영국인으로 북적이는 곳이니 프랭크에게 떨어져서 걸으라고 주의를 시켰다. 첩보 활동 같은 놀이에 흥미를 보일 줄 알았던 프랭크가 형을 보자 사색이 되었다. 이제 사진을 찾으러 갈 시간이 되었다. 톰은 프랭크에게 형과 탐정을 다시 마주칠 수도 있으니 인도를 따라 걷다가 천천히 뒤돌아선 다음 리볼리가 아케이드로 빙 돌아서 가자고 했다. 그런 다음, 톰이 사진관에 가서 형이 안에 있는지 살펴보기로 했다.

톰이 사진관에 들어가자 미국인처럼 보이는 커플이 의자에 앉아 기다리고 있었다. 깡마르고 키가 큰 젊은 남자가 나타났다. 톰이 두 달 전에 봤던 남자 직원이었다. 직원은 새로 온 손님으로 보이는 미국인 소녀에게 장부를 내밀어 서명을 받더니 소녀를 데리고 커튼 뒤로 사라졌다. 톰은 커튼 뒤에 스튜디오가 있다는 걸 알고 있었다. 톰은 유리 진열장에 든 카메라를 구경하는 척하다가 밖으로 나가, 둘 다 가게엔 없다고 프랭크에게 일러 주었다.

“난 여기서 기다리마. 사진 값은 미리 냈지?” 톰은 과정을 이미 알고 있었다. 소년은 선불로 35프랑을 냈다. “긴장 풀고. 난 여기에 있을게.” 톰은 프랭크에게 힘내라며 미소를 지어 보였다. “서두르지 마.” 톰은 소년이 출발하자 말했다.

프랭크는 시키는 대로 뒤돌아보지 않고 느리게 걸었다.

톰도 느린 발걸음으로 어디 갈 데라도 있는 사람처럼 도로 끝까지 걸어갔다. 조니와 탐정이 되돌아오는지 쉬지 않고 곁눈질했지만, 그들은 모습을 보이지 않았다. 톰이 블록 끝인 가브리엘애비뉴까지 갔다가 돌아서자, 프랭크가 가게에서 나와 그가 있는 쪽으로 걸어왔다. 프랭크가 길을 건너더니 재킷 주머니에서 작고 흰 봉투를 꺼내 톰에게 건넸다.

이번에 찍은 사진은 『프랑스디망슈』에 실렸던 프랭크의 여권 사진과는 다르게 나왔다. 사진 속 프랭크는 정수리 쪽 머리카락이 조금 더 헝클어져 있었고, 애매한 미소를 머금고 있었다. 톰이 시킨 대로 한 것이다. 점은 보이지 않았지만 눈썹과 눈매는 무척 닮아 보였다. 자세히 들여다보면 두 개의 사진이 동일 인물임을 당연히 유추할 수는 있었다.

"기대한 만큼 잘 나왔네. 이제 택시를 타자." 톰이 말했다.

프랭크는 더 큰 칭찬을 바란 눈치였다. 두 사람은 콩코르드 광장 앞에서 운 좋게 택시를 잡아탔다. 톰은 리브스 마이넛에게 부치려고 준비해 둔 봉투 속에 여권 사진을 집어넣고 봉투를 붙이자 마음이 놓였다. 택시 기사에게 보부르로 가자고 했다. 그 근처에 가면 스낵바와 우체통이 있을 것 같았다. 둥근 외관을 한 퐁피두 센터 바로 앞에 내리자 스낵바도 있었고, 우체통도 있었다.

"놀랍지 않니?" 톰이 푸른 외관의 퐁피두 미술관을 가리키며 말했다. "내 눈엔 별로거든. 아무튼, 외관은 별로야."

기다랗고 파란 풍선에 터지기 직전까지 바람을 불어 넣고 다닥다닥 붙여 놓은 듯이 생긴 건물이었다. 풍선처럼 생긴 건 배관 시설이 맞긴 한데, 지름이 3미터가 넘는 풍선 안에 든 게 물일지, 공기일지 추측하기가 꺼려졌다. 톰은 또다시 고무로 만든 자위용 공기 인형이 생각났다. 남자 밑에 깔려 있던 공기 인형이 터진다. 종종 그런 상황이 발생하곤 했다. 얼마나 김이 샐까! 톰은 웃음을 참으려고 아랫입술을 꽉 깨물었다. 두 사람은 바 카페로 들어가 스테이크와 감자칩을 곁들여 먹었다. 맛은 그저 그랬다. 톰은 식사하기에 앞서 노란 우체통에 편지 봉투를 집어넣었다. 4시경이면 우편물을 수거해 갈 것이다.

〈파리-베를린〉전에서 프랭크는 에밀 놀데*의 〈황금 송아지를 에워싼 춤〉이라는 작품을 가장 마음에 들어 하는 눈치였다. 그림 속에서 조신하지 않은 여자 서너 명이 정신없이 날뛰는데, 그중 한 명은 알몸이었다. "황금 송아지라면, 돈을 의미하는 거죠?" 프랭크는 다 알면서도 멍하고 멀건 눈으로 물었다.

"그래, 돈 맞아." 톰이 대답해 주었다. 이곳에 오니 마음이 안정되기는커녕 긴장감까지 감돌았다. 조니 피어슨과 탐정을 찾느라 주위를 두리번거려야 한다는 강박에 사로잡혔기 때문이다. 톰은 1920년대 독

* 독일 표현주의 화가

일 사회를 주제로 여러 화가가 그림으로 표현하고자 한 바를 이해하려고 애쓰고 있자니 기분이 묘해졌다. 제1차 세계 대전을 일으킨 장본인인 독일의 마지막 황제에게 반기를 든 포스터들, 독일 표현주의 화가 키르히너의 작품, 독일 화가 오토 딕스가 그린 초상화들과 화려한 자태의 〈길 위의 세 매춘부〉까지 전시되고 있었다. 그러면서도 동시에, 이런 즐거움을 단숨에 앗아갈 미국인 두 명이 나타날지도 모른다며 걱정하고 있었다. 젠장, 둘 다 지옥에나 떨어져라, 톰은 저주를 퍼부으며 프랭크에게 말했다. "형이 들어오는지 감시해. 난 전시회를 즐기고 싶구나." 톰이 다소 쌀쌀맞게 말했다. 그런데도 주위에 전시된 작품들이 고요한 귓가로 흘러 들어오는 음악처럼, 눈에 번지는 심상처럼 다가오자 톰은 호흡을 깊이 골랐다. 아, 막스 베크만과 미나 베크만의 작품이라니!

"형은 전시회를 좋아하니?"

"저만큼은 아니지만, 좋아는 해요."

썩 기운 나는 목소리는 아니었다. 지금 프랭크는 왼쪽 뒤편에 걸린 목탄화에 정신이 팔린 상태였다. 창문이 있는 방을 배경으로 전면에 남자로 보이는 형체가 고뇌하며 갇힌 듯 서 있는 작품이었다. 벽체와 바닥에 그려진 원근법을 보면 형체가 갇힌 상태라는 걸 유추할 수 있었다. 대단히 잘 그린 그림은 아니지만, 화가의 내면에 담긴 신념과 치열함이 뚜렷이 구현되어 있었다. 그곳이 무슨 방이든 간에 일종의 감옥이라는 은유였다. 톰은 프랭크가 마음을 빼앗긴 이유를 알 것 같았다.

톰은 어깨에 손을 올려 소년을 돌려세웠다.

"죄송합니다." 프랭크가 고개를 살짝 털더니 두 사람이 있는 전시실의 양쪽 문을 살폈다. "아버지를 따라 가끔 미술관에 갔어요. 아버지는 인상파 작품이라면 늘 좋아하셨죠. 주로 프랑스 화가가 그린 눈 내리는 파리의 거리 같은 그림을 좋아하셨어요. 집에 르누아르 작품도 한 점 있어요. 눈 내리는 모습을 그린 작품이에요."

"아버지가 참 근사하신 분이셨구나. 그림을 좋아하셨고 그걸 사실 수 있는 재력까지 겸비하셨으니."

"그건 그래요. 그림이 최소 몇십만 달러는 훌쩍 넘으니까요." 프랭크는 대수롭지 않게 말했다. "가만히 보면 아저씨는 저희 아버지에 대해 좋은 말만 해 주시려고 매번 애쓰시는 것 같아요." 프랭크가 살짝 분통을 터뜨리며 말했다.

내가 그랬나? 전시회에 오니 어떤 감정이 차오르고 있었다. “망자에 대해서는 좋은 말만 해야지.” 톰이 어깨를 으쓱했다.

“아버지라면 르누아르 작품 정도는 몇 점이든 사실 수 있었을 거예요.” 프랭크는 누구라도 때리려는 듯이 양쪽 팔을 구부린 자세로 시선을 앞으로 보낸 채 멍한 표정을 짓고 있었다. “아버지는 전 세계를 시장으로 삼으시고 이 세상 모든 사람을 대상으로 사업을 하셨어요. 그래서 그런지, 아버지 물건 중에는 명품이 많았어요. ‘미국인 중 절반은 고도 비만이야’ 하고 말씀하시곤 했죠.”

둘은 이미 다 구경한 전시실을 다시금 천천히 둘러보았다. 단편 영화가 왼편에서 상영 중이었다. 예닐곱 명 정도는 의자에 앉아서 보고 있었고, 몇몇은 서서 보고 있었다. 소련 탱크가 독일 군대를 공격하는 장면이 나오고 있었다.

“말씀드렸다시피.” 프랭크가 말을 이었다. “일반 제품이나 미식가 제품 말고도 저칼로리 제품도 있거든요. 그런 걸 보면 사람들이 도박이나 매춘을 두고 떠드는 말들이 떠올라요. 그런 일들은 타인이 저지르는 부도덕한 행위로 돈을 벌잖아요. 식품 회사도 비슷해요. 사람들의 살을 찌웠다가 빼 줬다가 하는 짓을 반복하니까요.”

소년이 열변하는 모습을 보니 톰은 미소가 지어졌다. 무척 씁쓸해하는군! 프랭크가 아버지를 죽인 사실을 스스로 합리화하려는 걸까? 뚜껑이 들썩이는 주전자가 김을 내뿜는 것 같았다. 프랭크가 자신을 옹호한다고 해서 죄책감을 깡그리 지울 수 있을까? 완벽하게 옹호하는 건 아예 불가능하겠지만, 그래도 태도는 갖춰야 했다. 살면서 실수하게 될 경우, 태도로 만회해야 한다고 톰은 생각했다. 올바른 태도를 보일 수도 있고, 잘못된 태도를 보일 수도 있다. 건설적인 태도를 보일 수도 있고, 자멸적인 태도를 보일 수도 있다. 만약 어떤 사람이 실수했을 때 타인에게 올바른 태도를 보일 수 있는데도 그렇게 하지 않는다면 얼마나 참담할까. 프랭크는 죄책감이 들자 톰 리플리에 관한 정보를 찾아봤을 것이다. 흥미로운 건, 톰은 그런 죄책감을 단 한 번도 느끼지 못했고, 죄책감 때문에 심각하게 고민한 적도 없었다는 사실이었다. 프랭크 때문에 톰은 자기가 이상한 사람이라는 걸 깨달았다. 일반적으로는 어떤 사람이 디키 그린리프를 죽이듯 누군가를 죽였다면 불면증에 시달리고 악몽을 꾸겠지만, 톰은 단 한 번도 그런 적이 없었다.

프랭크가 별안간 두 손에 불끈 힘을 주었지만, 누굴 봐서 몸에 힘이 들어간 게 아니었다. 생각하다가 그런 동작이 나온 것이다.

톰이 소년의 팔뚝을 붙들었다. "다 봤니? 그럼 이쪽으로 나가자." 톰은 밖으로 나가려고 아까 봤던 전시실로 소년을 다시 데리고 들어갔다. 그곳을 지나가는데 누군가의 어깨를 계속 스치고 지나가는 듯한 느낌이 들었다. 각종 복장을 갖춰 입은 군인들처럼, 그림들이 완전 무장한 것만 같았다. 일부는 이브닝복을 입고 있긴 했지만 말이다. 톰은 묘하게 압도당하는 느낌이 들자 기분이 살짝 상했다. 대체 왜 이런 기분이 드는 걸까? 확실한 건, 그림이 아니라 다른 것 때문이었다. 톰은 소년을 멀리 보내 버려야 할 것 같았다. 상황이 점차 달궈지자 정서적으로 악화되고 있었다.

톰이 느닷없이 웃음을 터뜨렸다.

"왜 그러세요?" 프랭크가 톰마저 경계하며 묻더니 무슨 재미있는 일이라도 있는지 주변을 둘러보았다.

"아무것도 아니다. 원래 내가 쓸데없는 생각을 많이 해." 만약 탐정과 프랭크의 형이 톰 리플리가 프랭크를 데리고 있는 모습을 보면, 톰이 프랭크를 납치했다고 오해할 것이다. 톰의 평판이 좋지 않기 때문이었다. 만약 탐정이 리플리의 집에 어떤 소년이 묵고 있다는 사실을 알게 될 경우에도 오해를 사게 될 것이다. 그런데 아네트 여사 말고 빌페르스에서 그 사실을 아는 사람이 또 있을까? 게다가 톰은 몸값을 요구하지도 않았다.

둘이 택시를 타고 주차장으로 돌아갔다. 벨옹브르에 도착하니 6시가 조금 넘었다. 엘로이즈가 2층에서 머리를 감고 있었다. 마저 감고 드라이까지 하려면 20분은 족히 걸릴 것이다. 아주 잘된 일이었다. 톰은 프랭크를 다시 한번 설득하고 싶었기 때문이다. 프랭크가 거실에 앉아서 프랑스 잡지를 보고 있었다.

"테리사한테 전화해서 잘 있다고 말해 주지 그래?" 톰이 발랄하게 말했다. "네가 어디에 있는지까지 말해 줄 필요는 없잖니. 테리사도 네가 프랑스에 있다는 건 알 테니."

테리사라는 이름에 소년이 허리를 살짝 세웠다. "아저씨는 제가…… 떠나길 바라시는군요. 이해해요." 프랭크가 자리에서 일어났다.

"네가 유럽에 있고 싶으면 있으면 돼. 그건 네가 알아서 할 일이야. 그래도 테리사한테는 전화해서 잘 있다고 알려 주면 네 기분이 훨씬 좋아질걸? 테리사가 널 걱정해 주기를 바라잖니?"

"그럴지도 몰라요. 테리사가 절 걱정해 줬으면 좋겠어요."

"뉴욕은 낮 12시쯤 됐을 거야. 테리사가 뉴욕에 있다고 했지? 수화기를 들고 19와 1을 돌리고 2-1-2를 돌린 다음에 집 전화번호를 마저 돌리면 된다. 나는 2층에 올라가 있으마. 2층에선 한 마디도 안 들려.” 톰은 전화기를 손으로 가리킨 다음 2층으로 올라갔다. 소년이 전화할 것 같았다. 톰은 방으로 올라가 방문을 닫았다.

3분도 안 돼 소년이 톰의 방문을 두드렸다. 톰이 들어오라고 하자 소년이 들어와서 말했다. “테니스 치러 나갔대요.” 무슨 끔찍한 비보를 전하듯 소년이 말했다.

프랭크는 테리사가 자기 걱정은 하지도 않고 테니스를 치러 나갈 줄은 상상도 못 한 것 같았다. 게다가 프랭크보다 더 좋아하는 남자와 테니스를 치고 있다는 사실에 더더욱 괴로워하는 게 분명했다. “테리사 어머니하고 통화했니?”

“아뇨, 가정부하고요. 루이스라고 제가 아는 사람이에요. 루이스가 한 시간 후에 전화하래요. 테리사가 남자들하고 나갔대요.” 프랭크가 처량한 목소리로 남자에 힘을 주어 말했다.

“네가 잘 있다는 말은 남겼니?”

“아뇨.” 소년은 잠시 되짚어 보더니 말했다. “제가 왜요? 제 목소리가 멀쩡하게 들렸을걸요.”

“안타깝지만, 이제부터는 우리 집에서 다시 전화하면 안 돼. 만약에 말이다, 가정부가 네가 전화했다는 말을 전했는데 네가 또다시 전화했다간, 그쪽에서는 네 전화를 추적하려고 할 거야. 그럴 가능성이 매우 커. 난 그런 위험을 감당할 순 없어. 지금은 퐁텐블로 우체국이 문을 닫았어. 안 닫았으면 내가 널 거기까지 데려다줬을 텐데. 그러니 오늘 밤에는 테리사와 통화할 수 없어, 빌리.” 톰이 바랐던 건 오늘 밤에 프랭크가 전화를 걸면 테리사가 ‘어머나 프랭크, 너 잘 있구나! 보고 싶어! 언제 집에 올 거야?’ 하고 말해 주는 것이었다.

“무슨 말씀이신지 알겠어요.” 소년이 말했다.

“빌리.” 톰이 단호히 말했다. “네가 뭘 하고 싶은지 마음을 정해야 해. 아무도 널 의심하지 않아. 넌 기소될 리 없어. 수지는 아무것도 못 봤기 때문에 정황을 설명할 수 없어. 도대체 정확히 뭐가 두려운 거니? 넌 그게 뭔지 제대로 알아야 해.”

프랭크가 자세를 바꾸더니 두 손을 뒷주머니에 찔러 넣었다. “저 자신이요. 이미 말씀드렸잖아요.”

톰은 알고 있었다. “네가 우리 집에 오지 않았다면 뭘 했을 거 같아?”

소년이 어깨를 으쓱했다. “자살했을 거예요. 아니면 피커딜리에서 노숙이나 했겠죠. 연못이나 동상 주변에서 어슬렁거리는 사람들처럼요. 조니 형의 여권은 집으로 부쳤을 테고, 그런 다음엔 뭘 해야 할지도 모르고 있다가 검문당해서 집으로 강제로 보내졌을지도 모르죠.” 프랭크가 다시 한번 어깨를 으쓱했다. “그다음엔 잘은 몰라도 절대로 자백 같은 건 하지 않겠죠…….” 프랭크가 자백이란 말에 힘주어 말했지만, 속삭이는 정도에 그쳤다. “그러다가 2주 후엔 자살했을 거예요. 그런데 테리사가 마음에 걸려요. 솔직히 전 테리사 생각뿐이에요. 만일 누군가가 생겨서, 이미 생겨서 테리사가 제게 편지를 안 보내는 거라면, 너무 괴로워요.”

톰은 여자라면 결혼하기 전에 스무 명도 더 사귀게 될 거란 말은 프랭크에게 해 주고 싶지 않았다.

수요일 정오를 막 넘기자마자 걸려 온 리브스의 전화에 톰은 놀라면서도 반가웠다. 리브스는 부탁한 물건이 수요일 밤늦게 완성돼 내일 정오께 파리에 도착한다는 소식을 전했다. 만약 일이 급해서 직접 받고 싶다면 톰이 파리의 모처로 가면 되고, 그게 아니라면 파리에서 등기우편으로 부쳐 주겠다고 했다. 톰이 직접 가지러 가겠다고 하자, 리브스가 주소와 이름을 불러 주더니 3층이라고 했다.

톰은 혹시 필요할지도 모르니 전화번호도 알려달라고 했다. 리브스가 전화번호도 알려 주었다. “정말 빨리 해 줬군요, 리브스. 고마워요.” 함부르크에서 등기로 부쳐도 되지만, 항공편으로 부친 덕분에 하루를 벌 수 있었다.

“이번 일이 대단해 보이진 않아도.” 리브스의 목소리가 갈라졌다. 마흔도 안 되었는데 노인네 목소리가 났다. “2천은 받아야겠습니다. 달러로요, 톰. 싸게 부른 겁니다. 쉽지 않았어요. 아예 새로 만든 거 알죠? 당신 친구라면 재력도 있겠다.” 리브스의 목소리엔 놀라움과 다정함이 가득했다.

톰은 이해했다. 프랭크 피어슨이라는 걸 리브스가 이미 눈치채고 있었다. “지금 더는 말 못 해요. 평소 부치던 대로 부쳐 드리죠, 리브스.” 톰 자신의 스위스 은행에 요청하겠다는 뜻이었다. “앞으로 며칠은 집에 쭉 있을 거죠?” 톰은 아무 계획도 없으면서 괜히 물어보았다. 리브스가 꽤 도움이 될 수도 있었기 때문이다.

“네, 그런데 왜요? 이리로 오게요?”

“그건 아닙니다.” 톰은 조심스레 대답했다. 누가 도청하고 있을까 봐 두렵기까지 했다.

"얌전히 있는 게 좋을 것 같은데요."

리브스는 톰이 프랭크 피어슨을 데리고 있다는 걸 아는 눈치였다. 집이 아니더라도 다른 곳에서라도 말이다.

"이게 다 무슨 고생이죠? 그래도 말은 해 줄 수 없다?"

"그래요, 당장은 말 못 해요. 정말 고마워요, 리브스."

톰은 전화를 끊고 프렌치 도어로 걸어갔다. 프랭크가 리바이스 청바지에 짙은 작업용 셔츠를 입고 장미 화단 언저리에서 삽질하는 모습이 보였다. 프랭크는 차근차근 묵묵히 일하고 있었다. 무슨 일을 해야 하는지 파악한 소작농 같았다. 성급히 달려들었다가 15분 만에 나가떨어질 초짜 같아 보이진 않았다. 이상하군, 톰은 생각했다. 프랭크가 저런 잡일을 하면서 속죄를 하는 걸까? 프랭크는 어제오늘 책을 읽고 음악을 듣고 잡다한 일거리를 하며 시간을 보냈다. 세차도 하고 벨옹브르 지하실에 내려가서 무거운 와인 선반을 옮겨 놓고 바닥을 쓴 다음 제자리에 도로 갖다 놓는 일까지 했다. 프랭크가 일을 찾아서 한 것이다.

프랭크를 데리고 베네치아로 가야 하나? 톰은 고민에 빠졌다. 환경이 바뀌면 프랭크가 좋은 쪽으로 결론을 내릴지도 모른다. 프랭크를 베네치아에서 출발하는 뉴욕행 비행기에 태워 보내면 톰이 혼자 집으로 돌아올 수 있을 것이다. 함부르크는 어떨까? 거기도 좋겠지만, 프랭크 피어슨을 지켜 주는 일에 리브스까지 끌어들이고 싶진 않았다. 톰은 자기도 더는 개입하고 싶지 않았다. 여권도 새로 만들어 줬으니, 프랭크가 용기를 내 스스로 떠나겠다면서 자신만의 모험을 나름대로 마무리할지도 모른다.

목요일 정오에 톰은 파리 서크가에 있는 아파트로 전화를 걸었다. 여자가 받았다. 불어로 통화했다.

"톰이라고 합니다."

"아, 네. 준비는 다 되어 있어요. 오후에 오실 건가요?" 가정부가 아니라 그 집 안주인 목소리 같았다.

"네, 괜찮으시다면요. 3시 반이 어떨까요?"

여자가 괜찮다고 했다.

톰은 엘로이즈에게 은행 매니저와 상담하려고 파리에 잠깐 들렀다가 5~6시경에 돌아오겠다고 했다. 마이너스 통장 문제는 아니고, 모건 개런티 신탁 회사 매니저가 가끔 주식 시장 관련 정보를, 전반적인 주식 시장 상황과 특정 종목에 대한 정보를 준다고 했다. 그러면서도 톰은 자기가 주식 시장에 뛰어들어 위험한 게임을 하며 시간을 허비하느니 지금 보유한 주식이 오르기를 바라는 마음이 더 크다고 했다. 아무튼, 톰의 변명은 그 정도면 충분했다. 그날 오후 엘로이즈가 친정어머니 일로 신경을 곤두세우고 있었기 때문이다. 친정어머니는 50대임에도 동안이라 질병과는 거리가 멀어 보였다. 그런데 병원에서는 검사를 받은 후, 종양일 경우엔 수술을 받아야 한다고 했다. 톰은 의사들이란 늘 최악을 가정해 말해 준다고 아내를 위로했다.

"건강은 좋아 보이시던데. 장모님하고 통화하면 안부 전해 드려." 톰이 말했다.

"빌리도 같이 가?"

"아니, 빌리는 집에 있을 거야. 우리 집에서 할 일이 있나 봐."

톰은 서크가에 있는 빈자리에 차를 대고 아파트로 향했다. 관리가 잘된 오래된 건물이었다. 여느 1층 입구에서처럼 단추를 누르자 문이 열리면서 복도가 보였다. 관리인이 사는 집의 반유리문도 함께 보였다. 톰은 그쪽은 신경 쓰지도 않고 엘리베이터를 타고 3층으로 올라가 문 왼쪽에 스카일러라고 적힌 초인종을 눌렀다.

풍성한 붉은 머리에 키가 큰 여자가 문을 빼꼼 열었다.

"톰입니다."

"아, 들어오세요! 이쪽이에요." 그녀가 복도를 지나 거실로 안내했다. "전에 두 분이 만나셨죠?"

거실에 에릭 란츠가 양손을 허리에 올린 채 서 있었다. 소파 앞 낮은 테이블에는 커피 쟁반이 보였다. 에릭이 서서 톰을 반겼다. "어서 와요, 톰. 또 만났네요. 잘 지내셨죠?"

"그럼요. 고맙습니다. 잘 지내셨죠?" 톰도 놀라움이 섞인 미소를 보였다.

붉은 머리 여자가 두 사람을 두고 자리를 비웠다. 아파트 다른 방에서 낮게 웅웅거리는 재봉틀 소리가 들렸다. 여기에서 대체 무슨 일이 벌어지는 거지, 톰은 궁금했다. 이곳도 장물아비의 창고인가? 리브스가 사는 함부르크 아파트 같은 곳인데 재단사인 척 연기하는 건가?

"여기 있습니다." 에릭 란츠가 누런 판지로 만든 서류 가방에 매달린 끈을 둘둘 풀어 뚜껑을 열더니, 두툼한 봉투들 사이에서 흰 봉투를 꺼냈다.

톰은 봉투를 받아 들고 열기 전에 어깨 너머를 살폈다. 거실에는 두 사람 말고는 아무도 없었다. 봉투는 밀봉되어 있지 않았다. 에릭이 여권을 벌써 봤을까? 봤을 것이다. 톰은 에릭 앞에서 여권을 꺼내 보고 싶지 않았지만, 함부르크에서 일을 제대로 했는지 확인은 하고 싶었다.

“만족하실 겁니다.” 에릭이 말했다.

프랭크의 사진 위에 공식 인장이 양각으로 찍혀 있고, ‘뉴욕 여권국에서 부착한 사진’이라는 글귀가 절반은 사진 위에, 절반은 그 아래 적혀 있었다. ‘벤저민 거스리 앤드루스’의 여권이었다. 뉴욕 출생. 키와 몸무게와 생년월일이 프랭크의 것과 잘 맞아떨어졌다. 그런데 생일이 지났기에 이제 프랭크는 열일곱 살이 된 것이다. 아무렴 어때. 몇 번 경험이 있는 톰이 보기에도 꽤 잘 만든 여권으로 보였다. 다만 확대경을 들이대고 보면 사진 위에 볼록 튀어나오게 찍힌 인장이 여권 종이에서 살짝 들떠 있는 게 티가 날 것 같긴 했다. 맨눈으로 보기엔 별로 티가 나지 않았지만 말이다. 여권을 펼치자 첫 장에 주소가 적혀 있었다. 뉴욕에 사는 부모의 주소가 분명했다. 발급받은 지 5개월 된 여권이었다. 런던 히스로 공항 입국 도장도 보이고, 프랑스 및 이탈리아 입국 도장도 찍혀 있었다. 원래 주인이 재수 없게 이탈리아에서 여권을 분실한 게 분명했다. 현재 프랑스에 입국한 상태는 아니지만, 입국 심사관이 프랭크의 외모를 보고 의심스러워도 입출국 도장까지 확인하진 않을 것이다. “아주 제대로 만들었네요.” 톰이 마침내 입을 열었다.

“사진 위에 서명만 하면 됩니다.”

“혹시 이름을 바꾼 건가요? 원래 주인인 벤저민 앤드루스가 자기 여권을 찾지는 않을까요?” 톰은 겉표지 안쪽에 타자기로 친 이름을 지운 흔적을 조금도 찾지 못했다. 사진 옆에 원래 주인이 했었을 서명까지도 멀끔히 지워져 있었다.

“성만 바꿨다고 리브스가 그랬어요. 커피 드실래요? 지금은 다 마셨지만, 더 달라고 하면 됩니다.” 에릭 란츠는 사흘 전에 봤을 때보다 더 날렵해지고 훨씬 귀티가 흘렀다. 생각하면 그대로 변신하는 기적의 사나이 같았다. 지금은 여름용 남색 정장 바지에 고급 흰색 실크 셔츠를 입고 구두를 신고 있었다. 구두는 톰이 전에 봤던 그때 그 구두였다. “앉아요, 톰.”

“고맙습니다만, 바로 집에 가야 해서요. 여행을 많이 다니시나 봐요.”

에릭이 웃었다. 붉은 입술, 하얀 치아. “리브스가 늘 나한테 일감을 줘요. 베를린에서도요. 이번에는 하이파이 장비를 팔고 있어요.” 그가 목소리를 낮추고 톰의 등 뒤에 있는 문을 살폈다. “팔아야 하거든요. 하하! 베를린에는 언제 오실 건가요?”

"모르겠습니다. 계획이 없어서요." 톰은 여권을 봉투 속에 집어넣고 한 번 흔들어 보인 다음 재킷 안주머니에 집어넣었다. "리브스하고 계산 얘기는 끝냈습니다."

"압니다." 이제 에릭이 소파에 올려 둔 파란색 재킷에서 지갑을 꺼내더니 명함을 빼내 톰에게 건넸다. "혹시 베를린에 오시면 뵙고 싶습니다, 톰."

톰은 명함을 쳐다보았다. 니부어슈트라세. 어딘지는 몰라도 베를린에 있었다. 전화번호도 적혀 있었다. "고맙습니다. 리브스하고 알고 지낸 지 오래되셨나요?"

"한, 2~3년 됐을 겁니다." 그의 붉고 단정한 입매에 다시 미소가 번졌다. "행운을 빕니다, 톰. 친구분도요." 에릭이 현관까지 톰을 배웅해 주었다. "비더젠(또 봅시다)!" 에릭이 독어로 다정하면서도 또렷하게 인사했다.

톰은 차로 걸어가 집으로 차를 몰았다. 그리고 베를린을 떠올렸다. 에릭 란츠가 사는 집이 있어서가 아니라, 베를린이라면 관광객이 거의 찾지 않는 곳이라는 게 이유였다. 누가 베를린까지 가겠는가, 세계 대전을 연구하는 학자라면 모를까. 아니면 에릭의 말대로 콘퍼런스에 초청받은 사업가나 들르는 곳이었다. 프랭크가 며칠 더 숨어 있겠다고 고집을 피우면 베를린이 괜찮을 것 같았다. 베네치아가 더 아름답고 매력적이긴 하지만, 조니와 탐정이 베네치아에서 이틀 정도 지내면서 프랭크를 찾아다닐지도 모른다. 톰은 조니 일행이 빌페르스에 있는 그의 자택까지 찾아와 문을 두드리는 상황은 피하고 싶었다.

9

"벤저민, 벤. 마음에 들어요." 프랭크가 침대에 걸터앉아 새로 나온 여권을 쳐다보더니 활짝 웃으며 말했다.

"이걸로 용기를 냈으면 좋겠어."

"돈이 많이 들었을 텐데, 말씀해 주세요. 혹시 제가 감당할 수 없는 금액이라면…… 일단 말씀해 주시면 나중에 갚을게요."

"2천 달러 들었지만…… 덕분에 이제 네가 자유로워졌잖니. 머리는 계속 기르렴. 여권 사진 위에 서명해야 해." 톰은 프랭크에게 타자기 용지에 연습해 보라고 시켰다. 소년은 다소 빠른 속도로 비스듬하게 쓰는 필체를 가지고 있었다. 톰은 벤저민을 적을 때 대문자 B를 둥글려 쓰라고 시킨 후 서너 번은 더 연습해 보라고 했다.

마침내 소년이 검은 볼펜을 들고 서명을 마쳤다. “어때요?”

톰이 고개를 끄덕였다. “됐다. 서명할 일이 있으면 죄다 둥글려서 천천히 쓰도록 해.”

저녁 식사를 마치자 엘로이즈가 보고 싶은 텔레비전 프로그램이 있다고 했다. 그래서 톰은 소년을 데리고 2층으로 올라갔다.

소년은 톰과 눈을 맞추더니 눈을 재빨리 깜빡였다. “제가 어디로 가든지 아저씨도 같이 가 주실 거죠? 제가 다른 도시로 간다면 말이에요.” 프랭크가 입술을 축였다. “절 데리고 다니는 게 힘들다는 거 알아요. 숨겨 주시는 일 말이에요. 저하고 다른 나라에 갔다가 혼자 돌아오시면 되잖아요.” 소년이 별안간 기분이 울적해졌는지 창가로 걸어가더니 뒤돌아서서 톰을 쳐다보았다. “이곳을 떠나자니, 아저씨 댁을 떠나자니 정말 막막하지만, 그래도 전 할 수 있어요.” 프랭크가 자립할 수 있다는 걸 보여 주려는 듯이 몸을 더욱 꼿꼿하게 폈다.

“어디로 갈 생각이니?”

“베네치아나 로마요. 큰 도시니까 아무도 제게 관심을 주진 않겠죠.”

톰이 미소를 지었다. 이탈리아는 납치범들의 온상이라는 생각이 들었다. “유고슬라비아는 어때? 거기는 별로니?”

“유고슬라비아를 좋아하세요?”

“응.” 톰은 그렇다고는 했지만 지금 가고 싶다는 말은 아니었다. “차라리 유고슬라비아로 가렴. 네가 맘 편히 있고 싶다면, 베네치아나 로마는 권하지 않겠어. 베를린도 괜찮아. 관광객이 찾는 도시와는 거리가 멀거든.”

“베를린이라⋯⋯ 거긴 한 번도 안 가 봤어요. 저하고 같이 베를린에 가실래요? 단 며칠이라도요?”

톰은 구미가 당기지 않는 건 아니었다. 베를린이 재미있는 곳이라는 건 알고 있었다. “네가 베를린에서 비행기를 타고 미국으로 돌아가겠다고 약속해 준다면, 같이 가마.” 톰은 목소리를 깔고 단호히 말했다.

프랭크의 얼굴에 다시금 미소가 번졌다. 새 여권을 받아 들었을 때처럼 활짝 웃었다. “그럴게요. 약속드릴게요.”

“좋아, 그럼 베를린으로 가자.”

“베를린을 잘 아세요?”

“전에 가 봤어. 두 번.” 톰은 갑자기 기운이 샘솟았다. 베를린은 재미 삼아 사나흘 정도 있기엔 괜찮은 도시였다. 그는 프랭크가 베를린에서 미국으로 돌아가겠다고 한 약속을 지키라고 밀어붙일 것이다. 어쩌면 톰이 굳이 프랭크에게 그 약속을 되새겨 줄 필요도 없을지 모른다.

"그럼 우리 언제 가요?"

"빠르면 빠를수록 좋지. 내일 어때? 내일 아침에 퐁텐블로에 가서 비행기표를 알아보마."

"아직은 돈이 조금 남아 있어요." 소년의 표정이 변했다. "많지는 않아요. 프랑이 좀 있긴 있는데 5백 달러 정도 될 거예요."

"돈 걱정은 마라. 나중에 계산하자. 잘 자렴. 난 아래층에 내려가 엘로이즈한테 얘기하마. 같이 내려가도 좋아."

"고맙습니다만, 테리사한테 편지를 쓰려고요." 프랭크의 기분이 좋아 보였다.

"좋아. 대신 편지는 내일 뒤셀도르프에서 부쳐야 해. 여기서는 안 돼."

"뒤셀도르프요?"

"베를린행 비행기는 반드시 독일 내 도시를 경유해야 하거든. 나는 경유할 때 프랑크푸르트 대신 뒤셀도르프로 선택하는데, 그럼 비행기를 바꿔 타지 않고 잠깐만 내려서 입국 도장만 받으면 돼. 가장 중요한 게 있어. 테리사한테는 베를린에 간다는 말은 하지 말거라."

"알겠어요."

"테리사가 너희 어머니께 말씀드릴지도 모르잖니. 게다가 넌 베를린에서 혼자 있고 싶을 테고. 뒤셀도르프 직인을 보면 네가 독일로 갔다는 걸 테리사도 알게 되겠지만, 그래도 빈으로 간다고 말해. 알겠니?"

"네, 알겠습니다." 프랭크는 새로 진급한 군인처럼 대답하며 기꺼이 시키는 대로 하겠다고 했다.

톰이 아래층으로 내려가자 엘로이즈가 소파에 누운 자세로 뉴스를 보고 있었다. "저거 봐, 어떻게 저렇게 죽자 사자 계속 싸우는 걸까?"

수사학적인 질문이었다. 톰이 텔레비전 화면을 멍하니 쳐다보았다. 아파트에 포탄이 떨어지자 철제 빔이 튕겨 나가면서 시뻘건 화염에 휩싸였다. 화면 속 장소는 레바논으로 보였다. 며칠 전 런던 히스로 공항에서 발생한 이스라엘 여객기 테러 사건*의 여파였다. 이러다가 내일이면 화염이 전 세계로 번지는 거 아닐까, 톰은 생각했다. 내일 오전 10시경이면 엘로이즈는 어머니의 검사 결과를 알게 된다. 수술할

* 1970년 팔레스타인 해방 인민 전선이 암스테르담을 이륙해서 뉴욕으로 향하던 이스라엘 엘알 여객기의 납치를 기도했으나 영국 상공에서 제압당해 런던에 불시착한 사건

필요 없다는 결과가 나왔으면. 톰은 10시가 되기 전에 퐁텐블로로 출발해 비행기표를 사려고 계획했다. 엘로이즈한테는 리브스 마이넛이 아까 10시 무렵에 전화했는데 아주 급해 보였다고 둘러댈 것이다. 엘로이즈의 침실에는 전화기가 없어서, 침실 문을 닫으면 그의 침실이나 아래층 거실에서 울리는 벨 소리가 들리지 않았다. 텔레비전에서 처참한 소식이 이어지자 톰은 엘로이즈에게 나중에 말하기로 했다.

그날 밤 잠자리에 들기 전에 톰은 프랭크의 방문을 두드린 다음, 베를린 관련 책자와 지도를 건네주었다. "재미있을 거야. 이걸 읽으면 독일 정치 상황이 이해가 될 거야."

톰은 아침을 먹기 전에 계획을 일부 수정했다. 그가 탈 비행기표만 모레에 있는 여행사에서 끊고, 프랭크의 표는 공항에 전화해 알아보기로 했다. 톰은 리브스가 밤늦게 전화하더니 당장 함부르크로 올라와 미술품을 거래하는 자리에서 조언해 달라 부탁했다고 엘로이즈에게 둘러댔다.

"오늘 아침에 빌리하고 얘기했는데, 나하고 같이 함부르크로 올라갔다가 그곳에서 미국으로 돌아가겠대." 톰은 월요일에 같이 파리에 갔을 때 빌리가 아직도 어디로 갈지 마음을 정하지 못했다고 말해 두긴 했었다.

엘로이즈는 소년이 톰을 따라간다는 소리를 듣더니 눈에 띄게 반색했다. 톰이 예상한 대로였다. "그럼 당신만 돌아온다는 거네? 언제 올 거야?"

"글쎄, 사흘 후? 일요일이나 월요일쯤이겠지." 톰은 옷을 제대로 차려입고 거실에서 토스트를 먹으며 커피 한 잔을 더 마시고 있었다. "이제 표 끊으러 가야겠어. 10시에 나올 장모님 검사 결과는 아무 문제 없을 거야, 여보."

엘로이즈는 어머니의 검사 결과를 알아보려고 오전 10시에 파리에 있는 병원에 전화해야 했다. "고마워, 여보."

"검사 결과는 잘 나올 거야. 내 예감이 그래." 톰은 진심이었다. 장모는 굉장히 건강해 보였다. 그때, 정원사 앙리가 정원에 있는 모습이 보였다. 오늘은 화요일도 목요일도 아닌 금요일인데 말이다. 앙리가 뭉그적거리며 온실 옆 수조 통에 받아 둔 빗물을 큼직한 양철 물뿌리개에 붓고 있었다. "앙리가 왔네? 잘됐군!"

"그러게. 여보, 당신 함부르크에 가는 거, 위험하진 않지?"

"위험할 리가. 내가 벅마스터 갤러리에서 그림을 판매하는 일에 관여하는 걸 리브스가 알거든. 함부르크에서도 비슷한 일이 있나 봐. 겸사겸사 빌리를 우리 집에서 내보내기에도 좋고, 베를린 구경이나 시켜 주려고. 위험한 일은 절대로 안 해." 톰은 미소를 지으면서도 그때 그 총격전이 떠올랐다. 어느 날 밤에 벨옹브르에서 일이 벌어졌으나 총질은 하지 않았던 사건 말이다. 여기 이 거실 대리석 바닥에 마피아 시신 두 구가 피를 흘린 채 누워 있는 바람에 아네트 여사가 빨아 놓은 두툼한 회색 걸레로 그 피를 훔쳐야 했었다. 엘로이즈는 그 광경을 목격하지 못했다. 총격전이 벌어진 건 아니었다. 총을 들고 온 마피아의 머리통을 톰이 땔감용 목재로 후려 패기만 했을 뿐. 기억하고 싶지도 않은 기억이었다.

톰은 침실에서 루아시 공항으로 전화를 걸었다. 공항에서는 당일 오후 3시 45분에 출발하는 에어 프랑스 여객기에 자리가 있다고 했다. 톰은 벤저민 앤드루스 이름으로 예약한 후 발권은 공항에서 하겠다고 했다. 그런 다음, 차를 몰고 모레에 가서 자기 이름으로 표를 왕복으로 끊었다. 톰은 집으로 돌아와 프랭크에게 오후 1시경에 루아시 공항으로 출발하자고 했다.

엘로이즈가 리브스의 함부르크 집 전화번호를 묻지 않자, 톰은 기분이 좋아졌다. 예전에 엘로이즈에게 그 집 전화번호를 알려 주긴 했었다. 그렇다고 엘로이즈가 그 번호를 여태 갖고 있진 않을 것이다. 만일 엘로이즈가 그 번호를 찾아서 리브스에게 전화라도 하면 난감해질 테니, 톰은 베를린에 도착하자마자 리브스에게 전화할 생각이었다. 그래도 지금은 전화하고 싶지 않았다. 프랭크가 짐을 싸고 있었다. 톰은 버리고 떠날 함선을 바라보듯 집을 둘러보았다. 아네트 여사의 야무진 살림 솜씨 덕분에 집은 번듯했다. 딱 사나흘이면 되겠지? 그쯤이면 될 것이다. 톰은 르노를 몰고 가 루아시 공항 주차장에 세워 두려고 했는데, 엘로이즈가 수리하고 찾아온 벤츠로 데려다주겠다고, 같이 공항까지 나가겠다고 고집을 피웠다. 그래서 운전대는 톰이 잡고서 셋이 루아시-샤를 드골 공항으로 출발했다. 샤를 드골 공항까지 가다 보니, 1년 전까지만 해도 빌페르스와 파리 중간에 있는 오를리 공항을 이용하던 때가 얼마나 가깝고 간편했었던 건지 실감이 나서 그리워졌다. 파리 북부에 루아시-샤를 드골 공항이 새로 개항하자, 모든 항공기가 그쪽으로 옮겨 갔다. 런던행 비행기마저 그곳에서 출발했다.

"부인, 며칠씩이나 재워 주셔서 고맙습니다." 프랭크가 불어로 인사를 건넸다.

"나도 즐거웠어요, 빌리! 우리 집에 얼마나 큰 도움이 되었는지 몰라요. 정원도 그렇고 집도 그렇고. 행운을 빌게요!" 엘로이즈가 열린 차창 밖으로 손을 내밀었다. 톰이 놀랍게도, 엘로이즈가 허리를 굽힌 프랭크의 양쪽 뺨에 입을 맞추어 주었다.

프랭크가 민망한지 씩 웃었다.

엘로이즈가 차를 몰고 가 버렸다. 톰과 프랭크는 짐 가방을 들고 터미널로 들어갔다. 톰은 엘로이즈가 애정 어린 작별 인사를 건네는 모습을 지켜보다가, 집안일을 해 준 프랭크에게 돈은 제대로 줬는지 엘로이즈가 일절 묻지 않았다는 사실을 깨달았다. 톰은 한 푼도 주지 않았지만, 프랭크라면 돈을 줘도 받지 않았을 것이다. 오늘 오전에 톰은 프랭크에게 5천 프랑을 주었다. 프랑스 국외로 반출할 수 있는 최대액이었다. 톰도 5천 프랑을 들고 왔다. 출국하면서 프랑스 세관의 몸수색을 당한 적은 여태 한 번도 없었다. 그럴 일은 없겠지만 혹시라도 베를린에서 돈이 떨어지면, 스위스 은행에 전보를 치면 돈을 부쳐 줄 것이다. 이제 톰은 프랭크에게 에어 프랑스 카운터에 가서 비행기표를 사라고 시켰다.

"벤저민 앤드루스, AF789편이야." 톰은 상기시켜 주었다. "기내에서는 우리가 떨어져 앉을 텐데, 내가 앉은 쪽을 쳐다보면 안 돼. 뒤셀도르프나 베를린에서 보자." 톰은 체크인 카운터로 출발하면서도 프랭크가 별 어려움 없이 표를 끊는지 확인하려고 어슬렁거렸다. 프랭크 앞에 한두 명 정도 서 있었다. 소년의 차례가 되자, 항공사 여직원이 뭔가를 적더니 잔돈을 건넸다. 프랭크가 무사히 표를 끊었다.

톰은 짐 가방을 부친 다음 출국용 무빙워크를 타고 6번 게이트 앞까지 편안히 왔다. 영국이나 다른 나라에서는 그저 '게이트'라고 부르지만, 이곳 프랑스에서는 공항 청사에서 탑승동이 떨어져 있다는 듯이 '위성'이라 부르는 게 어처구니없었다. 톰은 마지막 흡연 구역에서 담배에 불을 붙인 다음 같은 비행기에 탈 승객들을 둘러보았다. 죄다 남자였다. 어떤 사람은 벌써부터 『프랑크푸르터 알게마이네 차이퉁』 신문을 보느라 얼굴을 파묻고 있었다. 톰은 거의 첫 번째로 기내에 올랐다. 자리는 흡연석. 자리에 앉아 반쯤 눈을 감고 서류 가방을 들고 기내 복도로 들어오는 승객들을 살폈지만, 프랭크는 보이지 않았다.

뒤셀도르프에 도착하자, 승객 전원이 반드시 내리되 짐은 기내에 두고 내려도 된다는 안내 방송이 나왔다. 양 떼 몰이를 당하듯 다들 목적지도 모른 채 어디론가 떠밀려 갔다. 톰은 예전에 경험했던 일이라 끽해야 입국 심사대에서 여권에 도장만 받으면 된다는 걸 알고 있었다.

떠밀려 온 곳은 작은 대기실이었다. 프랭크가 테리사에게 쓴 편지에 붙일 우표를 사느라 고군분투하고 있었다. 톰은 저번에 여행 갔다 와서 남은 독일 지폐와 동전을 주머니에서 꺼내어 소년에게 주려고 했는데 그만 깜빡하고 말았다. 이제야 독일 여자 직원이 웃으며 편지를 접수하는 걸 보니 프랭크가 내민 프랑스 프랑을 받아 주기로 한 게 분명했다. 톰은 아까 타고 왔던 비행기에 다시 타서 베를린으로 향했다.

톰은 프랭크에게 미리 말해 두었었다. "베를린-테겔 공항*을 보면 좋아할 거야." 톰이 그 공항이 마음에 든 이유는 크기가 아담하고 소박하기 때문이었다. 에스컬레이터도, 3층짜리 청사도, 눈이 휘둥그레질 정도로 번쩍이는 크롬 장식도 없었다. 누리끼리한 페인트가 발린 대합실과 중앙에 둥근 카운터가 있는 카페가 전부였다. 게다가 걸어서 1킬로미터 이내에 보이는 화장실이라곤 딱 한 군데뿐이었다. 톰은 스낵을 먹을 수 있는 둥근 카운터 근처에서 짐 가방을 들고 서 있었다. 프랭크가 나오는 모습이 보였다. 톰이 고갯짓을 했지만, 프랭크는 톰을 보지 못했다. 톰이 바라는 대로 프랭크가 움직여 주지 않자, 그는 프랭크를 막아 세웠다.

"여기서 다시 만나다니 반가워!" 톰이 연극했다.

"안녕하세요." 프랭크가 웃으며 받아 주었다.

베를린에서 내린 승객은 마흔 명 남짓이었으나, 지금은 열 명 정도로 줄어들었다. 톰은 그것도 마음에 들었다.

"내가 호텔을 알아보는 동안, 넌 여기에서 짐 들고 기다려라." 톰은 몇 미터 떨어진 공중전화 부스로 가서 갖고 온 업무용 전화번호부를 뒤적여 프랑케 호텔로 전화했다. 톰은 이 중급 호텔에서 묵는 지인을 찾아간 적이 있었는데, 후일을 위해 호텔 주소를 적어 두었었다. 프랑케 호텔에서는 방 두 개가 예약이 가능하다고 했다. 톰은 자기 이름으로 방 두 개를 예약하고 30분이면 도착할 거라고 했다. 남루한 공항에는 승객이 얼마 남지 않았다. 해코지할 이들 같아 보이지 않자, 톰은 프랭크와 같은 택시를 타고 이동하는 모험을 감행하기로 했다.

목적지는 쿠어퓌르스텐담**에서 떨어져 있는 알브레히트아킬레스

* 구 서베를린에 위치

** 베를린 번화가. 줄여서 쿠담이라고 부른다.

슈트라세에 있었다. 처음에는 택시가 판판한 평원을 수 킬로미터 지나갔다. 창고와 들판과 외양간이 보이더니 슬슬 도시가 펼쳐졌다. 최첨단 초고층 빌딩 몇 개가 하늘을 향해 우뚝 솟아 있었다. 베이지색과 크림색이 섞인 외관에 안테나처럼 생긴 크롬색 첨탑이 맨 위에 달려 있었다. 택시는 북쪽으로 달려가고 있었다. 서베를린이 섬처럼 갇힌 도시라는 사실이 점차 실감나자 톰은 마음이 불편해졌다. 소련이 점령한 동독의 땅이 서베를린을 온통 둘러싸고 있기 때문이었다. 베를린 장벽 안쪽에 위치한 서베를린은 미국, 영국, 프랑스군이 임시 보호하고 있었다. 들쭉날쭉 오래된 벽면을 보자 놀랍게도 톰의 심장이 쿵쾅거렸다.

"저기가 카이저 빌헬름 기념 교회야!" 톰은 마치 자기가 주인이라도 되는 것처럼 뿌듯해하며 프랭크에게 설명했다. "중요한 명소지. 포탄을 맞은 모습 그대로 두었어."

프랭크는 여기가 베네치아라도 되는 것처럼 열린 차창 밖을 내다보며 넋을 놓았다. 베를린도 나름 독특한 구석이 있긴 있었다.

카이저 빌헬름 기념 교회의 부서진 황갈색 탑이 좌측으로 스쳐 지나가자 톰이 설명했다. "예전에는 여기가 전부 초토화됐었어. 지금 눈에 보이는 모든 게 남김없이 부서지는 바람에 죄다 새로 지은 거란다."

"맞습니다. 아무것도 남은 게 없었죠." 중년의 택시 기사가 독어로 말했다. "관광하러 오셨어요? 놀러 오신 거죠?"

"네." 택시 기사가 말을 걸자 톰은 반색했다. "날씨는 어때요?"

"어제는 비가 왔고 오늘은 이렇네요."

구름은 꼈지만 비는 내리지 않았다. 택시는 쿠어퓌르스텐담을 따라 달리다가 레닌 광장 앞 빨강 신호등에 걸렸다.

"여기 상점들을 보렴, 죄다 새로 연 거야." 톰이 프랭크에게 설명했다. "사실 난 쿠담이 그리 좋진 않아." 톰은 맨 처음 베를린에 혼자 왔던 때가 떠올랐다. 톰은 곧게 쭉 뻗은 쿠담을 오르내리며 바닥에 유리블록을 깔고 크롬으로 마감한 화려한 쇼윈도 부스 안에 내걸린 도자기와 손목시계와 가방을 구경하면서도 뭔가 다른 분위기를 느껴 보려고 했지만, 헛수고였다. 지금은 터키 노동자들로 북적이는 베를린의 허름한 동네 크로이츠베르크가 차라리 더욱 개성 있었다.

택시가 좌회전해 알브레히트아킬레스슈트라세로 접어들더니 모퉁이에 있는 피자 가게를 지났다. 톰이 아는 가게였다. 지금은 문을 닫은 슈퍼마켓이 오른편 뒤로 멀어졌다. 좌측 모퉁이를 돌자 프랑케 호텔이 나왔다. 톰은 전에 쓰고 남은 6백 마르크 가까이 되는 돈을 가져

왔는데, 그 돈으로 택시비를 냈다.

톰과 프랭크는 호텔 직원이 내민 숙박부를 작성했다. 정확히 적으려고 둘 다 여권을 펴 놓고 번호를 옮겨 적었다. 방은 같은 층이지만 나란히 붙어 있진 않았다. 톰은 카이저 빌헬름 기념 교회 근처에 있는 팰리스 호텔에서는 묵고 싶지 않았다. 여기보다 훨씬 고급 호텔이라서 예전에 왔을 때는 그곳에 묵었었다. 혹시나 직원이 톰을 알아보고 톰이 친척도 아닌 10대 소년을 데려온 걸 눈여겨보는 일은 피하고 싶었다. 누구든 색안경을 끼고 볼지도 모른다. 여기 프랑케 호텔에서도 그럴 사람이 있을지 모른다. 그럼에도 톰은 신경 쓰지 않기로 했다. 프랑케 호텔 정도 되는 중급 호텔이면 프랭크 피어슨을 알아볼 확률이 낮아 보였다.

톰은 바지를 옷장에 걸고 침대 커버를 젖힌 다음, 두툼한 거위 털을 넣고 단추로 마감한 하얀 이불 위에 파자마를 툭 던졌다. 독일에서는 플랫 시트 없이 이불만 덮어 놓는다. 그런 게 독일식이라는 걸 톰은 예전부터 알고 있었다. 창문으로 우중충한 정원이 아주 뿌옇게 보였다. 한쪽 옆으로 6층짜리 콘크리트 건물과 저 멀리 두 그루의 나무 꼭대기가 보였다. 별안간 형언할 수 없는 행복감이 밀려왔다. 착각일지도 모르겠지만, 일종의 해방감이랄까. 그는 프랑스 프랑이 든 여권 케이스를 가방 맨 밑바닥에 쑤셔 넣고 뚜껑을 닫았다. 그리고 밖으로 나가 방문을 걸었다. 프랭크에게 5분 후에 데리러 가겠다고 말했기에 프랭크의 방문을 두드렸다.

"아저씨? 들어오세요."

"벤저민!" 톰이 웃으며 말했다. "어때?"

"저 어이없는 침대보 좀 보세요!"

둘이 갑자기 큰 웃음을 터뜨렸다. 프랭크도 침대 커버를 젖혀 놓고 단추 달린 거위 털 이불 위에 잠옷을 꺼내 놓았다.

"나가서 좀 걷자. 여권 두 개는 어디에 두었니?" 톰은 소년이 새 여권을 잘 숨겨 두었는지 확인했다. 가방 속에 든 조니의 여권을 보고는 테이블 서랍에서 봉투를 꺼내 그 안에 집어넣고 가방 맨 밑바닥으로 밀어 넣었다. "서두르다가 잘못 꺼내면 큰일이지." 톰은 벨옹브르에서 조니의 여권을 태우고 싶었다. 어찌 됐든 조니가 여권을 새로 발급받았을 테니 말이다.

둘이 밖으로 나갔다. 계단으로 내려가도 되는데 프랭크가 굳이 엘리베이터를 또 타겠다고 했다. 프랭크가 신나 하는 게 느껴질 정도였다. 대체 이유가 뭘까, 톰은 궁금했다.

"E 버튼을 눌러. 독일에서는 '에르트게쇼스'가 1층이란 뜻이야."

그들은 열쇠를 맡기고 밖으로 나가 쿠어퓌르스텐담이 있는 오른쪽으로 걸어갔다. 프랭크는 뭐 하나 허투루 보는 게 없었다. 산책하는 닥스훈트까지 눈여겨보았다. 톰이 모퉁이 피자 가게에서 맥주를 마시자고 했다. 전표를 사서 맥주 전용 카운터 앞에 줄을 선 다음, 유일하게 한쪽 구석에 빈자리가 남아 있는 테이블로 큼직한 맥주잔을 들고 갔다. 두 여자가 피자를 먹고 있는 테이블이었다. 두 여자는 고개를 까딱하더니, 톰과 소년에게 빈자리에 앉아도 된다는 신호를 보냈다.

"내일은 샤를로텐부르크에 갈 거야. 박물관도 있고 아름다운 공원도 있는데, 거기가 티어가르텐이야." 이제 밤이 되었다. 베를린은 밤에도 갈 데가 많았다. 톰은 소년의 뺨을 살폈다. 점이 여태 잘 가려져 있었다. "계속 잘 가려." 톰은 자기 뺨을 콕 찍으며 말해 주었다.

자정이 조금 지났을 무렵, 두 사람은 '로미 하그'로 갔다. 프랭크는 맥주 서너 잔을 마셔서 약간 알딸딸한 상태였다. 프랭크가 맥주 홀 바깥에 있는 공 던지기 게임대에서 곰 인형을 탔다. 베를린을 상징하는 작은 곰 인형은 톰이 들어 주었다. 지난번 베를린에 왔을 때도 톰은 로미 하그에 들렀었다. 로미 하그는 특정 관광객이 찾는 나이트클럽이었는데, 야심한 밤이 되면 트랜스베스티즘, 일명 여장 남자 쇼가 열렸다.

"춤출 줄 알지? 둘 중 아무한테나 춤추자고 청해 봐." 톰은 맥주를 앞에 놓고 바 스툴에 앉아 있는 여자 둘에게 말을 걸어 보라고 프랭크를 부추겼다. 그러면서도 톰과 프랭크는 회색 공 모양의 조명이 정신없이 돌아가는 댄스 플로어에서 눈을 떼지 못했다. 눈부시게 쏟아지는 스포트라이트가 만들어 낸 그림자가 벽면을 훑으며 천천히 움직였다. 돌아가는 회색 조명은 크기가 비치 볼만 했는데, 생김새가 워낙 볼품없어서 1930년대 유물 같았다. 그래서 그런지 히틀러가 베를린을 점령하기 이전 시대의 향수를 불러일으키는 동시에 묘하게 눈이 즐거웠다.

프랭크는 여자들에게 말도 못 거는 숫기 없는 남자처럼 꼼지락거렸다. 프랭크와 톰은 바에 서 있었다.

"몸 파는 여자들은 아니야." 톰은 시끄러운 음악 소리를 뚫고 고함쳤다.

프랭크가 출입구 옆 화장실에 다녀오더니 톰을 지나 댄스 플로어로 나갔다. 순간 프랭크가 톰의 시야에서 사라졌다. 잠시 후 빙글빙글 돌아가는 조명을 맞으며 프랭크가 금발 여성과 춤추는 모습이 보였다.

옆에는 열 명이 넘는 커플들이 있었고, 혼자서 춤추는 사람들도 있었다. 톰은 프랭크가 깡충거리며 즐거워하는 모습을 보며 미소를 지었다. 음악이 끊기지 않았는데도 2분 후에 프랭크가 의기양양하게 돌아왔다.

"제가 여자들한테 춤추자는 말도 못 꺼내는 겁쟁인 줄 아셨죠?"

"여자들 예쁘지?"

"네, 정말 예뻐요! 저기 저 껌 씹는 여자만 빼고요. 제가 '구텐 아벤트, 이히 리베 디히'라고 했는데, 제가 아는 독일 말이라곤 노래에서 배운 게 다라서요. 그랬더니 저 여자가 절 취객 취급하면서도 웃어 주긴 하더라고요!"

프랭크가 취하긴 취했다. 톰은 한쪽 팔을 붙들어 프랭크가 스툴에 한쪽 다리를 걸치도록 도와주었다. "남은 거 다 마실 생각은 하지도 마라. 안 마셔도 돼."

드럼 소리가 나면서 조만간 시작할 쇼를 예고했다. 건장한 세 명의 남자가 바닥까지 치렁치렁 내려오는 치맛자락에 러플이 달린 드레스를 입고 등장했다. 분홍색, 노란색, 흰색 드레스를 입고, 꽃이 달린 챙이 넓은 모자를 쓰고, 터질 듯한 고무 가슴을 완전히 드러낸 채 검붉은 유두를 뽐내고 있었다. 열띤 갈채가 쏟아졌다. 세 남자가 〈나비 부인〉에 나오는 노래를 부르며 촌극을 했다. 톰은 반만 알아들었지만, 다들 이해하는 것 같았다.

"구경만 해도 신나요!" 프랭크가 톰의 귀에 대고 고함쳤다.

근육질의 세 남자가 〈이것이 바로 베를린의 바람이다〉라는 곡으로 쇼를 마무리하더니 치맛자락을 펄럭이며 다리를 높이 쳐들었다. 관객들의 박수가 쏟아졌다.

프랭크가 손뼉 치며 외쳤다. "신난다! 브라보!" 그러더니 의자에 털썩 주저앉았다.

몇 분 후, 톰은 소년과 팔짱을 끼고 거리를 걸었다. 프랭크가 똑바로 걷도록 잡아 주려는 게 가장 큰 목적이었다. 둘이 어두컴컴한 거리를 따라 걸었다. 새벽 2시 반이 넘었는데도 거리에는 여태 사람들이 돌아다녔다.

"저게 뭐죠?" 프랭크가 이상한 옷을 입고 걸어오는 커플을 가리켰다.

남녀 커플이었다. 남자는 할리퀸 타이츠를 신고 챙이 앞뒤로 뾰족한 모자를 쓰고 있었다. 여자는 걸어 다니는 트럼프 카드 같았다. 가까이서 보자 여자가 변장한 카드는 에이스였다. "파티에 갔다가 막 나왔거나, 아니면 지금 가는 중이거나." 톰은 베를린 사람들이 평소에 입던 옷과는 180도 다른 의상으로 갈아입고 누군지 알아보지 못할 지경으로 변장하기를 좋아한다는 건 예전부터 알고 있었다. "'내가 누구게?'라는 게임을 하는 걸 거야. 여기 베를린하고 비슷한 게임이라 할 수 있지." 톰은 계속 설명을 이어갈 수도 있었다. 베를린은 너무나도 이상하고 너무나도 인위적인 도시였다. 적어도 정치적 위상으로 보면 그랬다. 베를린 시민들도 가끔은 의상과 행동으로 그것을 뛰어넘으려고 노력하는 것처럼 보였다. 그것이 그들이 '우린 살아남았어!'라고 말하는 방식이기도 했다. 그런데도 톰은 뭔가를 골똘히 생각할 기분이 아니라서 짧게 설명을 끝냈다. "유머 감각이라곤 조금도 없는 지긋지긋한 소련 사람들에게 둘러싸여 산다고 생각해 봐!"

"아저씨. 동베를린에 가실래요? 가 보고 싶어요!"

톰은 작은 베를린 곰 인형을 움켜쥐고 동베를린에 갔다가 혹시라도 프랭크가 위험해지는 건 아닌지 예측해 보려고 머리를 쥐어짰다. 그런데 딱히 위험할 일이 없어 보였다. "그럼 당연히 가야지. 동베를린 사람들은 누가 구경 오는지 아는 것보다, 그 사람들에게서 몇 푼이라도 더 뜯어내는 데에 관심 있을 걸. 저기 택시가 온다! 저거 타자!"

10

다음 날 오전 9시에 톰이 프랭크의 방으로 전화를 걸었다. "벤, 기분은 어떠니?"

"덕분에 좋아요. 방금 일어났어요."

"아침 룸서비스 시켰으니 내 방으로 건너오렴. 414호야. 올 때 방문 걸고 와라."

톰은 새벽 3시에 호텔로 돌아와 프랭크의 여권 두 개가 가방 속에 그대로 들어 있는지 확인부터 했었다.

톰은 아침을 먹으며 샤를로텐부르크에 갔다가 동베를린으로 가자고 했다. 그러고도 기운이 남으면 서베를린 동물원에도 가자고 했다. 그는 런던판 『선데이 타임스』의 프랭크 가일스 기자가 쓴 기사를 프랭크에게 건넸다. 신문에서 오려 내 갖고 있던 기사였다. 짧지만 베를린에 대해 많은 걸 알려 주는 내용이었기 때문이다. 「베를린은 영영 분단된 채 살 것인가?」라는 제목의 기사였다. 프랭크는 마멀레이드가 발린 토스트를 먹으며 기사를 보았다. 톰은 자기는 그 기사를 볼 만큼 봤으니 그 위에 버터가 떨어져도 상관없다고 했다.

"폴란드 국경에서 고작 25킬로미터 떨어져 있네요!" 프랭크가 놀라워했다. “게다가 베를린 외곽 32킬로미터 이내에 소련군이 9만 3천 명이나 있고요.” 그러더니 톰을 쳐다보며 말했다. “베를린을 두고 다들 왜 이렇게 날을 세우고 있는 거죠? 베를린 장벽을 죄다 쌓아 놓고요.”

톰은 커피를 음미하는 중이라 길게 설명하고 싶지 않았다. 오늘 프랭크가 현실을 뼈저리게 느끼게 될 것이다. “장벽은 베를린뿐만 아니라 동서독 국경을 따라 남북으로도 세워져 있어. 베를린 장벽이 가장 많이 언급되는 이유는 서베를린을 에워싸고 있기 때문이지. 사실 그 장벽은 폴란드와 루마니아까지 이어져 있단다. 오늘이면 알게 될 거다. 내일은 택시를 타고 ‘글리니커 다리’로 갈 거야. 동독과 서독이 서로 인질을 교환하는 장소지. 스파이라고 하는 게 더 정확한 표현이겠지만. 강마저 나누느라 강줄기 정중앙에도 철조망이 쳐져 있단다.” 일부 구간은 철조망이 가라앉았을지도 모른다. 톰이 보아하니 소년이 그 기사를 정독한 것 같았다. 기사에서는 미국, 영국, 프랑스 3국의 군이 베를린을 점령 혹은 통제하는 중이라 독일 항공사 루프트한자가 베를린-테겔 공항에 착륙할 수 없다는 것을 제대로 설명해 주었다(톰에게는 별로 도움이 되지 않았다. 베를린이라면 늘 이해가 안 되는 부분이 있었다). 베를린은 인위적이면서도 특별한 구석이 있었다. 서독에 속하지도 않았고 그렇게 되기를 바라지도 않았다. 베를린 사람들은 베를린 사람이라는 사실에서 늘 자부심을 느꼈다.

“옷을 갈아입은 다음 10분 후에 네 방으로 가서 노크하마.” 톰이 자리에서 일어나며 말했다. “여권 챙겨, 벤. 베를린 장벽을 구경하려면 여권이 있어야 해.” 소년은 옷을 다 차려입은 상태였지만 톰은 여태 파자마를 입고 있었다.

두 사람은 쿠어퓌르스텐담에서 낡은 전차를 타고 샤를로텐부르크로 가서 고고학 박물관과 그림을 보며 한 시간 넘게 즐겼다. 프랭크는 그 옛날 베를린 지역에서의 삶을 본뜬 모형을 둘러보고 있었다. 기원전 3천 년 전 사람들이 동물 가죽옷을 입고 구리를 채굴하는 모형이었다. 보부르에서처럼, 톰은 프랭크에게 관심을 보이는 자가 있는지 주시했다. 그러나 진열장을 관심 있게 들여다보며 재잘재잘 떠드는 아이들을 데려온 부부만 눈에 띄었다. 아직까지 베를린은 온화하고 위험하지 않은 장면만 보여 주었다.

두 사람은 다시 전차를 타고 샤를로텐부르크 S반* 역으로 돌아가

* 광역전철

프리드리히슈트라세역에서 내려 베를린 장벽으로 향했다. 톰은 지도를 들여다보았다. 지금은 잠시 지하철처럼 지하 구간을 지나고 있었지만, 열차는 내내 지상으로 다녔다. 프랭크는 창밖으로 스쳐 지나가는 아파트를 내다보았다. 대부분 낡고 칙칙했다. 그 말인즉슨, 포탄을 맞지 않은 아파트란 뜻이었다. 베를린 장벽에 도착했다. 합의에 따라 3미터 높이로 회색 벽을 쌓고 그 위에 가시철조망을 쳤다. 톰이 기억하기론, 미국 카터 대통령이 방문하기 두 달 전 동독군이 베를린 장벽에 적힌 낙서를 가리려고 그 위에 군데군데 페인트를 뿌린 탓에, 서독 텔레비전 방송국은 집에서 텔레비전을 보며 서독 방송 프로그램을 시청할 동베를린 시민들과 수많은 동독 사람에게 벽에 적혀 있던 반소련 슬로건을 송출할 수 없었다. 톰과 프랭크는 50여 명의 관광객들과 서독 사람들 사이에 뒤섞인 채 대기실에서 기다렸다. 다들 쇼핑백이며 과일 바구니며 햄 통조림은 물론 옷 가게에서 쇼핑한 듯한 상자 같은 것들을 바리바리 싸 들고 왔다. 다들 나이가 지긋했다. 1961년 베를린 장벽이 세워져 동서독으로 나뉜 후, 형제자매와 사촌들을 만나려고 여러 차례 방문한 적이 있는 사람들로 보였다. 쇠창살 뒤에 앉은 여자가 마침내 톰과 프랭크의 일곱 자리 번호를 불렀다. 이제 회녹색 제복을 입은 동독군이 배치된 기다란 책상이 놓인 옆방으로 가도 된다는 뜻이었다. 여자가 여권을 되돌려 주자, 두 사람은 몇 미터 걸어가서 군인에게 서독 화폐로 6마르크 50페니히에 해당하는 금액을 동독 화폐로 내야 했다. 액수만 보면 동독 마르크가 더 컸다. 톰은 동독 마르크에 손을 대기가 찝찝해서 빈 뒷주머니에 대충 쑤셔 넣었다.

이제야 둘은 '자유'의 몸이 되었다. 둘이 프리드리히슈트라세를 따라 걷기 시작하면서 자유롭다는 생각이 들자, 톰은 미소를 지었다. 이곳에서 시작된 길은 베를린 장벽 너머로 이어졌다. 톰은 프로이센 왕가가 살던 궁전이 아직도 정리되지 않았음을 지적했다. 대체 왜 치우지 않는 거지? 바깥세상에 좋은 인상을 주고 싶다면 주위에 산울타리라도 심어 놓아야 하는 거 아닌가?

프랭크가 입을 다문 채 주변을 여러 번 둘러보았다.

"이 길이 운터덴린덴*이군." 톰이 덤덤하게 말했다. 자기 몸은 자기가 지켜야 한다는 기분에 짓눌리자 톰은 뭔가 신나는 일을 해야 할 것 같았다. 그래서 프랭크의 팔뚝을 붙잡고 오른편 거리로 이끌었다.

* 린덴나무 아래라는 뜻을 지닌 베를린의 거리

"이쪽으로 가자."

두 사람이 돌아온 거리는 프리드리히슈트라세였다. 스낵 카페의 서서 먹는 기다란 카운터가 외부로 툭 튀어나와 인도의 절반을 차지했다. 단골손님들은 서서 수프를 떠먹고 샌드위치와 맥주를 즐겼다. 회반죽이 묻은 듯한 작업복을 입은 공사판 인부들도 있었다. 사무직 종사자 같은 여자도 몇 명 보였다.

"볼펜을 사야겠어요. 여기에서 쇼핑하면 재미있겠는데요." 프랭크가 말했다.

두 사람은 문구점으로 향했다. 전면에 텅 빈 신문 가판대가 놓인 문구점은 출입문에 걸린 안내판만 손님을 맞이하고 있었다. '일하기 싫어서 오늘은 문 닫습니다.' 톰은 프랭크에게 번역을 해 주다가 웃었다.

"가다 보면 문구점이 또 있겠지." 톰의 말에 둘이 발걸음을 옮겼다.

문구점이 있긴 있었지만, 이곳 역시 문을 닫았다. 이번에도 안내판이 걸려 있었다. '숙취로 영업 안 함.' 프랭크가 재미있어했다.

"다들 유머 감각이 있나 봐요. 없었으면 안내판에 적힌 문구가 재미없었겠죠."

톰은 처음 동베를린에 여행 왔을 때처럼 이번에도 소름 끼치는 우울감이 밀려왔다. 사람들이 축 늘어진 옷을 입은 것 같았다. 톰에겐 이번이 두 번째 방문이었다. 프랭크가 오자고 하지 않았다면 톰도 오지 않았을 것이다. "우리 점심 먹고 기운 내자." 톰은 식당을 가리키며 말했다.

넓지만 소박하고도 효율적으로 돌아가는 식당이었다. 기다란 식탁에는 하얀 식탁보가 덮여 있었다. 동독 화폐가 부족하다고 말하면, 계산원이 서독 마르크도 기꺼이 받아 줄 것처럼 보였다. 자리에 앉자 프랭크가 손님들을 유심히 살폈다. 짙은 정장을 입고 안경을 쓴 남자가 혼자 식사하고 있었다. 옆 테이블에서는 통통한 소녀 둘이 커피를 마시며 수다를 떨고 있었다. 프랭크는 동물원에 새로 들어온 동물을 구경하듯 사람들을 쳐다보았다. 톰은 그런 모습이 재미있었다. 프랭크의 눈에 저들은 그저 공산주의에 물든 '소련 사람들'이었다.

"전부 다 공산주의자는 아냐. 그저 독일인일 뿐이지."

"저도 알아요. 하지만 저 사람들은 가고 싶어도 서독에 가서 살 수 없잖아요. 맞죠?"

"네 말이 맞아. 못 가지."

주문한 음식이 나왔다. 톰은 다정하게 미소 짓는 금발의 여종업원이 갈 때까지 기다렸다. "소련 사람들 말로는 자본주의를 몰아내려고 베를린 장벽을 세웠다고 하지. 아무튼 그게 그들의 주장이야."

두 사람은 알렉산더 광장에 있는 동베를린의 자부심인 TV 타워에 올라가 커피를 마시며 경치를 관람했다. 둘 다 동베를린을 벗어나고 싶다고 생각했다.

톰과 프랭크가 베를린 장벽을 뒤로하고 덜컹거리는 지상 열차를 타고 티어가르텐으로 향했다. 장벽으로 둘러싸인 서베를린이 탁 트인 곳처럼 느껴졌다. 아까 10마크짜리 서독 마르크 지폐 몇 장을 더 환전했었는데, 쓰고 남은 동베를린 동전을 프랭크가 지금 펑펑 쓰고 있었다.

"기념품으로 간직하거나, 테리사한테 재미로 두 개 정도 보낼까 해요."

"여기에서 부치지 말고 집에 갈 때 가져가렴."

티어가르텐에서 제멋대로 어슬렁거리는 사자들을 보니 신선했다. 사자들은 전용 수영장 옆에서 느긋하게 누워 있다가 관람객들 앞에서 하품을 해 댔다. 사실 사자 우리와 관람객 사이에는 해자가 있었다. 톰과 프랭크가 때마침 그 앞을 지나가는 순간, 울음고니가 기다란 목을 쭉 빼고 울었다. 두 사람은 수족관을 향해 느릿느릿 걸어갔다. 프랭크는 블루탱을 보더니 홀딱 반했다.

"말도 안 돼!" 프랭크가 놀랐는지 입을 헤벌리며 별안간 열두 살짜리 애가 되어 버렸다. "눈썹 좀 보세요! 화장한 거 같아요."

톰은 웃으며 새파랗고 작은 물고기를 바라보았다. 15센티미터가 될까 말까 한 몸으로 빠르지도 느리지도 않게 헤엄치고 있었다. 딱히 뭘 찾는 건 아니지만 무언가를 묻는 듯이 작고 뭉뚝한 주둥이를 쉬지 않고 뻐끔거렸다. 몸에 비해 지나치게 큰 눈을 덮은 눈꺼풀에는 아이라인이 검게 그려져 있었고, 속눈썹은 눈 위에서 옆으로 길게 휘날리는 것처럼 보였다. 몸통을 따라 우아하게 굽이치는 무늬는 마치 만화가가 남색 유성펜으로 그려 넣은 것만 같았다. 자연에 대한 경외감이 느껴졌다. 톰은 이 물고기를 전에도 본 적이 있었지만, 다시 봐도 놀라웠다. 프랭크가 그 유명한 피카소 피시*보다 블루탱을 보고 더욱 감탄하자, 톰은 마음이 흐뭇했다. 피카소 피시는 크기가 블루탱과 비슷하고 노란 몸통에 지그재그로 검은 줄이 가 있어서, 피카소가 입체파 그림을 그리던 시기의 붓놀림을 떠올리게 했다. 파란 띠가 머리에 그어

* 쥐칫과의 하나로, 채색이 화려해서 피카소의 그림을 보는 것 같다고 해서 붙은 이름

져 있고 안테나처럼 수염이 몇 가닥 삐죽 솟아 있는 피카소 피시도 특이한 외모로는 밀리진 않지만, 블루탱의 몸통에 그려진 속눈썹 무늬에는 비할 바가 아니었다. 톰은 수조에서 시선을 돌리며 숨을 쉬고 걸음을 떼자 자신의 몸뚱이가 볼품없어진 것만 같았다.

난방이 되는 유리 사육장 여러 곳에 악어가 나뉘어 살았다. 악어들이 다른 우리로 넘나들 수 있도록 사육장 사이에 다리가 놓여 있었다. 몇몇 악어가 몸에 상처를 입고 피를 흘리고 있었다. 다른 악어와 싸운 게 분명했다. 그래도 지금은 다들 섬뜩한 미소를 머금은 채 꾸벅꾸벅 졸고 있었다.

"이제 다 봤지? 반호프 미술관에도 가야지."

두 사람은 수족관에서 나와 몇 거리를 걸어 기차역으로 갔다. 그곳에서 톰은 프랑스 프랑을 서독 마르크로 조금 더 환전했다. 프랭크도 따라서 바꾸었다.

"벤, 너도 잘 알겠지만." 톰은 마르크를 주머니에 집어넣으며 말했다. "우린 앞으로 베를린에서 하루만 더 있을 거야. 넌 이제 미국으로 돌아가야 한다는 거, 알지?" 톰은 반호프 미술관의 내부를 살폈다. 이곳이 사기꾼, 장물아비, 포주, 마약 중독자들의 만남의 장소라는 건 하늘도 알고 있었다. 톰은 말은 이렇게 하면서도, 혹시라도 누가 모종의 이유로 어슬렁대면서 톰과 프랭크를 주시하고 있을까 봐 미술관을 벗어나고 싶었다.

"로마로 갈지도 몰라요." 둘이 쿠어퓌르스텐담으로 걸어가는 동안 프랭크가 말했다.

"로마는 안 돼. 거긴 다음에 가라. 로마에 가 봤을 텐데?"

"어릴 때 두 번 갔었어요."

"일단 미국으로 돌아가. 가서 상황을 바로 잡아. 테리사에게 네 마음도 확실히 전하고. 로마는 그다음에 가렴. 올여름에 가도 되잖아. 오늘이 고작 8월 26일이니."

30분 후, 톰은 호텔방에서 『베를리너 모르겐포스트』와 『더 아벤트』를 보며 쉬고 있었다. 그때 프랭크가 방에서 전화를 걸었다.

"월요일에 뉴욕으로 가는 비행기표를 예약했어요. 11시 45분발 에어 프랑스를 타고 뒤셀도르프로 가서 루프트한자로 갈아타는 일정이에요."

"그래 잘했다, 벤." 톰은 마음이 놓였다.

"그래서 말인데요, 돈을 좀 빌릴 수 있을까요? 비행기표를 사면 돈이 얼마 남지 않아서요."

"돈 걱정은 하지 마라." 톰은 차분하게 말했다. 그런데 5천 프랑이면 1천 달러가 넘고 조만간 미국 집으로 돌아갈 텐데, 대체 왜 돈이 더 필요하다는 걸까? 원래 돈을 넉넉히 갖고 다니던 애라 돈이 부족하면 마음이 불안해서 그런가? 아니면 톰이 준 돈을 애정의 징표로 갖고 있으려는 걸까?

그날 저녁, 두 사람은 극장에 갔다가 영화가 다 끝나기도 전에 밖으로 나왔다. 11시가 넘었는데 저녁을 먹지 않았기 때문이다. 톰은 극장 바로 옆에 있는 라이니셰 빈처슈투벤으로 가자고 했다. 최소 여덟 개의 맥주잔이 반쯤 채워진 상태로 생맥주 통 옆에서 나란히 손님을 기다리고 있었다. 독일에서는 맥주를 제대로 따르려면 몇 분이나 걸린다는 걸 톰은 알고 있었다. 톰과 프랭크는 카운터에 서서 가게에서 직접 만든 수프와 햄, 로스트비프와 양고기, 양배추, 감자튀김과 삶은 감자 중에서 고르고, 빵도 여섯 가지 중에서 하나를 골랐다.

"아저씨가 테리사를 두고 하신 말씀이 다 맞았어요." 프랭크가 테이블에 앉으면서 말했다. "제가 테리사와의 사이를 더욱 확실히 짚고 넘어가야겠어요." 프랭크는 한 입도 먹지 않았으면서도 침을 꿀꺽 삼켰다. "테리사가 절 좋아하는지 아닌지 헷갈려요. 게다가 제가 아직 어리다는 것도 깨달았어요. 대학을 졸업하려면 아직 5년이나 남았잖아요. 젠장."

프랭크는 갑자기 학교 시스템에 격분한 것 같았지만, 테리사에 대한 확신이 없다는 게 문제라는 걸 톰은 눈치챘다.

"테리사는 다른 여자들하곤 달라요. 뭐라고 설명할 순 없지만, 어리석지 않은 여자예요. 테리사가 자신만만해서 가끔은 제가 겁이 날 때도 있어요. 사실 제가 테리사만큼 자신만만해 보이진 않잖아요. 실제로도 그렇고요. 언젠가 아저씨가 테리사를 만나실 날이 있겠죠. 그랬으면 좋겠어요."

"나도 그러길 바란다. 식기 전에 어서 먹으렴." 톰이 테리사를 만날 일은 절대로 없을 것이다. 프랭크는 지금 환상이자 바람에 매달리려고 했다. 사람을 계속 앞으로 나아가게 하는 건 무얼까? 자아, 의욕, 에너지, 남들이 모호하게 부르는 미래? 대부분 사람이 미래를 말할 때는 타인을 염두에 두지 않던가? 혼자서 미래를 계획하는 사람은 거의 없었다. 그렇다면 톰은 어떨까? 엘로이즈가 없는 벨옹브르에서 혼자 사는 모습을 잠시 그려 보았다. 아네트 여사 말고는 대화 상대가 아예 없고, 갑자기 전축을 틀어 집 안 전체를 때론 록 음악으로, 때론 랠프 커크패트릭의 하프시코드 음악으로 가득 채워 줄 사람도 없다면 어떨까? 지금은 톰이 범법 행위와 위험을 부를 뻔한 행동으로 점철된 과거를 상당 부분 숨기고 있지만, 발각되는 날이면 벨옹브르에서의 생활이 끝장날 것이다. 그럼에도 두 사람이 성혼 선서에서 다짐했듯이 엘로이즈는 톰이라는 존재의 일부이자 한 몸이 되어 버렸다. 두 사람은 잠자리를 자주 하지는 않았다. 둘이 같은 침대에서 자는 날은 1년에 절반도 되지 않았다. 그래도 둘이 살을 섞을 때면 엘로이즈는 포근하고 뜨거웠다. 드문 횟수가 엘로이즈에게는 전혀 문제가 되지 않았다. 신기하게도 엘로이즈는 스물일곱, 아니 스물여덟 살 때부터 그랬다. 사실 톰도 그게 편했다. 일주일에 몇 번씩 하자고 들이대는 여자였다면 감당하지 못했을 것이다. 그랬더라면 톰은 마음이 완전히 식어서 얼마 못 가 그녀를 영영 떠났을 것이다.

톰은 용기를 내 가볍지만 정중한 말투로 물었다. "혹시 테리사하고 같이 잤는지 물어봐도 될까?"

프랭크가 접시에서 고개를 들더니 동요하는 미소를 황급히 지었다. "딱 한 번 잤어요. 당연히 좋았죠. 정말 좋았어요."

톰은 기다려 주었다.

"이런 말을 털어놓을 사람도 아저씨밖에 없어요." 프랭크가 목소리를 낮추고 이야기를 이어 갔다. "제가 서투른데다가 너무 흥분했었나 봐요. 테리사도 흥분하긴 했는데, 끝까지 가진 못했어요. 진짜예요. 테리사가 사는 뉴욕 아파트에서 했거든요. 다들 외출하고 안 계실 때, 문을 죄다 걸어 잠그고 했는데…… 테리사가 웃었어요." 프랭크는 사실을 진술했을 뿐이라는 표정으로 톰을 쳐다보았다. 상처받은 일화가 아니라 사실만을 말했을 뿐이라는 표정을 짓고 있었다.

"테리사가 널 비웃은 건가?" 톰은 약간의 관심을 내비치며 계속 묻고는, 독일판 골루아즈라 할 수 있는 로스헨들 담배에 불을 붙였다.

"절 비웃었는지는 모르겠어요. 그랬을지도 모르죠. 기분이 별로였어요. 민망했고요. 테리사와 사랑을 나눌 준비는 되어 있었지만, 제가 끝내지 못했으니까요. 무슨 말인지 아시죠?"

톰은 상상할 수 있었다. "둘이 같이 웃은 거겠네."

"저도 웃으려고는 했다고요. 아무한테도 말씀하시면 안 돼요."

"안 해. 내가 어디 가서 말하겠니?"

"학교에 있는 다른 녀석들은 입만 열면 자랑을 늘어놓는데, 그중 절반은 거짓말하는 걸 거예요. 다들 거짓말한다는 걸 전 알아요. 한 학년 위인 피트를 제가 참 좋아하긴 하지만, 여자 얘기라면 매번 솔직하게 말하지는 않더라고요. 만일 제가 별로 좋아하지 않는 여자애랑 잤다면 쉬웠겠죠. 쉬웠을 거예요. 내 욕심만 채우면서 거칠게 하다가 그냥 끝내 버리면 그만일 테니까요. 그런데 제가 테리사를 사랑한 지 벌써 몇 개월이나 됐잖아요. 테리사를 처음 본 순간부터 사랑에 빠졌거든요. 이제 7개월 됐어요."

톰은 더 물어보려고 노력했다. 테리사가 다른 남자하고도 잠자리를 하니? 이렇게 물으려는 순간, 홀에서 시끄럽게 떠드는 소리를 이기고 시작을 알리는 화음이 울려 퍼졌다.

저 멀리 반대편 벽 위에서 무슨 일이 벌어지고 있었다. 톰은 예전에도 이 쇼를 본 적이 있었다. 벽에 조명이 비치더니 어딘가에 있는 스피커에서 오페라 〈마탄의 사수〉에 나오는 서곡이 떠들썩하게 울려 퍼졌다. 가위로 오린 듯한 으스스한 집들의 실루엣이 평평한 벽면 위에 드리웠다. 나무에는 올빼미가 앉아 있고, 달빛이 비치고, 번개가 번쩍했다. 오른편에서는 진짜 빗소리가 들리고 천둥도 쳤다. 무대 뒤에서 누가 큼직한 깡통 조각을 흔들어서 소리를 내는 것 같았다. 몇몇 사람은 더 잘 보려고 자리에서 일어났다.

"근사해요! 우리도 앞으로 가서 봐요!" 프랭크가 웃으며 말했다.

"너나 가서 보렴." 톰이 말하자 소년이 앞으로 나갔다. 톰은 자리에 앉아 먼 곳에서 프랭크에게 관심을 보이는 사람이 있는지도 살피고 싶었다.

프랭크는 톰이 입던 파란 재킷에 자신의 밤색 코듀로이 바지를 입고 있었다. 바지 기장이 살짝 짧은 걸 보니, 처음 샀을 때보다 키가 자란 게 분명했다. 프랭크는 옆구리에 두 손을 댄 채 즐거운 장면을 구경했다.

심벌즈 소리와 함께 음악이 멈추자 조명도 꺼졌다. 빗소리도 그쳤다. 다들 자리로 돌아왔다.

"아이디어가 대단한데요!" 프랭크가 느긋하게 돌아와서 말했다. 긴장이 풀린 것 같았다. "저 앞에 있는 작은 배수로로 진짜 물이 떨어지더라고요. 아셨어요? 맥주 드실래요?" 프랭크는 어떻게든 도움이 되려고 노력했다.

새벽 1시가 가까워지자, 톰은 택시를 타고 글래드 핸드라는 바에 가자고 했다. 그런데 그 술집이 어느 거리에 있는지는 몰랐다. 누가 말해 주긴 했는데, 아마 리브스였을 것이다.

"'글래드 애스'일 겁니다." 기사가 웃으며 독일어로 정정해 주었다. 아무튼 영어로 된 이름이었다.

"이름이 뭐든 그리로 갑시다." 베를린 사람들은 자기네들끼리 말할 때 바 이름을 바꿔 부르는 버릇이 있는 것 같았다.

밖에 간판은 보이지 않았다. 출입구 옆 유리 외벽 안쪽에 붙여 둔 음료수 목록과 스낵 가격표에만 불빛이 비치고 있었다. 그래도 쿵쿵거리는 디스코 사운드가 밖으로 흘러나왔다. 톰은 고동색 문을 밀어서 열었다. 순간, 키가 크고 귀신같이 생긴 남자가 톰을 장난스레 밖으로 떠밀었다.

"들어오시면 안 됩니다!" 남자가 이렇게 말하더니 톰이 입은 스웨터 앞섶을 움켜쥐고 톰을 도로 안으로 잡아끌었다.

"진짜로 매력적이시네요!" 톰은 자기를 안으로 끌어당긴 남자에게 소리쳤다. 신장이 180센티미터가 넘는 그 남자는 헐렁하고 속이 다 비치는 모슬린*으로 만든 가운을 걸치고 있었다. 가운 자락이 바닥에 질질 끌렸고, 얼굴에는 분홍색과 흰색 반죽으로 만든 가면을 쓰고 있었다.

톰은 바 테이블이 있는 쪽으로 걸어가면서 프랭크도 뒤따라오는지 확인했다. 그런데 사람이 너무 많아서 바 테이블까지 갈 수 없었다. 죄다 남자들이었고 서로가 서로에게 고함치고 있었다. 춤추는 공간이 두세 곳으로 나뉘어 있었다. 어떻게든 톰을 뒤따라가려고 애쓰는 프랭크에게 남자들의 시선이 쏠렸다. 남자들이 프랭크에게 인사를 건넸다. "이게 다 뭐지?" 톰은 신이 났는지 어깨를 으쓱하며 프랭크에게 말했다. 맥주든 뭐든 술을 시키려고 바 테이블 근처에는 가지도 못할 것 같았다. 벽을 따라 테이블이 놓여 있었지만, 빈자리는 없었다. 서 있는 남자들이 앉아 있는 남자들에게 말을 걸고 떠드느라 자리가 모자랐다.

"아니, 이게 누구야!" 여장한 남자가 톰의 귀에 대고 으르렁거렸다. 톰은 가슴 뜨끔한 수치심이 밀려왔다. 혹시 내가 이성애자처럼 생겨서 그런가. 쫓겨나지 않은 게 기적이었다. 프랭크와 같이 온 덕분에 그가 안으로 들어올 수 있었던 것 같았다. 이런 생각이 들자, 톰은 더더욱 짙어진 행복감을 느꼈다. 열여섯 살 먹은 미남을 데려와 내가 남들의 부러움을 사는 대상이 되다니. 그 사실을 깨닫자 미소를 감출 수가 없었다.

* 얇고 보드랍게 짠 모직물

가죽옷을 입은 남자가 프랭크에게 춤을 추자고 청했다.

"어서 가 봐!" 톰이 프랭크에게 고함쳤다.

프랭크는 잠시 당황하고 겁을 내다가 마음을 추스르더니 가죽옷을 입은 사내와 걸어갔다.

"조카가 댈러스에 살아!" 왼편에 있는 미국인이 누군가에게 고함치는 소리가 들리자, 톰은 자리를 피했다.

"댈러스포트 보르트?" 옆에 있는 독일인이 말했다.

"포트워스, 거긴 빌어먹을 공항이고, 내가 말하는 건 댈러스 도심이야! 프라이데이라는 게이 바가 있는데! 남자든 여자든 죄다 몰려온다니까!"

톰은 두 사람에게 등을 돌린 자세로 바 테이블 모서리에 간신히 손만 올려놓고 맥주 두 잔을 시켰다. 남자인지 여자인지 모를 종업원 셋이 낡아 빠진 청바지에 러플이 달린 블라우스를 입고 가발을 쓴 채 립스틱을 바른 입술로 활짝 웃어 주었다. 아무도 취하진 않았지만, 다들 무척 신나 보였다. 톰은 한 손으로 바를 간신히 붙들고 서서 까치발을 든 상태로 프랭크를 찾았다. 프랭크가 로미 하그에서 여자와 춤출 때보다 더욱 신나게 몸을 흔들고 있었다. 다른 남자가 같이 추자고 청하는 것 같았는데, 확실하진 않았다. 이제 실물보다 더 큰 황금색 아도니스 조각상이 천장에서 내려오더니 댄스 플로어 위에서 수평으로 빙글빙글 돌았다. 천장에서 알록달록한 풍선이 정신없이 쏟아져 내렸지만, 사람들이 춤을 추자 풍선은 다시 천장으로 튕겨 올라갔다. 검정 돋움체로 '망할 놈'이라고 적힌 풍선도 있었다. 톰이 있는 자리에서는 뭐라고 썼는지 잘 보이지 않는 그림과 글자가 적힌 풍선도 있었다.

프랭크가 인파를 헤치며 톰에게 돌아왔다. "이것 좀 보세요! 단추를 잃어버렸어요. 죄송해요. 단추가 바닥에 떨어졌는데 못 찾겠더라고요. 찾으려다가 떠밀려서 넘어졌다니까요." 재킷에 달려 있던 가운데 단추가 떨어지고 없었다.

"괜찮아. 맥주나 마셔!" 톰은 소년에게 기다랗고 아래로 갈수록 좁아지는 잔을 건넸다.

프랭크가 맥주 거품과 함께 맥주를 들이켰다. "다들 얼마나 신나 하는지 몰라요. 여자가 없는데도 말이죠!"

"그런데 왜 왔어?"

"같이 추던 남자 둘이 말싸움이 붙어서요. 처음에 같이 춘 남자가 무슨 말을 하던데, 못 알아듣겠더라고요."

"신경 쓰지 마." 톰은 충분히 상상할 수 있었다. "왜, 영어로 말하라고 하지?"

"남자가 영어로 말했는데도 무슨 말인지 모르겠더라고요!"

톰의 뒤에 있는 남자 둘이 프랭크를 주시했다. 풍선이 쏟아지는 걸 보더니 프랭크는 오늘이 아주 특별한 밤 같다고, 누구 생일인 것 같다고 톰에게 말하려 했다. 그런데 음악 소리가 너무 시끄러워서 대화가 되지 않았다. 당연히 대화는 필요 없었다. 다들 서로의 시선을 느끼다가 같이 밖으로 나가거나 주소를 교환했기 때문이다. 프랭크가 춤은 그만 추겠다고 했다. 그래서 맥주잔을 비운 다음 둘이 밖으로 나갔다.

톰은 일요일 아침 10시가 조금 지나서 눈을 떴다. 프런트 데스크로 전화해 지금 아침 룸서비스를 시킬 수 있느냐고 물었다. 가능했다. 톰은 주문한 다음, 프랭크의 방으로 전화를 걸었다. 프랭크가 전화를 받지 않았다. 아침부터 산책하러 나갔나? 톰은 어깨를 으쓱했다. 일부러 어깨를 으쓱한 걸까? 아니면 저절로 어깨가 올라간 걸까? 소년이 길에서 난감한 일을 당하는 바람에 주의 깊게 보던 경찰관이 프랭크에게 이것저것 묻기라도 하면 어쩌지? 이름이 어떻게 되십니까? 여권이나 신분증을 제시해 주시겠습니까? 톰과 프랭크가 탯줄로 연결된 사이인가? 그럴 리가. 만일 그렇다면 그 탯줄을 끊어야 한다. 소년이 내일 뉴욕행 비행기에 오르는 순간, 그 탯줄은 아무튼 끊어지게 되어 있었다. 톰은 담뱃갑을 뭉쳐서 쓰레기통으로 던졌지만, 들어가지 않았다. 가서 주워야 했다.

살살 노크하는 소리가 들렸다. 톰이 그랬던 것처럼 손끝으로 톡톡 치는 소리였다.

"프랭크예요."

톰이 방문을 열었다.

프랭크가 과일이 담긴 초록색 비닐봉지를 들고 들어왔다. "산책하러 나갔다 왔어요. 프런트 데스크에서 들었는데 아침 룸서비스를 시키셨다면서요? 그래서 아저씨가 일어나셨다는 걸 알게 됐어요. 독일어로 물어봤는데, 괜찮죠?"

정오가 되기도 전에 두 사람은 크로이츠베르크에 있는 이동식 슈넬임비스* 앞에서 맥주 캔을 들고 서 있었다. 프랭크는 불레테**, 일명

* 스낵바
** 독일식 미트볼

빵 없는 햄버거를 들고 있었다. 식었지만 익힌 고기 요리라서 손가락으로 쥐고 겨자를 찍어 먹었다. 터키 사람이 맥주와 프랑크푸르트 소시지를 들고 옆에 서 있었는데, 여름에 가장 어울릴 법한 차림새를 하고 있었다. 웃통은 벗어젖히고 털이 북슬북슬한 똥배를 녹색 반바지 위에 척 걸치고 있었다. 반바지는 그냥 낡은 정도가 아니라 개가 물어뜯었는지 너덜너덜했고, 지저분한 발로 샌들을 신고 있었다. 프랭크는 멍한 눈으로 남자를 위아래로 훑어보다가 말했다.

"베를린이 굉장히 넓군요. 조금도 좁지 않아요."

그 말을 듣는 순간 톰은 오후에 갈 곳이 떠올랐다. 그룬발트라는 넓은 숲이었다. 그에 앞서, 글리니커 다리부터 들러야 했다.

"오늘을 절대 잊지 않을 거예요. 아저씨하고 보내는 마지막 날이니까요. 언제 다시 뵙게 될지 모르잖아요."

연인에게 하는 말 같았다. 만일 톰이 올 10월에 미국으로 여행 간 김에 프랭크를 찾아간다면, 프랭크의 가족이, 특히 그의 어머니가 톰을 반겨 줄까? 그건 아닐 것 같았다. 그의 어머니가 더와트 작품에 위작 시비가 붙었다는 걸 알고 있을까? 그럴 가능성이 컸다. 프랭크의 아버지가 저녁 식사 자리에서 얘기했을 것이다. 프랭크의 어머니가 톰의 이름을 들으면 씁쓸해할까? 톰은 묻고 싶지 않았다.

그들은 반제*라는 푸르른 호수에 있는 파우엔인젤**이 내려다보이는 높은 곳에 놓인 야외 테이블에서 늦은 점심을 먹었다. 발밑에는 자갈과 흙이 깔려 있었고, 머리 위 나뭇잎이 그늘을 만들어 주었다. 약간 통통하고 친절한 웨이터가 오자, 두 사람은 사우어브라텐***과 감자크뇌델****을 시키고 곁들여 먹을 붉은 양배추와 맥주도 같이 주문했다. 서베를린 남서쪽에 위치한 곳이었다.

"와, 독일은 정말 근사해요!" 프랭크가 감탄했다.

"정말? 프랑스보다 더 근사해?"

"독일 사람들이 더 친절한 것 같아요."

톰도 독일에서 비슷한 느낌을 받긴 했지만, 그렇게 말하기엔 베를린은 약간 우스운 곳 같았다. 그날 오전, 베를린 장벽을 따라 한참 차

* 베를린 남서쪽
** 공작새의 섬
*** 포도주나 식초에 쇠고기를 재웠다가 만드는 요리
**** 완자 혹은 만두

를 타고 지나오면서 군인들이 경계하지 않는 구간을 봤었다. 프리드리히슈트라세와 마찬가지로 3미터 높이의 장벽이 세워져 있었고, 베를린 장벽 뒤에서 목줄에 매달린 전투견들이 택시가 지나가는 소리만 나도 정신없이 짖어 댔다. 택시 기사는 구경시켜 주느라 신이 났는지 빠르게 지껄였다. 장벽 너머라 보이진 않지만, 전투견 뒤로 지뢰밭이 "50미터나 펼쳐져 있다니까요!" 하고 독어로 설명해 주었다. 그곳을 지나면 약 2.7미터 깊이의 도랑이 파여 있어서 차가 다닐 수도 없고, 또 그 너머에는 발자국이 찍히도록 흙을 갈아 놓았다고 했다. "그런 수고를 하다니!" 프랭크가 감탄했다. 그 말을 듣고 톰이 대답했다. "동독군은 스스로 혁명적이라고 부르지만, 지금으로서는 시대를 가장 거스르는 존재지. 모든 국가에 혁명이 일어나야 한다고 주장하는데, 그렇다면 대체 왜 일부 단체에서 아직도 모스크바와 손을 잡고 있는 걸까?" 톰은 기사에게 독일어로 얘기하려고 노력했다. "소련이 군대를 파병시켜 여기저기 군사력을 뽐내는 겁니다. 이념 같은 건 없죠." 톰의 말을 들은 택시 기사는 체념했다는 걸 몸으로 보여 주었다. 글리니커 다리에 도착하자, 톰은 큼직한 명판에 독일어로 적힌 글귀를 프랭크에게 번역해 주었다.

> '통일의 다리'라고 이 다리를 명명한 이들이 베를린 장벽을 세우고 가시철조망을 쳤으며 죽음의 지대를 만들어 통일을 가로막고 있다.

톰이 번역해 주었지만, 소년은 독일어 원문으로 보고 싶어 했다. 그래서 톰이 소리 내어 독일어로 읽어 주었다. 택시 기사 헤르만이 무척 싹싹하고 친절하자, 톰은 그에게 점심을 같이 먹고, 다음 장소로 이동해 달라고 부탁했다. 헤르만은 점심은 먹겠지만, 따로 앉아서 먹겠다고 정중히 말했다.

"그룬발트로 갑시다." 톰이 점심값을 계산한 다음에 헤르만에게 말했다. "괜찮죠? 그곳에 우릴 내려 준 다음에 그냥 가시면 됩니다. 우린 좀 걸으려고요."

"물론이죠! 모셔다드리겠습니다!" 헤르만이 대답하더니 자리에서 일어났다. 후덥지근한 날씨에 흰색 반팔 셔츠를 입고 있는 그는 점심을 먹고 나니 2킬로그램은 찐 것 같았다.

택시는 북쪽으로 6킬로미터 넘게 달려야 했다. 톰은 베를린 지도를 무릎 위에 펼쳐 놓고 프랭크에게 현 위치를 알려 주었다. 반제 다리를 건너 북으로 향했다. 작은 집들이 군데군데 모여 있는 숲을 지나, 드디어 그룬발트에 도착했다. 톰은 미국, 영국, 프랑스 3국 군이 이곳에서 탱크 훈련과 사격 훈련을 종종 실시한다고 프랭크에게 설명해 주었다. 전쟁 게임이었다.

"트뤼머베르크*에서 내려 줘요, 헤르만."

"트뤼머베르크라면 토이펠스베르크** 옆 말씀이시죠?" 헤르만이 확인 차 물었다.

헤르만은 택시를 몰고 오르막길을 따라 트뤼머베르크에 도착했다. 전쟁의 폐허로 만들어진 언덕에는 아직도 잔해 더미가 높이 쌓여 있었다. 톰은 헤르만에게 택시비를 내고 20마르크를 더 얹어 주었다.

"고맙습니다. 좋은 하루 보내세요!"

한 꼬마가 언덕배기에 서서 무선 장비로 조종하는 장난감 비행기를 날리고 있었다. 트뤼머베르크 한쪽 기슭에는 스키와 터보건***을 타고 내려갈 수 있게 고랑이 휘어져 파여 있었다.

"겨울이면 이곳에서 스키를 탄대. 재미있겠지?" 톰이 프랭크에게 설명했다. 톰은 지금은 눈이 내리지 않아서 뭐가 재미있는지는 전혀 몰랐지만 뭔가 짜릿했다. 한쪽에는 광활하게 펼쳐진 숲이, 반대편에는 저 아래 멀리 베를린이 보이자 황홀감에 젖었다. 흙길을 따라가자 그룬발트 숲이 나왔다. 지도를 보니, 울창한 숲이 31제곱킬로미터나 펼쳐져 있었다. 베를린이라는 도시 안에 이런 숲이 있다는 게 경이로운 축복처럼 느껴졌다. 서베를린 전체가 그룬발트를 품고 있기 때문이었다.

"이쪽으로 가자." 톰이 말했다.

둘이 흙길을 따라 숲으로 들어갔다. 얼마 지나지 않아 머리 위로 나뭇가지가 무성해지더니 햇빛을 거의 가려 버렸다. 몇 미터 떨어진 곳에서 남녀 한 쌍이 솔잎 위에 담요를 깔고 소풍을 즐기고 있었다. 프랭크는 꿈꾸듯 두 사람을 쳐다보더니 부러워하는 눈빛을 보냈다. 톰은 작은 솔방울을 하나 집어 들고 입으로 바람을 후후 분 다음 바지 주머니에 집어넣었다.

"자작나무가 참 근사하죠? 전 자작나무가 참 좋더라고요!" 프랭크

* '폐허 위에 서 있는 언덕'이라는 뜻

** 악마의 산

*** 캐나다 북부에서 타던 전통 썰매

가 감탄했다.

눈길이 닿는 곳곳에 반점이 찍힌 자작나무들이 소나무와 떡갈나무 사이에 크기별로 서 있었다.

"여기 어딘가에 군사 지역이 있어. 철조망을 두르고 빨간색으로 경고 문구를 써 놓았던 것 같아." 톰은 기분이 묘해서 무슨 말이든 하고 싶지 않았다. 소년의 서글픔이 톰에게 전해졌다.

내일 이맘때면 프랭크는 비행기를 타고 뉴욕으로 날아가고 있으리라. 프랭크가 집으로 돌아가서 뭘 하려나? 그가 확신을 갖지 못한 여자. 아버지를 죽였냐는 질문에 아들이 아니라고 하자 그대로 믿어 주는 듯한 어머니. 미국 상황이 조금이라도 바뀌었을까? 프랭크에게 불리한 새로운 증거가 나왔을까? 그랬을지도 모른다. 뭐가 어떻게 나왔는지까지는 톰이 가늠할 순 없지만, 새로운 증거가 나왔을 가능성은 존재했다. 프랭크가 진짜로 아버지를 죽였을까? 아니면 그저 망상일 뿐일까? 이 질문에 대한 대답이 궁금한 건 이번이 처음은 아니었다. 햇살이 새어 들어오는 숲이 너무나도 아름다워서, 오늘 하루가 미치도록 즐거워서, 톰은 소년이 아버지를 죽인 살인자라는 사실을 믿고 싶지 않은 걸까? 왼편으로 커다란 나무가 쓰러져 있는 게 보였다. 톰이 그쪽을 가리키자 소년이 그의 뒤를 따랐다.

톰이 나무에 몸을 기댔다. 이제 보니 벌목해 놓은 나무였다. 톰은 담배에 불을 붙이고 손목시계를 확인했다. 4시 13분 전. 트뤼머베르크로 돌아가야 할 시간이 됐다. 그쪽으로 가야 차를 얻어 타거나 택시가 잡힐 가능성이 그나마 있었다. 숲으로 더 들어갔다간 길을 잃기 십상이었다. "피울래?" 톰이 물어보았다. 간밤에 프랭크가 담배를 한 대 피웠었다.

"괜찮습니다. 잠시 실례 좀 할게요. 소변이 마려워서요."

소년이 지나가자 톰은 나무에서 등을 떼었다. "난 여기서 기다리마." 톰은 둘이 방금 걸어온 오솔길을 가리켰다. 내일 오후면 파리로 돌아갈 수 있겠군. 아니면, 에릭 란츠에게 연락해 내일 저녁에 만나자고 약속이나 잡을까. 에릭이 베를린의 어떤 아파트에서 어떻게 사는지 구경하면 재미있을 것 같았다. 그럼 엘로이즈에게 줄 선물을 살 시간도 생길 것이다. 쿠담에서 핸드백 같은 괜찮은 선물도 살 수 있을 것이다. 톰은 오른편을 쳐다보고 있었다. 그런데 무슨 소리가 들리는 듯했다. 사람 목소리 같았다. 톰은 프랭크를 불러 보았다. "벤?" 톰이 몇 걸음 걸어갔다. "이봐, 벤, 길을 잃은 거야? 이쪽이야!" 톰은 두 사람이 등을 기대고 있던 나무로 되돌아갔다. "벤!" 숲속 저 앞에서 덤불 나뭇가지가 부러지는 소리가 난 것 같았다. 바람 소리인가?

프랭크가 이번에도 장난치는 것 같았다. 벨옹브르 집 근처 오솔길에서 그랬던 것처럼 말이다. 톰이 자기를 찾는지 프랭크가 숨어서 기다릴 것 같았다. 톰은 덤불을 헤치면서 걸었다간 바지 커프스가 찢어질 것 같아 풀숲을 걷기가 싫었다. 톰은 자기 목소리가 들릴 만한 거리에 프랭크가 있을 거라고 생각하고 고함쳤다. "좋아, 벤! 장난은 그만해! 이제 가자!"

정적이 흘렀다.

톰은 별안간 침을 삼키기가 힘들었다. 대체 왜 걱정하는데? 톰은 그 이유를 알 수 없었다.

톰은 갑자기 앞으로 뛰어가다가 살짝 왼쪽으로 틀었다. 왼쪽에서 나뭇가지가 부스럭거리는 소리가 났기 때문이다. "벤!"

대답이 없자 톰은 계속 내달렸다. 그러다가 잠시 걸음을 멈추고 뒤돌아보았다. 아무도 없었다. 빽빽한 숲만 보이자 다시 뛰기 시작했다. "벤!"

흙길이 불쑥 나오자 톰은 그 길을 따라 계속 왼쪽으로 뛰어갔다. 흙길은 얼마 지나지 않아 오른쪽으로 휘어졌다. 계속 가야 하나, 이제 그만 돌아가야 하나? 톰은 궁금한 마음에 계속 뛰어가다시피 했다. 앞으로 30미터를 더 갔는데도 프랭크가 안 보이면, 뒤돌아 나와 아까 지나온 그 숲을 다시 뒤져 보기로 했다. 이번에도 프랭크가 도망친 걸까? 그런 짓을 저지를 만큼 프랭크는 멍청하지 않았다. 호텔에 여권을 두고 어디를 가겠는가? 혹시 누구한테 붙들렸나?

앞으로 쭉 뻗은 흙길 아래로 좁다란 공터가 보이는 순간, 톰은 눈앞에서 해답을 찾았다. 정면으로 보이는 청색 승용차의 양쪽 앞문이 활짝 열려 있었다. 바로 그때, 운전석에 앉은 남자가 시동을 걸더니 운전석 문을 힘껏 닫았다. 차 뒤에 있던 남자가 뛰어와 조수석에 급히 타려다가 톰을 발견하더니 한 손으로 문을 붙든 채 그대로 굳어 버렸다. 그러고는 다른 손을 재킷 안주머니에 넣고 뭔가를 더듬거리며 찾았다.

저 녀석들이 프랭크를 납치했군, 톰은 확신이 서자 앞으로 걸어갔다. "당신들 대체 뭐야?"

5미터도 안 되는 거리에서 검은색 총구가 톰에게 겨눠졌다. 남자가 양손으로 권총을 겨눈 채 서서히 조수석에 타더니 차 문을 닫았다. 차가 후진했다. 자동차 번호판은 B-RW-778. 운전석에 앉은 남자는 금발, 조수석에 탄 남자는 검은 직모에 콧수염을 기른 덩치 좋은 사내였다. 두 남자 모두 톰의 얼굴을 제대로 봤다.

차가 멀어졌다. 지금은 빨리 달리지도 않았다. 톰이 뛰면 따라잡을 수 있을 것 같았다. 그런데 내가 왜 그래야 하지? 배에 총이나 맞으려고? 톰 리플리의 사망 같은 시답잖은 사건과 수백만 달러의 재산을 지닌 가문의 차남이 비교나 되나? 프랭크에게 재갈을 물려 뒷자리에 태운 걸까? 아니면 머리통을 후려갈겨 정신을 잃게 한 걸까? 뒷좌석에 한 명이 더 타고 있었던 걸까? 그래 보였다.

숲길이 굽어지더니 아우디가 시야에서 멀어졌다. 톰은 그저 그 모습을 바라보고만 있었다. 그사이 이 모든 생각이 그의 머릿속을 훑고 갔다.

볼펜만 있고 종이가 없어서, 톰은 로스헨들 담뱃갑을 꺼내 비닐을 벗겼다. 까먹기 전에 자동차 번호판을 분홍색 겉봉 위에 적었다. 톰이 번호판을 봤다는 걸 놈들도 알 테니, 녀석들이 차를 버리거나 번호판을 교체할 것이다. 이 일을 하려고 훔친 차일지도 모른다.

그가 톰 리플리라는 걸 그들이 알아봤을지도 모를 거북한 가능성 역시 존재했다. 놈들은 어제부터 톰과 프랭크의 뒤를 밟았을 것이다. 톰 리플리를 제거하는 게 그들에게 도움이 될까? 가능성은 반반. 톰은 당장은 제대로 판단이 서지 않았다. 번호판을 적을 때 손이 부들부들 떨렸다. 숲에서 목소리가 들린 게 맞았다니! 납치범들은 프랭크에게 시답지 않은 걸 물으며 접근했을 것이다.

베를린을 하루라도 빨리 뜨는 게 상책이었다. 톰이 기분 나쁠 정도로 빽빽한 숲속으로 다시 들어가서 지름길을 통해 오솔길까지 가기로 한 건, 납치범들이 가던 길을 되돌아와 톰에게 총을 쏠까 봐 겁이 났기 때문이었다.

11

톰은 프랭크와 같이 걸었던 길을 따라 트뤼머베르크까지 되돌아간 다음, 20분 가까이 애태우며 택시를 기다렸다. 이곳을 찾는 관광객들은 대부분 승용차를 이용하기에, 어쩌다 한 번 택시가 들어오기 때문이었다. 톰은 택시 기사에게 알브레히트아킬레스슈트라세에 있는 프랑케 호텔로 가자고 했다.

프랭크가 이번에도 장난친 후에 호텔에 와 있으면 얼마나 좋을까. 총을 들고 차를 타고 내뺀 그놈들이 다른 장난을 치려던 거라면 얼마나 좋을까. 이번엔 상황이 달랐다. 프랭크의 방 열쇠가 톰의 방 열쇠와 마찬가지로 호텔 프런트 데스크 뒤에 걸려 있었다.

톰은 열쇠를 받아서 방으로 올라간 다음, 부들거리는 가슴을 부여잡고 안에서 문을 걸어 잠갔다. 그리고 침대에 걸터앉아 전화번호부를 뒤적였다. 예상대로 경찰서 번호는 앞쪽에 있었다. 톰은 '긴급' 전화번호를 돌린 다음, 자동차 번호를 적어 둔 담뱃갑을 앞에 꺼내 두었다.

"납치 현장을 목격한 것 같습니다." 톰은 말을 꺼낸 후 경관이 묻는 말에 시간과 장소를 알려 주었다.

"전화 거신 분 성함은요?"

"제 이름은 밝히고 싶지 않습니다. 자동차 번호판을 적어 두었습니다." 톰은 번호를 불러 준 다음 색상은 청색, 차종은 아우디라고 했다.

"누가 납치된 거죠? 혹시 아는 사람입니까?"

"그건 아닙니다. 열여섯, 열일곱 살쯤 되어 보이는 소년이었어요. 납치범 중 한 명이 총을 갖고 있었어요. 제가 두 시간 후에 전화할 테니, 진척 상황을 알려 주실 수 있나요?" 톰은 경관이 무슨 대답을 하든 전화할 생각이었다.

경관이 그러라고 하더니 무뚝뚝하게 감사의 말을 전하고 전화를 끊었다.

톰이 트뤼메베르크에서 멀지 않은 그룬발트에서 오후 4시에 납치 사건이 발생했다고 신고한 것이다. 이제 조금 있으면 오후 5시 반이었다. 톰은 프랭크의 어머니에게 몸값을 요구하는 전화가 갈 거라고 일러 줘야 할 것 같았다. 그런데 알려 줘 봤자 무슨 소용이 있을까. 이제 드디어 피어슨가에서 고용한 탐정이 실력을 제대로 발휘할 때가 된 것이다. 톰은 지금 파리에 있을 탐정에게 연락할 길이 없었다. 릴리 피어슨 부인이라면 알고 있겠지만 말이다.

톰은 프런트 데스크로 내려가서 앤드루스 씨가 묵는 방 열쇠를 달라고 했다. "일행이 외출했는데 필요한 게 있다고 해서요."

프런트 데스크에서는 별말 없이 열쇠를 내주었다.

톰은 프랭크의 방으로 들어갔다. 침대는 정리되어 있었고 방은 깔끔했다. 책상 위에 놓인 주소록을 보는 순간, 프랭크의 여행 가방 속에 넣어 둔 조니의 여권이 떠올랐다. 조니의 미국 주소가 적혀 있었다. 뉴욕 파크애비뉴에 있는 아파트 주소였다. 두 형제의 어머니는 지금 케네벙크포트에서 지내겠지만, 그래도 뉴욕 주소를 아예 모르는 것보다야 나았다. 톰은 주소를 베껴 적고 여권은 원래대로 해 놓았다. 여행 가방 뚜껑에 달린 주머니에서 작은 갈색 주소록이 보였다. 톰은 떨리는 가슴을 안고 수첩을 펼쳐서 피어슨 항목을 찾아보았다. 피어슨이라곤 '피어슨 선피시(요트)'라는 이름 밑에 플로리다 주소와 전화번호가 적힌 게 전부였다. 이렇게 운이 없을 수가. 사실 누가 자기 집 주소를 적어 놓겠는가, 외우고 다니지. 피어슨 가문이야 미국 곳곳에 집이 있을 테니 주소를 적어 두었을지도 모른다고 톰이 기대했던 것이다.

궁금한 걸 해결하려면 프런트 데스크로 내려가는 게 제일이었다. 톰은 일요일인 오늘도 우체국이 문을 여는지 확인하고 싶었다. 일단, 자기 방으로 되돌아가 침대 위에 프랭크의 방 열쇠를 올려놓고 타월을 적셨다. 스웨터를 벗고 타월로 얼굴부터 시작해 웃통을 거쳐 허리께까지 닦았다. 그런 다음 스웨터를 도로 입고 침착함을 유지하려 했다. 톰은 프랭크 때문에 자신이 넋이 나간 게 느껴질 정도였다. 프랭크가 강제로 끌려갔으니 강간당한 거나 마찬가지 아닌가. 그 옛날 톰이 자기 손으로 그 짓을 여러 번 저질렀을 때도 이렇게까지 떨리진 않았던 까닭은, 그가 통제할 수 있는 상황이었기 때문이다. 그런데 지금은 그가 손쓸 수 없는 상황이었다. 방에서 나가 문을 걸고 계단으로 내려갔다.

톰은 프런트 데스크에 서서 메모지에 뭔가를 끄적거렸다. '미국 메인주(뱅고어) 케네벙크포트, 존 피어슨.' 케네벙크포트에서 가장 인접한 도시가 뱅고어일 테니, 뱅고어 전화국으로 전화하면 케네벙크포트 전화번호를 알 수 있을 것 같았다. "미국 메인주 뱅고어로 전화해서 피어슨 씨의 전화번호를 알아봐 주시겠습니까?" 톰은 프런트 데스크에 있는 남자 직원에게 부탁했다. 남직원은 톰이 건넨 메모를 보더니 대답했다. "물론이죠. 당장 알아보겠습니다." 남직원이 톰의 오른편에 있는 전화 교환원에게 곧장 갔다.

남직원이 돌아와서 말했다. "2~3분가량 걸린다고 합니다. 특별히 통화하고 싶은 분이 있으신가요?"

"아닙니다. 번호만 알면 됩니다." 톰은 궁금한 마음에 로비에서 서성였다. 과연 교환원이 전화번호를 알아낼 것인가, 미국 측 교환원이 피어슨 씨가 전화번호부에 번호를 등재하지 않아서 알려 줄 수 없다고 할 것인가.

"리플리 씨, 번호를 받았습니다." 프런트 데스크에 있는 남자 직원이 손에 메모지를 들고 외쳤다.

톰은 미소를 지으며 전화번호를 다른 메모지에 옮겨 적었다. "지금 당장 이 번호로 전화를 신청해 주시겠습니까? 전화는 방에서 받겠습니다. 제 이름은 알려 주지 마시고 베를린에서 거는 전화라고만 전해 주세요."

"그러겠습니다."

톰이 방으로 올라간 지 1분도 채 안 돼 전화벨이 울렸다.

"케네벙크포트 전화국입니다." 여자 목소리였다. "독일 베를린에서 신청하신 거 맞습니까?"

프랑케 호텔 교환원이 맞는다고 했다.

"이제 통화하세요." 메인주 교환원이 전화를 연결해 주었다.

"여보세요, 피어슨 씨 댁입니다." 남자가 영어로 응대했다.

"여보세요. 피어슨 부인하고 통화할 수 있을까요?" 톰이 말했다.

"전화 거신 분은 누구십니까?"

"차남 프랭크 군과 관련된 일입니다." 수화기 반대편에서 정중한 목소리가 들리자, 톰은 침착함을 잃지 않았다. 톰에겐 침착함이 필요했다.

"잠시만요."

톰은 1분도 넘게 기다려야 했다. 일단 프랭크의 어머니가 집에 있는 것으로 보였다. 여자 목소리에 이어 남자 목소리도 들렸다. 릴리 피어슨이 전화를 받으러 집사와 함께 오는 듯했다. 톰의 기억이 맞는다면 집사의 이름은 유진이었다.

"여보세요." 높다란 음성이 들렸다.

"여보세요. 피어슨 부인? 혹시 큰 아드님과 사설탐정이 프랑스에서 어느 호텔에 묵는지 알려 주시겠습니까? 파리에 계신 거 맞죠?"

"그건 왜 물으시죠? 혹시 미국분이세요?"

"그렇습니다."

"성함이 어떻게 되시죠?" 피어슨 부인이 겁먹어 경계하는 눈치였다.

"그게 중요한 게 아니라, 더 중요한 일이……."

"프랭크가 어디에 있는지 아세요? 혹시 우리 아이를 데리고 계시나요?"

"아닙니다. 데리고 있지 않아요. 전 그저 파리에 오셨다는 사설탐정과 연락할 방법을 알고 싶을 뿐입니다. 지금 어느 호텔에 계시나요?"

"그걸 왜 궁금해하시는지 모르겠군요." 부인의 목소리가 점점 날카로워졌다. "우리 애를 어디 다른 데 가둬 두신 건가요?"

"아닙니다, 피어슨 부인. 부인이 고용하신 탐정이 어느 호텔에 계신지쯤은 저도 알아낼 수 있어요. 프랑스 경찰에 전화하면 되겠죠. 지금 부인이 말씀해 주신다면, 제가 수고를 덜지 않을까요? 비밀이 어디 있겠습니까. 파리에 계신 거 맞잖습니까?"

부인이 약간 망설이는 눈치였다. "루테티아 호텔이에요. 그런데 왜 궁금해하시는지 이유를 알고 싶어요."

톰은 원하던 정보를 얻었다. 피어슨 부인이나 사설탐정이 베를린 경찰에 신고하는 상황은 막고 싶었다. "확실하진 않지만, 파리에서 프랭크를 본 것 같아서요. 고맙습니다, 부인."

"파리 어디에서 보셨죠?"

톰은 전화를 끊고 싶었다. "생제르맹데프레에 있는 미국식 편의점이었습니다. 제가 막 파리에서 돌아왔거든요." 톰은 수화기를 내려놓았다.

톰은 짐을 챙기기 시작했다. 별안간 프랑케 호텔이 가장 위험한 장소가 되어 버렸다. 2인조 혹은 3인조 납치범들이 금요일부터 톰과 프랭크를 미행했다면, 당연히 이 호텔까지 따라왔을 것이다. 톰이 호텔에서 자취를 감추면, 녀석들이 총을 쏠 생각은 하지도 못할 것이다. 계속 여기에 있다간, 녀석들이 방으로 올라와 총을 갈길지도 모른다. 톰은 수화기를 들고 프런트 데스크와 통화했다. 곧 체크아웃할 테니 그는 물론이거니와 앤드루스의 호텔비까지 정산해 달라고 했다. 톰은 여행 가방을 닫고 열쇠를 쥔 다음 프랭크의 방으로 향했다. 에릭 란츠에게 전화해 볼까 하는 생각이 좀 전에 퍼뜩 들었다. 에릭이라면 기꺼이 재워 줄 것이다. 만약 재워 주지 않아도, 베를린에 있는 아무 호텔이나 들어가는 게 지금 프랑케 호텔에 있는 것보다 안전할 것이다. 톰은 프랭크의 짐도 챙겼다. 바닥에 놓인 구두, 욕실에 꺼내 둔 치약과 칫솔, 베를린 곰 인형을 쑤셔 넣고 가방을 닫은 다음 자물쇠에 열쇠를 꽂아 둔 채 가방을 들어다가 자기 방으로 옮겨다 놓았다. 그러고는 재킷 주머니에 여태 들어 있는 에릭의 명함을 꺼내 전화를 걸었다.

어떤 독일 남자가 전화를 받았다. 에릭보다 목소리가 굵었다. 남자가 이름을 물었다.

"톰 리플리라고 합니다. 여기 베를린입니다."

"아, 톰 리플리 씨! 잠시만요. 에릭이 지금 욕실에 있습니다."

톰은 미소를 지었다. 에릭이 집에서 목욕하는군. 잠시 후, 에릭이 전화를 받았다.

"여보세요, 톰! 베를린에 오시다니 반갑네요. 우리 언제 볼 수 있죠?"

"혹시 지금 당장 볼 수 있을까요?" 톰은 최대한 차분하게 말했다.

"지금 바빠요?"

"아닙니다. 지금 어딥니까?"

톰이 말했다. "이제 체크아웃하려고요."

"그럼 우리가 데리러 가겠습니다! 조금만 기다릴 수 있죠?" 에릭이 들뜬 목소리로 말했다. "피터! 알브레히트아킬레스슈트라세에 있대. 여기서 얼마 멀지 않아……." 독일어로 말하는 에릭의 목소리가 멀어졌다가 다시 커졌다. "톰! 10분이면 도착할 겁니다!"

톰은 전화를 끊자 마음이 한결 편해졌다.

프런트 데스크 직원은 체크아웃하겠다는 톰의 말에 놀라진 않아도 톰이 소년의 가방까지 들고 나온 걸 보고 의아하게 여길지도 모른다. 그래서 톰은 앤드루스가 공항에서 기다리고 있다는 변명을 마련해 두었다. 톰은 양쪽 방의 숙박비를 계산한 후, 그가 건 국제 전화비까지 처리했다. 프런트에서는 한 마디도 묻지 않았다. 됐다. 톰이 프랭크를 납치한 일당과 한통속이라서 프랭크의 짐을 챙겨서 체크아웃한다고 오해할지도 모르지만 말이다.

"즐거운 여행 하시길 바랍니다!" 프런트 데스크 남자 직원이 웃으며 인사했다.

"고맙습니다!" 그때 막 에릭이 로비로 들어섰다.

"반가워요, 톰!" 에릭이 웃으며 인사했다. 막 목욕하고 나와서 그런지 에릭의 검은 머리칼이 젖어 있었다. "계산은 다 했어요?" 에릭이 프런트 데스크를 쳐다보며 물었다. "가방 하나는 내가 들어 드리죠. 혼잡니까?"

벨보이가 근처에 있었지만, 가방 세 개를 든 다른 직원과 노닥거리고 있었다.

"네, 지금은요. 친구가 공항에서 기다리고 있어서요." 톰은 혹여 프런트 데스크 직원이나 다른 사람이 엿들을 경우를 대비해 이렇게 말했다.

에릭이 프랭크의 가방을 들어 주었다. "갑시다! 피터가 바로 앞에 차를 대고 있어요. 내 차는 지금 고장 나서 수리를 맡겼거든요. 내일 찾아올 겁니다. 하!"

연녹색 오펠이 인근 인도 옆에 서 있었다. 에릭이 톰에게 피터 슈블러라는 남자를 소개했다. 톰에겐 남자의 이름이 그렇게 들렸다. 서른 정도 된 남자는 키가 훤칠하고 주걱턱이었고, 검은 머리는 자른 지 얼마 안 됐는지 무척 짧았다. 짐은 뒷자리와 바닥에 두었다. 에릭은 톰에게 피터 옆자리에 타라고 권했다.

"친구는요? 공항에서 기다린다는 게 진짭니까?" 피터가 차에 시동을 걸자, 에릭이 흥미진진하다는 듯이 몸을 앞으로 기울이며 물었다.

에릭은 톰의 친구라는 사람이 누군지는 몰라도 그게 프랭크 피어슨이라는 걸 눈치챘다. 에릭이 파리까지 와서 전해 준 여권 주인이 바로 프랭크 피어슨이었기 때문이다. "아뇨. 나중에 말씀드리죠. 지금 댁으로 갈 수 있을까요, 에릭? 곤란한가요?" 톰은 영어로 물었다. 피터가 영어를 아나, 모르나? 톰은 도통 감이 잡히지 않았다.

"당연히 되죠, 우리 집으로 갑시다! 집으로 가자, 피터. 안 그래도 피터더러 집으로 가자고 했었습니다. 당신이 시간이 될 것 같았거든요."

톰은 좀 전에 호텔에서 걸어 나오면서 좌우를 살폈었다. 인도에 있는 사람들도 살피고, 인도 옆에 주차된 차들도 살폈었다. 차가 쿠담으로 들어서자 톰은 한시름 놓았다.

"그때 그 소년하고 같이 온 거 맞죠? 소년은 어디 있어요?" 에릭이 영어로 물었다.

"지금 산책하고 있는데 나중에 내가 연락하기로 했어요." 톰은 가볍게 대답했지만, 별안간 속이 거북하고 온몸에 소름이 돋았다. 톰은 에릭의 집에 도착할 때까지 차창을 내리고 있었다.

"'내 집이 네 집이다'라는 스페인 속담이 있죠." 에릭이 오래되었지만 새로 단장한 아파트의 현관 열쇠가 매달린 열쇠고리를 안주머니에서 꺼내며 말했다. 쿠담과 나란한 니부어슈트라세에 있는 아파트였다.

셋이 가방을 들고 널찍한 엘리베이터를 탔다. 에릭이 문을 하나 더 열면서 환영한다는 말을 또다시 했다. 피터가 거들어 준 덕분에 톰은 여행 가방을 거실 한쪽 구석에 내려놓을 수 있었다. 남자 혼자 사는 집이라 그런지 장식 같은 건 없었고, 오래됐지만 실용적인 가구만 눈에 띄었다. 번쩍번쩍 광이 나는 은제 커피포트가 사이드보드 위에서 빛나고 있었다. 19세기 독일 풍광과 숲을 그린 그림 몇 점이 벽에 걸려 있었다. 보아하니 비싼 그림이었지만, 이 정도 되는 그림이라면 톰은 질리도록 보았다.

"잠깐만, 피터. 맥주 마실래?" 에릭이 물었다.

무뚝뚝한 피터가 고개를 끄덕이며 신문을 집어 들더니 램프 밑에 놓인 큼직한 검은 소파에 자리를 잡았다.

에릭이 옆방으로 오라고 톰에게 고갯짓을 하더니 방문을 닫았다. "자, 무슨 일인지 말해 봐요."

에릭과 톰은 앉지도 않았다. 톰은 그간 있었던 일을 다급히 설명했다. 릴리 피어슨과 통화한 얘기도 빼놓지 않았다. "납치범들이 날 제거할 것 같았어요. 그룬발트에서 내 얼굴을 알아봤을 수도 있고, 프랭크한테 내 얘기를 들었을지도 모르죠. 그래서 오늘 밤만 여기서 재워주시면 정말 고맙겠습니다."

"오늘 밤만이라뇨? 이틀도 되고, 더 있어도 돼요! 대체 이게 무슨 일이랍니까, 아이고! 그렇다면 놈들이 지금쯤 몸값을 요구했겠네요. 그쪽 어머니한테요?"

"그랬겠죠." 톰은 담배를 잡아 빼더니 어깨를 으쓱했다.

"놈들이 소년을 서베를린 밖으로 데리고 나가진 않을 겁니다. 그건 너무 어려운 일이거든요. 동베를린으로 넘어갈 때 군인들이 차를 이 잡듯이 뒤지니까요."

톰은 상상이 갔다. "오늘 밤에 전화를 두 통 걸 생각입니다. 한 통은 경찰서에 걸어서 그룬발트에서 목격한 아우디와 관련된 실마리를 찾았는지 알아볼 거고, 또 한 통은 호텔에 전화해서 프랭크가 돌아왔는지 알아볼 겁니다. 납치범들이 쫄아서 소년을 풀어 주었을지도 모르지만, 그래도……."

"그래도?"

"당신 집 전화번호나 주소는 남들에게 알려 주지 않으려고요. 그럴 필요는 없으니까요."

"고맙습니다. 무슨 일이 있어도 경찰한테는 알려 주지 말아요. 명심해요."

"내가 밖에 나가서 전화할게요. 그러는 편이 더 좋다면요."

"그냥 우리 집에서 걸어요!" 에릭이 손사래를 쳤다. "당신이 건다는 전화는 남들이 우리 집에서 거는 전화하고 비교하면 별거 아닙니다. 솔직히 말하자면, 암호로 통화할 때도 있거든요. 어서 걸어요, 톰. 아니다, 피터한테 대신 걸어 달라고 하면 되겠네요!" 에릭이 확신에 찬 목소리로 말했다. "잠시만요. 피터는 우리 집 기사이자 집사이자 경호원이거든요. 나가서 술이나 한잔합시다!" 에릭이 톰의 팔을 끌었다.

"당신은 피터를 믿는군요."

에릭이 목소리를 낮추었다. "피터는 동베를린에서 탈출한 사람이에요. 두 번의 시도 끝에 탈출에 성공했죠. 엄밀히 말하자면, 동독에서 쫓겨났어요. 첫 번째 시도를 하다가 감옥에 갔는데, 감옥에서 피터가 얼마나 성가시게 굴었는지 다들 말릴 수가 없었대요! 피터가 온순하고 게을러 보여도 근성 하나는 대단하거든요."

둘이 거실로 나갔다. 에릭이 위스키를 따르자 피터가 발딱 일어나 주방에 가서 얼음을 가져왔다. 거의 8시가 다 되었다.

"피터한테 프랑케 호텔로 전화해서 연락 온 게 있는지 물어보라고 할게요. 그 소년 이름이 뭐였더라?"

"벤저민 앤드루스."

"아, 맞다." 에릭이 톰을 위아래로 훑어보았다. "긴장했군요, 톰. 앉아요."

피터가 검은색 고무 틀을 꾹꾹 눌러서 얼음을 빼 은제 통에 담고 있었다. 이내 톰의 손에 잔이 쥐어졌다. 에릭이 피터에게 다가가 독어로 빠르게 정황을 설명했다.

"세상에!" 피터가 놀랐는지 톰을 존경하는 눈으로 바라보았다. 톰이 지옥 같은 하루를 보냈다는 걸 방금 깨달은 사람 같았다.

"긴급 상황실로 연결해 달라고 한 다음." 에릭이 피터에게 독어로 설명했다. "자동차 번호만 알려 주고 이름은 말하면 안 돼."

"절대로 이름을 말해서는 안 됩니다." 톰은 로스헨들 담뱃갑에 적어 둔 번호가 더 잘 보이도록 전화기 옆에 있던 메모지에 옮겨 적은 다음 '청색 아우디'라고 덧붙였다.

"자동차 정보야 금방 찾을 겁니다. 훔친 차라면 놈들이 버릴 테니까요. 경찰이 지문 채취를 하지 않으면, 우리가 알아낼 수 있는 건 아무것도 없어요." 에릭이 말했다.

"일단 호텔에 전화부터 해 줘요, 피터." 톰이 말했다. 호텔 정산서에 전화번호가 적혀 있었다. "누가 시켜서 하는 것처럼 말하지는 말고, 앤드루스 씨가 메시지를 남겼는지 물어봐 주겠어요?"

"앤드루스라고 하셨죠?" 피터가 이름을 확인하더니 다이얼을 돌렸다.

"리플리 씨한테도 연락이 왔었느냐고 물어봐 줘요."

피터가 고개를 끄덕이더니 프랑케 호텔에 톰이 시킨 대로 물었다. 잠시 후, 피터가 말했다. "알겠습니다. 고맙습니다." 피터가 톰에게 말했다. "연락이 없었다는데요."

"고마워요, 피터. 이젠 경찰서에 전화해 차량을 신고해야 해요." 톰은 에릭의 집에 있는 전화번호부를 뒤적여 그가 걸었던 긴급 전화번호와 일치하는지 확인한 후, 피터에게 그 번호를 손가락으로 가리켰다. "이 번호가 맞아요."

피터가 다이얼을 돌리더니 2분간 통화했다. 그리고 한참 침묵이 길어지다가 마침내 통화를 마쳤다. "차는 못 찾았대요."

"나중에 다시 겁시다. 두 군데 다요." 에릭이 말했다.

피터가 주방으로 들어가자 접시가 달그락거리고 냉장고 문이 여닫히는 소리가 났다. 이 집 살림을 잘 아는 것 같았다.

"프랭크 피어슨." 에릭이 씩 웃더니 담백하게 말했다. 쟁반을 들고 오는 피터는 의식하지 않는 눈치였다. "그 아이 아버지가 얼마 전에 죽지 않았나요? 그래, 맞다. 신문에서 본 기억이 나네요."

"맞아요."

"자살이었죠, 아마?"

"그런 것 같더라고요."

피터가 상을 차리고 있었다. 차가운 로스트비프와 토마토와 키르슈 향이 풍기는 신선한 파인애플 조각을 내왔다. 톰과 에릭은 자리에서 일어나 기다란 식탁으로 자리를 옮겼다.

"그쪽 어머니하고 통화했으니, 파리에 있는 탐정하고도 통화할 겁니까?" 에릭이 붉은 고기를 입에 넣고 레드 와인을 잇달아 마시며 물었다.

톰은 태연한 에릭을 보고 있자니 살짝 짜증이 났다. 상황이 좀 꼬인 것 같았다. 에릭이 기꺼이 톰을 도우려는 이유는, 톰이 리브스 마이넛의 친구이기 때문이었다. 에릭은 프랭크를 본 적도 없었다. "내가 꼭 파리로 전화할 필요는 없죠." 톰은 자기가 중재해야 할 필요는 없다는 뜻으로 말했다. "말했잖아요, 그쪽 어머니는 내 이름도 모른다고요."

피터가 귀를 바싹 세우고 듣고 있는 걸 보니, 죄다 알아듣는 눈치였다.

"피어슨 부인이 몸값을 요구받은 걸 탐정이 베를린 경찰에 알리진 않으면 좋겠어요. 이런 경우, 경찰이 늘 도움이 되는 건 아니잖아요."

"그건 그래요. 소년이 살아서 돌아오는 모습을 보려면 경찰에 알려서는 안 됩니다." 에릭이 대답했다.

톰은 미국에서 온 탐정이 베를린까지 오려고 할는지 궁금했다. 프랭크는 베를린에서 풀려날 가능성이 매우 컸다. 다른 도시로 프랭크를 빼돌리기가 무척 난감할 것이었다. 납치범들이 어디로 돈을 보내라고 할까? 그건 아무도 모른다.

"지금 무슨 걱정 하고 있어요?" 에릭이 물었다.

"걱정은 무슨 걱정이요." 톰이 웃으며 말했다. "피어슨 부인이 탐정에게 했을 법한 얘기를 생각해 봤어요. 베를린에 사는 미국인이 농간을 부린다는 둥 납치범들과 한통속일지 모르니 조심하라는 둥, 그럴지도 모르죠. 내가 부인한테…….”

“한통속?”

“납치범을 돕는다는 뜻입니다. 내가 프랭크를 파리에서 본 것 같다고 했거든요. 안타깝지만, 부인은 내가 베를린에서 전화했다는 걸 알고 있어요. 프랑케 호텔 교환원이 얘기했거든요.”

“톰, 걱정을 지나치게 많이 하는군요. 그래서 당신이 성공한 거겠지만요.”

성공? 내가? 톰은 생각했다.

피터가 독일어로 에릭에게 속사포로 설명하자, 톰은 알아듣지 못했다.

에릭이 웃으며 음식을 삼키더니 톰에게 말했다. “피터는 납치범들이 밉대요. 납치범들이 좌파인 척하는 성가신 정치 집단이래요. 사기꾼들처럼 오로지 돈만 바란다면서요.”

“오늘 밤 루테티아 호텔에 전화해서 조니와 탐정이 어디까지 들었는지 알아봐야겠어요. 납치범들이 피어슨 부인에게 전보나 속달이 아니라, 전화로 몸값을 요구했을 겁니다.”

“그랬겠죠.” 에릭이 대답하면서 세 사람이 마실 와인을 잔에 따랐다.

“지금쯤 파리에 있는 탐정은 어디로 돈을 부쳐야 하는지, 소년이 어디에서 풀려날 것인지 알고 있을 겁니다.”

“그 얘길 탐정이 당신한테 할까요?” 에릭이 다시 자리에 앉으며 물었다.

톰이 다시 미소를 지었다. “안 하겠죠. 그래도 뭐라도 알아봐야죠. 그건 그렇고 에릭, 내가 건 전화비는 내가 다 내겠습니다.” 톰은 앞으로 전화를 더 걸어야 했다.

“아니, 그게 무슨 소립니까! 친구나 손님한테 전화비를 내라니, 대단히 영국적인 계산법이군요! 우리 집에서는 그런 말 말아요. 여긴 당신 집이나 마찬가지라고요. 지금 몇 시죠? 내가 대신 루테티아 호텔에 전화하면 도움이 되지 않을까요, 톰?” 에릭이 손목시계를 들여다보더니 톰이 대답하기도 전에 말했다. “이제 베를린이 막 10시가 됐으니, 파리도 매한가지일 겁니다. 지금은 탐정한테 프랑스식 저녁 식사를 마칠 시간이나 주자고요. 밥값은 피어슨이 낼 테니까요. 하하!”

에릭은 텔레비전을 켜고, 피터는 커피를 내렸다. 잠시 후 뉴스가 시작되었다. 에릭은 전화를 두 통 받았는데, 두 번째 통화에서는 형편없는 이탈리아어를 쏟아 냈다. 에릭은 통화를 끝낸 후 피터와 텔레비전에서 어느 정치인이 장황하게 연설하는 모습을 보면서 내내 웃으며 대화를 주고받았다. 톰은 화면 속 정치인이 하는 말을 이해하려고 애쓰고 싶을 만큼 흥미가 일지는 않았다.

11시가 되자, 에릭이 루테티아 호텔로 전화하자고 했다. 톰은 에릭이 자기를 보며 또 무슨 걱정을 그렇게 하냐고 할까 봐 언급을 자제하고 있었다.

"여기에 번호를 적어 두었을 텐데." 에릭이 검은색 가죽 주소록을 뒤적거렸다. "아, 여기 있네요." 에릭이 다이얼을 돌리기 시작했다.

톰은 옆에 서 있었다. "존 피어슨을 찾아요, 에릭. 내가 탐정 이름은 모르거든요."

"지금쯤이면 그쪽에서 당신 이름을 알지 않을까요? 소년이 말했겠죠." 에릭이 전화기 뒤에 달린 작고 둥근 리시버를 가리켰다.

톰은 리시버를 집어서 귀에 끼웠다.

"여보세요. 존 피어슨 씨 부탁합니다." 에릭이 불어로 말했다. 교환원이 연결해 주겠다고 했다. 에릭이 뿌듯한 표정으로 톰에게 고개를 까닥했다.

"여보세요?" 젊은 미국 남자의 음성이 들렸다. 프랭크의 목소리와 매우 흡사했다.

"여보세요. 혹시 남동생 소식을 들으셨는지 알고 싶어서 전화드렸습니다."

"누구시죠?" 조니가 물었다. 옆에서 다른 남자가 말하는 목소리가 들렸다.

"여보세요?" 더 굵직한 목소리가 수화기를 바꿔 들었다.

"프랭크 소식을 알고 싶어서 전화드렸습니다. 프랭크가 무사한가요? 무슨 소식이라도 왔었나요?"

"성함이 어떻게 되십니까? 어디서 전화하시는 거죠?"

톰은 뭔가를 묻는 듯한 에릭과 눈을 맞추며 고개를 끄덕였다.

"여기는 베를린입니다. 피어슨 부인에게는 뭐라고 설명하실 건가요?" 에릭이 물었다.

"자기 신분도 안 밝히는 사람한테 내가 그걸 왜 말해야 하죠?" 탐정이 대답했다.

피터는 사이드보드에 기댄 채 듣고만 있었다.

톰이 에릭에게 수화기를 달라고 하더니 리시버를 건넸다. "여보세요. 저는 톰 리플리라고 합니다."

"이런! 어쩐지. 피어슨 부인하고 통화한 사람이 당신이죠?"

"네, 접니다. 프랭크가 무사한지 알고 싶습니다. 그리고 무슨 약속을 했는지도요."

"무사한지 아닌지는 우리도 몰라요." 탐정이 뻔대며 말했다.

"녀석들이 몸값을 요구했나요?"

"네, 했어요." 탐정은 사실을 공개해도 잃을 게 없다고 판단했는지 말해 주었다.

"그럼 몸값은 베를린에서 건네겠네요?"

"대체 왜 당신이 그걸 궁금해하는지 모르겠군요, 톰 리플리 씨."

"프랭크의 친구니까요."

탐정이 대답을 피했다.

"프랭크하고 통화할 기회가 있다면, 프랭크가 다 말해 줄 겁니다." 톰이 말했다.

"프랭크하고 통화도 못 했습니다."

"그럼 납치범들이 자기들이 프랭크를 데리고 있다는 걸 증명하려고 통화를 시켜 주겠답니까? 그렇게 해 주겠대요? 아무튼…… 탐정님, 성함을 알 수 있을까요?"

"랠프 설로입니다. 프랭크가 납치된 건 어떻게 아셨죠?"

톰은 대답할 수 없었다. 아니, 하고 싶지 않았다. "베를린 경찰에 신고하셨나요?"

"아뇨, 놈들이 우리더러 신고하지 말라고 해서요."

"그럼 녀석들이 베를린 어디에 있을까요?" 톰이 물었다.

"모릅니다." 설로는 낙담한 목소리였다.

경찰 협조 없이는 전화를 추적하기란 쉽지 않았다. "녀석들이 증거를 보여 준다고 하던가요?"

"프랭크하고 통화를 시켜 주겠대요. 오늘 밤 좀 이따가요. 프랭크한테 수면제를 먹였대요. 혹시 연락처를 알려 주시겠습니까?"

"미안합니다만, 그건 안 되겠는데요. 대신 제가 다시 전화드리겠습니다. 그럼 이만, 설로 씨." 톰은 계속 주절거리는 설로의 목소리가 들리는데도 수화기를 내려놓았다.

에릭이 성공리에 통화를 끝냈다는 듯이 톰을 환한 표정으로 쳐다보며 리시버를 뺐다.

"납치된 게 맞았군요. 프랭크가 납치된 게 맞았어요. 내 착각이 아니었어요."

"그럼 이제 어쩔 겁니까?" 에릭이 물었다.

톰은 은제 포트에서 커피를 계속 따랐다. "무슨 일이 벌어질 때까지 베를린에 있어야겠어요. 프랭크가 무사한지 확인해야겠어요."

12

피터가 나가면서 말하길, 다음 날 오전에 정비소에 들러서 에릭의 차를 찾아다가 집 앞에 대 놓겠다고 했다. "톰 리플리 씨! 성공하시길 빕니다!" 피터가 톰에게 말했다. 악수하는 그의 손이 매웠다.

"사람 참 괜찮죠?" 피터가 현관문을 닫고 나가자 에릭이 말했다. "피터가 동독에서 탈출할 때 내가 도와주었는데 그걸 한시도 잊지를 않아요. 직업은 회계사예요. 여기 서독에서 일자리를 구할 수도 있었겠죠. 잠깐 직장을 다닌 적도 있었지만, 지금은 내 밑에서 온갖 일을 해 주느라 그럴 필요가 없어졌죠. 게다가 내가 소득세를 신고할 때도 큰 도움을 준답니다." 에릭이 허허거렸다.

톰은 들으면서도, 오늘 밤에 파리로 다시 전화할 생각만 하고 있었다. 새벽 2~3시쯤에 전화를 걸어서 설로가 프랭크와 통화했는지 확인할 작정이었다. 놈들이 프랭크에게 수면제를 먹였다는 건 안 봐도 뻔했다.

에릭이 시가 상자를 내밀었지만, 톰이 마다했다. 에릭이 말했다. "탐정한테 우리 집 전화번호를 알려 주지 않겠다고 했던 당신 말이 맞았어요. 탐정이 우리 집 번호를 녀석들한테 넘길지도 모르잖아요! 탐정들 중엔 '사짜'가 많으니까요. 정보를 잔뜩 수집해 놓고 남이야 어찌 되든 상관도 안 하는 작자들! 그래서 '사짜'라는 거예요! 난 비속어를 쓰는 게 좋더라고요."

톰은 '사짜'라는 비속어의 유래에 대해서는 설명하지 않기로 했다. "돈을 보내긴 보낼 겁니다. 취리히든, 바젤이든." 톰은 생각에 잠기면서도 에릭 앞에서 자기 생각을 크게 말할 수 있다는 게 좋았다. 평소엔 생각을 혼자 삼켜야 했기 때문이다.

"그렇다면 몸값을 건넬 장소가 그중에 있다는 건가요?"

"그렇지 않을까요? 납치범들이 반체제 활동을 하려고 베를린에서 마르크로 달라고 하면 모를까, 뭐니 뭐니 해도 안전하기로는 스위스가 제일이죠."

"녀석들이 얼마나 달라고 할까요?" 에릭이 시가를 살살 빨며 물었다.

"1백만이나 2백만 달러? 설로라면 이미 금액을 알고 있어서 내일 당장 스위스로 갈지도 모르죠."

"이번 납치 사건에 당신이 이토록 관심을 두는 이유가 뭔지 물어봐도 될까요, 톰?"

"아, 그게 말이죠. 프랭크가 무사한지 궁금해서 그래요." 톰은 주머니에 손을 찌른 채 거실을 돌아다녔다. "프랭크는 어마어마하게 잘 사는 집 아들인데도 특이한 구석이 있더라고요. 돈 무서운 줄도 알고, 돈을 혐오하기까지 해요. 우리 집에 있는 내 구두란 구두에다 광을 내놓았더라고요. 이를테면 이런 식으로요." 톰이 오른쪽 구둣발을 들어 보였다. 그룬발트를 헤집고 다녔는데도 로퍼에 광이 여태 남아 있었다. 톰은 프랭크가 아버지를 죽였다고 한 고백이 떠오르자, 프랭크에게 연민을 느꼈다. 하지만 에릭한테는 고작 이렇게 설명할 수밖에 없었다. "프랭크가 뉴욕에서 어떤 여자를 사랑하게 됐대요. 그런데 프랭크가 유럽에 와 있는 동안 그녀의 편지는 단 한 장도 받지 못했죠. 프랭크가 그 여자한테 주소를 알려 주지 않았거든요. 잠시 이름 모를 존재로 있고 싶어 했으니까요. 그래서 불안한가 봐요. 그 여자가 아직도 자기를 좋아하는지 확신이 서지 않아서요. 프랭크가 이제 고작 열여섯 살이니 어떤 마음일지 짐작이 가시죠?" 에릭이 사랑은 해 봤을까? 톰은 상상이 가지 않았다. 에릭은 상당히 자기중심적이고 방어적인 면이 있어 보였다.

에릭이 생각에 잠긴 채 고개를 끄덕였다. "내가 당신 집에 갔던 날, 프랭크가 있었군요. 누가 있긴 있는 것 같았는데, 여자인 줄 알았어요."

톰이 웃었다. "아내가 있는 집에 설마 내가 여자를 숨기겠습니까?"

"그런데 프랭크가 가출한 이유가 대체 뭐죠?"

"원래 남자애들이 그렇잖아요. 아버지가 죽자 하늘이 무너졌을 테고, 여자 친구와도 삐걱거렸겠죠. 그러니 며칠 조용히 숨어 있고 싶었을 겁니다. 우리 집 정원에서 일하면서요."

"미국에서 무슨 나쁜 짓이라도 저질렀답니까?" 에릭이 모르는 척 떠보았다.

"그거야 모르죠. 아무튼, 당분간은 프랭크 피어슨으로 살기 싫다고 했어요. 그래서 내가 여권을 새로 만들어 준 겁니다."

"그럼 베를린으로 데려온 것도 당신이군요."

톰은 호흡을 깊이 가다듬었다. “베를린을 둘러본 다음에 미국으로 돌아가라고 프랭크를 설득할 수 있을 거로 생각했는데, 실제로도 성공하긴 했어요. 프랭크가 내일 뉴욕으로 떠나는 비행기표를 끊어 놓았으니까요.”

“내일이라.” 에릭이 감정의 동요 없이 한 번 더 읊조렸다.

대체 왜 에릭이 감정적으로 동요해야 하는 거지? 톰은 에릭이 입은 실크 셔츠 단추를 쳐다보며 생각에 잠겼다. 복부 근처가 팽팽하게 당겨져 불편해 보였고, 단추도 버거워하고 있었다. “이따가 밤에 설로에게 다시 전화할 생각입니다. 아주 늦은 새벽 2시나 3시쯤에 걸려고요. 그래도 괜찮죠, 에릭?”

“당연히 괜찮죠, 톰. 집 전화라면 얼마든지 쓰시라니까요.”

“그럼 잠은 어디에서 자죠? 여기서 자면 되나요?” 톰은 커다란 말총 소파를 가리키며 물었다.

“아, 맞아요. 소파에서 주무시겠다고 먼저 말씀해 주시니 고맙네요! 피곤해 보여요, 톰. 여기 이 소파에서 주무시면 됩니다. 이게 사실 침대 소파거든요. 보세요!” 에릭이 소파 위에 있던 분홍색 쿠션을 치웠다. “낡아 보여도 사실 들인지 얼마 안 된 겁니다. 버튼 하나만 누르면…….” 에릭이 뭔가를 누르자 좌석이 앞으로 쭉 밀려 나오는 동시에 등받이가 뒤로 납작하게 젖혀져 더블 침대로 변신했다. “짜잔!”

“근사하네요.” 톰이 말했다.

에릭이 어디선가 담요와 시트를 가져오자 톰이 거들었다. 일단 소파에 달려 있던 단추에 눌린 자리를 메우려고 담요부터 깔고 그 위에 시트를 덮었다. “이제 자면 됩니다. 자다, 잠자다, 잠들다, 취침하다 등등. 잔다는 뜻을 가진 엇비슷한 단어가 참 많네요. 독일어도 비슷하거든요.” 에릭이 베개를 정리하며 말했다.

톰은 스웨터를 벗었다. 오늘 밤에는 단잠을 잘 수 있을 것 같았다. 혹시라도 에릭이 ‘단잠’이란 단어에 관심을 보일 경우, 어원까지 따지고 드는 토론은 피하고 싶었기에 말없이 여행 가방 맨 밑에서 잠옷을 꺼냈다. 납치범들이 프랭크를 압박해 톰의 이름을 알아내려고 했을 것이다. 피어슨 부인이 몸값을 전달해 달라고 톰을 믿고 부탁할 것인가? 톰은 납치범들을 어떻게든 혼내 주고 싶은 마음이 간절했다. 지금은 괜히 화가 나고 진이 빠질 대로 빠져서 논리적으로 판단할 수 없는 상태라, 그들을 혼내 주겠다는 생각이 무모하고 미친 짓처럼 느껴졌다.

“이쪽 욕실을 써요, 톰. 난 이쯤에서 그만 방해하고 물러가겠습니다. 새벽 2시에 전화할 수 있도록 내가 알람을 맞춰 놓을까요?”

“혼자 일어날 수 있어요. 정말 고마워요, 에릭.”

“아 참, 질문이 있어요. ‘일어나다’와 ‘깨어나다’는 뭐가 다르죠?”

톰은 고개를 저었다. “그건 영국 사람도 모를걸요.”

톰은 샤워한 다음 자리에 누웠다. 새벽 3시에 일어나야 한다고 머릿속에 아로새겼다. 지금부터 정확히 한 시간 20분 후에 일어나야 한다. 남이 해도 되는 일인데, 굳이 내가 나서서 몸값을 전해 주려다가 납치라도 당하거나 총에 맞아 죽을 위험을 감수해야 할 가치가 있을까? 납치범들이 특정인을 지목할지도 모른다. 그렇다면 그게 과연 누구일까? 그들이 돈을 가져올 사람으로 날 지목하는 건 아닐까? 그럴 가능성이 커 보였다. 납치범들이 톰을 붙잡고 그의 몸값마저 요구할지도 모른다. 톰은 엘로이즈가 남편의 몸값을 구하러 다니는 모습을 그려 보았다. 과연 얼마나 달라고 할까, 25만 달러? 그럴 경우, 엘로이즈가 친정아버지에게 매달리려나? 젠장, 그건 안 돼! 상상이 여기까지 미치자 톰은 베개에 얼굴은 파묻은 채 웃음을 터뜨렸다. 과연 자크 플리송이 사위의 몸값을 내놓을까? 어림없는 소리! 25만 달러면 톰과 엘로이즈가 수중에 가진 돈을 탈탈 털고도 모자라 벨옹브르까지 팔아야 한다. 말도 안 돼!

톰이 지금껏 한 상상 중에 단 하나도 실제로 일어날 리 없었다.

톰은 꿈속에서 걱정하다가 눈을 떴다. 차를 몰고 상당히 가파른 길을 오른다. 경사로가 거의 수직에 육박해서 샌프란시스코의 그 유명한 경사로보다 가파르다. 그런데 톰이 탄 차가 정상에 다 올라가기도 전에 뒤집히려 하자, 이마와 가슴이 땀으로 범벅이 된다. 3시 1분 전. 아주 적당한 때에 눈이 떠진 것이다.

톰은 에릭의 주소록에 적힌 루테티아 호텔로 전화를 걸었다. 에릭이 수첩에 파리 지역 번호까지 적어 놓았다. 톰은 랠프 설로 씨를 바꿔 달라고 요청했다.

“여보세요. 리플리 씨? 설로입니다.”

“연락이 또 왔었나요? 프랭크하고 통화는 했습니까?”

“네. 했어요. 한 시간 전에요. 다친 데는 없다는데 졸음이 가득한 목소리였어요.” 설로의 목소리에서도 피곤함이 배어 있었다.

“그래서 만나기로 했습니까?”

“아직 장소가 정해지지 않았어요. 그쪽에서…….”

톰은 기다렸다. 설로가 돈 얘기를 꺼낼까 말까 망설이는 눈치였다. 설로는 루테티아 호텔에서 힘든 하루를 보냈을 것이다. "그쪽에서 원하는 바를 말했을 거 아닙니까?"

"네, 저희가 내일 취리히 스위스 은행에 있는 돈을 부치기로 했습니다. 그러니까 오늘이겠네요. 피어슨 부인이 베를린에 있는 은행 세 곳에 텔렉스로 송금해 달라고 취리히 은행에 요청해 놓은 상태입니다. 녀석들이 세 군데로 나눠서 보내라고 요구했거든요. 피어슨 부인도 그게 더 안전하다고 보시고요."

다 더하면 어마어마한 액수이기에, 피어슨 부인은 최대한 주목을 덜 받으면서 그 돈을 찾기를 바라는 눈치였다. "그럼 탐정님이 베를린으로 건너오시나요?"

"아직까지 그럴 계획은 없습니다."

"그럼 베를린 은행으로 송금된 돈은 누가 찾나요?"

"모르겠습니다. 그쪽에서는 베를린 은행에 돈이 들어왔는지 그것부터 알려 달라고 합니다. 그런 다음에 그 돈을 갖다 놓을 장소를 통보해 주겠다고 하네요."

"베를린 모처에서 받겠다는 소리군요."

"그런 것 같은데, 저도 잘 모르겠습니다."

"경찰이 이 일에 개입하는 건 아니겠죠? 당신이 통화하는 걸 도청한다거나?"

"그건 절대로 아닙니다. 저희로선 경찰이 개입하는 걸 원치 않아요."

"총액이 얼마나 됩니까?"

"2백만 달러요. 그 금액을 마르크로 달랍니다."

"이 일을 전적으로 맡길 만한 사람이 있습니까?" 톰은 이렇게 물으면서 미소를 지었다.

"그쪽에서는⋯⋯ 자기네들끼리도 의견이 갈리는 모양이더라고요." 설로의 미국식 영어 발음이 뭉개졌다. "시간과 장소를 두고 말입니다. 누가 독일식 악센트로 전화하더니⋯⋯."

"그렇다면 제가 오늘 아침 9시 무렵에 다시 전화해도 될까요? 그쯤이면 베를린으로 돈이 들어와 있지 않을까요."

"아마 그렇겠죠."

"설로 씨. 내가 그 돈을 찾아서 놈들이 원하는 장소에 갖다주겠습니다. 녀석들이 하는 꼴을 보니, 예상보다 빨리 달라고 할 것 같은데요." 톰은 말을 멈추었다. "그쪽에 내 이름은 밝히지 말아 주세요. 부탁입니다."

"프랭크가 먼저 당신 이름을 언급하면서 자기 친구라고 했어요. 피어슨 부인한테도 그렇게 말했고요."

"잘됐군요. 그래도 녀석들이 나에 관해 물어보면, 당신은 내게서 한 마디도 못 들은 거로 합시다. 내가 프랑스에 사는 사람이니 집으로 돌아갔을 거라고 말해요. 녀석들이 피어슨 부인한테도 전화할 테니, 부인한테도 그렇게 말하라고 전해 주세요."

"연락은 주로 저한테 하더군요. 부인한테 전화한 건, 소년하고 통화시켜 줄 때, 그때 딱 한 번뿐이었어요."

"피어슨 부인께는 내가 그 돈을 찾으러 갈 거라고 취리히 은행은 물론 베를린 은행 세 곳에도 미리 말씀해 달라고 전하세요. 부인이 동의할 경우에 말입니다."

"확인해 보겠습니다."

"몇 시간 후에 다시 전화드리죠. 소년이 무사하다니 다행이네요. 통화할 때 졸린 것 말고는 다른 고초는 겪지 않았으니까요."

"그러게요. 희망을 가져 보죠!"

톰은 전화를 끊고 다시 잠을 청했다. 에릭이 주방에서 조용히 사부작거리는 소리에 잠이 깼다. 톰은 주전자가 덜그럭거리고 전동 커피 그라인더가 웅웅거리는 소리에 마음이 편안해졌다. 8월 28일 9시 12분 전. 톰은 주방으로 가서 새벽 3시에 통화한 내용을 에릭에게 알려 주었다.

"2백만 달러라니! 당신이 예상한 금액이 적중했군요!"

에릭은 프랭크가 다친 데 없이 어머니와 통화했다는 사실보다 몸값에 더욱 흥미를 보였다. 톰은 그저 흘려들으며 커피를 음미했다.

톰은 옷을 갈아입었다. 그리고 침대를 다시 소파로 되돌린 다음 시트를 깔끔히 정리했다. 오늘 밤에도 이 침대에서 자야할 것 같았다. 다시 깔끔해진 거실에서 톰은 손목시계를 들여다보며 설로를 떠올렸다. 호기심이 동했는지 에릭의 책장에 잔뜩 꼽힌 실러* 섹션으로 다가가 『군도』라는 희곡을 잡아 빼 보았다. 가죽 커버로 된 낱권이었다. 톰은 실러의 전집을 꽂아 둔 칸 뒤편에 금고가 있거나, 전집 안에 비밀 공간이 숨겨져 있을지도 모른다고 의심했었다.

톰은 수화기를 들고 루테티아 호텔로 전화한 다음, 랠프 설로를 바꿔 달라고 했다.

설로가 받았다. "여보세요. 네, 리플리 씨. 은행 세 군데 명단을 받

* 독일 극작가

았습니다.” 설로가 아까보다는 잠도 더 깨고 조금 더 빠릿빠릿해진 목소리로 말했다.

“돈이 베를린에 있는 은행으로 송금됐나요?”

“네. 피어슨 부인은 오늘 당신이 그 돈을 찾아 주기를 바라십니다. 최대한 빨리요. 부인이 송금을 허락했다고 취리히 은행에 직접 통보했더니, 취리히 은행에서 베를린에 있는 은행 세 곳으로 분산 송금했습니다. 그런데 독일에 있는 은행들은 개점 시간이 제각각이더군요. 그래도 뭐 상관없어요. 당신이 은행 세 지점에 전화를 걸어 도착할 시간만 미리 통보해 주면, 은행에서…….”

“무슨 말씀인지 알겠습니다.” 어떤 은행은 3시 반은 되어야 문을 열고, 어떤 은행은 1시면 문을 닫는다는 걸 톰도 알고 있었다. “그러니까, 은행 세 곳이…….”

설로가 말을 끊었다. “녀석들이 제게 전화를 걸 겁니다. 이따가 늦게 전화해서 돈은 다 찾았는지 확인하겠죠. 그때, 몸값을 놓고 갈 장소를 통보해 주기로 했습니다.”

“알겠습니다. 내 이름은 그쪽에 알려 주지 않았죠?”

“당연히 안 했죠. 그저 은행에서 돈을 찾아다 갖다 놓겠다고만 했어요.”

“좋아요. 이제 어느 어느 은행인지 말씀해 주시죠.” 톰은 볼펜을 들고 받아 적었다. 첫 번째로, 유로파 센터에 있는 ADCA 은행에서 150만 마르크를 인출해야 했다. 두 번째로, 베를리너 디스콘토 은행에서도 비슷한 액수를 찾아야 했다. 마지막으로, 베를리너 코메르츠 은행에서는 1백만 마르크에서 ‘한참 모자라는’ 금액을 인출해야 했다. 톰은 다 받아 적은 다음에 말했다. “고맙습니다. 앞으로 두 시간 안에 돈을 찾아서 12시쯤에 다시 전화드리죠. 행운이 따랐으면 좋겠네요.”

“기다리고 있겠습니다.”

“그건 그렇고, 그쪽에서 같이 움직이는 단체가 있다는 말을 하던가요?”

“단체라뇨?”

“아니면 무슨 갱단 소속이라든가, 그런 말은 안 하던가요? 가끔 보면 자기네 단체 이름을 밝히며 뿌듯해하기도 하거든요. 이를테면 ‘적군파’*라든가.”

* 서독의 극좌파 무장 단체

랠프 설로가 긴장감이 섞인 웃음소리를 냈다. "아뇨, 안 하던데요."

"녀석들이 가정집 아파트에서 전화하는 것 같던가요?"

"아뇨. 가정집은 아닌 것 같았어요. 아드님과 통화할 때 부인께서는 납치범들이 아파트에 있는 것 같다고는 하셨지만요. 그런데 오늘 오전에 그쪽에서 저한테 전화했을 때는 동전 떨어지는 소리가 나더라고요. 8시쯤에 전화해서 베를린으로 송금했냐고 물었거든요. 우리가 밤새 이 일에 매달려 있었으니까요."

톰이 전화를 끊자, 에릭이 침실에서 타자 치는 소리가 들렸다. 톰은 방해하고 싶지 않아서, 담배에 불을 붙인 다음 엘로이즈에게 전화해야겠다는 생각을 했다. 그가 오늘이나 내일이면 집에 돌아갈 거라고 말하고 왔기 때문이었다. 그래도 지금은 시간을 허비하고 싶지 않았다. 내일 이맘때 과연 그는 어디에 있게 될까?

톰은 프랭크가 베를린 모처에 있는 방에 갇혀 있을 거로 예상했다. 줄에 묶여 있진 않아도 밤낮으로 감시는 받을 것이다. 프랭크는 도망치려는 시도를 해 볼 성향의 소유자였다. 만약 층수가 그리 높지 않은 곳에 감금되어 있다면 프랭크가 창문에서 뛰어내릴 테고, 그제야 납치범들이 알아챌지도 모른다. 게다가 반체제 활동을 하는 납치범들이라면 그들에게 은신처를 제공해 줄 동지들도 있을 것이다. 리브스가 얼마 전 톰에게 전화해 비슷한 말을 한 적이 있었다. 혁명가나 갱단은 대다수에게 배척을 당하면서도 스스로는 정치적 좌파 운동에 가담하고 있다고 주장하는 바람에 상황이 복잡해진다고 말이다. 이런 무장 단체는 독일 당국을 자극해 강경 대응을 유도한 후 진정한 파시스트의 색채를 드러냄으로써 사회 불안을 조성하려고 노골적으로 매진했는데, 이런 경우만 빼면 톰이 보기엔 그들의 행보는 우왕좌왕이었다. 그들이 한스 마르틴 슐라이어*를 납치 및 살해하자, 과거 나치주의자들과 재계는 물론 제조업자들까지 나서서 그들을 매도했다. 안타깝게도 그 사건은 서독 정부가 눈엣가시로 여기던 지식인, 예술가, 진보주의자 들을 마녀사냥하는 계기가 되었다. 우파들은 기회를 놓치지 않고 경찰이 아직도 충분히 강경 진압하지 않는다고 목소리를 높였다. 독일에서는 흑백도, 쉬운 일도 없어 보였다. 프랭크를 납치해 간 자들이 '테

* 독일 전경련 회장. 1977년 적군파가 그를 납치 및 살인하고 수감된 적군파 핵심 세력의 석방을 요구했다. 팔레스타인 해방 인민 전선과 함께 루프트한자 비행기를 납치하기도 했다.

러리스트'일까, 아니면 어느 정도의 정치색을 띤 단체일까? 협상을 질질 끌며 자신들을 홍보하려는 걸까? 톰은 그건 아니기를 바랐다. 그는 유명세라면 더는 감당할 수 없었다.

에릭이 거실로 나오자 톰이 은행 얘기를 해 주었다.

"어마어마한 액수네요!" 에릭은 잠시 놀란 표정을 지으며 눈을 깜빡였다. "피터하고 내가 오늘 오전에 도와드리죠, 톰. 여기에 적힌 은행들은 거의 다 쿠담에 있어요. 내 차로 가든지, 피터 차로 가든지 합시다. 피터의 차엔 총도 있어요. 내 차엔 없지만요. 베를린에선 총기가 허용되지 않아요."

"차가 말을 안 듣는다면서요?"

"말을 안 듣는다는 게 무슨 뜻이죠?"

"고장 났다는 뜻이에요."

"오늘 오전이면 수리가 다 될 거라고 했어요. 피터가 10시까지 내 차를 갖다 놓겠다고 했는데, 지금이 9시 35분이군요. 톰, 안전상의 이유로 오늘 오전에 은행 세 군데를 다 돌아야 합니다. 그래야겠죠?" 에릭이 매우 경계하듯 쳐다보다가 전화기가 있는 쪽으로 갔다.

톰이 고개를 끄덕였다. "돈을 찾아서 이리로 가져오려고요. 당신이 허락한다면요, 에릭."

"네…… 당연히 그래야죠." 에릭은 몇 시간 사이에 어디라도 벗겨진 데가 있는지 벽을 살피는 것 같았다. "피터한테 전화해 볼게요."

피터가 전화를 받지 않았다.

"지금 피터가 내 차를 찾아서 집으로 오고 있을 겁니다. 조만간 아래층에 와서 초인종을 누르겠죠. 그때 내가 오늘 오전에 우리하고 같이 움직일 수 있는지 물어볼게요. 그 돈을 어디에 갖다줄 건가요, 톰?"

톰이 씩 웃었다. "나도 정오까지는 그걸 알았으면 좋겠어요. 그건 그렇고, 에릭. 오늘 오전에 현찰을 담아 올 가방이 필요해요. 내 가방이나 프랭크의 가방을 비우느니, 당신한테 빈 가방을 빌렸으면 하는데요."

에릭이 당장 가방을 갖다주겠다면서 침실로 들어가더니 적당한 크기의 갈색 돼지가죽 가방을 들고나왔다. 새것도 아니었고 비싸 보이지도 않았다. 크기가 딱 좋았다. 그런데 톰은 1천 마르크 지폐로 거의 4천 장이면 부피가 얼마나 될는지 영 감이 잡히지 않았다.

"고마워요, 에릭. 만약 피터가 같이 못 가겠다고 하면 택시로 움직입시다. 일단 은행에 전화부터 할게요. 지금요."

"내가 걸게요, 톰. ADCA 은행이라고 했죠?"

톰은 에릭의 전화기 옆에 은행 명단을 내려놓고 ADCA 은행을 전화번호부에서 찾았다. 에릭이 ADCA 은행에 전화하는 동안, 톰은 나머지 두 군데 은행의 전화번호도 적어 놓았다. 에릭이 차분하고 자연스레 통화했다. 지점장부터 찾더니 수취인 토머스 리플리 앞으로 송금된 돈을 찾으러 가려고 전화했다고 말했다. 통화는 몇 분간 이어졌다. 그 사이, 톰은 신원 확인 시 제시할 여권을 주머니에 챙기면서 통화하는 내용을 귀 기울여 듣고 있었다. 에릭이 세 은행의 지점장들과 직접 다 통화하진 못했어도, 세 곳 모두 송금된 돈을 보관하고 있다고 확인해 주었다. 에릭은 리플리 씨가 한 시간 후에 도착할 거라고 통보했다.

세 번째 은행과 통화하는 사이, 아파트 초인종이 울렸다. 에릭이 톰에게 주방에 있는 버튼을 누르라고 시켰다. 톰이 스피커폰 버튼을 누르고 물었다. "누구십니까?"

"피터예요. 아래층에 차 가지고 왔어요."

"잠깐만 기다려요, 피터." 톰이 말했다. "에릭 바꿔 줄게요."

에릭이 와서 스피커폰에 대고 얘기를 시작하자, 톰이 주방에서 나왔다.

에릭이 피터에게 오늘 오전에 '대단히 중요한 심부름'을 할 시간이 있느냐고 물었다. 에릭이 거실에 와서 말했다. "피터가 시간이 된답니다. 내 차를 아래에 대 놨대요. 이런 사람이 세상에 또 어디 있겠어요?"

톰이 고개를 끄덕이면서 은행 명단을 주머니에 쑤셔 넣었다. "그러게요."

에릭이 재킷을 걸쳤다. "갑시다."

톰은 빈 여행 가방을 집어 들었다. 에릭이 현관문을 이중으로 건 후, 둘이 계단으로 내려갔다.

피터가 인도 옆에 자기 차를 대 놓고 차 안에 앉아 있었다. 에릭의 벤츠는 아파트 현관 입구에서 그리 멀지 않은 곳에 주차돼 있었다. 에릭이 피터의 차 조수석에 타면서 톰에게는 뒷자리에 타라고 손짓했다.

"이번 일을 조용히 설명해 주지." 에릭이 피터에게 독일어로 설명했다. 톰이 지금부터 은행 세 군데에 들러서 납치범들에게 몸값으로 건넬 현찰을 찾아와야 한다고 했다. 그러면서 피터에게 에릭과 톰을 은행에 데려다줄 수 있는지 물었다. 피터가 힘들다면, 둘이 에릭의 차로 움직이겠다고 했다.

피터가 웃으면서 톰을 쳐다보았다. "제가 모셔다드려야죠."

"총은 있지, 피터?" 에릭이 미소를 살짝 머금고 물었다. "그걸 쓰는 일은 없어야겠지만."

"저 안에 있어요." 피터가 글러브 박스를 가리키더니, 톰이 돈을 찾아갈 권한을 위임받은 사람인데 이런 일에 총을 사용하는 건 바보 같은 짓이라는 듯이 씩 웃었다.

일단 유로파 센터에 있는 ADCA 은행부터 가기로 했다. 나머지 두 곳은 쿠담에 있었는데, 에릭의 아파트로 돌아오는 길에 들르면 되었다. ADCA 은행에서 꽤 가까운 곳에 차를 댈 수 있었다. 팰리스 호텔 앞 굽은 길을 따라 차를 댈 공간이 마련되어 있었는데, 호텔을 찾는 단골손님과 드나드는 택시를 위한 자리였다. ADCA 은행은 영업 중이었다. 톰은 은행에 혼자 들어갔다. 가방은 들고 들어가지 않았다.

톰은 안내원에게 이름을 밝힌 후 지점장이 기다리고 있을 거라고 영어로 말했다. 여직원이 인터폰을 하더니 톰의 왼편에 있는 문을 가리켰다. 은색 머리에 푸른 눈을 가진 50대 남자가 문을 열어 주었다. 자세는 꼿꼿했고 얼굴에는 유쾌한 미소를 머금고 있었다. 톰이 그 문으로 들어가자 어떤 남자가 서류 가방 몇 개를 옮기더니 이내 자리를 뜨면서 톰을 대수롭지 않게 쳐다보았다. 그 모습을 보니 톰은 마음이 더 놓였다.

"리플리 씨? 안녕하십니까." 지점장이 영어로 인사했다. "앉으시겠습니까?"

"안녕하십니까." 톰은 앉으라고 권한 가죽 의자에 곧장 앉지 않고 주머니에 든 여권부터 꺼냈다. "여권을 보여 드릴까요?"

책상 뒤에 서 있던 지점장이 안경을 쓰고 여권을 유심히 들여다보며 톰의 얼굴과 여권 사진을 비교했다. 그러더니 자리에 앉아 종이에 메모했다. "고맙습니다." 지점장이 여권을 톰에게 돌려주고 책상 위에 있는 버튼을 눌렀다. "프레드? 준비 다 됐지? 좋아, 들어오게." 지점장이 팔짱을 끼고 톰을 계속 웃는 낯으로 쳐다보긴 했지만 약간 어리둥절한 눈빛이었다. 톰이 들어오다가 본 아까 그 남자가 큼직하고 누런 봉투 두 개를 들고 들어왔다. 문이 묵직하게 철컥 소리를 내면서 등 뒤에서 자동으로 닫혔다. 문이 단단히 잠겼다는 걸 톰은 느낄 수 있었다.

"세어 보시겠습니까?" 지점장이 물었다.

"일단 좀 보겠습니다." 톰은 파티에서 카나페를 집어 들듯 정중히 말했지만, 사실 전부 세어 볼 마음은 없었다. 톰이 고무 밴드가 둘러 있는 마닐라지 봉투 두 개를 열어 보니, 갈색 띠지에 묶인 독일 마르크 돈다발이 잔뜩 들어 있었다. 봉투 하나에 최소 스무 다발은 들어 있는 듯했다. 양쪽 봉투의 무게는 엇비슷했다. 일괄 1천 마르크권이었다.

"다 더하면 150만 마르크입니다. 한 다발에 백 장씩 묶여 있습니다." 지점장이 설명했다.

톰은 다발을 하나만 꺼내 들고 끝까지 후루룩 넘겨보았다. 백 장 정도 되어 보였다. 톰은 고개를 끄덕이다가 은행에서 지폐의 일련번호를 기록해 두는지 궁금해졌다. 그래도 묻지는 않았다. 그런 건 납치범들이 걱정하게 두자. 녀석들이 얼마짜리 지폐로 가져오라고 주문하지 않은 게 분명했다. 만약 그들이 지정해 줬더라면 설로가 톰에게도 분명 전달해 주었을 것이다. "은행을 믿어야죠."

두 명의 독일인 은행원이 씩 웃었다. 봉투를 갖다준 남자가 도로 나갔다.

"수령증을 작성해 주시죠."

톰은 150만 마르크를 수령했다고 서명했다. 지점장도 옆에 서명하더니 먹지를 챙긴 후, 톰에게는 위의 장만 건넸다. 톰은 자리에서 일어나 악수를 청했다. "고맙습니다."

"베를린에서 즐거운 시간 보내시길 바랍니다." 지점장이 악수하며 말했다.

"고맙습니다." 지점장은 톰이 지금 이 돈을 들고 나가 흥청망청 써 버리려고 작정한 사람일 거라는 듯 톰을 쳐다보고 있었다. 톰이 두툼한 봉투를 겨드랑이에 끼웠다.

지점장이 당황한 표정을 지었다. 점심을 먹으면서 얘기할 농담이 떠오른 걸까? 어떤 미국인이 거의 1백만 달러 정도 되는 돈을 마르크로 찾아서 봉투에 넣고 그걸 겨드랑이에 끼운 채 걸어 나갔다고 떠들어 대려나? "가시는 곳까지 경호원을 붙여 드릴까요?"

"아뇨, 괜찮습니다."

톰은 아무에게도 시선을 주지 않은 채 은행을 나섰다. 에릭은 피터의 차에 타고 있었고, 피터는 인도에서 한 손을 바지 주머니에 찌른 채 담배를 피우며 고개를 들고 햇볕을 쬐고 있었다.

"잘 끝난 거죠?" 피터가 봉투를 보며 물었다.

"그럼요." 톰이 대답했다. 톰은 뒷자리에 놓고 간 가방을 열어서 봉투를 집어넣은 다음 지퍼를 채웠다. 차가 움직이자, 에릭이 인도를 오가는 사람들을 살폈다. 톰은 쳐다보지 않았다. 대신, 일부러 하품하면서 등받이에 등을 기댄 채 차가 좌회전하는 걸 지켜보았다. 차가 쿠담으로 들어섰다.

다음에 들를 은행 두 곳은 대로변에 인접해 있었다. 주변에는 어린나무들이 깔끔히 심겨 있었다. 크롬과 반짝이는 쇼윈도로 전면을 장식한 휘황찬란한 상점들이 다시 보이기 시작했다. 톰이 찾는 건물도 신축이었는데, 건물명이 창에 큼직하게 적혀 있었다. 물로도 지워지지 않을 것 같았다. 피터가 모퉁이 은행 앞에 차를 댔다. 주차할 자리가 없자, 에릭이 인도에 서 있다가 톰이 나오면 차를 댄 곳을 알려 주겠다고 했다.

처음 들렀던 은행과 마찬가지로, 이곳에서도 비슷한 과정을 밟았다. 안내원을 거쳐 지점장을 만난 다음 여권을 제시해 신원 확인을 받았다. 그리고 돈을 받은 다음 ADCA 은행에서 찾은 현찰만큼의 금액을 받았다는 수령증을 작성했다. 이번에는 아까보다 더 큰 봉투 하나에 현찰이 모두 들어 있었다. 이번에도 톰은 동일한 질문을 받았지만 거절했다. 세어 보시겠습니까? 목적지까지 경호원을 붙여 드릴까요?

"아뇨, 괜찮습니다."

"그럼 봉투를 밀봉해 드릴까요? 만일을 위해서요?"

톰은 큼직한 봉투를 들여다보았다. 중간에 띠지를 두른 마르크 지폐 다발이 보였다. 톰이 아까 받아 온 돈다발하고 비슷해 보였다. 톰이 봉투를 건네자, 지점장이 책상 위에 있는 문구 상자에서 누런 박스 테이프를 꺼내 봉투에 붙여 주었다.

에릭은 친구가 어느 쪽에서 올지 몰라서 좌우를 살피는 사람처럼 인도에서 서성이고 있었다. 그렇다고 친구가 은행에서 나오길 기다리는 것처럼 보이진 않았다. 에릭이 오른쪽을 가리키자, 피터가 차를 이중 주차해 두고 있었다. 에릭과 톰이 차에 탔다. 톰은 이번에도 뒷자리에 탄 다음, 봉투를 가방에 집어넣었다.

톰은 세 번째 은행에 들러 60만 마르크가 든 녹색 봉투를 들고나왔다. 이번에도 에릭은 인도에 서 있었고 피터는 오른쪽 모퉁이에 차를 대고 기다려 주었다.

쾅! 차 문 닫히는 소리가 짜릿했다. 톰은 무릎 위에 녹색 봉투를 올려놓은 채 몸을 시트에 파묻었다. 차가 에릭의 아파트로 가고 있다는 걸 톰은 다음번 회전에 알아챘다. 피터와 에릭이 즐겁게 대화를 나누고 있었지만, 톰은 굳이 끼려고 하지 않았다. 두 사람은 자기들이 무슨 은행 강도 같다고 하더니 웃음을 터뜨렸다. 톰은 마지막 봉투마저 가방 속에 집어넣었다.

에릭의 아파트에 가서도 기분 좋은 분위기가 이어졌다. 피터와 에릭은 여행 가방을 바라보며 흐뭇하게 웃었다. 피터는 자기가 운전기사니 가방을 들겠다고 우기더니, 거실 현관문 맞은편 사이드보드 옆쪽 벽에 가방을 기대어 놓았다.

"아니지, 아니지, 원래 이 가방이 있던 옷장 안에 넣어 놔야지! 이렇게 두면 손님이 더 온 것 같잖아!"

피터는 에릭이 시키는 대로 가방을 갖다 두었다.

11시 45분, 톰은 설로에게 전화해야겠다고 생각했다. 에릭이 빅토리아 데 로스 앙헬레스*의 음반을 틀더니, 기분이 한껏 날아갈 것 같을 때면 틀어 놓는 음악이라고 했다. 에릭은 기분 좋아 보이긴 해도, 톰이 보기엔 날아갈 것 같은 게 아니라 긴장한 것 같았다.

"오늘 밤이면 프랭크를 만나겠군요." 에릭이 톰에게 말했다. "만났으면 좋겠다는 얘깁니다. 프랭크도 우리 집에서 자도 됩니다. 프랭크를 내 침대에서 재우고, 나는 바닥에서 잘게요. 프랭크도 우리 집에 온 귀한 손님일 테니까요."

톰은 그저 미소만 짓고 있었다. "내가 설로 탐정하고 다시 통화할 땐 음악을 조금만 줄여 줘요."

"그럴게요, 톰!" 에릭이 음악을 줄였다.

피터가 차가운 맥주를 쟁반에 담아 들고 거실로 나왔다. 톰은 맥주병을 하나 집어 든 다음 전화기 옆에 내려놓고 다이얼을 돌렸다.

설로가 통화 중이었다. 톰은 호텔 교환원에게 기다리겠다고 했다. 잠시 기다린 후에야 설로의 음성이 들렸다.

"여기는 준비가 다 끝났습니다." 톰은 차분하게 말했다.

"전부 찾아왔습니까?"

"네. 장소는 정해졌나요?"

"네. 베를린 북부인데, 지명이 뭐라더라. 뤼…… 스펠링을 불러 드릴게요. L, 위에 점 두 개가 찍혀 있는 u, 그리고 b-a-r-s랍니다. 아시겠어요? 거리명은……."

톰은 받아 적으면서 전화기 뒤에 있는 리시버를 끼라고 에릭에게 손짓했다. 그걸 본 에릭이 잽싸게 리시버를 꼈다.

설로가 거리명을 알려 주며 스펠링을 불렀다. 차벨크뤼거담이라는 거리가 알트뤼바르스라는 거리와 만난다고 했다. "먼저 불러 준 거리는 동서로 뻗어 있고, 알트뤼바르스는 북쪽으로 올라가는데, 두 개

* 스페인 소프라노

의 도로가 교차하는 지점에서 알트뤼바르스를 따라 계속 북으로 올라가다 보면 작은 흙길이 나올 거랍니다. 듣자 하니 여태 이름도 없는 길인 것 같더라고요. 거기서 백 미터 정도 더 들어가면 왼편으로 창고가 하나 보일 거래요. 여기까지 아시겠습니까?"

"네." 톰은 이해했다. 에릭도 톰에게 걱정하지 말라며 고개를 끄덕였다. 그 길을 찾기가 그리 어렵지 않을 거라는 의미 같았다.

설로가 설명을 이어 나갔다. "새벽 4시에 그 창고에 가서 상자나 부대 안에 돈을 넣고 오면 된답니다. 오늘 밤 자정에서 넘어가는 새벽이 되겠군요. 이해하셨나요?"

"이해했습니다." 톰이 말했다.

"창고에 돈을 두고 나오세요. 혼자 오랍니다."

"그럼 소년은요?"

"그쪽에서 돈을 확보한 후에 나한테 전화하기로 했어요. 일을 무사히 마친 새벽 4시 이후에 전화를 주시겠습니까?"

"당연히 그래야죠."

"어마어마한 행운이 따르길 빌겠습니다, 톰."

톰은 수화기를 내려놓았다.

"뤼바르스라니!" 에릭이 리시버를 빼더니 피터에게 갔다. "피터, 뤼바르스, 새벽 4시래! 그쪽은 오래된 농장 지대예요, 톰. 베를린 북부면 베를린 장벽 근처라고요. 사람도 별로 안 사는 동네죠. 베를린 북쪽 장벽이 뤼바르스를 두르고 있거든요. 피터, 지도 갖고 있지?"

"그럼요, 전에 한 번 가 봤어요. 두 번 가 봤나……. 차를 타고 빙 돌기만 했지만요." 피터가 독일어로 말했다. "오늘 밤에 제가 모셔다드릴게요. 거기까지 가려면 차가 있어야 해요."

톰은 고마웠다. 피터의 운전 실력이라면, 그의 담력이라면 믿음이 갔다. 피터의 차에는 총도 있었다.

피터와 에릭이 점심도 차려 주고 와인도 내왔다.

"오늘 오후에는 크로이츠베르크에서 데이트가 있어요." 에릭이 톰에게 말했다. "같이 갑시다. '생각을 전환하라'라는 프랑스 속담이 있어요. 한 시간도 안 걸릴 겁니다. 그런 다음 오늘 밤늦게 맥스를 만나기로 했는데, 거기도 같이 갑시다!"

"맥스가 누구죠?"

"맥스와 롤로라고, 내 친구들이에요." 에릭이 입을 오물거리며 말했다.

피터가 약간 창백한 얼굴로 톰을 보며 미소를 짓더니 눈썹을 살짝 들어 올렸다. 차분하고 자신감 넘쳐 보였다.

톰은 음식이 잘 넘어가지 않았고, 에릭과 피터가 익살스레 나누는 대화가 귀에 들어오지도 않았다. 현재 베를린에서 개똥 치우기 캠페인을 한창 하고 있는데, 사실은 뉴욕에서 했던 캠페인을 따라 하는 거라는 내용이었다. 개 주인들에게 작은 뜰채와 종이봉투를 가지고 다니라고 계몽하는 캠페인인데, 베를린 위생국에서는 개 전용 화장실을 지을 계획까지 세웠다고 했다. 셰퍼드가 들어가도 될 만큼 큼직하게 짓겠다고 하는데, 그랬다간 개들이 분간하지 못하고 화장실에서 일 보듯 집에서도 일을 보게 될 거라고 피터가 농담을 건넸다.

13

에릭과 톰은 에릭의 차를 타고 베를린에 있는 크로이츠베르크로 출발했다. 에릭이 차로 15분도 안 걸린다고 했다. 피터는 오전 1시까지는 에릭의 아파트로 오겠다고 약속한 후 집을 나섰다. 톰은 뤼바르스에서 납치범들과 만나기 위해 조금 여유롭게 출발하고 싶다고 피터에게 말해 두었다. 피터도 운전하면서 그 장소를 찾으려면 한 시간은 족히 걸릴 거라고 했다.

에릭이 음침한 도로에 차를 세웠다. 4, 5층 정도 되는 고동색 아파트가 몇 채 서 있었고 근처 모퉁이에는 영업 중인 술집이 보였다. 아이 둘이 달려오더니 동전을 달라고 그들에게 매달렸다. 톰은 아이들을 보자마자 '부랑아'라는 단어부터 떠올랐다. 에릭이 주머니를 뒤지며 말했다. 동전을 주지 않으면 애들이 우리 차에 무슨 짓을 해 놓을지 모른다는 것이다. 소년은 기껏해야 여덟 살 정도 되어 보였고, 소녀는 열 살은 되어 보였는데 입술에는 립스틱을 대충 바르고 뺨에는 블러셔까지 한 채 바닥에 끌리는 가운을 걸치고 있었다. 창에 걸어 놓았던 자주색 커튼을 뜯어다가 주름을 잡아 만든 옷 같았다. 톰은 소녀를 보자마자 엄마 화장품과 옷으로 장난친 거라고 생각했다가, 그 생각을 지워 버렸다. 이곳에서는 그보다 훨씬 더 사악한 일이 벌어지고 있었다. 남자아이는 머리카락이 검고 숱이 많아서 대걸레를 뒤집어쓴 것 같았다. 그런데 머리카락은 군데군데 숭덩숭덩 잘린 듯했고, 초점 없는 짙은 눈동자는 시선을 피하고 있었다. 툭 튀어나온 아랫입술로 주변 세상을 뼛속부터 경멸한다고 외치는 것만 같았다. 에릭이 소녀에게 돈을 건네자, 소년이 그 돈을 자기 주머니에 쑤셔 넣었다.

"저 남자애는 터키 사람이에요." 에릭이 차를 잠그며 조용히 귀띔하더니 두 사람이 들어갈 입구를 가리켰다. "쟤네들은 글을 못 읽어요. 그래서 사람들이 당황하죠. 터키 말도, 독일 말도 술술 하지만 한 글자도 읽을 줄 몰라서요."

"그럼 저 여자애는요? 독일 애 같아 보이는데요?" 톰이 금발 머리 소녀를 가리켰다. 묘한 분위기를 풍기는 두 아이가 에릭의 차 옆에 서서 두 사람에게서 눈을 떼지 않았다.

"독일 애 맞아요. 꼬마 매춘부죠. 저 남자애가 포주거나, 장차 포주가 되겠죠."

버저 소리가 나면서 문이 열렸다. 둘이 안으로 들어가 빛이라곤 거의 들어오지 않는 계단을 따라 3층까지 올라갔다. 지저분한 복도 창문이 빛을 죄다 차단해 버렸다. 에릭이 고동색 문 앞에 서서 노크했다. 누가 발로 차고 손으로 주먹을 날렸는지, 문에 발린 페인트가 쩍쩍 갈라져 있었다. 터벅터벅 걷는 발소리가 가까워지자, 에릭이 문 틈새에 대고 속삭였다. "에릭입니다."

문이 열리더니 키가 훤칠하고 덩치 좋은 남자가 안으로 들어오라고 손짓하면서 묵직한 음성으로 독일어를 중얼거렸다. 이 사람 역시 터키 사람 같았다. 얼굴이 까무잡잡했는데, 검은 머리 독일인이라도 갖지 못할 피부색이었다. 톰은 악취가 진동하는 집 안으로 들어섰다. 양고기에 양배추를 넣고 끓이는 듯한 냄새였다. 둘이 집 안으로 들어서자마자, 남자는 악취의 발원지로 보이는 부엌으로 두 사람을 안내했다. 아이 둘이 리놀륨 바닥에 앉아서 놀고 있었고, 두상이 작고 부스스하고 허연 머리를 한 늙은 여자가 스토브 앞에 서서 신경질적으로 냄비를 젓고 있었다. 보아하니, 아이들 할머니인데 독일인 같았다. 터키 사람처럼 생기진 않았는데, 확실한 건 아니었다. 에릭과 건장한 남자가 둥근 테이블에 앉았다. 앉으라는 권유에 톰도 마지못해 자리에 앉았다. 그래도 할 수만 있다면 대화에 끼고 싶었다. 에릭이 대체 이 집에서 뭘 하는 거지? 에릭이 비속어를 섞어서 독일어로 말하다가 형편없는 터키어를 구사했는데, 무슨 말인지 톰은 도저히 알아들을 수가 없었다. 둘이 숫자를 언급했다. "열다섯 장…… 스물세 장은 줘야지." 돈 얘기인 것 같았다. "4백 마르크……." 뭐가 열다섯 장이라는 걸까? 그제야 톰은 에릭에게 들었던 말이 떠올랐다. 이 터키 남자가 파키스탄 사람들과 인도 동부 출신 사람들이 서독에 거주할 수 있도록 서류를 발급해 주는 베를린 변호사 사무실에서 중개인으로 일한다고 했었다.

여기에 오기 전에 에릭이 설명한 내용은 다음과 같았다. "나도 이렇게 지저분하고 자잘한 일은 하기 싫다고요. 하지만 내가 중간에서 서류 작업에 어느 정도 협조해 주지 않으면, 하키가 내 일을 안 해 줄 겁니다. 하키가 하는 구린 이민 알선보다, 난 내가 하는 일이 더 중요하거든요." 그 일이 맞는 것 같았다. 모국어조차 읽을 줄 모르고 기술도 없는 이민자들 중 일부가 동베를린에서 서베를린으로 몰래 빠져나와 하키를 만나면, 하키가 그들에게 제대로 된 변호사를 소개해 주는 것이다. '정치적 망명'이라는 그들의 주장이 맞는지 조사가 이뤄지는 동안 서베를린 당국은 탈출한 그들에게 생활 보조금을 지급해야 했는데, 조사가 끝날 때까지의 과정이 무려 수년이나 걸렸다. 덕분에 그들은 마음 놓고 지낼 수 있었다.

하키는 전문 사기꾼 아니면 백수 같아 보였다. 어쩌면 둘 다일지도 몰랐다. 그게 아니라면 이 시간에 이런 집에서 대체 뭘 하는 걸까? 하키는 끽해야 서른다섯 정도로 보였고, 덩치는 아주 우람했다. 한때 복부까지 올려 입었을 바지가 지금은 허리께에서 잠기지도 않아, 벌어진 허리춤을 끈으로 잡아매고 있었다. 앞을 여미는 바지 단추도 몇 개나 풀어 놓았다.

하키가 집에서 담근 듯한 화이트 라이트닝 보드카 같은 걸 내오더니 톰에게 맥주가 더 낫겠느냐고 물었다. 톰은 그 형편없는 보드카를 맛보더니 맥주가 낫겠다고 했다. 하키가 큰 병에 반쯤 남은 맥주를 들고나왔다. 김이 다 빠지고 미적지근했다. 하키가 뭘 더 가져오려는지 다른 방으로 갔다.

"하키는 공사장에서 일하던 인부인데, 다쳐서 지금은 쉬고 있어요. 실업 수당까지 나오니 얼마나 좋겠어요." 에릭이 톰에게 설명했다.

톰은 고개를 끄덕였다. 실업 수당을 받는군. 하키가 지저분한 구두 상자를 들고 느린 걸음으로 돌아왔다. 그가 걸음을 옮기자 마룻바닥이 꿀렁거렸다. 하키가 상자를 열고 누런 종이에 싸인 남자 주먹만 한 꾸러미를 꺼냈다. 에릭이 꾸러미를 흔들자 달그락거리는 소리가 났다. 진주가 들었나? 아니면 알약일까? 에릭이 지갑을 꺼내 하키에게 1백 마르크 지폐 한 장을 건넸다.

"팁만 준 겁니다." 에릭이 톰에게 말했다. "지루하죠? 금방 끝나요."

"잠깐만요!" 바닥에서 놀던 꾀죄죄한 소녀가 노려보며 말했다.

톰은 살짝 경악했다. 이 꼬맹이들이 어디까지 알고 있을까? 『맥베스』에 나오는 마녀처럼, 정신 병원에 입원한 환자처럼, 냄비를 젓고 있던 늙은 여자도 톰을 노려보았다. 여자의 몸이 살짝 떨렸는데, 신경계 질환을 앓는 것 같았다.

"부인은 어디 있죠?" 톰이 에릭에게 속삭였다. "애들 엄마 말입니다."

"일 나갔죠. 독일 사람이긴 한데 동베를린에서 탈출한 여자예요. 성격이 우울하긴 해도 일은 썩 잘해요." 에릭이 고운 양손을 흔들며 조용히 말했다. 지금은 더 말해 줄 수 없다는 신호였다.

톰은 에릭이 일어나자 반가운 마음이 들었다. 그 집에 머문 시간은 30분가량이었지만, 톰에겐 훨씬 길게 느껴졌다. 작별 인사를 하고 별안간 인도로 나오자, 깨끗한 햇살이 얼굴 위로 쏟아졌다. 작은 꾸러미가 든 에릭의 주머니가 불룩했다. 에릭은 주위를 살피더니 차 문을 열었다. 차가 출발했다. 톰은 꾸러미 안에 뭐가 들었는지 궁금했지만, 무례한 질문인 것 같았다.

"재미있는 건, 그 남자 아내 말입니다. 아까 당신이 애들 엄마는 어디에 있냐고 물어봤잖아요. 애들 엄마는 동베를린에서 매춘부로 일하다가 미군이 모는 지프를 타고 서베를린으로 밀입국했어요. 서베를린으로 오니 살림살이가 조금 나아지기는 했었죠. 서베를린에 와서도 몸을 팔았으니까요. 그러다가 마약에 중독되는 바람에 지금은 공중화장실 청소 같은 일을 해서 간신히 먹고사는 것 같더라고요. 달러 가치가 너무 많이 떨어지는 바람에 미군이 지금 서베를린에서는 매춘부를 사지 못해 동베를린까지 넘어가는 거 알아요? 공산당이 격분하고 있어요. 동독에는 매매춘이 존재하지 않거든요. 공식적으로는요."

톰은 미소를 잃지 않았지만 실은 놀랐다. 앞으로 몇 시간 후에 닥칠 일을 해내기 위해 생각을 애써 다른 데로 돌렸다. 납치범들은 어떤 사람들일까? 젊은 초짜들일까? 이성적이며 영리하게 구는 프로들일까? 일당 중에 여자도 있을까? 있다면 간혹 대중에게 순진한 인상을 심어 주기가 굉장히 용이할 것이다. 여자니까. 에릭의 말대로 그들이 원하는 건 돈이 전부였다. 그들에겐 프랭크든 누구든 해칠 의도는 없을 것이다.

톰은 다시 에릭의 아파트로 돌아온 후, 벨옹브르로 전화를 걸었다. 파리 지역 번호와 동일한 빌페르스의 지역 번호를 눌렀다. 신호가 예닐곱 번 정도 갔다. 엘로이즈는 오후에 노엘과 영화를 보겠다며 느닷없이 파리로 갔을 테고, 아네트 여사는 마리와 조르주가 하는 바 카페에 가서 차나 시원한 소다를 마시면서 빌페르스 다른 집에서 일하는 가정부와 최근에 떠도는 소문이나 쑥덕거리고 있을 것 같았다. 아홉 번째 신호에 아네트 여사가 받았다.

"여보세요?"

"여사님, 납니다. 집엔 별일 없죠?"

"그럼요. 언제 오시나요?"

톰이 마음이 놓였는지 미소를 지었다. "수요일에 갈 것 같긴 한데, 잘 모르겠어요. 걱정하지 마세요. 아내는 있습니까?"

엘로이즈가 집에 있긴 했지만 2층에 있어서 여사가 부르러 가야 했다.

"여보!" 엘로이즈가 금세 전화를 받았다. 그의 침실에 있는 전화기로 받은 것 같았다. "당신 어디야? 함부르크?"

"아니, 여기저기 돌아다니고 있어. 당신 낮잠 자는데 내가 깨운 거야?"

"여사님이 갖다준 찬물에 손가락을 담그고 있느라 여사님이 전화 받게 내버려 뒀지."

"손가락은 왜?"

"어제 온실에서 물을 주는데, 여닫이창이 위에서 휙 떨어지는 바람에 손가락을 찧었지 뭐야. 여사님이 보더니, 붓긴 했어도 손톱이 빠질 것 같진 않대."

톰은 안쓰럽다는 듯이 한숨을 내쉬었다. 엘로이즈가 말하는 창이란 온실을 받치고 있는 창인 것 같았다. "앙리한테 온실을 손보라고 해야겠군."

"앙리가 퍽이나! 아직도 둘이 같이 있어?"

"응." 톰은 혹시 벨옹브르에 전화해 프랭크 얘기를 물은 사람이 있는지 궁금했다. "내일은 집에 갈 거 같아, 엘로이즈." 톰은 엘로이즈가 말을 꺼내기 전에 먼저 말했다. "혹시 누가 전화해서 날 찾으면, 빌페르스로 산책하러 나갔다고 해. 그러니까 난 집에 있다가 외출한 거야. 혹시라도 장거리 전화가 오면 그렇게 말해."

"왜 그래야 하는데?"

"그건 내가 조만간 집에 가서 산책할 거니까. 수요일이면 갈 거야. 지금은 독일을 돌아다니고 있거든. 그러니 지금은 그 누구도 나와는 연락이 닿을 수 없는 거야."

그의 말은 꽤 그럴듯했다.

"쪽쪽쪽!" 톰이 소리 내어 입맞춤을 날려 보낸 후 전화를 끊었다.

기분이 한결 나아졌다. 톰은 자신이 건실하고 사랑받는 유부남이 된 것 같은 기분이 때때로 든다는 사실을 자인할 수밖에 없었다. 조금 전 아내에게 살짝 거짓말을 하긴 했지만 말이다. 아무튼, 통상적으로 보면 그건 거짓말 축에 들어가지도 않았다.

그날 밤 11시경, 톰은 크로이츠베르크보다 훨씬 더 '게이스러운' 장소에 갔다. 남성 전용 바였는데, 프랭크하고 갔던 곳보다 훨씬 세련됐다. 이곳에서는 화장실에 가려면 유리로 둘러진 계단을 따라 올라가야 했다. 단골손님들이 계단에 서서 아래에 있는 다른 단골들과 대화하거나 대화를 시도하고 있었다.

"근사하죠?" 에릭이 누군가를 기다리다가 물었다. 빈 테이블이 없어서 둘이 바에 서 있었다. 이곳 역시 디스코텍이었다. "이곳에선 쉽게……." 바로 그때, 누가 뒤에서 에릭을 떠밀었다.

톰은 에릭이 길모퉁이보다 이런 곳이 물건을 전달하기가 더 쉽다고 말을 하려던 참이었을 거라고 짐작했다. 춤추는 사람들을 제외한 다른 손님들은 죄다 목청을 높여 대화하거나 그들이 점찍은 상대에게 눈을 떼지 않아서, 밀수품 따위는 거들떠보지도 않았다. 여장한 남자가 톰의 눈에 들어왔다. 검고 긴 가운을 걸쳤는데, 깃털이 목 주변에 달려 있기도 했고, 가운에 늘어져 있기도 했다. 늘어진 깃털 자락을 여장 남자가 손으로 휘날리며 여기저기 돌아다니고 있었다. 잘 보이려고 애쓰는 여자는 보이지도 않았다.

에릭의 연락책이 도착했다. 키가 훤칠한 젊은 남자가 가죽옷을 입고 나타났다. 그는 짧은 가죽 재킷 주머니에 두 손을 찔러 넣고 있었다. "이쪽은 맥스!" 에릭이 톰에게 맥스를 소개해 주었다.

에릭은 톰의 이름은 밝히지 않았는데, 그래서 오히려 다행이라고 톰은 생각했다. 에릭이 포장지에 싸서 파란 리본으로 묶은 꾸러미를 맥스에게 넘겨 주었다. 맥스가 가죽 재킷 앞주머니에 꾸러미를 넣고 지퍼를 채웠다. 맥스의 머리는 아주 짧았고 손톱에는 놀랍게도 분홍색 매니큐어가 발려 있었다.

"지울 새가 없어서요." 맥스가 독일 악센트가 섞인 영어로 톰에게 해명했다. "온종일 바빴거든요. 마음에 드세요?" 맥스가 놀리듯 씩 웃었다. 자기 손톱이 마음에 드냐고 톰에게 묻고 있었다.

"술 마실래, 맥스? 돈카트*?" 에릭이 쿵쾅거리는 음악 소리보다 더 크게 외쳤다. "아니면 보드카?"

* 진

맥스가 갑자기 표정을 바꾸었다. 저쪽 구석에서 뭘 본 모양이었다. "고마운데, 이만 가 봐야겠어요." 맥스는 톰이 맥스를 쳐다봤던 방향으로 고갯짓하더니 시선을 떨군 채 난처해했다. "저쪽에 있는 남자를 지금은 만나고 싶지 않거든요. 괴로워서요. 미안해요, 에릭. 그럼 이만." 맥스가 톰에게 고개를 숙이더니 돌아서서 나가 버렸다.

"착한 녀석이에요!" 에릭이 톰에게 고함치면서 맥스가 나간 출입구를 턱으로 가리켰다. "정말 착해요. 게이지만 피터만큼 믿음직한 친구죠. 맥스의 친구 중에 롤로라고 있는데, 롤로도 곧 만나게 될 겁니다!" 에릭이 톰의 팔뚝을 잡고 한 잔 더 하라고 떠밀더니 뭐든 마시라고 했다. 맥주를 권하면서 당장은 나가지 않는 게 최선이라고 했다.

톰은 맥주를 시키고는 바텐더에게 미리 돈을 냈다. "정신없고 근사한 이곳이 마음에 드는데요!" 톰이 에릭에게 말했다. 간혹 눈에 띄게 여장한 남자가 얼굴에 분칠하고 일부러 남자들에게 꼬리를 쳐도 다들 웃는 유쾌한 분위기가 마음에 든다는 뜻이었다. 덩달아 톰도 기분이 들떴다. 전투에 돌입하기 전 그에게 늘 힘을 주는 〈한여름 밤의 꿈〉 서곡이 들리는 것 같았다. 환상이 펼쳐지는 곳이라니! 그럼에도 용기라는 건 처음부터 끝까지 상상 속에서나 존재하는 마음가짐이었다. 총신이나 칼끝이 자신에게 겨눠지는 순간, 현실감은 도움이 되지 않았다. 톰은 에릭이 어깨 너머로 엉큼하게, 적어도 애타게 살피고 있다는 걸 눈치챘다. 에릭이 이러는 건 이번이 처음이 아니었다. 남자들 틈에서 옛 친구를 찾거나 새로 사귈 친구가 있는지 둘러보는 것 같지는 않았다. 아니, 진짜로 그러고 있는 걸까? 그건 아닌 것 같았다. 에릭은 장사치라서 여기저기 잔뜩 벌여 놓은 사업에 신경 쓰다 보니 어깨 너머로 힐끔거리는 버릇이 몸에 밴 게 분명했다.

"여기 경찰하고 문제 생긴 적 있어요, 에릭?" 톰이 에릭의 귀에 바싹대고 물었다. "이런 술집에서요."

에릭은 톰이 무슨 말을 하는지 여태 알아듣지 못했다. 하필이면 조금 전에 심벌즈가 크게 울렸기 때문이다. 전율이 이는 클라이맥스가 몇 초간 이어지더니 심장이 쿵쾅거리는 비트로 바뀌었다. 누군가 드럼으로 착각해 벽을 쾅쾅 내리치는 것 같았다. 댄스 플로어에서 남자들이 황홀경에 빠져서 폴짝거리며 빙글빙글 돌았다. 톰은 그만 묻기로 하고 고개를 턴 다음, 갓 나온 맥주를 집어 들었다. '경찰'이란 단어를 고래고래 소리칠 수야 없지 않은가.

14

베를린, 도시의 불빛이 뒤로 멀어졌다. 피터와 톰은 시골 같은 느낌이 살짝 풍기는 지역을 지나고 있었다. 좁고 심심해 보이는 동네였다. 카페에는 거의 다 불이 꺼져 있었다. 차는 북쪽으로 달리고 있었다. 에릭은 집에 있겠다고 했는데, 오히려 다행이었다. 가 봐야 좋을 게 없었다. 만약 납치범들이 피터의 차에 제3의 남자가 타고 있는 걸 보기라도 한다면 경찰이라고 오해할지도 모른다.

"자, 여기서부터가 뤼바르스예요." 피터가 40여 분을 달린 끝에 말했다. "지금 제대로 가고 있으니 잘 찾아보죠." 피터가 뭔가 중요한 일을 할 사람처럼 허리를 곧추세웠다. 에릭의 아파트에서 피터가 종이에 지도를 대충 그려서 톰에게 보여 주었는데, 그 종이를 지금 대시 보드 위에 올려 놓고 있었다. "길을 잘못 든 거 같아요. 젠장! 그래도 괜찮아요. 아직 시간이 많거든요. 이제 고작 3시 35분이니까요." 피터가 대시 보드 위에 있는 선반에서 소형 손전등을 꺼내더니 자기가 직접 그린 지도를 비추었다. "우리가 어느 길로 왔는지 알겠어요. 차를 돌려야 해요."

차를 돌리자마자, 헤드라이트가 양배추인지 상추인지 모를 채소가 줄줄이 심긴 컴컴한 밭을 비추었다. 깔끔한 초록색 점이 땅에 조르르 박힌 것처럼 보였다. 톰은 발과 무릎 사이에 끼고 있던 두툼한 여행 가방을 다시 매만졌다. 상쾌하고 선선한 새벽이었다. 달은 뜨지 않은 것 같았다.

"자, 이제 다시 차벨크뤼거담으로 돌아왔으니 여기에서 왼쪽 길로 올라가야 해요. 이 동네 사람들은 너무 일찍 자고 너무 일찍 일어난다니까요! 여기가 알트뤼바르스하고 만나는 지점이네요." 피터가 신중히 좌회전했다. "이쪽 길로 올라가다 보면 오른편으로 녹색 마을이 나올 거예요." 피터가 독일어로 조용히 말했다. "집에서 본 지도에 따르면, 교회를 지나 계속 올라가야 해요. 저 앞에 불이 보이죠?" 피터의 목소리에 긴장감이 고조되었다. 톰이 처음 듣는 음색이었다. "저기가 베를린 장벽이에요."

저 앞에 누리끼리한 불빛이 흐릿하게 보였다. 도로보다 약간 낮은 지대에 불빛이 길게 이어져 있었다. 베를린 장벽 너머에 달린 수색등이었다. 살짝 내리막 도로였다. 톰은 다른 차가 있는지 주변을 살폈다. 피터가 '녹색 마을'이라고 부른 방향을 보니, 필수로 켜 두는 가로등 두 개를 제외하면 주위는 온통 새카맸다. 여기서부터는 피터가 차를 기어가는 속도로 천천히 몰았다. 톰이 시야가 닿는 곳까지 살펴보았는데 납치범들은 아직 도착하지 않았다.

"이 좁은 길이 차도가 아니라서 제가 아주 천천히 모는 거예요. 이쯤 되면 왼편으로 창고가 나와야 하는데…… 저거 아닌가요?"

창고였다. 높이가 낮고 가로가 더 긴 구조였다. 길을 보고 서 있는 건물의 측면으로 문이 열린 것 같았다. 몇 가지 구조물도 더 보였다. 오른쪽 들판에는 마구간 같아 보이는 건물이 있었다. 피터가 창고 옆에 차를 세웠다.

"서둘러요. 가방을 창고 뒤에 놓고 오세요. 그런 다음에는 후진해서 나가야 해요." 피터가 독일어로 말했다. "여기서는 차를 돌릴 수가 없거든요." 피터가 라이트를 껐다.

톰은 내릴 준비를 했다. "먼저 가요. 난 남아 있다가 알아서 베를린으로 돌아갈 테니 걱정하지 말고."

"남겠다니, 그게 무슨 소리죠?"

"여기에 남아 있겠다고요. 무슨 생각이 퍼뜩 떠올라서 그래요."

"갱단을 만나겠다는 겁니까?" 피터가 핸들을 잡은 손을 비틀었다. "싸우려고요? 미친 짓은 하지 말아요, 톰."

톰이 영어로 말했다. "차에 총이 있다고 했죠? 그거 빌려줄 수 있어요?"

"당연히 빌려드려야죠. 그렇다면 저도 기다리겠습니다. 혹시……." 피터는 당황한 표정으로 글러브 박스 손잡이를 눌러 천으로 덮어 놓은 검은 총을 꺼내 주었다. "총알이 들어 있어요. 여섯 발이에요. 이게 안전장치예요."

톰이 총을 받아들었다. 작아서 그런지 그리 무겁지 않았다. 그래도 살상 무기로는 충분해 보였다. "고마워요." 톰은 재킷 오른쪽 주머니에 총을 집어넣고 손목시계를 힐끔거렸다. 3시 43분. 피터가 대시 보드에 달려 있는 시계를 초조하게 바라보고 있었다. 차에 달린 시계는 1분이 빨랐다.

"톰. 저 너머로 낮은 언덕 보이죠?" 피터가 등 뒤 오른쪽, 녹색 마을이 있는 쪽을 가리켰다. "저쪽에 교회가 있어요. 저기서 기다릴게요. 차에 라이트는 다 끄고 있겠습니다." 피터는 톰에게 자신의 총을 내주었으니 자기가 많이 양보했다는 듯이 명령조로 말했다.

"기다리지 말고 가요. 크뤼거담으로 밤새 버스가 다닌다면서요? 나한테 그랬잖아요." 톰이 차 문을 열고 가방을 꺼냈다.

"버스 얘기는 그냥 한 거예요. 그걸 타라는 소리는 아니었다고요!"

피터가 속삭였다. “총은 쏘면 안 돼요! 그랬다간 녀석들이 당신을 총으로 쏴서 죽일 거라고요!”

톰은 최대한 살살 피터의 차 문을 닫고 창고로 걸어갔다.

“이거! 이거 가져가요!” 피터가 창문을 열고 낮게 외쳤다. 피터가 톰에게 소형 손전등을 내밀었다.

“고마워요, 친구.” 손전등은 확실히 도움이 되었다. 바닥이 울퉁불퉁했기 때문이다. 톰은 자기로 인해 피터가 상실감을 느꼈을 거라 생각했다. 피터가 총이며 손전등까지 다 내주었기 때문이다. 톰은 창고 모서리 뒤로 가서 몸을 숨긴 다음, 손전등을 끄고 팔을 높이 들어 피터에게 잘 가라고 인사했다. 피터에게 자기가 보이는지 톰으로서는 알지 못했다. 피터가 주차등을 모두 켜고 달려도 잘 보이지 않을 흙길 위에서 천천히 뒤로 차를 뺐다. 톰은 피터의 차가 알트뤼바르스와 다른 길이 만나는 교차로까지 후진하더니, 천천히 좌회전해 녹색 마을로 향하는 모습을 지켜보았다. 피터가 기다릴 모양이었다.

이쯤 되자 새벽이 밝아 오는 신호가 희미하게, 아주 흐릿하게나마 보이기 시작했다. 뤼바르스에 몇 개 되지도 않는 가로등은 여전히 불을 밝히고 있었다. 피터의 차는 모습을 감추었고, 멀리서 개 짖는 소리가 들렸다. 톰은 베를린 장벽 너머에 있는 동독 전투견들이 짖는 소리라는 걸 깨닫는 순간, 약간 소름이 돋았다. 개들이 흥분해서 짖는 건 아니었다. 바람이 베를린 장벽 쪽에서 불어오자, 전투견들이 철조망을 따라 이리저리 움직이며 서로 소통하듯 짖는 소리였다. 톰은 베를린 장벽에 매달린 기괴한 수색등을 쳐다보다가 시선을 거두고 귀를 세웠다.

자동차 엔진음이 들렸다. 돈을 가지러 오는 사람이 톰의 뒤편에 있는 들판을 가로질러 올 리는 없었다.

톰은 창고 나무 벽에 기대어 둔 가방을 한쪽 발로 살살 조금 더 밀었다. 피터가 준 총을 주머니에서 꺼내 안전장치를 푼 다음 도로 집어넣었다. 정적. 너무 고요해서 벽체를 사이에 두고 창고 안에 누가 있다면, 그 사람의 숨소리까지 들릴 지경이었다. 톰은 손끝으로 나무 벽체를 더듬었다. 거칠거칠한 나무판이 군데군데 갈라져 있었다.

소변이 마려웠다. 그륀발트에 갔을 때 프랭크도 소변이 마렵다고 했었다. 그래도 톰은 할 수 있을 때 일을 보려고 앞으로 걸어가서 해결하고 왔다. 대체 내가 뭘 바라는 걸까? 여기엔 왜 있는 거지? 납치범들 얼굴을 한 번 더 보려고? 이렇게 캄캄한데? 녀석들을 겁줘서 쫓아 보낸 다음 몸값을 가로채려고? 그건 결단코 아니었다. 프랭크를 구하려고? 톰이 남아 있어 봤자 그쪽으로 꼭 도움이 되는 것도 아니었다. 오히려 그 반대일 것이다. 톰은 납치범들이라면 꼴도 보기 싫어서 그들에게 한 방 먹이고 싶은 마음에 남아 있는 거라는 걸 자각하게 되었다. 그리고 이것이 논리에 맞지 않는다는 것도 알았다. 머릿수로 봐도 톰이 밀릴 테니 말이다. 그럼에도 톰은 남아 있었다. 그는 거의 무방비 상태라서 표적이 되기에 좋을 것이다. 납치범들이 총을 쏘고 훌쩍 도망가 버릴 가능성이 상당했다.

알트뤼바르스 쪽에서 차 소리가 들리자, 톰은 몸을 바로 세웠다. 피터가 집으로 돌아가는 소린가? 아무튼, 차가 한 대 다가오고 있었다. 주차등만 켠 자동차가 모습을 드러냈다. 아주 느린 속도로 창고가 있는 흙길로 들어서더니 계속 느리게 움직였다. 차는 비포장도로의 굴곡면을 따라 출렁거리다가, 톰의 오른편에서 10미터 떨어진 자리에 섰다. 자동차 색깔이 자주색 같았는데, 톰은 확신이 서지 않았다. 창고 뒤에 몸을 바싹 붙인 채 뒤쪽 모서리에서 훔쳐보았다. 자동차 라이트가 창고까지 닿지 않았기 때문이다.

자동차 뒷자리 좌측 문이 열리더니 사람이 내렸다. 라이트가 모두 꺼졌다. 차에서 내린 남자가 손전등을 켰다. 몸은 다부지지만 키는 그리 크지는 않았다. 남자가 성큼성큼 걸음을 내딛더니 흙길에서 내려서서 풀밭을 디딜 때에는 속도를 줄였다. 그리고 걸음을 멈추고 차에서 기다리는 동료들을 향해 손을 흔들었다. 지금까지는 아무 문제가 없다고 신호를 보내는 것 같았다.

차 안에 몇이나 타고 있을까? 한 명, 두 명? 둘인 것 같았다. 남자가 뒷자리에서 내렸기 때문이다.

남자가 천천히 창고로 다가왔다. 왼손엔 손전등을 들고 오른손은 바지 주머니에 넣었다가 총처럼 보이는 물건을 꺼냈다. 남자가 창고 뒤편이자 톰이 있는 오른쪽으로 다가오고 있었다.

톰은 여행 가방을 들고 손잡이를 쥐었다. 남자가 모서리를 도는 순간, 톰은 여행 가방을 휘둘러서 남자의 좌측 옆통수를 후려갈겼다. 머리에 맞는 순간, 크진 않아도 꽤 묵직한 소리가 났다. 남자의 뒤통수가 창고 뒤편에 부딪히자, 톰은 가방을 한 번 더 휘둘렀다. 남자가 쓰러지려는 순간, 톰은 다시 한 번 가방으로 남자의 머리 왼쪽을 가격했다. 검은색 스웨터 위로 허연 셔츠 깃이 나와 있는 덕분에 톰은 피터가 준 총의 개머리로 남자의 왼쪽 관자놀이를 내리찍을 수 있었다. 이제 남자가 꼼짝도 하지 않았다. 찍 소리도 내지 않았다. 톰의 왼편으로 불 켜진 손전등이 바닥에 나뒹굴었다. 톰은 피터가 준 총을 쥐고 조준 자세를 잡더니 허공으로 쳐들었다.

"돼지 새끼 잡았네!" 톰이 히스테리를 부리듯 영어로 고함친 다음, 독일어로도 같은 말을 외쳤다. 동시에, 허공에 대고 총을 쐈다. 탕! 탕!

톰이 또다시 고래고래 소리를 내질렀다. 말도 안 되는 말을 지껄이며 욕하더니 창고 뒤편을 발로 걷어찼다. 톰은 딱히 정해진 대상이 없는데도 그 대상을 향해 소름 돋는 괴성으로 고함치고 있었다.

베를린 장벽 뒤에 있던 전투견들이 총소리에 날뛰며 짖기 시작했다.

자동차 문이 닫히는 소리가 들리자, 톰은 깜짝 놀랐다. 그의 몸에 총알이 와서 박히는 줄 알았기 때문이다. 톰이 창고 모서리를 돌아 고개를 내미는 순간, 어떤 남자가 운전석에 타느라 실내등이 잠시 켜지더니 차 문이 다시 닫혔다. 주차등은 꺼진 상태였다. 차는 주차등을 다시 켜고 톰의 오른편으로 보이는 길로 후진해 알트뤼바르스까지 갔다. 그런 다음, 좌회전해서 큰길로 냅다 내빼고 말았다.

납치범들이 동료를 버리고 가 버린 것이다. 그들이라면 동료는 물론이거니와 돈 가방까지 포기하는 게 당연했다. 아직 프랭크 피어슨을 데리고 있기 때문이었다. 그들은 현장에 돈 가방은 없었고 경찰이 덫을 놓았다고 오해할 것이다. 톰은 몸싸움이라도 한 사람처럼 입을 헤벌리고 헉헉거렸다. 피터가 준 총에 안전장치를 채워 오른쪽 바지 주머니에 집어넣은 다음, 남자가 떨어뜨린 손전등을 집어 들고 바닥에 쓰러진 남자를 잠시 비춰 보았다. 남자의 왼쪽 관자놀이가 피범벅인 걸 보니, 으스러진 것 같았다. 지금은 콧수염이 없지만, 그룬발트에서 톰이 봤던 그때 그 이탈리아 마피아가 맞는 것 같았다. 주머니를 뒤져 볼까? 톰은 여전히 손전등을 든 채 남자의 바지 뒷주머니를 재빨리 뒤졌지만, 아무것도 나오지 않았다. 왼쪽 앞주머니로 간신히 손을 집어넣었다. 성냥갑과 동전 두 개, 집 열쇠로 보이는 열쇠가 나왔다. 톰은 멍한 머리로 후다닥 열쇠만 챙기고 피범벅이 된 남자의 관자놀이와 얼굴은 보지 않으려 했다. 그걸 봤다간 기절할 것 같았다. 오른쪽 앞주머니가 납작한 걸 보니 그 안엔 아무것도 없는 것 같았다. 톰은 남자의 손 근처에 떨어진 총을 주워서 여행 가방 한쪽 구석에 쑤셔 넣고 다시 지퍼를 채웠다. 그런 다음 바지에 대고 손전등을 문지른 다음, 전원을 끄고 바닥에 버렸다.

톰은 이제 피터가 준 소형 손전등은 켜지도 않고 흙길을 향해 걸어갔다. 한 번은 발이 심하게 걸리기도 했다. 알트뤼바르스를 향해 걸어가는데 전투견이 짖는 소리가 뒤에서 들렸다. 총소리가 도대체 왜

났는지 알아보러 용감하게 대문 밖으로 나오는 사람은 여태 보이지 않았다. 덕분에 톰은 대범하게 손전등을 아주 잠깐 켜서 발밑을 살핀 다음에 껐다. 일단 알트뤼바르스로 나가자 포장도로라 손전등이 필요 없었다. 피터가 여태 기다리고 있을지도 모르지만, 톰은 왼쪽은 쳐다보지도 않았다. 집에서 막 나온 마을 사람들과 마주치고 싶지 않았기 때문이다.

등 뒤에서 창문이 열리더니 누가 크게 외쳤다.

톰은 뒤돌아보지 않았다.

그 사람이 뭐라고 했더라? '거기 누구요?' 아니면 '누구세요?' 하고 소리쳤던 것 같았다.

개 짖는 소리가 잦아들었다. 톰은 오른쪽 모퉁이를 돌아 차벨크뤼거담으로 들어서며 입술을 축였다. 별안간 여행 가방이 깃털처럼 가볍게 느껴졌다. 주차된 차들도 보이고, 스쳐 지나가는 차 두 대도 보였다. 동이 트는 게 맞는다고 톰에게 확신을 주려는 듯이, 여러 개의 가로등 중에 절반이 불이 꺼졌다. 저 멀리, 백 미터도 안 되는 거리에 버스 정류장 표지판이 보였다. 피터가 테겔까지 가는 20번 버스가 다닌다고 했었다. 테겔이면 공항 근처니 아무튼 베를린 방향이 맞았다. 톰은 여행 가방을 들어 올려 벌건 핏자국이 묻었는지 모서리를 살펴보았다. 침침해서 제대로 보이지 않았다. 흙이나 진흙이 묻어도 피가 묻은 것처럼 보일 것이다. 그래도 톰은 조금도 걱정하지 않았다. 어디 갈 데가 있는 사람처럼 보통 걸음으로 걷기만 할 뿐 서두르지 않았다. 지금 인도에는 행인이 딱 둘뿐이었다. 둘 다 남자였다. 한 명은 나이가 많았고, 또 한 명은 살짝 몸이 구부정했다. 두 명 다 톰을 쳐다보지도 않았다.

버스가 얼마나 있어야 오려나? 톰은 버스 정류장에 서서 뒤를 살펴보았다. 라이트를 켠 차가 다가오더니 그냥 지나가 버렸다.

"아플! 아플!" 꼬마가 달려와 나이 많은 남자에게 몸을 부딪치더니 거의 그를 끌어안다시피 했다.

톰은 지켜보고만 있었다. 꼬마가 도대체 어디에서 나타난 거지? 빈손인데 대체 왜 '사과'라고 외치는 걸까? 나이 많은 남자가 꼬마의 손을 잡더니 베를린 반대 방향으로 걸어갔다.

그제야 누런 라이트를 켠 버스가 보였다. 정면에 '20번 테겔'이라고 적혀 있었다. 톰은 차비를 냈다. 왼손 너클 중 두 곳에 피가 묻어서 벌겠다. 무슨 일이 있었더라? 톰은 승객이라곤 거의 없는 버스 좌석에 앉았다. 다리 사이에 가방을 끼운 채 왼손을 재킷 주머니에 넣은 자세로 다른 승객은 쳐다보지 않았다. 왼쪽 창밖을 내다보았다. 집과 차와 사람이 눈에 띄게 늘어나고 있었다. 이제야 자동차 색깔을 구분할 수 있을 만큼 동이 텄다. 피터는 어떻게 되었을까? 피터가 총소리를 듣고 도망쳤기를.

얼마나 있어야 시신이 발견되려나? 한 시간 후, 호기심 많은 개가 납치범을 발견할지도 모른다. 농가에서 키우는 개일 것이다. 길에서는 시신이 보이지 않을 것이다. 톰이 이성적으로 판단했을 때, 납치범이 의식을 잃고 쓰러진 게 아니라, 사망한 게 맞았다. 한숨이 나왔다. 숨이 막힐 것 같아서 고개를 내저으며 두 다리 사이에 끼운 갈색 돼지가죽 여행 가방을 내려다보았다. 2백만 달러 상당의 마르크가 이 가방 안에 들어 있다니. 톰은 몸을 뒤로 젖힌 채 긴장을 풀었다. 테겔은 종점이니 눈을 좀 붙일 수 있으리라. 하지만 잠이 오지 않자 고개를 창문에 대고만 있었다.

버스가 테겔에 도착했다. 공항 터미널이 아니라 U반* 역 같아 보였다. 톰은 택시를 타고 싶었다. 잠시 후 택시 승차장이 보였다. 그는 기사에게 니부어슈트라세로 가자고 했다. 번지수는 모르지만, 일단 거기까지 가면 어느 집인지 알아볼 수 있다고 했다. 톰은 몸을 뒤로 젖히고 담배에 불을 붙였다. 너클은 긁히기만 했을 뿐 크게 다친 건 아니었다. 피가 살짝 났을 뿐이었다. 납치범들이 파리로 전화해 다시 만나자고 하면서 날짜를 새로 잡겠지? 아니면 식겁하고 당황한 나머지 프랭크를 풀어 주려나? 조금 전에 톰이 한 상상은 초짜들이나 할 법한 짓이었다. 그렇다면 납치범들은 얼마나 프로답게 행동할까?

톰은 니부어슈트라세 어딘가에서 내렸다. 요금과 팁을 건넨 다음 에릭의 아파트가 있는 방향으로 걸어갔다. 에릭한테 받아 온 열쇠고리에 매달린 열쇠 두 개로 정문을 열고 엘리베이터를 탔다. 에릭의 아파트 문 앞에 서서 노크한 다음, 초인종을 짧게 한 번 눌렀다. 잠시 후면 새벽 6시 반이었다.

발소리가 들리더니 에릭이 독일어로 물었다.

"누구세요?"

"톰입니다."

"세상에나!" 체인이 철컹거리고 빗장 두어 개가 풀리는 소리가 났다.

"나 왔어요!" 톰이 낮은 목소리로 힘차게 말한 후, 거실과 이어지

* 지하철

는 복도에 돈 가방을 내려놓았다.

"톰, 도대체 왜 피터를 먼저 보낸 거죠? 피터가 무척 걱정이 됐는지 전화를 두 번이나 했어요! 게다가 빈 가방은 뭐 하러 도로 들고 온 겁니까!" 에릭은 톰이 어처구니없는 짠돌이라는 듯이 웃으며 고개를 내저었다.

톰이 재킷을 벗었다. 에릭의 아파트 유리창 너머로 8월의 햇살이 빛나기 시작했다.

"총을 두 발이나 쐈다면서요? 피터한테 들었어요. 그래서 어떻게 됐습니까? 앉아요, 톰! 커피? 아니면 술?"

"술이요. 진토닉 있어요?"

에릭이 있다고 했다. 에릭이 진토닉을 만드는 사이, 톰은 욕실에 가서 온수를 틀어 놓고 비누로 손을 씻었다.

"뭐 타고 왔어요? 피터한테 총을 받아갔다면서요?"

"도로 갖고 왔어요." 지금 톰은 한 손에는 담배를, 다른 손에는 술잔을 들고 서 있었다. "버스에서 내려서 택시로 갈아타고 왔어요. 돈은 가방 안에 그대로 들어 있어요." 톰이 여행 가방이 있는 쪽을 턱으로 가리켰다. "그래서 가방을 도로 들고 온 겁니다."

"돈이 가방 안에 그대로 들어 있다고요?" 에릭의 발그레한 입술이 벌어졌다. "그럼 총은 누가 쏜 거죠?"

"내가요. 대신 허공에 대고 쐈어요." 톰은 목이 갈라지자 자리에 앉았다. "당신이 준 여행 가방으로 한 대 후려쳤어요. 이탈리아 마피아처럼 생겼던데, 죽었을 겁니다."

에릭이 고개를 끄덕였다. "피터가 봤대요."

"봤다고요?"

"네. 뭐라도 더 걸치고 와야겠어요, 톰. 내 꼴이 말이 아니라서." 파자마만 입고 있던 에릭이 침실로 뛰어가더니 검은 실크 가운을 여미며 다시 나왔다. "피터가 10분 정도 기다리다가 확인하러 창고로 돌아갔답니다. 혹시나 당신이 죽거나 다쳤을까 봐요. 그런데 웬 남자가 창고 뒤에 쓰러져 있더래요."

"맞아요."

"그럼…… 그렇다면 왜 교회에서 기다리고 있던 피터한테 가지 않은 거죠?"

교회에서 기다리다니! 톰은 웃음이 나와서 두 다리를 앞으로 쭉 뻗었다. "모르겠어요. 아마 겁이 났겠죠. 생각도 못 했어요. 교회가 있는 쪽은 쳐다보지도 않았으니까요." 톰은 술을 홀짝이며 말했다. "커피 마시고 싶어요, 에릭. 커피 마시고 눈을 좀 붙여야겠어요."

톰의 말이 떨어지기가 무섭게 전화벨이 울렸다.

"이번에도 보나 마나 피터일 겁니다." 에릭이 전화를 받으러 갔다. "방금 들어왔어! 아니, 멀쩡해. 안 다쳤어. 버스에서 내려서 택시 타고 왔대." 에릭이 피터가 하는 말에 박장대소를 터뜨렸다. "톰에게 전할게. 참 재미있군. 적어도 우린 안전해. 그 돈이 여기에 있다는 게 믿어져?" 에릭이 수화기를 가슴에 대더니 연신 활짝 웃음을 지었다. "현찰이 다시 집으로 돌아왔다고 했더니, 피터가 믿을 수 없대요. 통화하고 싶대요."

톰이 자리에서 일어났다. "여보세요, 피터…… 네, 괜찮아요. 진짜로 고마워요, 피터. 정말 잘했어요." 톰이 독어로 말했다. "아뇨, 그 남자를 쏜 건 아닙니다."

"어두워서 잘 안 보이더라고요. 조명이라곤 전혀 없어서요." 피터가 말했다. "그 남자가 당신이 아니라는 것만 확인한 다음에 자리를 떴죠."

피터가 겁도 없이 창고로 다시 갈 생각을 했다니, 톰은 생각했다. "당신이 준 총하고 손전등은 지금도 갖고 있어요."

피터가 흐뭇하게 웃었다. "우리 둘 다 잠을 청해 보죠."

에릭이 톰에게 커피를 갖다주었다. 톰은 커피를 마셔도 잠자는 데에는 조금도 방해가 되지 않으리라는 걸 알았다. 톰과 에릭은 말총 침대를 앞으로 잡아 빼고 이불과 시트를 펼쳤다.

톰이 갈색 여행 가방을 창가로 들고 가 핏자국이 묻었는지 살폈다. 한 방울도 묻지 않았지만, 에릭의 허락을 받아 주방에 가서 걸레를 들고나와 세면대에서 적신 다음 가방 겉면을 훔쳤다. 그런 다음 걸레를 빨아서 빨랫줄에 널어서 말렸다.

"피터가 그러는데, 그 좁은 흙길로 걸어 나오는데 웬 남자가 앞에서 걸어와서 묻더랍니다. '총소리 들었어요?' 그래서 피터가 총소리가 나서 되돌아 나오는 중이라고 했대요. 그랬더니 그 남자가 당신은 뭐하고 있었냐고 묻더래요. 못 보던 사람이니까요. 그래서 피터가 이랬대요. '여자 친구하고 그냥 교회 옆에 있었는데요.'"

톰은 웃을 기분이 아니었다. 욕실에 가서 대충 씻고 잠옷으로 갈아입었다. 만약 납치범들이 프랭크를 풀어 줬다고 해도, 설로에게 반드시 통보해 주지는 않았을 것이다. 프랭크는 형과 설로가 파리 루테티아 호텔에 묵고 있다는 걸 알고 있을지도 모른다. 아니, 분명 알 것이다. 프랭크가 풀려났다면, 알아서 그 호텔로 갈 것이다. 만약 풀려나지 않았다면, 납치범들이 소년에게 약을 잔뜩 먹여서 죽인 다음, 베를린의 어느 아파트에 시신을 그대로 둔 채 자기들만 빠져나갈 것이다.

"무슨 생각 해요, 톰? 좀 잡시다. 오래 잡시다. 늘어지게 자자고요! 파출부가 내일은 안 와요. 그래서 내가 문도 잠그고 체인까지 걸어 놓았어요."

"파리에 있는 설로한테 전화해야 할 것 같아요. 내가 전화하겠다고 약속했거든요."

에릭이 고개를 끄덕였다. "해요, 그럼. 이제 어떻게 되는 거죠? 어서 전화해 봐요, 톰."

톰은 파자마에 로퍼를 신고 전화기로 가서 다이얼을 돌렸다.

"몇 명이나 왔던가요? 봤어요?" 에릭이 물었다.

"잘은 모르겠지만, 셋이 차를 타고 왔던 것 같아요." 이제는 둘로 줄었겠지만. 톰이 전화기 옆에 있는 램프를 껐다. 창으로 빛이 충분히 들어왔다.

"여보세요! 이게 대체 무슨 일이죠?" 설로가 물었다.

설로가 납치범들에게 소식을 들은 것이다. "유선상으로는 말씀 못 드립니다. 그쪽에서 날짜를 다시 잡자고 하던가요?"

"네, 분명히 그럴 겁니다. 그런데 겁먹은 눈치였어요. 예민하게 굴면서 약간 협박하는 것 같았어요. 경찰을 개입시켰다간……."

"경찰은 개입시키지 않습니다. 그럴 일은 없어요. 녀석들한테 날짜를 다시 잡자고 하세요." 톰은 접선할 장소가 문득 떠올랐다. "그들이 아직도 몸값을 받으려고 할 테니, 소년이 살아 있다는 걸 증명하라고 요구하세요. 일단 눈 좀 붙인 다음, 조금 이따 다시 전화드리죠."

"돈은 지금 어디에 있죠?"

"제가 잘 보관하고 있습니다." 톰이 수화기를 내려놓았다.

에릭은 톰이 다 마신 커피 잔을 들고 서서 듣고 있었다.

톰이 마지막 담배에 불을 붙였다. "돈 얘기를 하는 걸 보니." 톰이 에릭에게 웃으며 말했다. "녀석들이 아직도 돈 받을 생각이 있나 봅니다. 그건 내가 장담할 수 있어요. 소년을 죽여서 시신으로 데리고 있는 것보다야 훨씬 나을 테니까요."

"맞아요, 그건 그래요. 가방은 침실로 옮겨 놓은 거, 알죠?"

톰은 몰랐다.

"잘 자요, 톰. 푹 자요."

톰은 현관문에 달린 체인을 쳐다본 다음, 인사했다. "잘 자요, 에릭."

15

"에릭, 여장할 옷을 빌리고 싶은데요. 오늘 밤에 입으려고요. 당신 친구 맥스한테 빌릴 수 있을까요?"

"여장?" 에릭이 묘한 미소를 지었다. "여장은 왜요? 파티라도 가게요?"

그제야 톰이 웃었다. 둘은 식사하는 중이었다. 정확히 말하면, 톰만 음식을 먹고 있었다. 오후 1시 15분이었다. 톰은 파자마 위에 가운을 걸친 채 작은 소파에 앉아 있었다. "파티에 가려는 건 아니고, 좋은 생각이 떠올라서요. 잘 될 것 같아요. 아무튼 재미는 있을 겁니다. 납치범들한테 오늘 밤에 험프에서 만나자고 하려고요. 맥스도 같이 가도 돼요." '험프'는 유리 난간이 달린 계단이 있던 게이 바였다.

"여장하고 몸값을 험프로 들고 가겠다는 겁니까?"

"아뇨. 돈은 안 가져가고 여장만 할 겁니다. 지금 맥스하고 연락이 되나요?"

에릭이 자리에서 일어났다. "맥스는 지금 일하러 갔을 테고, 롤로하고는 통화가 될 겁니다. 정오에야 일어나거든요. 둘이 같이 살아요. 내가 연락해 보죠." 에릭이 전화번호부를 뒤적거리지도 않고 다이얼을 돌렸다. 잠시 후 통화가 연결됐다. "여보세요, 롤로! 잘 지냈어? 맥스 있어? 있잖아, 잘 들어." 에릭이 독어로 설명했다. "내 친구 톰이…… 맥스하고 한 번 본 적 있어. 지금 톰이 우리 집에 있는데, 오늘 밤 여장하고 싶다는데…… 그래, 그거. 긴 드레스." 에릭이 톰을 보더니 고개를 끄덕였다. "응, 그래 그거. 가발하고 화장품도 필요해. 구두도." 에릭이 톰의 로퍼를 쳐다보며 말했다. "맥스 구두여야 맞겠군. 네 구두는 너무 크겠어, 하하…… 험프에 간다는 것 같던데. 하하. 보고 싶으면 너도 와."

"핸드백도요." 톰이 귀띔했다.

"아, 맞다. 핸드백도 빌려줘. 나야 모르지. 재미로 그럴 건가 봐." 에릭이 웃었다. "그런다고 했어? 좋아, 톰한테 전할게. 또 보자, 롤로." 에릭이 수화기를 내려놓으며 말했다. "롤로가 그러는데, 맥스가 오늘 밤 10시에 집으로 올 거래요. 우리 집으로요. 맥스가 미용실에서 일하는데 9시에 퇴근하거든요. 롤로는 6시부터 10시까지 쇼윈도 꾸미는 일을 하는데, 맥스에게 메모를 남겨 놓겠대요."

"고마워요, 에릭." 톰은 기운이 나는 것 같았다. 아직 확실히 정해진 건 하나도 없지만 말이다.

"오늘 오후 3시에도 약속이 있어요. 크로이츠베르크는 아니지만, 같이 갈래요?"

이번에는 톰이 거절했다. "아뇨, 에릭. 산책을 좀 하려고요. 엘로이즈에게 줄 선물도 사야 하고, 파리에 다시 전화도 걸어야 해요. 전화비로 1천 달러를 드리죠."

"하하! 전화비를 내시겠다! 그건 안 됩니다. 우린 친구잖아요, 톰." 에릭이 침실로 들어가 버렸다.

톰이 로스헨들 담배에 불을 붙이는 동안 에릭의 말이 귓가에 맴돌았다. '우린 친구잖아요.' 그렇다면 리브스가 그들의 친구라는 뜻이었다. 서로의 전화를 쓰고 서로의 집을 오가며 때론 목숨까지 공유하는 사이. 모든 걸 똑같이 나누는 사이. 아무튼, 톰은 에릭에게 미국 영어 비속어 사전을 보내 주면 괜찮을 것 같았다.

톰은 루테티아 호텔로 다시 전화했다.

"여보세요. 전화해 주셔서 다행이네요." 설로가 뭔가를 먹으면서 말하는 것 같았다. "네, 전화가 왔었어요." 탐정이 톰이 묻는 말에 대답했다. "오늘 낮 12시쯤에 연락을 받았습니다. 이번에는 뒤에서 소방차 소리가 나더라고요. 아무튼, 이번에도 그쪽에서 정확한 시간과 장소를 정해 줬습니다. 어느 식당이던데, 제가 주소를 불러 드리죠. 당신이 그곳에 가방을 갖다 놓으면 됩니다."

"제안하고 싶은 장소가 있는데요." 톰이 말을 잘랐다. "험프라는 바입니다. 네, 험프요, H-U-M-P. 스펠링대로 발음하면 됩니다. 잠시만요." 톰이 수화기를 손으로 막고 에릭을 불렀다. "에릭! 미안한데, 험프가 어느 길에 있죠?"

"빈터펠트슈트라세!" 에릭이 곧장 답해 주었다.

"빈터벨트슈트라세랍니다." 톰이 설로에게 말했다. "번지수는 몰라도 돼요. 가면 보여요. 평범한 바이긴 해도 꽤 커요. 밤 11시에서 자정 사이에 거기서 보자고 하세요. 바텐더에게 가서 조이를 찾으라고 하세요. 그럼 조이가 그들이 원하는 걸 건네줄 겁니다."

"그 조이란 사람이 당신인 거죠?" 설로가 궁금해하며 물었다.

"글쎄요. 아무튼, 조이가 그곳에 있을 겁니다. 소년은 여태 무사하던가요?"

"잘 있다고는 들었는데, 제가 직접 통화하진 못했어요. 소방차 소리가 나는 걸 보니 밖에서 전화하는 것 같더라고요."

"고맙습니다, 설로 탐정님. 오늘 밤에는 잘될 겁니다." 톰이 결연하게 말했다. 실제보다 더 단호한 목소리로 말을 이었다. "일단 돈부터 받고 확인한 다음에 소년을 풀어 줄 장소를 알려 달라고 납치범들한테 전해 주시겠습니까? 보아하니, 오늘 자정이 되기 전에 녀석들이 당신한테 다시 전화해 약속을 재확인할 것 같긴 한데요.”

“그랬으면 좋겠어요. 아까 녀석들이 어느 식당에서 보자는 얘기를 당신한테 전해 주라며 나한테 시키긴 했어요. 언제 다시 전화해 주실 건가요, 리플리 씨?”

“현재로선 정확한 시간을 말씀드릴 순 없지만, 아무튼 다시 전화드리겠습니다.” 톰은 전화를 끊었다. 묘하게 기분이 찜찜했다. 톰은 프랭크를 데려간 납치범들이 오늘 밤에 또다시 설로에게 전화할 거라는 확신이 들기를 바랐다.

에릭이 봉투에 침을 발라 붙이며 보란 듯이 복도에서 걸어 나오고 있었다. “얘기가 잘됐나요? 뭐래요?”

태평한 에릭을 보니 톰은 마음이 진정되었다. 둘 다 조만간 외출할 예정인데, 그렇게 되면 2백만 달러가 아무도 없는 빈집에 무방비한 상태로 방치될 것이다. “오늘 밤 11시에서 12시 사이에 험프에서 보자고 했어요. 험프에 도착해서 조이를 찾으라고 시켰습니다.”

“돈은 안 들고 간다는 거죠?”

“네.”

“그럼 어쩌려고요?”

“되는대로 계획을 짜야죠. 맥스에게 차가 있나요?”

“아뇨. 없어요.” 에릭이 남색 재킷을 입으며 웃는 낯으로 톰을 쳐다보았다. “당신이 오늘 밤에 여장하고 택시 타는 모습을 보게 되겠군요.”

“같이 갈래요?”

“글쎄요.” 에릭이 고개를 저었다. “톰, 집에서 푹 쉬고 있어요. 외출할 거면, 문단속 제대로 하고 나가요.”

“당연히 그래야죠.”

“돈 가방이 어디에 있는지 확인해 볼래요? 옷장 속에 넣어 두었어요.”

톰이 웃었다. “됐습니다.”

“그럼 나는 나갔다가 6시에 들어올게요, 톰.”

얼마 후, 톰도 외출했다. 에릭이 시킨 대로 문단속을 이중으로 하고 나갔다.

니부어슈트라세는 평화롭고 평범해 보였다. 톰을 주시하며 어슬렁거리는 사람은 어디에도 보이지 않았다. 톰은 왼쪽으로 틀어 라이프니츠슈트라세를 거닐다가 또다시 왼쪽으로 꺾어서 쿠담으로 갔다. 쿠담에는 상점과 서점과 레코드 가게가 즐비했고 이동식 슈넬임비스도 보였다. 행인도 많았다. 큼직한 종이 상자를 들고 뛰는 남자애도 있었고, 부츠 바닥에 들러붙은 껌을 손대지 않고 떼어 내려고 애쓰는 소녀도 보였다. 톰은 웃음이 나왔다. 『베를리너 모르겐포스트』를 사서 빠르게 훑어보았다. 납치 사건에 관한 기사가 있을 거라곤 기대도 안 했지만, 역시 실리지 않았다.

톰은 서류 가방이며 핸드백이며 지갑이 전시된 쇼윈도 앞에서 발걸음을 멈추었다. 안으로 들어가 어깨끈이 달린 남색 스웨이드 핸드백을 샀다. 엘로이즈가 좋아할 것 같았다. 235마르크. 톰은 하나의 징표로서 이 가방을 샀다. 이걸 사면 집에 돌아가 아내에게 선물할 수 있을 것만 같았다. 앞뒤가 맞지 않는 논리긴 했다. 슈넬임비스에서 로스헨들도 두 갑 샀는데, 음식과 맥주는 물론이거니와 담배와 성냥도 같이 팔고 있어서 간편했다. 맥주나 마실까? 아니. 다시 에릭의 집으로 향했다.

톰은 아파트 정문 앞에서 빈 쇼핑 카트를 밀고 나오는 여자를 위해 문을 잡아 주었다. 여자는 그에게 고맙다고 인사하면서도 그를 쳐다보지는 않았다.

톰은 에릭의 조용한 아파트로 들어가고 싶지 않았다. 에릭의 침실에 누가 숨어 있는 건 아닌지 잠시 의심이 들었다. 말도 안 되는 얘기인데도, 톰은 침실로 들어갔다. 침실은 고요했고 침대는 멀끔히 정리되어 있었다. 옷장을 들여다보았다. 갈색 돼지가죽 가방이 제일 깊숙이 놓여 있었고, 그 앞에 조금 더 큰 여행 가방이 보였다. 그리고 그 앞에 구두가 일렬로 놓여 있었다. 톰은 갈색 돼지가죽 가방을 들어서 무게가 그대로인지 확인했다.

거실에서 톰은 에릭이 그린 여러 점의 숲 그림을 바라보았다. 그림들은 그저 그랬다. 시커먼 폭풍우를 머금은 검은 구름 아래에 뿔 달린 수사슴이 겁에 질려 충혈된 눈을 하고 있었다. 사냥개에게 쫓긴 걸까? 그렇다고 하기엔, 개는 한 마리도 보이지 않았다. 그림 속 어딘가에 총구가 삐죽 나와 있는지도 살펴보았지만, 보이지 않았다. 그림 속 수사슴이 이 그림을 그린 화가를 싫어할 것 같았다.

전화벨이 울리자, 톰은 자리에서 벌떡 일어났다. 평소보다 쩌렁쩌렁하게 울리는 듯했다. 납치범들이 에릭의 집 전화번호를 알아낸 걸까? 그럴 리가. 전화를 받아야 하나? 목소리를 변조해서? 톰은 수화기를 집어 들고 평소 음성으로 받았다.

"여보세요?"

“여보세요? 저 피터예요.” 피터가 차분한 목소리로 말했다.

톰이 미소를 지었다. “안녕하세요, 피터. 에릭이 6시에 돌아오겠다면서 외출했어요.”

“그것 때문에 전화한 거 아닙니다. 괜찮으세요? 잠은 잘 주무셨어요?”

“그럼요. 걱정해 줘서 고마워요. 혹시 오늘 밤에 시간 있어요, 피터? 10시 반이나 11시부터 시간을 낼 수 있어요?”

“오늘 사촌을 만나서 저녁만 먹으면 되는데, 무슨 일인데요?”

“험프에 가려고요. 맥스하고 같이요. 이번에도 기사 노릇을 해 달라고 부탁하는 거예요. 오늘이 훨씬 덜 위험할 겁니다.” 톰이 다급히 덧붙였다. “아주 안전한 일이긴 하지만, 설사 문제가 생긴다고 해도, 내 문제지 당신 문제는 아니에요.”

피터가 10시 반에서 11시 사이에 에릭의 아파트로 오겠다고 했다.

맥스가 에릭의 거실에 여장에 필요한 물품들을 늘어놓았다. 영업 사원이 손님이 관심을 보일 만한 물건들을 구경시켜 주는 것 같았는데, 지금은 맥스가 가져온 옷이 전부였다. “이건 내가 제일 좋아하는 옷이에요.” 맥스가 독일어로 설명하더니 자기 몸에 치렁치렁한 드레스를 대고 근사하게 보이려고 부츠 신은 발로 거실을 쿵쿵 돌아다녔다.

톰은 드레스가 긴소매라서 좋았다. 분홍색과 흰색이 섞이고 살이 비치는 소재로 만들어진 드레스 밑단에는 삼단 러플이 달려 있었다. “근사하네요. 아주 예뻐요.”

“이 드레스를 입으려면 이것도 같이 입어야 해요.” 맥스는 들고 온 붉은 캔버스 가방에서 하얀 슬립, 그러니까 페티코트를 꺼냈다. 드레스만큼 길었다. “먼저 옷부터 입어요. 그래야 화장을 어떻게 해 줘야 할지 영감이 떠오를 것 같거든요.” 맥스가 웃으며 말했다.

톰은 지체하지 않고 가운을 벗었다. 안에 팬티만 입고 있었다. 슬립부터 입고 그 위에 드레스를 걸쳤다. 드레스를 입고 나니 누런 허물을 벗어 놓은 듯한 스타킹이 문제였다. 맥스는 톰에게 앉아서 스타킹을 제대로 신으라고 했지만, 결국엔 스타킹을 안 신어도 구두만 제대로 들어가면 괜찮다고 했다. 드레스 자락이 거의 바닥에 질질 끌렸기 때문이다. 맥스와 톰은 키가 엇비슷했다. 벨트를 하지 않아서 드레스가 벙벙했다.

이제 톰이 네모난 거울 앞에 앉았다. 에릭이 침실에서 떼어 온 거울이었다. 맥스가 에릭의 사이드보드 위에 화장할 때 필요한 제품들을 펼쳐 놓고 톰의 얼굴에 화장품을 바르기 시작했다. 에릭이 팔짱을 끼고 처음부터 끝까지 지켜보았다. 말은 없어도 흥미 있어 하는 눈치였다. 맥스가 흥얼거리며 화장을 해 주다가 톰의 눈썹에 허연 크림을 도톰히 올리더니 펼쳐 발랐다.

"이건 신경 쓰지 말아요. 눈썹은 새로 그려야 하거든요. 반드시요."

"음악!" 에릭이 말했다. "〈카르멘〉 들읍시다!"

"됐어요. 무슨 〈카르멘〉입니까!" 톰은 듣기 싫었다. 전혀 웃긴 상황도 아니었거니와 비제의 오페라를 들을 기분도 아니었기 때문이다. 톰은 바뀐 입술 모양을 보고 감탄을 금치 못했다. 윗입술은 얇아지고 아랫입술은 도톰해졌다. 자기 얼굴을 자기가 알아보지 못하는 지경에 이르렀다.

"이제 가발을 써 볼까요." 맥스가 적갈색 가발을 흔들어 풀면서 독일어로 중얼거렸다. 에릭의 사이드보드 한쪽 구석에 놓여 있을 때는 가발이 좀 섬뜩해 보였었다. 맥스가 늘어지는 컬을 빗으로 살살 빗었다.

"아무 노래나 불러 봐요." 톰이 말했다. "거, 뭐더라. 여장 남자 노래 있잖아요?"

"아, 맞다! '당신이 한 화장은…….' 〈메이크 업〉이란 노래 말하는 거죠?" 맥스가 루 리드*를 제대로 흉내 내며 노래를 불렀다. "'루주를 바르고 색조 화장을 하죠, 향을 피우고 얼음을…….'" 맥스가 화장을 해 주면서 몸을 흔들었다.

그 모습을 보자 톰은 프랭크가, 엘로이즈가, 벨옹브르가 떠올랐다.

"'눈 감지 말고!'" 맥스가 톰에게 노래를 불러 주며 눈 화장에 집중했다. 맥스는 잠시 동작을 멈추고 톰을 뚫어져라 보다가 거울을 들여다보았다.

"오늘 밤에 시간 돼요, 맥스?" 톰이 독일어로 물었다.

맥스가 웃으며 가발을 씌우더니 자기가 만든 작품을 쳐다보았다. "진심이에요?" 맥스의 큼직하고 다정한 입매가 활짝 벌어지더니 함박웃음을 지었다. 맥스의 얼굴이 붉어진 것 같았다. "내가 머리를 짧게 치는 이유가 있어요. 이래야 이런 가발이 제대로 맞거든요. 이렇게 호들갑 떠는 내가 바보 같아 보이겠지만, 가발을 쓴 당신은 정말이지 기막히게 예뻐 보여요."

* 미국의 록가수로, 여성의 옷을 즐겨 입었다.

"그러게요." 톰이 딴 사람을 쳐다보듯 거울을 쳐다보았다. 그래도 그 순간에는 그다지 흥미가 일지 않았다. "내가 농담하는 게 아니고, 오늘 밤 나하고 같이 바에서 한 시간만 같이 있어 줄래요, 맥스? 오늘 밤 험프에 같이 가 줘요. 자정까지, 아니면 그 전까지도 괜찮아요. 롤로도 데려와요. 제발 내가 하자는 대로 해 줘요. 딱 한 시간만 시간을 내 줘요."

"왜 나만 빼놓는 겁니까?" 에릭이 독일어로 투덜거렸다.

"아, 당신도 가도 돼요. 에릭."

이제 맥스가 반짝이는 가죽 펌프스를 신겨 주었다. 여기저기 가죽이 다 터진 구두였다.

"크로이츠베르크에 있는 구제 가게에서 샀는데, 다른 하이힐과는 다르게 이걸 신으면 발이 안 아프더라고요. 보세요, 딱 맞죠!"

톰이 다시 거울 앞에 앉자, 환상의 세계로 들어간 것 같았다. 맥스가 왼쪽 뺨에 검은 점을 콕 찍어서 미인점을 만들어 주었다.

초인종이 울리자 에릭이 주방으로 달려갔다.

"롤로하고 나더러 오늘 밤에 험프에 같이 가 달라는 말, 진심이에요?" 맥스가 물었다.

"내가 옆에 아무도 없이 혼자 있기를 바라는 건 아니겠죠, 맥스? 둘 다 같이 가면 좋겠어요. 에릭은 데려가기에 적당하지 않거든요." 톰이 간드러진 목소리를 연습하고 있었다.

"재미로 여장하는 건가요?" 맥스가 톰의 갈색 컬을 다시 매만지며 물었다.

"재미있잖아요. 오늘 밤에 내가 가짜 데이트 상대를 바람맞힐 예정이거든요. 그런데 그 남자는 바에 와도 날 알아보지 못할 거랍니다."

맥스가 웃었다.

"톰!" 에릭이 거실로 들어오며 말했다.

톰은 자기를 톰이라 부르지 말라고 부탁하고 싶었다.

에릭이 잠시 말없이 거울을 뚫어져라 쳐다보았다. 거울 속에는 톰이 변장한 얼굴이 보였다. "피터가 왔는데 아래 주차할 데가 없으니 내려오라는데요?"

"어머나, 내려가야죠." 톰이 차분히 핸드백을 집어 들었다. 붉은색과 검은색이 섞여 반짝거리는 큼직한 백이었다. 이번에도 톰은 에릭의 현관 앞 옷장에 걸어 둔 재킷 주머니를 침착하게 뒤적여 이탈리아 마피아처럼 생긴 납치범의 주머니에서 꺼내 온 열쇠를 챙겼다. 옷장 바닥 오른쪽 뒤 구석에 넣어 둔 피터의 총도 꺼냈다. 에릭과 맥스가 수다를 떨며 톰의 자태를 감상했지만, 톰이 핸드백에 총을 집어넣는 장면은 보지 못했다. 그가 등을 돌리고 서 있었기 때문이다. "준비됐어요, 맥스? 저 아래까지 날 부축해 줄 사람?"

맥스가 나섰다. 맥스는 아까 에릭의 아파트에 조금 늦게 왔다. 맥스는 롤로가 벌써 험프에 도착했겠지만, 자기는 집에 들러서 옷을 '살짝' 갈아입고 싶다고 했다. 지금 입고 있는 셔츠 차림으로 온종일 일했기 때문이라는 게 이유였다.

차 안에서 기다리던 피터가 물고 있던 담배를 떨어뜨릴 뻔했다.

"나예요, 톰. 피터."

피터와 맥스는 서로 잘 아는 사이였다. 맥스는 험프는 반대 방향인데 자기 집은 이 근처라면서, 걸어가는 게 낫다며 이따가 바에서 보자고 했다. 피터와 톰은 빈터펠트슈트라세를 향해 출발했다.

"이게 다 무슨 일이에요? 재미로 이러는 건가요?" 피터가 긴장한 목소리로 물었다.

톰이 피터에게 약간의 냉랭함을 느낀 걸까? "재미로 이러는 건 아니에요." 톰은 설로에게 다시 전화해 납치범들이 오늘 밤 약속 장소에 나온다고 했는지 확인할 수 있었는데도 하지 않았다는 걸 깨달았다. "시간이 있을 때 물어나 봅시다. 그때 그 창고로 돌아갔다고 했잖아요, 피터?"

피터가 어깨를 으쓱했다. 당황한 것 같았다. "창고까지는 걸어갔어요. 차 소리는 내고 싶지 않아서요. 라이트가 없어서 정말 캄캄했었죠."

"그랬겠죠."

"당신이 죽었거나, 다친 줄 알았어요. 그랬더라면 상황이 더 나빠졌겠죠. 그런데 웬 남자가 바닥에 쓰러져 있더라고요. 당신이 아니어서 그곳을 떴어요. 당신이 쏜 건 아니죠?"

"내가 여행 가방으로 후려쳤어요." 톰은 침을 삼키면서, 피터한테 빌린 총의 개머리판으로 납치범의 관자놀이를 박살 냈다는 말은 꾹 참았다. "납치범들이 나 말고 누가 더 있었다고 오해했을 겁니다. 내가 허공에다 두 발을 쏜 다음에 고함쳤거든요. 바닥에 쓰러진 남자는 죽었을 테고요."

피터가 날카롭게 웃었다. 그 모습을 보자, 톰은 기분이 나아졌다. "난 그 남자가 살았는지 죽었는지 확인할 만큼 거기에 오래 있지도 않았어요. 오늘 밤엔 신문도 안 봤어요. 뉴스도 안 볼 거예요."

톰은 아무 말 하지 않았다. 일단 위험에서 벗어났으니, 지금만 생각하기로 했다. 이번엔 피터에게 밖에서 기다려 달라고 부탁할 수 있을까? 피터가 기다려 준다면, 오늘 밤에는 꽤 도움이 될 것이다.

"녀석들이 차를 타고 가더라고요. 차가 멀어지는 걸 봤어요. 그래서 당신을 기다렸다고요. 5분도 넘게요."

"그때쯤이면 내가 큰길까지 걸어나갔을 때였겠군요. 크루거담까지 걸어가서 버스를 탔어요. 교회 쪽은 쳐다보지도 않고요. 내가 잘못했어요, 피터."

피터가 모퉁이를 돌았다. "그 큰돈이 지금 에릭의 아파트에 있다면서요! 녀석들이 그 돈을 못 받으면 소년을 어떻게 할까요?"

"녀석들한테는 소년보다 돈이 더 필요할걸요." 이제 피터가 모는 차가 바가 있는 도로로 접어들었다. 톰은 건물 측면에 '더 험프'라는 글자 밑에 밑줄이 그어진 분홍색 네온사인을 찾았지만, 아직까지는 보이지 않았다. 톰은 피터에게 오늘 밤 벌어질지도 모를 상황을 알려야 했다. 톰이 힘겹게 입을 뗐다. 그 순간, 그가 여장한 이유가 어리석고 옹색해 보였다. 톰은 긴장했는지 무릎 위에 올려놓은 검은색과 붉은색이 섞인 핸드백을 쥐고 들썩거렸다. 피터의 총이 들어 있어서 그런지 핸드백이 묵직했다. "당신이 준 총을 가져 왔어요. 네 발 남았어요."

"지금 총을 가져 왔다고요?" 피터가 독일어로 묻더니 톰의 핸드백을 쳐다보았다.

"네. 오늘 밤 납치범들하고 만나기로 했으니, 한 명은 오겠죠. 11시에서 12시 사이에 험프로 온다고 했는데, 확실하진 않아요. 피터, 날 기다려 줄 수 있어요? 지금 11시가 조금 넘었군요. 내가 바에 가서 녀석들을 못 본 척하고 있다가 미행할 생각이에요. 확실한 건 아니지만, 녀석들도 차를 갖고 오겠죠. 만약 안 가져오면, 내가 걸어서 녀석들의 뒤를 밟을 작정이에요."

"이런……." 피터가 의심 섞인 말투로 말했다.

피터가 하이힐을 신고 걸을 톰을 걱정해 주는 걸까? 톰이 말했다. "만일 녀석들이 나타나지 않는다고 해도, 오늘 밤에 재미는 있을 거예요. 아무도 다치지 않을 테고요." '더 험프'라고 적힌 분홍색 네온사인이 이제 막 보이기 시작했다. 톰이 기억했던 것보다 그리 크지 않았다. 이제 피터가 주차할 자리를 찾고 있었다. "저쪽에 빈자리가 있네요." 톰이 도로 오른편에 줄지어 선 자동차 사이에 있는 빈자리를 가리켰다.

피터가 차를 대고 있었다.

"기다려 줄 건가요? 한 시간, 아니 조금 더 길어질지도 몰라요, 기다려 줄 건가요?"

"당연히 기다려야죠." 피터가 주차하며 대답했다.

톰이 설명했다. 만약 오늘 납치범들이 약속한 대로 나타난다면, 바텐더나 웨이터에게 가서 '조이'라는 사람을 찾을 거라고 했다. 그런데 한참이 지나도 조이가 나타나지 않으면 그들이 바를 떠날 텐데, 그때 톰이 그들을 미행할 거라고 설명했다. "녀석들이 문을 닫는 새벽까지 기다리진 않겠죠. 자정만 지나도 함정이었다는 걸 눈치챌 겁니다. 혹시 지금 소변이 마렵다면 어디 가서 일부터 보고 와요."

피터의 기다란 턱이 살짝 벌어지더니 웃음을 터뜨렸다. "아뇨, 괜찮아요. 혼자 들어갈 건가요?"

"내가 그렇게 여려 보여요? 맥스하고 롤로가 오기로 했어요. 그럼 안녕, 피터. 좀 이따 여기에서 봐요. 혹시 12시 15분이 넘으면 내가 나와서 얘기해 줄게요."

톰은 험프의 출입문을 바라보았다. 근육질의 남자 한 명이 나오고 두 명이 들어갔다. 문이 열리자 디스코 비트가 더 크게 흘러나왔다. 붐파! 붐파! 붐파! 심장이 쿵쿵거리는 소리 같았다. 너무 빠르지도, 그렇다고 너무 느리지도 않은 비트가 강하게 울려 퍼졌다. 인위적으로 만들어 낸 전자음이라, 인간의 심장 박동하곤 달랐다. 톰은 피터가 무슨 생각을 하는지 알 것 같았다.

"이게 과연 잘하는 짓일까요?" 피터가 독일어로 물었다.

"소년의 소재를 파악해야 하니까요." 톰은 핸드백을 집어 들었다. "당신이 기다려 주지 않아도 비난하진 않을 겁니다. 내가 택시를 타고 급히 따라가면 되니까요."

"기다린다니까요." 피터가 긴장한 채 미소를 지어 보였다. "무슨 일이 있어도 여기서 기다릴게요."

톰은 차에서 내려 길을 건넜다. 밤바람이 불자 알몸이 된 것만 같았다. 고개를 숙여 알몸이 아니라는 걸 확인했다. 치맛자락이 바람에 뒤집히진 않았다. 인도로 올라서는데 발목이 꺾였다. 톰은 서두르면 안 된다고 자신을 토닥였다. 긴장한 손으로 가발을 매만진 후 입을 살짝 벌린 채 험프의 출입문을 당겨서 열었다. 디스코 리듬이 그를 집어삼키더니 고막이 윙윙거리며 메아리쳤다. 톰은 최소 남자 열 명의 시선을 받으며 바 테이블로 걸음을 옮겼다. 다들 그에게 미소를 던졌다. 마리화나 냄새가 진동했다.

이번에도 바 테이블에는 빈자리가 없었다. 놀랍게도 남자 네다섯 명이 비켜서서 자리를 만들어 주었다. 덕분에 톰은 바의 둥글고 윤기 나는 크롬 장식에 손을 올려놓을 수 있었다.

"누구세요?" 다 찢어진 리바이스 청바지를 입은 청년이 물었다. 찢어진 틈새로 보니, 노팬티였다.

"마벨이에요." 톰이 속눈썹을 깜박이며 새침하게 핸드백을 열었다. 술을 사 마시려고 핸드백 바닥에 너부러진 지폐와 동전을 집으려 했다. 손톱에 매니큐어를 바르지 않고 왔다니. 맥스도 손톱까지는 미처 생각하지 못한 것이다. 젠장. 영국식으로 카운터 위에 동전을 쏟아 놓으려니 너무 남자다운 행동인 것 같아서 그렇게 하지는 않았다.

댄스 플로어에 있는 남자들이 쿵쿵거리는 음악 소리에 온몸을 비틀며 겅중거렸다. 발밑에 있는 바닥이 폭발하거나 출렁거리는 것 같았다. 남자들이 돌아다니며 눈을 맞추고, 화장실로 가는 유리 난간이 달린 계단을 오르내렸다. 어떤 남자가 두 남자의 부축을 받으며 계단을 내려오더니, 다 내려와서는 혼자 멀쩡히 돌아다녔다. 긴 드레스를 입은 사람만 해도 최소 열 명은 넘었다. 톰은 이제 맥스를 찾았다. 아주 느릿느릿 핸드백에서 담배를 꺼내 불을 붙인 다음, 바텐더와 찬찬히 눈을 맞추고 음료를 시켰다. 잠시 그러고 있기로 했다. 11시 15분. 주위를 둘러보면서도 유독 바 주변을 유심히 살폈다. 논리적으로 따져 보면, 바텐더한테 다가가 조이가 누구냐고 묻는 사람이 등장해야 한다. 그런데 아무리 상상력을 발휘해도, 지금까지는 이성애자처럼 보이는 남자는 없었다. 톰이 생각하기에, 납치범이라면 이성애자일 것 같았다.

그제야 맥스가 조개 단추가 달린 웨스턴풍 흰 셔츠에 검은색 가죽 바지를 입고 나타났다. 아까 신었던 부츠를 여전히 신은 채, 대부분의 춤판이 벌어지고 있는 클럽 뒤편에서 등장했는데, 긴 드레스를 입은 장신의 남자를 뒤따라오고 있었다. 키가 큰 남자는 누런 휴지로 만든 듯한 드레스 차림에, 상고머리를 한 양쪽 귀 뒤에 얇은 노란색 리본을 꽂고 있었다.

"저 왔어요." 맥스가 웃으며 인사했다. "이쪽은 롤로에요." 맥스가 휴지로 만든 듯한 드레스를 입은 남자를 소개해 주었다.

"마벨이에요." 톰이 유쾌하게 미소 지으며 인사를 건넸다.

롤로의 얄팍한 입술 끝이 올라갔다. 롤로가 웃지 않았더라면, 얼굴이 밀가루처럼 허예 보였을 것이다. 그래도 회청색 눈동자는 다이아몬드처럼 반짝였다. "친구 기다려요?" 롤로는 속이 비고 기다란 검정색 담배 홀더를 들고 있었다.

롤로가 지금 농담하나? “네.” 톰은 대답한 다음, 테이블석이 있는 쪽 벽에 몸을 기대고 서 있는 남자들을 살펴보았다. 납치범들이 춤을 출 리는 없겠지만, 무슨 일이든 있을 수 있는 거 아닌가.

“뭐 마실래요?” 롤로가 톰에게 물었다.

“나는 맥주. 톰은요?” 맥스가 물었다.

맥주는 여자가 마실 법한 음료가 아닌데, 톰은 자기가 이런 생각을 한다는 게 어이가 없었다. 그래도 맥주를 시키겠다고 말하려는 순간, 바텐더 등 뒤에 있는 에스프레소 머신이 눈에 띄었다. “난 커피.” 톰은 핸드백 바닥에 굴러다니는 동전 몇 개를 집어서 카운터에 올려놓았다. 지갑은 가져오지 않았다.

맥스와 롤로는 진을 시켰다.

톰은 몸을 요리조리 움직여 출입구가 정면으로 보이는 자리에 서서 바에 몸을 기댄 채 맥스와 롤로를 마주 보고 수다를 떨었다. 시끄러운 곳이라 수다를 떨기가 쉽지 않았다. 수시로 남자 한두 명이 들어왔고, 나가는 사람은 그보다 적었다.

“누구 기다리는 거예요?” 맥스가 톰의 귀에 대고 외쳤다. “왔어요?”

“아직 안 왔어요!” 바로 그때, 검은 머리를 하고 바 테이블 한쪽 구석에 서 있는 남자가 눈에 들어왔다. 자세히 설명하자면, 톰의 오른편을 따라 굽어지다가 벽에 막혀 버린 바 테이블 반대편 끝에 서 있는 남자였다. 저 남자라면 이성애자일 것 같았다. 20대 후반, 누런 캔버스 재킷을 입고 왼손을 바 테이블에 올려놓은 채 담배를 쥐고 있었다. 젊은 남자는 맥주를 마시면서 주위를 경계하며 출입구를 찬찬히 살피고 있었다. 그런데 출입구를 주시하는 사람이 한둘이 아니었기에, 톰은 판단이 잘 서지 않았다. 조만간 톰이 점찍은 남자가 바텐더에게 조이라는 사람을 봤냐고, 혹은 조이가 남긴 메시지가 있냐고 물을 것 같았다. 혹시 벌써 저 남자가 물어봤다면, 한 번 더 물어봐 주기를 톰은 기도했다.

“춤출래요?” 롤로가 톰에게 정중히 허리를 굽히며 청했다. 롤로가 톰보다 훨씬 키가 컸다.

“그러죠.” 톰과 롤로가 댄스 플로어로 걸어갔다.

잠시 후, 톰이 하이힐을 벗자, 롤로가 잽싸게 하이힐을 집어 들더니 캐스터네츠를 치듯 머리 위로 쳐들고 구두 밑바닥을 맞부딪히며 소리를 냈다. 펄럭이는 치맛자락에 다들 웃음을 터뜨렸지만, 두 사람을 보고 비웃진 않았다. 사실 톰과 롤로에게 관심을 보이는 사람은 아무도 없었다. '두잇, 두잇, 두잇'이거나 '추 잇', '피 딧' 혹은 '블루 잇'이라고 하는 것 같았는데, 가사가 뭐든 상관없었다. 톰은 맨발로 바닥을 디디자 기분이 좋았다. 이따금 손을 정수리에 대고 가발을 똑바로 바로잡았다. 한 번은 롤로가 대신 매만져 주기도 했다. 롤로는 센스 있게 납작한 샌들을 신고 왔다. 톰은 체육관에서 운동할 때처럼 아드레날린이 샘솟고 기운이 넘치는 것 같았다. 이래서 베를린 사람들이 변장을 좋아하는군! 어떤 의미에서 보면, 변장을 해야 꾸밈없는 자기 자신이 되어서 자유로움을 만끽할 수 있는 것 같았다.

"바 테이블로 돌아갈까요?" 톰은 11시 40분 가까이 된 것 같아서 다시 한번 둘러보고 싶었다.

톰은 구두를 벗고 춤을 추다가 바에 가서야 도로 신었다. 바 테이블 위에는 그가 마시다 만 커피 잔이 그대로 놓여 있었다. 맥스가 톰의 핸드백을 맡아 주었다. 톰은 출입구가 보이는 자리에 다시 섰다. 톰이 점찍은 남자가 바 반대편 끝에서 사라졌다. 톰은 주위를 둘러보았다. 테이블석 사이를 돌아다니는 남자들 중에, 댄스 플로어나 계단을 쳐다보는 사람들 중에, 누런 재킷이 보이는지 찾았다. 바로 그때, 누런 재킷을 입은 남자가 톰의 뒤에서 2미터도 안 되는 자리에 와 있었다. 그 남자가 바 테이블이 있는 근처까지 온 것이다. 가운데 끼인 손님들에게 거의 가려져 있었던 것이다. 누런 재킷을 입은 남자는 바텐더와 어떻게든 시선을 맞추려고 애쓰고 있었다. 맥스가 톰에게 고함치며 말하려고 하자, 톰이 손가락을 세워 조용히 하라고 시켰다. 그런 다음 떨어지기 직전인 인조 속눈썹 사이로 누런 재킷을 주시했다.

바텐더가 몸을 앞으로 쑥 내밀더니 구불구불한 금발 가발을 쓴 머리를 내저었다.

누런 재킷을 입은 남자가 무슨 말을 계속 하고 있었다. 톰은 까치발을 들고 남자의 입술을 읽으려 했다. 남자가 '조이'라고 말하는 건가? 그래 보였다. 그러자 바텐더가 고개를 끄덕였는데, '조이가 오면 알려 주겠다'라는 뜻으로 보였다. 그제야 누런 재킷을 입은 남자가 천천히 걸음을 옮기더니, 바 맞은편 벽에 기대고 선 사람들과 혼자 선 사람들이 있는 쪽으로 자리를 옮겼다. 누런 재킷의 남자가 파란 셔츠를 입고 단추를 풀어 젖힌 채 벽에 기대고 서 있는 금발 머리 남자에게 말을 걸었다. 누런 재킷을 입은 남자가 무슨 말을 했는지는 모르겠지만, 파란 셔츠를 입은 남자는 아무 말도 하지 않았다.

"방금 뭐라고 했어요?" 톰이 맥스에게 물었다.

"저 사람이 당신 친군가요?" 맥스가 누런 재킷을 입은 남자를 턱으로 가리키며 씩 웃었다.

톰은 어깨를 으쓱하더니 분홍빛이 도는 러플이 달린 소매를 걷어 올려 손목시계를 확인했다. 12시 11분 전. 커피 잔을 비웠다. 몸을 앞으로 숙이고 맥스에게 말했다. "난 이제 곧 가 봐야 할 것 같아요. 확실한 건 아니지만, 이쯤에서 작별 인사와 감사 인사를 같이 해야겠어요. 내가 신데렐라처럼 뛰쳐나갈지도 모르거든요."

"그렇게 입고 택시를 타려고요?" 맥스가 당황했지만, 말투는 정중했다.

톰이 고개를 저었다. "진이나 한 잔씩 더 마실래요?" 톰이 맥스의 잔을 가리키고는 손가락 두 개를 펴서 두 잔을 달라고 신호를 보냈다. 맥스가 됐다고 하는데도, 톰이 10마르크 지폐 두 장을 내밀었다. 바로 그때, 누런 재킷을 입은 남자가 바 테이블이 있는 쪽으로 다시 걸어왔다. 아까 그 남자가 서 있던 벽에서 가까운 자리로 가려는 눈치였지만, 지금 그 자리에는 심각하게 얘기를 나누는 어떤 남자 둘이 있었다. 누런 재킷을 입은 남자는 아까 그 자리로 가려는 생각은 접고, 출입구에 더 가까운 쪽으로 이동하더니 한쪽 팔을 들어 올렸다. 때마침 바 한쪽 끝으로 온 바텐더의 시선을 끌려는 심산이었다. 바텐더가 누런 재킷을 입은 남자를 보자마자 고개를 저었다. 톰은 조이를 찾는 사람이 누런 재킷을 입은 남자라는 걸 간파했다. 확신이 섰다. 누런 재킷이 손목시계를 확인하더니 출입구를 쳐다보았다. 리바이스 청바지를 입은 10대 소년 세 명이 휘둥그레진 눈으로 빈손을 휘저으며 술집 안으로 들어오고 있었다. 누런 재킷이 파란 셔츠를 쳐다보며 출입구 쪽으로 고갯짓하더니 밖으로 나갔다.

"그럼 안녕, 맥스." 톰이 핸드백을 챙기며 작별 인사를 건넸다. "만나서 반가웠어요, 롤로!"

롤로가 고개를 숙였다.

톰은 파란 셔츠도 출입구로 향하고 있다는 걸 눈치채고, 먼저 파란 셔츠를 내보낸 다음 느긋하게 밖으로 나갔다. 누런 재킷과 파란 셔츠가 인도 오른편에 서 있었다. 누런 재킷이 파란 셔츠가 다가올 때까지 기다려 주었다. 톰은 반대편인 좌측으로, 피터가 차를 대고 기다리고 있는 쪽으로 걸어갔다. 험프로 들어가려던 남자 일행 중 한 명이 톰에게 휘파람을 불자, 다들 웃음을 터뜨렸다.

피터가 머리를 뒤로 젖히고 있다가 톰이 반쯤 열린 차창을 두드리자 곧바로 쳐다보았다.

"방금 나왔어요." 톰은 이렇게 말한 후, 차를 끼고 한 바퀴 빙 돌아 반대편 조수석에 탔다. "유턴해야 해요. 방금 녀석들을 봤어요. 이 길에 있어요. 두 명이에요."

피터는 벌써 유턴하고 있었다. 길은 컴컴했고 차들이 빽빽이 주차되어 있었지만, 지금 지나가는 차는 없었다.

"천천히 가요. 녀석들이 걸어가고 있어요. 주차할 데를 찾는 척해요." 톰이 시켰다.

녀석들이 걸어가는 모습이 보였다. 뒤돌아보지 않는 걸 보니 둘이 대화에 푹 빠진 듯했다. 그러더니 주차해 놓은 차 옆에서 걸음을 멈추었다. 톰이 수신호를 보내자 피터가 속도를 더 줄였다. 뒤에서 차가 나타났지만 추월할 공간이 충분하자 옆으로 지나가 버렸다. "들키지 않고 저 차를 따라가고 싶어요. 따라가 봅시다, 피터. 우리가 미행한다는 걸 저들이 눈치챘다간, 우리를 '낚거나' 다른 데로 내뺄 겁니다. 놈들이 둘 중 하나는 할 거예요." 톰은 '낚는다'라는 은어를 독일어로 설명하려고 했지만, 피터가 이미 충분히 이해한 것 같았다.

대략 15미터 앞에서 납치범들이 탄 차가 출발하더니 다음번 교차로에서 영리하게 좌회전했다. 피터도 따라붙었다. 녀석들이 탄 차가 조금 더 복잡한 도로에서 우회전했다. 그사이에 차 두 대가 끼어들었지만, 녀석들이 탄 차가 보이긴 보였다. 이어서 좌회전. 다른 차에서 쏜 헤드라이트 덕분에, 차가 자주색이라는 걸 확인할 수 있었다.

"자주색이면 그때 그 차가 맞아요!"

"그래요?"

"뤼바르스에서 봤던 그 차가 확실해요."

피터의 차가 납치범들의 차를 따라붙었다. 5분은 미행한 것 같았지만, 실은 그 절반도 되지 않았다. 녀석들이 탄 차가 두 번이나 모퉁이를 끼고 도는데도 톰과 피터가 끝까지 따라붙었다. 납치범들이 4, 5층짜리 아파트 단지가 늘어선 도로 좌측에 차를 대려고 속도를 늦추었다. 아파트에는 불이 거의 다 꺼져 있었다.

"이쯤에서 세워 줘요." 톰이 다급히 말했다.

톰은 납치범들이 어느 집으로 들어가는지 확인하고 싶었다. 할 수 있다면 몇 층에 불이 켜지는지도 보고 싶었다. 중산층, 혹은 거기에 살짝 못 미치는 사람들이 사는 지저분한 아파트로 보였다. 그렇다면 이곳 역시 제2차 세계 대전의 포탄 속에서 살아남았다는 뜻이다. 납치범이 누런 재킷을 입은 덕분에, 흐릿하긴 해도 바닥보다 밝아서 형체를 분간할 수 있었다. 누런 재킷이 어느 아파트 정문 앞 계단을 오르더니 안으로 들어갔다. 톰이 그 모습을 지켜보았다.

"3미터만 더 가서 세워 줘요, 피터."

피터가 차를 앞으로 모는 사이, 톰은 3층 조명이 켜지고 2층 조명이 흐려지다가 꺼지는 모습을 확인했다. 타임스위치로 작동하는 전등인가? 복도 등이겠지? 3층 왼편에 조명이 켜지더니 점차 밝아졌다. 2층 우측 조명은 밝기 변동 없이 계속 켜져 있었다. 톰이 핸드백 바닥을 더듬거렸다. 동전과 지폐가 나뒹구는 가운데, 이탈리아 마피아처럼 생긴 납치범의 주머니에서 꺼내 온 열쇠를 움켜쥐었다.

"여기에요, 피터. 여기서 세워 줘요."

"기다릴까요?" 피터가 조용히 속삭였다. "어쩌려고요?"

"모르겠어요." 피터가 일렬로 주차된 차들을 지나 근처 오른쪽에 차를 댔다. 누구의 차도 가로막지 않겠다는 심산이었다. 피터가 그곳에서 15분은 기다려 줄 것 같았다. 하지만 얼마나 걸릴지는 톰도 감이 잡히지 않았다. 톰은 피터의 목숨마저 위험에 빠뜨리고 싶지 않았다. 그런데 피터는 톰을 태우고 가겠다고 말했다. 톰은 자신이 최악의 상황을 종종 가정하는 사람이라는 걸 알고 있었다. 그게 세상에서 제일 바보 같은 짓인데도 말이다. 이 열쇠가 저 아파트 출입구나 현관문에 맞으려나? 이 열쇠로는 둘 다 열지 못하려나? 톰은 아래층에 달린 버튼 여러 개를 정신없이 누르는 모습을 상상해 보았다. 납치범이야 그럴 리 없겠지만, 톰이 들어오도록 순진하게 문을 열어 줄 입주자가 있을지도 모른다. "가서 겁이나 주려고요." 톰은 차 문 손잡이를 잡은 채 손가락으로 톡톡 쳤다.

"경찰에 신고할까요? 지금 해요, 아니면 5분 후에?"

"신고하지 말아요." 톰이 소년을 구출하든 못 하든, 뭔가를 해내든 말든, 경찰이 출동할 경우, 도착하는 시간에 상관없이 톰의 이름이 남들 입에 오르내리게 될 것이다. 그건 톰이 바라는 바가 아니었다. "경찰은 납치된 걸 전혀 몰라요. 난 경찰은 개입시키고 싶지 않아요." 톰이 차 문을 열었다. "기다리지 말고 가요. 출발할 때 차 문을 세게 닫고 가야 해요." 톰은 차에서 내린 다음 차 문을 살짝 반만 닫았다. 그래야 소리가 덜 나기 때문이었다.

밝은색 옷을 입은 여자가 지나가다가 톰을 보더니 살짝 놀라면서도 가던 길을 계속 걸어갔다.

피터의 차가 어둠 속으로 사라졌다. 차 문이 쾅 닫히는 소리가 나는 걸 보니 피터가 안전한 장소로 이동한 것 같았다. 톰은 하이힐을 신고 정신을 모은 다음 정문 앞 계단을 올랐다. 넘어질까 봐 긴 치맛자락이 계단에 끌리지 않도록 움켜잡았다.

1층 출입구에 최소 열 개의 버튼이 달려 있었다. 이름은 죄다 대충 적혀 있었고, 호수는 적혀 있지도 않았다. 톰은 낙심했다. 적혀 있었더라면 2층 A호나 B호의 버튼을 눌렀을 것이다. 유럽에서 2층은 미국으로 치면 3층이었다. 톰은 손에 들고 있던 열쇠를 예일사*에서 만든 잠금장치에 끼워 보았다. 출입문이 열렸다. 톰은 놀라면서도 감탄했다. 납치범들이 출입문 열쇠를 각자 가지고 다니고, 현관문을 열어 주려고 누군가는 늘 아파트를 지키고 있나? 그렇다면 몇 호일까? 톰이 전등 스위치를 눌렀다. 불이 켜졌다가 1분 후에 자동으로 꺼지는 등이었다. 꺼칠꺼칠한 나무로 된 갈색 계단이 보였다. 별로 올라가고 싶지 않았다. 그가 서 있는 복도 양쪽으로 보이는 집들은 문이 닫혀 있었다.

열쇠를 핸드백에 넣고 권총을 찾았다. 안전장치를 풀고 다시 핸드백에 집어넣은 다음 계단을 오르기 시작했다. 이번에도 치마 앞자락을 부여잡았다. 톰이 2층에 올라가자, 문이 닫히는 소리와 더불어 어떤 남자가 복도에 모습을 드러냈다. 그 남자가 벽에 달린 단추를 누르자 등이 또 켜졌다. 불은 1분간 켜져 있을 것이다. 톰은 바지 위에 스포츠 셔츠를 받쳐 입은 뚱뚱한 중년 남자와 마주쳤다. 남자는 계단을 내려가려다가 한쪽으로 비켜섰다. 예의를 차린 게 아니라 톰을 보고 놀라서 그런 것이다.

남자는 톰을 여장 남자가 아니라 전화받고 출장 온 매춘부로 오해하는 눈치였다. 톰이 3층까지 계속 올라가려고 했다.

“여기 사세요?” 중년 남자가 독일어로 물었다.

“옙.” 톰이 군인처럼 박력 있게 대답했다.

“별 이상한 일 다 보겠네.” 남자가 혼자 중얼거리더니 내려갔다.

3층으로 올라가는데 계단이 살짝 삐걱거렸다. 좌우 양쪽 집 현관문 밑으로 빛이 새어 나오고 있었다. 그 뒤로 두 집이 더 보였다. 톰은 좌측에 있는 집을 점찍어 놓고도, 오른쪽에 있는 문에 잠시 귀를 갖다 댔다. 텔레비전 소리가 들렸다. 그런 다음에야 왼쪽 집으로 다가갔다.

* 세계에서 가장 오래된 자물쇠 제조업체

낮게 깔리는 목소리가 들렸다. 안에 최소 두 명은 있는 것 같았다. 톰이 피터가 준 총을 꺼내 들었다. 3층에 있는 1분짜리 복도 등의 전원 단추를 눌러 놓고 왔으니, 앞으로 30초 후면 불이 꺼질 것이다. 문에는 잠금장치가 하나뿐인데도 무척 튼튼해 보였다. 젠장, 이제 어쩐담? 톰은 확신이 서지 않았다. 그래도 최고의 술책은 녀석들을 놀라게 해 흔들어 놓는 것이라는 걸 알고 있었다.

톰이 총으로 잠금장치를 겨누었다. 불이 꺼지는 순간 총을 쏠 것이다. 톰이 왼손 너클 부위로 문을 쾅쾅 두드리자, 겨드랑이에 끼고 있던 핸드백이 미끄러지며 왼쪽 팔꿈치까지 흘러내렸다.

갑자기 집 안이 조용해졌다. 몇 초 후, 한 남자가 독일어로 물었다. "누구세요?"

"경찰이다!" 톰이 단호하고 그럴싸한 목소리로 고함쳤다. "문 열어!" 톰이 독일어로 덧붙였다.

안에서 의자가 이리저리 끌리고 우왕좌왕하는 발소리가 들렸다. 그래도 아직까지는 공황 상태에 이른 것 같진 않았다. 목소리를 낮추고 얘기하는 소리가 또다시 들렸다. "경찰이다! 문 열어!" 톰이 고함치며 주먹으로 문을 쾅쾅 두드렸다. "너희는 포위됐다!"

이제 놈들이 창문으로 도망치려나? 혹시나 놈들이 문에 대고 총을 갈길지도 몰라서, 톰은 일찌감치 현관문 오른쪽으로 자리를 옮겼다. 둥근 문고리 바로 밑에 달린 열쇠 구멍을 왼손으로 가리고 있었다. 그래야 톰이 어디에 있는지 보이지 않을 테니 말이다.

1분이 지나자 복도 불이 나갔다.

톰은 문 앞으로 돌아오자마자, 철제 장식과 나무 사이 갈라진 틈새에 총구를 대고 방아쇠를 당겼다. 총을 쥔 손이 뒤로 밀리는데도 힘껏 버텼다. 동시에 어깨로 문을 밀쳤지만, 문이 완전히 열리지 않았다. 안에서 체인을 건 것 같았는데 확실하진 않았다. 톰이 다시 외쳤다. "문 열어!" 사람들을 공포에 떨게 할 음성이었다. 같은 층에 사는 이웃이라면 문을 닫고 집 안에 있어도 온몸이 부들부들 떨릴 것 같았다. 톰은 이웃 사람들은 밖으로 나오지 않기를 바랐다. 그런데 등 뒤에서 문이 빼꼼 열리자, 톰은 어깨 너머를 힐끔거렸다. 그러고는 그쪽은 신경 쓰지 않기로 했다. 톰이 총을 쏜 문을 누가 여는 것 같았다. 녀석들이 항복하려나.

파란 셔츠를 입은 금발 남자가 문을 여는 순간, 남자의 등 뒤에서 쏟아지는 빛이 톰에게까지 닿았다. 남자가 놀라더니 손으로 뒷주머니를 더듬거렸다. 톰이 파란 셔츠 앞섶에 총을 겨눈 채 안으로 밀고 들어갔다.

"너희들은 포위됐다!" 톰이 독일어로 외쳤다. "옥상으로 넘어가야지 아래로는 도망 못 가! 소년은 어딨어? 여기에 있지?"

누런 재킷을 입은 남자가 거실 한가운데에서 입을 헤벌리고 있다가 불안한 기색을 감추지 못하고 온몸을 덜덜 떨면서 제3의 남자에게 뭐라고 중얼거렸다. 제3의 남자는 다부진 체구에 갈색 머리를 하고 소매를 걷어붙이고 있었다. 파란 셔츠를 입은 남자가 반쯤 열린 채 닫히지도 않는 부서진 문을 발로 차서 박살 내 버렸다. 그런 다음, 톰의 왼편에 있는 방으로 뛰어 들어갔다. 방에는 아파트 정면으로 창이 나 있었다. 톰이 들어선 거실에는 큼직한 타원형 테이블이 놓여 있었다. 녀석들은 천장 등은 끄고 스탠딩 램프만 켜 놓았다.

잠시 모든 게 혼란스러웠다. 톰조차도 도망갈 수 있을 때 도망가고 싶었다. 녀석들이 도망가면서 톰에게 총을 쏠지도 모른다. 아까 피터에게 신고하라고 시켰더라면 지금쯤이면 경찰이 사이렌을 울리며 왔을 텐데, 신고하지 말라고 한 게 실수였을까? 톰이 별안간 영어로 고함쳤다.

"나오라고 할 때 나와!"

파란 셔츠를 입은 남자가 셔츠 소매를 걷어붙인 남자와 다급히 몇 마디 나누더니 누런 재킷을 입은 남자에게 총을 건네고는, 톰의 오른편에 있는 방으로 들어갔다. 곧바로 쿵 소리가 들렸다. 여행 가방이 떨어지는 소리 같았다.

톰은 누런 재킷에게 총을 겨눈 상태로 소년을 찾으려니 겁이 났다. 톰이 총을 겨누고 있긴 해도, 누런 재킷 역시 손에 총이 들려 있었기 때문이다. 뒤에서 누가 독일어로 말하는 소리가 났다.

"지금 여기 무슨 일 있어요?"

톰이 뒤돌아보았다. 복도에 사는 이웃이 궁금했는지 여기까지 찾아온 것이다. 집에서 신는 슬리퍼 차림으로 놀라서 눈이 휘둥그레진 이웃집 남자는 자기 집으로 달려가 숨을 준비가 되어 있었다.

"당장 꺼져!" 누런 재킷을 입은 남자가 호통쳤다.

셔츠를 걷어붙인 남자가 건물 정면으로 창이 난 방에 있다가 톰이 있는 거실로 다급히 뛰쳐나왔다. 이웃집 남자는 자기 집으로 돌아가 버렸다.

"좋아, 서둘러!" 셔츠 소매를 걷어붙인 남자가 타원형 테이블 의자에 걸어 둔 재킷을 입느라, 순간 한쪽 팔을 머리 위로 쭉 뻗었다. 그러더니, 톰의 오른쪽에 있는 방으로 뛰어 들어가다가 가방을 들고나오는 파란 셔츠와 부딪혔다.

녀석들이 1층 도로에서 뭘 본 걸까? 톰은 궁금했다. 톰이 총을 쏘는 바람에 경찰이 일찌감치 달려온 걸까? 그럴 리가! 파란 셔츠를 입은 남자가 가방을 들고 톰의 앞을 지나갔고, 누런 재킷을 입은 남자가 그 뒤를 따라갔다. 둘이 옥상으로 가는 계단으로 달려간 것이다. 옥상 문이 열려 있거나, 둘에게 옥상 열쇠가 있을 것이다. 이런 건물엔 소방차를 댈 중앙 마당과 옥상만 있지, 화재용 비상구는 없다는 걸 톰은 알고 있었다. 이제 평범한 재킷을 제대로 걸친 제3의 남자가 갈색 서류 가방을 들고 톰을 스치듯 뛰쳐나갔다. 남자는 미끄러졌다가 중심을 되찾고 계단으로 뛰어 올라갔다. 남자가 방금 전 톰을 치고 가는 바람에 하마터면 톰이 넘어질 뻔했었다. 그제야 톰은 문을 닫을 수 있는 데까지 닫으려 했지만, 오래된 나무 문이 완전히 빠개지는 바람에 닫을 수 없었다.

톰은 총을 겨눈 자세를 풀지 않고 적군을 조준하듯이 오른쪽 방으로 들어갔다.

오른쪽에 있는 방인 줄 알았는데, 들어가 보니 주방이었다. 바닥에 프랭크가 쓰러져 있었다. 놈들이 타월을 묶어서 프랭크의 입을 틀어막고 두 손을 뒤로 결박하고 양쪽 발목까지 묶어서 담요로 푹 덮어 놓았다. 그럼에도 프랭크는 타월을 벗기려고 버둥거리며 담요에 대고 얼굴을 비비고 있었다.

"프랭크!" 톰이 옆에 무릎을 꿇고 앉아서 프랭크의 턱에 덮여 있던 타월을 목으로 끌어 내렸다.

소년이 침을 질질 흘렸다. 마약인지 수면제인지, 무슨 약을 먹였는지 모르겠지만, 눈이 풀려서 톰하고 눈을 맞추지 못했다.

"젠장." 톰이 중얼거리며 주위를 둘러보며 칼을 찾았다. 식탁 서랍에 칼이 들어 있었지만, 엄지를 대보니 날이 너무 무뎠다. 그릇 건조대에 있는 빵칼을 집어 들었다. 건조대에 코카콜라 빈 깡통 두 개가 올려져 있었다. "금방 풀어 줄게, 프랭크." 톰은 이렇게 말한 다음, 프랭크의 손목에 묶인 밧줄을 살살 썰기 시작했다. 매듭이 너무 단단해 풀리지 않을 것 같았다. 톰은 칼질하면서 누가 또 들어오는 건 아닌지 귀를 세우고 있었다.

소년이 담요에 침을 뱉으려 했다. 톰이 신경질적으로 소년의 뺨을 때렸다.

"정신 차려! 나야, 톰이라고! 이제 곧 여기서 나가야 해!" 톰은 싱크대에서 찬물을 받아서 인스턴트커피라도 탈 시간이 있기를 바랐다. 하지만 인스턴트커피를 찾을 시간조차 허비할 겨를이 없었다. 이제 발목에 묶인 밧줄을 공략했다. 반쯤 잘랐는데, 괜한 매듭을 자르는 바람에 입에서 욕이 튀어나왔다. 드디어 톰이 밧줄을 끊고 소년을 일으켜 세웠다. "걸을 수 있겠니, 프랭크?" 톰은 한쪽 하이힐을 잃어버린 터라 나머지도 마저 벗었다. 차라리 맨발이 나았다.

"토옴 아저씨이이?" 소년이 완전히 취한 상태로 웅얼거렸다.

"이제 가자, 애야!" 톰이 프랭크의 한쪽 팔을 목에 걸고 현관문으로 걸음을 옮겼다. 조금이라도 움직여 프랭크가 정신을 차렸으면. 둘이 현관으로 힘겹게 움직이는 사이에도 톰은 녀석들이 뭐라도 두고 간 게 있는지 거실을 둘러보았다. 공책 한 권이라도, 아니면 종이쪽지 같은 거라도 있는지 찾아보았지만 그런 건 보이지 않았다. 녀석들이 장비를 한곳에 모아놓고 깔끔하고 효율적으로 지낸 것 같았다. 한쪽 구석에 꿍쳐 놓은 더러운 셔츠만 보였다. 톰의 왼쪽 팔에는 아직도 핸드백이 걸려 있었다. 핸드백에 총을 도로 집어넣었다는 사실이 떠오르자, 톰은 핸드백을 다시 겨드랑이까지 밀어 올린 다음 프랭크를 일으켜 세웠다. 두 사람은 복도에서 세 명의 이웃과 마주쳤다. 남자 둘에 여자 하나였는데, 다들 식겁하며 놀랐다.

"별일 아닙니다." 톰이 말은 이렇게 했지만, 정신 나간 섬뜩한 소리라는 걸 알고 있었다. 톰이 계단을 내려가자 셋이 뒤로 살살 뒷걸음질 쳤다.

"저 사람, 여자 맞아요?" 남자가 물었다.

"내가 경찰에 신고했어요." 여자가 협박하듯 말했다.

"다 정리됐습니다!" 톰이 맞받아쳤다. 독일어로 제대로 말한 것 같았다.

"저 애가 약을 했나 봐요." 남자가 말했다. "저 짐승은 대체 누구죠?"

톰과 프랭크는 계단을 계속 내려갔다. 톰이 소년의 몸무게를 혼자 감당하다가 별안간 출입구로 나오게 되었다. 그사이, 궁금했는지 문틈으로 내다보는 집은 딱 두 집뿐이었다. 톰은 출입구 앞 계단에서 하마터면 넘어질 뻔했다. 몸을 기대고 있을 만한 데가 없었기 때문이다.

"젠장, 저게 다 뭐지!" 이번에는 인도에서 걸어오던 젊은 남자 둘이 소리치며 박장대소했다. "저희가 도와드릴까요, 여장하신 분?" 친절한 척 과장하며 묻는 말투였다.

"네, 고맙습니다. 택시를 잡아 주세요." 톰이 독일어로 부탁했다.

"그거야 쉽죠! 하하! 택시라, 알겠습니다, 숙녀분. 당장 잡아 드리죠!"

"숙녀분께서 택시가 지금처럼 필요하신 적은 없으셨겠죠!" 옆에 있는 남자가 거들었다.

두 남자의 부축을 받으며 톰과 프랭크는 별 어려움 없이 길모퉁이까지 걸어갈 수 있었다. 두 남자가 톰의 맨발을 보더니 웃음을 참지 못하고 질문을 퍼부었다. "지금 두 분, 뭐 하시는 거예요?" 그러면서도 옆에서 기다려 주었다. 그중 한 명은 차도로 내려서서 택시를 잡아 주려고 정신없이 손을 흔들었다. 톰이 고개를 들어 표지판을 쳐다보았다. 방금 걸어온 길이자 납치범들의 아파트가 있는 도로는 빙거슈트라세였다. 그제야 경찰차 사이렌이 들렸다. 때마침 택시를 잡을 수 있었다. 톰이 먼저 택시에 올라탄 다음, 안에서 소년을 끌어당겼다. 씩씩한 청년 둘이 큰 도움을 주었다.

"안녕히 가세요!" 청년 중 한 명이 택시 문을 닫아 주며 외쳤다.

"니부어슈트라세로 갑시다." 톰이 기사에게 말했다. 기사는 필요 이상으로 톰을 뚫어져라 쳐다보다가 미터기를 꺾고 출발했다.

톰은 창문을 열었다. "숨을 좀 쉬어 봐." 톰은 프랭크에게 말한 다음, 조금이라도 정신이 들도록 프랭크의 손을 주물렀다. 기사가 뭐라고 생각하든 톰은 신경 쓰지 않았다. 톰이 가발을 벗었다.

"파티는 즐거우셨나요?" 기사가 앞만 쳐다본 채 톰에게 물었다.

"아, 네." 톰은 진짜로 재미있는 파티에 갔다 왔다는 듯이 낮게 탄성을 내뱉었다.

오, 하늘이시여, 니부어슈트라세로 돌아오다니! 톰은 주섬주섬 돈을 꺼냈다. 10마르크 지폐를 내밀었다. 택시 요금으로 7마르크가 나왔으니 요금을 내고도 돈이 남았다. 기사가 잔돈을 거슬러 주려고 하자, 톰은 됐다고 했다. 그 무렵, 프랭크가 정신을 조금 더 차리긴 했지만, 여태 무릎은 풀린 상태였다. 톰은 프랭크의 팔을 단단히 움켜쥐고 1층에서 에릭의 집 초인종을 눌렀다. 이번에는 톰이 집 열쇠를 들고나오지 않았지만, 아파트에 거액을 두고 에릭이 집을 비우진 않았을 것 같았다. 고맙게도 문이 열리는 버저 소리가 났다. 톰이 1층 출입문을 밀고 안으로 들어갔다.

굼뜨게 움직이던 피터가 계단으로 재빨리 뛰어 내려왔다. "톰! 이런, 이런, 이런!" 피터가 낮게 속삭이다가 프랭크를 보며 탄식했다.

프랭크가 고개를 들려고 해도, 목이 부러진 것처럼 고개가 덜렁거렸다. 톰은 긴장해서인지, 히스테리 때문인지 웃음이 터질 뻔했다. 톰과 피터가 소년을 엘리베이터에 태우는 동안, 톰은 아랫입술을 꽉 깨물었다.

에릭이 현관문을 살짝 열었다가 톰 일행을 보더니 활짝 열어젖혔다. "맙소사!"

톰은 가발을 계속 손에 쥐고 에릭의 집으로 들어간 후, 가방과 핸드백을 바닥으로 뚝 떨어뜨렸다. 톰과 피터가 프랭크를 말총 의자에 앉혔다. 피터는 젖은 수건을 가지러 갔고, 에릭은 커피를 타러 갔다.

"녀석들이 뭘 먹였는지 모르겠어요. 맥스한테 빌린 구두를 잃어버렸네요."

피터가 경직된 미소를 지으며 톰이 프랭크의 얼굴을 수건으로 닦아 주는 모습을 뚫어져라 보았다. 에릭이 커피를 가져왔다.

"식었어도 도움이 될 거야. 커피 마셔." 에릭이 다정한 목소리로 프랭크에게 말을 걸었다. "난 에릭이라고 해. 톰의 친구야. 겁먹지 마." 에릭이 어깨 너머로 피터에게 말했다. "맙소사, 애가 정신을 못 차리네!"

톰은 소년의 상태가 많이 좋아져서 그나마 커피라도 마실 수 있다는 걸 알았다. 그래도 아직까지는 혼자서 잔을 들고 마실 정도는 아니었다.

"배고프니?" 피터가 소년에게 물었다.

"먹으면 안 돼. 그랬다간 기도 막혀." 에릭이 말렸다. "커피에 설탕을 탔으니 마시면 도움이 될 거야."

프랭크가 세 사람을 보며 헤벌쭉 웃었다. 술에 취한 사람처럼 웃으면서도 유독 톰과 눈을 맞추며 미소를 지었다. 톰은 입이 바싹 탔는지 에릭의 냉장고에 있던 필스너 우르켈을 꺼내 왔다.

"어찌 된 겁니까, 톰? 녀석들 집에까지 갔다면서요? 피터가 그러던데요." 에릭이 물었다.

"총을 쏴서 잠금장치를 날려 버렸어요. 아무도 다치진 않았지만, 녀석들이 겁을 먹었죠. 내가 겁을 좀 줬거든요." 톰은 별안간 맥이 탁 풀렸다. "좀 씻을게요." 톰이 중얼거리면서 화장실로 향했다. 뜨거운 물에 샤워한 다음 찬물로 마무리했다. 운 좋게 샤워 가운이 욕실 문 뒤에 걸려 있었다. 톰은 맥스에게 빌린 드레스와 슬립을 돌려주려고 차곡차곡 접었다.

톰이 거실로 나오자, 피터가 입에 대 주는 무언가를 프랭크가 받아먹고 있었다. 버터가 발린 빵이었다.

"울리히도 있었고, 보보도 있었어요." 프랭크가 웅얼거리는데 무는 말인지 도통 알아들을 수가 없었다.

“제가 녀석들 이름을 물어봤어요!” 피터가 톰에게 말했다.

“내일 해! 내일이면 생각나겠지.” 에릭이 말렸다.

톰은 에릭이 문에 체인을 걸었는지 확인하러 갔다. 걸려 있었다.

피터가 톰을 보며 웃었다. 행복해 보였다. “큰일을 해냈군요! 놈들은 어디 갔어요? 도망친 거예요?”

“옥상으로 넘어갔나 봐요.” 톰이 대답했다.

“세 녀석이.” 피터가 놀랍다는 듯이 말했다. “여장한 모습을 보고 식겁했겠군요.”

톰은 미소를 지으면서도 지칠 대로 지쳤는지 말이 나오지 않았다. 피곤하지 않았더라면 조금 전 겪었던 일 말고도 다른 얘기까지 해 줄 수 있었을 것이다. 갑자기 웃음이 터졌다. “오늘 험프에 와서 봤어야 했어요, 에릭!”

“전 이만 가 보겠습니다.” 피터가 자리를 맴도는 걸 보니 진짜로 가고 싶은 눈치는 아니었다.

“아, 맞다, 총, 피터. 그리고 생각났을 때 손전등도 돌려줄게요!” 톰이 핸드백에서 총을 꺼내고 옷장에 넣어 둔 손전등도 들고나왔다. “정말 고마웠어요. 세 발 쐈으니 세 발 남았어요.”

피터가 웃으며 총을 주머니에 집어넣었다. “그럼 쉬세요.” 피터가 다정히 말하고 집에서 나갔다.

에릭이 피터에게 잘 자라고 하더니 현관문에 체인을 다시 걸었다. “이제 소파를 침대로 만들어야죠, 톰?”

“그래야죠. 프랭크, 이쪽으로 옮겨 앉자.” 프랭크가 소파 팔걸이에 팔꿈치를 대고 앉아 있었다. 톰은 그 모습을 보며 미소를 지었다. 프랭크가 바보같이 웃는데 눈이 반쯤 감겼다. 극장에서 꾸벅꾸벅 조는 관객 같았다. 톰은 소년을 일으켜 세워 암체어에 앉혔다.

이제 톰과 에릭이 소파 베드를 펼치고 시트를 깔았다.

“프랭크는 나하고 자면 됩니다. 우리 둘 다 세상모르고 잘걸요.” 톰이 프랭크의 옷을 벗기기 시작했다. 프랭크가 손수 벗으려고 했지만, 무리였다. 톰이 큰 잔에 물을 담아 왔다. 프랭크에게 물을 최대한 많이 마시라고 할 작정이었다.

“톰, 파리에 전화해야죠. 소년이 무사하다고 알려 줘야 하잖아요? 녀석들이 파리에서 딴짓이라도 하면 어쩌려고요.” 에릭이 말했다.

톰은 에릭의 말이 맞는데도 파리에 전화할 생각을 하자 지긋지긋했다. "걸긴 걸어야죠." 톰은 프랭크를 침대에 눕히고 목까지 시트를 끌어당긴 다음, 그 위에 가벼운 담요까지 덮어 주었다. 그런 다음에야 루테티아 호텔로 전화했다. 굳이 번호를 찾아보지 않아도 정확히 외우고 있었다.

에릭이 옆에서 서성였다.

설로가 졸린 목소리로 전화를 받았다.

"여보세요, 톰입니다. 다 잘 끝났어요…… 네, 내 말이 그 말입니다. 일이 아주 잘됐다니까요. 졸려 보이던데 신경 안정제인지…… 오늘 밤 시시콜콜 다 말하고 싶진 않아요…… 나중에 다 설명해 드리죠. 그건 건드리지도 않았어요…… 네…… 12시 전이었어요. 설로 탐정님, 오늘은 너무 힘드네요." 설로가 뭐라고 말하는데도 톰은 수화기를 그냥 내려놓았다. "돈 얘기도 묻네요." 톰이 에릭에게 말하며 웃었다.

에릭도 웃었다. "가방은 내 침실 옷장 안에 있다니까요. 잘 자요, 톰."

16

에릭의 아파트에서 마음이 푸근해지는 커피 그라인더 소리에 눈을 뜬 건 톰에게 이번이 두 번째였다. 오늘 아침이 더 좋았다. 프랭크가 옆에서 엎드린 채 곤히 자고 있었기 때문이다. 톰은 프랭크가 숨은 쉬는지 확인하고픈 욕망에 이미 굴복한 나머지, 소년의 가슴께를 살폈다. 그러고는 가운을 걸치고 주방으로 나갔다.

"어젯밤 얘기 좀 더 해 봐요. 그러니까 한 발을 쏘고……."

"맞아요, 에릭. 딱 한 발만 쐈어요. 열쇠 구멍에 대고요."

에릭이 온갖 빵과 잼을 쟁반 위에 잔뜩 차려 놓았다. 프랭크를 잘 대접하려고 특별히 신경 쓴 것 같았다. "계속 자게 둡시다. 거참 잘생겼네!"

톰이 씩 웃었다. "미남이죠? 그런데 자기가 잘생긴 줄 몰라요. 그래서 매력 있어요."

톰과 에릭은 거실에 있는 작은 소파에 앉아 있었다. 그 앞에는 커피 테이블이 놓여 있었다. 톰은 전날 밤에 있었던 일들을 풀어놓았다. 험프에 가서 맥스와 롤로와 같이 있었는데, 조이를 찾던 남자 둘이 결국 포기하고 나갔다고 했다.

"듣자 하니 놈들이 초짜였나 보군요. 당신한테 미행이나 당하고."

"그런 것 같아요. 젊더라고요. 20대 같던데요."

"빙거슈트라세에 사는 사람들이 프랭크가 누구인지 알아보던가요?"

"모르던데요." 프랭크가 일어날 기미를 보이지 않는데도 톰과 에릭은 계속 목소리를 낮추고 말했다. "이웃 사람들이 지금 뭘 할 수 있을까요? 녀석들이 아파트를 드나들었을 테니 납치범들 얼굴은 자주 봤겠죠. 어떤 사람이, 그러니까 어떤 아줌마가 경찰에 신고했다고 했으니 진짜로 하긴 했을 겁니다. 아무튼, 경찰이 나섰다면 아파트를 샅샅이 훑으며 지문이나 잔뜩 확보했겠죠. 그렇다고 한들, 이웃 사람들이 무슨 일이 벌어지고 있었는지 알기나 할까요? 경찰이 그 집에서 맥스의 구두를 찾았다고 해도 내다 버릴걸요!" 톰은 에릭이 내려 준 진한 커피를 마시니 기분이 한결 나아졌다. "최대한 빨리 소년을 베를린 밖으로 내보내고 싶어요. 나도 마찬가지고요. 그래서 오늘 오후에는 파리로 돌아갈 생각입니다. 그런데 저 녀석은 안 가고 싶어 할걸요."

에릭이 소파 베드로 시선을 보냈다가 다시 톰을 쳐다보았다. "보고 싶을 거예요, 톰." 에릭이 한숨을 내쉬며 말했다. "베를린은 심심한 동네일 수도 있어요. 당신은 생각이 다르겠지만요."

"정말 그럴까요? 오늘 처리해야 할 일이 하나 있어요, 에릭. 저 돈을 다시 은행에 입금해야 해요. 이 일을 처리해 줄 직원을 은행에서 보내 줄까요? 한 명이면 될 것 같은데요. 내가 은행에 직접 가서 입금까진 하고 싶지 않아요."

"보내 주겠죠. 전화해 봅시다." 에릭이 갑자기 웃음을 터뜨리자, 번들거리는 검은 가운을 걸친 중국인 같았다. "돈은 우리 집에 있는데, 파리에 있는 '사짜' 탐정은 아무것도 안 하고 놀고 있다니!"

"그러게요. 수임료는 꼬박꼬박 챙기면서." 톰이 맞장구쳤다.

"그 '사짜' 탐정이 여장했다고 상상해 봐요! 그 남자가 그 짓을 했겠어요! 어젯밤에 나도 험프에 갔더라면 얼마나 좋았을까요. 당신이 맥스와 롤로와 같이 있는 모습을 폴라로이드로 찍어 두었을 텐데 말이죠!"

"맥스한테 옷을 돌려주면서 감사 인사도 전해 줘요. 아, 맞다. 돈 가방에 이탈리아 마피아처럼 생긴 납치범이 들고 왔던 총을 넣어 놨는데, 그걸 꺼내야겠어요. 은행 직원한테 그것까지 보여 줄 필요는 없으니까요. 내가 좀 들어가도 되죠?" 톰이 에릭의 침실을 가리켰다.

"당연하죠. 옷장 제일 안쪽에 넣어 두었는데, 보일 겁니다."

톰은 에릭의 옷장 가장 깊숙한 곳에 들어 있던 가방을 들고 거실로 나왔다. 지퍼를 열자 기다란 총구가 그를 겨누고 있었다. 마닐라지 봉투와 가방 안감 사이에 총이 끼여 있었기 때문이다.

"뭐 없어진 거라도 있어요?" 에릭이 물었다.

"아뇨, 없어요." 톰은 살살 총을 꺼낸 다음 안전장치를 걸었다. "이 총을 누구한테 선물해야겠어요. 이걸 들고 베를린에서 출발하는 비행기엔 타지 못할 테니까요. 가질래요, 에릭?"

"아, 어제 그 총이군요! 나야 좋죠, 톰. 여기에선 총을 구하기가 어렵거든요. 접이식 칼도 길이가 긴 건 구하기가 힘들어요. 규정이 너무 엄격해서요."

"우릴 재워 준 선물로 드리죠." 톰이 총을 에릭에게 건네며 말했다.

"내가 더 고맙죠, 톰." 에릭이 총을 받아 들고 침실로 들어갔다.

그제야 프랭크가 몸을 뒤척이더니 천장을 보는 자세로 누웠다. "안 돼, 안 돼, 안 돼……." 프랭크가 뭔가 생각하는지 중얼거렸다.

톰은 프랭크가 더욱 인상을 구기는 모습을 쳐다보고 있었다.

"일어나라면서요. 전 몰라요. 제발 그만해요!" 소년이 몸을 말았다.

톰이 소년의 어깨를 잡고 흔들었다. "정신 차려. 나야, 톰. 괜찮아, 프랭크."

프랭크가 여전히 구겨진 얼굴을 펴지 못한 채 눈을 뜨더니 몸을 일으켜 엉거주춤 앉았다. "와!" 프랭크가 고개를 저으며 희미하게 웃었다. "톰 아저씨."

"커피 마셔." 톰이 커피를 따라 주었다.

프랭크가 벽이며 천장이며 주위를 살폈다. "제가…… 어쩌다 여기에 있는 거죠?"

톰은 대답하지 않고 소년이 커피를 마시는 동안 잔을 들고 있어 주었다.

"여기가 호텔인가요?"

"아니, 에릭 란츠의 아파트야. 일주일 전에 네가 우리 집에서 숨었던 날 왔던 손님."

"아, 그렇군요. 기억나요."

"그 사람 아파트야. 더 마셔. 두통은?"

"괜찮아요. 여기도 베를린인가요?"

"응, 여긴 아파트 3층이야. 너만 괜찮다면 오늘은 베를린을 떠나야 해. 오늘 오후에 파리로 돌아가자." 톰이 버터와 잼이 발린 빵 접시를 갖다주었다. "놈들이 너한테 뭘 먹였지? 수면제? 아니면 주사를 놓았나?"

"알약이었어요. 콜라에 타서 마시라고 했어요. 차에 탔을 때는 주사를 놓더라고요. 허벅지에요." 프랭크가 느릿느릿 말했다.

그룬발트에서 주사를 놓았다는 뜻이었다. 납치범들이 여러 번 해 본 솜씨 같았다. 소년은 토스트를 한 입 베어 물고 우적우적 씹었다. 톰은 그 모습을 흐뭇하게 쳐다보았다. "그리고 또 뭘 먹였니?"

프랭크가 어깨를 으쓱하려고 했다. "제가 두 번 정도 토했더니 그 사람들이⋯⋯ 화장실에 안 보내 줬어요. 그래서 바지에 일을 보느라 얼마나 비참했는지! 옷이 다⋯⋯." 소년이 인상 쓴 채 주위를 둘러보았다. 차마 입에 담지 못할 것들이 눈앞에 보인다는 듯이 말이다. "그래서 제가⋯⋯."

"그런 건 진짜로 별일 아니야, 프랭크, 정말 괜찮다니까." 톰이 달래고 있는데, 에릭이 거실로 다시 나왔다. "에릭, 이 아이가 프랭크예요. 지금은 정신이 좀 들었네요."

프랭크가 허리께까지 덮고 있던 시트를 조금 더 높이 끌어당겼다. 눈꺼풀이 계속 감기려고 했다. "안녕하세요."

"만나서 반가워. 좀 괜찮아졌니?" 에릭이 물었다.

"네. 덕분에요." 프랭크가 지금은 말총 소파 베드의 한쪽 모서리를 살펴보고 있었다. 시트로 다 가려지지 않은 쪽을 보더니 무척 놀란 눈치였다. "여기가 란츠 씨 댁이라고 들었습니다. 고맙습니다."

톰은 에릭의 침실로 갔다. 프랭크의 갈색 여행 가방을 거기에 두었기 때문이다. 톰은 프랭크의 가방에 있던 잠옷을 들고 나가 소파 베드 위에 툭 던졌다. "이제는 좀 걸을 수 있을 거야. 네 여행 가방도 여기에 있어. 뭐 하나 없어진 것 없이." 톰이 이번에는 에릭을 보며 말했다. "쟤를 데리고 나가 산책도 하고 싶고, 신선한 공기도 쐬어 주고 싶지만, 그러면 안 될 것 같아요. 이제 은행에 전화해야겠어요. ADCA 은행 아니면 디스콘토 은행 중 한 곳이 좋을 것 같은데, 디스콘토가 더 크죠?"

"은행이라뇨?" 프랭크가 시트 속에서 파자마 바지를 입으며 물었다. "몸값 때문인가요?" 소년의 목소리에는 여태 졸음이 가득했고 발음은 뭉개졌다.

"응, 네 몸값. 얼마나 될 것 같니? 맞춰 봐." 톰은 계속 말을 걸어서 프랭크를 깨우려 했다. 동시에, 지갑 안에 넣어 둔 수령증을 펼쳤다. 거기에 은행 전화번호가 적혀 있었다.

"제 몸값이라뇨? 그걸 누가 갖고 있는데요?" 프랭크가 물었다.

"내가 보관하고 있어. 너희 집에 돌려드릴 거야. 나중에 얘기해 주마. 지금은 말고."

"납치범들과 만나기로 했다는 건 저도 들었어요." 프랭크가 파자마 윗옷을 입으며 말했다. "누가 영어로 통화하더니 한 명만 남고 다 나가더라고요." 프랭크는 발음이 여전히 어눌했지만 자기가 무슨 말을 하는지는 알고 있었다.

에릭이 커피 테이블 위에 놓인 은제 상자 안에서 시커먼 담배를 꺼냈다.

"실은……." 프랭크가 눈을 굴리기 시작했다. "제가 쭉 주방에만 있었지만, 아마 제 말이 맞을 거예요."

톰은 커피를 더 따라서 프랭크에게 내밀었다. "더 마셔."

에릭이 지금 지점장하고 통화하고 싶다고 말하더니, 어제 토머스 리플리 씨가 수령해 간 현찰과 관련된 일이라며 그의 집 주소를 불러 주고 있었다. 에릭이 나머지 은행 두 곳에도 전화해 주었다. 에릭이 일을 제대로 처리하는 걸 보니, 톰은 마음이 놓였다.

"12시 전에 직원을 보내 주겠대요." 에릭이 톰에게 말했다. "은행에서는 전에 송금받았던 스위스 은행 계좌를 알고 있으니 그리로 다시 텔렉스 송금해 주겠답니다."

"잘됐네요. 고마워요, 에릭." 톰은 프랭크가 엉금엉금 침대에서 기어 나오는 모습을 바라보고 있었다.

프랭크가 마룻바닥에 펼쳐놓은 여행 가방 속에 있는 두툼한 마닐라지 봉투를 들여다보았다. "이게 그거예요?"

"응." 톰은 욕실에 가서 갈아입으려고 옷을 집어 들었다. 뒤돌아보니, 프랭크가 여행 가방이 무슨 독사라도 되는 양 가방 주위를 빙글빙글 맴돌고 있었다. 톰은 샤워하던 도중에, 12시쯤에 설로에게 전화하기로 한 약속이 떠올랐다. 프랭크가 형하고 통화하고 싶을 것 같았다.

톰은 거실로 나와 프랭크에게 파리로 전화해야 한다고 말했다. 어젯밤에 통화한 덕분에, 설로 탐정도 프랭크가 무사하다는 사실을 이미 알고 있다고 했다. 그런데 프랭크는 파리 일엔 관심을 보이지도 않았다. "조니 형하고 통화해야지?"

"형이라면 뭐…… 해야죠." 프랭크는 여전히 맨발로 돌아다니고 있었다. 그러는 편이 프랭크에게 좋을 거라고 톰은 생각했다.

톰이 루테티아 호텔로 전화를 걸었다. 설로가 받자 톰이 말했다. "네, 프랭크가 옆에 있습니다. 통화하시겠어요?"

프랭크가 질색하며 고개를 저었다. 그런데도 톰은 수화기를 갖다 댔다.

"증거를 탐정에게 보여 줘야지." 톰이 조용히 말하며 웃음을 지었다. "에릭 얘기는 하지 마."

"여보세요? 네, 괜찮아요…… 아, 그럼요. 베를린이에요…… 톰 아저씨가요." 프랭크가 말했다. "톰 아저씨가 어젯밤에 절 구해 주셨어요…… 잘 모르겠어요…… 네, 여기에 계세요."

에릭이 리시버를 끼라고 수신호를 보냈지만, 톰은 엿듣고 싶지 않았다.

"잘 모르겠어요. 톰 아저씨가 그걸 왜 눈곱만큼이라도 바라시겠어요? 그건 이제……." 프랭크가 한참을 잠자코 듣고만 있었다. "통화하다가 제 입에서 그런 말이 나오기를 바라시는 건가요?" 프랭크가 짜증내며 말했다. "몰라요. 모르겠다고요…… 네, 괜찮아요." 이제 프랭크의 표정이 살짝 풀렸다. "형, 잘 지냈어? 그럼, 난 괜찮아. 그냥…… 글쎄, 모르겠는데. 방금 일어나서. 걱정하지 마. 어디 하나 부러진 데 없고, 상처도 없어!" 프랭크는 형이 말하는 걸 한참 듣더니 힘들어했다. "됐어, 됐다니까. 그게 무슨 소린데?" 이제 프랭크가 인상을 썼다. "그 얘기가 뭐 그리 급해!" 프랭크가 비꼬며 말했다. "그러니까 그게 진짜 무슨 소리냐고? 걔가 오지도 않을 거고, 걱정도 안 할 거라는 뜻이야?"

파리에서 통화하고 있는 조니의 웃음소리가 톰의 귀에까지 들리는 것 같았다.

"그럼 적어도 전화는 했다는 거잖아." 프랭크의 얼굴에 핏기가 더더욱 가셨다. "됐어, 됐다니까." 프랭크가 신경질 내며 말했다.

톰은 그가 서 있는 자리에서 설로의 목소리가 들리자 리시버를 귀에 끼웠다.

"그럼 언제 이리로 올래요? 누가 못 가게 붙드는 건 아니죠? 듣고 있어요, 프랭크?"

"제가 왜 파리로 가야 하죠?" 프랭크가 따졌다.

"어머니가 집으로 돌아오기를 바라시니까요. 저희도 프랭크가 무사하길 바랍니다."

"전 무사하다니까요."

"혹시…… 톰 리플리 씨가 못 가게 붙드는 건가요?"

"날 붙드는 사람은 아무도 없어요." 프랭크가 단어마다 또박또박 힘주어 말했다.

"리플리 씨하고 통화하고 싶습니다. 옆에 계시나요, 프랭크?"

프랭크가 어두워진 낯으로 수화기를 건넸다. "저 개……." 프랭크가 끝까지 말하진 않았다. 평범한 미국 청년이 화내는 모습이 프랭크에게 보였다.

"전화 바꿨습니다." 프랭크는 톰에게 수화기를 넘기고 복도로 걸어갔다. 오른편에 있는 화장실에 가는 것 같았다.

"리플리 씨. 아시겠지만, 저희는 프랭크가 무사히 미국으로 귀국하기를 바라고 있어요. 그래서 제가 여기 파리까지 날아온 거고요. 프랭크를 구해 주셔서 대단히 감사합니다만, 제가 피어슨 부인께는 몇 가지 사실을 보고해야 합니다. 아드님이 언제쯤 미국에 돌아갈 수 있을지를요. 혹시 제가 베를린으로 건너가서 데려와야 할까요?"

"아닙니다. 제가 프랭크하고 얘기해 보겠습니다. 지난 이틀간 프랭크가 무척 힘들었다는 거 아시죠? 녀석들이 신경 안정제를 잔뜩 먹여서요."

"그래도 목소리는 괜찮던데요."

"몸이 다친 건 아니니까요."

"그리고 현찰로 찾아가신 마르크 말인데요, 프랭크 말로는……."

"그 돈은 오늘 중에 은행에 도로 입금하기로 했습니다, 설로 탐정님." 톰이 웃음을 살짝 터뜨렸다. "지금 이 전화가 도청당하고 있다면, 꽤 괜찮은 대화 주제가 되겠군요."

"이 전화가 무슨 이유로 도청당하겠습니까?"

"당신 직업 때문이겠죠." 톰은 설로가 콜걸처럼 특이한 직업을 가졌다는 듯이 말했다.

"피어슨 부인께서는 돈을 무사히 지켰다는 소식을 듣고 좋아하셨습니다. 아무리 그렇다고 해도, 프랭크가 미국으로 돌아가야 하는 시기를 당신 혼자 정하든, 프랭크 혼자 정하든, 아니면 두 분이 정하든, 그러는 사이에 제가 파리에서 가만히 앉아서 기다릴 수만은 없어요. 무슨 말인지 이해하시죠, 리플리 씨?"

"파리보다 못한 도시가 얼마나 많은데요." 톰이 유쾌하게 농담을 건넸다. "혹시 조니하고 통화할 수 있을까요?"

"그럼요, 조니?"

조니가 전화를 받았다. "프랭크 소식을 듣고 정말 기뻤어요. 얼마나 기뻤는지 몰라요." 조니가 솔직하고 친근한 말투로 말문을 열었다. 프랭크하고 말투가 비슷했지만 목소리는 훨씬 깊었다. "경찰이 납치범들을 체포했나요?"

"아뇨, 경찰은 개입하지 않았습니다." 설로가 옆에서 경찰 얘기는 꺼내지 말라고 조니를 말리는 목소리가 들렸다.

"그럼, 혼자서 프랭크를 구하셨다는 말씀이신가요?"

"혼자서 한 건 아니고, 친구들의 도움을 받긴 했죠."

"어머니가 무척 좋아하세요. 어머니가…… 음……."

부인이 자길 의심했을 거라는 걸 톰은 알고 있었다. "조니, 아까 말인데요. 누가 미국에서 전화했었다고 프랭크에게 말한 거, 맞죠?"

"테리사가 전화했었다고 말해 주었어요. 처음에는 테리사가 파리로 건너오겠다고 했는데 이제는 안 오겠대요. 프랭크가 무사하다는 소식을 듣고 안 오겠다고 한 거겠지만, 실은 테리사가 다른 남자를 사귄다는 소문을 우연찮게 들었거든요. 그러니 테리사가 프랑스로 올 리가 없죠. 테리사가 누굴 사귄다는 말은 저한테 안 했지만요. 사실은 그 사귄다는 남자를 제가 압니다. 일전에 제가 두 사람을 인사시켜 준 적이 있거든요……. 제가 미국을 떠나기 전에, 그 남자가 저한테 말해 주더라고요."

이제야 톰은 이해가 갔다. "그래서 그 얘기를 프랭크에게 한 건가요?"

"프랭크도 빨리 아는 편이 나을 것 같았어요. 프랭크가 테리사한테 푹 빠져서 정신을 못 차리니까요. 그래도 그 남자가 누군지는 알려 주지 않았어요. 테리사한테 딴 남자가 생긴 것 같다고, 거기까지만 슬쩍 흘린 거예요."

그 말을 듣자, 톰은 조니와 프랭크가 세상을 보는 눈이 다르다는 사실을 깨달았다. 조니는 쉽게 쉽게 생각하는 사람이 분명했다. "그랬군요." 톰은 그 얘기를 지금 꼭 해야 했냐면서 유감이라는 말조차도 하고 싶지 않았다. "조니, 이만 끊겠습니다." 톰이 착각한 걸지도 모르지만, 옆에 있던 설로가 다시 바꿔 달라고 하는 말소리가 어렴풋이 들린 것 같기도 했다. "그럼 이만." 톰은 인사를 건넨 후 수화기를 내려놓았다. "둘 다 개자식이네!" 톰이 악을 썼다.

아무도 듣지 못했다. 프랭크는 다시 침대 위에 대자로 뻗었고, 에릭은 다른 데에 있었기 때문이다.

은행 직원이 조만간 도착할 것이다.

에릭이 거실로 나오자, 톰이 말했다. "점심은 켐핀스키 호텔에 가서 먹을래요? 점심때 시간 있죠, 에릭?" 톰은 프랭크가 스테이크나 비너 슈니첼*을 먹어서 얼굴에 혈색이 돌아오는 모습을 보고 싶었다.

* 송아지 커틀릿

"그럼요, 그럽시다." 이제는 에릭이 옷을 제대로 입고 있었다.
초인종이 울렸다. 은행 직원이었다.
에릭이 주방에서 문 열림 버튼을 눌러 주었다.
톰이 프랭크의 어깨를 쥐고 흔들었다. "프랭크, 일어나! 가운 걸쳐." 톰이 가방에서 가운을 꺼냈다. "에릭의 침실로 들어가 있어. 우리가 잠시 누굴 만나야 하거든."
프랭크는 톰이 시키는 대로 했다. 톰은 시트 위에 있는 이불을 반듯하게 펴서 그나마 소파 베드가 깔끔히 보이도록 정리했다.
키가 작고 다부진 체격의 은행 직원이 양복을 입고 들어왔다. 옆에는 유니폼을 입은 경호원도 있었다. 직원이 신분증을 제시하더니 기사가 아래에 차를 대 놓고 대기하고 있다고 하면서도 재촉하지는 않았다. 직원이 큼직한 서류 가방 두 개를 들고 왔다. 톰이 직원의 신분증을 확인하는 일을 피하고 싶어 하자, 에릭이 대신 확인해 주었다. 톰은 지폐를 세는 모습을 처음에만 잠시 지켜보았다. 밀봉된 봉투는 손을 대지도 않은 채 그대로였다. 다른 봉투 속에 든 띠지에 묶인 독일 마르크 지폐 다발도 아무도 건드리지 않았다. 그렇다고 해도, 그 많은 다발에서 1천 마르크 지폐 한 장쯤 슬쩍 빼는 일이 가능했을지도 모르니, 돈을 세는 모습은 에릭이 지켜보기로 했다.
"에릭, 당신한테 맡겨도 되죠?" 톰이 물었다.
"당연하죠, 톰! 그래도 서명은 당신이 해야 해요." 에릭과 은행 직원이 사이드보드 앞에 서서 봉투별로 구분해서 지폐 다발을 따로 쌓아 두었다.
"금방 올게요." 톰이 프랭크한테 할 말이 있어서 자리를 비웠다.
프랭크가 에릭의 침실에서 이마에 젖은 수건을 대고 있었다. 게다가 맨발이었다. "방금 현기증이 나서요. 제 꼴이 우습죠?"
"좀 이따 점심 먹으러 나가자. 맛있는 거 먹고 기운 내야지. 괜찮지, 프랭크? 찬물로 샤워할래?"
"그럴게요."
톰은 욕실로 들어가서 샤워기를 틀어 주었다. "미끄러지면 안 돼." 톰이 당부했다.
"밖에서 뭐 하고 있어요?"
"돈을 세고 있어. 옷 갖다줄게." 톰은 다시 거실로 나가 프랭크의 여행 가방에서 파란색 면바지와 터틀넥 스웨터를 집어 들었다. 속옷이 안 보이자 톰은 자기 속옷을 꺼냈다. 그런 다음 제대로 닫지 않은 욕실

문을 두드렸다.

소년이 큼직한 타월로 몸을 닦고 있었다.

"파리로 돌아가자. 오늘 가는 건 어때? 오늘 밤에?"

"싫어요."

소년의 눈에는 눈물이 고여 있었다. 프랭크는 아주 단호하면서도 어른스럽게 인상을 썼다. "형한테 테리사 얘기 들었다면서?" 톰이 물었다.

"그것 때문에 안 가겠다고 하는 거 아니에요." 프랭크가 타월을 욕조에 걸쳐 놓았다가 다시 집어 들더니 수건걸이에 널었다. 그러더니 톰이 내민 속옷을 받아 들고 뒤돌아서서 입었다. "아직은 가고 싶지 않아요. 그냥 싫다고요!" 톰을 쳐다보는 프랭크의 눈이 분노로 번뜩이고 있었다.

톰은 프랭크가 두 가지의 절망을 맛보게 되리라는 걸 알았다. 하나는 테리사를 잃었다는 것이었고, 또 하나는 다시 억눌려 살게 될 거라는 것이었다. 점심을 먹다 보면 프랭크가 마음을 다스리고 상황을 달리 볼지도 모른다. 그럼에도 톰은 프랭크에게 테리사가 전부라는 걸 알고 있었다.

"톰!" 에릭이 불렀다.

서명은 톰이 해야 했다. 톰은 그가 돈을 맡긴다는 것을 증명하는 서류를 살펴보았다. 은행 세 곳의 이름이 적혀 있고, 총액이 각각 적혀 있었다. 은행 직원이 에릭의 전화기를 들고 통화하고 있었다. 직원이 '물건'은 잘 있다고 두 번이나 말하는 소리가 들렸다. 톰이 서명했다. 피어슨이라는 이름은 서류상엔 아예 보이지도 않고 스위스 은행 계좌 번호만 적혀 있었다. 직원이 나가면서 악수를 청했다. 에릭이 은행 직원과 경호원을 엘리베이터까지 배웅했다.

프랭크가 거실로 나왔다. 구두만 안 신었을 뿐, 옷은 제대로 차려입었다. 에릭이 돌아오더니 안도의 미소를 지으며 손수건으로 이마를 훔쳤다.

"아파트 문 앞에 그걸 붙여야겠어요! '게덴크타펠'이 영어로 뭐더라?"

"기념 현판 말이죠? 아까 얘기한 대로, 점심은 켐핀스키 호텔에 가서 먹읍시다. 거기도 예약해야 합니까?" 톰이 물었다.

"하는 게 낫죠. 예약은 내가 할게요, 3인으로." 에릭이 전화하러 갔다.

"맥스와 롤로하고 연락이 닿지 않으면, 안타깝지만 우리끼리 가요. 같이 가면 좋겠지만, 둘 다 지금 일하는 중이죠?”

“아!” 에릭이 웃었다. “롤로는 지금 일어나지도 않았을걸요. 밤새 뭘 하는지, 아침 7시나 8시는 되어야 잠이 들거든요. 맥스는 프리랜서 미용사라서 미장원에서 부르면 그곳에 가서 일해 줘요. 저녁 6시 전후가 아니면 연락이 되는 때가 거의 없어요.”

톰은 프랑스에 돌아가면 맥스와 롤로에게 선물을 보낼 생각이었다. 에릭에게 주소를 받아서 특이한 가발을 보내 줄 참이었다. 에릭이 12시 45분에 식사하는 걸로 식당을 예약하고 있었다.

셋이 에릭의 차를 타고 출발했다. 톰은 에릭의 약장에서 꺼낸 연주황 연고를 프랭크의 뺨에 콕 찍힌 점에 발라 주었다. 베이거나 쓸린 상처에 바르는 연고라고 겉면에 적혀 있었다. 프랭크가 뒷주머니에 넣고 다니던 엘로이즈의 화장품을 어디선가 잃어버렸다. 그런데도 톰은 놀라지 않았다.

“네가 뭐라도 먹었으면 좋겠어, 프랭크.” 식탁에 앉은 톰이 프랭크에게 말하면서 일품요리 메뉴를 살폈다. “훈제 연어 좋아하지?”

“아, 그거 나도 좋아해요, 톰. 이 집이 간 요리도 잘해요. 맛이 끝내주죠.”

레스토랑은 층고가 굉장히 높았다. 하얀 벽에 금색과 녹색이 어우러진 스크롤이 달려 있었고 식탁에는 고급스러운 식탁보가 덮여 있었다. 유니폼을 입은 웨이터들의 모습에서 우아한 기품이 흘러넘쳤다. 톰이 아까 자리를 안내받으려고 기다리는 동안, 레스토랑 한쪽에서 복장을 제대로 갖춰 입지 않은 손님들에게 직원이 깐깐히 굴고 있었다. 두 남자가 스웨터를 입고 그 위에 재킷을 걸쳐서 깔끔해 보이긴 했지만, 청바지 차림이라는 게 이유였다. 직원은 두 남자에게 독일어로 정중히 설명하고 있었다. 그 정도로 콧대 높은 레스토랑이었다.

톰이 농담할 기분이 아닌데도 몇 번이나 농담을 던지며 옆에서 부추긴 덕분에 프랭크가 뭐라도 먹긴 먹었다. 프랭크는 테리사 때문에 기분이 말이 아니었다. 테리사가 새로 만난다는 남자가 누군지 프랭크가 짐작은 하나? 아니 정확히 알고 있을까? 톰은 궁금했다. 그렇다고 대놓고 물어볼 수는 없었다. 정서적으로 의지하던 사람을, 미치도록 좋아하던 이상형을, 그간 있었던 추억을, 모두 떠나 보내고 마음에서 지워 버려야 하는 고통스러운 과정이 시작된 것이다. 다른 건 몰라도, 프랭크가 아직도 오로지 그녀뿐인 세상에 살고 있다는 건 톰이 알고 있었다.

"초콜릿 케이크 먹을래, 프랭크?" 톰이 권하며 프랭크의 잔에 화이트 와인을 채워 주었다. 셋이서 두 병째 마시는 중이었다.

"이 집이 초콜릿 케이크를 잘해. 슈트루델*도 맛있어." 에릭이 말했다. "톰, 기억에 남을 식사였어요!" 에릭이 입을 살살 닦으며 말했다. "오늘 오전도 기억에 남겠죠? 하하!"

세 사람은 레스토랑의 움푹 파인 작은 벽감에서 식사하고 있었다. 부스석처럼 허술한 데가 전혀 없었다. 오히려 로맨틱하게 곡이 진 공간이라 그런지 약간의 사생활이 보호되면서도 원한다면 다른 손님들을 구경할 수도 있었다. 톰은 아무도 그들에게 관심을 보이지 않는다는 걸 확인했다. 프랭크가 벤저민 앤드루스라는 가짜 여권으로 베를린을 떠나게 되리라는 사실이 문득 떠오르자 기분이 유쾌해졌다. 여권은 에릭의 집에 있는 프랭크의 여행 가방 속에 들어 있었다.

"이제 우리 언제 또 보나요, 톰?"

톰은 로스헨들에 불을 붙였다. "벨옹브르로 작은 물건을 가지고 오면 만날 수 있겠죠? 저희 집에 선물을 갖고 오신다는 뜻은 아니고요."

에릭이 웃음을 터뜨렸다. 와인을 곁들여 식사해서 그런지 얼굴이 벌겋게 달아올랐다. "그 얘기를 들으니 오후 3시에 약속이 있다는 게 기억났어요. 무례함을 용서해 줘요." 에릭이 손목시계를 확인했다. "지금이 2시 15분이니까, 아직은 괜찮아요."

"우린 택시 타고 갈 테니, 어서 가요."

"아니에요. 약속 장소가 집으로 가는 방향이라 괜찮아요." 에릭이 이에 뭐가 꼈는지 혀로 훑으면서 프랭크를 뜯어보았다.

프랭크는 초콜릿 케이크를 거의 다 먹고 와인 잔 기둥을 잡고 살살 돌리며 생각에 잠겨 있었다.

에릭이 톰에게 눈썹을 들어 올렸다. 톰은 아무 말 하지 않았다. 톰은 계산서를 달라고 했다. 셋이서 쏟아지는 햇살을 맞으며 에릭이 차를 세워 둔 곳까지 한 길가량을 걸었다. 톰은 미소를 짓다가 자기도 모르게 프랭크의 등을 토닥이고 있었다. 무슨 말을 해 주겠는가? 톰은 이렇게 말하고 싶었다. '그래도 부엌 바닥보다는 여기가 낫잖아?' 하지만 농담이 나오지 않았다. 에릭이라면 농담을 할 성격임에도 그조차 입을 다물고 있었다. 톰은 조금 더 걷고 싶었지만, 프랭크 피어슨과 같이 걷는데 안전이 완벽히 확보되지도 않았고 남들 눈에 띌 수도 있어서 차

* 과일과 치즈를 반죽에 말아서 구운 파이

에 올랐다. 톰은 에릭의 집 열쇠를 갖고 나왔다. 에릭이 모퉁이에서 두 사람을 내려 주었다.

톰은 경계하며 에릭의 집으로 걸어갔다. 어슬렁거리는 사람이 있는지 살펴보았지만, 아무도 없었다. 아래층 복도는 텅 비어 있었다. 소년은 아무 말이 없었다.

톰은 아파트에 들어가자마자 재킷을 벗고 창문을 열고 환기를 시켰다. "파리 말이다." 톰이 말을 꺼냈다.

프랭크가 커피 테이블 옆 작은 소파에 앉아서 쩍 벌린 허벅지 위에 팔꿈치를 세우더니 갑자기 두 손에 얼굴을 파묻었다.

"됐다." 톰은 소년 때문에 난처해졌다. "뭐가 고민인지 말해 봐." 톰은 소년이 계속 이러고 있지는 않을 거라고 예상했다.

소년은 이내 손을 내리더니 자리에서 일어났다. "죄송해요." 소년이 바지 주머니에 손을 찔러 넣었다.

톰은 화장실에 들어가서 꼬박 2분 동안 양치질했다. 그리고 차분히 거실로 나왔다. "네가 파리로 돌아가기 싫어하는 거 나도 알아. 그럼 우리 함부르크로 갈래?"

"어디든 좋아요!" 프랭크의 눈에서 강렬한 광기가, 히스테리가 뿜어져 나왔다.

톰은 바닥으로 시선을 내리고 눈을 깜빡였다. "정신 나간 사람처럼 어디든 좋다고 하지 마라, 프랭크. 테리사 일은 나도 들었다. 이해해. 그래서 말인데……." 정확히 뭐라고 말해 줘야 하나? "네가 얼마나 낙심했겠니."

프랭크가 동상처럼 뻣뻣해지더니 톰이 하는 말을 더는 들어 주지 않을 기세였다. 톰은 고민에 빠졌다. '그래도 언젠가는 가족과 마주해야 하잖니'라고 말해야 하나? 지금 이 말을 하면 매정하게 들리지는 않을까? 리브스를 만나는 게 좋은 생각은 아니려나? 분위기를 바꿔 줘야 하나? 아무튼, 톰은 분위기를 바꿔 주는 게 필요할 것 같았다. "베를린은 약간 폐쇄적이니, 함부르크로 가서 리브스를 만나자. 프랑스에 있을 때 내가 얘기한 적이 있어. 함부르크에 사는 친구가 있다고." 톰은 애써 쾌활한 척했다.

소년이 정신을 더 바짝 차렸는지 정중한 모습을 되찾았다. "네, 말씀하신 적 있어요. 에릭의 친구분이 그곳에 사신다고 말씀하셨어요."

"그래서 말이지……." 소년이 여전히 바지 주머니에 양손을 찌른 자세로 톰을 쳐다보았다. 톰은 소년과 시선을 맞춘 채 망설이고 있었다. 소년을 파리행 비행기에 태우는 건 어렵지 않을 것이다. 등을 떠밀어 태운 다음 잘 가라고 하면 그만이었다. 그런데 만약 그랬다간, 프랭크가 비행기에서 내리자마자 또다시 종적을 감출 것만 같았다. 루테티아 호텔로 갈 리가 없었다. "리브스한테 연락해 보마." 톰이 이렇게 말하고 전화기로 다가가는 순간, 전화벨이 울렸다. 톰은 전화를 받기로 했다.

"여보세요, 톰, 저 맥스예요."

"맥스! 잘 지냈어요? 가발하고 옷은 잘 보관하고 있어요!"

"오늘 오전에 통화하고 싶었는데, 제가 꼼짝할 수가 있어야죠. 집이 아니었거든요. 한 시간 전에 에릭의 집으로 전화했지만, 아무도 안 받더라고요. 어젯밤엔 어떻게 됐어요? 소년은 어떻게 됐어요?"

"여기에 있어요. 무사해요."

"당신이 구했어요? 안 다쳤어요? 아무도 안 다친 거예요?"

"네." 톰은 뤼바르스 땅바닥에 쓰러진 채 관자놀이가 으스러진 이탈리아 마피아처럼 생긴 납치범이 문득 떠오르자 눈을 깜빡이며 그 모습을 털어 버렸다.

"롤로가 그러는데 어젯밤에 당신이 너무 근사했대요. 그래서 내가 질투할 뻔했다니까요. 하! 에릭은 집에 있어요? 할 말이 있어서요."

"3시에 약속이 있다고 나갔는데 아직 안 들어왔어요. 내가 전해 줄까요?"

맥스가 됐다면서 다시 전화하겠다고 했다.

이제 톰은 전화번호부를 뒤적여 함부르크 지역 번호를 찾았다. 그리고 리브스의 집으로 전화를 걸었다.

"여보세요?" 여자 목소리였다.

리브스의 청소부이자 시급을 받는 가정부 같았다. 아네트 여사보다 조금 더 살집이 있지만, 헌신적인 자세는 못지않을 것 같았다. "여보세요, 혹시 가비?"

"네, 그런데요?"

"톰 리플리입니다. 잘 지내셨어요, 가비? 마이넛 씨 계십니까?"

"아뇨. 어머나, 잠시만요. 무슨 소리가 나네요." 가비가 독일어로 계속 말했다. "잠시만요." 잠깐 말이 없다가 가비가 다시 돌아와서 말했다. "지금 막 들어오시네요!"

"여보세요, 톰!" 리브스가 숨이 찬 목소리로 전화를 받았다.

"여기 베를린이에요."

"베를린이라니! 나 보러 올 거죠? 베를린에서 뭐 해요?" 리브스의 목소리가 평소처럼 걸걸하면서도 순하게 들렸다.

"지금은 말 못 해요. 당신을 만나러 함부르크로 갈까 하는데. 당신만 괜찮다면 오늘 밤에 가려고요."

"물론이죠, 톰. 당신이라면 만사를 제쳐 둬야죠. 오늘 밤에는 아무 일도 없어요."

"친구도 데려갈 거예요. 미국 사람이에요. 하룻밤만 재워 줄 수 있을까요?" 톰은 리브스의 집에 손님방이 있다는 걸 알고 있었다.

"이틀 밤 자고 가도 돼요. 언제 온다고요? 비행기표는 샀어요?"

"아뇨, 오늘 저녁 표로 끊어 보려고요. 밤 7~9시 쯤으로 표를 알아보려고요. 만약 당신이 외출하지 않을 거면, 내가 다시 전화 안 하고 곧장 집으로 갈게요. 만약 못 갈 것 같을 때에만 다시 전화할게요. 괜찮죠?"

"그럼요. 아주 좋습니다."

톰은 프랭크를 쳐다보며 미소를 지었다. "다 됐다. 리브스가 기꺼이 재워 주겠대."

프랭크가 소파에 앉아서 담배를 피우고 있었다. 평소 같지 않았다. 프랭크가 자리에서 일어나는데, 순식간에 톰만큼 키가 훌쩍 큰 것 같았다. 며칠 사이에 키가 자란 건가? 그럴 수도 있었다. "오늘 우울한 모습 보여 드려서 죄송해요. 털어 버리도록 해 볼게요."

"그래야지, 그럴 수 있을 거야." 소년이 예의 바른 모습을 보여 주려고 애쓰고 있었다. 그래서 그런지 키가 더 커 보였다.

"함부르크에 간다니 좋아요. 파리에 가서 탐정을 만나고 싶진 않았거든요. 제길!" 프랭크가 끝에 조용히 읊조리긴 했지만, 말에 독기가 서려 있었다. "탐정하고 형은 왜 미국으로 돌아가지 않는 거죠?"

"그거야 네가 안전하게 집으로 돌아가는지 확인해야 하니까." 톰은 꾹 참고 말했다.

톰은 에어 프랑스로 전화해 함부르크로 출발하는 밤 7시 20분 비행기에 리플리와 앤드루스의 이름으로 두 자리를 예약했다.

톰이 통화하는 사이에 에릭이 집으로 돌아왔다. 톰이 계획을 말해 주었다. "아, 리브스가 있었지! 거참 좋은 생각이네요!" 에릭이 프랭크를 쳐다보았다. 프랭크는 여행 가방에 짐을 차곡차곡 넣고 있었다. 에릭이 톰에게 침실로 오라고 손짓했다.

"맥스가 전화했어요." 톰이 에릭을 따라가며 말했다. "다시 전화하겠대요."

"고마워요, 톰. 이거 봐요." 에릭이 방문을 닫고 겨드랑이에 끼고 있던 신문을 잡아 빼더니 1면을 내밀었다. "당신이 봐야 할 것 같아서요." 에릭이 씰룩거리는 미소를 지으며 말했다. 놀라서 그런 게 아니라 신경이 잔뜩 당겨져서 웃는 것처럼 보였다. "아직까지는 오리무중인가 봐요."

『더 아벤트』 1면에 두 단짜리 사진이 실렸다. 뤼바르스에 있는 어느 창고에서 이탈리아 마피아처럼 생긴 납치범이 쓰러져 있는 모습이었다. 톰이 남자를 마지막으로 봤던 그 모습 그대로였다. 남자는 엎어진 자세였다. 고개는 약간 왼쪽으로 돌아가 있고, 왼쪽 관자놀이에 시커멓게 피가 고였는데 일부는 뺨을 타고 흘러내렸다. 톰은 사진 아래에 실린 다섯 줄짜리 기사를 재빨리 읽었다. "아직 신원이 밝혀지지 않은 피해자는 이탈리아제 양복과 독일제 속옷을 입고 있었으며, 수요일 아침 일찍 뤼바르스에서 사망한 채 발견되었다. 관자놀이는 둔기에 맞아서 함몰되어 있었다. 경찰은 그의 신원을 확인하려고 조사 중이며, 혹시 싸우는 소리가 들렸는지 그 지역 주민들을 탐문 중이다."

"다 이해했죠?" 에릭이 물었다.

"네." 톰이 허공에 대고 두 발을 쐈으니 주민들이 두 발의 총성을 들었다고 진술할 게 뻔했다. 피해자가 총을 맞고 죽은 건 아니지만 말이다. 낯선 사람이 여행 가방을 들고 가는 모습을 봤다고 제보할 이웃도 있을 것이다. "이런 건 보고 싶지 않네요." 톰은 신문지를 접어서 책상 위에 올려놓고 손목시계를 확인했다.

"테겔까지 태워 줄게요. 난 시간이 많거든요. 소년이 집에는 진짜로 안 가겠대요?"

"안 가겠대요. 미국에 있는 좋아하는 여자 친구의 씁쓸한 근황을 오늘 들었거든요. 여자 친구에게 새로운 남자가 생겼다고 형이 말해줬대요. 그래서 프랭크가 저러는 겁니다. 저 친구가 스무 살만 되었더라도, 일이 훨씬 쉽게 풀렸을 텐데 말이죠." 과연 그럴까? 프랭크가 집으로 돌아가지 못하는 까닭에는 아버지를 죽였다는 사실도 포함되어 있었다.

17

비행기가 함부르크를 향해 고도를 낮출 무렵, 프랭크가 졸다가 눈을 뜨면서 바닥으로 떨어지려는 신문을 양쪽 무릎으로 꽉 붙들었다. 창밖을 내다보았지만 아직은 고도가 너무 높아서 그런지 구름밖에 보이지 않았다.

톰은 슬그머니 담배를 껐다. 승무원들이 통로를 오가며 빈 잔과 식판을 마지막으로 걷어 갔다. 옆에 앉은 프랭크가 무릎 위에 올려 둔 독일 신문을 집어 들더니 뤼바르스에서 사망한 남자의 사진을 들여다보았다. 프랭크에게는 그 사진이 신문에 실린 사진 한 장에 불과할 것이다. 톰은 프랭크에게 납치범들과 만나기로 한 곳이 뤼바르스였다는 말은 하지 않았다. 그저 톰이 바람을 맞혔다고만 얘기했었다. "바람맞히고는 그 남자들을 미행한 거예요?" 하고 프랭크가 물었었다. 톰은 그건 아니고 게이 바에 가서 조이를 찾으라는 말을 설로 탐정을 통해 납치범들에게 전했는데, 그때 미행했다고 했었다. 프랭크는 놀라면서 납치범들의 아지트를 혼자 급습한 톰의 대범함에 감탄했었다. 톰은 프랭크가 자신의 용맹한 모습에도 반했을 거라 생각하고 싶었다. 3인조 납치범들이 빙거슈트라세 인근에서 체포되었다는 기사는 어느 신문에도 나지 않았다. 남들은 몰라도 톰은 그들이 납치범이란 걸 알고 있었다. 녀석들에겐 전과도 있을 테고, 주소지도 불분명할 것이다. 아무튼 그럴 것이다.

둘이 함부르크 공항에서 여권을 제시하자 출입국 직원은 힐끔 보고 곧장 돌려주었다. 둘은 가방을 찾아서 택시를 탔다.

톰은 프랭크에게 관광 명소를 알려 주었다. 어둠이 짙어가긴 해도 보이긴 보였다. 전에 왔을 때 봤던 교회 첨탑이 보이더니 작은 교량이 곳곳에 놓인 북적이는 운하 겸 수로가 처음으로 모습을 드러냈다. 그리고 알스터 호수가 보였다. 택시가 오르막길을 올라 리브스의 아파트가 있는 건물 앞에 도착했다. 과거에는 한 가정이 쓰던 대저택을 칸칸이 나눠서 여러 채의 아파트로 개조한 곳이었다. 톰에겐 이번이 두 번째, 아니 세 번째 방문이었다. 톰이 아래층에 있는 인터폰 버튼을 누르고 이름을 대자, 리브스가 지체 없이 문을 열어 주었다. 톰과 프랭크가 엘리베이터를 타고 올라가자 리브스가 현관 앞에 마중 나와 있었다.

"톰!" 리브스가 낮게 불렀다. 같은 층에 있는 다른 집 때문이었다. "어서 와요. 두 분 모두!"

"이쪽은…… 벤이에요." 톰이 프랭크를 소개했다. "리브스 마이넛이셔."

리브스가 프랭크에게 인사했다. "어서 오렴." 현관문이 닫혔다. 매번 올 때마다 그랬지만, 이번에도 리브스의 널찍한 아파트는 티끌 하나 없이 깨끗했다. 하얀 벽에는 인상주의 화가들의 작품과 신예 작가들의 작품이 걸려 있었다. 벽을 두르고 선 책장 맨 아래 칸에는 대부분 예술 서적이 꽂혀 있었다. 키가 큰 고무나무와 필로덴드론 화분이 하나씩 놓여 있었다. 두 개의 큼직한 유리창으로 알스터 호수가 내다보였는데, 지금은 창에 노란 커튼이 처져 있었다. 세 사람이 먹을 저녁상이 차려져 있었다. 분홍빛이 감도는 더와트의 진품이 톰의 시야에 들어왔다. 침대에 누워 죽어 가는 여인의 모습을 그린 작품이 여전히 벽난로 위에 걸려 있었다.

"액자 바꿨네요, 맞죠?" 톰이 물었다.

리브스가 웃었다. "눈썰미 좋으시네! 어쩌다 보니 액자가 망가져서요. 그때 폭탄이 터지는 바람에 그렇게 됐는데, 이번에 새로 끼운 베이지색이 더 마음이 듭니다. 저번 액자는 너무 허옜거든요. 자, 가방은 여기에 둬요." 리브스가 톰을 손님방으로 안내했다. "두 분이 기내에서 아무것도 안 드셨으면 했죠. 집에 음식을 차려 놓았으니까요. 일단 차가운 와인부터 마시면서 얘기 나눕시다."

톰과 프랭크가 가방을 손님방에 내려놓았다. 정면으로 보이는 벽에 세미 더블 침대가 놓여 있었다. 조너선 트레바니도 이 방에서 잤었다는 걸 톰은 기억하고 있었다.

"친구 이름이 뭐라고 했죠?" 톰과 리브스가 다시 거실로 걸어가면서 리브스가 다정하게 물었다. 리브스는 소년이 듣든 말든 신경 쓰지 않았다.

리브스가 웃는 걸 보니, 톰은 그가 소년의 정체를 알고 있다는 걸 눈치챘다. 톰이 고개를 끄덕였다. "나중에 얘기합시다. 그게……." 톰은 어색했다. 그런데 리브스에게 숨기려는 이유가 뭘까? 지금 프랭크는 거실 건너편에서 그림을 감상하고 있었다. "신문에는 안 나왔는데, 프랭크가 베를린에서 납치를 당했었어요."

"진짭니까?" 리브스가 한 손에는 코르크 따개를, 다른 손에는 와인을 든 채 그대로 굳어 버렸다. 그의 오른뺨에는 입꼬리까지 죽 그어진 벌겋고 흉한 흉터가 있었다. 리브스가 놀라서 입을 헤벌리자 상처가 길게 늘어났다.

"지난주 일요일 밤에요. 그룬발트에서 납치당했어요. 넓은 숲 있잖아요."

"어딘지 알죠. 어쩌다 납치를 당한 거죠?"

"둘이 같이 있다가 잠깐 떨어지게 됐는데. 앉아라, 프랭크. 이분도 우리 친구야."

“그래, 앉아.” 리브스가 걸걸한 목소리로 말하며 코르크를 땄다.

프랭크와 톰이 서로 눈을 맞추었다. 소년은 톰에게 말하고 싶으면 말해도 된다고 허락한다는 듯이 고개를 끄덕여 주었다. “프랭크가 어젯밤에야 풀려났어요. 납치범들이 먹인 신경 안정제 때문에 아직도 졸음이 쏟아지나 봐요.” 톰이 말했다.

“아닙니다. 지금은 아무렇지도 않아요.” 프랭크가 예의를 갖추고 단호하게 말하더니 조금 전 앉았던 소파에서 일어났다. 그러고는 벽난로 위에 걸린 더와트 작품을 더 자세히 보려고 가까이 간 후, 뒷주머니에 두 손을 찌른 채 톰을 쳐다보며 씩 웃었다. “그림이 참 좋네요.”

“좋지?” 톰이 흐뭇하게 대답했다. 늙은 여인이 누웠던 침대보인지 걸치고 있던 나이트가운인지 모를 것이 먼지가 탄 듯한 분홍색으로 채색되어 있고, 배경은 탁한 갈색과 진회색을 섞어서 바른 작품이었다. 톰도 저 그림이 마음에 들었다. 여인이 임종을 앞둔 걸까? 아니면 그저 사는 게 힘들고 지쳐서일까? 그림 제목은 〈죽어 가는 여인〉이었다.

“여자예요, 남자예요?” 프랭크가 물었다.

안 그래도 톰은 벅마스터 갤러리의 에드먼드 밴버리나 제프 콘스턴트가 작품명을 붙였을 거로 추측하고 있었다. 더와트는 자기 그림에 자기가 굳이 이름을 붙이지 않았으니, 그림 속 인물이 남자인지 여자인지 정확히 말해 줄 사람은 아무도 없었다.

“작품명이 〈죽어 가는 여인〉이야. 더와트 좋아하니?” 리브스가 프랭크에게 물었다. 놀라면서도 흐뭇해하는 말투였다.

“프랭크가 그러는데, 미국 아버지 집에 더와트 작품이 있대요. 한 점이랬나, 두 점이랬나?”

“한 점이요. 〈무지개〉요.”

“아하.” 리브스는 눈앞에 그 그림이 보인다는 듯이 감탄사를 내뱉었다.

프랭크가 데이비드 호크니 작품으로 자리를 옮겼다.

“몸값은 줬어요?” 리브스가 톰에게 물었다.

톰이 고개를 저었다. “아뇨. 갖고만 있다가 주지는 않았어요.”

“얼마나 달랍디까?” 리브스가 웃는 얼굴로 와인을 따랐다.

“2백만 달러.”

“세상에, 세상에. 그럼…… 이제 어쩔 겁니까?” 리브스가 등지고 선 소년을 턱으로 가리켰다.

“프랭크가 집으로 돌아가겠답니다. 혹시 괜찮다면, 내일 하룻밤 더 이 집에서 신세 지고 금요일에 파리로 갈까 하는데요. 호텔에서 누가 소년을 알아보는 게 싫어서요. 하루만 더 쉬면 프랭크한테도 도움이 될 테니까요."

"물론이죠, 톰. 당연히 괜찮죠." 리브스가 인상을 찌푸렸다. "그런데 이해가 잘 안 가네요. 경찰이 아직도 소년을 찾고 있나요?"

톰이 예민하게 어깨를 들어 올렸다. "납치되기 전까지는 경찰이 찾았었죠. 파리까지 날아온 탐정이 소년을 찾았다고 프랑스 경찰에 알렸을 겁니다." 톰은 경찰이 그간 납치 사건에는 일절 관여하지 않았다는 말도 덧붙였다.

"그럼 당신이 저 소년을 데려다줘야겠군요?"

"파리에 있는 탐정한테 데려다주려고요. 피어슨가에서 고용한 탐정인데, 프랭크의 형이 파리에 올 때 같이 왔어요. 고마워요, 리브스." 톰이 잔을 받아 들었다.

리브스는 프랭크에게도 잔을 갖다주고는 주방으로 향했다. 톰도 리브스를 뒤따라갔다. 리브스가 냉장고에서 슬라이스 햄과 코울슬로, 각종 슬라이스 소시지와 피클을 꺼내 접시에 담더니, 가비가 준비해 놓은 거라고 했다. 가비는 같은 건물에 있는 다른 아파트에서 숙식하며 일해 주는 가정부인데, 리브스의 집에 올 손님들에게 음식을 차려 주려고 늦은 장을 봐서 오늘 밤 7시에 리브스의 집에 들렀다고 했다. "가비가 날 좋아하다니, 내가 참 복이 많아요. 가비는 일하는 집에 있는 것보다 우리 집에 와 있는 게 더 재미있나 봐요. 이 집에서 폭탄이 터졌었는데도 말이죠. 폭탄이 터질 때 마침 집에 없었으니 다행이었죠."

셋이 식탁에 앉았다. 프랭크 납치 사건 말고 다른 이야기를 나누긴 했지만, 여전히 베를린 얘기를 하고 있었다. 에릭 란츠는 어떻게 지내는지, 친구들은 누구인지, 에릭이 사귀는 여자는 있는지 리브스가 질문하며 웃었다. 리브스에겐 사귀는 여자가 있을까, 톰은 궁금했다. 리브스와 에릭은 여자에겐 별로 관심이 없어 보였다. 둘 다 여자를 대수롭지 않게 여기는 걸까? 톰은 와인을 마시고 취기가 오르자 아내가 있어서 좋다는 생각이 들었다. 예전에 엘로이즈가 톰에게 좋아한다고 말한 적이 있었다. 톰이 자신을 있는 그대로 받아 주고 숨 쉴 틈을 준다면서 그에게 사랑한다고 말한 것이다. 톰은 엘로이즈가 고백해 주다니 참으로 고마웠지만, 사실 자기가 아내에게 숨 쉴 틈을 준다는 생각은 해 본 적도 없었다.

리브스가 프랭크를 쳐다보고 있었다. 프랭크가 몹시 졸려 보였다.

11시가 조금 넘자 둘이 프랭크를 손님방에 있는 침대에 재웠다.

톰과 리브스는 피에스포터 골드트뢰프첸* 와인을 한 병 더 땄다. 둘이 거실 소파에 앉자, 톰은 그간 있었던 일들을 처음부터 설명했다. 프랭크 피어슨이 짬짬이 정원사로 일하다가 빌페르스로 톰을 찾아왔던 일부터 말이다. 리브스는 톰이 베를린에서 여장했다는 얘기에 박장대소를 터뜨리더니 자세히 듣고 싶어 했다. 그러더니 뭔가 생각났는지 물었다.

"그 베를린 사진 말입니다. 오늘 신문에 실린 사진이요. 뤼바르스라고 한 것 같던데." 리브스가 자리에서 벌떡 일어나더니 책장에서 신문을 뒤적거렸다.

"맞아요. 나도 베를린에서 그 기사를 봤어요." 톰은 잠시 식겁했는지 와인 잔을 내려놓았다. "내가 말한 이탈리아 마피아처럼 생겼다는 남자가 사진 속 남자가 맞아요." 톰은 리브스에게 자기가 남자를 때려눕혔다고만 말했었다.

"목격자가 없는 거 확실해요? 그러고 나서 도망친 거죠?"

"목격자는 없었어요. 내일 자 신문에 기사가 어떻게 날지 기다려 봐야 할까요?"

"걔도 알아요?"

"얘기 안 했어요. 뤼바르스 얘기는 프랭크에게 하지 말아요. 리브스, 커피를 좀 더 마시고 싶은데요."

톰은 리브스를 따라 주방으로 들어갔다. 혼자서 궁둥이를 붙이고 앉아서 기다리고 싶진 않았다. 톰은 자기가 사람을 죽였다는 사실을 인지하자 불쾌해졌다. 사람을 죽인 게 이번이 처음이 아닌데도 말이다. 톰은 리브스가 자기를 쳐다보는 시선이 느껴졌다. 톰이 리브스에게 털어놓지 않은 게 하나 있었다. 앞으로도 절대로 하지 않을 얘기였다. 그건 바로 프랭크가 아버지를 죽였다는 사실. 리브스가 아버지 피어슨이 자살인지 사고사인지 아직까지 밝혀지지 않았다는 기사를 봤다고 하자, 톰은 마음이 살짝 놓였다. 리브스는 누가 피어슨을 낭떠러지로 떠밀어 죽인 거냐는 질문을 할 생각조차 하지 않았기 때문이다.

"대체 걔는 왜 집에서 나온 거랍니까? 아버지가 죽어서 속상해서요? 아니면 여자 때문에? 테리사라고 했죠?"

* 포도 농장 이름

"여자 때문은 아닐 겁니다. 집에서 나올 당시 테리사하고 사이는 괜찮아 보였거든요. 우리 집에 있을 때는 테리사한테 편지도 썼어요. 그런데 어제, 테리사에게 새 남자친구가 생겼다는 얘기를 들은 거죠."

리브스가 너털웃음을 지었다. "세상에 널리고 널린 게 여잔데, 예쁜 여자도 얼마나 많은데. 함부르크에도 있긴 있다니까요! 프랭크가 관심을 딴 데로 돌릴 수 있도록 우리가 도와줄까요? 어디 클럽이라도 데려가야 하나, 안 그래요?"

톰은 최대한 대수롭지 않은 척하며 말했다. "이제 고작 열여섯 살이니, 얼마나 힘들겠어요. 형이란 사람이 하필 이럴 때 그런 얘기나 전하는 걸 보니 무심한가 봐요. 무심한 성격이 아니라면, 그렇게 불쑥 얘기를 꺼내진 않았겠죠."

"그쪽 형하고 탐정도 만날 생각입니까?" 리브스가 '탐정'이라고 말하더니 웃음을 터뜨렸다. 세상에서 벌어지는 범죄를 추적하는 일을 업으로 하는 사람이면 누가 됐든 비웃을 기세였다.

"별로 만나고 싶진 않지만, 일단 저 녀석을 두 사람에게 맡기긴 해야죠. 프랭크가 집에 갈 마음이 별로 없거든요." 톰은 커피를 들고 주방에 서 있었다. "졸리네요. 커피 맛이 이렇게 좋은데도요. 한 잔 더 마셔야겠어요."

"그러다가 잠 못 자면 어쩌려고요?" 리브스가 거친 목소리로 자기가 무슨 엄마나 간호사라도 되는 양 걱정하듯 타박했다.

"지금 같으면 못 잘 리 없어요. 내일은 프랭크에게 함부르크 구경이나 시켜 주려고요. 알스터 호수에 가서 배도 태워 주고 해서 기운 차리게 해 주고 싶어요. 같이 점심 먹을래요, 리브스?"

"고맙지만, 내일은 약속이 있어요. 열쇠는 주고 갈게요. 아니다, 지금 줄게요."

톰은 커피 잔을 들고 주방에서 나왔다. "일은 어때요?" 장물아비 일은 어떠냐는 뜻이었다. 거기에, 독일 화가들 중에서 재능 있는 작가를 합법적으로 소개하고 약간의 미술품을 거래하는 일까지 아울러서 묻는 말이었다. 리브스는 적어도 후자를 우선시하고 있었다.

"그게 말이죠." 리브스가 톰의 손에 열쇠 꾸러미를 쥐여 주더니 거실 벽을 훑어보았다. "저기 저 호크니는 임차한 겁니다. 정확히 말하면 뮌헨에서 훔친 건데, 마음에 들어서 벽에 걸어 뒀어요. 그래서 집으로 사람을 들일 때 굉장히 조심하고 있어요. 누가 조만간 가져갈 예정이라."

톰은 미소를 지었다. 리브스가 가장 쾌적한 도시에서 즐겁게 살고 있다는 생각이 들었다. 무슨 일이든 늘 벌어지는 도시에서, 리브스는 아주 위험한 순간에 매번 실수를 거듭하면서도 조금도 걱정하지 않았다. 이를테면, 전에 두들겨 맞고 의식을 잃은 채 움직이는 차 밖으로 떠밀린 적도 있었으면서 말이다. 그 당시 코뼈가 부러지진 않았었다. 파리에서 벌어진 일이었지만.

그날 밤 톰이 조심조심 침대에 눕자, 프랭크가 뒤척이지 않았다. 소년은 베개를 껴안고 엎드려 자고 있었다. 톰은 베를린에 있을 때보다 안전하다는 기분이 밀려왔다. 폭탄이 터지고 도둑이 들기까지 한 리브스의 아파트가 작은 성처럼 아늑하게 느껴졌다. 톰은 리브스에게 방범 벨 말고 보호 장치로 뭘 더 달아 놓았느냐고 물어보려 했었다. 리브스가 사람을 매수한 걸까? 그가 가끔 고가의 미술품도 거래하니 경찰에 특별 보호를 요청한 걸까? 그런 것 같진 않았다. 안전을 위해 무슨 조치를 취했는지 리브스에게 캐묻는 건 무례한 짓 같았다.

살짝 노크하는 소리에 톰은 잠에서 깼다. 눈을 뜨고서야 여기가 어딘지 파악이 되었다. "들어오세요."

가비가 민망한 표정을 지으며 퉁퉁한 몸을 이끌고 들어와 독일어로 인사했다. 커피와 롤빵이 담긴 쟁반을 손에 들고 있었다. "오랜만에 다시 뵙게 되어 정말 반가워요. 잘 지내셨죠?" 가비는 여태 자는 프랭크 때문에 소곤소곤 말했다. 50대인 가비는 검은 직모를 뒤로 동그랗게 묶어 맸다. 뺨에는 벌겋게 발진이 올라와 있었다.

"다시 오니 정말 좋네요, 가비. 잘 지내셨죠? 이리 주세요." 톰은 자기 무릎에 쟁반을 내려놓으라고 했다. 다리가 달린 쟁반이었다.

"리브스 씨는 외출하셨어요. 열쇠는 주고 가셨다고 들었어요." 가비가 웃는 얼굴로 여태 자는 소년을 쳐다보았다. "주방에 커피가 더 있어요." 가비가 덤덤하게 사실을 전했지만, 짙은 눈동자에는 아이 같은 호기심이 생생히 담겨 있었다. "혹시 필요한 거 있으실까 봐 제가 한 시간 정도는 더 있다가 갈게요."

"고마워요, 가비." 톰은 커피를 마시고 담배를 피우자 조금 더 머리가 맑아졌다. 일어나서 샤워하고 면도했다.

톰이 다시 손님방으로 돌아오자, 프랭크가 한쪽 발을 창문틀에 걸친 채 창문을 열어 놓고 그 앞에 서 있었다. 톰은 소년이 뛰어내릴 것 같은 느낌이 들었다. "프랭크?" 소년은 톰이 들어오는지도 몰랐다.

"경치가 참 좋네요." 프랭크가 이제 두 다리로 바닥을 디디며 말했다.

프랭크가 온몸을 떨고 있었나? 아니면 톰의 망상이었나? 톰은 창문으로 가서 바깥을 내다보았다. 알스터 호수의 푸르른 물살을 가르며 왼쪽으로 움직이는 보트도 보였고, 작은 범선 대여섯 척이 출발하는 모습도 보였다. 호숫가 부두 위를 사람들이 거닐었고, 곳곳에 밝은색 깃발이 휘날리고 있었다. 반짝이는 태양까지 보이자, 뒤피가 그린 독일 풍경화가 떠올랐다. "혹시 좀 전에 뛰어내리려고 한 건 설마 아니겠지?" 톰이 농담조로 물었다. "이 집이 별로 높은 층이 아니라서 네가 원하는 결과는 얻지 못할 텐데."

"뛰어내리다니요?" 프랭크가 재빨리 고개를 저으며 몸을 한 발 뒤로 뺐다. 톰하고 가깝게 서 있는 게 민망했던 것 같았다. "그런 짓은 절대로 안 해요. 저 씻어도 되죠?"

"어서 씻으렴. 리브스는 외출했고, 대신 가비가 집에 있어. 가정부야. '구텐 모르겐'이라고 인사만 하면 돼. 굉장히 친절하신 분이야." 톰은 소년이 바지를 입고 복도로 나가는 모습을 지켜보았다. 괜한 걱정을 한 것 같았다. 약 기운이 다 가셨는지 프랭크가 오늘 아침에는 의욕이 넘쳐 보였다.

둘은 아침나절에 함부르크 시내에 있는 장크트파울리로 향했다. 홍등가 리퍼반에 있는 섹스숍 쇼윈도도 구경하고, 24시간 성인 영화만 트는 영화관 앞에 걸린 야한 사진도 보고, 눈이 휘둥그레지는 남녀 속옷이 내걸린 쇼윈도도 들여다보았다. 벌건 대낮에 어디선가 록 음악이 울려 퍼지는 가운데, 사람들이 드나들며 쇼핑하고 있었다. 톰은 놀랐는지 눈을 껌뻑이는 자신을 발견했다. 훤한 대낮에 휘황찬란한 색상을 보니 서커스를 보는 듯했다. 톰은 자기가 점잔 빼는 사람이라는 걸 깨달았다. 미국의 매사추세츠 보스턴에서 어린 시절을 보내서 그런 것 같았다. 프랭크는 쿨해 보였지만, 실은 딜도와 바이브레이터에 달린 가격표를 보며 쿨한 척하려고 애를 쓰고 있었다.

"이 동네는 밤에 와야 할 것 같아요." 프랭크가 말했다.

"지금도 괜찮지 뭐." 두 여자가 강렬한 눈빛을 쏘며 다가오자, 톰이 말했다. "트램을 타자. 택시를 타도 좋고. 동물원에 가야지. 동물원은 언제 가도 재미있는 곳이니."

프랭크가 웃었다. "동물원은 가도 가도 참 좋아요!"

"나도 동물원이 좋아. 지금 가자." 톰이 택시를 잡으려고 했다.

그런데 아까 그 두 여자가 두 사람이 탈 택시를 얻어 타고 싶은 듯한 눈빛을 보내고 있었다. 둘 다 10대 소녀였는데, 그중 하나는 민얼굴인데도 매력적이었다. 그래도 톰은 정중하게 미소를 지으며 고개를 저어 두 여자를 쫓아 보냈다.

톰은 동물원 입구에 있는 가판대에서 신문을 한 부 사서 후다닥 훑어보았다. 단신 기사 중에 베를린에서 발생한 납치 사건이나 프랭크 피어슨 기사가 있는지 다시 한번 살펴보았다. 아무것도 없었다. 『디 벨트』라는 신문이었다.

"무소식이 희소식. 들어가자." 톰이 프랭크에게 말했다.

톰은 입장권을 샀다. 구멍이 뻥뻥 뚫린 주황색 띠지였다. 이걸 차면 장난감 기차처럼 생긴 기차를 타고 카를 하겐베크 동물원 곳곳을 누빌 수 있었다. 프랭크가 신이 나자 톰은 흐뭇했다. 작은 기차에는 열다섯 칸의 객차가 달려 있었다. 문을 열지 않고도 기차에 탈 수 있었고 지붕은 없었다. 아이들이 탈 수 있도록 높은 데에 줄을 걸어 매달아 놓은 고무바퀴도 있고, 구멍과 터널을 통과해 미끄럼틀을 타고 내려오도록 만들어진 2층 플라스틱 구조물도 있는 모험 놀이터 옆을 지나가면서도, 기차는 아무런 소리를 내지 않았다. 사자와 코끼리 우리도 지나갔는데, 관람객과 동물 사이에 울타리가 아예 없었다. 두 사람은 조류관에서 내렸다. 가판대에서 맥주와 땅콩을 산 다음, 기차에 다시 올랐다.

동물원에서 나와서 택시를 타고 함부르크항에 있는 대형 레스토랑으로 향했다. 톰이 일전에 왔을 때 들렀던 곳이었다. 유리로 된 벽으로 항구가 내려다보였다. 대형 선박과 흰 유람선이 보였다. 바지선이 정박한 채 자동 배수펌프로 바닷물을 퍼내며 짐을 싣고 내리고 있었다. 갈매기가 날아다니다가 때때로 바다로 다이빙하기도 했다.

"내일은 파리로 가는 거다." 톰은 식사를 막 시작하자마자 얘기를 꺼냈다. "알겠지?"

프랭크가 곧바로 몸을 움츠렸지만 마음을 다잡으려 했다. 내일은 파리로 가야 한다. 파리로 못 가게 될 경우, 프랭크는 하루를 더 뭉개다가 함부르크를 떠나 마음이 내키는 곳 어디로든 가 버릴 것이다. "난 남에게 이래라저래라하는 거 싫어. 하지만 넌 언젠가 가족을 만나야 해." 톰이 좌우를 살피면서 고운 말로 설득했다. 왼쪽은 유리 벽이었고, 가장 가까운 테이블은 프랭크 뒤로 1미터도 더 떨어져 있었다. "앞으로 몇 달 내내 비행기를 갈아타고 다니면서 도망만 칠 수는 없잖니. '바우에른프뤼슈튀크*'로 시키렴."

프랭크가 또다시 메뉴판을 더 찬찬히 살폈다. 메뉴판에 적힌 '농부

* 일명 '농부의 아침'으로 불린다.

의 아침'이 괜찮아 보였는지 그걸로 시켰다. 생선, 수제 감자튀김, 베이컨, 양파가 큼직한 접시에 한꺼번에 나오는 요리였다. "내일 저하고 같이 파리로 가실 거죠?"

"당연하지. 나야 집에 가는 길이잖니."

점심을 먹고 둘이 걸었다. 베네치아처럼 뾰족지붕이 달린 근사한 집들이 물가에 늘어선 작은 만을 건너서 쇼핑가로 접어들었다. 프랭크가 말했다. "환전하러 잠깐 들어가도 되죠?"

프랭크가 은행을 가리켰다. "물론이지." 톰도 같이 들어가서 소년이 '환전'이라고 적힌 창구 앞에 있는 짧은 줄에 서 있다가 환전을 마칠 때까지 기다려 주었다. 프랭크는 벤저민 앤드루스의 이름으로 된 여권을 가져오지 않았다. 여권을 제시하지 않고도 프랑스 프랑을 독일 마르크로 바꿀 수 있었다. 톰은 굳이 쳐다보려고 하지 않았다. 그날 오전에도 톰은 프랭크 뺨에 다른 연고를 발라 주었었다. 그런데 톰은 왜 그렇게 프랭크의 점에 집착하는 걸까? 이제라도 누가 프랭크를 알아보기라도 할까 봐? 프랭크가 웃으며 돌아오더니 마르크를 지갑에 집어넣었다.

둘이 함부르크 민족학 박물관*으로 걸어갔다. 톰이 예전에도 들렀던 곳이었다. 이곳에는 제2차 세계 대전 중 포탄이 떨어져서 초토화되었던 함부르크항의 모형도가 전시되어 있었다. 대략 23센티미터 정도 되는 높이의 창고가 불타올라 누렇고 푸른 불꽃이 인 모형도였다. 프랭크는 배를 인양하는 모형도를 열심히 들여다보았다. 깊은 바닷속에 가라앉은 8센티미터 길이의 작은 배를 모래사장으로 끌어 올리는 장면이었다. 저번과 마찬가지로, 이번에도 구경하는 데에 한 시간가량 걸렸다. 죄다 벤저민 프랭클린 시대 사람들처럼 옷을 입은 함부르크 관료들의 서명 장면이 재현된 기념 유화도 구경했다. 톰은 눈을 비비다 담배 생각이 났다.

잠시 후, 꽃과 과일을 파는 가판대가 늘어선 쇼핑가에서 프랭크가 말했다. "잠깐만 기다려 주시겠어요? 5분이면 돼요."

"어디 가려고 그래?"

"금방 올게요. 여기 나무 옆에 계세요." 프랭크가 인도 옆 플라타너스를 가리켰다.

"그래도 어디 가는지는 알려 줘야지."

"절 믿어 주세요."

* 현 로텐바움 세계문화예술 박물관

"그래, 알았다." 톰은 돌아서서 몇 걸음 걸어가면서도 소년이 의심스러웠다. 동시에 자신이 프랭크 피어슨의 보모는 영영 될 수 없다는 사실을 상기했다. 은행에서 얼마나 환전했는지, 프랑이나 달러로 돈이 얼마나 남았는지는 모르겠지만, 소년이 돌아오지 않는다면 톰은 프랭크의 가방을 파리로 가져가 루테티아 호텔에 전달해 줄 것이다. 프랭크가 오늘 아침에 여권을 들고 나온 걸까? 톰은 뒤돌아서서 아까 그 플라타너스로 다시 걸어갔다. 나이 많은 신사가 나무 밑에 놓인 의자에 앉아 신문을 보고 있어서 다른 플라타너스와 구별이 되었다. 소년은 보이지 않았다. 벌써 5분이 지났다.

바로 그때, 프랭크가 행인들 사이에서 모습을 드러냈다. 웃음 지으며 흰 바탕에 빨간 무늬가 그려진 커다란 비닐봉지를 들고 있었다. "고맙습니다."

톰은 마음이 놓였다. "뭐 사러 갔다 왔구나?"

"네. 나중에 보여 드릴게요." 이제 두 사람은 융페른스티그*로 갔다. 톰이 이 길 이름을 기억하는 건, 과거 함부르크 미녀들이 다니던 길이라는 얘기를 리브스가 해 주었기 때문이다. 융페른스티그 오른편에 있는 부두에는 알스터 호수를 한 바퀴 도는 관광용 유람선 승차장이 있었다. 톰과 프랭크는 유람선을 탔다.

"오늘이 자유를 누리는 마지막 날이네요!" 프랭크가 유람선에서 외쳤다. 프랭크의 검은 머리가 바람에 휘날리고 바지 자락이 다리에 들러붙었다.

둘 다 좌석에는 앉지 않으려 했다. 둘 다 선박 상부 구조물 한쪽 구석에 몸을 바싹 붙이고 있어서 다른 승객들에게 방해되진 않았다. 즐거워 보이는 남자가 하얀 야구 모자를 쓰고 확성기를 들고 스쳐 지나가는 풍경을 설명해 주었다. 푸르른 산등성이 일대에 서 있는 대형 호텔에서 알스터 호수가 내려다보인다면서, 저쪽에 있는 호텔들이 '세상에서 방값이 가장 비싼 호텔들'일 거라고 배에 탄 승객 모두에게 장담했다. 톰은 흥미로웠다. 소년이 저 멀리 어딘가로 시선을 보내고 있었다. 갈매기일지 테리사일지 톰으로서는 알 수 없었다.

오후 6시가 조금 넘어서 리브스의 아파트로 돌아왔다. 리브스는 아직 귀가하지 않았지만, 깔끔히 정리된 손님방 침대 위에 메모를 남겨 놓고 나갔다. "7시 전까진 돌아오겠습니다. R." 톰은 리브스가 여태 들

* 함부르크에서 가장 넓은 도로

어오지 않아서 좋았다. 프랭크하고 단둘이 할 얘기가 있었기 때문이다.

"내가 벨옹브르에서 했던 말 기억나지? 네 아버지 일 말이야."

프랭크가 잠시 당황하더니 말했다. "아저씨가 해 주신 말씀은 다 기억하고 있어요."

두 사람은 거실에 있었다. 톰은 창가 근처에 서 있었고, 소년은 소파에 앉아 있었다.

"그 일은 절대로 아무한테도 말하지 마. 자백하면 안 돼. 재미로라도 자백할 생각은 아예 하지도 마라."

프랭크가 톰을 바라보던 시선을 바닥으로 내렸다.

"혹시 누구한테 말할 생각이니? 형한테?" 톰은 프랭크의 속마음을 떠보고 싶었다.

"아뇨. 그런 생각은 안 해요."

소년의 목소리는 단호하면서도 깊었지만, 톰은 믿음이 가지 않았다. 소년의 어깨를 부여잡고 흔들어서라도 자기 생각을 주입하고 싶었다. 감히 그럴 수 있을까? 그럴 수는 없었다. 톰은 도대체 뭐가 두려운 걸까? 어깨를 흔들어서라도 소년에게 생각을 심어 주려다가 실패할까 봐? "네가 꼭 알아야 할 일이 있어. 그게 어디에 있더라……." 톰은 소파 한쪽 끝에 신문을 모아 둔 곳으로 가서 어제 자 신문을 집어 들고 1면을 펴서 뤼바르스에서 사망한 남자의 사진을 내밀었다. "어제 비행기에서 이 사진 봤지? 베를린 북부 뤼바르스에서 내가 이 남자를 죽였어."

"아저씨가요?" 프랭크가 놀랐는지 한 옥타브 올라간 목소리로 말했다.

"만나서 몸값을 주기로 한 곳이 어딘지는 네가 묻지 않았잖니. 그건 됐고. 내가 이 남자 머리통을 후려쳤어. 그래서 이렇게 된 거야."

프랭크가 눈을 껌뻑이며 톰을 쳐다보았다. "왜 미리 말씀해 주시지 않으셨어요? 그래, 맞다. 이 남자가 누군지 이제 알겠네요. 거기 아파트에 이 이탈리아 남자가 있었어요!"

톰이 담배에 불을 붙였다. "내가 이 얘기까지 너에게 해 준 이유는……." 왜일까? 톰은 생각을 정리하려고 말을 멈추었다. 자기 아버지를 낭떠러지로 밀어 버린 일과, 총을 들고 걸어오는 납치범의 머리통을 후려친 일은 사실 비교도 되지 않았다. 둘 다 목숨을 앗는 일이라고 해도 말이다. "내가 이 남자를 죽였다는 사실이 내 인생을 뒤흔들진 못해. 이 남잔 애초부터 범죄자였어. 내가 사람을 죽인 건 이 남자가 처음은 아니야. 내가 이런 말까지 할 필요는 없지만 말이다."

프랭크가 놀란 눈을 하고 톰을 쳐다보았다. "여자도 죽인 적 있어요?"

톰이 웃음을 터뜨렸다. 프랭크가 하고 싶은 게 다른 것도 아닌 여자를 죽이는 일이라고 상상하니 웃음이 나왔다. 프랭크가 디키 그린리프에 대해서는 묻지 않자, 톰은 마음이 놓였다. 톰이 사람을 죽이고 유일하게 죄책감을 느낀 건 디키뿐이었기 때문이다. "한 번도 없어, 여자는. 여자를 죽여야 할 상황이 아예 없었거든." 톰은 이렇게 덧붙이자, 영국 남자에 관한 농담이 떠올랐다. 어떤 영국 남자가 아내를 파묻었다고 친구에게 고백했다. 매장한 이유는 아내가 사망했기 때문이라는 농담이었다. "그런 상황을 한 번도 겪은 적이 없었어. 여자라니. 설마 여자를 죽이려는 건 아니지, 프랭크? 누구를 죽이려고?"

그제야 프랭크가 미소를 지었다. "설마. 그럴 리가요!"

"좋아. 내가 이 얘기를 꺼낸 이유는 딱 하나야……." 톰은 또다시 당황했지만 그래도 말을 이어 갔다. "그러니까 내 말은……." 톰이 신문을 가리켰다. "이런 짓을 저질렀다고 해도 남은 인생이 망가지면 안 돼. 무너질 이유가 없어." 어린 나이의 프랭크가 무너진다는 게 무슨 뜻인지 알기나 할까? 이해할 수 있을까? 완벽히 실패했다는 생각이 인생을 무너뜨린다는 의미였다. 무너지는 청소년은 많다. 자살까지 감행하는 아이도 많다. 넘을 수 없는 벽처럼 느껴지는 문제에 부딪혔기 때문이라는데, 그 문제라는 게 고작 숙제일 때도 있다.

프랭크가 주먹을 쥔 오른손의 너클을 커피 테이블의 날카로운 모서리에 대고 문지르고 있었다. 테이블은 유리 상판 같았다. 흰색과 검은색이 섞여 있었지만, 대리석은 아니었다. 프랭크가 하는 동작을 보니, 톰은 긴장할 수밖에 없었다.

"내가 무슨 말을 하는지 이해가 돼? 어떤 일로 인해 네 인생이 망가질 수도 있고, 멀쩡할 수도 있어. 결정은 네게 달렸어. 넌 행운아야, 프랭크. 네가 결단을 내리기만 하면 돼. 왜냐? 아무도 널 기소하진 않을 테니까."

"그건 알아요."

톰은 소년이 실연당했다는 사실에 생각이 매몰되어 있다는 걸 눈치챘다. 테리사에게 얼마나 정신이 팔린 걸까? 그것은 다스릴 수 없는 열병이라서, 살인보다 더더욱 다루기 힘든 주제 같았다. 톰이 불안해하며 말했다. "그 주먹으로 설마 테이블을 내려치는 건 아니겠지? 그런다고 해결되는 건 없어. 그랬다간 피멍이 든 손으로 파리에 가야 하니,

바보 같은 짓은 하지 마."

소년이 주먹으로 테이블을 쳤지만 세게 치지는 않았다. 톰은 긴장을 풀려고 시선을 돌렸다.

"저 그렇게 멍청하지 않아요. 걱정하지 마세요." 프랭크가 자리에서 일어나 두 손을 주머니에 넣고 창가로 걸어가더니 톰을 향해 뒤돌아섰다. "내일 떠나는 비행기표는 제가 끊으면 되죠? 영어로도 예약할 수 있는 거죠?"

"그럼. 어서 해라."

"루프트한자로 예약할게요." 소년이 말하더니 전화번호부를 뒤적거렸다. "아침 10시경이면 괜찮을까요?"

"더 빨라도 좋아." 톰은 마음이 한결 놓였다. 마침내 프랭크가 스스로 딛고 일어서는 것 같았다. 스스로 일어서지 못했다고 해도, 적어도 일어서려고 노력은 하는 것 같았다.

프랭크가 내일 표를 예약하는 사이, 리브스가 집에 도착했다. 프랭크가 내일 오전 9시 15분발 비행기를 예약하며 이름을 댔다. 리플리와 앤드루스.

"오늘 하루는 잘 보냈어요?" 리브스가 물었다.

"덕분에요." 톰이 대답했다.

"안녕, 프랭크. 손부터 씻어야겠다." 리브스가 거친 목소리로 말하면서 손바닥을 펼쳐 보였다. 눈에 띄게 시커멨다. "오늘 그림을 좀 옮겼는데, 지저분……."

"오늘은 진짜로 '일'하고 온 거네요, 리브스. 당신 손을 보니 존경스럽네요." 톰이 말했다.

리브스가 목청을 가다듬어 보았지만, 소용이 없었다. 그래도 다시 말을 이었다. "내가 하려던 말은, '일하면서 지저분한 하루를 보낸 게 아니라, 지저분한 일을 하면서 하루를 보냈다'라는 말이었어요. 톰, 한잔할래요?" 리브스가 욕실로 가며 물었다.

"저녁은 나가서 먹을래요, 리브스?" 톰이 리브스를 따라가며 물었다. "오늘이 마지막 밤이잖아요."

"괜찮다면, 난 안 나갔으면 좋겠어요. 집에 먹을 게 늘 있거든요. 가비가 알아서 만들어 놓아요. 냄비에 뭘 또 만들어 놓았을 거예요."

리브스가 외식을 좋아하지 않았다는 게 톰은 기억이 났다. 리브스는 아직도 함부르크에서 몸을 사리는 것 같았다.

"톰 아저씨." 프랭크가 톰을 손님방으로 부르더니 흰색 바탕에 붉은 무늬가 있는 비닐봉지를 건넸다. “선물이에요.”

“내 선물? 고마워, 프랭크.”

“여태 안 열어 보셨네요.”

톰은 파란색과 붉은색이 섞인 리본을 끄른 다음 흰 상자를 열었다. 안에는 하얀 습자지가 잔뜩 들어 있었다. 그 안에 붉고 반짝이며 황금빛이 감도는 물건이 보였다. 꺼내 보니 자주색 실크 드레싱 가운이었다. 벨트에는 검은색 술이 달려 있었고, 자주색 천에는 화살 모양의 금박이 박혀 있었다. “정말 근사하구나. 아주 멋져.” 톰이 재킷을 벗었다. “입어 봐도 되지?” 톰의 몸에 딱 맞았다. 지금은 스웨터와 바지 위에 걸쳐 봤지만, 파자마를 입고 그 위에 걸치면 딱 좋을 것 같았다. 톰은 소매 길이를 확인하더니 한 마디 덧붙였다. “완벽해.”

프랭크가 고개를 숙이더니 톰에게서 슬쩍 몸을 돌렸다.

톰이 드레싱 가운을 살살 벗어서 침대 위에 올려놓자 기분 좋게 사각거리는 소리가 났다. 자주색. 베를린에서 납치범들이 타고 왔던 차하고 똑같은 색이었다. 톰은 자주색이 썩 마음에 들진 않았지만, 뒤보네*를 떠올리면 녀석들의 차는 잊을 수 있을 것 같았다.

18

톰이 파리로 가는 비행기 안에서 보니, 프랭크의 머리가 꽤 많이 자라서 뺨에 있는 점까지 내려왔다. 톰이 머리를 기르라고 시켰더니 프랭크는 8월 중순부터 머리를 자르지 않았다. 톰은 12시에서 1시 사이에 루테티아 호텔에서 설로 탐정과 조니 피어슨을 만나 프랭크를 인계해 주기로 했다. 리브스의 집에서 보내는 마지막 날 밤에 톰은 프랭크에게 만일 설로가 프랭크가 집에 두고 온 진짜 여권을 챙겨 오지도 않고, 메인주에 있는 어머니에게 그 여권을 부쳐 달라는 기지도 발휘하지 않았을 경우, 진짜 여권을 확보할 방법을 모색해야 한다고 일러 두었다.

“이거 보셨어요?” 프랭크가 번들거리는 기내용 잡지를 펼쳐서 톰에게 내밀며 물었다. “우리가 갔던 곳이에요.”

톰은 로미 하그에서 열리는 여장 남자 쇼를 다룬 짧은 기사를 읽었다. “이 글을 쓴 기자가 험프에는 못 가 본 게 분명하군! 관광객용 잡지니까.” 톰은 허용되는 범위 내에서 두 다리를 최대한 앞으로 쭉 뻗으

* 레드 와인

며 웃었다. 갈수록 여객기가 불편해지고 있었다. 일등석을 탈 수도 있었지만, 유럽을 오가는 비행기 요금이 이미 오를 대로 올라 추가로 돈을 더 쓰자니 마음이 불편했다. 게다가 일등석을 타는 모습을 보이는 게 민망하기도 했다. 이유가 뭘까? 톰은 기내에 탑승했는데 출발하기 전부터 샴페인 코르크부터 따는 호사스러운 일등석 칸을 지나갈 때면, 널찍한 자리에 앉아 있는 승객의 발을 일부러 밟고 지나가고 싶은 충동이 어김없이 일곤 했다.

톰은 루테티아 호텔에서 만나기로 한 이번 약속이 별로 기대가 되지 않자, 공항에서 기차를 타고 파리 북역까지 이동한 후 택시를 타자고 했다. 두 사람은 파리 북역에서 내려 택시 승차장에서 줄을 섰다. 종아리에 허연 각반을 두르고 허리에 총을 찬 경찰들이 택시 대기 줄을 관리 감독하고 있었다. 톰과 프랭크가 택시를 타고 루테티아 호텔로 향했다. 프랭크는 긴장했는지 말없이 창밖만 내다보고 있었다. 어떤 태도를 보일지 고민하는 건가? 프랭크가 과연 어떻게 하려나? 톰은 궁금했다. 자신을 건드리지 말라는 태도로 탐정을 대할까? 말도 안 되는 억지를 피워서 형을 못살게 굴려나? 설마 반항하려는 걸까? 유럽에 더 있겠다고 고집을 피울까?

"저희 형을 좋아하시게 될 거예요." 프랭크가 떨리는 목소리로 말했다.

톰은 고개를 끄덕였다. 프랭크가 무사히 집으로 돌아가 새 출발하기를, 학교로 돌아가 겪어야 할 것들을 겪고 살면서 차차 배워 나가기를 바랐다. 프랭크처럼 열여섯 살 먹은 부잣집 도련님에게 슬럼가 출신 아이나, 차라리 길에서 지내는 게 나을 정도로 다 쓰러져 가는 집에서 살다가 뛰쳐나온 아이처럼 꿋꿋이 버티는 모습을 기대할 수는 없었다. 택시가 루테티아 호텔 앞에 섰다.

"제가 낼게요." 프랭크가 말했다.

프랭크가 택시비를 낸다고 하자 톰은 그러라고 했다. 벨보이가 두 사람의 여행 가방을 호텔 안으로 옮겨 주었다. 겉멋을 잔뜩 부린 호텔 로비로 들어서자마자, 톰이 벨보이에게 말했다. "투숙하는 건 아니지만, 가방을 30분만 맡길 수 있을까요?"

프랭크도 자기 가방을 맡아 달라고 하자, 벨보이가 두 사람의 짐을 맡기고 돌아와 보관증 두 장을 건네 주었다. 톰은 보관증을 받아서 주머니에 넣었다. 프랭크가 프런트에 갔다가 오더니, 설로 탐정과 형이 외출했는데 한 시간도 안 돼 돌아온다는 말을 남겼다고 전했다.

톰은 그 얘기를 듣고 기가 막혀서 손목시계를 확인했다. 12시 7분. "점심 먹으러 나갔나. 나도 근처 카페에 가서 집에 전화나 해야겠다. 같이 갈래?"

"네!" 프랭크가 대답하더니 앞장서서 정문으로 향했지만, 인도로 나가자마자 고개를 푹 숙였다.

"고개 들고!" 톰이 말했다.

프랭크가 곧바로 고개를 들었다.

톰은 카페로 들어가서 프랭크에게 부탁했다. "나는 커피 시켜 줘, 프랭크." 톰은 빙글빙글 돌아가는 계단을 따라 내려가 화장실 옆에 있는 공중전화기를 찾았다. 전화기에 1프랑짜리 동전을 두 개나 집어넣었다. 돈이 모자라 중간에 통화가 끊기는 상황은 피하고 싶었다. 벨옹브르로 전화를 걸자, 아네트 여사가 받았다.

"어머나!" 톰의 목소리를 듣자마자 아네트 여사가 기절할 것처럼 소리를 질렀다.

"여기 파리입니다. 집에는 별일 없죠?"

"그럼요! 그런데 사모님이 지금 집에 안 계세요. 친구하고 점심 약속이 있다고 나가셨어요."

아내가 친구를 만나러 간 것 같았다. "내가 오후에 도착할 거라고 전해줘요. 오후 4시경이면 들어갈 것 같긴 한데, 아무리 늦어도 6시 반은 안 넘길 겁니다." 톰은 오후 2시에서 5시 사이에는 파리 북역에서 출발하는 기차 편이 드문드문 있다는 사실이 떠올라서 덧붙였다.

"사모님이 파리로 모시러 가시는 건 싫으신 거죠?"

그건 싫었다. 톰은 프랭크가 있는 데로 갔다. 주문한 커피가 벌써 나와 있었다.

프랭크는 바에 서서 콜라를 시켜 놓고 손을 거의 대지도 않고 있다가 큼직한 재떨이에 있던 구겨진 담뱃갑을 집어 들더니 씹던 껌을 그 안에 뱉었다. "죄송해요, 껌 씹는 거 좋아하지도 않으면서 껌을 왜 샀는지 모르겠어요. 그리고 이건 또 왜 시켰을까요." 프랭크가 콜라를 밀었다.

소년이 입구 옆에 있는 주크박스로 걸어가더니, 어떤 곡을 틀었다. 불어로 부르는 미국 노래 같았다.

프랭크가 자리로 돌아왔다. "댁에는 별일 없대요?"

"그런가 봐, 고맙다." 톰은 주머니에서 동전을 꺼냈다.

"계산은 제가 다 했어요."

둘이 카페에서 나왔다. 프랭크가 이번에도 고개를 떨구었지만, 톰은 아무 말도 하지 않았다.

톰이 프랭크에게 프런트에 가서 알아보라고 했더니 랠프 설로는 방에 들어와 있었다. 두 사람은 실내가 화려한 엘리베이터에 탔다. 톰은 바그너가 주장하던 종합 예술이 형편없이 구현된 듯한 느낌을 받았다. 설로가 멋있는 척, 잘난 척하려나? 그런다면 적어도 재미는 있을 것 같았다.

프랭크가 620호의 방문을 두드리자 방문이 곧바로 열렸다. 설로가 안으로 들어오라고 소년에게 열심히 손짓만 할 뿐 말은 하지 않았다. 그런 다음에야 톰을 바라보았다. 설로는 미소를 잃지 않았다. 프랭크가 기품 있는 동작으로 톰을 안으로 안내했다. 문이 닫힐 때까지 말하는 사람은 아무도 없었다. 설로는 셔츠 소매를 걷어 올리고 타이는 매지 않은 차림이었다. 30대 후반으로 덩치가 좋았다. 붉은빛이 감도는 머리칼이 찰랑거렸지만, 얼굴은 살짝 험악해 보였다.

"제 친구 톰 리플리 씨예요." 프랭크가 소개했다.

"처음 뵙겠습니다, 리플리 씨. 앉으시죠." 설로가 말했다.

방이 넓어서 그런지 소파와 의자도 많았다. 그런데도 톰은 곧장 앉지 않았다. 오른쪽으로 보이는 방문은 닫혀 있었고, 왼쪽 창문 옆에 있는 방문은 열려 있었다. 설로가 왼쪽 방으로 들어가더니, 조니가 샤워하는 것 같다고 두 사람에게 설명했다. 테이블 위에는 신문과 서류 가방이 놓여 있었고, 바닥에는 신문 몇 부가 더 쌓여 있었다. 트랜지스터라디오와 테이프 녹음기도 보였다. 톰이 지금 있는 곳은 침실이 아니라 양쪽 침실 사이에 끼인 응접실 같았다.

조니가 나왔다. 훤칠한 키에 미소를 머금은 얼굴로 분홍색 셔츠를 깔끔하게 입고 등장했다. 아직 셔츠를 바지 속으로 넣지 않은 상태였다. 갈색 직모는 프랭크보다 밝았고, 얼굴은 프랭크보다 갸름했다. "프랭크!" 조니가 남동생과 악수하다가 거의 껴안다시피 했다. "잘 지냈냐?"

톰에게는 그렇게 들렸다. '잘 지냈냐.' 톰은 620호로 발을 들여놓는 순간 미국에 온 것 같았다. 톰과 조니가 서로 소개를 받은 후 악수를 나누었다. 조니는 솔직하고 행복하고 느긋한 성격의 소유자로 보였다. 열아홉 살이라고 했는데, 나이보다 훨씬 어려 보였다.

어쩌다 보니 설로가 본론부터 꺼냈고, 톰은 잠자코 들어 주었다. 일단 설로는 톰에게 피어슨 부인의 감사 인사부터 전하더니, 독일 베를린에서 부친 돈이 취리히 은행으로 입금되었다는 소식도 전해 주었다.

"마지막으로, 리플리 씨. 저희가 은행 수수료 말고는 자세한 내역을 모릅니다만……." 설로가 말했다.

너희가 알 리가 없지, 톰은 이 생각을 하면서 설로가 하는 얘기를 대충 흘려들었다. 그러다가 마지못해 베이지색 천 소파에 앉아서 골루아즈에 불을 붙였다. 조니와 프랭크가 창가에서 목소리를 낮춘 채 빠른 말로 얘기를 나누고 있었다. 프랭크가 화가 나서 예민해진 것 같았다. 조니가 테리사 이름을 언급한 걸까? 보아하니 그런 것 같았다. 조니가 어깨를 으쓱했다.

"경찰은 개입하지 않았다고 하셨는데요. 그렇다면 놈들의 아파트에 직접 가셨다는 얘긴데, 대체 뭘 어떻게 하셨죠?" 그러더니 설로가 웃음을 터트렸다. 설로는 이런 태도가 거친 남자가 거친 남자를 대하는 방식이라고 여기는 것 같았다. "대단하십니다!"

톰은 설로 탐정에 대한 기대가 와르르 무너져 내렸다. "영업 비밀이죠." 톰은 농담으로 넘겼다. 이런 대접을 얼마나 더 참아 줄 수 있을까? 톰은 자리에서 일어났다. "밀어붙일 수밖에 없었습니다, 설로 씨."

"밀어붙였다?" 설로는 여태 의자에 앉지도 않았다. "리플리 씨, 직접 뵙고 감사 인사를 드리고자 한 것도 있지만, 사실 어디에 사시는지 저희가 주소도 아직 제대로 몰라서요!"

수고비라도 보내 주려는 건가, 톰은 궁금했다. "전화번호부만 들춰 봐도 저희 집 주소가 나올 텐데요. 빌페르스 센에마른 77번지입니다. 프랭크, 맞지?"

"네, 그렇습니다!"

근심 어린 소년의 표정이 지난 8월 중순에 톰이 벨옹브르에서 봤던 표정하고 순간 비슷해 보였다. "저희가 잠시 방에 들어가서 얘기해도 될까요?" 톰은 조니가 쓰는 방으로 보이는 곳을 가리키며 물었다. 방문은 여전히 열려 있었다.

조니가 그러라고 하자, 톰이 프랭크를 데리고 방으로 들어가 방문을 닫았다.

"그날 밤 베를린에서 있었던 일은 자세히 말하면 안 돼. 죽은 남자 얘기는 절대로 하지 말거라, 알겠지?" 톰은 방 안을 둘러보았지만 녹음기는 보이지 않았다. 침대 옆 바닥에 『플레이보이』라는 도색 잡지가 있었고, 쟁반에는 오렌지 소다 몇 병이 놓여 있었다.

"당연하죠. 말 안 해요."

프랭크의 눈매가 형보다 늙어 보였다. "그냥 이렇게만 말해. 내가 돈을 전달하기로 한 약속을 지키지 못해서 그 돈을 계속 갖고 있었던 거라고. 알겠니?"

"알겠어요."

"그래서 다시 만날 약속을 잡은 후에 내가 납치범을 미행해 네가 감금된 곳을 알아낸 거라고 해. 험프라는 정신 나간 게이 바 얘기는 하면 안 돼!" 톰은 웃음이 터져서 허리를 접었다.

둘이 히스테리에 가까운 폭소를 터뜨렸다.

"알겠어요." 프랭크가 목소리를 낮추고 대답했다.

톰은 별안간 소년이 입은 재킷 앞자락을 움켜쥐었다가 놓았다. 그러고는 자기 행동에 민망해했다. "죽은 남자 얘기는 절대로 꺼내면 안 된다, 약속?"

프랭크가 고개를 끄덕였다. "저도 알아요, 무슨 말씀이신지."

톰은 응접실로 걸음을 옮기다가 뒤돌아섰다. "그러니까 내 말은, 딱 거기까지만 말하라는 거야. 시시콜콜 얘기하면 안 돼. 혹시나 함부르크 얘기가 나오면, 리브스 이름은 입에 올리지도 마라. 까먹었다고 해."

소년은 톰에게 눈을 떼지 않은 채 대답 없이 고개만 끄덕였다. 그제야 둘이 응접실로 나갔다.

설로가 이제 베이지색 의자에 앉아 있었다. "리플리 씨, 잠시 시간이 되시면 좀 앉으시죠."

톰이 자리에 앉아 예의를 챙겼다. 프랭크도 곧장 베이지색 소파에 따라 앉았다. 조니는 아직도 창가에 서 있었다.

"제가 여러 차례 통화했을 때 사무적으로 딱딱하게 대했던 것을 사과드리고 싶습니다. 제 입장에서는 종잡을 수 없는 상황이라……." 설로가 말을 멈추었다.

"묻고 싶은 게 있습니다." 톰이 말했다. "지금도 경찰이 실종된 프랭크를 찾고 있나요? 파리 경찰에는 뭐라고 하셨나요?"

"음, 일단 피어슨 부인께는 아드님이 당신과 베를린에 무사히 있다고 보고드렸습니다. 그리고 부인의 동의를 얻어서 제가 파리 경찰에 알렸습니다. 물론 경찰에 알릴 때 부인의 동의가 필요한 건 아니었지만 말이죠."

톰이 아랫입술을 깨물었다. "당신과 피어슨 부인이 경찰에 제 이름을 언급한 건 아니길 바랍니다. 제 이름을 알릴 필요가 전혀 없는 일이었으니까요."

"파리 경찰에는 당신 이름을 언급하지 않았지만." 설로가 톰에게 확인해 주었다. "피어슨 부인께는 당연히 말씀드렸습니다. 그래도 제가 미국 경찰에는 당신 이름을 언급하지 마시라고 부인께 단단히 당부드렸어요. 미국 경찰은 손을 놓고 있어서 이번 일은 사설탐정이 해결해야 하는 상황이었습니다. 부인께 아드님이 독일에서 휴가를 즐기고 있다고 아무 기자나 붙잡고 해명하라고 시킨 게 바로 접니다. 부인은 기자라면 질색하시지만 말이죠. 대신 독일 어디라고는 콕 집어서 말씀하지 말라고 했습니다. 그랬다간 프랭크가 또다시 납치당할 수도 있으니까요!" 랠프 설로가 너털웃음을 짓더니 등을 의자 등받이에 기댄 채 엄지로 벨트 쇠 버클을 만지작거렸다.

탐정은 만일 프랭크가 또다시 납치당했더라면 자기가 팔마데마요르카* 같은 편안한 휴양지로 갔을지도 모른다는 듯이 웃고 있었다.

"베를린에서 무슨 일이 있었는지 듣고 싶습니다. 적어도 납치범들이 어떻게 생겼는지 정도는 말씀해 주시면……." 설로가 말했다.

"당신이 그 녀석들을 찾아 나설 건가요? 아니잖습니까." 톰이 놀란 척 웃으며 말했다. "그거 아무나 하는 일 아닙니다." 톰이 자리에서 일어났다.

설로도 같이 일어나면서 못마땅한 티를 냈다. "제가 납치범들과 통화할 때 녹음해 두었으니 프랭크가 저한테 조금 더 자세히 말해 줄 수도 있겠지만, 어쩌다가 베를린까지 가신 건가요, 리플리 씨?"

"그게 그러니까…… 프랭크와 저는 빌페르스를 벗어나 다른 곳에 가서 기분 전환을 하고 싶었어요." 톰이 여행사 브로슈어에 나오는 홍보 문구를 읊듯이 말했다. "베를린은 관광객이 찾는 관광 명소가 아니거든요. 프랭크가 잠시 이름 없는 존재로 지내고 싶어 해서……. 그건 그렇고, 프랭크의 여권은 가져오셨나요?" 설로가 프랭크를 보호해 준 이유가 뭐냐고 되묻기 전에 톰이 선수쳤다.

"그럼요, 어머니께서 등기 우편으로 부쳐 주셨어요." 조니가 대답했다.

톰이 프랭크에게 말했다. "앤드루스 여권은 없애자. 나하고 같이 로비로 내려가서 그 여권은 돌려주렴." 톰은 가짜 여권을 함부르크로 돌려보낼 생각을 하고 있었다. 그 여권이 다시 필요할 날이 올지도 모르기 때문이었다.

* 스페인 마요르카섬의 항구 도시

"무슨 여권이요?" 설로가 물었다.

톰이 문으로 향했다.

설로가 여권 얘기는 캐묻지 않기로 했는지 톰에게 다가왔다. "사실 제가 뻔한 탐정은 아닙니다. 사실 뻔한 탐정은 아마 없을 겁니다. 탐정이라고 해도 각자 다 스타일이 달라서, 어떤 상황이 닥친다고 해서 누구나 육탄전을 벌일 수 있는 건 아니거든요."

과연 설로가 뻔한 탐정이 아닐까? 톰은 설로의 살집 있는 몸을, 새끼손가락에 졸업 반지를 낀 두툼한 손을 쳐다보며 생각해 보았다. 톰은 설로에게 경찰로 근무했던 적이 있었는지 물어볼까 했지만, 조금도 궁금하지 않았다.

"암흑가를 경험하신 거로 아는데요, 리플리 씨?" 설로가 아무렇지 않은 척 물었다.

"다들 그렇지 않나요? 오리엔탈풍의 러그를 사 본 사람이라면 다들 뒷골목을 경험하잖습니까. 자, 프랭크. 네 여권만 돌려받으면 될 것 같구나." 톰이 말했다.

"전 오늘 이 호텔에선 안 잘 거예요." 프랭크가 자리에서 일어나며 말했다.

설로가 프랭크를 쳐다보았다. "그게 무슨 소립니까, 프랭크? 가방은 어디다 뒀어요? 가방은 안 들고 온 겁니까?"

"톰 아저씨가 가방을 맡길 때 저도 같이 맡겨 두고 올라왔어요. 지금 아저씨하고 아저씨 댁으로 갈래요. 오늘 밤에는 아저씨 집에서 잘래요. 두 분이 오늘 미국으로 가시는 건 아닐 테니, 저도 오늘 출발하는 건 아니잖아요." 프랭크가 고집스런 표정을 지었다.

톰은 은근히 미소를 지으며 기다렸다. 이런 모습을 기대했었다.

"내일은 떠나야 합니다." 탐정도 단호하게 말했지만 다소 당황했는지 팔짱을 끼었다. "지금 어머니께 전화드려야 해요, 프랭크. 어머니께서 전화를 기다리십니다."

프랭크가 재빨리 고개를 내저었다. "혹시 엄마가 전화하시면 전 잘 있다고 전해 주세요."

설로가 설득했다. "그냥 호텔에 있어요, 프랭크. 딱 하룻밤만 자고 출발해야 하니, 저희와 여기에 같이 있어요."

"왜 그러는데, 우리 프랭크." 형이 말했다. "우리하고 같이 있자. 당연히 그래야지!"

프랭크가 형을 힐끔 쳐다보았다. '우리 프랭크'라고 불리는 걸 거부하는 눈빛을 쏘더니, 아무것도 찰 게 없는데도 오른발로 헛발질을 해 댔다. 프랭크가 톰에게 몸을 더 바싹 붙였다. “아저씨 따라갈 거야.”

“하룻밤만 자면…….” 설로가 설득하려 했다.

“아저씨 따라서 댁에 가도 돼요?” 프랭크가 톰에게 물었다. “돼요, 안 돼요?”

말이 끝나기가 무섭게, 톰을 제외한 세 사람이 동시에 입을 열었다. 톰은 전화기 옆에 놓인 메모장에 집 전화번호를 적고 그 아래 자기 이름도 적어 넣었다.

“어머니께 말씀드리면 괜찮을 거예요.” 조니가 설로를 설득했다. “프랭크가 어떤 녀석인지 제가 잘 알거든요.”

과연 그럴까, 톰은 궁금했다. 조니가 평소에는 프랭크를 믿어 주는 게 분명했다.

“자칫 일정이 하루 늦춰질 수도 있어서 그래요.” 설로가 짜증 내며 말했다. “조니, 형이니까 어떻게 좀 해 봐요.”

“제가 뭘 어쩌겠어요!” 조니가 말했다.

“저 갈게요.” 프랭크의 키가 톰과 엇비슷해졌거나, 누구나 바랄 만큼 커진 것 같기도 했다. “아저씨가 전화번호를 적어 놓으셨어요. 설로 탐정님, 그럼 이만. 형, 내일 봐.”

“내일 아침에는 꼭 보는 거다?” 조니가 톰과 프랭크를 방문 앞까지 따라가며 물었다. “리플리 씨…….”

“톰이라고 불러요.” 이제 셋이 복도를 걸으며 엘리베이터로 향했다.

“오늘 만남이 싱겁게 끝나고 말았네요.” 조니가 톰에게 진지하게 얘기를 건넸다. “이번에는 경황이 없었지만, 제 동생을 잘 보살펴 주시고 목숨까지 구해 주신 거 잘 알고 있습니다.”

“뭘요.” 톰은 조니의 콧등에 뿌려진 주근깨가 보였다. 눈매가 프랭크와 닮긴 했는데 훨씬 행복해 보였다.

“설로 탐정님 말투가 좀 퉁명스러워요.” 조니가 말을 이었다.

그제야 설로가 뒤따라 나왔다. “내일은 꼭 미국으로 떠나야 해요, 리플리 씨. 내일 오전 9시쯤에 댁으로 전화드려도 될까요? 그때까지는 비행기표를 예약해야 해서요.”

톰은 차분히 고개를 끄덕였다. 프랭크가 이미 엘리베이터 버튼을 눌러 놓았다. “네, 그러시죠, 탐정님.”

조니가 손을 내밀었다. “고맙습니다. 리플…… 아니, 톰. 어머니가 계속 무슨 생각을 하셨냐면요…….”

설로가 조니에게 그만하라고 신호를 보내듯 손을 내저었다.

조니가 마저 이야기를 꺼냈다. "어머니는 당신을 어떻게 받아들여야 할지 처음에는 난감해하셨어요."

"제발, 그만해, 형!" 프랭크가 민망했는지 몸부림치며 말렸다.

엘리베이터 문이, 마치 두 팔을 활짝 벌리며 '환영합니다!'라고 말하는 것처럼 열렸다. 톰은 반가운 마음으로 엘리베이터에 탔다. 프랭크도 곧장 따라 탔다. 톰이 버튼을 누르자 엘리베이터가 내려갔다.

"휴." 프랭크가 손바닥으로 이마를 치며 가슴을 쓸어내렸다.

톰이 웃으며 지나치게 화려한 엘리베이터에 등을 기댔다. 엘리베이터가 두 층 아래서 멈춰 서더니 남녀가 탔다. 여자에게서 향수 냄새가 진동했다. 비싼 향수인데도 톰은 몸을 뒤로 뺐다. 여자가 걸친 노란색과 파란색 줄무늬가 섞인 고급 원피스와 반짝거리는 검정 가죽 펌프스를 보는 순간, 톰은 납치범들이 머물던 베를린 아파트에 벗어 두고 온 구두가 생각났다. 이웃 사람이든 경찰이든 그 구두를 발견했다면 화들짝 놀랐을 것이다. 톰은 로비에 맡겨 놓았던 가방을 찾은 다음 인도로 나와서 벨보이가 택시를 잡아 주기를 기다렸다. 그제야 숨이 제대로 쉬어졌다. 이내 택시가 와서 서더니 여자 둘이 내렸다. 톰과 프랭크는 그 택시에 올라타 파리 북역으로 출발했다. 그리고 몇 분 후 14시 18분에 출발하는 열차에 아슬아슬하게 몸을 실을 수 있었다. 오후 5시에 올 다음 열차를 지루하게 기다리지 않아도 되니 다행이었다. 프랭크가 멍하지만 강렬한 안광을 내뿜으며 창밖을 내다보고 있었다. 몸은 동상처럼 뻣뻣하게 굳어 있었다. 그 모습을 보자, 톰은 천사상이 떠올랐다. 성당 입구 양쪽에 서서 약간 기운 없는 눈빛으로 바라보면서도 신도들에게 힘을 주는 천사상 말이다. 톰은 기차역에서 일등석 표를 끊고 가판대에서 『르 몽드』를 한 부 샀다.

기차가 출발하자, 프랭크가 함부르크 서점에서 사 온 『컨트리 다이어리: 이디스 홀든의 수채화 자연 일기』라는 책을 꺼냈다. 톰은 『르 몽드』를 훑어보다가 프랑스 극좌파에 관한 칼럼을 읽었다. 새로울 게 없는 내용이라 프랭크 옆자리에 신문을 깔고 그 위에 두 다리를 올렸다. 프랭크는 톰과 눈을 맞추지 않았다. 프랭크가 책에 푹 빠진 척하는 걸까?

"혹시 무슨 이유가……." 프랭크가 물었다.

톰은 몸을 앞으로 숙였다. 기차에서 나는 소음 때문에 말을 끝까지 다 듣지 못했기 때문이다. "무슨 이유?"

프랭크가 진지하게 물었다. "공산주의가 제대로 굴러가지 않는 이유가 정확히 뭘까요?"

기차가 다음 역을 향해 무섭게 질주하면서도 속도를 줄이지 않아서 소음이 더 커지는 것 같았다. 복도 건너편에 앉은 꼬마가 울음을 터뜨리자 아버지가 아이를 토닥였다. "왜 그런 생각을 하게 된 거지? 그 책 때문이니?"

"아뇨. 책 때문이 아니라, 베를린에 갔을 때 그런 생각이 들더라고요." 프랭크가 인상을 쓰며 말했다.

톰은 숨을 골랐다. 기차가 내는 소음보다 목청을 더 높이긴 싫었다. "공산주의가 굴러가긴 굴러가지. 사회주의도 그렇고. 그런데 사람들은 이렇게 말해. 공산주의나 사회주의에서는 개인의 주도권이 부족하다고. 소련 같은 체제는 현재로서는 주도권을 충분히 허용하지 않거든. 그래서 다들 실망하게 된 거야." 톰은 주위를 둘러보았다. 그의 준비되지 않은 강의에 귀를 기울이는 사람이 아무도 없어서 다행이었다. "차이점이라면……."

"1년 전만 하더라도 저는 제가 공산주의자인 줄 알았어요. 모스크바에 대해서도 잘못 생각하고 있었어요. 어떤 글을 읽었느냐에 따라 다르겠지만, 제대로 된 글을 봤더라면……."

프랭크가 말하는 '제대로 된 글'이란 게 대체 뭘까? "네가 읽은 게……."

"소련은 대체 왜 '장벽'을 쌓은 걸까요?" 프랭크가 눈썹을 찌푸리며 물었다.

"바로 그게 핵심이란다. 만일 선택의 자유가 주어진다면, 공산 국가의 시민권은 지금이라도 신청하면 나와. 그런데 공산 국가에 사는 사람들은 기를 쓰고 그곳을 벗어나려고 하거든!"

"그러게요. 너무 불공평해요!"

톰이 고개를 저었다. 기차는 마치 믈룅을 무정차 통과하려는 듯이 굉음을 내며 계속 달렸지만, 그런 일은 있을 수 없었다. 톰은 소년이 순진한 질문을 하는 모습을 보니 마음이 흐뭇했다. 질문도 안 하면 무슨 수로 배운단 말인가? 톰은 또다시 몸을 앞으로 내밀었다. "베를린 장벽 봤지? 장애물은 동독 쪽에만, 공산주의 쪽에만 설치되어 있어. 그래 놓고 동독에서는 자본주의자들이 얼씬거리지 못하게 하려고 장애물을 설치했다고 주장하지. 그런 거라면 얼마나 좋을까. 소련은 가면 갈수록 경찰국가가 되고 있고, 국가가 국민을 모두 통제해야 한다고 생각하지.” 어떻게 끝을 맺어야 하나, 톰은 고민에 빠졌다. 예수가 최초의 공산주의자였다는 걸 설명해 줘야 하나. “물론, 개념 자체는 대단히 훌륭해!” 톰이 고함쳤다. 이게 아이를 가르치는 방식일까? 진부한 얘기나 떠들면서 고래고래 소리 지르는 게?

믈룅에 정차하자, 소년은 책으로 눈길을 보냈다가 잠시 후 톰에게 어떤 구절을 보여 주었다. “메인주에 있는 저희 집 정원에도 이게 있어요. 아버지가 영국에서 주문하셨거든요.”

톰은 영국 야생화에 관련된 구절을 읽어 보았다. 생전 처음 듣는 식물이었다. 초봄이면 노란색 혹은 보라색 꽃이 만개하는 식물이라고 했다. 톰은 고개를 끄덕였다. 온갖 생각이 들자 걱정이 밀려왔다. 그런데도 도움이 될 결정적인 생각은 조금도 떠오르지 않았다.

모레역에서 내린 둘은 손님을 태우려고 대기 중이던 택시 두 대 중 한 대에 올랐다. 톰은 기분이 한결 나아졌다. 벌써 집에 다 온 것 같았다. 익숙한 집들이, 익숙한 나무들이 보였다. 루앙강을 지나는 다리 위에 솟아 있는 타워도 보였다. 처음으로 소년을 부탱 부인의 집에 데려다주던 때가 떠올랐다. 그때만 해도 톰은 소년이 하는 말을, 톰에 관한 기사를 찾아본 이유를 의심했었다. 택시가 벨옹브르의 열린 대문을 통과해 현관 계단 앞에 깔린 자갈밭 위에 섰다. 차고에 서 있는 빨간 벤츠를 보자, 톰은 흐뭇했다. 차고 옆문이 닫힌 걸 보니 르노는 옆칸에 세워 놓은 것 같았다. 엘로이즈가 집에 돌아온 모양이었다. 톰이 택시 요금을 냈다.

“잘 다녀오셨어요!” 아네트 부인이 현관 계단 위에 서서 외쳤다. “롤린스 씨도 오셨네요! 어서 와요!”

아네트 여사는 빌리를 보고도 별로 놀라지 않은 눈치였다. “별일 없었죠?” 톰이 여사의 뺨에 가볍게 입을 맞추며 물었다.

“그럼요. 사모님께서 하루 이틀은 굉장히 걱정하셨지만요. 어서 들어오세요.”

거실에 있던 엘로이즈가 톰에게 다가와 품에 안겼다. “이제 오다니!”

“내가 집을 너무 오래 비웠나? 빌리도 같이 왔어.”

“또 뵙겠습니다, 부인. 한 번만 더 신세를 지려고요.” 소년이 불어로 말했다. “하룻밤만 신세를 질 수 있을까요?”

“신세라니, 어서 와요.” 엘로이즈가 눈을 깜빡이며 손을 내밀었다.

엘로이즈가 눈을 깜빡이는 것을 보니 톰은 아내가 소년의 정체를 이미 알고 있다는 걸 눈치챘다. “당신한테 해 줄 얘기가 많아.” 톰이 기운찬 목소리로 말했다. "일단 가방부터 위에 올려다 놓고. 자……." 톰은 프랭크에게 손짓하면서도 프랭크를 뭐라고 불러야 할지 난감해했다. 톰과 프랭크가 가방을 들고 2층으로 올라갔다.

오렌지와 바닐라 향이 솔솔 풍기는 걸 보니, 아네트 여사가 뭔가 굽고 있었다. 그게 아니었다면 여사가 가방을 들었을 테고, 그랬더라면 톰이 가방을 여사의 손에서 빼앗아 들었을 것이다. 톰은 아직도 여자가 남자 가방을 들어 주는 꼴은 보기 싫었다.

"와, 집에 오니 진짜 좋다!" 톰은 2층 복도에서 외쳤다. "저쪽 빈방을 써, 프랭크, 혹시……." 톰이 힐끔 들여다보니, 손님방은 지금 비어 있었다. "대신 화장실은 내 화장실을 써라. 할 얘기가 있으니 좀 이따 방으로 오렴." 톰은 자기 방으로 들어가 가방에서 걸어야 하는 것들은 꺼내 걸고, 빨랫감은 내놓았다.

소년이 걱정하는 표정으로 톰의 방으로 왔다. 프랭크가 엘로이즈의 달라진 태도를 눈치챈 모양이었다.

"아내가 네 정체를 알았나 봐. 그게 뭐 어때?" 톰이 물었다.

"제가 입만 열면 거짓말한다고 부인께서 오해하시지 않으면 좋겠어요."

"그런 걱정은 안 해도 돼. 저 달콤한 냄새가 뭔지 궁금하군. 차 마실 때 같이 먹을 디저트를 굽는 건가, 저녁 식사에 먹을 요리를 만드는 걸까?"

"그럼 아네트 여사님도 아실까요?"

톰이 웃었다. "여사님은 널 롤린스 씨가 아니라 그냥 빌리라고 편하게 부르고 싶어 하는 눈치던데. 아내보다 여사님이 먼저 너의 정체를 눈치챘을걸. 어차피 내일 네 진짜 여권을 제시하는 순간, 모두 밝혀질 일이잖니. 자, 뭐가 문제지? 민망해서 그래? 아래층으로 내려가자. 빨랫감은 바닥에 꺼내 놔. 내가 부탁하면, 여사님이 내일 아침이면 빨래까지 싹 해서 가져갈 수 있도록 해 주실 거야."

프랭크는 손님방으로 돌아갔고, 톰은 거실로 내려갔다. 날씨가 화창했다. 프렌치 도어가 정원을 향해 활짝 열려 있었다.

"당연히 사진 보고 알았지. 두 장이나 봤어." 엘로이즈가 말했다. "처음엔 아네트 여사님이 보여 주셨어. 그런데 대체 집 나온 이유가 뭐래?"

아네트 여사가 찻잔이 담긴 쟁반을 들고 거실로 막 나왔다.

"잠시 집에서 벗어나고 싶어서 형 여권을 챙겨서 미국을 떠났대.

내일이면 다시 미국으로 돌아갈 거야."

"그래?" 엘로이즈가 놀라며 물었어? "가겠대?"

"오늘 형 조니와 그 집에서 고용한 탐정을 만났어. 두 사람이 묵고 있는 파리 루테티아 호텔에서. 내가 베를린에 갔을 때부터 줄곧 연락했거든."

"베를린이라니? 당신, 함부르크에 갔다 온 거 아니었어?"

소년이 계단을 내려오고 있었다.

엘로이즈가 차를 따랐다. 아네트 여사는 주방으로 들어가고 없었다.

"에릭이 베를린에 살잖아. 에릭 란츠. 지난주에 우리 집에 와서 하룻밤 자고 간 남자. 앉아라, 프랭크."

"베를린에서 할 게 뭐가 있지?" 엘로이즈는 베를린이 무슨 전초부대라도 되는 듯이, 아무도 휴가 갈 생각조차 안 하는 도시라는 듯이 물었다.

"그냥 돌아다니면서 구경했어."

"이제 미국 집에 가면 좋겠네, 프랭크?" 엘로이즈가 오렌지 케이크를 내밀며 물었다.

소년이 힘겨운 순간을 겪고 있는데도, 톰은 모른 척했다. 톰은 소파에서 일어나 전화기 옆에 아네트 여사가 모아 놓은 우편물을 살피러 갔다. 일고여덟 통밖에 없었다. 그중 두 통은 고지서였고, 하나는 제프 콘스턴트가 보낸 편지였다. 톰은 궁금했지만 뜯어보지는 않았다.

"베를린에 갔을 때 어머니하고 통화는 했어?" 엘로이즈가 프랭크에게 물었다.

"아뇨." 프랭크가 모래처럼 버석한 케이크를 목으로 넘기며 대답했다.

"베를린은 어땠어, 여보?" 엘로이즈가 이제야 톰을 쳐다보았다.

"세상 그런 데는 없을걸. 남들은 베네치아가 그렇다던데. 다들 취향은 제각각 아니겠어, 안 그래, 프랭크?"

프랭크가 주먹을 쥐고 손마디로 왼쪽 눈을 비비며 온몸을 비틀었다.

톰은 포기했다. "프랭크. 올라가서 눈이나 붙이렴. 당장." 그러더니 엘로이즈에게 설명했다. "리브스가 함부르크에서 어젯밤 늦게까지 재울 생각을 안 해서 저래. 저녁 먹을 때 부르마, 프랭크."

프랭크가 자리에서 일어나 엘로이즈에게 살짝 허리를 굽혀 인사했다. 목이 너무 뻑뻑해서 말이 나오지 않는 게 확실했다.

"무슨 일 있었어? 어젯밤에는 함부르크에 있었다고?" 엘로이즈가 목소리를 낮추고 물었다.

소년이 이제는 계단을 다 올라가서 모습을 감추었다.

"함부르크에서는 아무 일도 없었는데, 지난주 일요일에 베를린에서 프랭크가 납치를 당했어. 내가 화요일 새벽까지 빼내 오지 못했거든. 녀석들이 프랭크를 감금해……."

"납치라니?"

"신문에는 안 났더라. 납치범들이 프랭크에게 신경 안정제를 잔뜩 먹여서 아직도 그 후유증에 시달려서 저래."

엘로이즈의 눈이 휘둥그레졌다. 이번에도 눈을 깜빡이긴 했지만, 깜빡이는 모양새가 달랐다. 눈이 더욱 커지자, 동공에서 뻗어 나간 파란 실선이 파란 홍채를 가로지르며 반짝이는 것까지 보일 지경이었다.

"납치 얘기는 신문에 한 줄도 안 났던데. 그럼 프랭크의 집에서 몸값을 주고 빼내 온 거야?"

"아니, 돈은 마련하긴 했는데 주지는 않았어. 우리끼리 있을 때 자세히 얘기해 줄게. 갑자기 당신 때문에 베를린 수족관에서 본 블루탱이 생각나네. 몸집은 작은데 얼마나 멋지게 생겼던지! 블루탱 엽서도 사 왔어. 보여 줄게! 속눈썹이 휘날리는 것 같은 무늬가…… 누가 붓으로 눈 주변에 그려 넣은 것 같더라. 검고 기다란 속눈썹을!"

"나 속눈썹 그렇게 안 긴데! 톰, 농담하는 거지? 당신이 빼내 오지 못했다니, 그게 무슨 소리야?"

"그것도 나중에 얘기해 줄게. 자세한 건 나중에 다 말해 줄게. 우리가 무사한 거, 당신도 봤잖아."

"그럼 미국에 있는 저 아이 엄마도 다 알아?"

"당연히 알지. 몸값을 마련해야 했으니까. 난 그저 프랭크가 오늘 밤 약간 이상해 보이는 이유를 당신에게 설명해 주는 것뿐이야. 프랭크가……."

"조금이 아니라 굉장히 이상해. 일단 가출한 이유가 뭔데? 당신은 알아?"

"나도 몰라, 정말 모른다고." 톰은 엘로이즈에게 소년이 고백한 내용은 절대로 발설하지 않을 것이다. 엘로이즈가 알아야 할 선이란 게 있었다. 톰은 그게 무슨 저울 눈금이라도 되는 양, 그 선이 어디까지인지 알고 있었다.

19

톰은 제프 콘스턴트가 보낸 편지를 읽었다. 더와트의 모작을 그리는 버나드 터프츠의 후임이 그리다 만, 혹은 수준 미달인 그림은 모두 '폐기'하겠다고 제프가 단단히 약속했다. 톰은 마음이 놓였다. 그래도 어떻게든 돈을 벌려는 노력은 고갈되지 않을 것이다. 톰은 온실을 확인하고 아네트 여사가 미처 정리하지 못한 다 익은 토마토 줄기를 뽑아 버렸다. 그런 다음 샤워하고 청바지를 새로 갈아입었다. 그는 엘로이즈가 얼마 전에 새로 들인 원목 스탠드 옷걸이를 손질해야 했다. 옷걸이 맨 위에 나무로 된 고리가 휘어져 튀어나와 있었고, 그 끝에 놋쇠 장식이 달려 있었다. 톰은 옷걸이를 보자마자, 미국 서부 카우보이들이 즐기던 로데오 황소의 뿔이 떠올랐다. 진짜로 미국에서 수입한 옷걸이라는 엘로이즈의 말에, 톰은 놀랐다. 그렇다면 돈을 꽤 줬을 텐데, 톰은 얼마나 줬는지는 묻지 않았다. 엘로이즈는 미국의 다양한 모습을 맛볼 수 있는 소박한 옷걸이를 집에 두니 위트 있어 보인다면서 마음에 들어 했다.

8시경, 톰은 저녁을 먹으러 내려오라고 프랭크를 부른 다음, 맥주 두 병을 땄다. 톰은 프랭크가 눈을 좀 붙였기를 바랐지만, 프랭크는 잠을 자지 않았다. 톰은 엘로이즈가 전하는 친정 소식을 들었다. 장모가 지금은 꽤 좋아져서 수술을 안 해도 되지만, 의사가 무염, 무지방식 요법을 권했다고 했다. 이런 식이 요법은 유서 깊은 프랑스식 처방으로, 의사가 딱히 할 말이 없거나 해 줄 게 없을 때 내리는 처방이라는 걸 톰은 알고 있었다. 엘로이즈는 오후에 친정에 전화해서 매주 금요일 저녁마다 가는 저녁 식사 모임에 오늘은 가지 않겠다고 말한 것을 톰에게 전했다. 톰이 오늘 막 돌아왔기 때문이었다.

셋이 거실에서 커피를 마셨다.

"좋아하는 음반 틀어 줄게." 엘로이즈가 프랭크에게 말하더니 루 리드의 〈트랜스포머〉 앨범을 틀었다. '메이크 업'이 뒷면 첫 번째 곡이었다.

잠이 든 당신의 얼굴은 절묘해
눈을 뜬 당신에게……
파운데이션 팩트 1호를 바르고
아이라이너를 그리고 장밋빛 립스틱을 바르니 얼마나 재미있는지!
당신이 매끈한 아가씨가 되다니…….

프랭크가 커피를 마시다가 고개를 떨구었다.

톰은 전화기가 있는 탁자 위에 올려 둔 시가 상자를 찾아보았지만, 보이지 않았다. 다 피운 모양이었다. 새로 사 온 시가 상자는 2층 침실에 있었는데, 굳이 올라가서 가져올 정도로 피우고 싶은 건 아니었다. 엘로이즈가 하필 이 앨범을 틀다니, 톰은 속상했다. 프랭크가 이 노래를 들으면 테리사가 생각날 텐데. 프랭크가 실례하겠다며 자리를 피할까? 아니면 이 음악을 꾹 참고 들으면서 톰 부부와 같이 있으려고 할까? 톰은 궁금했다. 두 번째 곡으로 넘어가자 톰은 마음이 한결 가벼워졌다.

> 위성
> 화성까지 날아가 버렸네
> 당신이 해리, 마크, 존을 사귈 때
> 물불 가리지 않았다는 얘기를 들었어
> 그런 얘기를 들으면 정신이 아득해져
> 잠시나마 텔레비전을 보았지
> 나는 텔레비전을 보는 게 좋더라

편안한 미국 가수의 음성이 흘러나왔다. 가사는 가볍고 단순했는데, 듣는 사람이 그렇게 받아들이기로 했다면 그렇게 들릴 것이다. 이 가사를 개인의 위기에 관한 내용으로 해석할 수도 있었다. 톰은 엘로이즈에게 신호를 보냈다. '제발 저 음악은 꺼 줘' 하고 말이다. 그런 다음 암체어에서 일어났다. "이 곡도 괜찮긴 한데, 클래식을 듣는 게 낫지 않겠어? 알베니스* 앨범은 어때? 그게 더 나을 것 같은데." 알베니스가 작곡한 〈이베리아〉를 미셸 블록**이 연주한 신보가 집에 있었다. 권위 있는 음악 평론가들에 따르면, 같은 곡을 연주한 다른 피아니스트들과 비교했을 때, 미셸의 연주가 월등했다. 엘로이즈가 판을 새로 걸었다. 훨씬 듣기 좋았다. 굳이 비교하자면, 이번 곡은 메시지를 전달하되 인간의 언어에 얽매이지 않는 멜로디로 가사를 전달한다고 할 수 있었다. 프랭크와 톰의 시선이 잠시 마주치자 프랭크가 고맙다며 눈을 깜빡였다.

* 스페인 작곡가
** 벨기에 피아니스트

"난 올라갈래." 엘로이즈가 말했다. "잘 자렴, 프랭크. 내일 아침에 봐."

프랭크가 자리에서 일어났다. "네, 안녕히 주무세요. 부인."

엘로이즈가 계단으로 올라갔다.

엘로이즈가 일찌감치 자리를 뜬 건 톰더러 일찍 올라오라고 눈치를 준 거였다. 아내는 톰에게 더 물어볼 말이 있어 보였다.

전화벨이 울렸다. 톰은 음악 소리를 줄이고 전화를 받았다. 파리에서 랠프 설로가 건 전화였다. 톰과 프랭크가 집에 잘 들어갔는지 궁금해서 건 전화였다. 톰은 잘 도착했다고 했다.

"내일 루아시-샤를 드골 공항에서 12시 45분에 출발하는 비행기로 예약했는데요, 그때까지 프랭크가 도착할 수 있을까요? 혹시 옆에 있으면 통화하고 싶습니다." 설로가 말했다.

톰은 전화를 받지 않겠다며 온몸으로 거부하는 프랭크를 쳐다보았다. "지금 2층에서 자는 것 같은데요. 제가 내일 시간 맞춰 파리로 보내겠습니다. 어느 항공사인가요?"

"트랜스 월드 항공 562편입니다. 프랭크가 10시에서 10시 반 사이에 루테티아 호텔로 오는 게 제일 좋을 것 같습니다. 다 같이 호텔에서 택시를 타고 공항으로 출발하면 되니까요."

"알겠습니다. 그렇게 하죠."

"리플리 씨. 아까 오후에 뵀을 때 말씀을 못 드렸는데요. 그동안 쓰신 비용을 알려 주시면 처리해 드리겠습니다. 피어슨 부인 앞으로 편지를 보내 주세요. 주소는 프랭크한테 여쭤 보시면 됩니다."

"고맙습니다."

"그럼 내일 오전에 뵐 수 있는 거죠? 프랭크를 여기까지 데려와 주시면 좋겠는데요."

"알겠습니다, 탐정님." 톰은 전화를 끊으며 미소를 짓더니 프랭크에게 말했다. "설로가 내일 정오께 출발하는 비행기표를 끊었대. 넌 10시까지 호텔로 가면 돼. 간단하지? 오전에는 열차 편이 꽤 많단다. 아니면 내가 차로 데려다줘도 되고."

"그건 사양하겠습니다." 프랭크가 공손하게 거절했다.

"갈 거지?"

"그럼요. 가야죠."

톰은 마음이 놓였지만, 티를 내지 않으려고 했다.

"실은 아저씨께 같이 가 달라고 부탁드릴까 했어요. 하지만 그런 부탁은 절대로 해서는 안 되잖아요." 프랭크는 바지 주머니에 찔러 넣은 두 손으로 주먹을 꽉 쥐더니 턱을 덜덜 떨었다.

어디까지 같이 가 달라는 거지, 톰은 궁금했다. "앉아라, 프랭크."

소년은 앉지 않았다. "제가 모든 걸 감당해야 한다는 거 알아요."

"모든 거라니, 그게 무슨 뜻이지?"

"제가 무슨 짓을 했는지 말할 거예요. 아버지 일 말이에요." 프랭크는 사형 선고를 받은 사람처럼 말했다.

"내가 말하지 말라고 했을 텐데." 엘로이즈가 2층 뒤편에 있는 침실이나 욕실에 있다는 걸 알기에, 톰은 소리를 낮추었다. "말하지 않아도 된다는 거, 너도 알잖니. 왜 그 얘기를 다시 꺼내는 거지?"

"테리사가 제 곁에 있다면 털어놓지 않겠지만, 이젠 없잖아요."

톰은 또다시 벽에 부딪힌 듯한 기분이 밀려왔다. 테리사가 문제군.

"전 자살할지도 몰라요. 제게 할 일이 뭐가 더 남아 있겠어요? 아저씨를 협박하려고, 이런 바보 같은 협박이나 하려고 이 얘기를 하는 게 아니에요." 프랭크가 톰과 눈을 맞추었다. "저는 지금 이성적으로 판단하고 있어요. 오늘 오후에 2층에서 제 인생에 대해 고민했거든요."

열여섯 살이니 그럴 수 있다고 톰은 고개를 끄덕인 다음, 마음에도 없는 소리를 했다. "테리사가 널 떠난 게 아닐지도 몰라. 2주 정도 잠시 딴 남자가 눈에 들어왔겠지. 아니면 그 남자에게 끌린다고 착각했거나. 여자들이 원래 장난을 잘 치잖니. 네 진심은 테리사도 잘 알잖아."

프랭크가 억지 미소를 지었다. "그것까지 제가 어떻게 알겠어요? 그 남자는 나이가 저보다 많아요."

"있잖니, 프랭크." 프랭크를 벨옹브르에서 하룻밤 더 재우고 설득하는 게 도움이 되려나? 톰은 아무 소용 없다는 걸 곧바로 깨달았다. "네가 절대로 하지 말아야 할 일을 딱 하나만 꼽는다면, 그건 누구에게든 자백하는 일이야."

"그건 제가 스스로 결정해야 하는 문제라고 생각해요." 프랭크가 놀라울 정도로 매몰차게 선을 그었다.

톰은 프랭크하고 같이 미국에 가자마자 피어슨 부인에게 프랭크를 인계해 준 다음, 프랭크가 헛소리하지 못하게 단속해야 하는지 고민에 빠졌다. "나도 내일 같이 갈까?"

"파리까지요?"

"아니, 미국까지." 톰은 긴장했던 프랭크가 눈에 띄게 긴장을 풀 거라 기대했건만, 프랭크는 그저 어깨만 으쓱 들어 올리고 말았다.

"그러세요. 그래도 결국……."

"프랭크, 넌 무너질 리 없어. 나하고 같이 가는 게, 조금이라도 마음에 걸려?"

"아뇨. 저에게 친구라곤 아저씨뿐이에요."

톰이 고개를 저었다. "난 네 친구가 아니야. 난 그저 너의 속마음을 얘기할 수 있는 유일한 상대일 뿐이지. 좋아, 그럼 같이 가자. 엘로이즈에게 말해야겠다. 같이 2층으로 올라가서 자자."

소년은 톰을 따라 2층으로 올라갔다. 톰은 잘 자고 내일 보자고 인사를 건네더니, 엘로이즈의 침실 문 앞에 서서 노크했다. 엘로이즈가 침대에서 베개에 기댄 채 한쪽 팔꿈치를 세운 자세로 책을 읽고 있었다. 손때가 묻은 표지를 보니, 오든의 『시선집』이었다. 엘로이즈는 오든의 시가 명료해서 좋다고 했다. 시집을 읽기에 재미있는 타이밍이면서도 재미없는 타이밍이기도 했다. 그는 엘로이즈의 눈동자가 현실로, 그에게로, 프랭크에게로 돌아오는 걸 지켜보았다.

"내일 프랭크하고 같이 미국에 가려고. 2~3일 정도 걸릴 거야."

"왜? 당신은 나한테 얘기해 준 게 별로 없어. 난 거의 듣지도 못했는걸." 엘로이즈가 책을 옆으로 치웠지만, 화난 것 같지는 않았다.

톰은 엘로이즈에게 해 줄 얘기가 별안간 떠올랐다. "프랭크가 좋아하는 여자 친구가 미국에 있는데, 그 여자한테 최근 다른 남자가 생겼대. 그래서 프랭크가 굉장히 상처받았나 봐."

"그래서 당신이 미국까지 같이 가겠다고? 대체 베를린에서 무슨 일이 있었던 건데? '갱단'이 저 애를 납치하지 못하게 당신이 지켜 주는 거야?"

"그런 거 아냐! 베를린에서 프랭크가 납치당한 얘기를 하자면, 내가 프랭크하고 베를린에 있는 숲을 산책하다가 아주 잠깐 1~2분 정도 떨어져 있었어. 그런데 그 틈에 놈들이 프랭크를 납치해 갔어. 그래서 납치범들과 만나기로 했는데……." 톰이 설명을 멈추었다. "아무튼, 내가 놈들의 아지트에 가서 프랭크를 빼내 온 거야. 놈들이 프랭크에게 신경 안정제를 잔뜩 먹이는 바람에 아직도 프랭크가 약 기운에 힘들어하는 거야."

엘로이즈가 못 믿겠다는 듯한 표정을 지었다. "이게 다 베를린이라는 도시 한복판에서 벌어진 일이라는 거지?"

"응. 서베를린에서 있었던 일이야. 당신이 생각하는 것보다 베를린은 훨씬 넓어." 엘로이즈의 침대 발치에 걸터앉아 있던 톰이 그제야 자리에서 일어났다. "내일은 걱정할 거 없어. 미국에 갔다가 금방 올 테니까. 당신이 간다던 어드벤처 크루즈가 정확히 며칠에 떠난다고 했지? 9월 말은 되어야 출발한다고 했나?" 오늘은 9월 1일이었다.

"9월 28일. 톰, 당신이 걱정하는 게 진짜로 뭐야? 놈들이 프랭크를 또다시 납치해 갈까 봐 그래? 그때 그놈들이?"

톰이 웃었다. "그런 건 아니라니까! 납치범들은 흔히 보는 베를린 청년들 같았어. 모두 네 명이었는데, 지금쯤 쫄아서 몸을 사리고 있을걸."

"당신은 나한테 모든 걸 털어놓지 않는구나." 엘로이즈는 화를 내지도, 그렇다고 비웃지도 않았다. 그저 둘 사이 어디쯤의 태도를 보였다.

"그럴지도 모르지. 나중에 내가 다 얘기해 줄게."

"예전에 당신이 그 일을 말해 줄 때도……." 엘로이즈가 말을 멈추더니 시선을 내리깔고 두 손을 쳐다보았다.

머치슨 얘긴가? 실종됐다는 머치슨에 대한 설명이 아직도 덜된 건가? 머치슨은 톰이 벨옹브르 지하 와인 저장실에서 와인 병으로 때려 죽인 미국인이었다. 그 비싼 마고 와인으로 말이다. 톰은 머치슨의 시신을 질질 끌고 나왔다는 얘기도, 지하실 시멘트 바닥에 아직도 지워지지 않은 큼직한 자주색 얼룩이 실은 전부 와인 때문에 생긴 건 아니라는 얘기도 엘로이즈에게는 하지 않았다. 톰은 그 얼룩을 지우려고 벅벅 문질렀었다. "아무튼." 톰이 방문을 향해 살살 움직였다.

엘로이즈가 고개를 들고 톰을 바라보았다.

톰은 침대 옆으로 와서 무릎을 꿇고 두 팔로 아내를 꼭 감싸더니 아내가 덮고 있는 이불보에 얼굴을 비볐다.

엘로이즈가 그의 머리카락을 손으로 쓸어내렸다. "이번에도 위험한 일이야? 말해 주면 안 돼?"

톰이라고 해도 거기까지는 알 수 없었다. "조금도 위험하지 않아." 톰이 자리에서 일어났다. "잘 자, 여보."

톰이 복도로 나오자 손님방에 여태 불이 켜져 있었다. 톰이 그 앞을 지나가는 순간, 방문이 살짝 열리더니 프랭크가 톰을 불렀다. 톰이 손님방으로 들어가자 프랭크가 방문을 닫았다. 프랭크는 파자마 차림이었다. 침대 위 이불이 젖혀져 있긴 했지만, 프랭크는 이불 속으로 들어가진 않았다.

"아래층에서는 제가 비겁했어요. 말투도 버르장머리 없었고, 제가 쓴 단어도 형편없었어요. 눈물이 날 뻔해서 그만, 제길!"

"그게 뭐 대수라고, 신경 쓰지 마."

소년이 맨발을 내려다보면서 카펫 위를 서성였다. "제가 제 모습을 잃어버리는 것 같아요. 전 제가 자살할 것 같은 게 아니라 저 자신을 잃어버릴 것만 같아요. 이게 다 테리사 때문이에요. 제가 연기처럼 사라지면 얼마나 좋을까요?"

"그러니까, 네 정체성을 잃어버릴 것 같다는 뜻이니? 뭘 잃는다는 거지?"

"전부 다요! 전에 테리사하고 데이트할 때였어요. 전 제가 지갑을 잃어버린 줄 알았거든요." 프랭크가 별안간 씩 웃었다. "뉴욕에 있는 어느 레스토랑에서 둘이 점심을 먹을 때였어요. 계산은 제가 하고 싶었는데, 지갑이 보이지 않는 거예요. 미리 지갑을 꺼내 놓긴 했거든요. 그래서 지갑이 바닥에 떨어진 줄 알고 식탁 밑을 살폈어요. 저희는 벤치 같은 데 앉아 있었고요. 그런데 안 보이더라고요. 그래서 전 제가 지갑을 집에 두고 온 줄 알았어요. 테리사하고 있을 때면, 제가 번번이 어리바리해지거든요. 처음 만날 때부터 그랬어요. 기절할 것 같았어요. 테리사를 볼 때마다 숨이 쉬어지지가 않아서요."

톰은 잠시 연민을 느끼며 두 눈을 감았다. "여자랑 같이 있을 때 긴장해도, 긴장한 티를 내면 안 돼, 프랭크."

"예, 알겠습니다. 아무튼, 그날, 테리사가 이렇게 말했어요. '지갑을 잃어버린 건 분명 아니니까 다시 찾아봐.' 제 지갑을 찾아 주겠다며 웨이터까지 거들자, 테리사가 밥은 자기가 사겠다면서 자기 지갑을 꺼내는데, 제 지갑이 테리사 가방 안에 들어 있더라고요. 제가 미리 지갑을 꺼내서 들고 있다가 긴장한 나머지 그 속에 집어넣은 거죠. 테리사하고 같이 있을 때면 매번 이런 식이에요. 상황이 엉망이 되었다가 간신히 운 좋게 풀린달까."

톰은 이해할 수 있었다. 프로이트라면 이해해 줄 수 있을까? 테리사가 프랭크에게 정말 행운의 여인일까? 톰이 보기엔 아닌 것 같았다.

"이런 경우가 더 있었지만, 아저씨를 지루하게 만들고 싶진 않아요."

프랭크가 무슨 얘기를 하려는 걸가? 테리사 얘기만 하고 싶은 걸까?

"저는 제가 가진 모든 걸 잃고 싶어요. 이건 진심이에요, 아저씨. 제 목숨까지도요. 이걸 말로 설명하기 힘들지만, 테리사한테라면 설명이든 뭐든 할 수 있을 거예요. 그런데 이제 테리사는 저 따위는 안중에도 없는 걸요. 저한테 질려서요."

톰은 담배를 꺼내 불을 붙였다. 꿈속을 헤매는 소년에게는 현실이라는 충격 요법이 필요해 보였다. "생각해 봤는데, 프랭크. 앤드루스 이름으로 된 가짜 여권 말이다. 그거 나한테 줄래?" 톰이 프랭크의 재킷이 걸린 의자를 가리켰다.

"가져가세요. 안주머니에 있어요."

톰은 안주머니에서 여권을 꺼냈다. "리브스에게 돌려보내려고." 톰은 목을 가다듬은 다음 말을 꺼냈다. "내가 이 집에서 사람을 죽였다는 말을 했었나? 섬뜩하지? 내가 이 지붕 아래에서 사람을 죽였단다. 왜 죽였는지 이유를 말해 주마. 아래층 벽난로 위에 걸린 그림 있잖니, 〈의자에 앉은 남자〉라는 작품이……." 그 그림이 위작이라는 말은 하면 안 돼, 톰은 갑자기 정신이 번쩍 들었다. 더와트 작품 중 상당수가 위작이라는 말도 꺼내서는 안 돼. 몇 달, 혹은 몇 년이 흐른 후, 프랭크가 그 사실을 떠벌릴지도 몰라.

"맞아요, 그 그림, 마음에 들던데요. 그 남자가 그 그림을 훔치려고 했었나요?"

"그건 아냐!" 톰은 고개를 뒤로 젖히고 웃음을 터뜨렸다. "그만하자. 아무튼, 우리는 닮은 구석이 많아. 안 그래, 프랭크?" 톰이 소년의 눈에 어린 일말의 안도감이라도 본 걸까? "잘 자라, 프랭크. 내일 8시쯤 깨워 줄게."

톰이 침실로 들어갔다. 아네트 여사가 여행 가방을 죄다 정리해 놓은 바람에 톰은 면도용품부터 해서 처음부터 다시 다 싸야 했다. 엘로이즈에게 주려고 사 온 파란 핸드백은 흰 비닐봉지에 그대로 담긴 채로 책상 위에 올라가 있었다. 상자 안에 핸드백이 들어 있었다. 톰은 내일 오전에 엘로이즈의 침실에 몰래 상자를 갖다 놓기로 했다. 그가 집을 비운 후에 엘로이즈가 상자를 열어 봤으면. 이제 11시 5분. 톰은 아래층으로 내려가 설로에게 전화를 걸었다. 침실에 전화기가 있는데도 말이다.

조니가 전화를 받더니 설로가 샤워 중이라고 했다.

"프랭크가 저더러 미국에 같이 가 달라고 하도 졸라서 저도 같이 갈 생각입니다."

"아, 정말입니까? 잘됐네요." 조니가 흡족한 목소리로 말했다. "랠프가 나오네요. 리플리 씨예요." 조니가 말하며 수화기를 설로에게 건넸다.

톰이 한 번 더 설명했다. "제 자리도 같은 비행기 편으로 예약해 주시겠습니까? 힘들면 제 자리는 제가 오늘 밤에 예약해도 되고요."

"아닙니다. 제가 하죠. 제가 해야죠. 프랭크가 같이 가 달라고 부탁하던가요?" 설로가 물었다.

"네, 그러자고 하던데요."

"알겠습니다, 톰. 내일 10시경에 뵙죠."

톰은 따뜻한 물로 샤워한 다음 잠을 청했다. 오전까지만 하더라도 함부르크에 있었는데. 오랜 친구 리브스는 지금쯤 뭘 하고 있을까? 리브스가 아파트에서 시원한 화이트 와인을 앞에 두고 누구와 거래하고 있으려나? 톰은 짐은 내일 아침에 싸기로 했다.

톰은 불을 끄고 침대에 누워서 세대 차이에 대해 고민했다. 아니, 고민해 보려고 애쓰는 자신을 발견했다. 세대 차이라는 건 모든 세대가 겪는 일 아니던가? 세대와 세대가 겹치고 겹쳐, 그 누구도 정확히 25년을 주기로 세대가 바뀐다고 단언할 수 없지 않을까? 톰은 비틀즈가 함부르크에 이어서 런던에서 음악 활동을 막 시작한 이후, 미국 투어를 돌면서 팝계의 판도를 바꿀 무렵에 태어난 프랭크의 기분이 어떨지 상상해 보려 했다. 그로부터 7년 후, 인류가 최초로 달에 착륙했다. 그즈음에 UN이라는 평화 기구가 막 출범해 서서히 비웃음을 사면서도 쓰임새를 갖추게 되었다. UN에 앞서, 국제 연맹이 있지 않았던가? 아주 오래된 역사 속으로 저물어 버린 국제 연맹은 프랑코*도, 히틀러도 저지하지 못했다. 모든 세대는 무언가를 놓아 버린 후, 새롭게 매달릴 무언가를 필사적으로 찾고 있는 듯했다. 지금 젊은이들에게는 그것이 때론 정신적 지도자일 수도, 하레 크리슈나교**일 수도, 아니면 광신도 교단인 통일교일 수도 있다. 그리고 때론 사회 운동가들이 염원하며 부르는 민중의 노래일 수도 있다. 하지만 사랑에 빠진다는 건 구식이라는 얘기를 톰은 들어 본 것 같았다. 프랭크에게 들은 건 아니었다. 프랭크가 사랑에 빠졌다는 사실을 자인한다는 건 극히 이례적인 행동이었다. '연애는 쿨하게, 감정 소모는 하지 말 것.' 이것이 젊은이들의 행동 지침이었다. 숱한 젊은이들이 결혼을 믿지 못해 동거만 한다. 가끔은 아이를 낳으려고 하는 경우도 있지만 말이다.

그렇다면 프랭크는 어디쯤 있는 걸까? 프랭크는 자기 자신을 잃고 싶다고 했다. 그렇다면, 피어슨 가문이라는 책임감을 벗어 버리겠다는 뜻일까? 아니면 자살을 예고하는 걸까? 개명하고 싶다는 얘긴가? 프랭크가 부여잡고 놓지 않으려는 게 대체 무얼까? 톰은 아무리 애를 써도

* 스페인 총통

** 힌두교의 신 중 하나인 크리슈나를 찬양하는 종파

잠이 오지 않았다. 창밖에 부엉이가 울고 있었다. "부엉, 부엉." 9월 초, 벨옹브르가 가을을 스치고 지나 겨울을 향해 내달리고 있었다.

20

엘로이즈가 톰과 프랭크를 모레역까지 데려다주었다. 원래는 파리 공항까지 태워다 주겠다고 했는데, 친정 부모를 만나러 샹티이에 가야 했기 때문이다. 톰은 괜히 돌아서 가지 말라고 했다. 엘로이즈는 잘 다녀오라고 하더니 특별히 프랭크에게만 입을 맞춰 주었다. 톰은 그 모습을 바라보고 있었다.

톰은 모레역에 도착했을 때는 가십 전문 주간지 『프랑스디망슈』를 사지 않았지만, 파리 리옹역에서는 내리자마자 제일 먼저 그것부터 샀다. 오전 9시가 살짝 넘은 시각이었다. 톰은 역에 서서 신문을 훑어보았다. 프랭크 피어슨 기사가 2면에 실려 있었다. 예전 여권 사진이 양쪽에 걸쳐 큼직하게 실리는 대신, 한쪽에 작게 실려 있었다. 「실종됐다던 상속자, 독일서 휴가 중」이라는 제목의 기사였다. 톰은 자기 이름이 실렸을까 봐 기사를 훑어보며 마음을 졸였지만 보이지 않았다. 마침내 랠프 설로가 칭찬받을 일을 한 걸까? 톰은 마음이 놓였다.

"별 얘기 없네. 볼래?" 톰이 프랭크에게 권했다.

"아뇨, 괜찮아요." 프랭크는 이번에도 고개를 들지도 못하고 있다가 억지로 들었다.

둘이 택시 승강장에서 기다렸다가 택시를 타고 루테티아 호텔로 이동했다. 설로가 로비 프런트에서 체크아웃하려고 수표를 작성하고 있었다.

"어서 오세요, 톰. 왔어요, 프랭크! 조니는 지금 방에 있는데 짐 챙겨서 로비로 내려올 겁니다."

톰과 프랭크가 기다렸다. 조니가 기내용 가방 두 개를 양손에 들고 엘리베이터에서 내리더니 남동생을 보고 씩 웃었다. "오늘 아침에 『인터내셔널 헤럴드 트리뷴』은 봤냐?"

톰과 프랭크는 아침 일찍 집에서 나오느라 『인터내셔널 헤럴드 트리뷴』을 챙겨 보지 못했다. 게다가 톰은 그 신문은 살 생각도 하지 않았다. 조니는 독일에서 휴가를 즐기고 있는 프랭크를 찾았다는 기사가 실렸다고 남동생에게 말해 주었다. 그렇다면 프랭크는 지금 어디에 있어야 하는 거지? 톰은 묻지는 않았지만 궁금해졌다.

프랭크가 대답했다. "나도 알아." 그러더니 영 불편한 기색을 내비쳤다.

넷이서 택시 두 대에 나눠 타야 했다. 프랭크는 톰하고 같이 타려 했지만, 톰이 형하고 같이 타라고 시켰다. 톰은 소득이 있을까 싶어 랠프 설로와 잠시 얘기를 나누려 했다.

"피어슨가와는 오래 알고 지내셨나요?" 톰이 경쾌한 말투로 설로에게 말을 걸었다.

"네. 회장님하고 알고 지낸 지 6~7년 정도 됐죠. 저는 원래 잭 다이아몬드 사설탐정 회사에서 파트너 탐정으로 근무했는데, 잭은 샌프란시스코로 돌아갔죠. 사실 제가 샌프란시스코 출신인데, 저만 뉴욕에 남았습니다."

"신문에서 프랭크를 찾았다는 기사를 가볍게 다룬 걸 보고 기뻤습니다. 이게 다 탐정님이 힘쓰신 덕분이겠죠?" 톰은 할 수 있다면 설로에게 찬사를 퍼붓고 싶은 마음에 물었다.

"기쁘시다면 저야 좋죠." 설로가 뿌듯한 표정을 지었다. "상황을 정리하려고 최선을 다했습니다. 공항에 기자들이 한 명도 없으면 좋겠네요. 프랭크가 질색할 테니까요."

설로에게 남자 향수 냄새가 풍기자 톰은 몸을 뒤로 빼 한쪽 구석으로 붙였다. "존 피어슨 회장님은 어떤 분이셨죠?"

"그게……." 설로가 천천히 담배에 불을 붙였다. "천재셨죠. 그런 분을 저 같은 사람이 어떻게 이해하겠습니까만, 당신의 일을 사랑하셨죠. 회장님께 돈은 점수나 마찬가지였습니다. 회장님은 돈에서 정서적 안정감을 얻으셨습니다. 가족에게 얻는 것보다 더 많이요. 그러면서도 사업하는 법도 확실히 알고 계시던 분이셨습니다. 자수성가하셨으니까요. 부자 아버지 밑에서 사업을 시작한 게 아니었어요. 회장님은 코네티컷에 있는 망하기 직전의 마트를 사들이면서 사업을 시작하신 후 식료품 제조업으로 확장하신 거니, 평생을 그쪽 업계에 몸담으신 거죠."

정서적 안정감을 다른 곳에서 얻는다는 얘기는 익히 들어 알고는 있었지만, 식료품에서 얻는다니. 톰은 잠자코 가만히 있었다.

"초혼은 코네티컷에 사는 부잣집 딸과 했지만, 첫 번째 부인께 질리셨던 것 같습니다. 다행히 자녀는 없었죠. 부인이 외도하자 회장님은 시간을 조금 두고 생각하신 끝에 이혼하신 거예요. 조용히요." 설로가 톰을 쳐다보았다. "당시에는 제가 회장님과 아는 사이가 아니라서, 이 얘기는 다 들은 겁니다. 회장님은 늘 열심히 일하시면서 자신을 최대치까지 밀어붙이던 분이셨죠. 그래서 그런지, 그런 모습을 가족에게도 기대하셨죠." 설로가 존경심을 담아 얘기했다.

"행복하셨을까요?"

설로가 차창 밖을 내다보더니 고개를 저었다. "그 많은 재산을 굴리면서 행복해할 사람이 과연 있을까요? 하나의 제국을 이끄는 것과 마찬가지일 텐데요. 미모를 갖춘 아내 릴리, 착한 아들들, 미국 곳곳에 사 놓은 대저택들. 그런데 그런 것들이 한 남자에게는 부수적인 것이었을지도 모릅니다. 제가 뭘 알겠습니까만. 분명한 건, 회장님은 하워드 휴스*보다는 행복하셨을 겁니다." 설로가 웃음을 터뜨렸다. "하워드는 정신병을 앓았으니까요!"

"존 피어슨 회장이 스스로 목숨을 버렸다고 믿으시는 이유가 있을까요?"

"저는 그게 자살이었다는 확신이 서진 않아요." 그제야 설로가 톰에게 고개를 돌렸다. "무슨 의도로 물어보시는 겁니까? 프랭크가 그러던가요?" 설로가 편안한 말투로 물었다.

설로가 지금 나를 떠보는 건가? 프랭크를 떠보는 건가? 톰은 일부러 천천히 고개를 저었다. 북쪽으로 가는 외곽 순환 도로를 달리던 택시가 급히 핸들을 꺾어서 트럭을 추월했다. "아뇨. 프랭크는 아무 말도 안 했습니다. 사실, 그런 기사가 신문에 났었다는 말은 해 주더군요. 사고사이거나, 자살이거나. 어떻게 생각하십니까?"

설로가 고심하는 듯하더니 얄팍한 입술로 미소를 지었다. 안심해도 되겠다는 미소 같아 보였다. 톰은 그 모습을 간파했다. "사고라기보다 자살인 것 같긴 한데, 전 잘 모르겠습니다. 그저 제 추측일 뿐이니까요. 회장님은 이미 환갑을 넘기셨고, 하반신 마비로 휠체어 생활을 10년이나 하셨는데 과연 행복하셨을까요? 회장님은 늘 기운을 내려고 애쓰셨습니다. 하지만 질릴 대로 질리셨겠죠. 저도 잘은 모릅니다만, 회장님이 그 절벽에 수백 번도 더 가셨다는 건 잘 알고 있습니다. 사고 당일에는 회장님을 떠밀어 버릴 거센 바람이 불지도 않았거든요."

톰은 기분이 좋았다. 설로가 프랭크를 의심하는 것 같지 않았다. "그럼 부인은요? 릴리는 어떤 분이죠?"

"피어슨 부인은 완전히 다른 분이세요. 회장님을 만났을 때 배우로 활동하셨죠. 그런데 그건 왜 물으시죠?"

"제가 조만간 부인을 뵈야 하니까요." 톰이 웃으며 말했다. "아드

* 미국의 사업가 겸 투자자

님 두 분 중에 부인이 누굴 더 좋아하시나요?"

쉬운 질문이었는지 설로가 씩 웃으며 마음을 놓았다. "제가 피어슨가에 대해 속속들이 안다고 생각하시나 본데요, 사실 그렇게까지 잘 알진 못합니다."

톰은 그 문제는 그냥 넘기기로 했다. 외곽 순환 도로를 달리던 택시가 포르트 드 라 샤펠로 빠지더니 심심할 정도로 쭉 뻗은 도로를 달리기 시작했다. 15킬로미터 정도 달리자 흉측한 샤를 드골 공항이 보이기 시작했다. 톰에겐 보부르만큼이나 저 공항도 보기 싫었다. 그나마 보부르는 예술 작품을 관람할 수 있는 실내는 볼 만했다.

"뭘 하면서 시간을 보내시나요, 리플리 씨? 직장을 안 다니신다면서요. 사무실에 출근해서……."

톰에겐 쉬운 질문이었다. 그 질문에 여러 번 대답한 적이 있었기 때문이다. 정원을 가꾸고, 하프시코드 레슨을 받는다고 했다. 독어와 불어 서적을 읽는 걸 좋아해 외국어 실력을 키우려고 꾸준히 노력한다고 했다. 톰은 설로가 그를 화성에서 온 사람 보듯 하면서 기분 나쁘게 여기는 듯한 느낌을 받았지만, 신경 쓰지 않았다. 톰은 설로보다 더한 사람들도 견뎌 왔다. 설로는 톰을 재수 좋게 프랑스의 부잣집 딸하고 결혼한 사기꾼과 다름없는 놈이라고 치부하는 것 같았다. 제비족, 빨대 꽂은 남자, 한량, 기생충 같은 존재라고 말이다. 톰은 건조한 표정을 유지했다. 앞으로 며칠은 설로의 도움이, 설로의 헌신이 필요할지도 모르기 때문이었다. 톰이 더와트의 이름을, 더와트의 위작을 지켜야 했던 것처럼, 설로도 무언가를 위해 열심히 싸워 본 적이 있을까? 톰은 궁금했다. 당연한 얘기지만, 더와트의 초기 작품은 위작이 절반도 되지 않았다. 설로도 톰처럼 마피아 한둘 정도는 죽여 봤을까? 아니, 마피아를 조직 범죄자, 사디스트적 포주, 혹은 공갈 협박범이라고 부르는 게 더욱 적확한 표현 아닐까?

"그럼 수지는 만나 보셨겠네요?" 톰은 이번에도 다정한 말투로 물어보았다.

"수지요? 아, 가정부 말씀이시군요. 네, 그럼요. 수지는 피어슨가에서 일한 지 꽤 오래됐습니다. 이제는 나이가 제법 많은데도 그 집에서는 수지를 내보낼 생각을 안 해요."

공항에 도착한 후 일행은 짐을 실을 카트를 찾았으나 찾을 수가 없었다. 그래서 각자 손에 가방을 들고 트랜스 월드 항공 체크인 카운터로 향했다. 사진 기자 두세 명이 양쪽에서 몸을 낮추고 있다가 별안간 카메라를 들이댔다. 톰은 고개를 숙였다. 프랭크가 한 손으로 침착하게 얼굴을 가렸다. 설로는 톰과 눈을 마주치더니 동정하는 표정으로 고개를 내저었다. 기자가 불어 악센트가 섞인 영어로 프랭크에게 질문을 퍼부었다.

"독일에서 휴가는 잘 보내셨나요, 피어슨 씨? 프랑스에 대해 하실 말씀이 있습니까? 숨으려고 하신 이유가 뭐였나요?"

기자가 큼직하고 시커먼 카메라를 목에 걸고 있었다. 톰은 카메라 스트랩을 움켜쥐고 머리 위로 벗긴 다음 카메라를 박살 내 버리고픈 충동이 일었다. 기자는 프랭크가 등을 돌리는 순간, 카메라를 들어 올려 사진을 찍어 댔다.

설로가 체크인을 마친 후 앞으로 튀어 나가더니 축구 선심처럼 기자들을 어깨로 밀쳤다. 톰은 그 모습에 감탄했다. 기자는 총 네다섯 명 정도 있었다. 일행은 지체 없이 위성 5번 에스컬레이터를 타고 올라가 출국 심사를 받았다. 출국 심사대가 기자들을 막아 주는 옹벽이 되어 주었다.

"친구 옆에 앉을래요." 네 사람이 기내에 탑승하자, 프랭크가 승무원에게 강력히 요구했다. 프랭크가 말하는 친구란 톰이었다.

톰은 프랭크가 알아서 하게 내버려 두었다. 어떤 남자가 선뜻 자리를 바꿔 주겠다고 한 덕분에 톰과 프랭크는 한 줄에 여섯 명이 앉는 자리에 나란히 앉을 수 있었다. 톰은 통로 자리에 앉았다. 콩코드기는 아니었다. 앞으로 일곱 시간 동안 비행기를 탈 생각을 하니 가슴이 답답했다. 설로가 일등석으로 끊어 주지 않은 게 조금 이상하긴 했다.

"설로 탐정님하고 무슨 얘기 했어요?" 프랭크가 물었다.

"중요한 얘기는 아니었어. 나더러 뭘 하면서 시간을 보내는지 묻던데." 톰이 껄껄 웃었다. "형하고 무슨 얘기 했니?"

"저희도 별 얘기 안 했어요." 프랭크가 짤막하게 대답을 끝냈다. 이쯤 되자 톰은 프랭크가 어떤 성격인지 알고 있어서 신경 쓰지 않았다.

프랭크와 조니가 테리사 얘기는 하지 않았기를. 프랭크의 상심한 마음을 조니가 조금도 공감해 주지 못하는 것처럼 보였기 때문이다. 톰은 비행기에서 읽으려고 책 세 권을 격자무늬 가방에 넣어 왔다. 지치지 않는 꼬마들은 비행기에서도 피할 수 없었다. 미국 꼬마 셋이 통로를 오르락내리락 뛰어다니고 있었다. 톰은 그와 프랭크의 자리가 저 아이들의 좌석으로 짐작되는 자리에서 최소 열여덟 줄은 떨어져 있으니, 아이들이 시끄럽게 굴어도 상관없을 줄 알았다. 톰은 책을 읽다가,

졸다가, 생각하려고 했다. 하지만 머리를 쥐어짜며 생각하는 게 늘 좋은 것만은 아니었다. 영감이든, 바람직하고 생산적인 아이디어든, 쥐어짠다고 떠오르는 건 아니었다. 톰은 '쇼맨십'이라는 단어가 귀에서, 머리에서 강하게 메아리치는 순간, 비몽사몽을 헤매다가 퍼뜩 정신을 차렸다. 허리를 곧게 세워 고쳐 앉은 다음, 기내 중간에 설치된 화면에서 나오는 오색찬란한 미국 서부의 모습을 보며 눈을 껌뻑였다. 소리는 들리지 않았다. 톰이 이어폰을 받지 않겠다고 했기 때문이다. 쇼맨십이라도 부려야 하나? 피어슨이 사는 집에 가서는 어떻게 해야 하지?

톰은 다시 책을 집어 들었다. 아까 그 네 살짜리 악동들 중 한 명이 괴성을 내지르며 몇 번이고 통로를 내달려 톰이 있는 곳까지 왔다. 톰은 몸을 뒤로 한껏 젖히고 한쪽 다리를 쭉 뻗어 통로로 살짝 내밀었다. 악동이 퍽 하고 엎어지더니, 몇 초 후 억울한지 악을 쓰며 통곡하기 시작했다. 톰은 자는 척했다. 아이들에게 학을 뗀 여승무원이 어디선가 나타나더니 꼬마를 일으켜 세워 주었다. 통로 건너편에 앉은 남자가 기분 좋게 히죽거렸다. 톰은 혼자가 아니었다. 승무원이 저 앞자리로 꼬마를 데려다주었다. 보나 마나 '몸을 움츠려야 더 멀리 뛴다'라는 프랑스 속담대로 될 것이다. 또다시 애들이 뛰어다니면, 톰은 발을 걸어서 넘어뜨리는 쾌감을 다른 승객에게 선사할 생각이었다.

뉴욕에 도착하니 이른 오후였다. 톰은 목을 쭉 빼고 창밖을 내다보았다. 하얗고 누런 솜털 구름 때문인지 인상주의파 그림처럼 뿌예 보이는 맨해튼 고층 빌딩 숲을 내려다보았다. 이번에도 짜릿함이 밀려왔다. 아름답고 경이로웠다. 넓지도 않은 땅에 이토록 높은 고층 빌딩이 빼곡하게 들어찬 곳은 세상 그 어디에도 없었다. 비행기가 둔탁한 쿵 소리를 내며 착륙했다. 이번에도 톱니가 돌아가듯 착착 움직였다. 입국 심사를 거쳐 수화물을 찾은 다음 몸수색을 받았다. 그러고 나니 프랭크가 볼이 발그레한 남자에게 아는 척했다. 프랭크가 톰에게 저 남자가 운전기사 유진이라고 알려 주었다. 유진은 키가 작고 머리가 살짝 벗겨진 모습으로 프랭크를 보더니 반가워했다.

"프랭크! 잘 지냈어요?" 유진이 다정한 목소리로 정중하고 깍듯하게 물었다. 영국 악센트를 구사하며 셔츠에 타이를 맨 평범한 차림이었다. "설로 씨, 만나서 반갑습니다! 조니!"

"안녕하십니까, 유진." 설로가 인사를 건넸다. "이쪽은 톰 리플리 씨입니다."

톰과 유진이 처음으로 인사를 나누었다. 그런 다음 유진이 말을 이었다. "피어슨 부인께서는 일이 있어서 오늘 아침 일찍 케네벙크포트로 가셨습니다. 수지가 건강이 좋지 않아서요. 피어슨 부인께서는 여러분이 뉴욕 아파트로 이동해 하룻밤 주무셔도 좋고, 헬기장으로 가서 헬기를 타도 좋다고 하셨습니다."

다들 환한 햇살을 받으며 서 있었다. 트렁크는 인도에 내려놓고, 가방은 손에 들고 있었다. 적어도 톰은 계속 들고 있었다.

"아파트에는 누가 있죠?" 조니가 물었다.

"지금은 아무도 없습니다. 플로라는 휴가를 갔습니다. 사실 아파트가 잠겨 있습니다. 사모님께서 주중에 내려오시겠다고 하셔서요. 혹시 수지가……."

"그럼 아파트로 가죠." 설로가 말을 잘랐다. "가는 길에 아파트가 나오잖습니까. 조니, 괜찮죠? 제가 사무실에 전화해야 해서요. 어쩌면 오늘 사무실에 들러야 할지도 모릅니다."

"좋아요. 저도 우편물을 확인해야 하거든요." 조니가 말했다. "수지한테 무슨 일 있어요, 유진?"

"저도 잘 모릅니다. 심장 마비가 가볍게 왔다는 것 같습니다. 오늘 정오에 의사가 왔다 갔다고 사모님께서 전화하셨습니다. 사모님께서 뉴욕에서 아드님 두 분을 보고 싶어 하셔서 어제 제가 모시고 내려와 아파트에서 잤거든요." 유진이 미소를 지었다. "가서 차 가져오겠습니다. 2분이면 됩니다."

수지가 심장 마비를 일으킨 건 이번이 처음일까? 플로라는 가정부인 것 같았다. 유진이 차를 몰고 왔다. 검은색 다임러-벤츠 대형 승용차였다. 모두 차에 탔다. 짐 가방을 실을 공간도 넉넉했다. 프랭크가 운전석 옆에 앉았다.

"모두 괜찮은 거죠, 유진?" 조니가 물었다. "어머니도요?"

"그럼요. 사모님께서 프랭크 걱정을 많이 하셨어요. 왜 아니시겠어요." 유진이 꼿꼿한 자세를 유지한 채 차를 제대로 몰았다. 그 모습을 보니, 톰은 전에 봤던 롤스로이스 브로슈어가 떠올랐다. 창문턱에 팔꿈치를 절대로 세우지 말라고 했는데, 그랬다간 운전을 건성으로 하는 것으로 보인다는 게 이유였다.

조니가 담배에 불을 붙이더니 베이지색 가죽 덮개 장식을 누르자 재떨이가 나왔다. 프랭크는 말이 없었다.

3번가를 지나 렉싱턴가로 접어들었다. 파리에 비하면 맨해튼은 벌집 같았다. 온통 칸칸이 나뉜 곳에서 다들 정신없이 윙윙 돌아다니고 있었다. 인간이 벌처럼 드나들면서 무언가를 옮기고 운반하면서 걸어 다니다가 서로 부딪혔다. 인도까지 쭉 뻗은 차양이 달린 아파트 건물 앞에서 대형 승용차가 조용히 멈춰 섰다. 회색 유니폼을 입은 도어맨이 미소를 짓더니 쓰고 있던 모자를 손가락으로 슬쩍 매만진 후 차 문을 열어 주었다.

"안녕하십니까, 피어슨 씨." 도어맨이 인사했다.

조니가 이름을 부르며 도어맨의 인사를 받아 주었다. 일행은 유리문을 통과해 엘리베이터를 타고 올라갔다. 짐 가방은 별도의 엘리베이터를 타고 위로 옮겨지고 있었다.

"열쇠 갖고 계신 분?" 설로가 물었다.

"저요." 조니가 도도하게 말하며 주머니에서 열쇠 꾸러미를 꺼냈다.

유진은 차를 세우러 멀리 가고 없었다.

아파트 문에는 12A라는 명판이 붙어 있었다. 다들 널찍한 현관으로 들어섰다. 넓은 거실에 있는 몇몇 의자에는 흰 커버가 씌워져 있었다. 창문에서 가장 가까운 쪽에 놓인 의자들이 그랬다. 닫힌 창문에는 베니션 블라인드가 쳐져 있어서, 불을 켜야 제대로 보일 것 같았다. 조니가 두 가지 일을 처리했다. 집에 와서 좋은 건지, 아니면 이런 아파트가 자기 집이라서 좋은 건지, 웃는 얼굴로 블라인드 줄을 당겨서 빛이 안으로 쏟아지게 해 놓고도 스탠딩 램프마저 켰다. 톰은 프랭크가 복도에서 서성이면서 잔뜩 쌓인 우편물을 살피고 있다는 걸 눈치챘다. 소년이 긴장한 표정으로 얼굴을 살짝 찡그리는 걸 보니, 테리사가 보낸 편지는 한 통도 없는 것 같았다. 프랭크가 거실로 느릿느릿 발걸음을 옮기더니 톰을 보고 말했다.

"아저씨. 여기가 저희 집이에요. 다른 데도 집이 있지만, 아무튼 여기도 저희 집이에요."

톰은 예의를 차리려고 미소를 지어 주었다. 톰이 웃어 주기를 프랭크가 바랐기 때문이다. 톰은 벽난로 위에 걸린 그저 그런 유화를 보러 다가갔다. 벽난로가 작동은 하나? 유화 속 여인은 프랭크의 어머니로 보였다. 곱게 화장한 금발 미인이 두 손을 무릎에 올려놓는 대신 연두색 소파 등받이를 따라 두 팔을 쭉 뻗고 있었다. 검정 민소매 원피스를 입고 벨트에 다홍색 꽃을 꽂고 있었다. 입가에는 은은한 미소를 머금긴 했다. 그런데 화가가 너무 힘을 줬는지 그 미소에는 현실감도, 성격도 드러나지 않았다. 존 피어슨이 엉망으로 그린 이따위 유화를 의뢰하고 얼마나 많은 돈을 쥐여 주었을까? 설로는 현관에서 회사와 통화하고 있었지만, 톰은 탐정이 무슨 말을 하든 관심이 없었다. 조니가 복도에서 우편물을 살피더니 두 통을 주머니에 집어넣고 세 번째 우편물을 뜯어보고 있었다. 톰의 눈엔 조니가 신나 보였다.

거실에는 큼직한 가죽 소파 두 채가 직각으로 놓여 있었다. 흰 커버를 덮어 놓아서 소파 아래쪽만 겨우 보였다. 악보를 펼쳐 놓은 그랜드 피아노도 보였다. 톰은 무슨 악보인지 살펴보려고 다가갔다가, 피아노 위에 놓인 사진 두 장에 시선을 빼앗겼다. 한 장은 검은 머리칼을 가진 남자가 두 살 정도 되어 보이는 아기를 안고 있는 사진이었다. 금발 아기가 함박웃음을 짓고 있었다. 아기는 조니, 남자는 존 피어슨일 거라고 톰은 짐작했다. 젊은 아빠 존이 마흔이나 되었을까. 짙은 눈동자로 다정히 미소를 짓고 있었다. 톰은 사진을 보다가 프랭크와 눈매가 닮았다고 생각했다. 옆에 있는 사진 속에도 존이 보였다. 이번에도 존은 매력이 넘쳤다. 흰 셔츠를 입고 타이는 매지 않고 안경도 쓰지 않은 채, 혼령처럼 피어오르는 담배 연기 속에서 미소 짓는 입술로 물고 있던 파이프를 입에서 떼려는 중이었다. 사진만 봐서는 늙은 독재자라든가 걸걸한 사업가다운 존의 모습을 떠올리기가 힘들었다. 피아노 위에 펼쳐진 악보는 〈스위트 로레인〉으로, 겉면에 필기체로 제목이 쓰여 있었다. 릴리가 치는 건가? 톰은 〈스위트 로레인〉을 언제나 듣기 좋아했다.

유진이 도착했다. 때마침 설로가 다른 방에서 스카치와 소다를 막 들고나왔다. 유진이 지체하지 않고 차든 술이든 마시겠느냐고 톰에게 물었다. 톰은 됐다고 했다. 이제 설로와 유진이 앞으로 어떻게 할지 상의하고 있었다. 설로가 헬기를 타자고 하자, 유진은 당연히 다 준비해 놓았다고 하더니 모두 가시는 거냐고 물었다. 톰이 프랭크를 쳐다보았다. 프랭크가 톰과 뉴욕에 남아 있겠다고 고집을 피운다고 해도, 톰은 놀라지 않을 것 같았다. 프랭크가 입을 열었다.

"그럼요, 가야죠. 다 같이 가죠."

그러자 유진이 전화를 걸었다.

프랭크가 복도로 오라며 톰을 불렀다. "제 방 보실래요?" 소년이 복도 오른쪽 두 번째 방문을 열었다. 이 방에도 베니션 블라인드가 쳐져 있었다. 프랭크가 줄을 잡아당겨서 빛을 안으로 들였다.

기다란 가대식 책상이 놓여 있고, 맞은편 벽에 책이 한 줄로 깔끔히 꽂혀 있었다. 학교에서 쓰는 스프링 공책이 잔뜩 있었고, 소녀의 사진이 두 장 놓여 있었다. 톰은 그 소녀가 테리사일 거라고 짐작했다. 첫 번째 사진은 테리사가 화관을 티아라 삼아 쓰고 있는 독사진이었다. 분홍색 립스틱을 바르고 짓궂은 미소를 머금은 채 두 눈을 반짝이고 있었다. 최고의 미인이었다던 무도회 밤에 찍은 사진으로 보였다. 두 번째 사진도 컬러 사진이었는데, 크기가 약간 더 작았다. 프랭크와 테리사가 워싱턴 스퀘어로 보이는 곳에서 찍은 사진이었다. 프랭크가 테리사의 손을 잡고 있었다. 테리사는 베이지색 나팔 청바지를 입고 그 위에 데님 셔츠를 걸친 채 한 손에는 작은 봉지를 들고 있었는데, 땅콩 봉지 같았다. 프랭크가 잘 생기고 행복해 보였다. 자기 여자에 대한 확신으로 가득 찬 남자 같았다.

"제가 좋아하는 사진이에요. 제가 어른스럽게 나와서요. 유럽에 가기 고작 2주 전에 찍은 거지만요."

그렇다면 아버지를 죽이기 일주일 전에 찍은 사진이었다. 톰은 또다시 매우 혼란스럽고 이상할 정도로 묘한 의구심이 일었다. 프랭크가 진짜로 아버지를 죽였을까? 아니면 죽였다고 망상하는 것일까? 사춘기 아이들은 종종 상상의 세계에 빠져 헤어 나오지 못하기도 하는데, 프랭크도 그런 걸까? 프랭크는 조니에게서는 전혀 찾아볼 수 없는 강렬함이 묘하게 풍겼다. 프랭크가 테리사를 완전히 잊으려면 꽤 많은 시간이 흘러야 할 것이다. 족히 2년은 걸리지 않을까. 반대로, 자기가 아버지를 죽였다고 상상하는 것, 그리고 그 얘기를 톰에게 털어놓은 것은 관심을 받으려고 한 일일 수도 있었다. 그런데 프랭크는 그런 짓을 할 성향이 아니었다.

"무슨 생각 하세요? 테리사?"

"아버지에 대한 진실을 나한테는 털어놓아야지, 안 그래?" 톰이 다정한 목소리로 물었다.

프랭크가 별안간 입을 꽉 다물었다. 톰이 익히 알고 있는 모습이었다. "제가 왜 거짓말을 하겠어요?" 그러더니 프랭크가 너무 진지하게 군 게 민망하다는 듯이 어깨를 으쓱했다. "우리 나가요."

톰은 프랭크가 거짓말하고 있다는 생각이 들었다. 프랭크가 현실보다 상상이 더 진짜라고 믿고 있는 것 같았다. "형은 널 전혀 의심하지 않잖아?"

"우리 형이…… 형이 물어보긴 했는데 제가 아니라고 했어요. 제가 안 밀었다고……." 프랭크가 말꼬리를 흐렸다. "형은 절 믿어 줬어요. 제가 형에게 진실을 털어놓아도 형은 믿지 않을 거예요."

톰은 고개를 끄덕였다. 그런 다음 방문을 향해 고갯짓했다. 톰은 방에서 나가기 전에, 방문 옆에 전축과 앨범을 모아 둔 번듯한 3단 케이스를 쳐다보았다. 그런 다음 뒤돌아서서 베니션 블라인드의 줄을 잡아당겨 원래대로 해 놓았다. 러그는 침대보와 같은 자주색이었다. 톰은 그 색상이 마음에 들었다.

모두 내려가서 택시 두 대에 나눠 타고 웨스트 13번가에 있는 미드타운 헬기장으로 향했다. 톰은 헬기장이 있다는 소리만 들어 봤지, 가 본 적은 없었다. 피어슨가는 12인승 자가용 헬기를 소유하고 있었다. 톰이 좌석 수를 세어 본 건 아니지만 그 정도 되어 보였다. 발 뻗을 공간도 있었고, 바는 물론이거니와 간이 주방까지 있었다.

"제가 모르는 사람들이에요." 프랭크가 조종사와 승무원을 가리키며 톰에게 말했다. 승무원이 술과 음식 주문을 받고 있었다. "헬기장에서 고용한 사람들이거든요."

톰은 맥주와 치즈 호밀 샌드위치를 주문했다. 이제 막 오후 5시가 되었다. 비행은 세 시간가량 걸릴 거라고 누군가 말해 주었다. 설로는 조종사 근처에 앉았다. 그 옆에는 유진이 앉았다. 톰은 창밖을 내다보며 뉴욕이 발밑으로 멀어지는 모습을 구경했다.

투투투투투, 만화에 적힌 글자 그대로 소리가 났다. 빌딩 숲이 저 아래로 가라앉는데, 빨려 들어가는 것 같았다. 그 장면은 마치 영상이 역재생되는 것 같았다. 통로를 가운데 두고 프랭크가 톰의 건너편에 앉아 있었다. 두 사람 뒤에는 아무도 없었다. 앞에 앉은 승무원과 조종사가 농담을 주고받았다. 웃고 있는 걸 보니 농담일 것이다. 왼쪽으로 주황색 태양이 수평선 위에 걸려 있었다.

프랭크는 독서 삼매경에 빠져 있었다. 자기 방에 있던 책을 들고 탄 것이다. 톰은 눈을 좀 붙여 보려고 애를 썼다. 오늘 밤늦게까지 깨어 있을지도 모르니 잠을 자 두는 게 상책이었다. 이건 톰, 프랭크, 설로, 조니 모두에게 해당하는 얘기였다. 새벽 2시경까지는 깨어 있지 않을까. 설로는 이미 잠이 들었다.

뭔가 달라진 헬기 소리에 톰이 눈을 떴다. 헬기가 하강하고 있었다.

날이 컴컴해졌다. 톰의 시야에 흰 대저택이 눈에 들어왔다. 양옆에 있는 두 개의 베란다 지붕 밑에 달린 누리끼리한 조명을 받으며, 인상적이면서도 다소 친근해 보이는 저택이 모습을 드러냈다. 톰은 양쪽 베란다 중 한 곳에 피어슨 부인이 서 있을 것만 같았다. 어깨에 막대기를 걸치고 그 끝에 손수건을 매단 채 터덜터덜 집으로 돌아오는 아들을 반기려는 듯이 말이다. 톰은 피어슨가가 사는 이 저택을 궁금해하는 자신의 모습을 발견했다. 당연한 얘기지만, 이곳이 피어슨가가 소유한 유일한 저택은 아니어도 그들에게 중요한 곳이었다. 오른편으로 바다가 펼쳐졌다. 저 멀리 두 개의 불빛이 반짝이고 있었다. 작은 배에 매달린 부표였다. 그러다 별안간 릴리 피어슨이 시야에 들어왔다. 엄마 릴리가 베란다에서 손을 흔들고 있었다! 검은색 바지에 블라우스 차림이라서, 어두컴컴한 밤에는 구별이 되지 않았다. 그래도 베란다 조명을 받고 있는 릴리의 금발이 보였다. 그 옆에는 살집이 좀 있는 여자가 아래위 모두 흰 옷을 입고 있고 서 있었다.

헬기가 착륙하자 다들 밖으로 펼쳐진 계단을 밟고 내렸다.

"우리 프랭크! 어서 오렴!" 어머니가 외쳤다.

릴리 옆에 있는 여자는 흑인이었는데, 그녀 역시 웃는 얼굴로 다가와 유진이 가방을 옮기는 걸 거들었다. 승무원이 측면 문으로 가방을 내리고 있었다.

"엄마, 저 왔어요." 프랭크가 말했다. 프랭크는 신경을 곤두세운 채, 약간 긴장한 듯이 어머니의 어깨에 한쪽 팔을 올리기만 할 뿐 뺨에 입을 맞추진 않았다.

톰은 여태 멀리 잔디밭에 서서 지켜보고만 있었다. 소년은 수줍어했지만, 어머니를 싫어하는 것 같진 않았다.

"이쪽은 에반젤리나야." 릴리 피어슨이 누군가의 가방을 들고 일행에게 다가오는 흑인 여성을 가리키며 프랭크에게 말했다. "우리 둘째 프랭크. 그리고 우리 집 장남 조니." 부인이 에반젤리나에게 두 아들을 소개했다. "안녕하셨어요, 랠프?"

"그럼요, 고맙습니다. 이쪽은……."

프랭크가 설로의 말을 잘랐다. "엄마, 이분이 톰 리플리 씨예요."

"만나 뵙게 돼서 정말 반가워요, 리플리 씨!" 릴리 피어슨이 화장한 눈으로 톰을 훑어 내리면서도 무척 다정한 미소로 반겨 주었다.

릴리가 일행을 집 안으로 안내하더니 복도든 어디든 아무 데나 재킷과 우비를 벗어 두라고 했다. 헬기 안에서 뭘 좀 드셨느냐고, 힘들지는 않으셨냐고 물었다. 혹시 드시고 싶은 분이 있으면, 에반젤리나가 차가운 음식으로 저녁을 준비해 두었다고 했다. 릴리의 목소리에는 예민한 기색은 없었고 다정함만 가득 배어 있었다. 뉴욕과 캘리포니아 악센트가 뒤섞인 말투였다.

모두 널찍한 거실에 모여 앉았다. 유진은 에반젤리나와 같은 방향으로 사라졌다. 헬기 승무원들이 있는 주방으로 간 것 같았다. 그리고 그 그림이 보였다. 벨옹브르에 프랭크가 두 번째로 방문했을 때 얘기했던 더와트 그림이었다. 작품명은 〈무지개〉. 버나드 터프츠가 그린 위작이었다. 톰은 이 그림을 한 번도 본 적은 없지만, 4년 전 벅마스터 갤러리가 톰에게 보낸 판매 내역 보고서에 적혀 있던 작품명은 기억하고 있었다. 톰은 프랭크가 설명했던 말을 떠올려 보았다. 아래에는 베이지톤으로 어느 도시의 빌딩 숲 지붕이 그려져 있고, 그 위에는 대부분이 자주색인 무지개가 연두색 배경 위에 그려져 있다고 했었다. '죄다 정신없고 들쑥날쑥해서 어느 도시인지는 분간이 가지 않아요'라고 프랭크가 말했었다. 진짜로 그랬다. 버나드가 멋지게 그려 낸 작품이었다. 저 무지개 속에 저돌적인 자신감이 엿보였다. 톰은 내키지 않았지만, 시선을 돌렸다. 혹시라도 피어슨 부인이 그에게 더와트를 특별히 좋아하냐고 묻는 사태는 피하고 싶었기 때문이다. 설로와 릴리 피어슨이 얘기하고 있었다. 설로는 파리에서 있었던 일(전화 통화)들과, 프랭크와 리플리가 베를린에서 함부르크로 이동한 다음 이틀 밤을 그곳에서 지냈다는 얘기를 하고 있었다. 당연히 릴리 피어슨도 이미 알고 있는 내용이었다. 톰은 자기 집 소파보다 더 큰 소파에 앉아 있는 게 어색했다. 눈앞에 보이는 벽난로가 자기 집에 있는 벽난로보다 더 크다는 것도 이상했다. 그리고 자기 집 벽난로 위에 〈의자에 앉은 남자〉를 걸어 둔 것처럼, 이 집에도 벽난로 위에 더와트의 위작을 걸어 두었다는 사실이 신기했다.

"리플리 씨, 저희에게 환상적인 도움을 주셨다는 얘기는 랠프를 통해 들었어요." 릴리가 눈을 깜빡이며 말했다. 그녀는 톰과 벽난로 사이에 놓인 아주 큼직한 녹색 무릎 방석 위에 앉아 있었다.

톰은 '환상적'이라는 단어는 사춘기 애들이나 쓰는 말이라 생각했다. 머릿속으로는 '환상적'이라는 단어를 떠올려도 입 밖으로 내뱉지는 않지 않은가. "현실적인 도움을 조금 드렸을 뿐입니다." 톰이 겸양의 말을 건넸다. 프랭크가 거실에 보이지 않았다. 조니도 마찬가지였다.

"진심으로 감사드리고 싶어요. 이걸 어떻게 말로 표현해야 할지 모르겠어요. 목숨을 걸고 하신 일이라는 걸 알고 있거든요. 랠프한테 들었습니다." 그녀는 여배우답게 발음이 정확했다.

랠프 설로가 이렇게까지 친절한 사람이었나?

"랠프 말로는, 베를린에서 경찰의 도움도 받지 않으셨다면서요?"

"가능한 한 경찰을 개입시키지 않는 게 최선이라 생각했습니다. 납치범들이 어쩔 줄 몰라 하는 경우도 있거든요. 설로 탐정님께도 말씀드렸다시피, 베를린에 있던 그 납치범들은 아마추어 같았습니다. 어려서 그런지 손발이 제대로 맞지도 않았죠."

릴리 피어슨이 톰을 유심히 살피고 있었다. 외모만 보면 이제 막 마흔을 넘긴 것 같지만, 실제로는 나이가 조금은 더 많을 것이다. 날씬하고 건강한 몸매와 파란 눈동자를 보니, 뉴욕에서 본 유화가 떠올랐다. 게다가 염색한 게 아니라 타고난 금발 같았다. "프랭크가 손끝 하나 다치지 않았잖아요." 릴리가 감탄하듯 말했다.

"그러게 말입니다."

릴리가 한숨을 쉬면서 램프 설로를 쳐다봤다가 다시 톰에게 시선을 옮겼다. "프랭크하고는 어떻게 만나신 거예요?"

그때 막 프랭크가 거실로 걸어 들어오고 있었다. 입꼬리에 힘을 더 주고 있었다. 프랭크는 테리사가 집으로 보낸 편지가 있는지 다시 한번 살펴보았지만 한 통도 없다는 걸 확인한 모양이었다. 프랭크는 새 옷으로 갈아입었다. 청바지에 스니커즈를 신고 양모와 면이 섞인 연노랑 셔츠를 입고 있었다. 방금 한 질문을 들었는지, 프랭크가 엄마에게 설명했다. "아저씨가 사는 동네에 가서 제가 아저씨를 찾았어요. 제가 그 근처 마을에서 짬짬이 정원 일을 했거든요."

"정말? 그 일을 그렇게 하고 싶어 하더니만." 어머니가 약간 놀랐는지 눈을 또다시 깜빡였다. "그래서 그 마을이 어딘데?"

"모레라고, 제가 일한 곳이에요. 톰 아저씨는 거기에서 8킬로미터 정도 떨어진 곳에 사세요. 빌페르스에요."

"빌페르스." 릴리가 한 번 더 읊조렸다.

그녀의 악센트를 들으니 톰은 미소가 지어졌다. 그는 〈무지개〉를 쳐다보았다. 마음에 들었다.

"파리 남부에서 멀지 않아요." 프랭크가 꼿꼿이 서서 말했다. 톰이 보아하니, 프랭크가 평소와 다르게 또박또박 말하고 있었다. "제가 톰 아저씨 이름을 알고 있었어요. 아버지가 톰 리플리라는 이름을 두 번이나 말씀하신 적이 있어서요. 우리 집에 있는 더와트 그림 때문에요. 기억나세요, 엄마?"

"아니, 솔직히 안 나."

"아저씨가 런던에 있는 그 갤러리 사람들하고 친분이 있대요. 맞죠, 아저씨?"

"그래, 맞아." 톰이 차분히 대답했다. 프랭크는 톰이 자신에게 중요한 친구라도 되는 양 자랑하고 있었다. 아니, 자랑하는 것 같다고 톰은 생각했다. 프랭크가 어머니나 설로가 더와트의 서명이 있는 몇몇 그림의 진위 여부에 대해 얘기를 꺼낼 수 있도록 일부러 말문을 터 주려는 것 같기도 했다. 프랭크가 더와트를 옹호해 주려나? 위작일 가능성이 있어도 죄다 더와트의 작품이라고 옹호해 줄까? 톰과 프랭크의 사이가 그 정도는 아니었다.

에반젤리나가 천천히 쟁반과 와인을 들고나오더니, 톰의 뒤편에 있는 방에 놓인 긴 식탁으로 가져다 놓았다. 유진이 옆에서 거들었다. 상이 차려지는 동안, 릴리가 톰에게 그가 쓸 방을 보여 주겠다고 했다.

"저희 집에서 적어도 하룻밤은 주무신다니 정말 기뻐요." 릴리가 톰을 계단 위로 안내하면서 말했다.

톰이 안내받은 방은 양쪽으로 창이 난 넓은 방이었다. 릴리는 창으로 바다가 내다보인다고 했지만, 지금은 어두워서 보이지 않았다. 가구는 흰색과 황금색이었다. 바로 옆에 욕실이 딸려 있었는데, 욕실 역시 흰색과 황금색으로 꾸며져 있었다. 수건조차 누런 황금색이었다. 방에 있는 가구와 통일한 건지, 작은 서랍장에도 황금색 소용돌이 장식이 달려 있었다. 루이 15세풍이 제대로 구현되어 있었다.

"진짜로 프랭크가 어떻던가요?" 릴리가 물으며 인상을 찌푸리자 이마에 가로로 주름살 세 개가 잡혔다.

톰은 뜸을 들였다. "테리사라는 여자애한테 푹 빠진 것 같던데요. 혹시 테리사라고, 아시나요?"

"아, 테리사." 살짝 열린 방문 쪽으로 릴리가 흘깃 시선을 보냈다. "그럼요, 제가 듣기론 세 번째인가 네 번째 여자 친구일 거예요. 프랭크는 여자 친구 얘기를 저한테 다 하지는 않아요. 사실 거의 안 하는데, 조니가 살짝 알아본 것 같더라고요. 테리사 얘기는 왜 꺼내시는 거죠? 프랭크가 테리사 얘기를 많이 하던가요?"

"아, 아닙니다. 많이는 안 했는데, 지금 무척 좋아하는 것 같더라고요. 테리사가 집에도 왔었다던데, 만나 보셨나요?"

"그럼요. 정말 괜찮은 아이예요. 그런데 고작 열여섯 살인데요, 뭐. 프랭크도 그렇고요." 릴리 피어슨은 그게 뭐가 중요하냐는 듯한 표정으로 톰을 쳐다보았다.

"조니가 파리에서 말하길, 테리사한테 다른 남자가 생긴 것 같다고 했어요. 나이가 좀 많은 남자라고 하던데요. 그 얘기를 듣고 프랭크가 애가 탄 것 같습니다."

"아, 그럴 수도 있겠네요. 테리사가 예쁘장해서 인기가 정말 많거든요. 열여섯 살이니 스무 살, 그보다 더 나이 많은 남자한테 끌릴 수도 있죠." 릴리가 미소를 지으며 그 얘기는 다 끝났다는 듯한 태도를 보였다.

톰이 바랐던 건, 릴리의 입을 통해서 프랭크의 성격을 유추하는 것이었다.

"프랭크가 테리사 일은 잘 이겨 낼 거예요." 릴리가 목소리를 낮추더니 쾌활하게 덧붙였다. 마치 프랭크가 복도에서 다 듣고 있을지도 모른다는 듯이 말이다.

"기회가 있을 때 하나만 더 여쭙겠습니다, 부인. 프랭크는 아버지가 세상을 떠나자 상심한 나머지 가출한 것으로 보이는데요, 그게 가장 큰 원인이 맞습니까? 테리사보다 그 일이 더 큰 이유가 맞나요? 프랭크가 저한테 얘기했을 때만 해도, 테리사하고 프랭크의 관계가 식지는 않았었거든요."

릴리가 대답하기 전에 말을 고르는 것 같았다. "프랭크는 그이가 떠나자 힘들어했어요. 조니보다 더요. 그건 제가 알아요. 조니는 자기가 좋아하는 사진하고 여자들에 때때로 몰두라도 했으니까요."

톰은 릴리의 일그러진 표정을 쳐다보면서 남편이 자살했다고 생각하는지 감히 물어봐야 하나 고민에 빠졌다. "부군께서 사고로 돌아가셨다고 신문에서 봤습니다. 휠체어가 저 절벽으로 넘어갔다면서요."

릴리가 얼굴을 찌푸리더니 어깨를 으쓱했다. "저는 정말 모르겠어요."

지금도 방문이 살짝 열린 상태였다. 톰은 방문을 닫고 릴리에게 앉으라고 권할까 했지만, 그랬다간 진실을 털어놓으려는 릴리의 말을 끊을 것만 같았다. 그녀가 진실을 알고 있다면 말이다. "자살이 아니라 사고사라고 생각하시나요?"

"잘 모르겠어요. 거기가 땅이 살짝 위로 올라가 있긴 해요. 그이는 절대로 낭떠러지 끝에 앉아 있는 법이 없었어요. 그건 어리석은 짓이니까요. 그이의 의자엔 당연히 브레이크도 달려 있었고요. 프랭크 말로는 그이가 갑자기 넘어갔다던데……. 그이가 원하지 않았다면 전진 단추를 왜 눌렀을까요?" 릴리가 또다시 고통스럽게 인상을 쓰면서 톰을 쳐다보았다. "프랭크가 집으로 뛰어왔는데……." 릴리가 더는 말을 잇지 않았다.

"부군께서 아드님 두 분 다 가업을 잇지 않겠다고 선언하자 실망하셨다는 얘기는 프랭크에게 들었습니다. 둘 다 별로 관심이 없다면서요. 피어슨 그룹 말입니다."

"아, 맞아요. 애들이 사업이라면 겁먹은 것 같았어요. 너무 복잡하게 생각하는 건지, 싫어하는 건지 모르겠지만요." 릴리는 마치 사업이 바깥에서 불어닥칠 거대한 검은 폭풍우라도 되는 양 창밖을 내다보았다. "그이가 실망한 건 사실이에요. 아버지라면 아들에게 사업을 물려주고 싶어 하잖아요. 그래도 존의 가족들 중에 회사를 물려받을 능력을 갖춘 사람들이 있긴 있어요. 그이는 늘 회사 사람들도 가족이라고 불렀거든요. 예컨대, 존의 오른팔이자 현재 유일한 40대인 니콜라스 버제스라는 사람도 있거든요. 두 아들에 대한 실망감으로 존이 자살한 거라는 얘기는 저로서는 믿기 힘들어요. 한편으론 그이라면 그랬을 것 같기도 하지만요. 그이는 의자에 앉아서 사는 걸 진심으로 부끄러워했으니까요. 얼마나 지긋지긋했겠어요. 전 알아요. 그런데 석양이 지자, 그이는 석양을 바라볼 때면 번번이 감정이 북받치곤 했었죠. 그렇다기보다 마음이 흔들렸다고나 할까요. 어떤 것이 끝나갈 때 드는 행복하면서도 서글픈 감정이 밀려왔을 거예요. 태양이 뜰 때가 아니라, 눈앞에 보이는 바다 위로 석양이 질 때면 그렇잖아요."

릴리는 프랭크가 집으로 뛰어왔다고 했다. 프랭크를 지켜본 사람처럼 말했다. "프랭크가 아버지하고 절벽에 자주 나갔나요?"

"아뇨." 릴리가 미소를 지었다. "프랭크는 지겨워했어요. 프랭크 말로는 그이가 그날 오후 같이 나가자고 했대요. 존이 프랭크에게 종종 청하기는 했었죠. 그이는 늘 조니보다 프랭크에 대한 기대가 더 컸거든요. 우리끼리 얘기지만요." 릴리가 살짝 짓궂게 웃었다. "그이는 프랭크의 심지가 더 단단한데, 그걸 그이가 끄집어낼 수만 있다면 프랭크 앞에 들이밀어 보여 주고 싶다고 했었죠. 그이가 조니하고 비교한 거예요. 조니는 뭐랄까, 잘은 모르겠지만 몽상가 같은 타입이거든요."

"부군에 관한 기사를 보면서 조지 월리스* 사건이 떠올랐습니다. 부군께서도 우울증을 앓으셨을 텐데요."

"아, 그건 아니에요." 릴리가 아직도 미소를 지으며 말했다. "그이는 자기 일이라면 진지했고 단호했어요. 게다가 일이 잘못되기라도 하면 시무룩하긴 했어도, 우울한 거와는 달랐어요. 피어슨 제국이든 기업이든, 그이가 뭐라고 불렀든, 그건 존에게는 초대형 체스판이나 마찬가지였어요. 많은 사람이 그렇게 말했죠. 어느 날은 조금 땄다가, 그 다음 날은 조금 잃고, 그렇게 절대로 끝나지 않는 게임을 한다고 할까

* 미국 정치인. 총격을 받아 하반신 마비가 되어 휠체어에서 남은 생을 보냈다.

요. 존이 세상을 떠난 지금도 마찬가지고요. 아뇨, 저는 존은 천성이 낙천적이었다고 생각해요. 그이는 늘 웃을 수 있었어요. 늘 웃었다고요. 의자에 앉아서 생활하던 시절에도요. 우리는 휠체어라는 말 대신 늘 의자라고 부르곤 했어요. 하지만 아들들에겐 슬픈 일이었죠. 그런 아버지 밑에서 컸으니까요. 아이들은 시도 때도 없이 의자에 앉아 있는 아버지만 봤으니까요. 의자에 앉아 있는 사업가로서 시장과 돈과 사람들에 대해 얘기만 할 줄 알았지, 산책하러 나갈 수도, 아니면 다른 아버지들처럼 아들들에게 유도를 가르쳐 줄 수도, 뭐가 됐든 그런 모습은 보여 줄 수 없었으니까요."

톰이 미소를 지었다. "유도라뇨?"

"그이가 바로 이 방에서 유도를 하곤 했었답니다. 이 방이 처음부터 손님방은 아니었어요."

둘이 문으로 걸어갔다. 톰은 높다란 천장과 넓은 바닥을 바라보았다. 매트를 깔고 공중제비를 돌아도 될 만큼 공간은 넉넉해 보였다. 아래층으로 내려가니 다들 거실에 차려진 뷔페를 먹고 있었다. 톰은 '뷔페'라는 단어를 들을 때마다 늘 떠오르는 모습이 있었다. 그런데 지금은 공간이 넉넉해서 그런지 밀치는 사람이 없었다. 프랭크가 콜라를 병째 마시고 있었다. 설로는 스카치 하이볼이 담긴 잔과 음식 접시를 들고 조니와 식탁 옆에 서 있었다.

"나가자." 톰이 프랭크에게 말했다.

프랭크가 콜라병을 곧장 내려놓았다. "어디로요?"

"잔디밭으로 나가자." 릴리가 조니와 설로의 대화에 합류하는 모습을 톰이 보았다. "수지 얘기는 물어봤니? 어떻대?"

"수지는 자나 봐요. 에반젤리나에게 물어봤어요. 이름 한 번 참! 에반젤리나는 어딘가에 미친 영혼들의 모임에 소속된 사람일 것 같아요. 우리 집에서 일한 지는 일주일 정도 됐대요."

"수지가 이 집에 있니?"

"네. 2층 뒤편에 있는 부속 건물에 방이 있어요. 이쪽으로 나가도 돼요."

프랭크가 식당으로 들어가더니 큼직한 프렌치 도어를 열고 있었다. 톰이 보기엔 이 저택에 있는 식당 중에 가장 큰 식당 같았다. 기다란 식탁 주위에는 의자가 놓여 있었고, 벽 근처에는 조금 더 작은 식탁과 의자가 놓여 있었다. 사이드보드와 책장도 보였다. 식탁 위에는 접시와 케이크가 놓여 있었다. 프랭크가 옥외등을 켰다. 둘이 테라스를 지나 계단을 네다섯 칸 내려가 잔디밭으로 갔다. 계단 좌측에 경사진 길이 나 있었다. 프랭크가 톰에게 얘기했던 길이었다. 길 너머는 어두웠지만, 프랭크는 그쪽 길이라면 잘 알고 있다고 했다. 희미하게 보이는 돌길이 잔디밭을 가로지르며 쭉 뻗어 나가다가 오른쪽으로 휘어졌다. 톰의 눈이 점차 어둠에 적응하자, 키가 큰 나무들이 눈에 들어왔다. 저 앞에 소나무인지 포플러인지 모를 나무가 보였다.

"이 길로 아버지가 산책하러 다니셨다는 거지?"

"네. 두 다리로 걷는 산책은 아니었지만요. 아버지는 의자에서 생활하셨거든요." 프랭크가 느리게 말하면서 주머니에 손을 찔러 넣었다. "오늘은 달도 안 떴네요."

소년이 걸음을 멈추더니 집으로 돌아가려고 했다. 톰은 숨을 두 번 깊이 쉰 다음, 누런 조명이 켜진 2층짜리 흰 저택을 뒤돌아보았다. 저택에는 뾰족지붕이 있었다. 좌우 베란다 지붕이 뾰족했다. 톰은 저 집이 마음에 들지 않았다. 지은 지 얼마 되지 않았지만 정의할 수 없는 양식이었다. 미국 남부의 플랜테이션 하우스나 뉴잉글랜드에서 보이는 식민지 시대 건축물과는 달랐다. 존 피어슨이 설계를 맡겼겠지만, 아무튼 톰은 건축가가 마음에 들지 않았다. "절벽을 보고 싶었거든." 톰이 말했다. 프랭크가 그걸 몰랐을까?

"좋아요, 이쪽이에요." 프랭크가 대답했다. 두 사람은 판석이 깔린 길을 따라 걸으며 더 짙은 어둠 속으로 들어갔다.

판석이 아직까지는 보였다. 프랭크는 구석구석 다 안다는 듯이 걸음을 옮겼다. 가까워지던 미루나무가 갈라지면서 절벽이 모습을 드러냈다. 낭떠러지 끝이 시야에 들어왔다. 색을 입힌 돌과 자갈로 그 끝을 표시해 놓았다.

"저쪽이 바다예요." 프랭크가 손으로 가리키며 낭떠러지에서 망설이고 있었다.

"그럴 것 같았어." 톰은 저 아래에서 올라오는 파도 소리를 들을 수 있었다. 때린다기보다 부드럽게 쓸어내리는 소리였다. 리듬에 따라 움직이는 게 아니라, 그저 찰랑거렸다. 어둠 속 저 멀리, 뱃머리에 달린 허연 불빛이 보였다. 톰은 분홍빛이 감도는 항구의 불빛을 보고 있는 상상을 했다. 박쥐 같은 날짐승이 머리 위에서 윙윙거렸지만, 프랭크는 모르는 것 같았다. 여기가 그 일이 벌어진 현장이군, 톰이 생각했다. 그 순간, 프랭크가 톰을 지나 앞으로 걸어갔다. 청바지 뒷주머니에 두 손을 찔러 넣은 채 벼랑 끝까지 걸어가 낭떠러지 아래를 내려다보왔다. 톰은 순간 머리가 쭈뼛 섰다. 너무 어두운 데다가 프랭크가 벼랑 끝에 너무 바싹 다가갔기 때문이다. 물론 낭떠러지까지 땅이 살짝 올라가 있긴 했지만 말이다. 그제야 톰은 바닥이 그렇게 생긴 걸 눈치챘다. 프랭크가 홱 뒤돌아서며 말했다.

"오늘 밤에 엄마하고 얘기하셨죠?"

"응, 잠깐. 테리사 얘길 물어봤어. 테리사가 이 집에 왔었잖니. 편지는 안 왔지?" 톰은 편지 얘기라면 입 다물고 있느니, 대놓고 묻는 게 나을 것 같았다.

"없더라고요."

톰이 프랭크에게 다가갔다. 둘 사이의 거리는 고작 네다섯 걸음. 소년이 허리를 폈다. "속상하겠구나." 톰이 위로해 주었다. 며칠 전에 테리사는 파리에 있는 설로에게 전화했다가 프랭크가 무사히 잘 있다는 소식을 듣고 아무 말 없이 마음을 정리했을 것이다.

"그게 다예요? 엄마하고 테리사 얘기만 하셨다고요?" 프랭크가 가볍게 물었지만 그런 건 별로 할 만한 얘기가 아니지 않냐고 되묻는 것 같았다.

"아니, 다른 얘기도 했어. 혹시 네 아버지가 자살한 건지, 사고사인지, 어떻게 생각하시느냐고 어머니께 여쭤봤어."

"그랬더니 뭐라고 하세요?"

"모르시겠대. 너도 알잖니, 프랭크……." 이제 톰이 목소리를 낮추었다. "어머니는 널 조금도 의심하시지 않아. 그러니 너도 이 일을 그냥 흘려보내는 게 나아. 그냥 그러면 돼. 이미 흘러가서 다 끝난 일이야. 어머니께서는 '자살이든, 사고사든 다 끝난 일'이라고 하셨어. 그러니 너도 추슬러야 한다, 프랭크. 다 털어 버려. 난 네가 낭떠러지 끝에 서 있지 않았으면 좋겠어." 소년이 바다를 바라보면서 까치발을 들었다가 내렸다가 하고 있었다. 뛰어내리려고 그러는 건지, 아무 생각 없이 그러는 건지, 톰은 분간이 가지 않았다.

프랭크가 고개를 돌리더니 톰에게 다가갔다. 그러더니 아예 톰을 지나쳐서 왼쪽에 선 다음 다시 고개를 돌리고 말했다. "아저씨는 제가 아버지 휠체어를 떠밀었다는 걸 아시잖아요. 저희 엄마가 무슨 생각을 하는지, 제 말을 믿고 있는지 궁금해 아저씨가 물어보신 거, 저도 다 알아요. 제가 엄마한테 아버지가 스스로 하신 일이라고 말씀드렸더니, 어머니는 제 말을 믿어 주셨어요. 하지만 그건 사실이 아니잖아요."

"그래, 그래." 톰이 자상하게 달랬다.

"아버지의 휠체어를 떠미는 순간에도 전 테리사와 같이 있다고 상상했어요. 그 애가 날 좋아한다, 이런 상상을 했다니까요."

"그래, 다 이해해." 톰이 프랭크를 달랬다.

"그래서 아버지를 제 인생에서 지워 버리겠다고 결심한 거예요. 우리 인생에서, 저와 테리사의 인생에서요. 아버지가 제 인생을 망치고 계셨거든요. 그때 용기를 준 사람이 바로 테리사였다고요. 우습죠? 그랬던 테리사가 이제 제 곁을 떠나 버렸어요. 이제는 적막함 말고는 아무것도 남지 않았어요. 아무것도!" 프랭크의 목소리가 갈라졌다.

이상하군, 톰은 생각했다. 어떤 여자는 슬픔과 죽음을 의미한다. 어떤 여자는 햇살처럼 쏟아지는 창의력과 기쁨을 선사하지만, 그들이 진정으로 가져다주는 건 죽음이다. 그런데 그건 여자들이 그들의 희생양을 유혹해서가 아니라, 남자들이 아무것도 아닌 거로, 그저 망상에 빠져 속아 넘어간 것에 화살을 돌려야 한다. 톰은 갑자기 웃음이 터졌다. "프랭크, 세상에 여자가 얼마나 많은데, 너도 그걸 알아야 해! 이쯤 되면 테리사가 널 놓아 버렸다는 걸 알아야지. 그러니 너도 테리사를 놓아 버려."

"놓아 버렸어요. 베를린에서 진짜로 다 놓아 버렸다니까요. 그런데 형이 하는 말을 듣는데 너무 힘들더라고요." 프랭크가 어깨를 으쓱했지만, 톰을 쳐다보지는 않았다. "사실 테리사가 편지를 보냈나 찾아본 건 맞아요. 그건 인정할게요."

"그럼 이제 앞만 보고 가자. 지금은 앞이 안 보이는 것 같아도, 네 앞엔 새털처럼 많은 날이 있어. 힘내라!" 톰이 소년의 어깨를 때렸다. "이제 집으로 가자. 잠깐만."

톰은 낭떠러지를 보고 싶어서 조금 더 밝은색 돌이 깔린 쪽으로 다가갔다. 구두 바닥에 닿는 자갈과 잔디가 느껴졌다. 저 아래에서 올라오는 썰렁한 기운도 느껴졌다. 지금은 컴컴해서 안 보이지만, 텅 빈 곳에서 소리가 울려 퍼지듯 어떤 기운이 감돌았다. 소년이 그에게 걸어오는 발소리가 들렸다. 톰은 고개를 돌리자마자, 낭떠러지에서 몸을 뒤로 뺐다. 순간, 프랭크가 자기를 낭떠러지 너머로 밀어 버릴 것만 같은 예감이 밀려왔다. 내가 미쳤나? 톰은 의아했다. 프랭크가 날 얼마나 좋아하는데. 톰은 그걸 알고 있었다. 하지만 사랑이란 기괴한 구석도 있지 않은가.

"이제 들어가실래요?" 프랭크가 물었다.

"물론이지." 톰은 이마에 송골송골 맺힌 땀 때문인지 서늘해졌다.

생각보다 더 피곤하다는 사실과 비행기를 타고 오는 바람에 시간 개념이 흐려졌다는 사실을 인지하게 되었다.

21

톰은 침대에 눕기도 전부터 눈이 감겼다. 시간이 얼마나 흘렀을까, 온몸을 격렬히 비틀다가 잠에서 깼다. 악몽이었나? 그렇다고 해도 무슨 꿈인지 기억이 나지 않았다. 얼마나 잔 걸까? 한 시간?

"아니라니까요!" 톰이 있는 방 바깥 복도에서 낮게 속삭이는 목소리가 들렸다.

톰은 침대에서 몸을 일으켰다. 말소리는 그치지 않았다. 속삭이는 듯한 여자 목소리와 프랭크의 목소리가 뒤섞여 들렸다. 프랭크의 방은 톰이 있는 손님방 바로 오른편이었다. 여자가 말하는 소리가 몇 마디 들렸다. "도저히 참을 수가 없어서…… 내가 다 봤다니까요…… 그래서 무슨 짓을 하든…… 그건 나한테 중요하지 않다고요!"

수지의 음성이 분명했다. 화난 목소리였다. 톰은 독일식 악센트가 섞인 수지의 말투를 구별할 수 있었다. 문에 귀를 갖다 대면 더 잘 들리겠지만, 엿듣는 건 질색이었다. 그는 문에서 등을 돌린 다음, 더듬거리며 침대로 향했다. 침대 옆 탁자 위에 놓아 둔 담배와 성냥을 찾았다. 성냥을 그어 독서등 전원을 켠 다음, 담배에 불을 붙이고는 침대에 걸터앉았다. 한결 나아졌다.

수지가 프랭크의 방문을 두드린 걸까? 프랭크가 수지의 방문을 두드렸을 가능성이 더 컸다! 톰은 웃음이 나와서 뒤로 벌렁 누워 버렸다. 옆방 문이 살살 닫히는 소리가 들렸다. 프랭크의 방문일 것이다. 톰은 몸을 일으킨 다음, 담배를 끄고 로퍼를 신었다. 베를린에서처럼 이번에도 로퍼를 실내화 대신 사용했다. 복도로 나갔다. 문이 닫힌 프랭크의 방문 밑으로 빛이 새어 나왔다. 톰이 손가락 끝으로 방문을 톡톡 두드렸다.

"나야, 톰." 톰이 말했다. 그러자 조용하지만 빠른 걸음으로 다가오는 소리가 들렸다.

프랭크가 방문을 열었다. 피곤함에 절은 퀭한 눈이 웃고 있었다. "들어오세요." 프랭크가 목소리를 깔고 말했다.

톰이 안으로 들어갔다. "수지였지?"

프랭크가 고개를 끄덕였다. "저도 한 대 피워도 돼요? 제 담배를 아래층에 두고 와서요."

톰의 파자마 주머니에 담배가 들어 있었다. "뭐 때문에 화내신 거니?" 톰이 소년의 담배에 불을 붙여 주었다.

프랭크는 "후!" 연기를 내뿜더니 거의 웃음을 터뜨리려 했다. "제가 낭떠러지에서 무슨 짓을 했는지 다 봤다고 여태 우기네요."

톰이 고개를 저었다. "저러다가 수지가 또 심장 마비에 걸릴라. 내일 내가 수지를 만나 볼까? 궁금해서 만나 보고 싶거든." 프랭크가 뒤에 있는 닫힌 방문을 쳐다보자, 톰도 따라서 쳐다보았다. "원래 밤에 저렇게 돌아다니나? 몸이 성치 않다고 들었는데."

"힘이 황소만큼 셀걸요." 프랭크가 피곤했는지 맨발을 잠시 허공으로 번쩍 들더니 침대에 벌렁 누워 버렸다.

톰은 프랭크의 방을 둘러보았다. 갈색 앤티크 탁자가 보였다. 그 위에 라디오와 타자기와 책과 편지지 묶음이 놓여 있었다. 장롱이 한쪽 바닥을 차지하고 있었는데, 반쯤 열린 장롱 문틈으로 스키 부츠와 승마 부츠가 보였다. 팝 가수 포스터가 갈색 책상 위 큼직한 칠판에 붙어 있었다. 록밴드 라몬즈가 청바지를 입고 구부정한 모습으로 서 있었다. 그 밑에는 만화책과 사진 두 장이 놓여 있었다. 테리사 사진 같았다. 톰은 테리사 얘기는 꺼내고 싶지 않아서 사진을 자세히 들여다보지도 않았다. "저 여자 때문에 환장하겠군." 수지 얘기였다. "널 봤을 리 없어. 오늘 밤에 수지가 이 방에 들어올 일은 없겠지?"

"늙은 마녀라니까요." 프랭크의 눈이 반쯤 감겼다.

톰은 손을 흔들어 인사하더니 손님방으로 돌아갔다. 톰은 손님방은 안에서 열쇠로 잠글 수 있다는 걸 알면서도, 문을 걸지 않았다.

다음 날 아침 식사를 마친 후, 톰은 정원에 있는 꽃을 꺾어서 수지에게 갖다줘도 되냐고 피어슨 부인에게 허락을 구했다. 릴리 피어슨 부인은 당연히 그래도 된다고 했다. 톰이 예상했던 대로, 정원 일이라면 프랭크가 어머니보다 아는 게 더 많았다. 무슨 꽃을 꺾든 어머니가 신경 쓰지도 않을 거라고 프랭크가 말했었다. 톰과 프랭크는 흰 장미를 꺾어서 꽃다발을 만들었다. 톰은 예고도 없이 불쑥 수지를 찾아가고 싶었지만, 톰이 뵙고 싶어 한다는 말을 전해 달라고 에반젤리나에게—적절한 이름*이었다—부탁했다. 흑인 가정부가 그러겠다고 하더니 톰에게 복도에서 잠시만 기다리라고 했다.

* '희소식'을 뜻하는 그리스어에서 파생된 단어

"머리를 빗겠다고 하시네요." 에반젤리나가 행복하게 웃으며 말했다.

잠시 후, 쉰 목소리인지 졸린 목소리인지, 아무튼 들어오라는 소리가 들렸다. 톰은 노크부터 하고 안으로 들어갔다.

수지가 하얀 방에서 베개에 기대고 앉아 있었다. 지금은 해가 들어서 그런지 방이 더욱 허예 보였다. 수지는 누렇게 색이 바랜 듯한 허연 머리를 하고 있었다. 둥근 얼굴에는 주름이 자글자글했지만, 지쳤음에도 현인 같아 보이는 눈매를 지니고 있었다. 톰은 수지를 보는 순간, 유명 여성 인사들을 모델로 내세웠다던 독일 우표가 떠올랐다. 톰이 한 번도 들어 본 적 없는 여자들이긴 했지만 말이다. 수지는 긴소매 흰 나이트가운을 입고서 왼팔을 이불 밖으로 꺼내 놓고 있었다.

"안녕하세요, 톰 리플리라고 합니다." 톰이 인사했다. 프랭크의 친구라는 말을 덧붙이려다가 입을 다물었다. 수지가 톰에 대해서는 이미 들어봤을 것이다. "오늘은 좀 어떠세요?"

"꽤 좋네요. 고마워요."

텔레비전이 침대 맞은편에 있었다. 그걸 보는 순간, 톰은 전에 병문안 갔었던 입원실이 떠올랐다. 그래도 수지의 방에서는 그녀만의 느낌이 물씬 묻어났다. 오래된 가족사진은 물론, 코바늘로 뜬 깔개도 있었다. 장식품과 기념품이 가득한 책장도 있었다. 심지어 조니가 어릴 때 가지고 놀았을 법한 모자 쓴 낡은 헝겊 인형도 있었다. "다행이네요. 피어슨 부인께 듣자 하니, 심장 마비로 고생하셨다면서요. 얼마나 힘드셨을까요."

"그러게요. 처음 겪는 일이라." 수지가 투덜거리면서도 하늘색 눈동자로 톰을 예리하게 주시하고 있었다.

"저는…… 유럽에서 프랭크하고 며칠 같이 지냈습니다. 피어슨 부인께 들으셨겠지만요." 톰이 이렇게 말했는데도 아무런 대답도 돌아오지 않았다. 그제야 톰은 꽃을 놓을 꽃병이 있나 주위를 두리번거렸지만, 보이지 않았다. "방이 화사해지면 좋을 것 같아서 꽃을 좀 가져왔습니다." 톰이 웃으며 꽃다발을 들고 다가갔다.

"정말 고마워요." 수지가 인사하며 한 손으로 꽃다발을 받아 들었다. 프랭크가 줄기를 휴지로 둘둘 감싸 준 꽃다발이었다. 수지가 침대 옆 좁은 탁자에 있는 벨을 눌렀다.

곧바로 노크 소리가 나더니 에반젤리나가 들어왔다. 수지가 꽃다발을 건네며 꽃병에 꽂아 달라고 부탁했다.

톰은 의자에 앉으라는 말을 듣지 못했지만, 의자를 찾아서 앉았다.

"아시겠지만……." 톰은 수지의 성까지 확인하고 올 걸 그랬다는 후회가 밀려왔다. "아버지가 돌아가시자 굉장히 상심했는지 프랭크가 제가 사는 프랑스로 찾아왔더군요. 제가 사는 곳으로요. 그래서 프랭크를 만나게 되었죠."

수지는 여태 매서운 눈매로 톰을 살피고 있었다. "프랭크는 착한 애가 아닙니다."

톰은 한숨을 꾹 참으며 유쾌하고도 정중한 모습을 잃지 않았다. "제가 보기엔, 프랭크는 썩 괜찮은 녀석이던데요. 저희 집에 며칠 있었거든요."

"프랭크가 왜 도망쳤겠어요?"

"속상해서 그랬겠죠. 프랭크가 도망친 건……." 수지가 프랭크가 형의 여권을 들고나온 것도 알고 있을까? "가출하는 청년이 얼마나 많습니까. 집을 나갔다가도 다시 돌아오죠."

"프랭크가 자기 아버지를 죽였을 거예요." 수지가 떨리는 목소리로 말하며 이불 밖으로 내놓은 검지를 흔들었다. "얼마나 끔찍한 일인가요."

톰이 천천히 숨을 들이마셨다. "왜 그렇게 생각하시나요?"

"놀라지도 않으시네요? 프랭크가 당신을 붙잡고 고백이라도 했나 보죠?"

"그럴 리가요. 프랭크가 그랬을 거라고 생각하시는 이유를 여쭙는 겁니다." 톰은 진지하게 인상을 쓰면서 놀란 척하고 있었다.

"내가 봤으니까요……. 본 거나 다름없으니까요."

톰은 가만히 있다가 물었다. "저쪽 낭떠러지에서 프랭크가 그랬다는 말씀이시죠?"

"맞아요."

"프랭크를 보셨다면, 정원에 나가 계셨겠네요?"

"그건 아니고, 2층에 있었어요. 프랭크가 회장님하고 나가는 장면을 내가 목격했다고요. 프랭크는 지금껏 회장님을 모시고 나간 적이 한 번도 없었어요. 다들 크로케 게임을 막 끝냈는데, 그때 사모님께서……."

"그럼 피어슨 씨께서도 크로케 게임을 하셨다는 말씀이신가요?"

"그럼요, 당연하죠. 회장님은 원하는 대로 의자를 조종하시던 분이셨어요. 사모님은 회장님이 잠깐이라도 게임을 즐기길 바라셨죠. 머리 좀 식히시라고요. 사업 때문에 워낙 걱정이 많으셨거든요."

"프랭크도 그날 크로케 게임을 했나요?"

"그럼요. 조니도 했는걸요. 조니가 데이트 약속이 있다면서 외출했던 기억이 나네요. 그래도 다들 게임을 하긴 했어요."

톰은 다리를 꼬고 담배에 불을 붙이고 싶었지만, 담배엔 손을 대지 않는 게 좋을 것 같았다. "피어슨 부인께도 말씀하셨군요." 톰이 본격적으로 인상을 찌푸리면서 질문을 시작했다. "프랭크가 아버지를 절벽으로 밀어 버린 것 같다고요."

"네, 제가 말씀드렸어요." 수지가 단호히 말했다.

"피어슨 부인께서는 그렇게 생각하지 않으시던데요."

"사모님께 물어보셨어요?"

"네." 톰도 수지처럼 단호히 말했다. "부인께서는 사고사나 자살이라고 생각하십니다."

수지가 콧방귀를 뀌더니 텔레비전을 켜 놓은 것처럼 화면을 응시했다.

"경찰한테도 똑같이 말씀하셨나요? 프랭크에 대해서요?"

"당연하죠."

"경찰이 뭐라던가요?"

"경찰은 제가 2층에 있었으니 못 봤을 거라고 했어요. 그럼에도 인간이란 존재가 알 수 있는 게 있어요. 그게 무슨 말이냐면, 성함이……."

"리플리입니다. 톰 리플리. 죄송하지만 저도 여사님 성함을 제대로 알고 싶습니다."

"슈마허예요." 수지가 대답하는 순간, 에반젤리나가 분홍색 꽃병에 장미를 꽂아서 들고 들어왔다. "고마워요, 에반젤리나."

에반젤리나가 꽃병을 톰과 수지 사이에 놓인 나이트 테이블 위에 올려놓고 나갔다.

"프랭크가 그런 짓을 하는 장면을 직접 보신 게 아니라면, 그런 말씀은 하시면 안 됩니다. 경찰이 2층에서는 보이지 않는다고 했다면, 그건 2층에서 보는 게 불가능하다는 겁니다. 그렇게 말씀하시는 바람에, 프랭크가 얼마나 괴로워하는데요."

"프랭크가 회장님하고 같이 있었다니까요." 수지는 퉁퉁하면서도 약간 주름진 손을 들어 올렸다가 다시 이불 위에 내려놓았다. "사고였다면, 아니, 자살이었다면, 프랭크가 회장님을 말릴 수 있었겠죠, 안 그래요?"

톰은 처음에는 수지의 말이 맞는 것 같았다. 그런데 조종 장치로 움직이는 휠체어 속도라면 그 일이 벌어지고도 남았을 것이다. 하지만 톰은 이런 얘기까지 수지하고 나누고 싶지는 않았다. "프랭크가 알아채기 전에, 피어슨 씨가 혼자서 휠체어를 몰고 낭떠러지 밑으로 떨어지는 일이, 과연 불가능했을까요? 제 생각엔 가능했을 것 같은데요."

수지가 고개를 저었다. "사람들 말로는, 프랭크가 뛰어왔다던데, 제가 아래층으로 내려가기 전까진 프랭크가 보이지도 않았어요. 그때는 다들 얘기하고 있었거든요. 프랭크는 아버지가 휠체어를 몰고 벼랑으로 돌진했다고 했어요." 수지의 하늘색 눈동자가 톰에게 고정되어 있었다.

"프랭크가 저한테도 그렇게 말했습니다." 프랭크는 거짓말하는 순간, 자기가 두 번째 범죄를 저지르는 듯한 기분이 들었을 것이다. 만약 프랭크가 아버지를 낭떠러지에 세워 두고 온 것처럼 침착하게 돌아와 30분 정도 기다렸다면 어떻게 되었을까? 톰은 자기였다면 그렇게 했을 것 같았다. 약간 긴장은 했겠지만 무슨 대책이든 세웠을 것이다. "지금 무슨 생각을 하시는지, 어떻게 믿고 계신지는 모르겠지만, 그건 절대로 증명할 수가 없습니다."

"프랭크가 부인한다는 거 알아요."

"비난을 퍼부어서 기어코 프랭크의 인생을 망가뜨리고 싶으신 건가요?" 수지가 이 말을 듣더니, 그래도 멈칫은 하는 것 같았다. 톰은 자신에게 유리한 쪽으로 밀어붙였다. 그에게 유리한 게 조금이라도 있다면, 이 순간만큼은 밀어붙이고 싶었다. "목격자나 실제 증거를 찾지 못한다면, 여사님이 주장하는 내용은 절대로 증명할 수가 없습니다. 이런 경우, 경찰이 믿어 주지도 않아요." 이 늙은 할망구가 언제 죽어서 프랭크를 놓아주려나. 수지 슈마허는 몇 년은 더 너끈히 살 것 같아서, 프랭크가 수지에게서 벗어날 수 없을 것이다. 수지는 케네벙크포트 저택에 상주했는데, 피어슨 가족이 자주 머무르는 곳이었다. 게다가 피어슨 가족이 뉴욕 아파트로 갈 때면 수지도 같이 데려갈 것 같았다.

"프랭크의 인생이 망가지든 말든 내가 왜 걱정해야 하죠? 프랭크는……."

"프랭크를 싫어하세요?" 톰이 놀란 척하며 물었다.

"프랭크는 살가운 구석이 없어요. 반항하고 불만만 가득하죠. 프랭크가 무슨 생각을 하고 사는지, 당신은 몰라요. 허구헌 날 잡생각만 하고 거기에 집착하거든요. 얼마나 삐딱하게 구는지."

톰이 인상을 찌푸렸다. "그렇다면 프랭크가 정직하지 못하다는 건가요?"

"그건 아니에요. 프랭크는 너무 체면만 차려요. 그건 정직하지 못한 것보다 더 나빠요. 그보다 더 중요한 건……." 수지가 슬슬 기운이 빠지는 것 같았다. "프랭크가 어떤 인생을 살든, 그걸 내가 왜 걱정해야 하죠? 프랭크는 다 가졌으면서도 자기가 가진 걸 감사히 여기지 않아요. 감사할 줄도 모르고, 사모님께 걱정만 끼치더니 급기야 가출까지 했잖아요. 프랭크는 엄마가 걱정하든 말든 안중에도 없다고요. 그러니 착한 아들이 아니죠."

프랭크가 아버지가 일군 거대 기업을 두려워하고 싫어한다는 얘기를 꺼낼 타이밍은 아니었다. 테리사 때문에 힘들어하는 걸 아느냐고 수지에게 반문할 타이밍도 아니었다. 바로 그때, 멀리서 전화벨 소리가 들리자, 톰이 말했다. "그래도 피어슨 씨께서는 프랭크를 무척이나 아끼신 것 같던데요."

"회장님이 지나치게 사랑을 퍼부으셨죠. 그런데 보세요, 프랭크가 그런 사랑을 받을 자격이 있나요?"

톰은 꼬았던 다리를 풀면서 온몸을 비틀었다. "제가 너무 오래 앉아 있었네요, 슈마허 여사님."

"괜찮아요."

"저는 내일이나 오늘 오후에 떠날 겁니다. 그래서 지금 작별 인사를 드리면서 여사님의 건강과 안녕을 빌겠습니다. 솔직히, 굉장히 건강해 보이십니다." 톰이 진심을 덧붙여 말하더니 자리에서 일어났다.

"프랑스에 사신다고요?"

"그렇습니다."

"회장님께서 당신 이름을 언급하신 적이 있었어요. 기억이 나요. 런던에 있는 갤러리 사람들을 아시죠?"

"네, 압니다."

수지가 또다시 왼손을 들었다가 툭 떨어뜨리더니 시선을 창문으로 보냈다.

"그럼 이만." 톰이 허리를 굽혀 인사했지만, 수지는 쳐다보지 않았다. 톰은 방에서 나왔다.

톰은 복도로 나오다가 조니와 우연히 마주쳤다. 조니가 흐느적거리며 웃고 있었다.

"제가 막 구하러 가려던 참이었는데! 컴컴한 제 방이나 구경하실래요?"

"그럴까요." 톰이 그러자고 했다.

조니가 돌아서더니 톰을 복도 왼편에 있는 방으로 안내했다. 조니가 붉은색 등을 켜는 순간, 컴컴한 동굴에 붉은 기가 살짝 감도는 모습이 무대 세트장 같았다. 벽도 시커멓고, 소파마저 시커메서 하나의 덩어리 같았다. 저쪽 구석에 뭔가 허연 게 있는 것 같았다. 보아하니 기다란 싱크대였다. 조니가 붉은 등은 끄고 평범한 등을 켰다. 카메라 두 대가 삼각대 위에 올라가 있었다. 이제야 깔끔하게 정리된 검은 이불보가 시야에 들어왔다. 그리 큰 방은 아니었다. 톰은 카메라에 관해서라면 문외한이었다. 조니가 얼마 전에 들인 거라면서 어떤 카메라를 가리키자, 톰은 무슨 말을 해야 할지 막막했다. "굉장히 인상적이네요"라는 말 말고는 해 줄 말이 없었다.

"제가 찍은 사진을 보여 드릴 수도 있어요. 여기 이 포트폴리오 안에 모두 다 들어 있거든요. 딱 한 점만 아래층 식당에 걸려 있어요. 작품명이 〈하얀 일요일〉이지만, 눈이 내린 모습을 찍은 건 아니에요. 아무튼…… 지금 어머니께서 보자고 하시네요."

"지금 부인께서 날?"

"네, 랠프가 간다고 하는데, 어머니께서는 랠프를 보낸 후에 당신을 만나고 싶다고 하셨습니다. 수지는 어떻던가요?" 조니의 미소에는 놀라움인지 기대감인지 모를 것이 담겨 있었다.

"아주 좋아 보이시던데요. 아주 건강해 보이셨어요. 제 눈에는요. 평소에 어떠셨는지는 제가 당연히 모르지만요."

"약간 정신이 오락가락해요. 그러니 수지가 하는 말에 너무 신경 쓰지 마세요." 조니가 꼿꼿하게 서서 미소를 머금고 있는데도, 톰은 그의 말이 경고처럼 들렸다.

조니가 남동생을 감싸고 도는 것 같았다. 조니는 수지가 뭐라고 떠드는지 알고 있었다. 프랭크는 형이 그 말을 믿지 않는다고 톰에게 말했었다. 톰은 조니와 아래층으로 내려갔다. 피어슨 부인과 팔에 우비를 걸치고 있는 랠프 설로가 보였다. 설로가 오늘 늦게까지 잔 게 분명했다. 이제야 모습을 드러냈으니 말이다.

"톰……." 랠프 설로가 손을 내밀었다. "혹시 이쪽 계통에서 일할 마음이 있다면……." 그가 지갑에서 뭔가를 찾더니 명함을 내밀었다. "저희 사무실로 전화 주세요. 저희 집 주소도 적혀 있습니다."

톰이 미소를 지었다. "기억하고 있겠습니다."

"진심입니다. 언제 뉴욕에서 저녁이나 먹죠. 저는 이제 뉴욕으로 출발하려고요. 그럼 이만, 톰."

"안녕히 가세요."

톰은 설로가 진입로에 서 있는 검정 승용차를 타고 떠날 줄 알았다. 그런데 피어슨 부인과 설로가 현관으로 나가더니 왼쪽으로 꺾었다. 톰은 뒷마당 잔디 위에 시멘트로 발라 놓은 원 안에 내려앉은 헬기를 쳐다보았다. 어쩌면 저건 전시해 놓은 헬기일지도 모른다. 주택 부지가 어마어마할 정도로 광활했다. 피어슨가 사람들이 나무에 가려 보이지 않는 시멘트 길이 끝나는 어딘가에 격납고까지 지어 놓았을 것이다. 저 헬기는 일행이 뉴욕에서 타고 온 헬기보다는 작아 보였다. 톰이 피어슨가 저택 규모에 익숙해지는 바람에, 헬기가 작아 보인 걸지도 모른다. 톰은 검은색 다임러-벤츠를 바라보았다. 배기구에서 희미하게 매연이 뿜어져 나오고 있었다. 프랭크가 운전석에 홀로 앉아 차를 앞으로 몇 미터 몰았다가 능숙하게 후진하기를 반복하고 있었다.

"뭐 해?" 톰이 물었다.

프랭크가 웃었다. 저번에 봤던 양모와 면이 섞인 연노랑 셔츠를 입고 있었다. 프랭크는 자기가 제복을 갖춰 입은 운전기사라도 되는 양, 허리를 꼿꼿이 세우고 앉아 있었다. "그냥 앉아 있는 거예요."

"면허는 있어?"

"아직은 못 땄지만, 운전은 할 줄 알아요. 이 차 마음에 드세요? 전 마음에 들어요. 클래식해서요."

유진이 뉴욕에서 몰던 차하고 비슷해 보이긴 했는데, 이 차는 실내가 베이지색이 아닌 고동색 가죽 시트였다.

"운전면허 없이는 아무 데도 가면 안 돼." 톰이 경고했다. 프랭크가 차를 몰고 가 버릴 것 같아 보였지만, 천천히 그리고 꼼꼼히 기어만 만지작거리고 있었다. "나중에 보자. 어머니하고 할 얘기가 있어."

"그러세요?" 프랭크가 시동을 끄더니 열린 창으로 톰을 쳐다보았다. "수지는 어때 보였어요?"

"수지는…… 여전하던데. 내가 보기엔 그래." 수지가 그 주장을 지겹도록 줄기차게 하고 있다는 뜻이었다. 프랭크가 놀란 표정을 짓더니 생각에 잠겼다. 그 순간, 프랭크가 지금보다 몇 살은 더 먹어서 성숙해진 얼굴로 변하더니 무척 잘생겨 보였다. 프랭크가 아침에 테리사의 전화를 받았을까? 톰은 물어보기가 껄끄러워 집으로 다시 들어갔다.

오늘 아침에는 릴리 피어슨이 연분홍색 바지를 입고 에반젤리나에게 점심 차리는 일을 지시하고 있었다. 톰은 머릿속으로 떠날 계획을 세우고 있었다. 오늘 저녁에 뉴욕으로 갈까? 가서 뉴욕에서 하룻밤 잘까? 오늘은 엘로이즈에게 전화해야 하는데.

릴리가 톰에게 몸을 돌리더니 미소를 지었다. "앉으세요, 톰. 아니다, 이쪽으로 들어가요, 우리. 여기가 더 쾌적하거든요." 부인이 거실에서 좀 떨어진 환한 방으로 그를 안내했다.

서재였다. 새로 장만했는지 표지가 번쩍거리는 경제 서적이 방 안에 가득했다. 톰이 쓱 둘러보았다. 큼직한 정사각형 책상 위에는 파이프 걸이가 놓여 있었고 그 안에 파이프가 대여섯 대는 들어 있었다. 책상 앞에 놓인 청록색 가죽 회전의자는 오래되긴 했으나 손때가 얼마 묻지 않았다. 톰은 그걸 보자, 존 피어슨이 서재에 있을 때는 굳이 휠체어에서 가죽 의자로 옮겨 앉을 필요가 없다는 걸 깨달은 것 같았다.

"수지에 대해 어떻게 생각하세요?" 릴리가 두 아들과 똑같은 말투로 물으면서 양손을 꽉 쥐듯 입술을 굳게 맞붙였다. 릴리가 애써 발랄한 척했다.

톰은 고심하는 척하며 고개를 끄덕였다. "프랭크한테 듣던 대로던데요. 약간 고집이 센 것 같았어요."

"수지가 아직도 프랭크가 아버지를 절벽으로 밀어 버렸다고 우기던가요?" 릴리는 그런 생각을 한다는 것 자체가 말도 안 된다는 듯이 물었다.

"네, 그렇게 믿고 있던데요."

"수지의 말을 믿어 줄 사람은 아무도 없어요. 믿을 만한 구석이 전혀 없거든요. 수지는 아무것도 못 봤어요. 제가 수지 걱정을 계속하고 있을 수는 없어요. 수지는 누구든 자기처럼 괴짜로 만들어 버릴 사람이에요. 그건 그렇고, 톰, 프랭크 때문에 돈을 꽤 많이 쓰셨다는 걸 제가 지금에야 생각했지 뭐예요. 그래서 이러쿵저러쿵할 거 없이 제가 드리는, 아니 저희 가족이 드리는 이 수표를 꼭 받아 주세요." 부인이 블라우스 주머니에서 반으로 접힌 수표를 꺼내서 내밀었다.

톰이 수표를 쳐다보았다. 2만 달러였다. "이렇게 많은 돈을 쓰진 않았습니다. 사실 전 아드님을 만나서 기뻤거든요." 톰이 웃었다.

"받아 주시면 고맙겠습니다."

"제가 쓴 비용은 이 돈의 절반도 되지 않는데요." 그런데 순간 부인이 앞머리를 괜히 쓸어내리는 걸 보니, 톰은 자기가 이 수표를 받아야 부인이 흐뭇해하리는 걸 깨달았다. "그러죠, 그럼." 톰은 수표를 바지 주머니에 집어넣은 채 손을 그대로 두었다. "감사합니다."

"랠프한테 베를린에서 있었던 일을 들었어요. 목숨까지 거셨다면서요."

톰은 이제 그 일엔 관심이 사라져 버렸다. "오늘 아침에 프랭크가 테리사의 전화를 받았는지, 혹시 아시나요?"

"전화가 온 것 같지 않던데요. 그런데 왜요?"

"잘은 모르지만, 프랭크가 지금 기분이 꽤 좋아 보여서요." 톰은 진짜로 몰랐다. 프랭크의 분위기가 바뀐 것 같았다. 톰이 처음 보는 모습이었다.

"프랭크는 종잡을 수 없는 아이예요. 그 아이가 하는 행동만 봐서는 몰라요."

프랭크가 자기감정과 정반대로 행동할 수도 있다는 뜻인가? 릴리는 프랭크가 집으로 돌아와서 한시름 놓느라, 테리사 같은 요인은 대수롭지 않게 여기는 것 같았다.

"제 친구 탈 스티븐스가 오후에 집으로 오기로 했어요. 탈을 만나 보셨으면 좋겠어요." 두 사람이 서재에서 걸어 나오는데, 릴리가 설명했다. "존하고 같이 일하던 최고의 변호사이긴 한데, 탈은 남편 회사에 고용된 형태로는 아니고 프리랜서 변호사로 일했죠."

프랭크에 따르면 탈은 릴리가 좋아하는 친구라고 했었다. 릴리는 탈이 오늘 오후에 일이 있어서 6시는 되어야 집에 도착할 거라고 했다. "제가 프랑스로 돌아가야 해서요. 뉴욕에 하루 이틀 있다가, 프랑스로 돌아갈 생각입니다." 톰이 말했다.

"그래도 오늘은 안 떠나셨으면 좋겠어요. 프랑스에 계신 부인께 전화해서 말씀하시면 어떨까요? 프랭크한테 듣기론, 프랑스에 아주 근사한 저택을 갖고 계시다면서요? 정원 얘기도 들었어요. 게다가 거실에 더와트의 작품이 두 점이나 걸려 있고, 하프시코드까지 있다면서요?"

"프랭크가 그런 말까지 하던가요?" 헬리콥터, 메인주의 특산품 랍스터, 미국인 흑인 가정부 에반젤리나가 떠오르자, 톰은 엘로이즈와 프랑스 집에 들여놓은 하프시코드가 생각났다. 이 모든 것이 초현실적으로 느껴졌다. "허락해 주신다면, 전화를 써도 될까요?"

"얼마든지요, 톰!"

톰은 손님방에서 맨해튼에 있는 첼시 호텔로 전화를 걸어서 당일 밤에 방이 있는지 물었다. 굉장히 운 좋게, 방이 딱 하나 남아 있다고 수화기 너머로 다정한 목소리가 들렸다. 아주 잘된 일이었다. 톰은 점심을 먹고 출발하기로 했다. 이웃에 산다는 헌터 부부가 4시에 온다고 릴리가 말해 주었다. 프랭크를 아주 좋아하는 부부라 보러 온다는 것이다. 톰은 뱅고어까지 갈 수 있도록 피어슨가에서 교통편을 제공해 주리라 믿었다. 그렇게만 해 준다면 뱅고어에서 뉴욕으로 가는 비행기를 탈 수 있을 것이다.

랍스터의 본고장인 메인주에서 먹는 점심 식사 메뉴로 랍스터가 나오자, 톰은 괜히 불길한 기분이 들었다. 점심을 먹기 전, 톰과 프랭크는 유진이 모는 스테이션왜건을 타고 케네벙크포트 시내까지 가서 주문해 놓은 랍스터를 가져왔다. 톰은 시내를 둘러보다가 향수가 파도처럼 밀려오는 바람에 눈물을 쏟을 뻔했다. 하얀 집들과 늘어선 상점들, 신선한 바닷바람, 햇살, 여름 나뭇잎들이 아직도 빽빽한 나무에서 울어 대는 미국 참새들. 톰이 이런 모습을 머릿속에서 곧바로 지워 버린 건 우울하고 당혹스러운 감정이 밀려와서였다. 엘로이즈가 10월 말, 남극으로 가는 어드벤처 크루즈를 마치고 돌아와 기운을 차리면, 언제라도 아내를 데리고 미국으로 여행 올 생각이었다.

톰이 그날 오후에 떠나겠다고 말하자 프랭크가 놀라며 실망한 기색을 내비쳤지만, 점심을 먹을 때는 씩씩했다. 프랭크가 기분 좋은 척 하나? 톰은 궁금했다. 프랭크는 근사한 하늘색 리넨 재킷을 걸치긴 했지만, 오늘도 청바지를 입고 있었다. "톰 아저씨 댁에서도 이 와인을 마셨어요." 프랭크가 엄마에게 말하며 일부러 와인 잔을 높이 들어 올렸다. "상세르 와인이에요. 제가 유진에게 찾아 달라고 부탁했어요. 실은 와인 저장고에 같이 가서 가져온 거예요."

"맛이 좋네요." 릴리가 톰을 쳐다보며 말하는 모습을 보니 자기 집에서 자기가 대접한 와인이 아니라, 톰이 가져온 와인을 마시는 것 같았다.

"엘로이즈가 굉장한 미인이세요, 엄마." 프랭크가 말하더니 랍스터를 포크에 찍어서 녹인 버터에 푹 담갔다.

"그래? 엘로이즈한테 말해 줘야겠네." 톰이 말했다.

프랭크가 한쪽 손으로 배를 쓸면서 트림하는 척했다. 말없이 하는 동작이 톰에게는 인사하는 것처럼 보였다.

조니는 열심히 식사만 하더니 여자 친구인 크리스틴이 저녁 7시경에 집으로 올 거라고 어머니에게 말했다. 조니는 그 말만 했는데, 둘이 저녁을 나가서 먹을지, 집에서 먹을지 자기도 모르는 눈치였다.

"여자, 여자, 여자." 프랭크가 경멸하듯 말했다.

“닥쳐, 꼬맹이.” 조니가 조용히 중얼거렸다. “부럽냐?”

“둘 다 그만.” 릴리가 말렸다.

한 가족이 평범한 점심 식사 자리에서 나눌 법한 이야기 같았다.

톰은 3시까지 예약을 모두 마쳤다. 초저녁에 뱅고어를 출발해 뉴욕 케네디 공항으로 가는 비행기표를 예약했다고 하자, 유진이 뱅고어까지 태워다 주기로 했다. 톰은 가방을 싸 놓고 잠그지는 않았다. 그런 다음, 복도로 나가 살짝 열린 프랭크의 방문을 두드렸지만 대답이 없었다. 문을 조금 더 열고 프랭크의 방으로 들어갔다. 빈방이 깔끔했다. 침대는 에반젤리나가 정리한 것 같았다. 프랭크의 책상 위에는 베를린에서 가져온 곰 인형이 놓여 있었다. 키가 30센티미터 정도 되고, 눈에는 갈색 눈동자 주위가 노랗게 칠해진 구슬이 박혀 있었다. 입은 다물고 있지만 신나 보였다. 톰은 프랭크가 손으로 대충 적어 놓은 팻말을 보며 즐거워하던 모습이 떠올랐다. ‘1마르크에 세 번 던지기’. 프랭크는 던지기를 뜻하는 독일어 ‘뷔르페(Würfe)’가 재미있다고 했다. 발음이 음식 이름 같기도 하고, 개 짖는 소리 같기도 하다면서 말이다. 어떻게 저 작은 곰 인형이 납치와 살인을 견디고 비행기를 두 번이나 갈아타고 왔는데도 여전히 복슬복슬 기분 좋아 보이는 걸까? 톰은 프랭크에게 절벽까지 한 번 더 갔다 오자고 부탁하려 했었다. 프랭크가 그 절벽에 익숙해지도록 만들어 줄 수만 있다면, ‘익숙해진다’라는 표현이 부적합할지도 모르지만, 프랭크의 죄책감도 사라질 것만 같았다.

“프랭크는 조니하고 자전거 바퀴에 바람 넣으러 나갔을 거예요.” 릴리가 아래층에서 톰에게 말했다.

“출발하기 전까지 한 시간 정도 시간이 비어서 프랭크하고 잠깐 산책하려고 했거든요.” 톰이 말했다.

“프랭크가 금방 들어오면, 보나 마나 같이 가자고 할걸요. 프랭크는 당신이 하늘에 달을 걸어 둔 사람이라 믿고 있으니까요, 톰.”

톰은 보스턴에 살던 10대 시절 이후로 이런 찬사는 처음이었다. 톰은 잔디밭으로 나가서 판석 위에 섰다. 대낮에 낭떠러지에 가 보고 싶었다. 아무튼, 가는 길이 전보다 더 길게 느껴졌다. 그런데 숲을 지나자마자 눈앞에 아름답고 푸르른 바다가 펼쳐졌다. 태평양만큼 푸르진 않아도 여전히 푸르고 청명했다. 갈매기가 바람에 온몸을 내맡겼다. 작은 배 서너 척과 요트 한 척이 탁 트인 수면 위에서 유유자적 움직였다. 그런 다음에야 절벽이 모습을 드러냈다. 톰에겐 별안간 낭떠러지가 추해 보였다. 벼랑 끝으로 다가가 아래를 내려다보았다. 처음에는 풀밭으로 시작했다가 점점 돌멩이와 섞이더니 돌밭이 펼쳐졌다. 톰은 벼랑 끝 25센티미터 지점에서 발걸음을 멈출 수밖에 없었다. 그가 상상했던 대로, 그 밑으로 누런색과 흰색이 뒤섞인 바위만 한 돌들이 깔린 돌밭이 펼쳐져 있었다. 최근에 산사태가 일어났거나 낙석이 떨어진 것 같았다. 바다가 시작되는 저 아래로 허연 파도가 잔잔히 밀려와 작은 바위에 부서지고 있었다. 톰은 어리석게도 존 피어슨이 당한 참사의 흔적이 여태 남아 있는지 찾아보았다. 휠체어에서 떨어져 나간 크롬이 나뒹굴지는 않는지 살펴보았지만, 낭떠러지 밑에 인위적인 건 하나도 보이지 않았다. 존 피어슨이 휠체어를 타고 그리 빠르지 않은 속도로 고꾸라졌다면, 10미터 아래 있는 삐죽삐죽한 돌 위로 떨어졌을 터. 그런 다음, 2미터 정도 더 밑으로 굴러갔을 것이다. 지금 바위 위에 혈흔이 보이지 않는데도, 톰은 그쪽을 쳐다보며 몸서리를 치다가 벼랑 끝에서 뒷걸음질 쳐서 뒤돌아섰다.

톰은 저택이 있는 쪽을 바라보았다. 나무 사이로 집은 전혀 보이지 않았고, 진회색 지붕 테두리만 살짝 보였다. 프랭크가 길을 따라 톰이 있는 쪽으로 걸어오고 있었다. 파란 재킷을 아직도 입고 있었다. 프랭크가 날 찾나? 톰은 별생각 없이 오른쪽으로 걸음을 옮겨서 나무가 밀집한 곳으로 들어가 풀숲 뒤에 몸을 숨겼다. 프랭크가 주위를 둘러보려나? 만약 톰이 이 근처에서 산책하고 있다는 소리를 들었다면, 프랭크가 톰의 이름을 외칠 것이다. 톰은 궁금했다. 낭떠러지로 걸어오는 소년의 표정이 궁금했다. 이제 프랭크가 꽤 근처까지 걸어왔다. 프랭크가 걸음을 옮길 때마다 갈색 직모가 찰랑거렸다.

프랭크가 좌우를 두리번거리더니 나무도 살폈다. 톰이 제대로 숨은 것 같았다.

바로 그 순간, 톰은 자기가 절벽으로 간다는 말을 부인에게 하지 않았으니, 부인이 톰이 절벽으로 갔다는 말을 프랭크에게 했을 리도 없다는 걸 깨달았다. 아무튼, 프랭크는 톰의 이름을 부르며 찾지도 않았고, 다시 주위를 두리번거리지도 않았다. 프랭크가 엄지를 리바이스 청바지 앞주머니에 건 채 벼랑 끝으로 서서히 다가가더니 약간 거만하게 다리를 흔들었다. 이제 아름답고 푸르른 하늘을 배경으로 서 있는 프랭크의 전신이 드러났다. 톰과 프랭크의 거리는 대략 6미터. 프랭크가 절벽 아래 바다만 내려다보고 있는 것 같았다. 프랭크가 숨을 깊이 고르며 긴장을 푸는 것 같았다. 톰처럼, 프랭크도 운동화 발을 쳐다보며 뒷걸음질을 쳤다. 그러더니 오른발을 뒤로 차서 돌멩이를 흐트러트리더니 주머니에서 엄지를 빼고 몸을 숙인 채 앞으로 뛰어나갔다.

"안 돼!" 톰이 소리치며 몸을 날렸다. 넘어진 건지, 몸을 그대로 날린 건지 모르겠지만, 아무튼 톰이 두 손을 쭉 뻗어 프랭크의 한쪽 발목을 움켜쥐었다.

프랭크가 엎어진 채 헉헉거렸다. 오른팔은 낭떠러지 밖에서 덜렁거렸다.

"세상에!" 톰이 고함치며 프랭크의 발목을 신경질적으로 잡아당겼다. 톰이 자리에서 일어나 한쪽 팔을 움켜쥐고 프랭크를 일으켜 세웠다.

소년이 숨을 몰아쉬었다. 눈이 풀려서 초점이 없었다.

"젠장, 지금 뭐 하자는 거야?" 톰의 목소리가 갑자기 쉬어 버렸다. "정신 차려!" 톰은 프랭크를 진정시키면서 자기도 충격을 받았다는 걸 실감했다. 톰은 소년의 팔을 붙들어 숲이 있는 쪽으로, 산책로가 있는 쪽으로 잡아끌었다. 바로 그때, 새 한 마리가 기괴하게 찍찍거렸는데, 새마저 충격받은 것 같았다. 톰은 몸을 더 곧게 세우고 달랬다. "괜찮아, 프랭크. 넌 이미 그걸 한 거나 다름없어. 이미 그 일을 한 거라고. 네가 내 목소리를 들었는지 반사 신경 속도가 엄청나게 빠르던데? 미식축구 선수가 주저앉는 것 같더라!" 프랭크가 그랬었나? 아니면 톰이 프랭크의 발목을 잡아서 막은 걸까? 톰은 걱정스레 소년의 등을 토닥였다. "이제 한 번 해 봤으니까 된 거다, 알았지?"

"옙." 프랭크가 대답했다.

"진짜로 알아들은 거다?" 톰은 프랭크에게 되묻듯 말했다. "나한테 '옙'이라고 대답하지 않아도 돼. 넌 네가 증명해 보이고 싶었던 걸 증명해 보인 거야. 맞지?"

"네, 맞습니다."

둘이 집으로 걸어가고 있었다. 후들거리던 톰의 다리가 조금씩 진정이 되었다. 톰은 일부러 숨을 크게 쉬었다. "이 일은 없던 걸로 할 테니, 너도 다른 사람한테 말하지 말거라, 알겠지. 프랭크?" 톰은 갑자기 키가 자기만큼 자란 듯한 소년을 쳐다보았다.

프랭크는 앞만 쳐다보고 있었는데, 집을 쳐다보는 건 아니었다. 그렇다고 뒤돌아보는 것도 아니었다. "그럼요, 아저씨. 말하지 않을게요."

22

톰과 프랭크가 집에 들어가자, 헌터 부부가 와 있었다. 프랭크가 진입로에 서 있는 녹색 자동차를 언급하지 않았더라면 톰은 몰랐을 것이다. 톰은 피어슨 가족이 쓰는 자동차 중 한 대인 줄로 알았다.

“다들 바다가 내려다보이는 2층에 올라가 계실 거예요.” 프랭크가 ‘바다가 내려다보이는’이란 말을 인용하듯 말했다. “어머니는 늘 2층 그 방에서 차를 대접하세요.” 프랭크가 톰의 여행 가방을 쳐다보았다. 누가 벌써 현관 입구까지 가방을 내려다 놓았다.

“우리도 뭐든 마시자. 나도 한잔 마시고 싶구나.” 톰이 말한 다음 사이드보드가 있는 쪽으로, 3미터에 달하는 바 테이블이 있는 쪽으로 걸어갔다. “드람부이가 있을까?”

“드람부이요? 당연히 있죠.”

톰은 프랭크가 두 줄로 늘어선 술병을 살피는 모습을 바라보았다. 검지를 뻗어 왼쪽으로 보냈다가 오른쪽으로도 보내며 살피더니 드람부이를 찾았는지 웃으며 병을 들어 올렸다.

“아저씨 집에서 드람부이 술병을 본 것 같아요.” 프랭크가 두 개의 브랜디 잔에 드람부이를 따랐다.

프랭크는 손을 떨지는 않았지만, 잔을 들어 올릴 때 보니 얼굴이 아직도 허옇게 질려 있었다. 톰도 잔을 들어서 프랭크의 잔에 건배했다. “마셔. 너에게도 좋을 거야.”

둘이 술을 마셨다. 프랭크가 입고 있는 재킷 맨 밑에 달린 단추가 실에 매달린 채 덜렁거렸다. 그걸 본 톰은 아예 단추를 뜯어서 주머니 속에 집어넣은 다음, 흙먼지를 털어 주었다. 소년이 입고 있는 재킷 오른쪽 가슴께에 2센티미터 남짓 구멍이 뚫렸다.

프랭크가 한쪽 스니커즈 뒷굽을 대고 빙그르르 한 바퀴 돌더니 물었다. “몇 시에 출발하셔야 해요?”

“5시에는 나가야 해.” 톰은 손목시계를 확인했다. 지금은 4시 15분. “수지에겐 작별 인사를 하고 싶지 않아.”

“그냥 가세요.”

“그래도 어머님께는 인사해야지.”

둘이 2층으로 올라갔다. 프랭크의 뺨에 혈색이 돌아왔고 발걸음도 가벼워졌다. 프랭크가 반쯤 열린 흰색 문을 두드리더니 톰과 같이 안으로 들어갔다. 넓은 방에는 바닥 전체에 카펫이 깔려 있었다. 정면에 있는 세 개의 통창으로 바다가 내다보였다. 릴리 피어슨은 창문 옆에 놓인 낮은 테이블 근처에, 중년 부부는 암체어에 앉아 있었다. 저들이 헌터 부부일 거라고 톰은 짐작했다. 조니는 손에 사진을 잔뜩 들고 서 있었다.

"어디 갔다 오셨어요?" 릴리가 물었다. "두 분 다 들어오세요. 베시, 이쪽이 톰 리플리 씨예요. 제가 말씀드렸었죠. 윌리, 드디어 프랭크가 집으로 돌아왔어요."

"프랭크!" 헌터 부부가 거의 동시에 외쳤다. 프랭크가 앞으로 걸어 나가 허리를 살짝 굽히며 인사하더니 윌리와 악수하였다. "형은 그 형편없는 사진으로 손님들을 또 지루하게 해 드리고 있었어?" 프랭크가 형에게 말했다.

"드디어 뵙네요." 윌리 헌터가 인사하며 톰과 악수하면서 눈도 맞추었다. 윌리는 톰이 기적을 만들어 낸 사람이라도 된다는 듯이, 아니, 이 세상에 존재하지 않는 사람처럼 톰을 쳐다보았다. 톰은 손이 아팠다.

남편 헌터는 누런 면 정장을 입고 있었고, 아내 헌터는 모브색 면 원피스를 입고 있었다. 부부는 메인주에서 세련된 여름을 보내는 그림 속 인물들 같았다.

"차 마실래, 프랭크?" 어머니가 물었다.

"네, 주세요." 프랭크는 여태 자리에 앉지도 않았다.

톰은 사양했다. "출발할 시간이 다 돼서요, 릴리." 릴리는 톰에게 릴리라고 불러 달라고 부탁했었다. "유진이 뱅고어까지 태워다 주겠다고 했습니다."

조니와 릴리가 동시에 말했다. 당연히 유진이 뱅고어까지 태워다 줄 거라고 말이다. "아니면 제가 모셔다드릴게요." 조니가 나섰다. 두 사람은 톰이 적어도 10분은 더 이따가 출발해도 된다고 했다. 톰이 유럽에서 있었던 일은 얘기하길 주저하자, 릴리가 간신히 주제를 다른 데로 돌렸다. 프랭크가 베를린에서 있었던 일은 나중에 얘기해 주겠다고 윌리 헌터에게 약속해 주었다. 베시 헌터는 다소 차가워 보이는 회색 눈동자로 톰을 살폈다. 톰은 베시가 자기를 어떻게 생각하든 관심 없었다. 게다가 예정보다 일찍 도착한 탈매지 스티븐스에게도 시큰둥했다. 헌터 부부는 탈과 서로 아는 사이였고, 탈을 좋아하는 눈치였다. 톰은 그들이 서로 인사를 나누는 모습을 보며 짐작할 수 있었다.

릴리가 톰에게 탈을 소개해 주었다. 탈은 톰보다 키가 더 컸고, 40대 중반으로 보였다. 조깅으로 다져진 듯한 다부진 체격을 갖고 있었다. 톰은 릴리와 탈이 서로 사귀는 사이라는 걸 보는 순간 간파했다. 그런데 그게 뭐 대수라고? 프랭크는 어디 갔지? 프랭크가 방에서 슬쩍 빠져나간 것 같아서, 톰도 슬쩍 빠져나왔다. 음악 소리가 언뜻 들린 것 같았다. 아마도 프랭크가 갖고 있는 앨범일 것이다.

프랭크의 방은 복도 맞은편이자 집 뒤편에 자리 잡고 있었다. 방문은 닫혀 있었다. 톰이 노크했지만, 대답이 없었다. 방문을 살짝 열었다. "프랭크?"

프랭크가 방에 없었다. 전축 커버가 벗겨져 있고, 그 위에 판이 올라가 있었지만, 전축이 돌고 있진 않았다. 루 리드의 〈트랜스포머〉 B면이 걸려 있었다. 엘로이즈가 벨옹브르에서 틀어 준 앨범이었다. 톰은 손목시계를 들여다보았다. 5시가 얼마 남지 않았다. 톰은 5시에 유진과 출발하기로 했다. 유진은 집 뒤편 아래층에 있는 직원 숙소에 있을 것이다.

톰은 아래층으로 내려갔다. 거실에는 아무도 없었다. 바다가 내려다보이는 2층 방에서 조금 전 웃음소리가 들렸다. 톰은 정원으로 창이 난 또 다른 거실을 가로질러 복도를 지나 주택 뒤편으로 계속 걸어갔다. 주방이 나올 것 같았다. 주방 문이 열려 있었고, 벽면에 걸린 구릿빛 팬과 스킬렛이 번쩍거렸다. 유진이 서서 뭔가를 마시고 있었다. 발그레한 얼굴로 에반젤리나와 얘기하다가, 톰을 보더니 차려 자세를 취했다. 톰은 프랭크가 주방에 있을 줄 알았다.

"실례합니다만, 혹시……." 톰이 물었다.

"저도 5시가 되는지 시간을 확인하고 있었습니다. 아직 7분 전인데, 짐을 내려 드릴까요?" 유진이 컵과 받침을 내려놓았다.

"아뇨, 가방은 누가 벌써 1층에 내려놓았던데요. 혹시 프랭크가 어디에 있는지 아십니까?"

"2층에서 차 마시는 거 아닐까요." 유진이 대답했다.

없다고 톰은 말을 하려다가, 입을 다물었다. 갑자기 정신이 번쩍 들었다. "고맙습니다." 톰은 유진에게 인사한 다음, 다급히 집을 가로질러 톰이 생각하기에 가장 가까운 문으로 나갔다. 현관문인 것 같았다. 현관으로 나가 베란다로 해서 오른쪽으로 돌아 잔디밭으로 내려갔다. 프랭크가 다시 2층으로 올라가 손님들이 있는 방에서 차를 마실지도 모르지만, 톰은 일단 낭떠러지에 가서 확인하고 싶었다. 소년이 또 다시 낭떠러지에 서서 고심하는 모습이 떠올랐기 때문이다. 대체 뭘 고심하는 걸까? 톰은 절벽으로 가는 내내 뛰었다. 프랭크가 보이지 않았다. 톰은 천천히 숨을 골랐다. 숨이 차서 그런 게 아니라, 안도의 한

숨을 고른 것이었다. 톰은 낭떠러지를 향해 걸어가자 또다시 겁이 나긴 했지만, 걸음을 멈추지 않았다.

낭떠러지 저 아래 푸른 재킷이 보였다. 그보다 조금 더 짙은 리바이스 청바지도 보였다. 검은 머리 주변에 붉은 테두리가 보였다. 붉은 꽃이 만발하듯, 허연 돌밭에 붉은색이 비현실적으로 번져 있었다. 톰은 입이 헤벌어졌다. 아무 소리나 내고 싶었다. 그런데 소리가 나오지 않았다. 잠시 숨도 쉬어지지 않았다. 이제 온몸이 부들부들 떨렸다. 그 바람에 톰마저 낭떠러지 아래로 떨어질 뻔했다. 프랭크가 죽다니. 프랭크의 목숨을 살리려고 해 봤자 부질없는 짓이었다. 아무짝에도 소용없는 일이었다.

피어슨 부인에게 알려야 해, 톰은 집으로 걸음을 옮기기 시작했다. 다들 2층에 있는데, 세상에 이게 무슨 일이지!

톰이 집으로 들어가자 유진이 보였다. 유진이 벌건 얼굴로 놀란 표정을 지었다. "무슨 일 있으세요? 아직 5시 2분 전이니까 이제……."

"당장 경찰에 신고하세요. 구급차도 부르고요."

유진은 톰이 어디 다친 줄 알고 위아래로 훑어보았다.

"프랭크요! 프랭크가 낭떠러지 밑에 있어요!"

유진이 무슨 얘긴지 단박에 알아들었다. "떨어졌나요?" 유진이 뛰쳐나갈 태세를 취했다.

"죽은 것 같아요. 병원이든 어디든 일단 전화부터 해 줘요. 피어슨 부인께는 제가 말씀드리죠. 일단 병원에 전화하세요." 톰의 말에 유진은 프렌치 도어로 뛰쳐나가고 싶은 표정을 지었다.

톰은 2층으로 올라가는 계단에서 잠시 몸을 추스른 후 끝까지 올라갔다. 티 파티가 한창 열리고 있는 방문을 두드린 다음, 안으로 들어갔다. 지금은 다들 편안해 보였다. 탈은 릴리 옆 소파 한쪽 끝에 앉아 몸을 기대고 있었고, 조니는 여태 서서 헌터 부인과 얘기하고 있었다. "잠시 얘기할 수 있을까요?" 톰이 릴리에게 말했다.

릴리가 자리에서 일어났다. "무슨 문제라도 생겼나요, 톰?" 릴리는 톰이 일정을 바꿨다고 해도 누가 불편해질 일은 없을 거라고 생각하는 것 같았다.

톰이 방문을 닫고 복도에서 부인에게 말했다. "프랭크가 방금 절벽에서 뛰어내렸습니다."

"뭐라고요? 말도 안 돼!"

"프랭크를 찾으러 갔더니 이미 절벽 밑에 있더군요. 유진이 병원에 전화하겠지만, 이미 숨이 끊긴 것 같습니다."

탈이 문을 벌컥 열더니 곧바로 표정이 변했다. "무슨 일이야?"

릴리 피어슨이 차마 말하지 못하자, 톰이 말했다. "프랭크가 방금 벼랑에서 뛰어내렸어요."

"저 절벽에서요?" 탈이 복도를 뛰어 내려갈 태세를 취했지만, 톰은 이미 늦었다고 손으로 저지했다.

"무슨 일인데요?" 조니가 나왔다. 헌터 부부도 따라 나왔다.

유진이 쿵쿵거리며 계단을 뛰어 올라오는 소리가 들렸다. 유진이 복도를 뛰어와 톰에게 말했다.

"구급차하고 경찰이 금방 온답니다." 유진이 톰에게 다급히 얘기한 다음, 톰을 지나쳤다.

톰이 복도 끝으로 시선을 보내자, 허연 형체가 보였다. 흰색이 아니었다. 프랭크가 입고 있던 재킷보다 더 연한 하늘색 형체는 바로 수지였다. 유진이 사람들을 지나쳐 수지에게 가서 비보를 전했다. 수지가 고개를 끄덕이며 은은하게 미소를 짓는 것 같았다. 이제 조니가 톰의 앞을 지나 계단으로 뛰어 내려갔다.

구급차 두 대가 도착했다. 한 대는 심폐 소생기를 갖추고 있었다. 흰옷을 입은 구급대원 두 명이 유진의 안내를 받으며 다급히 잔디밭을 가로질렀다. 접이식 사다리도 그 뒤를 따랐다. 유진이 대원들에게 일러준 걸까, 아니면 대원들이 존 피어슨 사건이 일어났던 낭떠러지를 기억하고 있는 걸까? 톰은 집 근처에서 망설이고 있었다. 소년의 으스러진 얼굴은 조금도 보고 싶지 않았다. 당장이라도 떠나고 싶었지만, 사실 그럴 수는 없었다. 소년이 잔디밭으로 올라올 때까지 기다려야 했다. 그리고 릴리에게 무슨 말이든 해야 했다. 톰은 집으로 들어가 가방을 쳐다보았다. 가방은 여태 현관 옆에 놓여 있었다. 이제 계단으로 올라갔다. 마지막으로 프랭크의 방에 또다시 들어가고픈 충동이 일었다.

2층 복도 끝에 수지 슈마허가 서 있는 모습이 보였다. 수지가 두 손을 뒤로 뻗어 벽에 대고 있다가 톰을 보더니 고개를 끄덕였다. 아니면 톰의 착각일까. 그럴 수도. 톰은 프랭크의 방을 조금 더 지나쳤다. 수지가 고개를 끄덕이고 있었다. 수지가 뭘 원하는 걸까? 톰은 시선을 고정한 채 수지를 쳐다보며 인상을 찌푸렸다.

"보셨어요?" 수지가 물었다.

"아뇨." 톰은 단호히 말했다. 수지가 보란 듯이 그에게 겁을 주려는 걸까? 톰은 수지를 향한 짐승 같은 적의가 일더니 자신을 보호해야겠다는 감정이 온몸을 관통했다. 그는 수지가 있는 쪽으로 계속 걸어가다가 2미터 남짓한 거리에서 걸음을 멈추었다. "무슨 소릴 하는 겁니까?"

"당연히 프랭크 얘기죠. 프랭크는 나쁜 아이였어요. 적어도 프랭크는 자기가 나쁜 애란 걸 알고 있었다고요." 이제 수지가 약간 휘청거리며 톰이 있는 쪽으로 걸음을 옮기더니 오른편에 있는 자기 방으로 들어가려고 했다. "당신도 똑같은 인간일 테죠." 수지가 덧붙였다.

톰은 한 걸음 물러서서 수지와 일정 거리를 유지했다. 그는 돌아서서 다시 프랭크의 방으로 향한 다음 안으로 들어가 방문을 닫았다. 화가 치밀었지만, 그래도 분노가 조금씩 사그라들었다. 소름 끼칠 정도로 깔끔히 정리된 침대라니! 프랭크는 두 번 다시 저 침대에서 자지 못할 것이다. 베를린에서 가져온 곰 인형이 보였다. 톰은 곰 인형이 있는 쪽으로 천천히 걸어갔다. 인형이 갖고 싶어졌다. 톰이 인형을 가져간다고 해도 누가 알 것이며, 또 누가 신경이나 쓸 것인가? 톰은 털이 복슬복슬한 쪽을 쥐고 인형을 살짝 집어 들었다. 책상 위에 놓인 종이가 톰의 시선을 잡아끌었다. 종이는 곰 인형 왼편에 놓여 있었다. "테리사, 영원히 사랑해." 프랭크가 써 놓은 글귀였다. 톰은 참았던 숨을 내뱉었다. 이런 바보! 프랭크는 30분 전에 사망했기 때문에 저 글은 사실이 되고 말았다. 톰은 종이를 건드리지 않았다. 마음속에서는 저 종이를 집어 들고 갈기갈기 찢어 버리는 게 죽은 친구를 위한 일이라는 생각이 들었지만 말이다. 톰은 조용히 곰만 들고나와 방문을 닫았다.

톰은 아래층으로 내려가 가방 한쪽 구석에 곰 인형을 쑤셔 넣으면서도 코를 안쪽으로 돌려서 눌리지 않게 했다. 거실이 휑했다. 다들 잔디밭에 나가 있었다. 구급차 한 대가 떠나고 있었다. 톰은 또다시 잔디밭으로 나가고 싶지 않아서 거실에서 서성이다가 담배에 불을 붙였다.

유진이 들어오더니 뱅고어 공항에 전화를 해 봤다고 했다. 혹시 괜찮다면, 집에서 15분 후에 나가면 톰이 탈 수 있는 비행기가 한 대 더 있다고 했다. 유진은 훨씬 더 새파랗게 질린 얼굴을 하고도 집사답게 행동했다.

"그러죠. 알아봐 주셔서 고맙습니다." 톰은 프랭크의 어머니와 얘기하려고 잔디밭으로 나갔다. 바로 그때, 흰 천이 씌워진 들것이 대기하고 있던 구급차 뒷자리에 실리고 있었다.

릴리가 톰의 어깨에 얼굴을 파묻었다. 다들 한마디씩 뭐라고 하는데도 릴리는 톰의 어깨에 얼굴을 대고 굳게 입을 다물었다. 그런 모습이 훨씬 더 많은 말을 해 주고 있었다. 그런 다음에야 톰은 유진이 모는 대형 승용차 뒷자리에 몸을 싣고 뱅고어로 향할 수 있었다.

톰은 자정께 뉴욕 첼시 호텔에 도착했다. 사람들이 로비에 앉아서 노래를 부르고 있었다. 네모난 벽난로와 흑백 플라스틱 의자가 놓여 있었는데, 도난 방지를 위해 체인으로 묶여 있었다. 톰은 사람들이 부르는 노래 가사가 5행시라는 걸 깨달았다. 웃고 떠드는 가운데 리바이스 청바지를 입은 소년 소녀들이 기타 선율에 맞춰서 노래하려고 애쓰고 있었다. "네, 톰 리플리 씨 앞으로 예약된 방이 준비되어 있습니다." 트위드 제복을 입은 남자 직원이 프런트 데스크 앞에서 확인해 주었다. 톰은 벽에 걸린 유화를 쳐다보았다. 방값을 내지 못한 손님한테 기증이라도 받은 듯한 그림이었다. 그림은 토마토처럼 붉은 색감을 지니고 있었다. 그는 낡은 엘리베이터를 타고 방으로 올라갔다.

톰은 샤워한 다음 가장 후줄근한 바지를 꺼내 입었다. 그리고 잠시 침대에 누워서 긴장을 풀려고 했다. 그러나 소용없었다. 배가 고프지 않은데도 뭐라도 먹고 조금이라도 돌아다니다가 자는 게 제일 좋을 것 같았다. 내일 저녁 케네디 공항을 출발해 파리로 가는 비행기표는 예약해 두었다.

톰은 밖으로 나가 7번가를 따라 걸었다. 문을 닫았거나 아직 닫지 않은 상점들과 간식을 파는 가게들을 지나쳤다. 맥주 캔에 달려 있던 고리가 나뒹구는 거리가 뿌옇게 빛나고 있었다. 택시가 술에 취한 듯이 움푹 팬 곳을 휘청이며 통과하더니 더듬거리며 지나갔다. 그 모습을 보자, 톰은 프랑스에서 봤던 느리지만 공격적이었던 대형 시트로엥이 떠올랐다. 도로 저 앞에 검고 큼직한 빌딩이 보였다. 사무실 건물인지 주거용 건물인지 모르겠지만, 하늘을 향해 높고 다부지게 솟아 있었다. 수많은 창문에 불이 켜져 있었다. 뉴욕은 절대로 잠들지 않았다.

톰은 아까 릴리에게 말했다. "제가 지금 남아 있을 이유가 없습니다." 톰이 장례식까지 남아 있을 이유가 없다는 뜻으로 한 말이었지만, 프랭크에게 더는 해 줄 것이 없다는 뜻이기도 했다. 톰은 릴리에게는 프랭크가 한 시간 전에도 자살하려고 했었다는 말은 하지 않았다. 그랬다면 릴리가 이렇게 말했을 것이다. '그럼 왜 그 후에도 계속 프랭크를 곁에서 챙겨 주지 않으셨나요?' 흠, 톰은 프랭크가 위기는 넘겼다고 오판한 것이다.

그는 모퉁이에 스툴을 세워 놓은 스낵 가게로 들어가서 햄버거와 커피를 주문했다. 자리에 앉고 싶지는 않았다. 서서 먹는 게 허용이 되는 곳이었다. 흑인 손님 두 명이 예약해 둔 게 뭐가 잘못됐는지 언쟁하고 있었다. 굉장히 복잡한 얘기 같아서, 톰은 귀를 막아 버렸다. 내일 뉴욕에 사는 친구들에게 전화해 안부나 물을까. 그런데 썩 내키지 않았다. 톰은 뭐가 뭔지도 모르겠고, 그저 헛헛하고 끔찍하기만 했다. 햄버거를 반쯤 먹다가 말았다. 연한 커피도 반만 마셨다. 그러고는 계산하고 밖으로 나가 42번가를 따라 걸었다. 새벽 2시가 다 되었다.

오히려 이쪽 길이 훨씬 생기가 돌았다. 그가 돌아다녀도 된다고 허락받은 무대 세트장, 아니, 정신없는 서커스장 같았다. 파란색 반팔 제복을 입은 덩치 좋은 경찰관들이 나무 경찰봉을 휘두르며 매춘부들과 노닥거리고 있었다. 톰은 경찰이 매춘부들을 검거하기로 했다는 기사를 얼마 전 신문에서 봤었다. 경찰들이 저번에 검거할 때 봤던 매춘부들을 이번에도 보니 이골이 난 걸까? 경찰이 지금 매춘부들을 검거하는 게 맞기는 맞나? 아주 영민한 눈매를 지닌 10대 소년들이 분칠한 얼굴로 늙은 남자들을 간 보고 있었다. 늙은 남자들은 벌써부터 돈을 꺼내 들고 소년들을 살 태세로 흥정하고 있었다.

"이건 아니지." 톰이 조용히 읊조렸다. 번쩍거리는 검은색 비닐 바지를 입고 허벅지가 터질 듯한 금발 소녀가 다가오자, 톰은 고개를 숙였다. 톰은 영화관 입구에 적힌 직설적이고 진부한 영화 제목을 읽다가 놀랐다. 포르노 영화인데 이토록 색기가 없다니! 포르노를 찾는 고객층이 미묘함이나 위트 따위를 기대할 리 없었다. 확대된 컬러 사진 속 남녀, 남남, 여여 커플들이 알몸으로 그 짓을 하고 있었다. 프랭크가 딱 한 번 테리사와 잠자리를 했지만 끝까지 가지도 못했다고 고백했었지! 톰은 괜히 들떠서 실실 웃었다. 그런데 갑자기 질려 버렸는지 느리게 걷는 흑인들과 창백한 얼굴을 한 백인들 틈새를 총총걸음으로 지나, 어두운 점처럼 보이는 5번가의 대형 공공 도서관으로 향했다. 그러다가 5번가까지 가지도 않고 6번가에서 남쪽으로 방향을 틀었다.

선원 제복을 입은 한 남자가 오른편에 있는 술집에서 불쑥 튀어나오다가 톰하고 부딪히는 바람에 바닥에 쓰러졌다. 톰은 선원을 일으켜 세운 다음에도 한 손으로 계속 붙잡고 있었다. 바닥에 떨어진 흰 모자도 집어 주었다. 선원은 10대 같아 보였는데, 폭풍우를 온몸으로 맞는 돛대처럼 휘청거렸다.

"친구들은 어디 있어요? 저 안에 친구가 있을 거 아닙니까?"

"택시 타고 가서 여자 만나고 싶다!" 선원이 웃으며 지껄였다.

선원은 건강해 보였는데, 스카치 두어 잔에 맥주 여섯 잔은 마셔서 이 지경이 된 것 같았다. "정신 차려요." 톰이 선원의 팔을 쥐고 영업 중인 술집으로 밀고 들어가 선원 제복을 입은 사람들을 찾았다. 두 명이 바에 앉아 있었다. 바텐더가 돌아서 나오더니 톰에게 말했다.

"이 사람은 안 받아요. 이 사람한텐 술 안 판다고요!"

"저쪽에 있는 사람들이 이 사람 친구들 아닌가요?" 톰이 두 명의 선원을 가리키며 물었다.

"우린 저런 친구 필요 없어요!" 선원 중 한 명이 말했다. 그 역시 약간 취했다. "꺼지라고 해요!"

톰이 챙겨 주던 선원을 문설주에 기대 놓자, 바텐더가 선원을 내쫓으려고 했다.

톰은 바에 앉아 있는 둘에게 걸어갔다. 톰은 자기가 참견한 대가로 턱을 주먹으로 얻어맞아도 상관하지 않을 기세였다. 톰이 뉴욕 악센트로 최대한 거칠게 일갈했다. "네 친구는 네가 챙겨야 할 거 아냐! 같은 제복을 입은 친구를 이따위로 대우하면 쓰나, 안 그래?" 톰은 다른 선원을 쳐다보았다. 그는 별로 술에 취한 것 같지 않았다. 그 선원이 톰의 말을 이해했는지, 앉아 있다가 자리에서 일어났다. 톰은 문으로 걸어가다가 뒤돌아보았다.

술에 덜 취한 선원이 만취한 친구에게 마지못해 다가가는 게 보였다.

톰은 밖으로 나가며 별일 아니지만 대단한 일을 한 것 같은 기분이 들었다. 첼시 호텔까지 걸어갔다. 호텔에 도착하니 로비에 있는 사람들이 술에 취했거나, 즐거워하고 있었다. 그런 모습조차 타임스 스퀘어에 비하면 차분해 보였다. 첼시 호텔은 괴짜 단골이 많은 것으로 유명했지만, 다들 웬만하면 선은 넘지 않았다.

톰은 프랑스는 오전 9시일 테니 엘로이즈에게 전화해야겠다고 생각하면서도 전화를 걸지 않았다. 톰은 온몸이 산산이 부서지고, 박살 난 것 같았다. 아까 그 술집에서 선원에게 복부를 얻어맞고 도망 나왔었나? 톰은 이번에도 운이 좋았다고 생각했다. 침대에 푹 쓰러졌다. 언제 일어나야 할지 신경 쓰지도 않았다.

내일 릴리에게 전화를 해 봐야 하나? 톰이 전화하면 릴리가 더욱 혼란스러워하며 당황하려나? 릴리가 어떤 관이 좋을지 정하고 있을까? 별안간 조니가 어른스럽게 도맡아서 하려나? 탈이 나서서 해 주려나? 소식을 들은 테리사가 장례식은 물론 화장터까지 따라가려나? 톰은 침대에서 뒤척이면서 오늘 밤 뭘 해야 할지 스스로 되묻고 있었다.

다음 날 밤 9시가 되어서야 톰은 마음이 진정되었다. 제정신이 든 것이다. 비행기 엔진음이 들리는 순간, 톰은 번쩍 정신이 들었다. 벌써 집에 다 온 것 같았다. 행복해졌다. 무언가에서 벗어난 듯하자 더더욱 행복해졌다. 그런데 그 무언가가 대체 무얼까? 이번에는 마크 크로스에서 가방을 새로 샀다. 콧대가 너무 높아진 구찌에서는 사고 싶지 않았다. 새 여행 가방에는 그가 산 물건들이 가득했다. 엘로이즈에게 줄 스웨터, 더블데이에서 산 예술 서적, 아네트 여사에게 줄 파란색과 흰색 줄무늬가 그려진 앞치마. 빨간 주머니에는 '점심은 외식'이라고 적혀 있었다. 작은 금색 핀도 샀다. 조금 있으면 아네트 여사의 생일이었다. 황금색 갈대밭 위를 날아가는 거위 모양의 핀이었다. 에릭 란츠에게 줄 근사한 여권 케이스도 샀다. 베를린에 사는 피터도 잊지 않았다. 파리에 도착하면 피터에게 부칠 특별한 물건을 찾아볼 것이다. 비행기의 움직임에 따라 요정의 땅 맨해튼의 반짝이는 불빛이 부드럽게 솟구쳤다가 가라앉았다. 톰은 그 광경을 바라보고 있었다. 프랭크가 바로 저 땅덩어리에 조만간 묻히겠지. 미국 해안가가 시야에서 멀어지자, 톰은 눈을 감고 잠을 청했다. 그런데도 계속 프랭크 생각이 머리를 떠나지 않았다. 프랭크가 죽다니, 믿기지 않았다. 사실이었다. 그런데도 그 사실을 여태 현실로 받아들일 수가 없었다. 잠을 자면 도움이 되리라 믿었건만, 오늘 아침에 여전히 멍한 머리로 잠에서 깨는 순간, 프랭크가 죽었다는 사실이 되살아났다. 비행기 통로 건너편에 프랭크가 앉아서 미소를 지으며 톰을 놀라게 할 것만 같았다. 흰 천이 씌워진 들것이 아른거렸다. 천 밑에 누운 사람이 죽지 않았더라면 인턴 구급 대원이 그 흰 천을 머리끝까지 덮어씌우진 않았을 것이다.

톰은 릴리 피어슨에게 편지를 써야 했다. 자필로 제대로 써야 했다. 톰은 자기가 정중하고 다정하게 편지를 쓸 수 있는 사람이라는 걸 알고 있었다. 릴리는 프랭크가 묵었던 모레의 어느 집 정원에 있던 작은 집을 알고 있을까? 프랭크가 베를린에서 뭘 하고 다녔는지, 무슨 일을 당했는지 알고 있을까? 테리사가 자기 아들에게 어떤 영향을 줬는지 알고나 있을까? 프랭크가 바위 위로 떨어지면서 마지막으로 무슨 생각을 했을까? 테리사? 아니면, 바로 그 돌밭 위로 떨어져 죽음을 맞이한 아버지? 아니면 날 생각했을까? 톰은 자리를 고쳐 앉고 눈을 떴다. 승무원이 돌아다니고 있었다. 톰은 한숨을 내쉬었다. 맥주든, 스카치든, 음식이든 뭘 주문해야 할지 신경 쓰지도 않았다.

이게 무슨 장난일까. 톰이 프랭크에게 '돈'이나 '돈과 권력'에 대한 주제로 조심스레 지껄였던 강의가 아무 소용없었다는 생각이 들었다. "조금씩 쓰고 조금씩 즐기되 죄책감은 털어 버리길. 기부도 좀 하고,

예술 프로젝트에 후원도 하고, 쓰고 싶은 데에도 쓰고, 돈이 필요한 사람에게 나눠 주기도 하렴" 하고 설교했었다. 톰도 릴리처럼 말했었다. 적어도 프랭크가 학교를 마치기 전까지는, 프랭크가 졸업한 후에도 피어슨 기업을 도맡아서 일할 사람이 있긴 있다고 말이다. 그럼에도 프랭크는 피어슨 기업에 조금이라도 개입해야 했을 테고, (형의 이름과 같이) 자기 이름을 임원진 명단 맨 위에 올려야 했을 것이다. 그것조차 프랭크는 바라지 않았었다.

컴컴한 하늘 위를 높이 날고 있는 어느 시점에, 톰은 붉은 머리를 한 승무원이 주고 간 담요를 덮고 잠이 들었다. 눈을 뜨자, 해가 눈부시게 반짝이고 있었다. 다른 것들처럼 시간 개념마저 잃어버린 것 같았다. 비행기가 프랑스 상공을 날고 있다는 방송 소리에 눈이 떠진 것이다.

다시 루아시-샤를 드골 공항에 내렸다. 톰은 손가방을 들고 위성에서 번쩍거리는 에스컬레이터를 탔다. 새로 산 여행 가방 안에 든 물품 때문에 고생할 뻔했지만, 톰은 무덤덤하게 무심한 표정으로 '세관 신고할 내역 없음'이라는 줄을 무사통과했다. 그는 지갑 안에 넣어 둔 시간표를 확인한 후 기차를 타고 가기로 했다. 벨옹브르로 전화했다.

"톰! 당신 어디야?" 엘로이즈가 물었다.

엘로이즈는 톰이 샤를 드골 공항에 도착했다는 걸 믿지 못했다. 그 역시 엘로이즈와 이토록 가까이 있다는 게 믿기지 않았다. "12시 30분이면 모레에 도착할 거야. 내가 방금 시간표를 찾아봤거든." 톰은 갑자기 웃음이 나왔다. "별일 없지?"

별일 없었다. 아네트 여사가 계단을 내려오다가 미끄러지는 바람에 무릎에 문제가 생겼다는 것만 빼곤 말이다. 그런데 그것조차 전혀 심각하게 들리지 않았다. 엘로이즈는 여사가 평소처럼 잘 걸어 다닌다고 했다. "왜 편지도 안 하고 전화도 안 했어?"

"잠깐 다녀온 거잖아! 딱 이틀 있다가 왔는데 뭐. 만나면 다 얘기해 줄게. 12시 31분 도착이야."

"금방이네, 여보!" 엘로이즈가 마중 나가겠다고 했다.

톰은 가방을 들고 택시를 타고 리옹역으로 향했다. 가방은 무게가 다 차지 않았다. 『르 몽드』와 『르 피가로』를 사 들고 모레행 기차에 올라 신문을 훑어보다시피 했다. 프랭크 관련 기사는 없었다. 프랭크의 부고가 실릴 시간이 아직 되지 않은 것이다. 이번에도 '사고사'라고 신문에 실릴까? 그의 어머니는 뭐라고 말할까? 톰은 릴리가 아들이 자살했다고 인터뷰할 것 같았다. 그런 다음에는, 같은 해 여름 한 집에서 두 번이나 상을 치른 비극을 두고 역사든 소문이든 멋대로 지껄이게 내버려 두어야 한다.

엘로이즈가 빨간 벤츠 옆에 서서 그를 기다리고 있었다. 바람에 그녀의 머리카락이 휘날렸다. 그녀는 남편을 보더니 손을 흔들었다. 톰은 양손에 가방뿐만 아니라 네덜란드산 담배, 신문, 책이 담긴 비닐 봉지까지 들고 있어서 손을 흔들 수가 없었다. 그는 그녀의 양쪽 뺨에 입을 맞춘 후 목에도 입을 맞추었다.

"잘 다녀왔어?" 엘로이즈가 물었다.

"응." 톰이 짐 가방을 트렁크에 실으며 대답했다.

"프랭크하고 같이 올 줄 알았는데." 엘로이즈가 웃으며 말했다.

톰은 엘로이즈가 행복해 보여서 놀랐다. 그는 역을 나서면서 엘로이즈에게 언제 말을 꺼내야 하나 고민하고 있었다. 이제 엘로이즈가—자기가 운전하겠다고 했다—신호등도 없고 차도 없는 거리를 달려 빌페르스로 향하고 있었다. "지금 말하는 게 낫겠어. 프랭크가 그저께 죽었어." 톰은 말하면서 운전대를 쳐다보았지만, 엘로이즈는 잠시 핸들을 꽉 쥐기만 했다.

"죽다니, 그게 무슨 소리야?" 엘로이즈가 불어로 물었다.

"자기 아버지가 뛰어내린 낭떠러지에서 프랭크도 뛰어내렸어. 집에 가서 자세히 말해 줄게. 대신 아네트 여사 앞에서는 얘기하고 싶지 않아. 영어로도."

"무슨 낭떠러지를 말하는 거야?" 엘로이즈가 여전히 불어로 물었다.

"메인주 자택에 낭떠러지가 있거든. 바다가 내려다보이는."

"아, 그래." 엘로이즈가 갑자기 기억이라도 났다는 듯이 말했다. 신문에서 본 게 떠오른 모양이었다. "당신도 거기에 있었어? 뛰어내리는 거 봤어?"

"난 집 안에 있어서 보지는 못했어. 절벽하고 거리가 좀 있어서. 난……." 톰은 설명하기가 쉽지 않았다. "별로 할 말은 없어. 그 집에서 하룻밤 자고 그다음 날 집으로 출발할 예정이었거든. 그다음 날 출발하긴 했지. 프랭크의 어머니와 친구 부부가 차를 마시고 있는 동안, 내가 프랭크를 찾으러 나갔어."

"그래서 프랭크가 뛰어내린 걸 당신이 발견한 거야?" 이제야 엘로이즈가 영어로 물었다.

"응."

"너무 끔찍해, 여보! 그래서 당신이 그렇게 넋이 나갔구나."

"내가? 넋이 나가 보여?" 차가 이제 빌페르스로 들어섰다. 톰이 아는 집이 보였다. 그가 좋아하는 집이었다. 이윽고 우체국이 보이더니 빵집이 모습을 드러냈다. 엘로이즈가 좌회전했다. 그녀는 어쩌다 보니 마을을 관통하는 이 길로 지나가게 되었지만, 사실은 긴장해서 그런 것도 있고, 조금 더 천천히 가고 싶은 마음도 있는 것 같았다. 톰이 설명을 이어 나갔다. "잘은 모르겠지만, 프랭크가 뛰어내린 지 10분 후에 내가 발견했을 거야. 그래서 내가 집에 가서 가족들에게 알려야 했어. 굉장히 가파른 절벽인데 그 아래론 돌밭이야. 나중에 자세히 설명해 줄게, 여보." 그런데 해 줄 말이 더 있을까? 톰은 엘로이즈를 쳐다보았다. 엘로이즈가 차를 몰고 벨옹브르의 대문을 통과하고 있었다.

"응, 나한테는 다 얘기해 줘야 해." 엘로이즈가 차에서 내리며 말했다.

톰은 그녀가 이 사연을 처음부터 끝까지 듣고 싶어 한다는 걸 알았다. 톰은 잘못한 일이 아무것도 없었기에 엘로이즈에게 감출 것도 없었다.

"난 프랭크가 좋았어, 당신도 알지?" 엘로이즈가 톰에게 말했다. 그녀의 보라색 눈동자가 그의 눈과 잠시 마주쳤다. "결국 좋아하게 됐지. 처음에는 별로였거든."

톰은 알고 있었다.

"가방 새로 샀네."

톰이 미소를 지었다. "안에 새로 산 물건들이 들어 있어."

"아, 맞다! 독일에서 사다 준 핸드백 고마워, 톰!"

"오셨어요!" 아네트 여사가 햇살이 쏟아지는 계단에 서 있었다. 여사가 입은 치맛단 밑으로 베이지색 스타킹이 보였다. 그리고 한쪽 무릎 밑에 허연 고무 밴드를 차고 있는 게 눈에 띄었다.

"잘 지내셨어요, 아네트 여사님?" 톰은 인사를 건네며 한쪽 팔을 그녀에게 살짝 둘렀다. 여사는 잘 지냈다고 하면서 그의 뺨에 입을 맞춰 주었다. 그러더니 잠시도 머뭇거리지도 않고 자갈밭을 가로질러 엘로이즈가 들고 있는 여행 가방을 받아 들었다.

아네트 여사가 가방 두 개를 모두 들겠다고 우겼다. 무릎을 삐었으니 한 번에 하나씩 옮기겠다는 것이다. 톰은 그러라고 했다. 아네트 여사에겐 그게 기쁨이었기 때문이다.

"집에 오니 정말 좋네!" 톰이 감탄했다. 거실을 둘러보았다. 점심상이 차려진 식탁, 하프시코드, 벽난로 위에 걸린 더와트 위작. "피어슨 저택에는 〈무지개〉가 걸려 있더라. 내가 말했던가? 더와트의 명작 중 하나라고.”

“정말?” 엘로이즈가 더와트의 그 특정 작품에 대해 들어봤는지는 모르겠지만, 다소 놀리는 듯한 말투로 말했다. 엘로이즈는 그 작품 역시 위작이라고 의심하는 것 같았다.

톰은 분간할 수 없었지만 안도의 웃음을 지었다. 행복했다. 아네트 여사가 한 손으로 난간을 붙잡고 계단을 조심조심 내려오고 있었다. 그는 최소 몇 년 전부터 아네트 여사에게 계단에는 광을 내지 말라고 당부했었다.

“프랭크가 죽었는데 어떻게 당신은 신이 나 보이네.” 엘로이즈가 영어로 물었다. 아네트 여사는 지금 두 번째 가방을 옮기는 중이라 관심을 보이지 않았다.

엘로이즈 말이 맞았다. 톰은 자기가 왜 그리 신이 난 건지 알 수가 없었다. “아직 실감이 안 나서 그런가 봐. 너무 갑작스레 벌어진 일이라. 그 집에 있던 사람들 모두 충격을 받았거든. 프랭크의 형도 있었어. 조니라고. 프랭크가 어떤 여자 때문에 굉장히 상심했어. 내가 말했지? 테리사라고. 안 그래도 아버지까지 돌아가셨는데.” 톰은 거기까지만 말하기로 했다. 그가 엘로이즈에게 얘기할 때마다 아버지 존 피어슨의 죽음은 앞으로도 자살, 혹은 사고사로 남아야 한다.

“세상에, 고작 열여섯 살에 자살이라니 너무 끔찍하잖아! 요즘 청년 자살이 는다고 신문에도 났더라. 뭐라도 좀 마실래?” 엘로이즈가 방금 자기가 마시려고 따른 페리에가 가득 든 와인 잔을 톰에게 내밀었다.

톰은 고개를 저었다. “씻을래.” 톰은 아래층 화장실 세면대로 갔다. 가다 보니 전화기 탁자 위에 놓인 우편물 네 통이 보였다. 어제오늘 도착한 우편물이었다. 나중에 확인하기로 했다.

점심을 먹으며 톰은 엘로이즈에게 케네벙크포트에 있는 피어슨의 대저택에 대해 설명했다. 수지 슈하머라는 나이 먹고 기괴한 가정부 얘기도 했다. 예전에는 소년의 가정 교사로 일하다가 가정부로 눌러앉은 여자인데, 심장 발작을 일으켜 지금 병석에 누워 있다고 했다. 그는 호화로움과 우울함이 뒤섞인 그 저택의 이모저모를 묘사하는 데 성공했는데, 그건 사실이었다. 그가 느낀 그대로 설명했기 때문이다. 엘로이즈가 살짝 인상을 찌푸렸다. 톰이 모두 다 털어놓지 않는다는 걸 엘로이즈가 눈치챘기 때문이다. 톰도 그걸 알고 있었다.

“그래서 소년이 죽은 날 오후에 당신이 그 집에서 나왔다는 거지?”

“응. 더 있어 봐야 좋을 게 없잖아. 장례식을 치르려면 이틀 더 있어야 하니까.” 그렇다면 오늘 화요일이 장례식이었을 것이다.

“당신이 차마 장례식은 못 보겠으니까 그랬겠지. 그 아이를 무척 좋아했잖아. 안 그래?”

“맞아.” 톰이 대답했다. 톰은 엘로이즈를 찬찬히 바라보았다. 그가 젊은이의 인생을 그런 식으로 몰아붙였다는 게 이상해 보였다. 톰은 노력했지만 실패하고 말았다. 언젠가 엘로이즈에게는 이 사실을 털어놓을 수 있을 것이다. 아니, 털어놓을 수 없을 것이다. 프랭크가 아버지를 절벽 아래로 밀어버렸다는 사실도, 그 사건이 소년이 자살한 이유를 처음부터 끝까지 설명해 준다는 것도, 적어도 그 일이 테리사보다 더 중요한 이유였다는 것도 엘로이즈에게는 절대로 발설하지 않을 테니 말이다.

“테리사는 만나 봤어?” 엘로이즈가 물었다. 그녀는 이미 릴리 피어슨의 외모에 대해 자세히 물어봤었다. 전직 여배우였다가 재벌하고 결혼한 여자에 대해 톰은 최선을 다해 설명해 주었다. 게다가 릴리가 재혼할지도 모르는 탈 스티븐스에 대해서도 공들여 설명해 주었다.

“아니, 테리사는 못 만났어. 뉴욕에 있다던데.” 테리사가 프랭크의 장례식에 참석하지 않을 것 같았다. 그런데 그게 중요한가? 프랭크에게 테리사는 뜬구름 잡는 이념과 같은 존재였다. 그래서 프랭크가 유서에 적었던 대로, 테리사는 ‘영원히’ 사랑받는 존재로 남을 것이다.

톰은 점심을 먹고 2층에 올라가서 우편물을 뜯어보았다. 벅마스터 갤러리의 제프 콘스턴트가 런던에서 편지를 한 통 더 보냈다. 언뜻 보니 별문제 없는 내용이었다. 새로운 소식으로는, 페루자에 있는 더와트 미술 아카데미의 매니저가 바뀌었다는 내용이 적혀 있었다. 런던 출신으로 예술적 소양을 지닌 젊은 남자 두 명(제프가 이름을 적어 주었다)을 새로 채용했는데, 그들이 근처에 있는 궁을 매입해 미술 아카데미 학생들이 묵을 호텔로 개조하자는 아이디어를 냈다고 했다. 톰에게 그 생각이 어떠냐고 물으면서, 미술 아카데미 남서쪽에 있다는 그 궁에 대해 알고 있는지 물었다. 새로 뽑은 런던 출신의 두 명의 매니저가 다음 우편에는 궁 사진을 보내 주기로 했다고 제프가 적었다.

그렇게 확장하면 괜찮을 같습니다. 어떻게 생각해요, 톰? 당신이 이탈리아 국내 상황에 대한 내부 정보를 갖고 있지 않다면, 지금 당장 매입하는 건 바람직해 보이지 않아서요.

톰이 내부 정보를 갖고 있을 리 없었다. 제프는 톰이 무슨 전지전능한 신이라도 되는 양 신봉하는 걸까? 그런 것 같았다. 톰은 그곳을 매입해 호텔로 확장하자는 아이디어에 그 역시 동의할 거라는 걸 알았다. 미술 아카데미가 가장 큰 수익을 내는 곳이 호텔이었다. 진짜 더와트가 이 사실을 알았더라면 창피해서 온몸을 비틀었을 것이다.

톰은 스웨터를 벗으면서 하얀색과 파란색이 어우러진 욕실로 들어갔다. 그러고는 스웨터를 뒤에 있는 의자 위로 휙 집어 던졌다. 목수개미가 그의 발소리를 듣고 입을 다무는 상상을 했다. 아니, 그가 먼저 목수개미 소리를 들은 걸까? 톰은 나무 선반 쪽에 귀를 갖다 댔다. 젠장! 방금 목수개미 소리가 났다. 녀석들이 입을 다물지 않았다. 아주 희미하게 갈리는 소리가 나더니 그가 귀를 대고 있는 사이에도 점점 그 소리가 커졌다. 그 작고 부지런한 것들이 여태 죽지도 않고 살아 있다니. 선반 맨 위에 개켜 놓은 파자마 위로 곱게 갈린 붉은 색 톱밥이 피라미드처럼 쌓여 있었다. 선반 밑에서 떨어진 톱밥이었다. 녀석들이 저 안에 뭘 짓고 있는 걸까? 침대라도 만드나? 아니면 알 보관실이라도 짓는 걸까? 이 작은 목수개미들이 머리를 맞대고 작은 책장이라도 짜나? 체면 따윈 차리지 않고 그들만의 노하우를 발휘해 톱밥으로 작은 탑을 쌓아 올려서 살겠다는 의지를 내보이려는 걸까? 톰은 화통하게 웃을 수밖에 없었다. 이러다가 미치는 거 아닐까?

톰은 가방 한쪽 구석에서 베를린에서 타 온 곰 인형을 꺼낸 다음, 털을 곱게 쓸어 부풀렸다. 그리고 사전 두 개에 등을 기대어 앉혀 놓았다. 작은 곰 인형은 앉아 있도록 만들어져서 세워 놓을 수가 없었다. 베를린에서처럼, 환한 눈으로 톰을 보며 순박하게 웃고 있었다. 톰도 곰 인형에게 미소를 지어 보내며 '1마르크에 세 번 던지기'를 떠올렸다. "넌 평생 여기서 사는 거다." 톰이 곰에게 말했다.

톰은 샤워하고 침대에서 뒤척이다가 나머지 우편물도 살펴볼 생각이었다. 그러고는 늦지 않게 평상시로 돌아가려고 노력할 것이다. 지금은 프랑스 시각으로 오후 2시 40분. 프랭크는 오늘 땅속에 묻힐 것이다. 장례식이 오늘인 건 확실하지만, 정확히 몇 시에 묻히는지는 굳이 따지지 않기로 했다. 프랭크에게 더는 시간이 무의미하기에.

추천의 말
실내 인간의 범죄 연대기
김용언, 『미스테리아』 편집장

"암흑가를 경험하신 거로 아는데요, 리플리 씨?"
"다들 그렇지 않나요?" _『리플리를 따라간 소년』

1.
어린 시절 부모를 여의고 보스턴의 냉혹한 이모 댁에서 성장했던 톰 리플리는 배우가 되고 싶었다. 그에게는 기가 막히게 타인을 잘 흉내 내는 재능이 있었다. 하지만 대도시 뉴욕은 이 빈털터리 야망 덩어리를 기꺼이 받아들여 주지 않았다. 그는 "하루 벌어 하루 먹고사는 신세"에 "은행 잔고는 바닥"이었다. 스물다섯 살이 된 톰 리플리는 얼마 전까지 국세청의 말단 직원이었지만 주 5일 노력해서 벌어들이는 주급 40달러로는 자신이 간절히 원하는 약간의 호사스러움과 여가를 사들이기가 불가능하다는 걸 일찌감치 깨달았다. 지금은 당시 사무실에서 슬쩍해 온 국세 관련 서식 용지를 이용해서 남들을 등쳐 먹는 일로 겨우 생계를 유지하는 중이다. 그런 그에게 디키 그린리프의 아버지라고 소개하는 신사가 다가온다. 누군가의 파티에서 스친 적이 있던 디키, 잘생기고 돈도 많으며 여유로웠다는 인상만 희미하게 남아 있다. 디키의 아버지는 미국을 떠나 나폴리에 머무르며 시간을 낭비하고 있는 아들을 다시 불러들이기 위해 '친구'의 도움이 필요하다는 요청을 한다. 여행 경비를 대주겠다는 제안을 받아들여 나폴리로 무작정 떠난 톰은 디키의 나른한 매력에 사로잡히는 동시에, 디키에 대한 애정과 환멸 사이에서 방황한다. 디키 그린리프, 리플리를 충분히 좋아하면서도 남들로부터 동성애자라는 의심을 받기 싫어 "비인간적인 오만함"과 "퉁명스러운 무례함"으로 그를 밀어냈던 배신자. "딱 한 번만이라도 왜 숙이질 않는 거지? 뭘 얼마나 대단한 걸 가졌기에 저렇게 뻗대는 걸까?" 리플리는 "애증과 조바심과 절망이 뒤섞여 미칠 것 같은 감정"으로 어쩔 줄 몰라 하다가, "디키를 후려갈기고 올라타서 입을 맞춘 다음 배 밖으로 내던질 수도 있"다는 가능성 앞에 잠시 저울질하다가 결국 그를 죽여 버린다.

위의 줄거리는 『재능 있는 리플리』의 삼분의 일에 해당하는 내용이다. 범죄소설에서 살인이라는 끔찍한 범죄 행위는 인물 간의 갈등이 쌓여 가고 긴장이 서서히 고조되다가 그 결과로 계획적이든 우발적이든 벌어지는 클라이맥스인 경우가 대부분이다. 하지만 『재능 있는 리플리』에서의 살인은 톰 리플리라는 인물의 변곡점, 그의 삶에서 꼭 거쳐야 했던 정류장 같은 순간으로 제시된다. 톰 리플리는 왜 살인을 저질러야 했으며 그 살인을 통해 그가 어떤 사람으로 바뀌는가가 더 중요한 초점이다.

2.

무엇보다 리플리가 견딜 수 없어 하는 부분은 디키와 그의 패거리들(마지와 프레디)이 예술을 대하는 태도다. 디키는 "화가로서 세상을 깜짝 놀라게 할 일은 없겠지만, 그래도 그림을 그리며 큰 기쁨을 얻"는다고 짐짓 겸손한 척하지만, 리플리는 아마추어티가 팍팍 나는 디키의 그림을 바라보며 "디키가 그린 그림이라면 머리에서 죄다 지우고 싶었다"라고 생각한다. 디키의 주변을 계속 맴도는 마지 같은 경우, "글을 쓰는 둥 마는 둥"하며 "하루에 절반은 해변에 늘어지게 누워서 저녁에 뭘 먹을까 고민이나 하"는 사람이다. 그리고 "미국 호텔 체인 소유주의 아들로 극작가"라고 하는 프레디 역시 지금까지 희곡을 겨우 두 편 썼지만 그걸 무대에 올리지도 못했다. 디키와 마지, 프레디 모두 부모의 돈으로 여유로운 삶을 누리면서 자신들의 행운을 아주 자연스러운 상태로 인지한다. 그야말로 무작위적인 행운이었음을 아예 자각하지 못하고, 돈을 벌 필요가 없이 그저 소비하기만 하면 되는 상황에서 자신들의 품위를 '예술'에 종사한다는 자부심에서 찾으려고 한다는 점을, 리플리는 냉소한다.

2권 『지하의 리플리』에서 서른한 살의 리플리는 엘로이즈와 결혼하여 파리 인근의 시골 마을 빌페르스에서 행복한 가정을 꾸렸다. 그는 아내와 사이가 좋지만, 아내와 함께 정착한 아름다운 저택 벨옹브르를 더욱 사랑한다. 더 이상 디키의 살해 의혹을 피해 유럽 전역을 떠돌아다니며 전전긍긍할 필요가 없이, 오로지 자신의 취향대로 꾸민 작은 왕국에서 리플리는 더 없는 안락함을 느낀다.

예술을 경애하는 리플리는 영국 화가 더와트와 그의 친구들 무리에 끼게 됐고, 더와트의 요절 이후 그의 친구였던 화가 버나드가 심혈을 기울여 완성한 위조품을 판매하는 작업에 개입한다. 리플리는 진심으로 버나드의 위조품이 걸작이라고 생각한다. "어떤 화가가 자신의 화풍으로 그릴 때보다 남의 화풍으로 그리는 경우가 잦아지다 보면, 자신의 화풍보다 모방한 화풍에 점차 익숙해지고 편안해져서 아예 몸에 배어 버리다 못해 독창적인 창작물로 승화시키지 않을까? 마침내 굳이 따라 그리려고 애쓰지 않아도 위작 화가가 그린 가품이 또 다른 진품의 반열에 오르는 건 아닐까?" 그러다가 리플리는 "화가라면 단색이든 조색이든 일단 다른 색으로 넘어가겠다고 결심한 후엔 예전에 사용하던 색으로는 절대로 회귀하지 않는다"라며 더와트(정확하게는 버나드)의 작품 진위 여부를 따지고 드는 미국인 사업가 머치슨을 살해한다. 머치슨은 위조자가 또 다른 창조자로 도약할 수 있는 노력의 가치를 깎아내렸고, "화가의 화풍에는 그 사람의 진심과 진솔함이 담겨" 있으므로 타인이 그걸 베낄 권리가 없다는 주장을 굽히지 않았기 때문에 때 이른 죽음을 맞았다. 다분히 충동적이었지만, 창조자 더와트, 위조자 버나드, 그리고 디키를 죽인 다음 디키가 되었던 리플리 자신의 명예를 지키기 위한 어쩔 수 없는 선택이었다. "화가는 애쓰지 않고 물 흐르듯 그림을 그린다. 어떤 힘이 화가의 손을 이끄는 것이다. 그에 반해, 위작 화가는 따라하려고 애를 쓰는데, 만약 그가 성공한다면 진정한 성취를 이룬 것이다."

시리즈 속에서 리플리는 더와트, 버나드, 트레바니, 프랭크처럼 정체성 앞에서 흔들리는 이들에게 연민을 느끼고, 그들의 명예를 지켜 주고 싶어 했다. 그들에게는 무너질 이유가 없다. 살인의 기억에 사로잡히기보다 스스로의 어둠을 직시하고 다시 살아가는 법을 체득하며 세상 어딘가에서 자신의 동료이자 일족으로 존재하길 기원하기 때문에, 리플리는 그들을 공격하는 사람들을 기꺼이 죽였다. "완벽하게 옹호하는 건 아예 불가능하겠지만, 그래도 태도는 갖춰야 했다. 살면서 실수하게 될 경우, 태도로 만회해야 한다고 톰은 생각했다. 올바른 태도를 보일 수도 있고, 잘못된 태도를 보일 수도 있다. 건설적인 태도를 보일 수도 있고, 자멸적인 태도를 보일 수도 있다. 만약 어떤 사람이 실수했을 때 타인에게 올바른 태도를 보일 수 있는데도 그렇게 하지 않는다면 얼마나 참담할까."(『리플리를 따라간 소년』) 그러나 더와트, 버나드, 트레바니, 프랭크는 자꾸 타인의 시선에 기댄 환상과 희망을 붙잡으려 하거나, '진짜'라고 하는 것의 절대적인 기준에 가닿으려는 과욕을 부렸다. 그들은 어느 순간 자기 자신을 "흉내 내는 것 같은"(『지하의 리플리』) 기분에, 자신이 저지른 죄가 뼛속 깊이 실감되는 순간을 견디지 못하고 스스로를 파괴한다.

반면 리플리는 타인의 죽음과 자신의 죽음 앞에서 반드시 선택해야만 하는 순간이 올 때 절대로 망설이거나 회의하지 않는다. 그에게는 "자기방어"(『심연의 리플리』)가 최우선이며, 그래서 살아남는다. 리플리가 다양한 방식으로 저질렀던 살인들은, 노력의 가치를 알지 못하는 어리석고 불친절한 사람들, 세계를 향한 자신의 심미안을 이해하지 못한 채 "철없는 남정네들이 앞길 망치는 장난을 저지르자 못마땅해하는 나이 먹은 여자" 같은 고지식한 이들에 대한 복수였다. 리플리의 말마따나, "고약하고 더러운 의심 때문에 벌어진 일이었다."(『재능 있는 리플리』) 리플리는 더 이상 타인이 자신을 싫어할까 봐 두려워하는 이들, 타인의 호의와 잣대에 자신의 인생을 건 채 안달복달하며 불공정한 내기에 패배한 채 죽어가는 이들의 전철을 밟지 않는다.

3.

무엇보다 외부로부터 가해지는 끝없는 공격 속에서 리플리가 진심으로 보존하고 싶어 하는 건 가족의 인정, 타인의 평가, 개인의 양심 같은 거대한 기준이 아니다. 그는 아내 엘로이즈와 가구, 옷, 하프시코드, 정원, 그림 같은 소유물들을 지키고자 한다. 그 모든 소유물을 집약하는 '집'이라는 공간은 너무나 중요하다. 심지어 리플리는 어린 시절 자신을 매몰차게 대했던 이모가 약간의 유산을 그에게 남겼을 때도, 좁아터진 낡은 집을 다른 사람에게 줬다는 사실을 아쉬워했다. 이모와 함께했던 삶은 불행했지만, 리플리라는 인간의 토대를 형성했던 시절의 증거는 오로지 그 좁은 집에 들어찬 공기와 벽에 스며든 기억들뿐이다. 시간을 간직할 수 있는 유일한 방법은 시간을 보냈던 공간을 소유하는 것이다. 그래서 리플리의 유일한 결핍은, 미국에서의 25년을 기억할 만한 실체를 가지지 못했다는 점이다. 그는 그저 여행자나 방문객의 입장에서만 과거의 근처를 가끔 맴돌 수밖에 없다.

하지만 그 결핍이 리플리의 발목을 잡을 순 없다. 『재능 있는 리플리』에서 디키를 죽인 다음 리플리가 가장 먼저 한 일은 로마의 아파트를 구입한 것이다. 손님을 초청할 생각도 없으면서 손님 접대실과 넓은 거실이 갖춰진 아파트에서 자신의 취향을 과시할 수 있는 방식으로 치장하는 일에 그는 몰두했다. "그런 물건들이 그의 자존심을 채워 주었다. 과시할 수 있어서가 아니라 엄선된 물건의 품질이, 그리고 그 품질을 고이 간직하려는 애정이 살아 있음을 느끼게 해 주었다. 덕분에 톰은 자기 존재를 즐기게 되었다. 이렇게 간단할 수가. 그렇다면 자기 존재를 즐긴다는 게 뭔가 가치 있는 일 아닐까? 톰이라는 존재는 존재했다. 돈이 아무리 많아도 자기 존재를 즐길 줄 아는 이는 세상에 그리 많지 않았다." 『재능 있는 리플리』에서 멋진 구찌 여행 가방을 산 다음 황홀경에 휩싸여 밤마다 영양 크림으로 세심하게 가죽을 손질하던 그는, 4권 『리플리를 따라간 소년』에 이르면 "콧대가 너무 높아진" 구찌 대신 마크 크로스라는 브랜드에서 새롭게 여행 가방을 구입한다.

3권 『리플리의 게임』에서 마피아의 테러 위협에 시달릴 때도, 리플리는 "하프시코드가 불에 타거나, 폭탄이 터져서 산산조각이 나는 모습"을 상상하는 것만으로도 못 견뎌 하면서 "주로 여자들에게 보이는 집과 가정에 대한 애착을 그 역시 갖고 있음을 인정할 수밖에 없었다." 그는 타인과의 접촉보다 집(을 채우는 사물들)에 대한 애착으로 세계와 관계 맺는다. "소파 모서리의 굴곡이 어깨에 딱 맞아서 그런지, 남의 팔을 베고 누운 것 같"(『재능 있는 리플리』)은 느낌이 그에게는 훨씬 편안한 것이다.

5권 『심연의 리플리』에서 리플리는 자신의 과거를 파헤치는 프리처드 부부가 무례한 시선으로, 카메라 렌즈로, 전화로 그의 안락한 실내 생활을 훼손하고 간섭하는 것에 격분한다. 그는 프리처드 부부 같은 인간들이 자신의 집에 발을 들여놓지 못하게 하겠다고 맹세한다. 디키와 그 친구들처럼 부모의 돈으로 유유자적할 수 있는 프리처드는 그런 행운에 감사하기는커녕, 타인의 오래된 비밀을 파헤치고 협박하는 즐거움에 전심전력한다는 점에서 가장 쓸모없는 현실주의자이자 최악의 방해꾼이었다. 부부의 진짜 속셈이 무엇인지 알아내기 위해 프리처드의 집을 방문했을 때 리플리는 즉각적으로 혐오감을 느낀다. "가짜 앤티크"가 확실한 식탁을 들여놓고, 어디서나 볼 법한 평범한 꽃무늬 벽지와 그림이 집 안 곳곳을 차지한 광경은 프리처드 부부의 얄팍함과 저속함을 그대로 내비치는 거울이다. 아름다움을 알아보는 감각이 없는데다가 타인의 '추한' 과거를 킁킁거리며 쫓는 데에만 열성적으로 덤벼드는 이에게 베풀 관용은 없다. "프리처드의 몸에 닿은 거라면 그게 뭐든 못마땅했다." 리플리는 그 집을 곧장 미워하게 되고, 결국 그 집이 프리처드를 '잡아먹는' 덫으로 작동하게끔 이끈다.

4.

1권 『재능 있는 리플리』를 제외하고 나머지 시리즈는 일종의 우화처럼 읽히기도 한다. 그러니까 살인범이자 사기꾼, 양성애자(하이스미스는 리플리가 동성애자가 아니라고 인터뷰에서 강력하게 부인했지만, 리플리는 아내 엘로이즈와 '정상적인' 부부 생활을 자주 즐기지도 않는다)라는 정체성을 간직한 채 자신의 행복을 지키기 위해 고군분투하는 리플리라는 특별한 인물이 거의 초인처럼 유럽 전역을 누비며 법망의 감시를 완벽하게 빠져나가는 상황이 되풀이되는데, 현실적 잣대는 물론이거니와 범죄소설의 잣대로 보기에도 가끔 터무니없을 때가 있기 때문이다. 그 이유를 굳이 생각해 보자면, 시리즈의 발표 시점을 떠올려 볼 수 있다.

1955년 매카시즘의 광풍 직후 발표된 『재능 있는 리플리』 이후, 냉전의 1970년대와 새로운 물질주의의 향연이 펼쳐진 1980년과 1991년에 이르기까지 총 다섯 권의 시리즈물이 차례로 등장했다. 놀랄 만큼 죄의식이 없는 성실한 개인주의자이자 지독한 쾌락주의자로서의 '취향의 인간'인 리플리가 각 시대의 특징적 양식에 기민하게 대응하는 모습을 통해 20세기 중후반의 디오라마를 만들고자 한 건 아닐까. 이를테면 1권 『재능 있는 리플리』는 1955년에, 2권 『지하의 리플리』는 1970년에 발표됐는데, 작중에서는 단 6년만 흐른 것으로 되어 있다. 작가는 1960년대를 통째로 건너뛴 것이다. 기존의 질서를 모두 뒤집어 버리겠다며 혁명과 사랑과 평화를 부르짖는 시절과 리플리가 어울리지 않기 때문일까. 정확하게는, 리플리를 위한 무대일 수 없기 때문일까.

이 비밀스러운 남자는 탁 트인 공간으로 나가길 열망하지 않고, 안락한 밀실 안에서 자신만의 자유를 만끽하길 원하며, 취향과 기억의 아카이브로서의 밀실을 엄격하게 수호하고자 한다. 그래서 역설적으로 리플리는 수많은 개인의 부르짖음으로 절절 끓는 시절보다, 개인을 억압하는 고집스러운 질서와 규칙이 지배하는 시절, 혹은 개인이 완전히 압도당할 만큼 거센 쾌락의 추구가 만연한 시절에 더 잘 어울린다. 개인주의자의 성취를 돋보이게 하려면 거대한 전체주의적 배경이 필요하기 때문이다. 또한 살인이라는 범죄야말로 내밀한 속성의 극단적인 사례 아닌가. 섹스와 더불어 가장 사적인 행위인 살인을 저지르기 위해, 그에게는 자신만의 공간을 찾아내고 유지하는 것이 가장 중요했다. 발터 벤야민이 「사유이미지」라는 글에서 '흔적을 보존하는 이들'과 '파괴주의자'를 비교했던 것을 떠올려 본다면, 어떤 의미에서 실내의 살인자 톰 리플리는 모순되게도 가장 보수적인 전통주의자, 자신의 흔적을 세세하게 기록하는 작업에 몰두했던 부르주아의 첨병이었다.

범죄자 리플리의 여정은 그렇게 20세기 후반을 관통하는 특이점이 되어 간다. 위조를 통해 예술에 다다랐고 살인을 통해 생을 보존했던 이의 '집을 찾는 모험담'이라고 부를 수도 있을 것이다.

퍼트리샤 하이스미스는 1921년 미국 텍사스에서 태어났다. 그녀가 태어나기도 전에 부모가 이혼한 까닭에 홀어머니 밑에서 자랐는데, 하이스미스라는 성은 어머니와 재혼한 계부에게 물려받은 것이다. 스스로 '작은 지옥'이라 칭했던 불우하고 우울한 어린 시절을 보내면서 당대 작가들의 추리 소설보다는 톨스토이와 도스토옙스키를 탐독하며 작가의 꿈을 키웠다. 바너드대학을 졸업한 후 1950년에 발표한 데뷔작 『열차 안의 낯선 자들』이 이듬해 앨프리드 히치콕 감독에 의해 영화화되면서 주목받기 시작했다. 이를 계기로 하이스미스는 전업 작가로 집필에만 몰두하게 되었다. 1952년에 두 번째 소설 『소금의 값』을 발표하면서 당시 금기시되던 동성애를 다루느라 클레어 모건이라는 필명을 사용했다. 동성애를 소재로 한 기존 소설들이 주인공의 비극적인 죽음으로 막을 내리는 것과는 달리, 『소금의 값』은 해피엔드로 끝나는 파격적인 이야기로 백만 부 이상 팔려 나가는 대성공을 거두었다.

하이스미스를 범죄소설의 대가로 우뚝 서게 한 작품은 『리플리』 시리즈다. 1955년 『재능 있는 리플리』를 발표하면서 하이스미스 문학의 정수로 꼽히는 『리플리』 5부작의 서막이 화려하게 올랐다. 이 작품은 1957년 에드거 앨런 포 상을 받았으며, 1960년에는 프랑스에서 〈태양은 가득히〉라는 제목으로 영화화되었다. 이로써 리플리는 거짓말을 일삼는 사이코패스의 대명사로 대중의 머릿속에 각인되었다. 계속해서 하이스미스는 톰 리플리를 주인공으로 내세운 후속작을 네 편 더 발표했다. 『지하의 리플리』(1970), 『리플리의 게임』(1974), 『리플리를 따라온 소년』(1980), 『심연의 리플리』(1991)까지 36년에 걸쳐 완결된 『리플리』 5부작은 심리 서스펜스 장르의 대표작으로 자리매김했다.

하이스미스는 1963년 미국 생활을 정리하고 영국, 프랑스, 이탈리아를 거쳐 1982년 스위스에 정착했다. 오랫동안 우울증과 알코올 중독, 거식증과 싸웠고, 나이를 먹으면서 반사회적 기질이 강해져 고양이와 달팽이를 키우며 고립된 생활을 자처했다. 그럼에도 정치적 성향은 공개적으로 드러냈는데, 자신을 사회 민주주의자로 소개하거나 팔레스타인을 지지하는 견해를 거침없이 밝히기도 했다. 평생 미혼이었던 하이스미스는 동성애자임을 감추지 않았지만, 1990년 『소금의 값』

을 『캐롤』이라는 새 제목으로 재출간하면서 클레어 모건이 자신임을 38년 만에 인정하며 '문학적 커밍아웃'을 했다. 평생 넘치는 아이디어로 글쓰기를 멈추지 않았던 그녀는 1995년 스위스 로카르노에서 폐암으로 사망했다.

하이스미스가 창조한 가장 유명한 캐릭터인 톰 리플리는 교양 있고 지적이며 타인을 배려하는 것이 몸에 밴 인물인 동시에 살인을 저지르고도 미꾸라지처럼 빠져나가는 데에 도가 튼 사이코패스다. 『리플리』 5부작 중 1권인 『재능 있는 리플리』에서 톰 리플리는 교활한 거짓말로 선박회사 사장 그린리프를 속여 돈을 타내고, 그 돈으로 그린리프의 아들 디키를 찾으러 유럽으로 떠난다. 톰은 디키와 친해져서 그의 집에 얹혀살지만 디키가 자신을 멀리하기 시작하자 디키의 신분을 가로채려는 모종의 계획을 세운다.

『지하의 리플리』에서는 그로부터 6년이 지난 후에도 이어지는 톰 리플리의 기행을 그린다. 톰은 1권에서 강탈한 부를 발판 삼아 제약회사 딸과 결혼해 프랑스 파리 근교 저택에서 부유하고 한가로운 삶을 누린다. 과거 시끄러웠던 구설수로 더럽혀진 자신의 명성을 지키기 위해 노력하면서도, 한편으로는 고인이 된 화가 더와트의 위작을 그리도록 사주해 수수료를 받아 챙긴다. 그런 그의 앞에 위작임을 눈치채고 이를 폭로하려는 인물이 나타난다.

『리플리의 게임』에서 톰은 파티에서 만난 액자 가게 사장이 자신을 무시했다는 이유로 투병 중인 그의 약점을 이용해 게임을 시작한다. 톰의 계략에 말려든 사장은 죽기 전에 아내와 아들에게 얼마라도 남겨줘야 하지 않겠느냐는 감언이설에 흔들려 제 발로 살인자의 길로 들어선다.

『리플리를 따라온 소년』에서는 미국에서 온 한 소년이 어느 날 밤 톰을 따라오면서 이야기가 시작된다. 소년은 나이와 이름은 물론 출신 배경까지 속였지만, 톰은 소년이 거대 식품 기업의 아들임을 눈치챈다. 소년은 자기가 아버지를 죽였다고 자백하지만, 톰은 살인을 했다고 해서 인생이 달라져서는 안 된다며 자신도 여러 번 사람을 죽였다고 소년을 다독인다.

5부작의 완결편인 『심연의 리플리』에서 톰은 연쇄 살인마로서 최대 위기를 맞이한다. 그가 사는 동네로 미국인 부부가 이사를 왔는데, 그들은 톰의 과거를 아는 눈치다. 탐욕스러운 미국인 남편은 톰이 죽여서 유기했던 시신을 강에서 건져낸다. 이 일로 톰은 그간의 행적이 만천하에 발각될까 봐 불안에 떤다.

톰 리플리는 누구보다 세련되고 고급스러운 취향을 소유한 탐미주의자지만 도덕심이라곤 찾아볼 수 없는 소시오패스이기도 하다. 리플리는 디키 그린리프를 죽인 일만 가끔 후회할 뿐, 그간 몇 명이나 죽였는지 기억하지 못하며 죄책감에 심하게 시달린 적조차 없다고 고백한다. 저택의 정원을 가꾸고 그림을 그리고 외국어를 연마하는 리플리에게는 나름의 윤리 기준이 있다. 꼭 필요한 경우가 아니면 살인하지 않는다는 것. 하이스미스는 자신과 주변인의 이익이 침해될 위기에 처하는 순간 가차 없이 와인 병이나 재떨이를 휘둘러 누구라도 단숨에 숨통을 끊어 버리는 톰 리플리의 머릿속으로 우리를 초대해 그가 왜 그런 기행을 저지를 수밖에 없는지를 이해시키고 그의 시각에서 세상을 보도록 조종한다.

그러다 보니 독자는 연쇄 살인마인 톰이 제발 잡히기를 기원하기보다, 무사히 위기를 넘기고 법망을 빠져나가기를 응원하는 자신을 발견하게 된다. 톰이 이번에는 잡힐지도 모른다는 긴장감이 증폭될수록 이야기 속으로 더 강하게 빨려 들어가는 것이다. 하이스미스가 5부작 내내 이런 음산한 경험을 지속적으로 제공하기에 이 책을 읽다 보면 사이코패스 살인마에게 동조하는 듯한 자신의 모습에, 어쩌면 내 안에도 소시오패스 같은 심리가 숨어 있는 것은 아닌지 의심하는 자각에 거북함을 느끼는 지점에 이르기도 한다.

또한 하이스미스는 리플리를 동성애자라거나 양성애자라고 명확히 기술하는 대신 작품 곳곳에 암시적 묘사를 숨겨 놓았다. 하이스미스는 리플리의 성적 취향에 대해 애매모호한 태도를 보였는데, 1988년 『사이트 앤드 사운드』와의 인터뷰에서 자신은 리플리가 동성애자라고 생각하지 않는다고 말했다. 그러면서 그가 다른 남자의 잘생긴 외모를 감상하는 건 사실이지만 나중에는 여자와 결혼까지 한다면서, 리플리는 성욕이 강하지 않을 뿐이라고 주장했다. 그럼에도 리플리와 여러 등장인물 사이에서 묘한 기운이 흐르는데, 이걸 어떻게 해석할 것인지는 독자의 몫으로 남겨진다.

이 책은 연쇄살인마 톰 리플리의 이중생활이 담긴 심리 서스펜스이기도 하지만, 새로운 시각에서 보면 유럽 곳곳을 소개하는 여행 책자 같다는 인상을 받았다. 하이스미스는 스위스에 정착하기 전까지 유럽 곳곳에서 살았는데, 여러 도시를 거치면서 보고 들은 경험과 그때 연마한 외국어 실력이 『리플리』 5부작을 완성하는 데에 크게 영향을 준 것으로 보인다. 이탈리아, 프랑스, 영국, 오스트리아, 독일, 그리스, 모로코의 주요 도시와 관광 명소가 등장하는데, 하이스미스의 섬세하고 생생한 묘사에 그곳의 풍경이 눈앞에 그려질 정도다. 특히 동서로 나뉜 베를린에 관한 소회와 대화를 읽다 보면, 당시 냉전 시대의 대립과 긴장을 간접 체험할 수 있다. 살인마 톰 리플리가 위기를 모면하는 이야기의 흐름에 주목하면서도 탐미주의자 리플리가 여행하면서 보고 느끼는 것들에도 집중하며 『리플리』 시리즈를 즐긴다면 색다른 유럽 여행 안내서가 될 것이다.

『리플리』 5부작은 따로 읽어도 좋지만, 번역자로서 권하는 방법은 긴 호흡으로 다섯 권을 연달아 읽어보는 것이다. 이 방식으로 읽는다면 고갈되지 않는 소재로 이야기에 살을 붙여 끝까지 힘 있게 밀고 나가는 하이스미스의 저력을 가장 확실히 느낄 수 있을 것이다. 전편에서 스쳐 가듯 등장했던 인물이 다음 편에서는 주요 인물로 활약하기도 하고, 앞에서 완전 범죄로 묻힌 줄 알았던 살인 사건이 마지막 작품에서 큰 걸림돌이 되어 다시 불거지기도 한다. 1권이 가장 유명하긴 하나, 다른 네 권이 그보다 재미가 떨어지는 것은 결코 아니다. 각각의 이야기는 톰이 쓴 가면이 살짝 들리는 순간 숨겨왔던 추악한 얼굴을 드러내며 팽팽한 긴장감과 껄끄러운 쾌감을 저마다 선사한다. 제2차 세계 대전 이후 미국 현대 문학을 총정리하는 시기가 온다면 하이스미스의 『리플리』 5부작은 그녀가 생전에 유럽보다 미국에서 덜 인정받았던 기존의 평가를 크게 뛰어넘을 것이 분명하다.